苦旅姻缘

周大庆 著

作家出版社

作者简介

周大庆,北京昌平人氏,1959年出生。曾任原北京市文化市场行政执法总队党组成员、副总队长,北京市文管办、扫黄打非办副主任。热爱文学创作,多年来笔耕不缀,其撰写的多篇调研报告曾先后在国家和省市评选中获奖。2019年出版长篇小说《房门背后》,深受内业及广大读者的好评。2010年编写出版了《21世纪学校德育初探》,并先后在《中国文化报》《北京日报》《北京晚报》《生活时报》等媒体上发表散文、杂文、通讯数十篇。

目 录

第一章　两情相悦　　　　　/ 001

第二章　祸福相依　　　　　/ 019

第三章　自我奉献　　　　　/ 033

第四章　砥砺同行　　　　　/ 047

第五章　扑朔迷离　　　　　/ 065

第六章　投桃报李　　　　　/ 082

第七章　悲欢离合　　　　　/ 103

第八章　走穴风波　　　　　/ 127

第九章　七年之痒　　　　　/ 153

第十章　劳燕分飞　　　　　/ 172

第十一章　患难真情　　　　/ 192

第十二章	溺爱害子	/ 214
第十三章	妻离子散	/ 235
第十四章	大爱无声	/ 253
第十五章	不可救药	/ 275
第十六章	三头两绪	/ 293
第十七章	穷途末路	/ 311
第十八章	一诺千金	/ 332
第十九章	欲壑难填	/ 346
第二十章	无情背叛	/ 366
第二十一章	向往未来	/ 381

第一章　两情相悦

为了赶一篇稿子，起早贪黑一连加了五天班，终于完成了初稿，正好到了周末，想约上几个好友晚上美美喝上一杯，缓解一下疲惫的身心。拿起手机先拨通了大孙的电话，电话响了半天才接，我问他磨磨蹭蹭地在干什么，接个电话都这么费劲。大孙一反往日快人快语、高调爽朗的风格，低沉的话语中饱含着痛苦："我前几天腰疼的老毛病又犯了，这几天腰疼得快下不了地了，所以接你电话慢了。"

一听说大孙腰疼得这么厉害，我急忙问去没去医院看病？大孙说去了，但是治疗的效果不佳，问我在北京认不认识专门治疗腰伤的医院或者好一点的医生。放下电话我仔细地把曾经认识的医院和医生在大脑中逐个理了一遍，突然之间一个五十出头、精明干练、富有精气神的面孔涌入我的脑海——神农中医院的吴尚德院长。我急忙把这一喜讯告诉了大孙。大孙说，他也听说过吴尚德的名气，但据说他的号很难挂。我一拍胸脯，我和他很熟悉，我帮你联系。

我从手机中找出吴尚德的电话，电话打过去响了半天没有人接听，我猜想他一定是在出诊，没有工夫接电话。我电话里告诉大孙，我马上开车去接你，一起去神农中医院。

到了大孙家楼下，看见大孙步履蹒跚、满脸痛苦的神情，我急忙搀扶他上车，并信誓旦旦向他保证，等一会儿到了神农中医院，一定会躺着进去，站着出来。大孙好奇地问我，怎么和吴尚德院长认识的。我一边开车，一边把结识吴尚德的经过告诉了大孙。

几年前，在朋友组织的一次聚会上，主持人隆重推荐了一位大家都不熟悉的新朋友，说这是神农中医院的吴院长，以后大家自己或者家人朋友骨头方面有什么毛病可以去找吴院长，保证手到病除。当时，我恰好坐在吴院长对面，所以，仔细打量了一番这个新朋友。吴院长大约五十开外，身高一米七六左右，国字脸，一头黑发，浓眉毛，眼睛明亮有神，脸上带有坚毅自信的神色，说话略带一些山西口音，应该说初次见面留下的印象不错。为了加强联系，酒桌上还互相留了电话。不承想没过几天，我爱人的腰病犯了，她的腰一直不好，拖拖拉拉有些年头了，犯病的时候，疼得无法站立行走。我突然想到了吴尚德院长，抱着有病乱投医的想法，给吴院长打了一个电话，把爱人送到了神农中医院，没有想到，在病床上一躺，吴院长喊里咔嚓一通忙乎，真邪了，我爱人竟然能直起腰走路了，后来，经过一个疗程的治疗，拖了几年的腰疼病竟然被吴院长揉好了。为了感谢吴院长，我特意在网络上写了一篇报道，盛赞吴院长的医术和神农中医院的服务水平，吴院长特意给我打电话表示感谢，说我的报道在网上登载后，来就诊的患者增加了很多，医院的收入也增长了不少。后来我听说挂他的号必须预约才行。因为我们有这么一段友情，所以，不用预约也没有关系。

讲完相识的经过，大孙深有感触地说："老话讲，与人方便自己方便，真是这个理。他帮助你，你帮助他，相互之间互相帮助，别人受益，自己也受益。"我对大孙的话感同身受，确实，这个社会需要人与人之间相互理解、相互帮助、相互关心。

车子开到医院门口，因为大孙行走不便，我让他先在车上休息一会儿，等我找到吴院长再接他进去治疗。我径直走向院长办公室，脑海中想象几年没有见面的朋友见面时的喜悦之情。

敲开院长办公室的门，咦，吴院长没有在办公室，坐在屋子里的是一位年过半百的中年妇女，我问她吴院长在哪里？她的回答让我大吃一惊："我们这里没有吴院长，我姓乔，现在我是这里的院长。"

"那吴院长去哪里了？他现在还在这里工作吗？"

姓乔的女人用非常不友善的眼光扫了我一眼："你找他有什么事？"

"我们是朋友，我带个患者找他帮忙给治疗一下。"

那女人不耐烦地说："他离开这里已经好几年了，谁知道他去哪儿了。你如果想看病，先去挂号处挂号。"

我谢绝了乔院长的好意，出了院长办公室我一头雾水，几年不见，吴院长究竟发生了什么变故？

我掏出电话想再给吴尚德打个电话，这时候，手机突然响了起来，我一看号码正是吴尚德的，他一上来先给我道歉，说刚才参加一个活动，手机调了静音，才看见我打的电话，问我有什么事情？

我把来医院找他看病的事情说了，并问他现在哪里。

吴尚德很爽快地说没有问题，并且给我发了一个位置图。我按照导航指引的路线来到了西郊一处小区，电话里得知我到了，吴尚德站在门口迎接我。

下车寒暄了几句后我百思不解地问他："吴院长，刚才我们去你医院找你，结果物是人非，发生了什么事情？"

吴院长哈哈一笑说："一言难尽，我们先给你朋友看病，看完病再聊。"

吴院长帮助我把大孙搀扶到地下室一间挂着彩带和气球的房间，房间里一个五十多岁、面带微笑和蔼可亲的大姐和一个六十岁左右皮肤黝黑面容消瘦的大哥站起身来和我们打招呼，那位大哥并上前帮忙把大孙扶到治疗床上，吴尚德已经换好了白大褂，他一边用手按大孙的腰部一边询问病情、病史，问清楚情况，吴尚德告诉大孙刚开始有些疼，忍不住可以叫出声，我再调整手法。大孙信心满满地让吴大夫痛下杀手，千万不要手下留情。

我坐在椅子上和旁边的大姐聊天，大姐告诉我，她叫郝玉梅，身边的大哥叫老童，是她老公。我指着屋子里悬挂的彩带气球问郝玉梅有什么喜事？玉梅喜滋滋地告诉我，这是他们响应政府号召，与社区居委会和物业公司合办的社区卫生室,今天揭幕,所以悬挂了这些喜庆的标志,上午已经忙乎半天了,中午刚刚喘口气。

吴尚德额头上汗珠滚滚,深情专注地为大孙治疗,半个小时过去了,吴尚德长出了一口气,吩咐大孙:"你慢慢起来,下地走一走。"我刚想上前扶大孙一把,被吴尚德伸手拦住了:"你不用管他,让他自己起来。"

大孙用双手撑起上半身,两条腿慢慢地够到地面,试着往前走了两步,神了!腰不疼了,可以自己走路了。大孙不住口地称赞吴尚德妙手回春的神奇医术,并关切地询问需要治疗多长时间就可以去病根了。

吴尚德略略沉思了一下:"你的病时间比较长了,估计需要两个疗程,一个疗程治愈,一个疗程巩固。"

我怀着强烈的好奇心,想一探吴尚德好好的医院院长不当,为什么跑到社区的地下室来开个简陋的卫生室,这其中究竟有什么变故,出现这么大的反差。为此,我向吴尚德发出了盛情邀请:"吴院长,我们有好几年没见面了,今天难得一聚,我们去小酌两杯,叙叙友情。"大孙知道我肯定是萌发了创作的冲动,也在一边敲边鼓:"感谢吴院长治好了我的腰,我们一起喝杯酒,表达表达心意。"

吴尚德面色迟疑了一下,见我和大孙一片诚意,答应换了衣服和我们一起去喝一杯。吴尚德带我和大孙来到附近一个山西菜馆,酒过三巡,菜过五味,我们渐渐打开了话匣子,我一直想问问发生在他身上巨大反差的原因,但是又不知道如何开口。吴尚德喝了一口酒,突然问我:"你是不是特别好奇,过去受人尊敬的吴院长怎么放着好好的院长不当,却跑到一个社区地下室来行医。"我点了点头:"是觉得有些奇怪,我百思不得其解。"

吴尚德哈哈笑了起来:"很多认识我的人都以为我是王小二过年——一年不如一年,说老实话,我觉得不管在哪里行医,只要能够用自己的医术为广大患者解除痛苦就是人生最大的幸福和快乐,也是医者仁心的真正体现。"吴尚德长叹了一口气,话语有些沉重,"另外,我来这里办诊室也是对我曾经伤害过的一个好人良心上的一种补偿。"见我和大孙露出的惊讶目光，吴尚德点醒我说："这个好人就是今天和你聊天的郝玉梅，她也是我第一个妻子，你去医院找我，那个乔院长是我第二个妻子，我还有第三个妻子，但现在都离我而去了，就剩下我孑然一身了。"

听闻吴尚德的一席话，内心强烈的好奇通过眼神不自觉迸发出来，吴尚德看出了我想一探究竟的动机，他沉思了一下，喝了一杯酒，毅然决然地说："好吧，你是我的朋友，又是一个作家，我就把我的三段婚史讲给你听听，如果能够给他人一个警示也是一件好事。其实，婚姻说到底就是一场目标遥远并且充满艰难曲折的漫漫旅程，刚出发的时候，总是欢天喜地，信心满满，走在路上，才发现旅途中充满了欢乐、悲伤和痛苦，可以说是酸甜苦辣咸五味俱全。有的旅行者相互理解，彼此扶持，砥砺前行，终于胜利抵达旅途的终点；有的旅行者由于种种原因，只能半途而废，望途兴叹；而信誓旦旦，不思其反的旅行者也大有人在。我的人生旅途可以说充满了痛苦和辛酸，从哪里说起呢，就从我的第一个老婆讲起吧。"

吴尚德的老家地处山西吕梁一个僻静的小山村，依山傍水，景色秀美，他上有一个姐姐，家里儿女双全，是个让村里人羡慕的和美之家。姐姐已经结婚单过了，家里只有他和父母一起过。吴尚德的家有一门祖传的正骨医术，在附近十里八乡小有名气，他父亲靠这门手艺养活一大家子人。吴尚德从小和父亲学习正骨手艺，已经得父亲真传，医术算是小有所成。上世纪70年代，广大农村缺医少药，为了贯彻毛主席的"6.26"指示，吴尚德所在的公社建立了"赤脚医生"培训班，要求各个大队选派一名具备初中文化水平、政治表现好的青年参加培训，因为吴尚德有家传的正骨医术，所以大队推荐他去参加了培训班。

吴尚德背着背包兴冲冲地去培训班报到，一进公社的大门，看见男男女女几个年轻人正在大门口悬挂标语，吴尚德一看标语是欢迎新学员的内容，估计这几个人也是来学习的学员，他上前热情地向大家打招呼，站在凳子上一个梳着长辫子的姑娘，扭过身来想问问下面的人标语挂得正不正，不想身子一个趔趄，向地面倒去。吴尚德惊呼了一声，一个箭步冲上前去，托住了姑娘的腰，并把她扶稳站在地上，姑娘推开吴尚德的手红着脸不好意思地说了声谢谢！吴尚德仔细打量了一下这位姑娘，身高一米六五左右，上身着一件深蓝色的上衣，左胸前别着一枚毛主席像章，下身穿一条黑色的裤子，脚上是自己家做的千层底布鞋。脸色黑里透红，眉毛黑黑粗粗的，一双水汪汪的大眼睛略带几分羞涩，她被吴尚德看得不好意思了，红着脸跑回去重新挂标语。吴尚德问清楚在哪里报名，背着行李去办入学手续。

这个培训班有30多名学员，男女学生差不多各占一半，学习期限是半年，老师是从乡卫生院抽调出来的一名副院长，还有一名中医科主任，一名西医科主任，一本《赤脚医生手册》是基本教材，教室占用的是乡政府的大会议室，吃饭和乡政府的工作人员一起就餐。也许是缘分，老师分配座位时和吴尚德同桌的学员就是报到那天他救下的那个姑娘。两个人再次相聚在一起，内心都有一种说不清道不明的感觉在涌动。随着时间的慢慢推移，吴尚德知道了她的名字叫郝玉梅，住在离自己家10多里的山南村，也是一个人口众多的家族，上有姐姐、下有弟弟，因为在村里担任团支部书记，所以，大队把她派出来担任赤脚医生。吴尚德也把自己的家庭情况毫无保留地向郝玉梅交了底。随着时间的推移，特别是生活和学习上的相互关心照顾，让吴尚德在心里暗暗喜欢上了玉梅。一次，中医课堂上，老师在讲授望闻问切的时候，要求同桌的同学互把对方当成患者，望着郝玉梅年轻漂亮充满朝气的脸庞，嗅着她身上透出来的处女身上特有的芳香，按住玉梅的皓腕，吴尚德的大脑中情不自禁地萌发出一丝情感的冲动，他努力告诫自己不要总是胡思乱想这些不着边际的事情，还是要努力听课，认真学好知识，但是，自己的大脑还是不听召唤，神飞遐想，在幻想的世界里游荡。

玉梅对吴尚德投向自己的呆呆目光不敢直接面对，每当吴尚德的眼神扫描她的时候，她总是脸上带着羞涩的神色，微微低下头，心里突突地乱跳,这个吴尚德的眼神哪里是望闻问切,分明蕴含有其他的意思,这种眼神让我怎么好意思面对。吴尚德看见玉梅的神态,反而得寸进尺,你越不好意思,我越看你,吴尚德喜欢这种猫戏老鼠的游戏。他握住玉梅的手轻轻拉了拉:"老师让我们观气色,看舌苔,你把头低下去我怎么看?"玉梅脸色红红地娇嗔道:"讨厌,你都看得我不好意思了。"

"怎么能怪我,要怪也只能怪你!"

"怪我什么?"

"谁让你长得这么漂亮,让人怎么看也看不够。"

听了吴尚德赞美的话语,玉梅的心里虽然喜滋滋的,但她佯装生气地把手从吴尚德的手掌中挣脱出来:"就会说好听的话,哄人开心。"

"我是实话实说,你不信?你号号我的脉是不是心跳得特别厉害!"吴尚德又把玉梅的手抓住,放在自己的手腕上强迫她给自己号脉。

两个年轻人牵着手拉来拉去,彼此都心旌摇曳,心潮澎湃,吴尚德感觉玉梅温暖的手仿佛沁出了微微的汗水。

"下面的同学要好好听讲,认真练习,别光顾着拉拉扯扯,注意点影响。"老师站在讲台上,看见了下面吴尚德和郝玉梅的小动作,冷冷地发出了口头警告。老师的话仿佛一盆凉水浇在了大脑发热的吴尚德头上,把他从亢奋中突然唤醒,两个人不好意思地松开了手,在同学们的目光注视下,默默地低下了头。

为了增强对中药材的感性认识,同时,也是为了减轻广大农民的药费支出,培训班每周专门抽出一天时间上山挖药材,回来后清洗晒干备用。另外,为了增加学员的实践经验,每个月拿出半天时间在公社的院子里为附近的村民举办义诊活动。无论是上山采药,还是举办义诊,吴尚德总是有意无意地接近玉梅,上山采药的时候帮她扛扛工具,挖药材时帮她抡锹挥镐,义诊时和她共同探索病例,两个人总是想黏在一起,仿佛总是有说不完的话,彼此之间都感觉有一种朦朦胧胧说不清道不明的情感在内心涌动,但是这层窗户纸谁也没有勇气率先捅破。

眼看临近毕业了，吴尚德总想找个机会向玉梅表白心迹，苦于没有合适的借口，但是，正应了一句古话，踏破铁鞋无觅处，得来全不费工夫，一个偶发事件捅破了这层窗户纸。一天，大家上山采药，吴尚德因为感冒发烧没有随大家一起上山，躺在宿舍里养病。中午吃完食堂给他做的一碗热汤面蒙上被子出了一身汗，感觉舒服了许多，迷迷糊糊睡梦中听见一阵急促的脚步声传来，院子里有人高声呼唤郝玉梅的名字，吴尚德浑身一激灵，刚想起床问问情况，宿舍的门被人哐当一声从外面撞开了，一个愣头愣脑的年轻人进门就问："你知道郝玉梅去哪里了吗？"

"她们上山采药去了，你别着急，有什么话坐下慢慢说。"吴尚德见来人满头大汗，脸上一副急火火的样子，忙劝他坐下来慢慢讲。

"咳，她爸爸今天上山砍柴滚坡了，把骨头摔折了，听说她在这里学医，家里人让她赶紧回去看看。"

一听郝玉梅的父亲摔伤了，吴尚德的心忽悠一下提了起来，他急忙问："把哪里的骨头摔折了？伤得厉害不厉害？"

"挺厉害的！胳膊和腿都肿了，路也不能走了，是村里的小伙子把他从山上背回来的。"

吴尚德思忖了一下，果断地说："他们都在山上，回来还要好长时间，不等了，你带我去看看。"

小伙子高兴地跳了起来："太好了，那我们赶紧走吧。"

吴尚德带着小伙子来到教室，想从药品柜中取出药箱，结果发现柜子上着锁，情急之下，他找了一根铁棍，撬开了锁头，往红十字药箱里面放了一些急救药品，出大门的时候和传达室的师傅说了自己的去向，急匆匆地往山南村赶去。

山区的气候说变脸就变脸，出门的时候还是风和日丽，走到半路上天上飘来一片乌云，一阵凉风裹着铜钱大的雨点劈头盖脸而来，吴尚德怕雨水淋湿了药箱，急忙把上衣脱下来盖在药箱上，并把药箱抱在怀里用身体遮挡住。这突如其来的疾风暴雨把光着膀子的吴尚德从头到脚淋了一个透,刚才走路时出的一身汗水被雨水冲刷得干干净净,他的感冒本就没有好,热身子被雨水一浇,不由自主地打了几个喷嚏,感觉大脑发昏发热,走路脚下开始发飘,经过村边小河的时候,踩在圆圆滑滑的鹅卵石上,突然脚下一滑,身子一歪急促地向河水中倒去,旁边的小伙子眼疾手快,一把拉住了吴尚德,并把吴尚德怀里的药箱接过去,搀扶着吴尚德过了小河。吴尚德道过谢,问还有多远的路?小伙子用手一指前面云雾缭绕、绿树环抱的一片房屋:"到了,那就是山南村了!"进了村雨也停了,吴尚德把湿漉漉的上衣披在身上,跟随着小伙子走进了郝玉梅家的大门。

郝玉梅的家人望着被淋成落汤鸡似的吴尚德背着药箱进门,仿佛看到了希望,全家人一起迎上前来,劝吴尚德歇一歇、喘口气,把身上的湿衣服烤一烤。吴尚德用毛巾擦干净头上和身上的雨水,急忙问病人在哪里?同行的小伙子把吴尚德带到了里屋的炕上,吴尚德见炕上躺着一位五十岁左右的男人,头上有几道擦痕,一只胳膊和一条腿明显发肿,吴尚德一看就知道伤了骨头。他用手比画了一下长短,让旁边的小伙子去找几块木板来,然后,用祖传的正骨手艺把病人脱臼的胳膊推上,把折了的腿骨慢慢接好,用木板做了一副夹板,把折断的腿骨固定好,又打开药箱给病人的外伤涂抹上药水,缠上绷带,留下几包消炎止疼的药。处理完郝玉梅父亲的伤情,他安慰郝玉梅的家人说:"全处理好了,你们放心吧,安心静养一段时间,等骨头长好了就可以下地了。"郝玉梅的父亲连声道谢,并让妻子赶紧准备酒饭,让吴大夫吃了饭再走。吴尚德连忙推辞,说自己出来得急,培训班的同事都不知道,回去晚了怕大家着急。见吴尚德死活要走,郝玉梅的母亲端来一碗姜糖水让他喝下去驱驱身上的寒气,吴尚德喝完姜糖水,不顾大家的再三挽留,背着红十字药箱往回走。

到了村口的小河旁,来的时候清澈见底、水流缓慢的河水被刚才的一场暴雨带下来的洪水搅得混浊不清,河水又急又深,河面也拓宽了许多,过河踩的鹅卵石全部埋在了水下,吴尚德犹豫了一下,挽起裤腿,小心翼翼地踩着隐约可见的石头慢慢涉水过河。他本来就感冒发烧没有好,来的路上走得过急过快,出了一身大汗,被雨水一激病情更加重了,再加上中午只喝了一碗面条汤,跑了几十里山路饥肠辘辘,快走到河对岸的时候感到两腿发软,头昏昏沉沉的,看水中的石头也摇摇晃晃、模模糊糊,他看准水下的一块石头踩了上去,不料一脚踏空,恰好一股激流涌来,吴尚德一个趔趄摔倒在水中,眼前一黑,什么也不知道了!`

　　吴尚德迷迷糊糊感觉自己好像在乘船,摇摇晃晃的,他费力地睁开眼睛,发现自己躺在一个人的背上被人背着走路,他从背影的长发发现是个女人在背他,而且走路非常吃力,吴尚德有气无力地说:"你把我放下来,我自己能走。"

　　"你在发高烧,自己走不了路。"

　　从说话的声音他听出来了是郝玉梅在背着自己走路,他发现自己的两只手搂着玉梅的脖子,自己的脸贴着玉梅的脸,玉梅的两只胳膊紧紧托住自己的大腿根,他满心欢喜真想就一直趴在玉梅的背上不要放下来,背着他一直走下去,但是听到玉梅气喘吁吁的声音,感觉到玉梅累得左右摇摆,他又实在不忍心继续拖累玉梅,他的两条腿用力地挣脱玉梅的双手往地面踩去:"谢谢你,我自己能走!"玉梅发现吴尚德醒了,再背着他走路恐怕被别人看见了不好意思,再者自己已经背着他走了好几里山路,确实也累得快走不动了,于是她两只胳膊轻轻地松开,把吴尚德放到了地面上:"你能行吗?"吴尚德望着玉梅满脸的汗水,累得红扑扑的脸蛋,坚定地点点头:"你放心,我能走回去。"他跨着大步迈开腿往前走了两步,一阵眩晕上头,不由自主地往地上跌倒,玉梅急忙一个箭步上前抱住了他摇摇欲坠的身体:"你不行,还是我来背你吧。"吴尚德一把推开玉梅:"没有事,我一个男子汉大丈夫怎么能让一个女人背着走。"

　　见吴尚德走路踉踉跄跄,左摇右晃,玉梅上前扶住吴尚德的右臂:"我扶着你走路吧。"吴尚德没有再拒绝玉梅的好意,在玉梅的搀扶下深一脚浅一脚地往回走。

　　走到公社的大门口,吴尚德想回学习班,玉梅坚决不同意,她说

・010・

必须去公社卫生院打点滴退烧，老师讲课时说了，高烧持续不退容易损伤大脑。吴尚德见玉梅如此说，也就不再固执己见。玉梅让吴尚德在传达室先坐一坐，她去借老师的自行车用用，骑车送他去医院。

坐在自行车的后座上，吴尚德双手搂住玉梅的腰，头靠在玉梅的后背上，昏昏沉沉地往卫生院驶去，玉梅感觉到后背上好像有一个灼热的大火球在燃烧，她知道这是吴尚德烧得厉害了，脚下不由得加快了力量。到了卫生院门口，她慢慢地停稳车，唤醒了昏昏沉沉的吴尚德，用力搀着他的胳膊进入了急诊室，医生让吴尚德躺在床上测体温，一看体温表高达42度，急忙打针输液给吴尚德退烧，玉梅从医院找了一块纱布，用酒精沾湿了用力擦拭他的手心和脚心降温，吴尚德在车上就已经有些半昏迷状态了，一路上晚风一吹，躺在病床上看床前人影模模糊糊，浑身无力，眼前一黑，双眼一闭竟然昏迷过去了。等他睁开眼睛时，看见窗外的一缕晨曦已经透过玻璃穿入室内，病床前的玉梅两只眼睛蒙上了黑圈，脸上布满了焦虑和不安的神情，看见吴尚德睁开了双眼，玉梅兴奋地叫了起来："醒了，醒了，终于醒了！"

闻讯而来的医生给吴尚德又测了一次体温，发现温度已经降到40度以下，不禁长长出了一口气："小伙子，你可把你媳妇吓死了，昏迷中你一个劲喊着玉梅的名字，说你要走了，吓得你媳妇不知道流了多少眼泪。"玉梅听见大夫说自己是吴尚德的媳妇，脸色羞红，低头不语。吴尚德听了大夫的话用感激的目光紧紧盯住玉梅的脸，想抬起手握握玉梅的手，但是病中软弱无力，手刚刚抬起来就再也举不动了，玉梅忙上前握住吴尚德的胳膊放回被窝里："病刚好点，你别乱动，你好好在医院养病，我回去给你熬点小米粥吃，顺便帮你请个假。"

玉梅出了门，大夫冲着吴尚德说："你这个媳妇真不错，跑前跑后为你挂号办住院手续，又擦手擦脚物理降温，累得一夜都没有合眼。"吴尚德见大夫误把玉梅当成了自己的媳妇，心里美滋滋的，他不想过多地解释，而是真心希望大夫说的话能美梦成真！

中午玉梅送饭的时候，主管培训班的副院长也一同过来看望吴尚德，劝他好好养病，早日康复。晚上，有几个培训班要好的同学买了一些水果跟随送饭的玉梅一起来看望他，并且都异口同声称赞玉梅为了照顾他，从早到晚往返奔波于学校和医院之间，并且开玩笑说这样的好媳妇去哪里找！同学们的玩笑说得两个人都不好意思，玉梅脸红红地分辩说："他是为了救我父亲生病的，我照顾他是应该做的。"一个同学看见玉梅的窘态，又趁机烧了一把火："一个女婿半个儿，还没过门就这么孝敬老丈人，过了门就能顶一个儿了，玉梅你好有福气！"玉梅被同学们说得捂着脸跑出了屋子。在同学们的哄笑中，吴尚德羞红的脸上洋溢着灿烂的笑容。

第三天早晨，吴尚德的体温已经恢复正常了，他对送饭的玉梅说想出院回培训班，玉梅建议等彻底好了再出院。吴尚德不忍心玉梅天天这么辛苦，培训班、医院两头来回跑，再者说培训班快结业了，功课不能落得太多。他坚持要回去。玉梅见他态度这么坚决，答应他现在就去办出院手续，然后一起回培训班。

还是像来的时候一样，玉梅骑车带吴尚德回培训班，吴尚德假装身体虚弱把头紧紧贴在玉梅的后背上，双手合围抱住玉梅的腰。玉梅有些害羞，劝他好好坐着，让人看见多不好意思。吴尚德赖叽叽地说："我头晕腿软，怕一松手就摔下车去。"玉梅听吴尚德如此说，也觉得吴尚德烧了三天再加上没有好好吃东西，可能说的是实话，就没有再吱声。吴尚德见玉梅骑的是一辆崭新的飞鸽自行车，有些好奇地问："玉梅，这辆新车是谁的？"

"这是我跟教咱们中医课的殷主任借的，连你住院的钱也是和他借的。"

一提到殷主任，吴尚德的脸立即阴沉下来："这个殷主任姓殷人也阴，总是看我不顺眼，挑我的刺，回去我就把钱给你，你赶快还给他，咱们不欠他人情。"

"我觉得殷主任没有你说的那么坏吧，前天送你去医院，在院子里找自行车，是他主动把新车借我用的，还问我身上带没带钱，我说没带钱，他又主动借给我10块钱，对咱们挺关心的。"

"那是对你关心，上课时我看他两只贼眼总是滴溜溜在你身上乱转，我估计他是黄鼠狼给鸡拜年——没安好心。"

"你也别把人想得那么坏，也许是你多心了。"

吴尚德见已经到了公社大院的门口，就没有再和玉梅争论下去，他谢绝了玉梅让他回宿舍休息的建议，跟着玉梅一同回到了课堂，一进教室同学们都纷纷拥上前来问候他，吴尚德连声道谢，站在讲台上的殷主任板着脸提高嗓音说："请同学们赶快回到座位上去，马上要上课了。"吴尚德在座位上轻轻地用手碰了一下玉梅的胳膊："我说得没有错吧，就是看我不顺眼。"玉梅皱了一下眉，没有说什么。

晚上下课前，吴尚德问玉梅："明天星期日休息，你想去哪里？"玉梅说："我爸爸摔伤了，这几天照顾你一直没有回家看看他老人家，我明天想回去看看。"

吴尚德忙说："那我陪你一起回去看看你父亲吧。"

"你病刚好回家好好休息吧，不用了，我自己回去就行了。"

"你爸爸上次的断骨是我接的，我陪你一起回去看看长得怎么样。"

玉梅觉得吴尚德说得有理，于是两个人约好明天一早吃完早饭就动身回家。第二天早晨两个年轻人兴致勃勃地迎着初升的朝阳踏上回乡的征程。初秋的山区，高粱绽红、谷穗弯腰、一路上凉风徐徐、百鸟欢唱、野草芳香、泉声回荡，两个人被美好的景色所感染，心旌摇曳，遐想无限，彼此之间仿佛有许多话要向对方倾诉，但是又不知如何说起。转眼之间走到了上次吴尚德摔倒的小溪旁，两个人赶路有些急，气喘吁吁，汗水不断从额头上沁出，在脱鞋脱袜的间隙，吴尚德回忆起前几天过河的情景，好奇地问："前几天我昏倒在水里，你是怎么找到我把我背回去的？"吴尚德有意用玉梅相救这件事打开了彼此的心扉。

"我们采药材回来，传达室的师傅告诉我，我爸爸摔伤了，你已经带着药箱去山南村了，我心里着急，和老师请了假就急急忙忙往家赶，走到河边，看见你全身泡在水里，两只手紧紧抱着药箱倒在河岸边，我叫了你半天也叫不醒，一着急就背上你往医院赶了。"玉梅简单叙述了当时的经过。

"你是我的救命恩人，应该怎么报答你呀。"吴尚德说话故意往两个人的关系上牵扯。

"你是为救我爸爸而病倒的，救你还不是应该的。"

"中国人讲有恩必报，老师也给我们讲过结草衔环的故事，我也没有什么玉环送给你，只有把我这个人送给你你要吗？"吴尚德见清净的河边空无一人，借言语挑逗玉梅，表达心声。

玉梅的脸羞得好像天上的彩霞，她把吴尚德踢过来的球转到了父母的脚下："一会儿见了我父母你直接和他们说呗，我要听我父母的意见。"

吴尚德知道玉梅内心已经默许了自己，情不自禁地搂住玉梅的腰，把自己的嘴巴往玉梅的嘴巴上贴过去。玉梅一把推开了吴尚德的脑袋："那边有人过来了，让人看见多不好意思，我们赶紧赶路吧。"

吴尚德亲热的举动碰了壁，只好垂头丧气地跟在玉梅的后面蹚水过河，心里暗忖：到了玉梅家里提亲的时候会不会也碰一鼻子灰。

进了家门玉梅冲到父亲的床前嘘寒问暖，并且说这些营养品和药品是吴尚德买来孝敬父母的。郝玉梅的父亲愧疚地说："吴大夫上次为了给我治病，把自己都累病了，今天又带着东西来看我，让我们怎么感谢你呀！"

吴尚德本想说："把闺女嫁给我就行了"，但第二次上门就提出这个要求有些唐突，还是稳重一些好："您千万别客气，玉梅这几天为了照顾我都累瘦了一圈，我来看看您不也是应该的嘛。"

吴尚德对郝玉梅父亲的伤腿又进行了一番认真的检查，发现愈合得很好，他长长出了一口气，安慰对方说："愈合得不错，您就放心吧，过些日子您就可以下地了。而且受过伤的骨头好了以后比没有受伤的骨头还结实，一点不影响您走路干活。"

郝老汉嘴里连声道谢，并叮嘱玉梅的妈妈赶紧烧火做饭，请吴尚德好好喝一杯，表达表达谢意！吴尚德嘴上一边推辞，心里一边考虑怎么开口向玉梅的父母提亲。郝玉梅见母亲在生火做饭，急忙到灶间给母亲打下手。

　　吴尚德正在和郝老汉有一搭无一搭地闲聊，忽然听见外间郝玉梅好像和母亲在争论什么，他猜测一定是玉梅和母亲提出来两个人的事，遭到了母亲的反对，想到此，他的心不由得揪了起来。

　　为了感谢吴尚德，玉梅家中午饭特意杀了一只鸡款待他，饭桌上还特意请来了玉梅的二叔二婶作陪，据玉梅介绍上次去培训班找人的小伙子就是二叔的儿子自己的堂弟，吴尚德说让玉梅的弟弟一起上桌吃饭，玉梅的母亲说等客人吃完了再让孩子们上桌。玉梅的母亲在饭碗里放了几块鸡肉和一些青菜准备去喂郝老汉，玉梅抢过碗说她去喂，让母亲和二叔二婶先陪着吴尚德吃饭。饭桌上，玉梅母亲一边给吴尚德倒酒夹菜，一边嘴里不住地感谢吴尚德的仗义相救，吴尚德告诉郝母，自己发高烧昏倒在河里，多亏玉梅把他从河里救出来并送到了医院，得到了玉梅的精心照顾，要说感谢首先应该感谢玉梅的救命之恩，自己今天来也是特意登门道谢的。并且不住口地夸赞玉梅是个好女孩，暗示自己非常喜欢玉梅。听完吴尚德的话，郝母长长地叹了一口气，脸上飘过一朵阴云，想说什么但是没有说出口，只是一个劲地劝吴尚德喝酒吃菜，吴尚德见郝母对自己的暗示不表态，也不好再往下说什么，只好闷头和玉梅的二叔喝酒，虽然满桌酒菜，但是饭桌的气氛却很沉闷。郝玉梅给父亲喂完饭端着空碗回到饭桌上，吴尚德见玉梅阴沉的脸上也是一副不开心的样子，想问问玉梅怎么了，但是当着桌上众多人的面也不好开口，郝母也看出了玉梅的表情，没有再说什么，只是让玉梅赶紧坐下来陪吴尚德吃饭，玉梅给吴尚德的碗里夹了一块黄灿灿的炒鸡蛋，又给二叔和吴尚德的酒杯斟满酒，一声不吭低下头闷声吃饭。吴尚德猜测肯定是玉梅在郝老汉那里也碰壁了，所以才闷闷不乐。俗话说酒入愁肠人易醉，吴尚德才喝了两杯酒就感觉自己有些晕乎乎的，他敬了玉梅二叔一杯酒，借口喝多了谢绝了玉梅二叔再次劝酒，端起饭碗，味同嚼蜡慢慢咀嚼。一桌饭吃得死气沉沉，吃饭的人都胃口大减。吴尚德放下饭碗说吃饱了，玉梅母亲忙招呼他去喝茶,并让孩子们上桌吃饭。二叔的儿子进门客气地和吴尚德点点头算是打招呼,吴尚德报以微笑回应。等孩子们吃完饭,玉梅上前和母亲一起收拾桌子,母亲用胳膊肘顶了一下玉梅:"你陪你二叔和客人喝茶聊天,我自己收拾就行了。"玉梅坐在吴尚德的对面,吴尚德抬眼仔细观察玉梅的表情,发现她美丽的大眼睛中仿佛蕴含着一丝忧伤和不满。吴尚德感觉自己在这个家中再待下去会让大家都很尴尬,于是他起身对大家说:"我酒足饭饱了,大叔的腿也没有什么大事了,我就先回去了。"

"你再坐一会儿,我去和爸爸打声招呼等会儿我们一起走。"玉梅劝阻吴尚德少安毋躁,吴尚德也急于想从玉梅口中探听事情的原委始末,于是又坐回到椅子上,和玉梅的二叔有一搭无一搭地天南地北地闲聊。等了大概一炷香的工夫,玉梅过来招呼吴尚德说可以动身了,吴尚德和在座的长辈们起身告别,和玉梅一起走出了家门。

走到村口,见左右无人,吴尚德迫不及待地问:"你和你父母说了吗?是不是你父母不同意我们的婚事?究竟是什么原因?嫌我哪点不好?"面对吴尚德提出的连珠炮似的问题,玉梅一声不吭,只是加快脚步往前走。吴尚德见玉梅什么话也不说,内心如焚,他追上玉梅想一探究竟,扭脸一看,发现玉梅的眼中饱含着一汪泪水,他长长叹了一口气,没有再往下追问。两个人默默走了一段路,又来到了小河旁,一路上走得急,走出了一身汗水,而且感觉两条腿有些发酸,两个人不约而同地停住脚步,在河边的小树林找了一块干燥的地方坐了下来。

晚霞透过树叶在林间投下斑斑驳驳的花影,清脆的鸟鸣伴着河水的欢笑更增添了几分原野的幽静,两个人默默地注视着清澈的河水缓缓从脚下流过,摇曳的水草在水中婆婆起舞,成群的鱼儿自由自在地在水中往来穿梭,柔弱无力的溪流,面对前进道路上大大小小或明或暗的各种障碍,左旋右绕义无反顾一往无前。如诗似画的风景让两个人躁动的心逐渐趋于平静,吴尚德小心翼翼地问玉梅今天到底发生了什么情况,让你这么不开心?玉梅沉默不语,突然扭过身扑在吴尚德

· 016 ·

的怀里放声大哭，吴尚德用一只手搂住玉梅的脖子，另一只手在玉梅的后背上轻轻地拍打："别哭了，有什么话你就告诉我，不管什么事我们一起去面对，哭也不能解决问题。"玉梅哭了一会儿，让心中的怨气和委屈发泄了出来，方直起身，抽抽噎噎地给吴尚德讲述了难于启齿的一段往事。

吕梁山是革命老区，抗日战争时期是著名的抗日根据地，当时，玉梅的父亲刚十几岁就参加了区小队，后来担任了班长，在艰苦的抗战环境下，一些抗日不坚定分子发生了动摇，其中玉梅父亲的班里有闫氏兄弟两个在汉奸的挑唆下想叛变投敌。一天，玉梅的父亲和几个队员外出执行任务，哥两个趁其不备，突然用枪顶住玉梅父亲的脑袋，强迫他下命令带着几个人当了汉奸。后来，绥远起义的时候，玉梅的父亲随起义部队一起参加了解放军，起义部队赴朝参战，玉梅的父亲复员回家，闫氏哥两个随部队一起去了朝鲜。抗美援朝战争胜利后，两个人一个死在朝鲜，一个复员回家并担任了村干部，后来又到乡里任职。当上干部后，他对当年胁迫玉梅父亲当伪军一事一直耿耿于怀，觉得是块心病，也一直想办法堵住玉梅父亲的嘴，"文化大革命"前，对玉梅父亲还是经常嘘寒问暖，拉拢收买，"文化大革命"爆发后，他先挑唆造反派把玉梅的父亲打成历史反革命，然后又装好人说玉梅的父亲是起义人员，把他保了下来。实际就是警告玉梅的父亲，我可以打倒你，也可以扶起你，你的一切尽在我的掌握之中。后来他的侄子看上了玉梅，向玉梅表白被玉梅拒绝了，无奈之下他求自己的叔叔——公社革命委员会副主任去上门求亲，革委会闫主任亲自上门来提亲，而且又是掌握他命运的关键人物，玉梅的父母只好答应下来，定亲后，为了提高玉梅一家在村里的分量，闫主任又让玉梅担任了团支部书记，并选派她去担任赤脚医生。但是玉梅对于这门婚事一直不赞同，这次吴尚德上门来，玉梅的父母都对他挺有好感，但是，一想到公社革委会闫主任的淫威，玉梅的父母对吴尚德和玉梅的婚事又不敢答应，刚才在家里，玉梅对父母提出了想和吴尚德处对象，可是父母害怕闫主任的报复，都劝她还是要谨慎考虑，不能得罪了公社领导。

吴尚德听完玉梅的哭诉,把玉梅的身子紧紧地抱在怀里,一字一句话语坚定地安慰玉梅:"你放心,有我在一定保护好你!新社会了只要你不同意,他总不能上门演一出王老虎抢亲吧。"

"这个我知道,我是怕他利用手里的权力来报复咱们。"

"不怕!等培训班一结束我们就结婚,生米煮成了熟饭,看他们怎么办。"

"可是我们总是生活在他们的阴影下,我心里还是害怕,害怕他们找碴报复。"

"你不用害怕,"吴尚德用手一指碧蓝的天空一只展翅翱翔的雄鹰,斩钉截铁地向玉梅发誓,"我一定要像雄鹰一样展翅高飞,带着你飞出这小山村,在广阔的天空里自由地翱翔。"

"我相信你!我一生只爱你。"

面对玉梅直率的表白,一股幸福的暖流冲撞着吴尚德的心脏和大脑,感觉天在旋、地在转,怦怦乱跳的心好像要跳出胸腔,浑然忘记了周边的一切,沉浸在无比巨大的幸福之中,仿佛世界上只有两个人的天地。全然不知一场大祸即将降临到他的身上。

第二章　祸福相依

　　培训班很快就要结束了，吴尚德和玉梅商量，等培训班一结束，马上去玉梅家正式求婚，然后两个人就结婚办喜事。至于那个革委会闫主任的侄子根本不去理睬他。开始，吴尚德和玉梅还担心对方的报复，但是过了几天一点动静也没有，两个人认为此事肯定已经烟消云散了。一天正赶上授课的是中医科的殷主任，讲解的是中医正骨的一些知识，因为吴尚德有祖传的正骨手艺，而且他的父亲告诉他正骨的要义是"正骨不正肌，根本不懂医；正肌不正椎，病患一大堆"，在这一点上，殷主任对他的理论嗤之以鼻，认为登不得大雅之堂。由于在正骨的手法上两个人有不同的理解，课堂上还曾经发生过激烈的争辩，心里谁也不服谁。另外，吴尚德对殷主任讨好玉梅的举动非常不满，心里有些鄙夷他的为人，所以，他根本没有用心去听老师讲课，眺望窗外，一只苍鹰在蔚蓝的天空上左盘右旋，搏击长空，他内心里顿生一丝妒意，你是在炫耀自己有广阔的天空舞台而嘲笑我只能困守在荒凉的小山村吗？你先不要得意，且吃我一枪。吴尚德竖起大拇指和食指，比画成手枪的样子，用食指对准窗外的老鹰，嘴里轻轻发出啪啪的声音。

　　"吴尚德，你在干什么！"

　　殷主任在讲台上突然一声断喝，不仅吓了吴尚德一跳，也把全班同学的目光齐刷刷地吸引到他的身上。"同学们，你们看，吴尚德竟然用手指比画成枪，射向我们伟大的导师、伟大的领袖、伟大的统帅、伟大的舵手，我们最最敬爱的毛主席，他这是什么行为？是反动的行为！"殷主任用手指着挂在窗户旁边一幅毛主席站在天安门城楼上检阅红卫兵的彩色画像，给吴尚德的行为定性。

吴尚德被殷主任的话吓昏了头，他结结巴巴语无伦次地辩白："我、我没有，我是在打鸟。"

"鸟在哪里？"

"刚才窗户外面有一只老鹰，我是在向它射击。"

同学们随着吴尚德的手一起向窗外眺望，如洗的碧空只有几缕白云在轻轻地拂动，宽广的天空不要说老鹰就连一只麻雀也没有。

"同学们，你们发现了吧，吴尚德不仅恶毒攻击伟大领袖毛主席，而且还用谎话来骗人，对这种反动行为你们说应该怎么办？"在殷主任的挑唆下，班上的同学七嘴八舌纷纷对吴尚德进行声讨，吴尚德急得拉住玉梅的手，连声叫着她的名字，让她给自己做证："玉梅，玉梅，你给我证明，我刚才是不是在射老鹰。"玉梅不相信吴尚德会做出用枪射击毛主席画像的事，但是，面对空空如也一望无际的天空，此时此刻就是长一百张嘴也说不清道不明，她面对同学们同仇敌忾的声讨，也不知道如何为吴尚德辩护，急得她流着眼泪，挣脱了吴尚德的手，捂着脸冲出了教室。

一会儿工夫，公社革委会闫主任带着两个民兵走进了教室，他一进门就气势汹汹地说："吴尚德你好大胆，前些日子你溜门撬锁，偷盗药品的账还没有和你算，现在竟然发展到公开攻击我们的伟大领袖毛主席，真是狗胆包天。课你先不要上了，先去坦白交代问题。"他回头命令身后的两个民兵："把吴尚德押到你们民兵指挥部，好好审审他，什么动机，什么目的。"两个民兵在背后一人扭着他的一条胳膊把他押到了民兵指挥部。一进门民兵连长让吴尚德站在自己面前，板着脸先问了姓名、年龄、家庭成分、政治面目、父母的姓名和职业等一些基本问题，然后用威胁的口气吓唬吴尚德："我们党的政策历来是坦白从宽，抗拒从严，你的问题属于什么性质你知道吗？是现行反革命的行为，你必须老老实实交代自己的问题，为什么要反对伟大领袖毛主席，什么想法、什么动机，有没有人指使，不如实交代后果你是清楚的。"

听民兵连长一说，吴尚德着实被吓得不轻，他知道一旦被扣上现行反革命的帽子，后果是不堪设想的，轻的被开大会批斗，重的还有可能进班房，所以，无论如何不能承认自己射击的是毛主席画像，吴尚德一口咬定自己射的是窗外的老鹰，他无限忠于伟大领袖毛主席，怎么会做出现行反革命的勾当。民兵连长见硬的不行，又换了一副口吻："年轻人谁都有犯错的时候，毛主席说过，犯错误并不可怕，可怕的是犯了错误又不改正。改正了错误就是好同志，改正得越迅速、越彻底，就越好。你只要承认了错误，取得广大人民群众的谅解，也可以从轻处理的。"吴尚德知道只要自己承认了泼在头上的这盆脏水，无论如何今后怎么洗也不会洗干净，所以，他一口咬定，自己射击的就是天上的老鹰。民兵连长见自己软硬兼施，问来问去吴尚德还是铁口钢牙死不承认，不由得恼羞成怒，他解下腰间的皮带，抡圆了手臂，用皮带上的铁扣照着吴尚德的身上用力抽了几下子："叫你嘴硬，叫你死不悔改，叫你反对毛主席。我倒要看看是你的嘴硬，还是我的皮带硬。"吴尚德用双手护住头，疼得一边嗷嗷乱叫，一边大声质问道："毛主席说了，要文斗不要武斗，你凭什么打人？再说了我没做过的事凭什么逼我承认。"民兵连长气急败坏，破口大骂："你他妈一个反革命分子还敢质问我，毛主席说了，反动派你不打，他就不倒。扫帚不到，灰尘照例不会自己跑掉，我打你一个反革命分子就是打死了也是革命行为。"见吴尚德的喊声引起了屋外人的关注，两个民兵都上前劝民兵连长别打了，目前还没有取得证据，千万别把人打坏了。民兵连长心有不甘地放下皮带，吩咐两个民兵说："先把这个反革命分子关起来，饿他几天看他交代不交代。"两个民兵把吴尚德带到柴房关了进去，在外面加挂了一把铁锁就走了。吴尚德坐在柴堆上开始回想着刚才发生的惊心动魄的一幕，认真反思事情的根源。

前几天听玉梅说，最近殷主任也在追求玉梅，而且表示玉梅如果和他在一起，就把新自行车当嫁妆送给玉梅，话里话外暗示玉梅，他和公社革委会的闫主任也是亲戚关系，以后玉梅嫁给他肯定不会吃亏，总比跟吴尚德那个穷小子强百倍。玉梅当时就拒绝了他，今天这件事会不会是他故意打击报复？还有，殷主任和革委会闫主任是亲戚，有没有可能是他们联起手来陷害自己？想到这里吴尚德心中暗生寒意，如果他们凭借权力和势力，联起手来害自己，自己一个人势单力薄，恐怕真不是他们的对手，面对强加给自己的罪名，现在是百口莫辩，到了此时此刻，吴尚德真切感受到了当年岳飞被莫须有冤屈致死的无奈与悲愤。

天渐渐暗淡下来，夕阳收走了最后一缕光线，屋子里的景物逐渐变得模糊起来，一个民兵走到门口，从门缝中往屋里打量了一眼，并从外面拉开了屋子里的电灯开关。天色完全暗了下来，从门缝里飘进来一阵阵饭菜的香味，吴尚德知道到了开晚饭的时节了，虽然已经一下午水米没有沾牙了，但是他一点胃口也没有，满脑袋都是蒙冤受屈的悲愤和对未来发展的恐惧担心，坐在柴堆上在夜风的吹拂下，从里到外感到阵阵寒意袭来。忽然，从门外好像传来一阵轻轻的啜泣声，吴尚德试探地问："玉梅是你吗？"门外"嗯"了一声，并从外面用力把门推开一条缝，递进来两个窝头。吴尚德多想和玉梅好好倾诉一下委屈，但是又怕连累玉梅，他接过窝头小声对玉梅说："你赶紧走吧，回头让人看见就麻烦了。"玉梅劝他说："我相信你不会做这种事，我对殷主任也说了这话，但是他还是一口咬定你干了，你心胸放宽一些，别把自己身体气病了。"听玉梅说殷主任执意和自己过不去，吴尚德觉得前景对自己很不妙，他怕玉梅着急上火，于是宽慰她说："你放心，没做亏心事，不怕鬼叫门，不管他们用什么手段逼我，我都不会承认，你自己也多保重，别再往这里跑了，省得把你也牵扯进来。"玉梅依依不舍地与吴尚德告别而去。

夜深了，刺骨的寒风从门缝中挤进来徒增了几分秋夜的寒意，远处的山上隐隐传来几声野兽的嚎叫更增添了几分忧愁，静谧的黑夜仿佛一个巨大的怪兽要把吴尚德吞噬掉,他双臂紧抱在胸前,抬起头呆呆地望着头顶上孤悬的灯泡,孤寂的夜晚,悲愤的心灵,失望的前途,突然让吴尚德产生了以死明志的想法,他站起身用一根棍子在白墙上写下了"我是冤枉的"五个大字,然后把几捆柴火码成垛,站在柴火上用力把手伸向15瓦的灯泡,他想把灯泡先拧下来,再触电而死。"就差一点了,再往上一点就够着了。"吴尚德踮起脚尖手臂伸直用力向上,突然哗啦啦脚下的柴火堆被他踩塌,吴尚德重重地从高处摔下被埋在柴堆里,他用手撑住柴堆,直起身想重新把柴堆架起来。"咦,什么东西缠住了我的手?"他低头一看是一条捆柴的草绳子,"摸不到电门就用它吧。"吴尚德把绳子从身下抽出来,在脖子上绕了一圈,两只手攥住绳子的两端,左右手一起用力,他眼前一黑昏死过去了。

吴尚德被一阵黎明前的寒风从昏迷中吹醒,他用力睁开双眼,"咦,我还活着,没有死。"死过一回的人活下来会倍觉生命的珍贵,他挺起腰解开围在脖子上的草绳,"我没有做亏心事为什么要死,如果死了反而说不清道不明了,他们一定会说我是畏罪自杀,自绝于党和人民。再说了,我死了我的玉梅怎么办,我的家人怎么办,我要活下去和他们继续斗争,我就不信这世上没有讲理的地方。"吴尚德死而复生反而更加坚定了活下去的决心,他就着五更天的刺骨寒风吃下去两个窝头,涂抹去墙上的五个字,端坐在柴堆上,闭着双眼,静候黎明的到来!

太阳从东方露出了笑脸,早饭后时间不长,两个民兵一前一后进了柴房:"跟我们走。"

"去哪里?"

"今天是公社武装部杨部长审你,他可是'三支两军'的部队领导,人家有经验,劝你小子还是老老实实交代为好,别再嘴硬了。"

"我没有做的事让我交代什么,你们也不能屈打成招吧。"

"甭跟我们说,一会儿你和杨部长说去,是真是假你骗不了杨部长。"

吴尚德从两个民兵的嘴里听出自己的事情已经从民兵连上升到了武装部，内心更加忐忑不安，他知道现在"三支两军"的部队领导实际是公社的最高领导，就连革委会主任也要听他的话，把自己送到杨部长那里审，说明自己的事情已经升级了，不知道等待自己的将是什么命运。进了杨部长的办公室，吴尚德看见一个三十多岁身穿旧军衣、四方脸、粗眉毛、高鼻梁、厚嘴唇的中年人直着腰端坐在椅子上，看见杨部长的坐姿吴尚德推测他的腰一定有毛病，见吴尚德进门杨部长用两只细长但是炯炯有神的眼睛冷冷地从上到下扫描了吴尚德一圈，用手一指办公桌前的椅子，示意让吴尚德坐下。照例先问吴尚德的姓名、岁数、政治面目、学历、家庭成员、住址等基本问题，见说出自己父亲的姓名和家庭住址后，杨部长的眼中闪过一丝惊诧的目光，但随即又恢复了正常，但是杨部长的这一稍纵即逝的表现却被吴尚德捕捉到了，难道杨部长知道我的父亲？去过我们村子？

"吴尚德你这个案子我从头到尾已经了解了一遍，你的家庭背景我也了解了，你家出身贫农，是毛主席共产党帮助你们翻身得解放，这份恩情你一辈子也还不完，为什么你不图报恩反而恶毒攻击伟大领袖毛主席，你自己拍着胸脯想一想，这么做对得起伟大领袖毛主席吗？对得起你的家人吗？对得起郝玉梅对你的一片痴情吗？你死扛也没有用，我们凭证人的证词也可以定你的罪，一旦定罪这么多无辜的人受你牵连，你良心过意得去吗？不如老老实实坦白了，可以考虑从宽处理你。"杨部长把吴尚德的家人和玉梅都牵进来给他施压，让他心理压力骤然增大，但是，吴尚德知道一旦承认了等待自己的不可能是从宽处理，革委会闫主任他们一定借机治自己的罪，把玉梅从自己身边抢走，他回想起刚才杨部长惊诧的眼神，于是把话题扯到了自己的家庭："杨部长您说得对，没有毛主席和共产党就没有我们今天的幸福生活，所以，我们一家人对毛主席无比的热爱，早在抗日战争时期，我父亲就积极参加民兵，并且用祖传的医术帮助八路军，在鬼子扫荡时还掩护过八路军的伤病员，十多年来，我父亲一直教育我要听毛主席的话跟党走，我把这话记在心里，从来没有忘记过，您说我出身贫农家庭，怎么会反对毛主席和共产党，我那天确实射击的是窗外的老鹰，因为殷主任和我有过节，所以他诬陷我。"

"你们之间有什么过节，说来我听听。"

见杨部长问这个问题，吴尚德一五一十地把自己和殷主任之间在医学上因不同见解产生的矛盾，以及两个人都喜欢玉梅但是殷主任没有得手所以才打击报复自己的事实陈述了一遍。杨部长见吴尚德的嘴干得起了皮，吩咐旁边的民兵给吴尚德倒一杯水喝，又从抽屉里拿出纸和笔，让吴尚德把事实经过写一个材料，并让两个民兵先回去。

见两个民兵出了门，杨部长又仔细询问了吴尚德他父亲掩护八路军伤病员的时间、地点等细节，吴尚德把父亲回忆的点点滴滴全部还原给杨部长。讲完故事他好奇地问杨部长："您认识我的父亲？"杨部长给他讲了一个抗战时期发生在吕梁山区的故事。

抗战时期，日寇对我抗日根据地进行大扫荡，一位八路军战士在执行任务期间不幸遭遇敌人，打光了子弹和手榴弹，面对包围上来的敌人，这位八路军战士宁死不当俘虏，毅然决然从山崖上跳了下去，幸运的是被山中间的树木接住了，但是，腿受了伤，鬼子走了，这位战士咬着牙忍受巨大痛苦从山崖上爬了下来，这时候正巧遇见一位老乡从此路过，他见到负伤的八路军战士，把他背到家里，然后用祖传的医术为他正骨、包扎，因为这个战士还有任务，这个老乡又用担架找人把他送回了部队，这个战士只知道这个老乡姓吴，就住在你们家这个村子里，听你一说我猜想这个老乡就是你父亲。

"杨部长，这件事您怎么知道的？"

"我的二叔过去在山西吕梁山抗日打鬼子，他就是当年那位被人救了的八路军战士，现仍在部队工作，他知道我这次来山西吕梁'三支两军'，不仅给我讲了这个故事，还特意叮嘱我到这里后帮他寻找救命恩人。"

"杨部长我回家赶紧告诉我父亲这个好消息，老首长现在一切还好吧？"

"老首长一切都好！他听到这个消息一定也很高兴，我要赶紧写信告诉他。"

看见杨部长情绪很好，吴尚德把自己的猜测说了出来："杨部长您的腰受过伤吧？"

"是呀，在部队训练的时候没注意，腰部受过伤，一直没有好利索，特别是阴天下雨或者季节变换的时候疼得更厉害一些。"

"您躺好，我给您揉揉，看看管用不管用。"

杨部长犹豫了一下，看左右无人就顺从地趴到了床上。吴尚德手脚娴熟认认真真地给杨部长从颈椎到尾骨按摩了一遍，特别是腰部受伤部位作了全面治疗，昨晚本就没有休息好，再加上特别卖力气，累得他满头大汗，气喘吁吁，他扶着杨部长的胳膊让他站起来走一走，杨部长站起身直起腰，在屋子里来回走了两遭："嘿，真神了，一点都不疼了，你家祖传的手艺真不赖。"

吴尚德见杨部长很满意，连忙说："您的腰只要连续治疗一个疗程，基本就能去根了。"杨部长"嗯"了一声："好，一个疗程需要治疗多久呀。"

"一周揉两次，大约揉十次就可以了。"

杨部长坐回到椅子上，问吴尚德有这么好的祖传手艺，为什么不出去让祖国医学发扬光大，好好地为人民服务。吴尚德回答说："我一直想走出这个小山村去外面闯荡闯荡，但是没有门路呀。昨天下午我射击老鹰，就是嫉妒它能在天空自由自在地飞翔，而我一个青年人只能窝在山沟沟里虚度年华。"杨部长思考了一会儿说："这样吧，咱们公社的工农兵大学生推荐工作马上开始了，你可以积极报名，到外面的世界里好好历练一番。"

听见杨部长说让自己去上大学，吴尚德激动得心怦怦乱跳，他站起身恭恭敬敬地给杨部长鞠了一个九十度的躬："杨部长您的大恩大德我一辈子不会忘记，今后有机会一定好好报答您。"杨部长大度地一挥手："不用客气，什么报答不报答的，万一真能出去了一定好好干，别给我丢人现眼就行。"

"您放心，我一定好好努力，不混出个模样来绝不回来见您。"吴尚德斩钉截铁地做出了保证。杨部长满意地点点头，拿过吴尚德写的情况说明，郑重地在上面写下了一段话："经审查吴尚德恶毒攻击伟大领袖毛主席的事查无实据，不能立案，建议免予处理。"杨部长签上名字，打电话叫过来一个民兵，叫他把自己签字的说明送给革委会闫主任，并让吴尚德先回去上课，革委会闫主任那里他去解释。

吴尚德昂首挺胸高高兴兴地往教室走去，走到门口听见殷主任用不阴不阳的口气正贬损自己："吴尚德已经送到公社武装部杨部长那里审问，杨部长有丰富的对敌斗争经验，吴尚德这只狐狸再狡猾也斗不过好猎手，这次肯定够他喝一壶的。"吴尚德一把推开教室的门，大声对殷主任说："我回来了，恐怕你的愿望要落空了。"

教室里的同学见到吴尚德回来都大吃一惊，特别是玉梅竟然喜极而泣，泪水夺眶而出，吴尚德走到目瞪口呆的殷主任面前，一字一顿地说："殷主任，杨部长证明了我的清白，你的阴谋诡计破产了。"看着殷主任白一阵红一阵的脸色，吴尚德回到座位上对玉梅说："不要哭了，我没有事了，过些日子我还有好消息要告诉你。"他故意提高说话的分贝，让教室里面的人全都能听见。

到了休息日，吴尚德邀请玉梅陪自己回家让父母见见未来的儿媳妇，玉梅犹豫再三，最后还是答应了吴尚德。回家的路上玉梅见吴尚德精神抖擞，兴致勃勃，于是问吴尚德事情究竟是怎么圆满解决的。吴尚德把自己与杨部长见面的经过详详细细地述说了一遍，特别是杨部长准备推荐自己上大学的事当作特大喜讯告诉了玉梅。见吴尚德眉飞色舞的表情，玉梅有些担心地问："你去了大城市，成了大学生，不会把我忘了吧？"吴尚德拍着胸脯保证："经过这么多磨难我们好不容易在一起，我怎么会把你忘记。我大学毕业后，一旦有出息了马上把你接过去，我们天天在一起。"

"你说话可要算话，不许骗人。"玉梅撒着娇拉住吴尚德的手左右摇晃叮嘱他。

"你要是不放心等见过我父母，他们同意了婚事，我们就先结婚，等结了婚我再走，这样你就放心了吧。"

"这才差不多,结了婚在城里见到漂亮女孩子,也不许动歪心眼,只能想我一个人。"玉梅对吴尚德还是有些放心不下。

"你别胡思乱想了,我一辈子都只爱你一个人,要不然我们结了婚,等你怀上一个大胖小子我再走,你就踏实了。"

"谁给你生大胖小子,你想得美。"玉梅娇嗔地回了他一句,脸红得像清晨的朝霞。

两个人说说笑笑,感觉枯燥的旅途充满了幸福和快乐。一进家门吴尚德的父亲大吃一惊,从炕上蹦了下来:"我听说你在培训班出事了,把全家人都吓坏了,我正要去公社看你,问问到底怎么回事,你怎么没事了?"看见父亲焦虑的神情,吴尚德轻松地告诉父亲:"那些事全都过去了,我一会儿再告诉您详细经过,还有个好消息要告诉您,我先给您介绍一下客人,这是我的同学叫郝玉梅,是山南村的,今天回来和我一起看看二老。"

吴尚德的母亲拉住玉梅的手,夸赞说:"这姑娘长得真水灵,多大了,家里几口人呀,说没说婆家呀?"

吴尚德见母亲一连串的问题问得玉梅羞得垂下头,脸像块红布,急忙上前为玉梅解围:"妈,我们走了一路,累了,您先让我们坐下喘口气,喝口水,一会儿慢慢告诉您。"吴老汉也兴冲冲地吩咐婆姨:"就是,你赶紧去烧水、沏茶,然后杀只鸡,把蘑菇泡上。"

见吴尚德的母亲乐呵呵地去烧水、捉鸡,玉梅冲着吴尚德说:"我去帮大婶忙乎,你和大叔先聊吧。"见玉梅出了门,吴尚德坐下来先把前几天发生的事情一五一十告诉了父亲,然后把自己和玉梅谈恋爱的事情,以及玉梅的家庭情况也从头到尾都告诉了吴老汉,并问父亲有什么意见。吴老汉满意地点点头:"是个好闺女,我没有什么意见。"见父亲快乐的表情,吴尚德最后带着神秘的口吻提了一个问题:"大,你猜猜,杨部长的二叔是谁?"

吴老汉困惑地摇摇头:"没见过,不清楚。"

吴尚德兴奋地说:"大,他就是您当年救过的那个八路军伤员,现在当大官了。"

吴老汉激动得声调都变了:"是吗?他现在在哪里?"

"据杨部长说,现在某部队担任领导,杨部长说准备给他二叔写信,告诉他二叔这个好消息,杨部长还说准备推荐我去上大学呢。"

吴老汉见儿子平安归来,而且又把未来的儿媳妇带入门,特别是找到了几十年前患难与共的战友,一连串的喜事让他再也压抑不住自己兴奋的情绪,他兴冲冲地对吴尚德说:"你去把你姐姐姐夫他们叫回来,中午一起吃饭。"见儿子出了门吴老汉又亲自去供销社打酒。

中午饭吴尚德一家人齐聚一堂,欢声笑语不断,家里上上下下对吴尚德未来的媳妇都十分满意,叮嘱他赶紧把玉梅娶过门,大姐自告奋勇去玉梅家求亲,姐夫也张罗着赶紧给吴尚德盖新房,吴老汉则眯着笑眼说赶紧过门生个大胖孙子,好把祖传的医术传宗接代下去。吴尚德见玉梅被大家说得已经抬不起头了,忙岔开话题为她解围:"这件事先不急,我得先和杨部长汇报一下,听听他的意见再做决定。"

吴尚德的姐姐姐夫忙问杨部长是谁?为什么要向他汇报。吴尚德简单地把杨部长准备推荐自己上大学的事情说了,所以结婚前必须征求杨部长意见。吴老汉一摆手说:"咱们结婚上学两不误,你结了婚再走,也等于给了玉梅名分了。"姐姐姐夫也撺掇赶紧办喜事,办完喜事再上大学,喜上加喜。吴尚德见大家都赞成先办喜事,退让一步说:"那就等我下周给杨部长打过招呼再操持吧。"

中午一下课,吴尚德吃过饭径直走进杨部长的宿舍给他揉腰,并把自己想和玉梅先结婚再上学的想法告诉了杨部长。杨部长听了突然用手撑起上半身抬起头:"什么?你想结婚?"吴尚德被杨部长的举动吓坏了:"怎么了杨部长,结婚有什么问题吗?"

"当然有问题了,推荐工农兵大学生首先是政治表现要好,你看,"杨部长一指墙上悬挂的"为革命实行晚婚和计划生育"的大幅宣传画,"现在国家号召晚婚和计划生育,并作为一项重要的工作要抓紧落实,你现在的年龄不符合国家晚婚的要求,你如果结婚了,恐怕政审这一关你就过不去。"听了杨部长的话,吴尚德愣住了,他没有想到会是这个结局,之前的一切美好设想全部落空了,他心有不甘地问:"那我悄悄结婚不说行不行?"

"不行!"杨部长斩钉截铁地回答,"这是欺骗组织的行为,一旦被发现了,不仅你受处分,连我也要受牵连。再说了,你上次的事虽然我帮你摆平了,但是,闫主任他们心里并不服气,一直在虎视眈眈地盯着你。我估计你上大学的事儿,即便你全都符合条件,闫主任他们也会反对,更何况你自己把把柄给人家送上门去。"

吴尚德主要担心玉梅这朵鲜花在自己上学后被闫主任的侄子和殷主任这些牛粪玷污了,所以,想把玉梅娶进门断了这些人的念想,他把自己的担心告诉了杨部长。杨部长听完了耐心地开导他:"你去上学正好是对你们感情的考验,三年的时间,如果玉梅都等不了,说明她并不爱你,也证明了你们的感情基础并不牢固,如果她真心爱你,再长的时间她也一定会等你的。两情若是久长时,又岂在朝朝暮暮。"听杨部长一说,吴尚德知道自己的美梦恐怕难以成真了,不过杨部长说得也对,闫主任他们肯定见不得自己好,巴不得我出点事好借机整我,结婚的事情还真得好好掂量掂量。

见吴尚德闷闷不乐的表情,杨部长又循循善诱地给他做开了思想工作:"再者说,你年纪轻轻的这么早结婚做什么,外面的世界这么精彩,你应该趁着年轻好好学习,增长本领,争取更好地发展进步。你上大学三年好好学习,毕业了就可以分配工作,等有了稳定的工作,在大城市里扎根落户了,再把玉梅接出去,一家人全都跳出了山沟沟,连你的家人和你的孩子全跟着沾光,如果你现在放弃了,以后恐怕就没有这个机会了。"吴尚德权衡再三,觉得杨部长说得句句在理,他一咬牙终于决定了先不结婚,自己一直梦想像雄鹰一样在广阔的天地中展翅翱翔,而上大学是当前跳出山沟沟的唯一途径,如果真的错过了这个村恐怕就没有这个店了。杨部长说得好,两情若是久长时,又岂在朝朝暮暮,回家把这个道理和家人讲清楚,家里人估计问题不大,他们一定会理解支持自己的想法。关键是玉梅怎么办,她会答应等待自己三年的时间吗?

晚饭后，吴尚德把玉梅约到了院子后面的小树林里，告诉玉梅恐怕结婚的事情要往后推几年了。玉梅惊诧地睁大了一双美丽的大眼睛，质问他为什么说好了的事情又突然变卦。

吴尚德见玉梅疑惑不解的目光，急忙向玉梅解释："不是我临时变卦，而是事出有因。等我慢慢告诉你。"吴尚德把中午和杨部长的谈话内容毫无保留地告诉了玉梅，并且安慰玉梅说："不过三年的时间，很快就会过去的，我在大学一定好好学习，等毕业分配工作后，在大城市扎下根了，我们就结婚，然后再把你接走，我们就可以天天在一起了。"

吴尚德兴致勃勃为玉梅描述了未来的美好前景，想让玉梅开心，不料玉梅听完了他的话，先是抽抽噎噎地流泪，而后逐渐哭出了声，最后突然扑进吴尚德的怀里放声大哭起来。见玉梅哭得这么伤心，着实把吴尚德吓坏了，他用双手紧紧搂住玉梅，疑惑地问："玉梅你怎么了？是怕闫主任他们那些人欺负你吗？"

玉梅的头顶在吴尚德的胸膛轻轻地摇了摇："不是。"

"那是怕你的父母不同意，我走后强迫你嫁人？"

"也不是，我自己的事情我做主。"

"这也不是，那也不是，那你到底为什么这么难过？"

"我是怕……我是怕……"吴尚德见玉梅吞吞吐吐只说半截话着急得不得了，"哎呀，你都快急死我了，到底你怕什么，快点告诉我好吗？"

玉梅把头扎在吴尚德的怀中把自己最害怕的事情告诉了他："我是怕你当上大学生又在城里有了工作，爱上城里的漂亮姑娘就不喜欢我这个山沟里的农村姑娘了，三年后不回来娶我了。"

听完玉梅的担心，吴尚德长长出了一口气，原来是害怕自己成为陈世美呀。他用双手捧住玉梅的脸蛋，用嘴巴含住玉梅眼角晶莹的泪花，一字一顿地说："傻丫头，经过那么多磨难我们才走到一起，我怎么会不爱你呢。你把心放在肚子里，我三年后一定回来娶你。"

"那你向我保证。"玉梅撒着娇央求吴尚德。吴尚德抬手一指天上的明月:"请天上的明月为我做证。我吴尚德三年后无论如何必定回来娶郝玉梅为妻,而且永远只爱郝玉梅一人,绝不变心!"

玉梅幸福地把头贴在吴尚德的怀抱里,倾听着他的心跳声,声音颤抖地表白自己的态度:"只要你爱我,心里有我,不要说三年,就是三十年我也等你。我郝玉梅生是你吴家的人,死是你吴家的鬼。这辈子就跟定你了!"

天空一弦弯弯的明月像恋人的笑眼,晶莹的星斗眨着欢快的眼睛,秋虫此起彼伏唱着欢快的歌声,秋风曼舞飘来一阵醉人的芳香,大自然仿佛也为他们的爱情所陶醉,用最美丽的画面为他们送上衷心的祝福。吴尚德和郝玉梅相互用力搂住对方的躯体,企盼将彼此的精神、肉体完全融合在一起,融化在这充满诗情画意的秋夜里。

第三章　自我奉献

培训班圆满结束了，结业当天公社领导和全体学员照了一张合影，公社革委会主任说了一些勉励的话，食堂特意为他们做了一顿好饭践行。大家依依不舍，互道珍重而别。

吴尚德回到村里马上向大队书记报到，书记首先表示欢迎他学成归来，为广大贫下中农服务，接着又对他的工作进行了安排。平时，抽出一半的时间和社员一起下地劳动挣工分，另一半的时间为社员看病，看病耽误的工分由大队补助，看病的出诊费、注射费等，先上交大队，大队再以补助形式返还，不足的部分由大队补齐，保证一年的收入不会低于村里的同等劳动力。

安排完工作，书记又叫来几个人把大队部院子里一间放农具的房子腾出来给他做诊室，按照吴尚德的要求，用白灰水把屋子粉刷一遍消毒，找个柜子当药品柜，两条板凳上面铺上一块床板做治疗床。吴尚德又找来一块白木板用红油漆在上面画了一个红十字，下面写上赤脚医生医疗站，全部准备工作就完成了。书记看到吴尚德一回来顾不上休息，累得满身大汗先把医疗站建好了，满意地把吴尚德夸奖了一番，并叫大队会计用大喇叭告诉全体社员明天大队医疗站就可以开张了，欢迎大家前来就诊。

吴尚德见一切就绪，方把自己内心的一个想法告诉了书记："书记,现在还没有封冻,也是各种药材成熟的季节,我想先不下地劳动,而是先上山采药,一来可以为大队节省药费支出,二来采的药用不完还可以卖钱,增加集体收入。"

大队书记高兴地一拍大腿:"你这个主意不错,你先不用下地劳动,先去挖药材。人不够跟我说,我再给你派几个人帮助你。"

"谢谢书记!眼下我先自己挖,需要人的时候我再和您要人。"

吴尚德挖药材的本心一方面是为了村集体着想,另一方面也有私心,他一个人外出比较自由,主要是想抽空往公社多跑跑,一是为杨部长的治疗要善始善终,二是上学的事要从杨部长那里多探探消息。另外,和玉梅约会也方便一些。医疗站开张后,吴尚德着实忙乎了两天,而且因为治疗好了两个病人,一下子在村里声名鹊起。

一个病人是三叉神经疼,花了好些钱、吃了好多止疼片也不管用,被吴尚德用新学会的针灸止住了疼痛,病人出了门就伸出了大拇指,并且自编了一首顺口溜见人就夸:"毛主席的指示好,赤脚医生医术高,全心全意为人民,一根银针一把草。"

还有一个病人脚崴了,去公社医院照了片子,怀疑是骨折,提醒病人家属说不早点治疗有可能落下终身残疾,吓得家属连忙带病人到了县医院,县医院照了片子,也说怀疑是骨折,但是也不能最后下定论,建议去省城再看看。病人家里实在掏不出钱去省城,见村里的医疗站开张了,抱着死马当作活马医的想法来到了这里。吴尚德让病人躺在床上,用手把患者的伤处抚摸了一遍,右手一用力,只听"咔"的一声,伤骨复原了。病人原本是一瘸一拐进来的,出去的时候大步流星。病人家属感慨万千:"去大医院花了几十元,都不如赤脚医生的5分钱(门诊费)。"

吴尚德的故事被大队书记报给了公社,在杨部长的直接过问下,公社广播站把这两件事当作批判反革命修正主义医疗卫生路线、歌颂两条路线斗争伟大成果的新闻进行了广播,吴尚德一炮走红,在全公社迅速成了公众人物。

在给村里人治病的同时,吴尚德以采药的名义到了公社继续给杨部长治腰,顺便探听自己上学的事情进展如何。杨部长告诉他:"上学的通知马上下到村里,接到通知你马上报名,公社里的事情由我来运作。这次你出了名,为你上学也增添了筹码,不过出了名也是坏事,你成了公社典型人物,为了树典型的需要,没有人接替你,肯定不舍得放你走。"

听了前半句吴尚德满心欢喜,听了后半句吴尚德心凉了半截:"杨部长那我应该怎么办?您见多识广,给我出个主意。"

"你回去看能不能找个代替你的人继续当赤脚医生,这样大队和公社就没有理由不让你走了。"

得到杨部长的指点后,吴尚德回家后寝食不安,绞尽脑汁反复思考怎样才能找个合适的人取代自己的地位让自己顺利上学读书?

这天吴尚德正坐立不安地在医疗站来回转圈时,忽然听见外面有人喊自己接电话,他急忙问:"是谁的电话呀?"

"没有问,不知道,是个女的,说是要咨询你一个医疗问题。"

吴尚德猜测一定是玉梅的电话,他急忙跑过去,接起电话一听果然是玉梅的声音。玉梅先在电话里问了几个医疗方面的问题,吴尚德一一作答,最后,玉梅又问上学的事进展如何了。吴尚德把自己和杨部长谈话的内容一五一十地告诉了玉梅,并且用后悔的口气告诉玉梅,早知道如此,当初就不该出头当这个典型,如今倒把自己的手脚捆住了。玉梅劝他:"事已至此,你也不要着急,我们一起想想办法。"

吴尚德情绪有些颓丧:"唉,能有什么办法,能想的我都想了,我是黔驴技穷了。"

电话那头玉梅沉吟了一会儿,然后坚定地对他说:"你哪天去公社给杨部长按摩?我也过去,我们一起商量一个办法。"吴尚德和玉梅约定好见面的日期后,相互挂断了电话。

转眼到了约会的日子,吴尚德到了公社后面的小树林里,见到了朝思暮想的玉梅,一日不见如三秋兮,虽然刚刚分别不到一个月的时间,但是彼此感觉好像一年没有见面了。两个人紧紧拥抱在一起,吴尚德从玉梅的额头、眼睛、鼻子、脸蛋一直亲到嘴巴,最后四片滚烫热辣的嘴唇牢牢地黏合在一起,吴尚德忘情之下,用牙齿把玉梅的舌头轻轻咬了一下,玉梅松开嘴巴,攥起拳头轻轻捶了吴尚德的肩膀一下,娇嗔地说:"你真坏,刚见面就欺负人家。"

吴尚德满脸堆笑地道歉说:"对不起,不是故意的,是太想你了,所以想一口把你吞下去,永远在我的心里。"

玉梅娇羞地说:"我也好想你,就是事情太多了,不好出来,今天我也是跟大队书记说要采几味中药材才借机跑出来的。"

吴尚德见玉梅为自己的事情不辞辛苦,跑十几里山路来赴约,一股暖流涌入心田,他怀着感激的心情动情地说:"辛苦媳妇了,我以后有出息了,一定会好好报答你!"

"我不需要你报答,只要你进了城还依然爱我,我就心满意足了。"

"进城的事儿那是后话,关键是眼前这一关如何过,玉梅你有什么好办法?"吴尚德关心的还是如何迈过眼前的这道坎。

玉梅沉思了一会儿,脸色一红:"我倒是想到一个办法。"但她欲言又止,把后面的话又咽了回去。

"我的好玉梅,什么办法,你快点告诉我。"吴尚德兴奋地牵住玉梅的手左右摇晃了几下,满眼渴求的目光。

"我是想……我是想……"玉梅低下头,声音越来越低,脸蛋羞得红通通的。

"你到底想什么?快点告诉我,急得我的心脏都要跳出来了。"

"我是想搬到你们家里住,既可以孝敬你的父母,也可以当你们村里的赤脚医生,这样他们就没有理由不放你走了。"玉梅说完话,垂下烧得红红的脸蛋,用双手摩挲自己的辫梢。

"你住在我家?杨部长说过了结了婚的人就不符合上学条件了。"吴尚德有些疑惑不解。

"我们不结婚,我以未婚妻的身份搬到你家里住,替你尽赡养老人的义务,这样既符合上级的要求,也不违反上学的规定。"

吴尚德听明白了玉梅的想法,他激动地把玉梅紧紧抱在怀里,动情地表白:"我的好玉梅,我太爱你了!你真的好伟大。"

"为了你我什么都可以做，只要你能顺利地上学读书。"

"我的玉梅真聪明，你是怎么想到这个办法的？"

"我们青年团组织学习的时候，我看外地有一个女青年未婚夫参军了，她主动到未婚夫家里照顾公婆，还获得了'三八红旗手'的称号，我就想我也可以像她一样去你家里照顾老人，免除你的后顾之忧呀。"

吴尚德激情过后有些担心地问："可是你的父母他们能同意吗？"

"我父母那里我去说，他们不会反对的。就是反对我都这么大了，也能自己做自己的主了。"

"家人好说，可是，你们村里只有你一个赤脚医生，你走了，村里没有人看病了，大队书记会同意吗？"吴尚德还是有些担心。

"没有关系，公社闫主任的侄子一直想当赤脚医生，他说上次就是因为喜欢我，所以才把名额让给我的，这次我走了，他正好可以顶替我去当赤脚医生了。"

提起闫主任的侄子，吴尚德有些不放心地问："他现在还来骚扰你吗？"

"他也听说你要上学的消息了，所以最近又来找我，说还想和我交朋友，我到你家里去，也省得他天天死皮赖脸地缠着我。"

吴尚德一想也对，住到自己家里就可以断了打玉梅歪主意的那些人的念头，对玉梅也是一种保护，他一会儿要把这个好消息赶紧告诉杨部长，让杨部长为自己说话的时候好有底气。

吴尚德和玉梅商量好下一步的计划，依依不舍地目送玉梅的身影消失在弯弯的山路后面，赶紧给杨部长报喜讯。杨部长见他满面春风进了门，打趣地问了一句："得什么喜帖子了，脸上都笑开了花。"见杨部长发问，他急不可待地把刚才和玉梅商量好的事情一股脑地告诉了杨部长。杨部长感慨万千，由衷地赞叹说："真是个痴情的好姑娘，吴尚德你小子真有福气呀。"

"是呀，杨部长我也没有想到她为了我能上学竟然做出这么大的牺牲。"

"你小子以后出息了，可不能忘记了玉梅对你的恩情，要懂得知恩图报。"杨部长一脸严肃地叮嘱吴尚德。

"杨部长您放心，吃水不忘挖井人，我一定会回来娶玉梅的，而且我会一辈子对她好。"吴尚德信誓旦旦向杨部长做出了保证！

"我相信你！你抽空去玉梅家里看看，给人家父母当面道个谢，毕竟人家闺女为你做出这么大的牺牲。"

"好的，我听您的，等我报上名我就去玉梅家看看，顺便报个喜讯。"吴尚德一边给杨部长揉腰，一边满口答应了杨部长的要求。

"上学的通知已经来了，这几天就发到各个大队了，你回去赶紧把手里的事情料理料理，不要留尾巴。特别是钱和物一定要交割清楚，一分一厘都不能差。"杨部长叮嘱得非常仔细。

"我记住了，回去按照您的要求我保证一分钱也不会少。我先回去了，您的腰再揉两次就差不多全好了，我一定在走之前把您的腰治好，以报您的大恩大德。"吴尚德穿上外衣准备往家走了。

"等一等，我有个好消息告诉你。"

吴尚德的一只脚已经迈出了房门，一听见身后杨部长说有好消息的话急速旋转过身来："杨部长有什么好消息？"

杨部长从抽屉里取出一个信封，掏出几张纸，递给吴尚德："这是我二叔的来信，给你父亲写的，本来我想亲自给你父亲送去，但是入学和征兵工作都开始了，这几天工作忙走不开，你先把信给你父亲带回去，等过些日子得空了，我再去拜访他老人家。"

吴尚德从杨部长手里接过信，双手激动地有些发抖，他把信放进衣兜里，恭恭敬敬地弯腰给杨部长鞠了一个躬，欢天喜地蹦蹦跳跳地往家里跑去。

回到家一进院门，吴尚德就大声地喊了起来，吴老汉紧张地跳下炕，趿拉着鞋从屋里跑了出来："小子，怎么了？又出什么事了？"

"大，来信了，来信了。"吴尚德从兜兜里掏出信纸在吴老汉面前摇晃着。

"什么信把你高兴成这个样子？"

· 038 ·

"这是杨部长的二叔给您写的信,杨部长让我给您捎回来的,杨部长说了,等忙过这阵子再过来看您。"

"小子,赶紧给我念念,老首长都说了啥。"吴老汉连声催促吴尚德快点念信。

"大,咱还是回屋里念吧,外面风太大,别把您老吹坏了。"吴尚德搀着吴老汉往屋子里走。

"好,好,回屋念,把你妈也喊过来听听。"吴老汉想让自己的婆姨一起分享快乐。

吴尚德忙把妈妈喊过来,打开信纸高声念了起来:

吴老汉我的老战友,你一切都好吧!从我家思晋(就是杨部长)那里知道了你的消息,我是高兴得一宿没有睡好,闭上眼睛就回想起三十多年前的烽火岁月,仿佛又回到了曾经战斗过的吕梁山脉。想当年如果没有你舍命相救,恐怕我早就见马克思去了,毛主席说得好,军民团结如一人,试看天下谁能敌?当年老区人民为了支持八路军打鬼子,自己饿肚子也要把粮食送给部队吃,抬担架、救伤员,甚至不惜牺牲自己的生命来保护八路军,老区人民对子弟兵的深情厚谊我是一辈子都不会忘记的。虽然我跟随部队转战南北,走遍了大半个中国,但是,总是有个心愿未了,就是要找到当年救我的亲人,当面去感谢、去报恩,如今终于知道了你的消息,我是死而无憾了。听思晋说,你儿子准备上学读书了,太好了!老战友你要全力支持他,让他把你家祖传的医术拿出来好好地为人民服务,为工农兵服务,让祖国的医学瑰宝焕发出新的光彩,为祖国争光,为毛主席的无产阶级卫生路线增光添彩。

老朋友你要多保重身体,等有机会了我们聚一聚,看看老战友、叙叙战友情,我有时间了也一定要重返吕梁山,去看望养育支持我们的老区人民,看望长眠在那里的战友和亲人。

最后，谨致革命的敬礼！

老战友杨抗战

吴尚德念完信发现吴老汉的眼睛已经湿润了，显然是被老战友的一片深情所打动，嘴里喃喃自语："他还没有忘记我，当大官了也没有忘记我。"见父母都沉浸在幸福的遐想中，吴尚德适时地又抛出了一个更加让父母快乐的事情："大，我还有一个喜事要告诉你们。"

"小子，还有什么喜事？"

吴尚德于是把自己走后玉梅想搬过来照顾二老的身体，支持自己上学的事情告诉了父母。吴老汉兴奋地说："那敢情太好了，小子你就放心地走吧，我和你娘会把她当亲闺女看待的。"母亲也咧开嘴巴笑着说："你就放心地把玉梅交给我吧，吃的、喝的、住的、用的，都不会亏着她。"

吴尚德见父母都支持玉梅过来住，心也就踏实了，他告诉父母，自己近期还要去玉梅家里走一趟，一来是登门道谢，二来是看玉梅家里有什么事需要自己帮忙的，走之前再出出力。吴老汉不仅让他抓紧时间去，而且叮嘱他一定不能空手去，拿份大礼并带点钱过去。

第二天，一进大队部大队会计就告诉他上学的通知已经到了，让他赶紧去报名。吴尚德急忙找到大队书记，诉说了自己准备上学读书、走出去弘扬祖国传统医学的决心。书记沉吟了一下："你是公社树立的典型，也是在县里挂了号的人物，你上学我说了不算，还要问公社同不同意。"

"只要您同意了，公社那里我去说。"吴尚德主动求战。

"可是，你走了村里的医疗站怎么办？短期内我们也培养不出来新的赤脚医生呀。"书记不无担忧地又提出了一个新问题。

吴尚德早已预见到书记会问这个问题，他胸有成竹地给书记做了解答："这个您尽管放心，我未过门的媳妇玉梅她主动提出落户到咱们村，承担赤脚医生的职责，她在培训班学得比我好，而且对贫下中农有很深厚的无产阶级感情，肯定不会让社员们失望的。"

书记见吴尚德安排好了一切，也不好再继续阻拦，无奈之下他只好做个顺水人情："既然你都已经考虑周全了，我也没有什么意见，你放心，我们会照顾好你家人和玉梅的。"吴尚德见书记这一关已经顺利通过，决心再去找杨部长攻关，坚决打通公社这最后一个关节。

各个村子推荐上学的人员名单经过大队初步审核，已经陆续上报给公社，公社决定召开专门会议研究审核推荐上学的最终名单。杨部长估计吴尚德要想过关，肯定会经过一番激烈的争论，自己作为"三支两军"的人员虽然握有最终决定权，但是他也清楚自己大权在握的情况已经引起了公社内部一些人的不满，特别是上次处理吴尚德的问题更是直接得罪了闫主任，他肯定会拉拢一些人为难自己，对此，他已经做好了充分的思想准备，但是会议上的阻力还是有些超乎他的意料。

会议开始还是风平浪静，公社革委会有关系的人都顺利通过了，当讨论到吴尚德的时候，首先提出反对意见的不是闫主任，而是主管文教卫生的领导。她的理由是吴尚德已经成为贯彻毛主席"6.26"指示的一个典型，过些日子县革委会还要派人来总结推广本公社的经验，如果吴尚德走了，那届时如何跟县里解释，我们不能自己砍掉自己树立的红旗。

她的话音一落立即引来了许多赞许的声音，如果吴尚德被树立为全县的典型，县里再推荐到省里，那公社自然就能够名扬全省甚至全国了，那是公社的莫大荣誉，大家都把宝押在了吴尚德的身上。

杨部长自然知道大家的想法，他理了一下思路，谈了自己的想法："吴尚德这个典型虽然出在我们公社，但是我们不能把他当成我们公社的私有财产，无产阶级只有解放全人类，才能最后解放自己，伟大领袖毛主席指出：本位主义片面强调本部门、本地区、本单位的利益，破坏国家和人民的整体利益。我们让吴尚德到县里就是县里的光荣，让他到省里就是我们省的光荣，如果我们让他到了全国就是我们国家的光荣，在世界上让祖国的医学瑰宝焕发出新的光彩，为社会主义祖国争光，为毛主席的无产阶级卫生路线增光添彩。"说到这里，杨部长端起杯子喝了一口水，继续按照自己的思路往下说："再说了吴尚德有祖传的医术，我们为什么不给他提供一个更加广阔的天地，让他全心全意地为广大的工农兵服务，为更多的人民群众服务，一旦干出了成绩，这不也是我们省、我们县和我们公社的光荣嘛！"

杨部长一席话说得有理有据，而且站在讲政治的高度批驳了一些人的本位主义思想，见反对吴尚德上学的人被驳得哑口无言，主管公安工作的领导又提出了一个问题："我听说吴尚德曾经撬开门锁偷拿培训班的药品，还有曾经恶毒攻击伟大领袖毛主席，虽然查无实据，但是也不能摆脱嫌疑呀，这样的人送到学校，会不会给学校添麻烦？"

杨部长见此人否定自己的审查结果，心情有些不快："吴尚德恶毒攻击伟大领袖毛主席一事是我亲自审查的，从他的父亲开始对毛主席共产党就无比热爱，吴尚德我了解在村里也是一个好青年，这件事有私人恩怨掺杂其中，所提供的证据不足采信。至于偷拿培训班药品一事，是他当时急于救人，迫不得已的举动，与偷盗行为有本质的区别。"

闫主任见前面的人都被杨部长驳了回来，只好清清嗓子亲自出场了："吴尚德担任赤脚医生的时间虽然不长，但上任伊始就得到了广大贫下中农的一致好评，说明吴尚德是深受贫下中农喜爱的赤脚医生，如果吴尚德走了，村里就没有赤脚医生了，如何落实毛主席的'6.26'指示，谁来为贫下中农服务？伟大领袖毛主席教导我们：为什么人的问题是个根本问题、原则问题，这个大方向我们不能错。"

杨部长见闫主任终于披挂上阵了，心里也暗暗松了一口气，主角终于登场了，斗争到了最后关头，终于可以看见胜利的曙光了。

杨部长等闫主任的话音落地，立即接了过来："闫主任说得好，为贫下中农服务这个大方向我们必须始终坚持。告诉大家一个好消息，我们公社又涌现出一个弘扬我们中华传统美德孝老爱亲的先进典型，山南村的郝玉梅同志在没有结婚的情况下，自愿到吴尚德的家里照顾他的家人，让吴尚德安心上学读书，并且为村里的贫下中农看病，据我了解，郝玉梅同志在培训班也是一个优秀学员，我相信她一定不会辜负广大贫下中农的信任。"

杨部长的话仿佛一颗炸弹在会场引起了巨大轰鸣，会场上叽叽喳喳一片议论的声音，突然，一个冷冰冰的声音响了起来："杨部长，据我所知郝玉梅的父亲是个历史反革命，把医疗大权放在这样的人手里，广大贫下中农能放心吗？"这个问题让嘈杂的会场一下子安静下来。

杨部长微微一笑："据我所知，郝玉梅的父亲是和闫主任一起光荣起义的解放军战士，他的历史反革命问题闫主任已经给他平反了，对不对，闫主任？"

闫主任见扯历史问题扯到了自己身上，心里暗暗咒骂提意见的人乱放炮，他十分尴尬地回答了杨部长的问题："哦、哦，这个问题已经有了结论，经过组织审查已经给他平反了。如果郝玉梅能够顶替吴尚德，我也不反对吴尚德上学。"闫主任怕再扯这个问题把自己当年投敌当汉奸的丑事说出来，急忙同意吴尚德上学，结束了这个不愉快的话题。

第二天吴尚德给杨部长揉腰的时候，杨部长兴奋地告诉他公社政审已经通过，同意他上学了。吴尚德眼含热泪颤抖着发出内心的声音："杨部长，您的大恩大德我会永远铭记在心，今后发展进步了，我一定好好报答您！"

杨部长安慰他说："不用报答我，用你的医术好好为人民服务，按照我二叔的说法让祖国的医学发扬光大，用事实证明我这个伯乐没有看错人，我就心满意足了。"

"杨部长您放心，到了学校我一定好好读书，为您增光添彩，为家乡父老争气。"吴尚德语气坚定地向杨部长表达了决心。

"我相信你。过几天就要体检了，等体检通过了，我去你家里家访的时候再去看望你父亲。"

体检通过后，没有几天吴尚德就接到了入学通知书，他抓紧时间把手里的工作交接完毕，抽空和玉梅一起又去了一趟山南村，拜见了自己未来的岳父岳母，除了表达自己的感激之情，也向他们表达了自己绝不辜负玉梅的一片深情，坚决照顾玉梅一辈子，请二老放心的坚定誓言。

杨部长受二叔的委托来到了吴尚德家里看望吴老汉，吴老汉已经从吴尚德那里知道了杨部长对自家孩子的再造之恩，一见杨部长的面，双手合十给杨部长作揖："杨部长，我们山里人不会说什么漂亮话，您对我家小子的大恩大德我是一辈子也不会忘记的。请受我老汉一拜！"杨部长抢上一步，挺直腰板端端正正向吴老汉敬了一个军礼："我代表我二叔向您致敬！感谢您当年的救命之恩。"杨部长放下手臂，搀扶吴老汉的胳膊坐到炕头上，关切地询问吴老汉的生活起居、身体状况，并代表他二叔盛情邀请吴老汉有空的时候去部队看看。吴老汉连连点头："谢谢老战友的情谊，请给你二叔捎个话，乡亲们一直没有忘记当年八路军舍生忘死打鬼子保卫我们家乡的这份恩情，请他有时间再来我们这山沟沟里看一看。"杨部长答应一定转达。

明天就要启程去北京上学了，吴尚德向大队书记提出要站好最后一班岗，走之前再参加一次集体生产劳动，为大队做最后一次贡献，书记伸出大拇指夸赞他是个有志好青年，并安排他离别家乡的最后一晚去看场院，主要是给他和玉梅提供一个话别的机会。吃过晚饭，吴尚德披上一件外套，叫上玉梅一起来到了场院里。夜幕悄然降临到寂静的小山村，场院里一盏昏暗的灯泡发出的淡淡光线难以覆盖空旷的院落，整个场院仿佛被无边的黑暗所吞噬，几个圆乎乎的谷秸垛，孤零零地耸立在场院边上，给荒凉的场院更增添了几分孤寂与静谧，玉梅有些害怕地紧紧地抱住吴尚德的胳膊，吴尚德一指黑黝黝的谷垛："我们去那上边吧，既看得远，又暖和。"玉梅点点头一语双关地说："我听你的，你去哪里我就跟你去哪里。"

吴尚德找来一架梯子，两个人顺着梯子爬到了谷垛顶上，一阵夜风袭来，顿觉寒意侵体，玉梅不由自主打了一个冷战，吴尚德把玉梅紧紧抱在怀里，把外衣罩在她身上，头挨头、肩并肩，仰头遥望一望无际的星空。一轮明月皎洁如玉盘悬挂在天际，如水的月光充满柔情蜜意洒落在山村的每一个角落，璀璨的星斗变幻出不同的图案，演绎着古老的传说，远处的田野秋虫唧唧，唱着末日的挽歌。吴尚德指点着天上的星星，告诉玉梅哪是牛郎星、哪是织女星，我去上学走了，我们就像牛郎织女一样暂时分开了，虽然不能天天见面，但是我们要像牛郎织女一样永远相爱。玉梅捂住吴尚德的嘴巴说："我们不当牛郎织女，他们一年才见一次面，而且骨肉分离，太悲惨了，我要天天和你在一起，像天上的月亮一样团团圆圆！"玉梅的话宛如一股暖流涌入吴尚德的心田，他用嘴巴贴住玉梅的耳朵，吟诵出心灵的歌声："你是我的唯一，你是我的最爱，我会爱你到永远永远！"

  吴尚德突然想到了一个问题，他问玉梅："前几天去你家里，看望你父母，去之前我感觉到他们一定会反对你来我家，没有想到二老那么开通，竟然一口同意你来我家，你是怎么说服他们的。"

  玉梅没有直接回答这个问题，而是转移话题，她给吴尚德讲了自己童年的一个悲惨故事。

  我上边是个姐姐，所以，我父母希望再生个儿子，结果我一出生又是一个女孩，父母心里就有些失望，更糟糕的是我刚刚出生不久，就突然得了一种怪病，整天哭个不停，我妈抱着我找了很多江湖郎中看病，跑了不少路，花了不少钱，结果也没有看好，我的哭声把我妈妈彻底惹恼了，本来我父母就有重男轻女的想法，再加上我整天没日没夜地哭，让他们心烦意乱，家里已经花光了为数不多的几个钱，这个孩子再养下去会拖累全家，我妈妈最后一狠心，这个赔钱货不要了。她在一天夜里把我扔到了村口的小河边，准备让我自生自灭。不料想，她转身走了以后，我的哭声越来越大，恨不得让整个村子的人都能听见我的哭声。我妈妈走了没多远，听见我响彻夜空的嘹亮哭声，最后心一软，又把我抱了回去，扔在院子里。左邻右舍听见我的哭声，都非常可怜我，大家凑了一些钱，让我妈继续带我看病，说也奇怪，自从把我从河边抱回去以后，我爱哭的毛病就渐渐好了。因为这个缘故，所以，小时候我对父母，特别是母亲怀有很深的恨意，后来，随着岁数的增长对母亲的敌意也逐渐消失了不少，但是，每当想起此事，心里总是存个疙瘩。也因为这件事，导致我每每与父母发生矛盾的时候，总爱逆着他们的意见来，父母由于存在愧疚感，所以，也总是顺着我的时候多，时间久了，也造就了我这种不屈服、不服输、独立自主，我命由我不由天的反抗性格。另外，因为左邻右舍帮助了我，所以，我也一直抱着一颗感恩的心，想要回报那些关心帮助我的人，回报社会。这次，我以未婚妻身份去你家里，我父母刚开始是坚决反对的，嫌丢人现眼，但是，一旦我决定了的事情，他们知道反对也是很难扭转我的决定，最后，只好做个顺水人情，同意我去你家侍候公婆。就连我们两个人的婚事也是在我的一再坚持下，父母才同意的。

听了玉梅凄惨的童年故事，吴尚德对玉梅的爱意之外，又增添一份同情和怜惜的成分，他躺在松软的谷堆之中，嗅着淡淡的谷草香气，把玉梅紧紧地抱在怀中，动情地发出了爱的誓言："玉梅，你放心，我今后一定好好爱你，让你忘记童年的痛苦，一辈子幸福快乐！"

玉梅不放心地叮嘱了一句："哥哥，你以后有大出息了，也不会忘记今晚说过的话吧。"

吴尚德斩钉截铁地说："永远不会忘记我对你发过的誓言，让时间来见证我们永恒的爱情吧！"

溶溶的月光里，一对相依相偎的恋人，坐在松软的谷草堆上期待着黎明，盼望着美好幸福的一天早日到来！

第四章　砥砺同行

　　吴尚德怀着兴奋的心情，告别了家乡和亲人，怀揣录取通知书去学校报到。这是他第一次出远门，坐在火车上联想到即将开始的三年学习生活，内心多少有一些惴惴不安，来到学校门口看到大红的欢迎标语和老师们的笑脸，紧张的心情放松了不少。办完报到手续后，按照入学须知，提着行李来到了学生宿舍，这是一栋四层的红砖楼房，他走到自己的房间门口轻轻敲了敲，随着"请进！"的声音，门被里面的人主动打开了，站在眼前的人二十出头，梳着短发、大眼睛、高鼻梁、浓眉毛，上身穿着一件合体的旧军衣，下穿一条蓝裤子。见吴尚德进门，他急忙上前和吴尚德握手并互相介绍了姓名，通过介绍吴尚德认识了自己同舍的第一个同学赵卫东，赵卫东一把接过吴尚德手中的行李，走到贴着吴尚德名字的空床边，一边帮他铺被褥，一边微笑着对吴尚德说："欢迎你吴尚德同学！今后，我们就在一起共同学习和生活了，还要请你多关心多帮助我。我们两个虽然睡上下铺，但请你放心，我一不打呼噜，二不说梦话、磨牙，三不当夜猫子，保证让你休息好，有充沛的精力读书学习。"吴尚德嘴上连连道谢，并仔细打量了一眼不大的寝室，房间里摆放着四张上下铺的木板床，房间窗户朝西，窗户底下放着一张一头沉桌子，桌子下是一把木头椅子，桌面上放着一个简易书架和暖壶，桌上还有一本打开的《毛主席语录》，显然是赵卫东刚才在学习。吴尚德坐在椅子上，赵卫东坐在床上，两个人拉开了家常。从赵卫东的嘴中吴尚德知道了他是高中毕业生，年龄比自己大两岁，毕业后去农村插队，并在农村入了党，家在北京郊区。他得知吴尚德是个共青团员，就问他写没写入党申请书，吴尚德惭愧地摇摇头。见吴尚德眼睛不住地扫描自己胸前悬挂的毛主席像章，赵卫东问他："你喜欢这枚毛主席像章？"吴尚德点点头。赵卫东痛快地把像章从衣服上解下来，别到了吴尚德的左胸上，吴尚德有些不好意思地问："你给我了，那你怎么办？"

赵卫东豪爽地一摆手："没问题，我还有的。"他拉开书包从里面取出一枚新的毛主席像章挂在自己胸前。继续和吴尚德拉开了家常，两个人越聊越投机，当吴尚德谈起自己当赤脚医生的经历时，赵卫东真诚地说："你有这么丰富的实践经验，又取得了这么大的成绩，今后你可要好好帮助我。"吴尚德嘴上谦虚了几句，心里也有些暗暗得意。随着其他同学陆续进入了寝室，两个人方结束了谈话，站起身和同学们一一打招呼。突然有个同学像发现新大陆一般，指着自己上铺床头上贴的一张纸条说："你们快来看，老师工作真够马虎的，把女同学分到我们宿舍了。"大家好奇地凑近一看，纸条上写的是"贾秀玲"的名字，正当几个同学对名字议论纷纷胡乱猜疑之际，只听门口有个粗犷的男生接话说："贾秀玲就是我，我就是贾秀玲。"大家扭头一看，一个身高一米八左右，下巴上留着一撮胡子的同学拎着行李走进门来。大家觉得名字和人出入太大，有的同学忍不住哈哈笑了起来。

第二天，全班同学开会，班主任宋老师在讲台上拿着花名册点名，当点到贾秀玲的时候，同学们见答应的是一个高大的男生，不禁引起了下面一阵小小的骚动。宋老师点完名，又公布了班干部的组成人选，赵卫东是班上的唯一一名共产党员，所以担任班长一职，同学们听完班主任的介绍，纷纷投过来羡慕的目光。

吴尚德深深知道自己学习的机会来之不易，为了不辜负杨部长和玉梅等支持帮助自己的人付出的一片苦心，也为了自己今后的发展，白天在课堂上认真听老师讲课，遇到不懂的、不会的虚心向老师和同学请教，他深知自己的底子薄、知识水平偏低，如果不下一番苦功自己的理想愿望恐怕将很难实现。尽管有同学嘲笑他说，国家很快就要恢复高考制度了，今后我们这些工农兵大学生恐怕就一钱不值了，你再下功夫也是白搭。但是吴尚德却不这么认为，他觉得如果让别人尊重你，看得起你，那么首先你自己就要争气，自己学到手的东西永远属于自己，是别人拿不走的，一个人不怕穷，就怕你没有志气，没有用自己勤劳的双手改变自己穷困现状的决心。他把马克思的"在科学的道路上，没有平坦的路可走，只有不畏艰辛，沿着陡峭山路攀登的人，才有希望到达光辉的顶点"这段话抄在笔记本的扉页上时时用来激励自己。

晚上下课后，班上一些当地住家的同学纷纷回去吃饭住宿，而赵卫东、吴尚德和几个离家比较远的同学，只能住在学校里，休息日经常有同学邀请他和赵卫东一起外出喝酒吃饭，或者看电影、逛街，但是，他和赵卫东都婉言谢绝了，他们两人总是一头扎进阅览室，在知识的海洋里如饥似渴地遨游。

暮春的夜晚，春风和煦，花香袭人，两个人从图书馆返回宿舍的路上，赵卫东突然问吴尚德："你现在已经是个青年团员了，考没考虑过入党的问题？"这个问题让吴尚德一怔，他搔搔头尴尬地说："我也考虑过入党的事情，但是，我觉得我离党员的标准还差得很远，想先在学习和工作中做出一定成绩以后再考虑入党问题。"赵卫东微微一笑说："入党肯定要符合《党章》规定的党员条件才行，但是谁也不是与生俱来就具备党员条件的，都是在党组织的培养教育下，在社会实践活动中逐步提高思想觉悟，经过自己的努力，不断向党员标准靠拢，最终达到入党条件。你可以向组织提出申请，以便于组织更好地帮助培养你。"

吴尚德忽然想到一个问题："咱们班四十多名同学就你一名党员，同学们都很羡慕你，你能不能给我讲一讲当年你是如何入党的？有什么突出的表现。"一句话勾起了赵卫东对往昔岁月的回忆，已经逝去的插队生活不由得涌上了心头。

我们插队的地方盛产水稻，从古至今都是农民们脸朝黄土背朝天，撅着屁股来插秧，为了提高生产效率，增加产量，公社引进了自动插秧机，但是，大多数社员对此不感兴趣，认为机器插秧怎么也比不上人工。大队书记为了用事实教育大家，指定我带领几个插队知青去学习插秧机的操作，并负责试验田的种植。后来我们几个人种的试验田插秧又快又好，产量也高出一大截，事实教育了广大社员，在我们的示范带动下，机器插秧很快就普及起来。还有，大队的生猪养殖场一直沿袭传统的养殖方法，出栏率和瘦肉率都比较低，为了扭转这种状况，大队按照上级的要求，引进了新的杂交品种而且改良了猪饲料和喂养方法。同样，这个新鲜事物一开始也遇到了不小的阻力，大队书记还是要求我们插队知青运用所学的知识推动饲养场的改革。在农业专家的支持帮助下，我们顺利地推进了养殖场的改革，大幅提升了生猪的出栏率和瘦肉率，集体收入也有了很大提高，由于我带头为集体经济发展做了一点事，得到了组织上和群众的认可，所以在村里入了党。这次，推荐工农兵大学生，公社又保送我来上学。

赵卫东轻描淡写地讲了自己在农村的往事，然后，用充满激情的话语鞭策吴尚德："今天我在图书馆翻阅资料，看到了一篇表扬你当赤脚医生的时候，运用所学医术为广大群众服务的文章，你对采访的记者表态说，要一辈子为贫下中农做好服务，而共产党的宗旨就是要全心全意为人民服务，既然你有为广大群众服务的理念和抱负，那你就应该积极申请加入党组织，在组织的培养帮助下，争取早日成为一名共产党员。"

吴尚德在赵卫东的肯定和鼓励下，浑身上下感到一股暖流在涌动，他也动情地表态说："我回去就向党组织递交申请书，并积极向党组织靠拢，也请你多多帮助我。"赵卫东点了点头："我们互相帮助，共同进步。"夜风送来了一阵淡淡的槐花香气，沁人心肺，让吴尚德不知不觉地陶醉在美好的春光里。

"七一"快到了，班主任宋老师要求大家每人写一篇纪念党的生日的学习心得，为此，宿舍的几个同学商量利用休息时间去博物馆参观，寻找创作灵感。周日早晨，大家吃过早饭，高高兴兴，结伴而行。六月的北京虽然骄阳似火，但丝毫没有影响大家出行的兴致，同学们在公交车上观风赏景，谈笑风生。突然，正常行驶的公交车来了一脚急刹车，车子戛然而止，车上众人被车子的惯性甩得东倒西歪，怨声一片。吴尚德透过车窗看见在前面的马路中间围着一圈人，挡住了前进的方向。

司机把车停稳并打开了车门，吴尚德他们一起下车来到前面查看是什么情况。灼热的阳光下只见人圈的中间有一名身体微胖大约五十岁的中年男同志侧躺在滚烫的柏油路上，身边倒放着一辆凤凰牌自行车，听围观的人议论，刚才这位中年人骑自行车正常行驶，与一辆逆行骑得飞快的自行车撞在了一起，逆行的是个年轻人，撞倒了中年人不但不道歉，反而出言不逊骂中年人骑车不长眼，中年人说年轻人不懂礼貌、没有教养，撞了人反而恶人先告状，两个人越吵越凶，突然，中年人手捂心脏身子一歪就倒在了地上，年轻人见势不妙，急忙骑车跑了。

吴尚德听众人七嘴八舌的议论，估计中年人是心脏病发作，他刚想推开围观的人群上前施救，贾秀玲伸手拉住他，贴近耳根悄声对他说："管闲事落不是，咱们还是快去参观吧。"赵卫东却语气坚定地说："不行！我们不能见死不救。"他让贾秀玲和其他同学继续去参观，而他和吴尚德留下来救人。

吴尚德双腿跪在倒地中年人的身体一侧，把嘴巴放在他的耳朵旁，用手轻拍他的肩部："同志、同志，你怎么了？"见地上的人没有回音，也没有呼吸，吴尚德又用手摸他的颈动脉也没有感觉，他对着围观的人群说："大家帮个忙，把他抬到安全的地方。"几个围观的人帮助他把中年人抬到了便道上的树荫下面，他对赵卫东说："你去附近找个电话，叫辆急救车来。"说完解开中年人的衣服扣子，手掌十指交叉，为中年人做心脏复苏按压。赵卫东打完电话回来，见他额头上汗水涔涔，把衣服都湿透了，急忙上前说："你歇一会儿，我来按压。"吴尚德抹了一把额上的汗水："没关系，我再按压一会儿。"又按了大约五分钟，吴尚德见中年人有了自主呼吸，用手一探颈动脉，已经恢复了心跳，他长长出了一口气："好了，心脏复苏成功了。"一辆救护车拉着警笛呼啸而来，吴尚德对救护车的医务人员简单说了一下抢救过程，目送救护车远去，两个人坐上公交车继续去博物馆参观。赵卫东敬佩地说："你私下里学的东西真不少呀，连心脏复苏都学会了。"

"不是，这是我在老家的时候在赤脚医生培训班学的，没有想到今天派上了用场。"吴尚德为自己用所学知识挽救了一条鲜活的生命，内心感到无比欣慰和自豪。

"是呀，老话说艺多不压身，多学习一些知识，总有用得着的时候。"赵卫东对此也深有感受。

"我在赤脚医生培训班学习了几个月，感到时间太短了，许多东西都是半瓶子醋不满——瞎晃荡，你不是常和我说学然后知不足吗，通过几个月的学习，我觉得你说得太好了，我需要学习的东西太多了，所以，我一定要珍惜这三年的学习时光，力争学到更多的专业知识。"吴尚德向赵卫东吐露了自己的心声。

"你的想法我很赞同，我们不但三年的大学时光要珍惜，即便毕业了，也不能放松学习。有句老话说得好，要活到老学到老，只有不断地学习，才能跟上时代的发展步伐，永不落伍。"赵卫东也深有感慨地发表了自己的看法。

吴尚德觉得赵卫东的这一番话既是共勉，也是对自己提出的希望，他为有这样理解、关心、帮助自己的同窗好友而感到无比的欣慰。

为庆祝"七一"建党节，学校里张灯结彩，隆重庆祝党的生日，突然，学校大门口锣鼓喧天，热闹非凡，师生们不知道发生了什么事情，许多人纷纷来到大门口观看，只见一辆大卡车停在校门口，车上一些人敲锣打鼓，还有一个人在车厢前面双手举着一张大红纸，标题上写着"感谢信"三个大字。驾驶室里出来一个中年人和门卫激动地说着什么。门卫给里面打了一个电话，一会儿学校的领导出现在大门口，陪着中年人一起走进了学校会议室。

吴尚德和同学们正坐在教室里上课，突然班主任宋老师急匆匆走进教室，把吴尚德和赵卫东叫了出去。他们跟着宋老师走进学校的会客室，一进门就见院长、书记，还有前些日子救过的中年人及几位地方的同志正在会议室里兴高采烈地谈论什么。见到这一幕，心里仿佛明白了是怎么一回事。宋老师向在座的各位介绍了两位同学的姓名，那位中年人马上站起身走到他们身边，紧紧握住他们两个人的手激动地说："太感谢你们了，上次要不是你们的及时抢救，恐怕我就要见马克思去了。"吴尚德和赵卫东几乎异口同声地回答说："这是我们应该做的。"待吴尚德他们落座后，院长向他们介绍这位地方同志是某区革委会文卫组的负责人周组长，今天特意来登门道谢。

周组长回到座位上称赞说："你们学校培养出来的学生真不愧是毛主席的好学生，他们不仅救死扶伤，而且学雷锋做好事不留名，害得我只好跑到我昏迷的地方去寻找线索，后来是附近商店的人告诉我一个学生曾借用他们的电话和急救中心通话，在对方的要求下他报出了自己的姓名和身份，他们记住了赵卫东这个名字，我又通过教育系统的关系千辛万苦找到了你们学校，在'七一'前夕，一来特意表达感激之情，二来想和你们学校建立固定的联系，相互之间优势互补，开展合作！"周组长紧接着又拿出一份支持学校建设的物品清单递给了院长，并诚恳地表示学校还有什么需要地方支持的尽管说，只要能够做到的一定全力支持。

院长首先代表学校对地方的支持表示诚挚地感谢，并接着提出要加强学校和地方的紧密联系，相互发挥各自的优势，取长补短，特别是建立教学实验基地的事情还需要地方同志的大力支援。周组长摆摆手爽快地说："院长不用客气，学校有什么需求只要我们能够做到的，绝对不打任何折扣，我们也希望在教育培训方面能够得到学校的大力支持、帮助。"

在友好的气氛中，双方就下一步的合作达成了初步的共识，决定建立双方沟通协商机制，互通有无，共同发展。周组长临走的时候，向校党委书记提出一个要求："我们地方文教卫系统最近要召开活学活用毛主席著作经验交流会,我们想请吴尚德和赵卫东同志去给我们讲一课,让地方的同志也受受教育。"书记和院长交换了一下眼神,同意了周组长的要求。

1976年7月28日3时42分53.8秒,在中国河北省唐山丰南一带发生了强度里氏7.8级地震,首都北京和天津都受到了波及。

学校已经放了暑假,因为吴尚德和赵卫东要参加地方组织的经验交流会,准备晚几天再走,而且周组长安排他们住在了会议代表驻地。夜里,他们突然被地震从睡梦中震醒,不约而同从床上一跃而起,拉开房门冲到了门外,脚下的大地一刻不停地在颤抖,眼前的房屋痉挛般发出"嘎嘎"的响声,黎明前的夜晚漆黑如墨,黑暗中到处都是惊恐的尖叫和哭喊声,吴尚德感到浑身发冷,脚下冰凉,原来没有穿外衣和鞋就跑了出来,他和赵卫东商量了一下,两个人一个死死把住门不使其关闭,另一个冲进屋把衣服和鞋子团成一团抢了出来,两个人穿戴好在外面走了一圈,看到空地上站满了黑压压的人,一张张面孔流露出惊恐的神情,大家七嘴八舌都在猜测到底哪里发生了地震,五更天的寒气侵袭着人们的肌体,大人叫、孩子哭,但是担心余震随时可能发生,没有人敢再回到屋子里取物件,大家都在抱肩缩背翘首盼望着黎明的到来。

天亮了,从广播中知道是唐山发生了地震,周组长派人抱歉地通知他们,经验交流会已经无法举行,当务之急是组织抗震救灾,现在周组长已经接到上级命令,要组织医疗队赴灾区救治伤病员。赵卫东说,他不回家了,准备参加医疗队去唐山参加抗震救灾,问吴尚德有什么想法。吴尚德非常赞同,他们主动找到周组长请缨,吴尚德说他们是学医的,另外,还有祖传的正骨技术,正好可以在救灾中发挥作用。周组长犹豫了一下:"可是你们不是我们系统的人,而且你们还正在学校读书学习。"赵卫东急忙说:"现在学校放暑假了,不影响我们的学业,另外,正好可以在实践中检验我们在学校的学习成果。"周组长了解他们的能力,救灾多一个人就多一份力量,所以他爽快地同意了他们参加医疗队的请求,但是必须服从组织安排。按照他们的技术专长，安排吴尚德去一线救灾，而赵卫东被分在了后勤保障组。灾情就是命令，救灾现场就是战场，吴尚德和医疗队的战友们，坐在解放卡车上，风驰电掣，心急如火赶往唐山。

接近唐山的时候，路面、桥梁、铁路全部被地震摧毁，战友们跳下汽车，一路小跑冲进灾区。一路上只见残垣断壁、满目疮痍，无助的灾区群众遍地号啕，寻亲觅子，街道两旁摆放着许多遗体。看到这一切，吴尚德的眼泪忍不住唰唰地往下淌，他只有一个念头，一定要为灾区人民尽自己的全力，就是流血牺牲也在所不惜。

与救灾指挥部取得联系后，医疗队的救治所设在临时搭建的一处巨大的帐篷里，对送来的伤员立即开始登记、治疗。吴尚德主要负责骨科的救治，伤员大多都是被建筑物砸伤的，基本都涉及骨科，累得吴尚德连直腰的工夫都没有，帐篷外面大雨滂沱，帐篷里面汗水湿透衣背，在衣服上结成一层白碱；饿了，用带血的双手啃一口冷馒头；渴了，喝一杯污浊的白开水，战友们要替换他一下，他总是说："我年轻，体力好，再说了这也是我学习的专业，多抢救一些患者，也为今后的学习研究提供宝贵的经验。"人毕竟不是铁打的，连续奋战了两天两夜的吴尚德终于顶不住了，在给一个腿伤患者做固定夹板时，他眼前一黑，扑通一声摔倒在手术台前。

战友们的呼唤把他从昏迷中叫醒，他挣扎着站起身来，想回到手术台前继续手术："我没事，轻伤不下火线，我能坚持！"战友们眼含热泪劝他休息一会儿再干，见吴尚德执意坚持，带队的医疗队长板起脸佯装生气命令他："吴尚德同志我命令你马上休息，列宁同志说过，不会休息的人就不会工作，为了更好地工作，你必须休息。"

见领导下了命令，吴尚德不好再违抗命令，但他没有去临时的帐篷宿舍，而是把雨衣铺在救护所帐篷的一个角落里，叮嘱战友们说："我躺一会儿，需要我的时候请随时叫醒我。"

帐篷内，进进出出的人员不断把包扎好的伤员送进了临时医院，再把新的伤员陆陆续续送进救治所，大家都在忙而不乱、紧张有序地工作，这时候对一个骨伤重患者的治疗发生了争执，一个医生认为应该截肢防止感染,一个认为应该保守治疗保住患者的腿,患者是个不到二十岁的漂亮姑娘,一听说要给她截肢,泪水忍不住从双眼夺眶而出,她恳求医生说:"我是舞蹈学校的学生,腿对于我就像我的生命一样,我不能没有腿,求求你们帮我保住我的腿吧。"见姑娘哭得像个泪人一般,医生们忙安慰她:"姑娘你先别着急,没有说一定要截肢,我们不是在商量嘛。"这时候一个医生突然建议说:"哎,吴尚德对骨科治疗很有研究,不如听听他的意见如何?"争执的双方也一致同意听听吴尚德的意见。医疗队长迟疑了一下:"可是他刚刚睡着呀!"望着眼前哭得梨花带雨的姑娘,再一想病人的腿伤不能再耽搁了,队长一咬牙把吴尚德从沉睡中唤醒。吴尚德撑开红肿的双眼来到手术台前,队长简单地把治疗中的争执告诉了他,请他提出自己的看法。吴尚德拿起片子认认真真看了一遍,又用手轻轻把患者的伤情仔仔细细做了检查,姑娘睁着美丽的大眼睛急迫地问:"大夫,我的腿能保住吗?"

吴尚德微微一笑给她吃宽心丸:"姑娘,你不要着急,我们一定保住你的腿,请相信我们。"

姑娘激动得泪花又涌了出来,她动情地说:"大夫你真好,能告诉我你叫什么名字吗?等我伤好了我要去你们单位领导那里给你请功。"

吴尚德告诉了她自己的名字,并且问姑娘哪里人?叫什么名字,姑娘告诉吴尚德自己是北京人,叫乔晓燕,现在唐山学习舞蹈。吴尚德一边和她聊天借以缓解她的紧张情绪,一边抓紧给她做手术。这个保守治疗的手术,吴尚德虽然也没有十足的把握,但是,内心一种强烈的责任感和使命感,让他不想放弃这个希望,他小心翼翼、竭尽所能地为乔晓燕做了手术,并吩咐把她送到特护病房随时观察。

手术后乔晓燕的伤势已经趋于稳定,医疗队主动联系了有康复功能的医院把她送到那里继续治疗。在运送伤员的临时机场,分别的一刻,乔晓燕躺在担架上拉着吴尚德的手,激动的泪水夺眶而出,她情真意切地对吴尚德表露心声:"感谢毛主席派来的医疗队保住了我的腿,吴医生你的大恩大德我一辈子也不会忘记,日后有机会一定会报答你的!"

吴尚德轻轻地握住她的一双柔荑,动情地说:"不要感谢我,要谢就谢伟大领袖毛主席,谢谢共产党。再说了这也不是我一个人的功劳,是我们全体医疗队员集体努力的结果。"

望着逐渐消逝在天空中的飞机,吴尚德内心有一种如释重负的感觉。突然,有人轻轻拍了一下他的肩膀,他回头一看不禁大喜过望,和来人紧紧拥抱:"哎呀,怎么是你,真是没有想到。"

来人也拍着吴尚德的肩膀满怀喜悦地说:"我也没有想到一下飞机第一个见到的熟人就是你。"

吴尚德急忙问赵卫东为什么也到这里来了。赵卫东告诉他,前方医疗队食品、药品和医疗器械告急,自己是来运送补给的,本来想到了目的地再和吴尚德联系,没有想到在机场不期而遇。

两个人一起坐上送货的卡车往医疗队驶去,吴尚德问赵卫东准备在这里待几天?赵卫东告诉他明天就要搭乘飞机回北京了,因为回去还要组织购买救灾的药品和器械。赵卫东望着吴尚德疲惫不堪的表情鼓励他说:"你们医疗队的临时党支部已经告诉我了,说你在抗震救灾中表现非常出色,周组长已经向学校党委汇报了你在抗震救灾中的表现,我准备开学后,马上召开系里的支部会议,讨论你的入党问题。希望你继续努力!"

吴尚德激动地紧紧握住同窗好友的双手:"请你放心,我一定以党员的标准严格要求自己,坚决打好抗震救灾这一仗,请组织在抗震救灾的斗争中考验我。"

赵卫东欣慰地笑了:"我相信你一定能够经受住组织的任何考验!"

开学后,吴尚德随着凯旋的医疗队回到了学校,赵卫东没有食言,马上组织召开了系里的党支部会议,会议一致同意吸收吴尚德为中国共产党预备党员。在鲜红的党旗面前,吴尚德眼中噙着泪花,举起右手一字一句声音清脆地跟着赵卫东宣读入党誓词,激动的心仿佛要跳出胸膛。夜晚,他躺在床上,内心百感交集,难以入梦,他在被窝里就着手电筒的光亮,给杨部长和玉梅写信告诉了他们这个好消息。

山村的夜晚没有灯火，没有人声，只有陷入黑暗的四野和死一般的寂静，白天上山采药归来的玉梅，收到了吴尚德的来信，虽然满身疲惫，但是她睡意全无，一遍又一遍读着吴尚德的信，得知吴尚德入党了，她也和吴尚德一样高兴，拿出钢笔，找出一张白纸正准备把心中的思念倾诉给吴尚德，突然，一阵急促的敲门声把她从甜蜜的想象中唤醒："娃呀，你快起来，看看你妈她是咋了。"公公焦急的声音在门外把玉梅的睡意驱赶得一干二净，她急忙披上衣服抓起药箱来到了婆婆住的窑洞。

一进门，只见婆婆双手捂住肚子，身子蜷曲在一起，嘴里发出轻微的呻吟声。她拿出体温表给婆婆夹在腋下，又俯下身子询问婆婆疼的部位和疼痛的感觉，但是究竟是什么病她一时半会儿也拿不定主意。看着表情痛苦的婆婆，她毅然决然地说："大，我看我妈的病不轻，我怕是急性阑尾炎。我们还是赶紧去公社卫生院看个急诊吧。"吴老汉一听玉梅说老伴的病不轻，吓得嘴里连声说好，催促老伴赶紧穿衣服起身去看病。见婆婆还在犹犹豫豫，嘴里不停地念叨着在家扛一扛忍一忍就好了，玉梅当机立断："大，你去借辆自行车，我给妈穿衣服，我们马上就走。"

吴老汉和玉梅一起把老伴搀到自行车的后座上，吴老汉拿了一把手电筒照亮，玉梅双手用力扶稳车把，三个人在茫茫的黑暗里借助手电筒划出的一条微弱的光亮，深一脚浅一脚匆匆向医院驶去。

从甜美的梦乡中被唤醒的值班医生，打着呵欠用极其不友善的目光迎接这深夜来临的不速之客。

玉梅把婆婆发病的症状和自己的猜测叙述了一番，医生用听诊器在患者的身上走了走，确诊说："你婆婆是得的急性肠胃炎，吃东西不干净引起的，回去注意点饮食卫生，别吃生冷的，多喝开水，再吃点药就行了，没有什么大毛病。"

玉梅见婆婆的脸色缓和了一些，摸摸额头也好像不如刚才热了，也就没有再和医生争辩，取了药把婆婆送回了家。把婆婆安置好，玉梅回到窑洞再也睡不踏实，心里总是惦记着婆婆的病是否好一些了。半睡半醒中好像又听见了婆婆痛苦的呻吟声，她一骨碌爬起来，急忙冲向婆婆的窑洞。进了门，看见婆婆脸上豆大的汗珠往下流，疼得双手捂着肚子，嘴里不停地在哼哼。玉梅用手摸了一下婆婆额头，发现烧得比刚才更厉害了，又用手按了一下婆婆的疼痛部位，心里更加坚定了自己的看法。她果断地对公公说："大，我觉得妈的病应该是急性阑尾炎，恐怕需要开刀做手术，我们不能再耽搁了，要赶紧去县医院。"

一听说深更半夜地要去县医院，婆婆首先不同意："娃，你也是个医生，给我开点草药，吃了顶一顶就过去了，我从小到大就没有动过刀子，老了老了还让我挨一刀。我不去。"吴老汉望着外面漆黑一团，远山背后一道道闪电裹挟着隐隐的雷声滚滚而来，也有些担心地劝说玉梅："娃，这里离县医院几十里路，而且看天色马上就要下雨了，这黑灯瞎火的，我不会骑车，你一个人去我也不放心。是不是听你妈的话，先吃点药，如果明天还不好，我去叫上你二叔家的人一起送你妈去医院。"

玉梅摇摇头说："不行，如果是急性阑尾炎，很快就会穿孔，那就有生命危险了。"她用恳求的语气对吴老汉说："大，你还是劝劝我妈，让她和我一起去医院吧，如果阑尾穿孔了，耽误的时间越长，危险性就越大，我先骑车带妈去县医院，您去找二叔，让我二叔家的人后脚送您去县医院。"吴老汉听玉梅说有生命危险，也就不再坚持自己的想法，转过脸劝老伴："咱们还是听娃的吧，别让她着急了。她是医生，比咱们懂得多。"

见婆婆还是犹豫不决，躺在床上不肯起身，玉梅双膝一曲跪在她的面前，哽咽地劝说："妈，尚德不在家，我答应过他一定把二老照顾好，让他安心读书，如果你们二老身体有个好歹，等他回来了，我怎么有脸见他。妈，您就听我一句劝吧。求求您了！"婆婆见玉梅跪在自己面前，急忙挣扎着从床上爬起来，伸手去拉玉梅："好孩子，快起来，妈听你的，我们马上走！"

玉梅把手电筒绑在自行车的车把上,又找了一块塑料布预防下雨,她和吴老汉一起把婆婆扶到车子上坐稳,她转头对吴老汉说:"大,几十里路,为了抢时间,我就骑车带我妈先走了,您和二叔家的等天亮再赶过去找我们吧。"

吴老汉有些不放心地问:"娃,这么黑的天,一会儿再下雨,你一个人行吗?还是等我把你二叔家的哥叫起来一块陪你去吧。"

玉梅摇摇头说:"我骑车,他走路,我们也走不到一块儿,还是让我哥陪您一块过去吧。"

玉梅骑上车,借着快要没电的手电筒发出的一丝微弱的光线,在崎岖不平的山路上,用力踏着两个脚蹬子,奋勇地向着茫茫黑暗中的县城驶去。

刚刚走过一半的路,一道闪电在天际划过,一声低沉的霹雳声在耳边炸响,随后,一阵寒冷的山风夹着冰凉的雨点从身后尾随而至。玉梅急忙跳下车,用带来的塑料布把婆婆浑身上下包裹严实,在茫茫雨雾中奋力向前驶去。

雨越下越大,转眼间黄豆大的雨点变成了瓢泼大雨,仿佛天河开了口子奔泻而下,肆虐的狂风呜呜怪叫着大逞淫威,任性的雨水在狂风的裹挟下像荆条一样抽打在玉梅薄弱的身躯上,浑身上下瞬间被暴雨浇个通透,被雨水浇过的山路就像涂抹了一层油,车子不自觉地左摇右摆晃动不停。玉梅双手用力,牢牢握住车把,努力让车轮稳一些、再稳一些。突然,手电筒熄灭了,瞬间眼前一片黑暗,玉梅一时没有适应过来,车轮打偏,滑进了路上的一个水坑里,车子一歪,把玉梅重重甩了出去,胳膊、腿和双手被山石刺破了皮肤,额头上也感觉有一股热乎乎的液体流过,浑身的伤口在雨水的冲刷下,一股火辣辣的疼痛感在全身蔓延,玉梅感觉全身像散了架一样,趴在地上好像没有力气再起身,一种万念俱灰的失落感、孤独感、伤心感忽然一起涌上心头,她真想放声大哭一场,以此来宣泄此时此刻她内心无比的伤感。

"娃,你没有事吧?摔到哪儿了?"一声亲切的问候声从身后传来，把深陷悲伤中的玉梅唤醒，她忽然想到了自己身后的病人，一种神圣的使命感油然而生，她咬紧牙关，暗暗地鼓励自己：玉梅你不能倒下，你必须站起来，你的任务还没有完成。她忍着伤痛急忙起身："妈，我没事，没把您老摔伤吧。"

"我没事，娃，你还能走吗？看把你浑身都淋透了，不行我们找个地方歇歇，等雨停了再走吧。"

"妈，县城马上就到了，这雨来得急，去得也快，您再坚持一下。"

玉梅的话音刚落，一道闪电瞬间把大地照得亮如白昼，玉梅急忙借着闪电的光亮，迅速检查了一下婆婆的身体，因为刚才婆婆摔在了自己的身上，所以，没有受到什么伤害。她重新用塑料布把婆婆的身体包裹好，借助闪电时有时无的光亮，用力握住车把，步履坚定、意志坚强地一步一步向县城走去。

在黎明的晨曦中，门外走进来的两个人让县医院急诊室的值班医生吓了一大跳，只见一个披头散发，衣服半干半湿、额头上带着伤的年轻女人，双手搀扶着一个五十开外面带痛苦的老年妇女，步履蹒跚地走进诊室："你们这是怎么了？"

"医生，我们这是冒着大雨，连夜赶了几十里山路过来的，我妈妈得了急症，求您赶快给看看吧。"玉梅把婆婆扶到椅子上坐下，急切地向医生恳求。

"你们挂急诊号了吗？"

"我妈病得厉害，我心里着急，直接就到急诊室了，还没有来得及挂号，请您先给我妈看病，我马上去挂号。"

医生张了张嘴，本想说"先挂号后看病"，但看见玉梅恳求的目光和浑身上下所遭受的伤痛，心一软："那好吧，我先给你妈看病，你去挂个急诊号。"

玉梅向医生道过谢，挂完号又急忙返回急诊室，见医生一边给婆婆测体温，一边感慨颇多地夸赞玉梅："你这个姑娘真孝顺，冒着这么大雨走几十里山路送你来看病，路上没少遭罪吧。真应了那句老话了，姑娘是妈的贴心小棉袄啊。"

婆婆声音哽咽地用手指着刚进门的玉梅说:"这是我没过门的儿媳妇,一路上不知道遭了多少罪,才把我送过来,那真是比我的亲闺女还亲呀!"

医生有些惊愕地张大了嘴,他也许是被玉梅的壮举所感动,态度和蔼地亲手搀扶老人躺到了急诊台上。"您躺好,我给您好好检查一下。"

医生用听诊器听了听,又用手按压了腹部几个位置,然后坐在桌前边写诊断结果边对玉梅说:"你妈的病应该是急性阑尾炎,已经有些穿孔了,幸亏来得及时。马上办理住院手续,今天就做手术。你先去办理一下住院手续,交一下住院费。"

一听说要交住院费,玉梅马上犯了愁,她捏了捏瘪瘪的口袋,有些胆怯地问医生:"大夫,住院费大约需要多少钱?"

"具体多少钱我也不太清楚,收费处那里有价目表,你一看就清楚了,大概也就十几块钱吧。"

一听说要十几块钱,玉梅的脑袋"嗡"的一下,自己的兜里没有带那么多钱,她急忙对大夫说:"大夫,我出来得急,身上没有带那么多钱,一会儿我大他们就赶过来,您看能不能先办理住院手续,等我大他们来了,再交住院费。"

医生摇了摇头:"先缴费,后住院,这是医院的规定,我也做不了主,要不等你大来了,再办理住院手续。"

见医生不同意办理住院手续,婆婆急忙打圆场说:"娃,我感觉好多了,你也不要着急,不行我们就等你大来了再说吧。"

玉梅一听要等吴老汉来了才能办理住院手续,急得眼泪都快下来了,自己顶风冒雨、暴走几十里山路不就是为了抢时间能早点动手术吗,如果再耽误下去,自己的辛苦付出不就全作废了。她深深地弯下腰给医生鞠了一大躬:"大夫求求您了,求您看在她儿子正在唐山抗震救灾的分儿上,求您看在我冒着瓢泼大雨赶了几十里山路的诚意上,先让我把住院手续办了吧。您放心,住院费我一定会在手术前交上。"

医生听了玉梅恳求的话语,又看了看她红着眼圈憔悴不堪的凄惨

· 062 ·

样子，长长地叹了一口气："好吧，我去交费处帮你说一说，但是你一定要在手术前把费用交齐，千万别让我为难。"

玉梅听医生说肯帮忙办理住院手续，高兴得眼泪溢出了眼眶，她声音颤抖急忙表态说："大夫您放心，我一定在手术前把住院费交齐。"

在医生的关照下，玉梅顺利地办完了住院手续，医生叮嘱她手术安排在下午1点。她把婆婆搀进病房，让婆婆先休息一会儿，出门去看看公公他们是否到来。她在医院走廊的墙面上悬挂的光荣栏里，知道了刚才给婆婆看病的医生名叫周爱国，暗想今后有机会一定要报答这位恩人。她走出县医院的大门，眺望东方冉冉升起的一轮红日，耀眼的阳光照在脸上让玉梅感到眼前一片迷茫，一夜的奔波劳累，让她有些头重脚轻，肚子也不争气地咕咕叫起来。公公还没有到，医生说了手术前必须把住院费交齐，自己在县城举目无亲，又去找谁借钱？焦虑、担心、愁绪等五味杂陈，一起涌入脑海，她感到一阵头晕目眩。忽然，一条墙上的宣传标语引发了她的灵感，对呀，只有这条路可以解燃眉之急了。她毅然决然转身又进了医院的大门。

玉梅刚在收费处交完住院费用，转身看见吴老汉和二叔家的堂哥急匆匆进了医院的大门，一见面顾不上寒暄，吴老汉就急切地问："娃，你妈怎么样了？"玉梅见到亲人来到身边，一直绷紧的弦一下子放松了下来，她高兴地叫了一声"大"，刚要说什么，突然眼前一黑，身子不由自主地往地上倒去。

玉梅再次睁开眼，发现自己已经躺在了急诊室的急诊台上，眼前晃动的是吴老汉和堂哥焦灼的面孔，还有医生欣慰的笑容："好了，已经醒过来了，你们放心吧。"吴老汉看着玉梅苍白的面容，焦急地问："大夫，我家娃这是怎么了？"

"可能是淋雨受了寒气，再加上肚子里没食，估计是血糖偏低导致的。她现在有些发烧，身子很弱，我已经给她打了葡萄糖和退烧药，估计一会儿体温就会下来，让她好好休息几天，很快就会好的。"

玉梅见到医生，急忙告诉他："医生，住院费我已经交齐了，我妈可以按时手术了。"她边说边费力地从衣兜里掏出一团纸递给了医生。

"嗯，你还真是一个守信用的人。"医生满意地一边点头夸赞玉梅一边用手拆开纸团查看收费单据。"咦，这是什么？"医生好奇地打开了纸团里夹着的一张纸条，"呀，你是卖血交的住院费，你身体这么弱还卖血，你不要命了！"医生用不满的口气嗔怪玉梅。

吴老汉听医生说玉梅卖血交的住院费，心疼地嗔怪玉梅说："娃，你怎么能卖血交住院费，钱咱们家有，这个家全都指望着你，你卖血把身子骨累坏了可怎么好。"

玉梅躺在床上弱弱地说："大，你不用担心，我是学医的，卖这点血对身体没有什么大的影响，休息几天就没事了。"

吴老汉见玉梅这个样子，劝玉梅给吴尚德写信让他回来一趟。

玉梅一听吴老汉要给吴尚德写信，急忙劝阻说："大，千万不要给他写信，他在抗震救灾的一线，任务很重，千万不要再给他添乱了。我的身体没事儿，等我输完液估计就没有事了，下午我还要陪我妈做手术，有我照顾，您就放心吧。"

"娃，那就苦了你了！"吴老汉有些动情地擦了擦眼角。

"大，您千万别这么说，只要是尚德大哥能够学业有成，我在家吃再多的苦也值得！"提起吴尚德，玉梅苍白缺血的脸上忽然飘过一朵红霞。

第五章　扑朔迷离

　　三年紧张的学习生活很快就要结束了，学习转入了毕业实习和撰写论文的阶段，在周组长的关照支持下，吴尚德来到一所条件优越的中医院开展实习，到医院后医院的高院长亲自接待他，在谈话的过程中，高院长如数家珍般把他的优点和特长都充分肯定了一番，吴尚德好生纳闷，医院领导怎么对自己的情况了如指掌。高院长哈哈一笑说："上级领导已经把你的情况全都告诉我们了，而且让我们充分发挥你的特长，虽然说你是来实习的，但是，根据你的能力和特长，我们准备交给你一项重要的工作，希望你不要辜负上级领导对你的期望。"吴尚德没有想到医院领导竟然这么器重一个实习的学生，心情既高兴又紧张，他急忙问高院长是什么任务。

　　高院长告诉他：为了大力发展祖国的中医药事业，上级组织开展了中医药的科研工作，我们医院也接受了一项课题研究任务，并且医院里面专门成立了课题小组，这项科研题目与你的毕业论文题目和你的业务特长非常接近，而且你在学校也是一个品学兼优的好学生，所以，我们准备让你参加课题组，一边实习，一边从事课题研究工作，想问问你有什么意见。

　　吴尚德急忙向高院长表明决心："我坚决服从领导的安排，一定按照要求做好课题研究工作。"表明自己的态度以后，他又不无担心地说："可是我刚来，谁都不认识，情况也不熟悉，就怕融入小组需要一个过程，而且实习的时间也是有限制的，就怕不能马上进入工作状态。"高院长皱着眉头略微沉思了一下，马上舒展开来："这个好办，我给你配一个助手，医院上上下下的情况她都比较熟悉，现在也在课题组工作，可以让她帮助你尽快熟悉了解相关情况。"

　　课题小组按照高院长的要求，召开了小组的全体成员会议，高院长介绍完吴尚德的情况后代表医院领导班子宣布吴尚德参加课题组研究工作，并且叮嘱组长一定要全力支持帮助他搞好实习和研究工作。课题小组的组长是一位久负盛名的老中医主任，他代表课题组全体同仁欢迎吴尚德参加课题研究工作，并且明确了他的主要任务是正骨方面中西医结合的研究和课题论文的撰写工作。组长安排完工作，高院长宣布散会后又喊住了一位女医生："王小美同志请你留一下，还有事情和你说。"站在高院长面前的这位女医生让吴尚德的眼睛不由得一亮，双眼皮、大眼睛，弯弯的眉毛，椭圆的脸蛋，看岁数和自己差不多，美中不足的是皮肤稍微黑一些，吴尚德心里暗暗赞叹真是一朵珍稀的"黑牡丹"。高院长对她说："王小美同志，为了让吴尚德同志尽快熟悉情况，进入角色，医院领导决定，今后由你协助吴尚德同志开展研究工作。"吴尚德急忙伸出手热情地说："王小美同志，请你以后多多帮助我。"王小美把手略抬了抬，面无表情地回复说："我尽力吧。"吴尚德本来想和她多聊几句，看见她爱搭不理的冷漠神情，尴尬得不知道说什么好。高院长看见王小美的表现，也很惊愕："王小美同志你今天怎么了？"

　　"我没怎么，没有别的事院长我先走了。"

　　望着王小美的背影，高院长疑惑不解地摇了摇头。

　　医院为了让吴尚德集中精力完成课题研究和实习任务，特意给他安排了一间临时宿舍，避免他学校医院来回跑耽误时间，并且给他发放了实习补贴费用。由于课题组是把课题内容分解给不同的研究人员，确定一周进行一次集中研讨，所以，小组人员平时见面的机会也不多，吴尚德曾主动找过王小美，想请她多给自己介绍一些情况，但是，感觉王小美仿佛心事重重，对自己总是采取一种不冷不热的态度，搞得吴尚德也不知道如何是好。为了解开谜团，吴尚德也侧面打听了"黑牡丹"的情况，得知她是去年分配到医院的，刚来的时候因为长得漂亮，屁股后面不乏众多的追求者，而她也习惯了这种众星捧月的感觉，总是像个公主一样颐指气使指使大家为她做事，可是不知道近期为什么却突然心神不宁，连脾气也变得怪怪的。

就在吴尚德左右为难的当口，不料王小美突然一反常态，主动来找吴尚德，并且有说有笑，热情有加，她不仅把吴尚德想了解的情况毫无保留地告诉了他，甚至邀请他去看电影《创业》，还有一次故意当着众人面轻轻挽住了他的胳膊，这些举动着实让吴尚德有一种受宠若惊的感觉，他摸不清王小美的脉门，但是这种美色的诱惑确实让他渐渐陶醉了，最初的戒备之心也逐渐松懈下来。慢慢地医院有了传言，说吴尚德正在追求王小美，而且两个人已经有了那种微妙的关系了。吴尚德开始尚不知道这些谣传正在慢慢包围自己和王小美，只是感觉大家的眼光看自己总是有些怪怪的。直到有一天高院长找他谈话，询问他课题研究的进展状况，最后，院长才认真地提醒他："最近医院里有人传言，说你和王小美在谈恋爱，当然，你们两个男未婚、女未嫁，谈恋爱我也不反对。但是，你大学还没有毕业，我觉得年轻人还是要以事业为重，等工作稳定了再考虑个人的事情。再说了，我听说人王小美已经有对象了，你可要小心点，别搞成三角恋爱闹笑话。"吴尚德恍然大悟，突然明白了医院里那些人怪怪眼神的含义。他急忙向院长解释，他和王小美只是普通的同事，没有外面传言的男女朋友那层关系。高院长说："没有更好！但是，不管是同事还是普通朋友，都一定要注意尺度，俗话说，人言可畏，千万不要因小失大，因为生活作风问题影响你的进步和今后的发展。"

院长的提醒像一记重拳把吴尚德从美梦中唤醒，他感觉院长提醒得太及时了，因为一个女人而失去了前程违背自己展翅高翔的初衷，确实得不偿失，他急忙向院长保证："请您放心，我今后一定注意这个问题，把心思放在课题研究上，正确处理好和王小美同志的关系。"

高院长满意地点点头："我能看出来，你是一个有远大志向的人，人也聪明，又有祖传的医术做基础，只要努力，今后一定会有所作为的。你现在主要的任务是完成毕业实习和做好课题研究，为以后的发展奠定牢固的基础。"

离开院长办公室，他狠下心肠，放弃了想见王小美的打算，而是一头扎进图书馆，在里面一直学习到夜晚，连晚饭都没有吃，这样既可以多学习一些知识，也可以躲开王小美的纠缠。

第二天遇见王小美，她有些愠怒地问吴尚德："昨天我去找你，一下午都没有见你的面，你干什么去了？"

吴尚德告诉她在图书馆一直学习，想尽快完成课题研究工作，他反问王小美："你找我有什么急事吗？"王小美见吴尚德的态度不像平时对自己那么热情、温柔，俏脸一沉，娇嗔地说："没有急事就不能找你吗？人家想你了，想见见你也不行吗？"见王小美愠怒的表情，宛如一朵娇羞的带刺玫瑰，吴尚德的心一软，刚想说几句甜言蜜语哄她开心，猛然想起自己对院长表示的决心，赶忙换上一副严肃的面孔对她说："王小美同志，非常感谢这些日子以来你对我的指导帮助，但是，为了避免别人的闲言碎语，今后除了工作联系，私下我们还是少接触为好。"

王小美见吴尚德冷冰冰的脸和生硬的话语，气得嘴一撇、身一扭，气哼哼地说："不接触就不接触，谁稀罕呀！"起身拔步而去。望着她远去的背影，吴尚德也觉得自己说话太冲，刚想追过去道歉，忽然理智战胜了感情，不能再冲动了，他站在原地冷静思考，觉得这份感情来得有些太突然，而且没有任何原因，自己一个农村娃没有任何背景，也没有什么身份地位，这么一朵人见人爱拥有众多粉丝的"黑牡丹"为什么会单单看上一个实习生？看她对自己的感情也是若即若离，不像发自内心深处。难道这里面有什么阴谋？对了，明天是周日，医院休息，回去找赵卫东请他帮助分析分析，千万别中了别人的圈套。

吴尚德约赵卫东在医院附近一个僻静的小餐馆见面，为了款待多日不见的老战友，他特意点了红烧肉、鸡蛋炒西红柿、熘肝尖、醋熘辣白菜，还有虾皮紫菜萝卜汤，并且要了一升散啤酒。两个人边吃边喝边聊天，吴尚德把王小美事情的始末根由从头到尾仔细叙述了一遍，并把自己的分析也一股脑地告诉了赵卫东。

赵卫东沉思了一会儿，用赞许的口气表扬了吴尚德："这些日子你的学习很有成果，分析问题也有深度了，我完全同意你的分析，她对你的爱肯定是虚与委蛇，别有用心，至于是什么用心，我估计绝不是好心，恐怕是想利用你。如果她再纠缠你，我想你可以单刀直入、直截了当地告诉她已经看出来了她的动机不纯，问她到底想干什么。另外，你可以明确地告诉她，你在老家已经有未婚妻了，大学毕业你们就要结婚了，彻底断了她的幻想。估计她在希望破灭的情况下就会露出狐狸尾巴了。"吴尚德点点头表示认同。赵卫东又语重心长地叮嘱吴尚德："社会很复杂，一定要多长一个心眼。你心肠软、脾气好，但是，在女色上你一定要把持住自己，你看中国历史上有多少了不起的人物是因为女人而丧失了大好前程和锦绣江山。俗话说，红颜祸水，虽然有一定的偏见，但是你千万不要因为贪恋她的美色而深陷其中不能自拔，影响自己的前程。"

吴尚德被赵卫东说得有些不好意思，他知道赵卫东说的是实情，在和王小美的关系上确实自己有些贪恋对方的美色，但是，他嘴上不愿承认，还强词夺理狡辩："我是听院长的话，想让她帮助我了解医院的情况，所以才和她接触多了一些，不是因为贪恋她的美色，主要还是为了工作。"赵卫东一针见血直戳要害："问题的关键在于你们课题组那么多人和她都没有绯闻，唯独你和她有暧昧关系的传言，所以，我猜测你和她不仅仅是做课题这么简单，肯定也有别的想法掺杂其中。但是我提醒你，你可千万别打不着狐狸——弄一身骚。"见赵卫东说中了自己的心事，他不再争辩，喝光了最后一口啤酒，表示回去后一定和王小美好好谈谈，搞清她的目的和意图再和赵卫东商量。赵卫东语重心长地告诫他："我们是好朋友，所以有些话我必须提醒你，你刚到医院实习，人们对你并不了解，所以，你给医院的人留下的第一印象非常重要,而且这种印象形成了会很难改变,实习的时间虽然短暂,但人过留名,雁过留声,希望你实习结束后能给大家留下一个良好的印象。"赵卫东见吴尚德神色有变,知道已经触动他的内心世界,又继续帮他分析利弊,"再说了,老家还有玉梅在苦苦等待你,她为你做出了巨大牺牲,辜负她的感情,从良心上说不过去,从道德上被人唾弃;俗话说,好事不出门,坏事传千里,一旦对你不利的名声传出去,搞不好会让你身败名裂,这些后果一定要考虑清楚。"见赵卫东分析得头头是道,入情入理,吴尚德彻底想明白了,他觉得自己这顿饭请得值,赵卫东看问题比自己深,分析问题比自己透彻,他由衷地向战友表示了内心的感激之情:"良药苦口利于病,忠言逆耳利于行,你说的这些太好了,我一定牢记在心,你看我下一步还应该做什么。"见自己的亲密战友接受了自己的意见和建议,赵卫东露出了欣慰的笑容,他趁热打铁给吴尚德提出了下一步的努力方向。

第一,要抓住毕业实习这个难得的机会,努力把医院交办的科研课题做好,把自己毕业论文写好,一来不辜负领导和群众对你的厚望,二来为今后的发展奠定牢固的基础。第二,你应该抽空去看望一下一直在背后关心帮助你的领导,你不是说高院长对你非常客气吗,而且在各个方面都非常关心照顾你,你一个实习生能得到医院领导的赏识重用,我觉得一方面不否定你的能力水平,另一方面肯定有周组长为了报答你的救命之恩而在背后帮助你。否则,你不可能有这么好的待遇。吴尚德连连点头,表示认可。赵卫东又叮嘱他说:"中国有句古诗,投之以木桃,报之以琼瑶,周组长既然帮助了你,你也要尽自己的力量为领导服务,努力去回报周组长,让他更好地为你的发展搭桥铺路。"

"可是,我一个穷学生,一无钱、二无权,靠什么去回报周组长呀。"吴尚德对赵卫东的话有些困惑。

"你虽然没有权、没有钱,但是你有你的医术和你一身的力气呀!你能够从小山村里出来,不断受到领导的赏识和关照,不就是靠你祖传的医术和你的热心服务吗?这一点你要继续保持和发扬。另外，你去看望周组长，在登门道谢的同时，看看他有什么需要帮忙的地方，只要是你能做的，主动伸把手。岁寒知松柏，患难见真情，在别人困难的时候你真心帮助他，他会永远记在心里的。"吴尚德从自己跌跌撞撞走过的路，以及一路上经历的酸甜苦辣，他认为赵卫东说的话句句在理！

吴尚德和赵卫东分手后回到医院，本想按照赵卫东的指点找王小美把事情问个清楚，但是，又怕主动上门会招惹一些闲言碎语，搞不好反而适得其反，索性等明天上班再说吧，不如到图书馆抓紧时间继续学习。吴尚德因为中午吃了一顿好饭，晚上也不饿，在图书馆里一直学习到快闭馆了才回宿舍。宿舍的人告诉他，刚才王小美来找过他，让他回来去找她，吴尚德见天色太晚了，孤男寡女难免有瓜田李下之嫌，就准备洗洗涮涮睡觉了。"尚德哥哥回来了吗？"窗外，一个女人的声音传了进来，吴尚德一听是王小美在外面叫自己，他犹豫了一下，还是推门走了出来。

溶溶的月光下，王小美身穿一件花格呢子外衣，脚蹬一双半高跟皮鞋，头发刚刚洗过，散发出一股淡淡的洗发水的香气，水汪汪的大眼睛含有娇嗔的眼神，一双美丽的小嘴嘟在一起微微上翘表明心里的怨气。看见王小美的神态，吴尚德心旌摇曳，刚想主动示好，突然想起白天赵卫东的面授机宜，只好抑制住怦怦乱跳的心，面色严肃地问她："你找我有事吗？"

"当然有事了，没事儿干吗来找你。"王小美气哼哼地凶了他一句。

"天这么晚了，有什么事情明天再说吧。"吴尚德见满天星斗，夜色漆黑，怕被人嚼舌根，急忙推辞。

"明天说不方便，就得今天晚上说。"王小美不依不饶。

吴尚德沉思了一下，事情早晚要解决，长痛不如短痛，索性今天晚上就和她把事情讲明白了也好。"那好吧，我们找个安静的地方去说。"

两个人来到医院角落的一个小树林里，吴尚德首先发问："你找我什么事？"

"你和我谈恋爱,不清不白就把我甩了?"王小美用可怕的眼光盯住吴尚德质问。

"我们什么时候谈恋爱了?不过是同事关系而已。"吴尚德被王小美的话吓了一大跳,急忙解释。

"上次我们一起看电影的时候你亲口说的你喜欢我,这不是谈恋爱是什么。我们两个谈恋爱,医院里许多人也看见了,他们也可以证明。"王小美抛出了证据。

"爱美之心人皆有之,喜欢你的美貌的,医院里也不是我一个人,能说都和你谈恋爱吗?"吴尚德上次看电影的时候确实说过喜欢她的美丽,王小美还有意无意间亲吻了他一下,所以说话有些理亏。

"许多人喜欢我但是没有和我发生关系,我只和你发生了关系,你想玩儿完就甩了我,门也没有。告诉你,我肚子里有了你的孩子,你如果不承认,我就说是你强奸了我,把我肚子搞大了,让你吃不了兜着走。"王小美终于露出了狰狞的面目,向吴尚德摊出了底牌。

吴尚德恍然大悟,原来是王小美怀孕了,想给肚子里的孩子找个爹,所以栽赃到自己的头上,真是最毒妇人心,竟然无中生有,栽赃陷害。他从最初的愤怒和恐惧中逐渐冷静下来,开始反击:"我们都是学医的,都知道即使亲吻一下也不会怀孕,你的话连鬼都不信。再说了你说孩子是我的,生出来一化验就全清楚了,到时候我告你是诬陷罪恐怕吃不了兜着走的是你。"吴尚德硬邦邦的话顶住了王小美的威胁。

王小美见一上来不仅没有吓住吴尚德,反而被吴尚德抓住了话中的漏洞,一时无语,只有眼泪无声地从眼眶中涌出。见王小美泪水涟涟,哭得梨花带雨一般,吴尚德的心又软了下来,他暗忖即使她不再把孩子爸爸的名誉权赠送给自己,但是如果她出去胡说八道,对自己的声誉也有一定影响,不如软硬兼施,套出她的实情。想到此他又用温柔的话语安慰王小美:"你也不要哭了,我知道你是个美丽又善良的姑娘,肯定是遇见什么困难了,迫不得已才用这种卑……"他刚想说"卑鄙下流"这句话,又怕刺激王小美,转而用了:"损人不利己的做法,你有什么难处尽管说出来,我们一起想办法。"王小美突然一头扑进吴尚德的怀抱里,抽抽噎噎哭出了声,吴尚德怕哭声引来爱管闲事的人,误会自己一个大男人在欺负女人,急忙劝她:"你别哭了,一会儿招来人还以为我怎么着你了,有什么事你告诉我好吗？我一定会帮助你的。"王小美依旧不说话,而且哭声更响亮了。吴尚德一看王小美哭得花枝乱颤,哭得自己心乱如麻,他抬头一瞥,看见有人仿佛在往这里观望,他心一横毅然决然地说:"你再哭我就回去了,等你冷静下来我们再谈。"说完他一推王小美的香肩,准备回宿舍休息。

王小美双手合拢,紧紧抱住吴尚德的腰:"尚德哥哥你不要走,我把一切都告诉你！"

王小美出生在京郊北部县城一个普通的教师家庭,父亲在中学教书,母亲在一家服装厂上班,她上边还有一个哥哥,因为是家里的老小,又是女孩儿,所以父母特别疼爱她,哥哥平时也都让着她,她在家里快乐得像个小公主。他们一家四口住在一套四进的四合院里,解放前是一个大财主的院子,解放后被没收充公,分给了普通群众居住,前后四套院子住的十几家人前后毗邻,往往是前院炖肉、后院闻香,关系不错的人家做了什么好吃的东西,也相互赠送请对方品尝。小美的父亲喜爱打猎,经常扛着火枪去山里打猎,有时候打到狼和黄羊等比较大的猎物就分送左邻右舍一些,所以小美一家颇有人缘。小美住的前院住着一户姓丁的人家,男主人是县武装部部长,女人是县委干部,有个男孩叫丁小武,大小美一岁。有一次,小武的母亲犯病了,听说小美的父亲打了一头狼回来,特意过来想花钱买走狼胆治病,小美的父亲大手一挥:"都是街里街坊的,要什么钱,只要能治好你的病,狼胆送你了。"小武的母亲感动之余,也时不常地送一些吃的给小美一家,小武也经常和小美一起玩耍,两个人属于青梅竹马之交。"文化大革命"来临的时候,因为爷爷奶奶和姥姥姥爷家都是富农出身,小美的父母也被划入了"地富反坏右"的行列,小美的母亲被厂子里面的造反派在衣服上贴上了黑标牌,父亲也被学校里面的造反派剃了阴阳头,小美当时正在上小学,学校的老师学生都停课闹革命去了，小美也参加了学校的红小兵，知识没有学多少，整天就是游行庆祝喊口号、写大字报。哥哥属于老三届毕业生后来去北大荒插队，小美因为父母的问题，遭了不少白眼，也经常受人欺负，小武和她一个学校读书，经常为帮她挺身而出，和别的同学打架，望着小武鼻青脸肿的样子，小美一颗少女的心情窦初开，小武的侠义心肠和所作所为也给小美留下了深深的烙印。后来她和小武一起，在小武父亲的帮助下顺利进入工厂当了工人。两个人偷偷谈起了恋爱，小武经常骑着一辆锃亮的二八凤凰自行车，小美侧身坐在车的后座上双手搂住小武的腰在大街上兜风，双方的父母也默许了他们的关系，后来小武的父亲通过"走后门"把小美调入医院。前不久，两个年轻人在一起欲火难耐，偷吃了禁果。恰好在这个时候，小武为帮朋友出气和另一个团伙打群架，小美劝他不要去，小武为了哥们义气还是去了，最后因为把对方砍伤了，进了派出所，在派出所里小武的朋友为了减轻罪名，把责任推到了小武身上，说小武是主犯，是他下的黑手，而小武为了哥们义气也大包大揽，承认是自己的所为，公安部门把小武刑事拘留了。小美在慌乱之中发现到了日期没有来例假，她有些惊慌失措，偷偷一查有了身孕，她既恨小武不听自己的劝告以致闯下大祸，又担心自己肚子里的孩子应该怎么办？内外交困之下，满腹的心事都写在了脸上，这就是吴尚德刚来医院的时候看见小美情绪不佳的原因。

"那你主动接近我、威胁我的目的就是给肚子里面的孩子找个爹了。"吴尚德听完小美的讲述方恍然大悟，搞清楚了小美和自己谈恋爱的目的。

小美低下头，先是"嗯"了一声，又抬起头充满歉意地向吴尚德解释："我也是急得没有办法了，后来我去找小武的父母，他们说让我想办法把孩子生下来，给他们老丁家生个孙子，我想了半天办法，未婚先孕生孩子肯定不行，再说了如果小武被判刑了，孩子即便生下来爸爸是个罪犯，对孩子今后的发展也不利，我小时候因为父母家庭出身不好，吃了很多苦，受了很多罪，常常遭人白眼，这孩子如果生出来恐怕比我当年更糟糕，搞不好单位再以生活作风问题把我开除了。后来我就想不如先找人谈恋爱，就说孩子是我们恋爱期间怀上的，就可以名正言顺把孩子生下来了。"

"所以，你就想法接近我、骗我，想把屎盆子扣在我的头上。"吴尚德对小美的想法感到十分气愤。

小美垂下脑袋不好意思地对吴尚德表白："我也不是成心想骗你，我发现医院领导很赏识你，而且，你对我很关心，我觉得你人好、心地善良，人也长得帅气，我也……我也是挺喜欢你的。"小美说到最后声音逐渐降低，"喜欢你"三个字好像从嘴巴里挤出来的。

吴尚德听见小美夸赞自己的话，特别是小美说喜欢自己，吴尚德肚子里的气一下子消了一大截，他追问了一句："你真的喜欢我？不是哄我开心吧？"

小美十分肯定地回答说："没有骗你，通过这些日子的接触，我觉得你是一个好男人，爱学习、肯钻研，没有不良嗜好，对女人温柔体贴，另外你出身贫下中农，根正苗红，我想如果说孩子是你和我的，别人也不会说什么，孩子生下来也可以在人面前挺胸抬头了。"

王小美的一番夸奖让吴尚德浑身的汗毛孔都舒张开了，但是王小美灌的迷汤再顺耳，他也清楚这个便宜老子不是随便能当的，搞不好把自己也搭进去，那可是得不偿失了。他义正词严地向王小美表明了自己的态度："想让我当你肚子里孩子的父亲肯定不行，因为我有未婚妻，而且我们也要结婚了，我怎么能和你搞假结婚的把戏。再者说，你考虑过没有，你搞假结婚，如果孩子生下来你怎么上户口？以后孩子长大了知道真相怎么办？以后你再结婚，这孩子是否是个拖累？这些你都要提前考虑好，不像你想象的那么简单。"

听了吴尚德的一席话，王小美有些慌了，她起初没有想这么多的问题，张皇失措之下，两眼直直地盯住吴尚德问："那你说我该怎么办？"

"我的意见是把孩子打掉，你以后谈恋爱嫁人都方便。"吴尚德犹豫了一下，话还是出了口。

"这个我也想过，但是打胎去医院需要证明，我一个未婚女子谁给我开证明，再说了让咱们医院开证明，不是闹得满城风雨了吗？今后在医院里恐怕头都抬不起来了。"小美一听让她打胎，立即把困难摆了出来。

"活人还能让尿憋死，我们可以想办法呀。"吴尚德见小美的眉头皱了起来急忙宽慰她。

"尚德哥哥你有什么好办法，快告诉我。"小美用自己的双手用力摇动吴尚德的胳膊，满脸喜悦兴冲冲地问他。

俗话说：灯下月下看佳人比平常美十分，吴尚德在月光下，见小美一张俏脸美丽无比，不自觉地有些痴迷，小美也看出了吴尚德春心在荡漾，她用双手温柔地抱住吴尚德的腰，主动把自己的红唇凑了上来和吴尚德接吻。吴尚德刚想和小美亲热一番，忽然想起了高院长和赵卫东的提醒，他暗暗告诫自己，千万不要中了小美的美人计，想到此，他轻轻地推开了小美的双手。

小美仰起脸来，美丽的大眼睛透出一丝忧伤："尚德哥哥你真的不喜欢我吗？"

"美丽的女人谁都喜欢，但是，我不能喜欢你，因为我已经有未婚妻了。"吴尚德实话实说。

"那你是喜欢我的美丽还是喜欢我的人，或者说两者都喜欢。"小美的问题让吴尚德犹豫了一下，最后为了讨小美的欢心还是说了违心的话："我两者都喜欢。"王小美狡黠地一笑："你说的不是心里话，你刚才还说我卑鄙下流，现在又说我好了。"

吴尚德脸一红，赶紧安抚小美："人非圣贤，孰能无过，毛主席说过，改正了错误就是好同志，改正得越迅速、越彻底，就越好。你现在已经改正了错误，所以，我才说喜欢你的。"

小美听了吴尚德的话，心里美滋滋的，她双手箍住吴尚德的脖子，表白自己的心声："尚德哥哥你要真心喜欢我，那我们就在一起吧。我可以等你，等你可以娶我的那一天！"

吴尚德望着小美如花的笑脸，内心短暂激动了一下，猛然间想起了家乡的玉梅也在苦苦等待自己，自己脚踩两只船是不道德的行为，他的良心在谴责自己的同时，也很快地平静下来。

见吴尚德的脸色阴晴不定，没有回答自己的问题，小美有些不悦："尚德哥哥，你是不是嘴上说喜欢我，心里嫌弃我。"

"我为什么要嫌弃你？"吴尚德觉得小美的问题有些奇怪。

"你根本没有回答我的问题，肯定是嫌弃我不是处女了。"小美有些委屈地抱怨。

啊，原来是因为这个让小美误会了，吴尚德长出了一口气："我没有嫌弃你，我刚才是在考虑怎么帮助你把怀孕的事情处理好，所以没有回答你的问题。"吴尚德赶紧转移话题。

"那你考虑好怎么处理了吗？"小美关切地问。

吴尚德沉思了一会儿，突然想起一个人来，为什么不去找他帮忙。他兴奋地对小美说："我有办法了！"

周日休息日，吴尚德按照电话里约定的时间，找到了周组长的家，刚上楼就看见周组长的屋门口放着一个煤气罐，一个身材偏胖、剪着短发的女人一手卡住腰，一手搭在周组长的肩膀上正一步一步慢腾腾地往屋子里面挪动，吴尚德一步抢上前去："领导，这是阿姨吧，让我来扶。"他把周组长的老伴扶到了床上，又到门口把煤气罐搬进了厨房。周组长连声道谢，并张罗给他沏茶喝。吴尚德说："我看阿姨的腰扭伤了，我先给她看看吧。"他站在床边，先问阿姨怎么扭伤的腰。

"咳，我们家老周成天价忙，家里煤气罐没有气了，邻居的孩子帮我去煤气站换了一罐气，放在门口了，我想搬进来，不承想煤气罐太沉，一下子把腰扭了。"

"我跟你说了我来搬、我来搬，你非要逞强。"周组长站在床边心疼地抱怨老伴。

"我不是看你忙嘛就没有叫你，邻居本来想送进门来，我想都送到家门口了，就剩这么几步路，我自己就行了，没想到一拎还是把腰闪了。唉，还是老了，不中用了。"

吴尚德用手先把腰部检查了一遍，看有没有伤到骨头，然后仔细认真地把扭伤的部位按摩了一遍。周组长的老伴体形胖、肉又厚，着实让吴尚德费了不少力气，累得他满头是汗。

"行了，阿姨您下地走走。"吴尚德用手抹了一把汗，和周组长一起把他老伴从床上扶下地，周组长的老伴在地下走了几步："真不疼了，小伙子你真有本事，你先和我们家老周谈事，我去给你们包饺子吃。"

"阿姨，别麻烦您了，我不吃饭了，向领导汇报一下工作我就走。"

"到我们家就别客气了，礼拜天正好休息，好好尝尝阿姨的手艺。"周组长的老伴一边往厨房走，一边叮嘱吴尚德不要着急走。

周组长也吩咐吴尚德吃完饭再走，并让他简单汇报一下在医院实习的情况，吴尚德把课题研究和实习的情况简单向周组长做了汇报，并且对周组长的精心安排表示衷心感谢。周组长听完汇报首先把吴尚德表扬了一番："我听医院领导讲了，你到医院以后，努力工作，认真学习，刻苦钻研，经常在图书馆耗到很晚，医院的领导和同事们对你还是满意的，你要继续保持和发扬这种优良的作风，圆满完成课题研究工作。"肯定完成绩，周组长又用关切的口吻询问他："我听说你在医院和一个女医生谈恋爱了？"

吴尚德脸一红："领导这件事我正想向您汇报，事情的原委是这样的。"吴尚德把王小美主动接近自己的目的原原本本告诉了周组长，但是他把王小美怀孕的原因改成了王小美外出为患者送药，回来晚了路上被几个流氓强暴不幸怀孕，她一个女孩子本来想去报警，但是又怕传出去成为大众的笑柄，想去做手术但是又难以启齿说出真相，无奈之下，她想利用我给她打掩护，把怀孕的丑事遮住。吴尚德为什么把小武作的孽改成流氓强暴，主要是怕周组长看不起年轻人的所作所为，不愿意管这些闲事，如果是遭遇不幸，容易引起人们的同情。吴尚德把这件半真半假的故事讲完，又恳求周组长："领导，虽然她的做法欠妥，但是一个女孩子遇见这么大的灾难做些错事也是难免的，能否请您出面帮她说句话把肚子里的孩子打掉。"

周组长两眼射出两道寒光盯住吴尚德："你要向我保证,这个孩子肯定不是你们俩的。"

吴尚德面对周组长咄咄逼人的目光,斩钉截铁地回答："我以一个党员的名誉向您保证,王小美肚子里面的孩子与我吴尚德绝对没有任何关系。"

周组长见他的神色不像是在说假话,顿时脸色也和缓了许多："好吧,我相信你。明天上班我和妇产医院电话联系一下,让她去那里做手术吧。"

"谢谢领导!"吴尚德心花怒放,没想到周组长这么痛快就把事情办了。

中午吃饭的时候,周组长的老伴把热腾腾的饺子端上桌,让周组长和吴尚德先吃,自己端了一碗饺子进了旁边的屋子,吴尚德好奇地问:"为什么阿姨不和我们一起吃饭?"周组长叹了一口气讲了家中的一件往事。

我的岳母家住在河北农村,老伴家里有一个哥哥一个弟弟,我的岳父死得早,岳母以前一直住在我大舅哥家里,去年冬天的一个晚上,岳母见天黑了,吩咐大舅哥的两个孩子去把外面晾的衣服收进来,两个孩子嘴上答应谁也不动,老太太一生气,自己拄着拐棍扭着小脚去收衣服,结果地上有冰,天黑没有看见,脚下一滑摔了一跤,把大腿骨摔折了,农村医疗条件差,就来到我这里治疗,老人家岁数大了,治疗一段时间后,落下了后遗症,就是不能直立走路了,只能拿手扶着凳子慢慢挪,在农村上厕所、过门槛都不方便,我老伴和她大哥一商量就让我岳母住到了我这里,你阿姨为了照顾她母亲,支持我工作,就提前退休了,家里家外也真难为她了。每次她都是先给她妈妈盛好饭然后自己再吃。

"领导那您家的孩子不能帮您的忙吗?"

"唉,孩子为了响应毛主席'知识青年到农村去'的号召,去了黑龙江生产建设兵团,兵团是半军事化管理,平常根本回不来,即使过节也不一定能回来,平时家里就是我们老两口,一些重活累活主要依靠街坊邻居帮忙。"吴尚德一拍胸脯："如果领导信任我，这些活让我来做吧。我一个人在这里闲着也是闲着，我以后来领导家请您多多指点我，我也好尽快进步成长。"

"你的学习和课题研究的任务也很重，我不能因为自己的私事挤占你宝贵的时间。"周组长婉言谢绝他的好意。

"没有关系，我们周日休息，课题组也放假，再说了我也不能天天扎在图书馆里，还是要劳逸结合。"吴尚德心里一直惦记怎么报答周组长对自己关怀照顾的情谊，眼前这正是一个千载难逢的报答恩人的机会。这时候，周组长的老伴拿着空碗从屋子里出来，吴尚德见周组长还在犹豫，赶紧又从周组长的老伴身上进行突破："阿姨您包的饺子真好吃，比我们医院食堂的强多了。"

周组长老伴一听吴尚德夸自己做的饭好吃，脸上立即笑开了花："孩子你要是觉得好吃，你就经常来阿姨这儿吃饭，阿姨给你做好吃的。"

吴尚德连忙起身对周组长的老伴说："阿姨我吃饱了，您慢慢吃，我可以去看看姥姥的腿吗？"

"那敢情好，你这么好的医术再给我们老太太看看，看还能不能让老太太下地走路。"周组长的老伴从自身的效果看出来吴尚德确实有一手，希望奇迹能在母亲身上梅开二度，周组长叹了一口气："唉，上了岁数的人，估计再恢复很难了，别让小吴费事了。"

"那让小吴看一眼，万一有希望呢。"周组长老伴还是抱有一线希望。

"没有关系，我去看看，即使治不好了，但是治肯定比不治强。"吴尚德说边随着周组长的老伴进了里屋。

吴尚德进了屋看见一个慈眉善目的老太太端坐在床上，一双解放小脚用布缠住，床边放着一个下地代步的凳子，吴尚德开口叫了一声"姥姥"，然后扶老人躺下，"我来给您看看腿。"周组长的老伴在一旁介绍："这就是救老周一命的小吴大夫，医术高超，刚才我的腰扭了，就是他治好了，让他看看您的腿还能不能治。"

听完介绍，老太太连忙道谢："听我女儿说过你救我姑爷的事，得好好谢谢你这个大恩人呀。"

"不用谢，这是我应该做的。"吴尚德边说边用手把老太太的伤腿检查了一遍，大脑中思考治疗的方案。见吴尚德沉默不语，周组长的老伴有些沉不住气了："怎么了小吴，治不好了？"

"阿姨您别担心，姥姥岁数大了，如果完全复原可能有些难度，但是治肯定比不治强。"吴尚德见老人的骨头有些坏死了，知道难以复原了，但是治疗肯定会有效果，所以没有把话说满。

周组长的老伴一听有希望连声说："好、好、好，你就大胆地治吧，能治好最好，治不好也没有关系。"

吴尚德尽自己所能，仔细认真地给老太太的伤腿推拿按摩了一番，顺便也给老太太全身做了一遍按摩，见他满头大汗，周组长的老伴拿毛巾给他擦了擦汗，又端来一杯热茶让他喝一口喘喘气，吴尚德用手把老太太扶起来："姥姥，您扶着凳子走两步试试，感觉腿脚比以前轻松点了吗？"老太太把脚放到地上，用手扶着板凳往前走了几步，"轻松多了，小伙子你可真有能耐。"周组长的老伴也由衷地赞赏说："看我妈走路利索多了，小吴你真是妙手回春呀。"

吴尚德憨憨一笑："姥姥要是感觉好，我下星期日再过来给姥姥按摩。"

"那敢情好，就是老麻烦你，让我们不好意思。"周组长的老伴心里愿意嘴上客气。

"阿姨您就别和我客气了，周组长这么关心照顾我，我出点力还不是应该的。再说了我闲着也是闲着，给姥姥做按摩也是增长实践知识呀，可以完善我的课题研究内容。"

"那好吧，你下次来阿姨给你烧鱼吃，好好给你补补身子。"周组长的老伴一口应承了下来。

第六章　投桃报李

在毕业实习接近尾声的时候，学校的毕业分配工作开始了，按照工农兵大学生哪儿来哪儿去的分配原则，吴尚德本应回到老家分配，但是，由于国家1977年刚刚恢复高考制度，各部门又急需人才，所以，国家准备从刚毕业的工农兵大学生当中挑选一些品学兼优的学生留在本地分配。听到这个消息，同学们八仙过海，各显其能，纷纷托关系找路子，争取留在北京。吴尚德自然也想留下来，但是，他在北京举目无亲，想托人也是提着猪头找不到庙门，几天下来嘴上起了泡，连科研课题和毕业论文也无心写作了。

贾秀玲家在北京，已经托关系找到了接收单位，他见吴尚德烦躁不安的样子，给他出主意，让他去找周组长，你是他的救命恩人，这点小忙他不会不帮的。吴尚德内心犹豫不决，俗话说，施恩图报非君子，因为救了周组长的命就去让人家帮忙安排工作，让人感觉自己救人的动机不纯，但是，除了周组长他也确实没有其他过硬的关系，他找到好友赵卫东请他帮助自己拿个主意。

看到好朋友焦虑不安的神情，赵卫东安慰他说："分配的事儿你也不要太着急，既然学校领导说了，要选择一些品学兼优的同学留下来，而你的能力和水平是有目共睹的，我相信组织一定会认真考虑的。我们党支部也会向组织积极推荐你，你现在的主要任务就是沉心来，心无旁骛地完成自己的课题研究任务并写好你的论文，为三年的学习生活交出一份满意的答卷，用事实证明自己的能力水平，为学校和我们工农兵大学生增光添彩。"赵卫东停顿了一下，见吴尚德脸上焦虑的神情有所缓解，又劝他说："至于找周组长帮忙的事情，你自己考虑，我的意见是不去找，一个人发展的好坏关键在于自身的努力，一切依靠别人，自己不努力拼搏，最终会应了那句老话，靠山山会倒，靠人人会跑，只有经过自己的艰苦努力取得成功，人们才会真正地尊重你、敬佩你。"听了好朋友的宽慰和鼓励，吴尚德浮躁的心踏实了很多，他下定决心，一定要沉心静气专心致志完成课题研究任务，撰写一篇高质量的毕业论文。

吴尚德在医院接到了班主任宋老师的电话，让他回学校一趟，系主任有事找他。

"宋老师，主任找我有什么事情吗？"

"可能是你们毕业分配的事情，具体的情况主任会和你说的。"

听说系主任要和自己谈毕业分配的事情，吴尚德不知道是好消息还是坏消息，他急忙返回学校并带着一丝疑问敲响了系主任的房门。

系主任姓沈，长得矮矮胖胖，花白的头发有些稀疏，圆圆的脸上长着一对笑眉笑眼，同学们背后都称呼他为弥勒佛，见吴尚德进门，笑呵呵地一指办公桌对面的椅子，示意请他坐下。先是简单过问了一下实习情况，然后直入主题："小吴啊，马上就要毕业了，你有什么打算呀？"

"主任我想去医院，继续干自己正骨的老本行。"

"呵呵，不错，深入基层为人民服务，年轻人有志气。""但是"之后，主任突然话锋一转，提出了一个问题："你想不想换一个工作岗位，搞教学研究工作？"

吴尚德一怔："主任我能搞什么研究工作？"

沈主任见吴尚德疑惑不解的目光也不再打哑谜："打开天窗说亮话，我就不拐弯抹角了，你是一个品学兼优的好学生，既有理论基础，又有实践经验，特别是你的毕业论文得到了全校教职员工的一致好评,听说你和实习医院一起搞的课题也列入了评奖名单,所以,经过学校研究,希望你留校任教,你有什么想法?"

吴尚德恍然大悟,原来找自己谈话是想让自己留校当老师,他迟疑了一下:"可是沈主任,我的特长是正骨技术,在学校搞教学研究我怕我的能力不行。"

"你是怕英雄无用武之地吧,这个你不用操心,关键是你自己愿意不愿意留下来。"

吴尚德对沈主任的建议仓促之间不知道如何作答,老实说他觉得自己不是当老师的料,在学校当老师不能发挥自己的特长,但他又不好当面拂沈主任的好意,沈主任看出了吴尚德内心在激烈地斗争,也没有马上逼他表态,而是语重心长地开导他:"你再回去好好想想,这个机会也不是人人都有的,主要是学校领导看中了你的才华,才决定让你留校任教,前几年我们国家已经恢复了高考制度,今后你在学校也可以报考研究生继续深造,估计今后这种机会也不是很多了,希望你好好珍惜把握。"

吴尚德急忙表态说:"感谢学校领导对我的信任,我考虑一下,及时答复您。"

沈主任爽快地回复他:"可以!你要抓紧时间考虑,目前高校扩招,师资力量不足,如果你不愿意,我们就要考虑别人了,希望你尽快答复我。"

吴尚德内心不想当老师,但又担心找不到理想的接收单位,忐忑不安中,他找到赵卫东想听听他的意见。赵卫东告诉他,沈主任也找他谈话了,他已经决定留校任教了,至于吴尚德的工作安排,他答应去找班主任宋老师反映,让吴尚德耐心等待。

在度日如年的煎熬中,吴尚德终于盼来了好消息,他被分配到自己实习的那所著名的中医院上班,他找到赵卫东告知了这个喜讯,而赵卫东反应却很平静,仿佛这个结果在他的预料之中。分手前夕,贾秀玲提议:他出钱请宿舍的全体同学一起出去聚餐,以示庆祝毕业,另外,毕业后大家要加强联系,苟富贵,勿相忘。但是,由于工作分配的结果有人欢乐有人愁,所以响应者不多,搞得贾秀玲很扫兴。临别之际,赵卫东和吴尚德一对同窗好友也是难舍难分,赵卫东送给吴尚德一本《祝你成才》的书,并在扉页上抄录了马克思的一段话:"伟人之所以看起来伟大,只是因为我们在跪着,站起来吧!"吴尚德接过书请教今后工作中应如何做才能更好更快地发展,赵卫东略作沉吟后,对吴尚德提出了三点希望。

"第一,你应该多读书,开阔自己的眼界,丰富自己的知识。"

"嗯。除了课堂上讲授的内容,我现在也经常阅读其他一些中医药方面的相关书籍。"

"这些书必须要读,但是还不够,必须博览群书才行,不断拓宽自己的眼界和知识面。俗话说,书到用时方恨少,确实饱含哲理。"

"好。我一定按照你的要求加强读书学习。"

"读书不能读死书,要善于把书本的知识与实践结合起来,毛主席说,读书是学习,使用也是学习,而且是更重要的学习。所以,要理论联系实际去读书。换句话说,就是要把书本知识与你的医疗实践紧密结合,从实践中加深对理论的理解。"赵卫东告诉他读书的窍门。

"好的,我记住了。第二点是什么?"

"第二,你应该善于总结,把自己的经验体会归纳提升,我建议你以后每天写日记,既可以提高写作水平,又可以记载你的点滴所得,俗话说,好记性不如烂笔头,积累多了就是你今后写作的素材。"

吴尚德点点头表示赞同,他对赵卫东表示,从上班伊始就开始写日记。

"上班就晚了,古人说,明日复明日,明日何其多。我生待明日,万事成蹉跎。毛主席也教导我们:多少事,从来急;天地转,光阴迫。一万年太久,只争朝夕。你应该从现在就开始。"赵卫东提醒他要只争朝夕。

"好!从今天开始我就记日记,我会把你讲的东西全部记下来。"吴尚德向赵卫东表明决心。

赵卫东露出满意的微笑,继续往下讲:"第三,你要学会虚心地学习他人的长处。孔子有一句至理名言,'三人行,必有我师焉;择其善者而从之,其不善者而改之。'一个人要善于学习并发现他人的优点长处,就拿你家的正骨手艺来说确有独到之处,但是,你和我讲过在赤脚医生培训班的时候,你就不愿意听殷主任讲的正骨课,其实你可以兼采众长,把别人有用的东西吸收到你家的正骨手艺中,使之更加完善。你把吸收别人的东西和你自己的东西结合起来,既是你今后的研究项目,也是很好的论文题材。"

赵卫东的三点希望如同醍醐灌顶,让吴尚德的头脑豁然开朗,他真诚地向赵卫东表达自己的感激之情:"你讲得太好了,我要把你讲的牢牢记在脑海里和日记中,并作为今后工作的指导。"

"不用客气,我真诚地希望你在人生的发展旅途上要永远有追求,追求到永远!愿我们共勉吧。"

玉梅来信了,她在信中倾诉了对吴尚德的真切思念,并且告诉他在家里公婆把自己当成亲闺女一样对待,一切都好,请他不用挂念。为了更好地为广大贫下中农服务,自己向大学习了一些按摩正骨技术,现在已经能够治疗一些简单的骨科疾病了。信的最后询问吴尚德春节快到了,你也毕业分配了工作,老人们催促咱们尽快把婚事办了,想问问吴尚德是什么意见。

吴尚德接到玉梅来信,一股愧疚之情油然而生,离家三年一直是玉梅在替自己照顾双亲,而且三年期间由于自己参加抗震救灾、暑期社会实践活动,只有一年是在老家度过的寒暑假,而且暑假回去的时候正好赶上玉梅参加公社组织的预防夏季传染病巡回义诊活动,两个人也没有在一起待多长时间,平时他只能把思乡的情怀用书信捎递回遥远的家乡。现在自己一切都稳定了,玉梅也在家辛苦了三年,应该回去举办一个隆重的婚礼给玉梅一个正式的名分了,他盘算了一下时间,春节回去结婚,春节后报到上班,一切都来得及,他决定回家之前向周组长辞行并告诉他自己准备结婚的喜讯。

来到周组长家,吴尚德轻车熟路敲响了房门,纳闷的是半天没有人开门,他又用力敲了几下,才听见一阵窸窸窣窣的声音从门内传出来，开门一看是姥姥扶着凳子在门内，吴尚德大吃一惊："姥姥，怎么是您来开门，阿姨去哪里了？"

姥姥长叹了一口气："唉，姑爷心脏病犯了，住进医院了，你阿姨去医院探视了。"

"姥姥什么时候的事？住在哪个医院了？病情严重吗？"吴尚德情急之下提出了一连串的问题。

"就是前几天的事，听说是单位出了什么事，姑爷一着急心脏病就犯了，你阿姨先去医院照顾姑爷，说中午回来再给我做饭，我说了让她别来回跑了，给我做好饭我自己热热就行了。医院的名字好像叫什么外，我也没记住。"姥姥絮絮叨叨地回答了他的问题。

吴尚德先把姥姥扶进屋，简单做了一锅热汤面，先侍候姥姥吃完饭，自己也匆匆忙忙吃了一碗，正准备去医院看望周组长时，听见门锁被人从外面打开了，吴尚德抬头一看是周组长的老伴回来了，急忙上前打招呼："阿姨，您从医院回来了。"

周组长老伴回来是给老母亲做饭的，见吴尚德已经把老母亲照顾好了，不禁松了一口气："谢谢你小吴，你可帮阿姨大忙了。"

吴尚德关切地问："阿姨您不用客气，您吃饭了吗？没吃我再给您做点吃的。"

周组长老伴指着桌上的饭盒对吴尚德说："不用了，我刚才去医院给老周送饭，他也没吃两口，剩下的全是我吃了，我也不饿了。"

"领导因为什么原因突然犯病了？"

周组长老伴长叹了一口气："最近，我们家老周准备提拔，不知道是谁背后使绊子，给上级纪检部门写匿名信，说他乱搞男女关系，老周又气又急，一下子病倒了。"

吴尚德惊讶地问："是谁这么坏，给领导造谣。"

周组长老伴无奈地说："这事与你也有关系，你上次让我家老周帮你朋友人工流产，妇产医院就有人放风说这是我们家老周的孩子，因为怕暴露，还让一个来实习的大学生顶缸，冒充是女孩子的男友去做的手术，你说这不是瞎子捉鬼——没影的事嘛。"

吴尚德没有想到帮助王小美做手术的事竟然给领导添了这么大麻烦，他想当面向周组长致歉，急忙问："那领导现在住在哪所医院？病床号是多少？我去看看他。"

周组长老伴告诉了他具体的医院名称和病床号，吴尚德匆匆和阿姨道别，在路上买了一些水果，急忙赶往医院。

在医院的高干病房里吴尚德看见周组长躺在病床上，精神有些萎靡，气色也不太好，他急忙上前向周组长致歉："领导我去家里看见阿姨了，她都对我说了，真对不起，没想到我的事情给您添这么大的麻烦。"

周组长一摆手，爽快地说："和你没有关系，就是有些人想整人而不择手段。俗话说身正不怕影子斜，毛主席说过，假的就是假的，伪装应该剥去，这些谎言早晚会被现实戳穿。"

吴尚德为了让周组长开心，于是把自己准备回老家结婚的消息告诉了他，周组长高兴地向他祝贺，并且代他向吴尚德的父母和玉梅问好。吴尚德见周组长说话有些气喘，忙上前说："您心脏不好，不要太激动，我给您按摩一下穴位吧。"他在周组长的几个穴位上轻轻按摩了一番，见周组长的脸色和气色都红润了许多："领导您感觉好些了吗？"

"嗯，舒服多了，看来你又学了不少新知识。"周组长用满意的口吻夸赞他。

"是的，我在医院实习期间向几位老中医分别学习了针灸、按摩、开方等技术，能够有这个学习的机会，真得感谢您的关心照顾。"

"好好努力，不要怕吃苦、受累，只要你肯学习，学到的本事全是属于你自己的，别人是拿不走的。现在我们已经老了，有时候想想也后悔，为什么年轻的时候不努力学习，多掌握一些为人民服务的本领，虽然古话说往者不可谏，来者犹可追，革命的理想和意志不能衰退，但夕阳无限好，毕竟已黄昏喽。"周组长见吴尚德年轻富有朝气的样子，不禁回想起自己青春的影子，感慨油然而生。

"领导您一点也不老，看见您天天伏案工作学习，我一直以您为榜样，向您学习，就是感觉怎么学也追不上，想学的东西太多了，狗咬刺猬——无从下嘴了。"吴尚德不失时机地恭维周组长，哄他开心。

"古人说，学然后知不足，教然后知困，你有这种感觉是对的，说明你学习是有收获的。学到的知识越多，感觉自己懂的越少，虚怀若谷，才能更好地进步发展。"听了吴尚德的话，周组长自然很开心，感觉埋在胸中的郁气也散发了不少，于是循循善诱地给吴尚德传授自己的人生经验体会。

"您讲得太好了，我一定牢记在心里，坚决按照领导的要求去做。"吴尚德真心感谢周组长对自己的指导帮助。

一老一小越聊越开心，周组长在单位总是开不完的会、批不完的文件，躺在病床上能够无拘无束地和晚辈聊天扯闲篇，感觉心情一下放松了许多。

"领导您生病了，为什么不让我哥哥回来看看您？"吴尚德见周组长身边无家人照顾，感觉有些奇怪。

"唉，他工作也很忙，我就没有告诉他，最近，孩子来信了，说是要加强战备工作，春节肯定不能回来，春节只能我们老两口过了。"周组长的话含有一丝无奈和凄凉。

看见周组长带有伤感的表情，吴尚德也是心潮涌动，幻想自己回家后和父母家人还有心爱的玉梅欢聚一堂、言笑晏晏的场面，再联想到周组长过节时的孤单凄凉，内心深处忽然泛起一种酸楚的感觉。

天色傍晚，周组长的老伴带着晚饭来探望，周组长用关切的口吻嗔怪老伴说："中午不是和你说了嘛，叫你不要跑了，在家好好照顾老人，这里有医生护士照顾挺好的，还有小吴陪着我，你就放心吧。"

老伴半抱怨半关心地回复说："我这不是怕医院的饭菜不合你的胃口嘛，所以，特意给你做了你爱吃的饭菜，你看，我怕凉了还特意买了一个保温桶。"

周组长老伴又对吴尚德说："小吴谢谢你照顾我们家老周半天，我也做了你的饭了，你吃口饭赶紧回去吧，有我在这儿就行了。"

吴尚德见阿姨两边跑非常辛苦，急忙对周组长老伴说："阿姨，今天是星期天，我们休息，晚上我在这里照顾领导，您就放心地回去照顾姥姥吧。"

周组长说："谁都不用在这里，我这里有医生护士照顾就行了，你们都回去忙吧。"

周组长老伴迟疑了一下："小吴，你这么忙，千万别影响你的工作。"

"不会的阿姨，我们已经毕业了，春节后才去单位报到，我在这里可以给领导按摩按摩，让领导恢复得更快一些。"

见周组长还要推辞，吴尚德忙道："领导，和您在一起，也是我学习的一个好机会，您刚才讲的好多话我都没有听过，正好趁着机会，您多教我一些知识。"

周组长见吴尚德不像说假话，就对老伴说："那就让小吴在这里，你赶紧回去照看老人吧。"

吴尚德在临睡前又给周组长做了一次保健按摩，见周组长在自己的照顾下含着笑容入睡了，心底蓦然迸发出一个想法，这个想法对不对？应不应该这么做？思想激烈斗争了半天，最后终于决定就这么办！

吴尚德决定不回山西老家过节并推迟举办婚礼，他要留在周组长的家里陪领导过节，为此，他特意给玉梅写了一封信阐述了不回家的理由。

亲爱的玉梅：

你好！来信收悉。本来我计划春节回家和你举办婚礼，但是，因为一个突发的情况我决定不回家过节了，我们的婚礼再推迟一段时间，听到这个消息你先不要生气，听我给你说说原因。

我在毕业实习和工作分配上，得到了周组长的大力支持和帮助，在领导的关心照顾下，我参与的课题研究已经顺利完成，并且准备作为获奖论文上报参加评审，由于我在医院实习期间的表现得到了医院的好评，所以，毕业分配的时候，医院主动提出欢迎我去他们医院工作。我本想带着胜利的成果回家和你一起分享，并举办一个隆重的婚礼，但是，最近领导的心脏病犯了，现正住院治疗，家里还有行动不便的老人需要照顾，家里只有阿姨一个人两边跑，实在忙乎不过来。领导的孩子远在黑龙江生产建设兵团，因为战备的缘故今年也不能回家过节，他现在特别孤独无助，每当看到领导眼神中流露出的凄凉目光，我的心也时常泛起一种酸楚的感觉，突然想起了我在赤脚医生培训班被人诬陷时，那种期盼理解和亲人关心帮助的感受，如果不是你当时给予我的关心体贴，恐怕我没有勇气坚持下来，联想到现在领导最需要帮助、最需要亲人在身边陪护的时候我不能一走了之。我的战友赵卫东说过，雪中送炭强于锦上添花，俗话说，滴水之恩当涌泉相报，为了报答领导对我的恩情，我想今年春节期间要在领导家里帮助他们做一些事情，代替他们的儿子尽一尽孝心，让他们过一个愉快的节日。

我知道你是一个善良的好姑娘，从你为我做出牺牲的行动上我相信你一定会同意我的决定，希望你不要生我的气，也希望你把我不回家的理由告诉咱大和咱妈，让他们也不要生气，高高兴兴过个好年。

吴尚德把信写好后马上寄了出去，他不知道玉梅收到他的信是生气、发怒，还是同意，在忐忑不安的等待中，他坚持每天去医院帮助周组长按摩，陪他聊天，细心地照顾他。周组长也时常给他传授一些知识，吴尚德也从周组长那里记住了许多名言警句、诗词古文。在吴尚德的精心照顾和精神抚慰下，周组长的身体很快康复了。把周组长送回家后，周组长感动地说："小吴，这些日子辛苦你了，我身体已经恢复了，在家有你阿姨照顾就行了，这些日子你都没有睡一个安稳觉，好好歇息几天，赶紧回家过节和玉梅举办婚礼吧，我让你阿姨给你准备一份礼物你带回去。"

吴尚德把酝酿好的决定告诉了周组长:"感谢领导的关心,我决定不回家过节了,而是留在这里照顾您和阿姨,您刚刚出院,还需要恢复一段时间,我可以为您做一些按摩保健,巩固治疗成果。"

周组长把头一摇,断然否定了他的想法:"不行,你已经很长时间没有回家了,家里人对你已经是望眼欲穿了,特别是你那没有过门的媳妇,一个人在你家照顾你的父母非常辛苦,她心里不知道多惦记你,再说了,洞房花烛夜是人生的一大喜事,我不能耽误你们,你赶紧回去办喜事。"

吴尚德从兜里掏出一封信,对周组长晃了一下说:"领导,我已经把不回家的事写信告诉家里了,家里刚刚回信了,玉梅支持我留在这里照顾您,您不信我给您念一念。"

亲爱的尚德大哥你好:

　　来信已经收到,听说你不回家过年,我刚开始的确有些失望,但是仔细一琢磨你说的话,我认为确实有道理,老话说,有恩不报非君子,领导那么关心照顾你,你应该当个君子好好报答领导的大恩。我发现你在领导身边各方面都提高得很快,连你写的信都越来越有水平了,你在领导身边要好好向领导学习,并且照顾好他们的身体。我已经把你不回家的理由告诉咱大咱妈了,他们也支持你的想法。

　　请代我问候领导一家人春节快乐!

吴尚德念完信发现周组长的眼圈已经红了,他喃喃自语说:"真是一个深明大义的好姑娘!"看到吴尚德满脸的诚恳,他转身对老伴说:"把咱家的房门钥匙给小吴一把,另外,把孩子们住的房间打扫一下,春节期间就让小吴住在这里,别让他来回跑了。"见吴尚德还要推辞,周组长斩钉截铁地说:"就这么定了,你什么也不用说了,在我家里我说了算。"周组长老伴也乐呵呵地说:"孩子,你就安心地住在

· 092 ·

阿姨家里吧，我们对你不见外，你也别跟我们见外了。"

吴尚德见两位长辈一片盛情，再推辞反而有些生分了，便愉快地答应了。

春节前，吴尚德帮助周组长一家打扫卫生、清洗物品，排着长长的队伍购买节日配给供应的每人半斤花生、三两瓜子、猪肉、鱼、食用油等，每天晚上定时给周组长和姥姥做按摩，周组长一家也把他当成自己的孩子，对他嘘寒问暖，做可口的饭菜给他吃，周组长的老伴还给他买了一件新衣服，一家人其乐融融，度过了一个欢快的春节。

春节假期很快就过去了，吴尚德准备去单位报到之前问周组长还有什么叮嘱的话，周组长语重心长地说："老话说，师父领进门，修行在个人，自己的人生路还是要靠自己走好，你不能有依赖思想，要一步一个脚印，经过自己的努力不断地发展进步。"吴尚德语气坚定地表示，一定不辜负领导的殷切希望，一定要干出一番成绩来证明自己的能力并为领导争光。周组长宽慰地笑了："其实，关心帮助你的不仅仅是我一个人，还有一个在背后默默关心帮助你的好朋友。"吴尚德一脸困惑，还有谁在支持帮助我？周组长为他揭开了谜底："本来你的好朋友不让我说，让我保密，但是这件事也没有什么密可保，我就索性告诉你吧。你是否奇怪我对你的很多事情了如指掌。"

吴尚德带着迷惘的神情回答说："是呀，我也很纳闷，我去医院实习的时候，高院长对我的情况一清二楚，他说是领导告诉他的，可是许多事我从没有向您汇报过呀。"

周组长从抽屉里面拿出一封信："这是你们临近毕业分配时你的好朋友赵卫东写给我的信，他在信中详细说了你不想留校任教，而是想去一线为广大人民群众服务的理想和愿望，并且列举了你的长处和特点，希望我能帮助你实现弘扬光大祖国传统医学的伟大抱负和梦想，助力你展翅高翔。我也是被他的真情所感动，所以，向中医院推荐了你。当然了，这与你在医院实习时候的良好表现也密不可分，医院的高院长也曾经找过我，欢迎你毕业后到他们医院工作，所以，你要感谢的是许多在你背后关心支持帮助你的人，不要辜负大家对你的期望。"

听了周组长的一席话，吴尚德许多疑惑不解的问题全找到了答案，他为赵卫东这份深厚的战友情谊和周组长及高院长的鼎力相助所感动，正要向周组长表个态，突然，"梆梆梆"一阵粗野的敲门声传进室内。

吴尚德噌的一下跳了起来，他疾步冲到门前冲着门外问道："谁呀？"门外传来一个粗鲁的声音："姓周的，你开开门。"

吴尚德见门外的人来者不善，怕伤害周组长一家人，没敢贸然开门，而是追问了一句："你是谁？找领导做什么？"

"别他妈那么多废话，你开不开门，不开门我可要踹门了。"门外的人有些不耐烦了，威胁动粗。

吴尚德示意周组长打电话报警，并让阿姨把姥姥送进屋里去以免受到伤害，然后把门打开了一条缝隙，见门口站着一个身材细高的男青年，右手拎着一把菜刀，见门开了刚要往里闯，一看是个青年人立在门口，不觉一愣，问了一句："你是谁？让姓周的出来。"

吴尚德一边暗暗运劲做好应付对方袭击的准备，一边反问了一句："我是领导的警卫，你究竟是谁？找领导做什么？"

门外的人举起菜刀恶狠狠地威胁说："做什么？姓周的糟蹋了我的女人，我是来找他算账的。"

周组长打完报警电话站到吴尚德的身后，他非常冷静地问道："我姓周，你是谁？你的女人又是谁？"

门外的人见到周组长现身，眼睛中仿佛要喷出烈火，他刚想进门去揪周组长，被吴尚德挺身拦在了门外："你先回答领导的问题。"

门外的人以为吴尚德真的是周组长的贴身警卫，内心也畏惧三分，他气哼哼地说："我是谁？我是丁小武，我的女人叫王小美，是不是你这老东西祸害了她，还让她怀了孩子。"

吴尚德一听是丁小武马上心里明白了几分，他冷静地对丁小武说："我和王小美同志在一起工作过，她的事情我最清楚，我可以告诉你事情的详细经过，但是，与领导没有任何关系。不知道是谁告诉你的虚假消息。"

见吴尚德不像说假话的样子，丁小武的嚣张气焰马上消退了不少，他追问道："不是姓周的，那你说是谁？"

周组长也反问他："你为什么一口咬定是我，是谁告诉你的？"

丁小武一梗脖子说："你甭管是谁告诉我的，你就说是不是你干的？"

吴尚德刚想把事情的原委详细地告诉丁小武，一阵急促的警笛声尖叫着来到楼下，两个身穿白制服的警察冲上前来夺下菜刀给丁小武戴上手铐押下楼去，派出所的所长进屋给周组长道歉："对不起领导，让您受惊了，没有伤害您吧？"

周组长摇摇头："什么事情都没有，多亏了小吴同志在这里。唉，现在的年轻人一点法制观念都没有，竟敢提刀上门威胁。"

所长也很无奈地说："现在的社会治安太乱了，打架斗殴的事情天天有，我们派出所这些民警天天处理这些事情都忙不开。"所长又充满歉意地对周组长说："领导，我们想麻烦这位同志跟我们回去做个笔录，作为给犯罪分子定罪的证据。"周组长怕吴尚德坐警车回派出所万一被路人看见了引起误会，所长说做完笔录我们可以给这位同志出个证明，证明他面对歹徒的菜刀，奋不顾身保卫领导，是维护社会治安秩序的模范行为，吴尚德一听心里暗暗欢喜，同时，也想当面化解丁小武和周组长的误会，防止以后再来骚扰领导，他把想法告诉了周组长，周组长略一沉吟答应了所长的请求，让他们一起坐车回到了派出所。

回到派出所两个警察正在询问丁小武，吴尚德问所长他能不能问几句话，并且把事情的原委向丁小武解释清楚，所长说当然可以。吴尚德坐在审讯人员的身边，问丁小武究竟是谁诬陷领导，丁小武用仇视的目光盯住吴尚德，用极不情愿的口吻讲述了事情的经过。

1975年8月，一场突如其来的"评《水浒》"运动在中国社会自上而下轰轰烈烈展开，小武他们这些毛头小伙子对什么是"投降派"丝毫不感兴趣，但是对书中梁山好汉们的哥们义气却赞赏不已，几个臭味相投的小哥们聚在一起，也搞了一个"义气团"，歃血盟誓，有福同享，有难同当，因为小武在这里年纪最大，被大家推举为大哥。在小武的带领下，他们不好好工作，经常在外面寻衅滋事、扰乱治安。

一次，夜里下了大雨，早晨马路上积水没过脚脖子，几个人恶作剧在积水最深处水面下面放了一层红砖头，年轻人骑车飞快撞在砖头上往往人仰车翻摔倒在水中；老年人骑车慢车停在水中，鞋袜裤腿全泡湿了，而他们在一旁则拍手哈哈大笑。馋了想改善生活，几个人拿上气枪，跑到郊区看见农民散养的鸡开枪打死抓起来就跑；或者把鱼钩拴在一根线上，鱼钩上拴上玉米粒，等鸡把玉米粒吞下去，用线把鸡拉过来装进袋子里，回家用高压锅炖熟了，喝酒吃肉。一次，被村民们发现了，被拿着铁锹木棍的村民追了好几里地，把鞋都跑丢了。水果成熟的季节，他们去果园偷水果，一个人在树下观察动静，其他人上树摘果子，一旦有人来了，一声警报，跳下树四散奔逃。玉米花生成熟了，等夜黑风高的时候，拿上书包去地里偷玉米、刨花生，被人发现了，对方人少，把对方打一顿扬长而去，对方人多则狼奔豕突，如鸟兽散。闲得无聊，自行车后座上带个女孩子在大街上招摇过市，或者到公共场合去"拍婆子"。那时候，社会上有许多类似丁小武这样的小团伙存在，有时候为了一个女人、一块地盘，甚至为一句话、一件小事都拿刀动杖，械斗不休（1983年开展"严打"后社会治安明显好转）。

一次，小武团伙里一个小兄弟在滑冰场上看见一位漂亮姑娘，上去调戏人家，不料想这个姑娘是另一个团伙老大的"马子"，结果婆子没有拍成反而被对方臭揍一顿，最后，被逼给女孩子磕头道歉并从她的胯下钻过来方才罢休。这个小兄弟鼻青脸肿地跑回来，隐瞒了自己调戏妇女挨打的事，而是挑唆说，自己在冰场上听见他们在一起议论是大哥厉害还是他们的老大厉害，结果他们出言不逊，谩骂老大给他们提鞋都不配，我一听气炸了肺，不顾自己人单力薄去和他们理论，他们仗着人多势众，把我打成这样，大哥我是为你才被打成这奶奶样的，大哥你要为我报仇呀。再说了我们"义气团"也不能跌这份呀，这次认怂了以后就没有人再拿正眼夹我们了。"

丁小武闻听此言勃然大怒，马上派人下战书，约好双方械斗的地点，为了给上次挨打的兄弟报一箭之仇，双方都是下手又狠又黑，结果把对方一个小头目砍成重伤，公安局接到报案后在审查案件时，问主犯是谁，砍人的兄弟把责任推到了大哥丁小武身上，而丁小武被哥们义气冲昏了头脑，一拍胸脯很仗义承认是自己下的手。公安局移送法院以后，他的父母急眼了，急忙托关系找人，又请客、又送礼，最后，没有判刑而是送去劳动教养。

丁小武从劳改农场回来后，去找王小美，发现她对自己很冷淡，没有了往昔的热情，丁小武百思不得其解。一次，偶遇"义气团"的一个兄弟，看见他劳教归来，请他喝酒吃饭，后来聊起王小美，丁小武问他自己劳教期间王小美发生了什么情况。这个兄弟惊讶地说："大哥你还不知道吗？王小美现在有人了，而且还给他怀了孩子。"丁小武一听马上急眼了，追问道："兄弟你说的是真的吗？这个人叫什么名字？"

他的兄弟想了一下说："好像姓周，还是个大官，我妈妈她们妇产医院给他贴了大字报，大字报上这么说的，绝对假不了。"

丁小武本是个头脑简单的家伙，听了他兄弟的一席话也没有再找人问问，甚至连王小美都没有问，他让他兄弟帮他打听清楚周组长家的地址，带上菜刀上门兴师问罪。

听完丁小武的供词，吴尚德义正词严地告诉他："大字报是有人诬陷周组长的不实之词，纯属子虚乌有。我可以郑重地告诉你，领导连王小美的面都没有见过，何来私情一说。王小美怀孕还是领导为她找人做的手术，你不说感谢领导，还去寻衅滋事，你还有良心吗？"

丁小武低下头喃喃地说："不是姓周的，那是谁的？"

吴尚德没有透露孩子父亲的信息，只是说："具体孩子的父亲是谁，我知道，但王小美更清楚，你有空可以问问王小美，就知道真相了。但是，我希望你不要再去打扰领导，不是怕你，而是为你好。

你不是讲义气吗？你一旦清楚了事情的真相，只怕你感谢领导还来不及。"

从派出所回来，把派出所领导征询周组长对丁小武处理意见的情况做了汇报，周组长问他什么意见。吴尚德把路上盘算好的想法和盘托出："我打算明天上班报到后，抽空去找一下王小美，让她把事实真相告诉丁小武。另外，如果派出所征求您对丁小武的处理意见，能否放他一马，让他感您的恩，估计今后他也不会再来滋事了。"

周组长也觉得冤家宜解不宜结，所以，对吴尚德的意见他宽怀大度地表态说："昨天派出所所长来电话还问我是否追究这件事，现在既然误会消除了，我也不计较了，明天我就给派出所打电话，关这浑小子几天就放了他吧，毕竟他也是受别人挑唆做出的糊涂事。"

吴尚德去单位报到，高院长热情欢迎他来医院工作，并且说准备安排他到骨科，问他有什么意见。吴尚德愉快地表示："一切服从组织安排！"高院长满意地笑了，然后有些歉意地告诉他："你参与的课题研究已经获奖了，虽然论文的写作你出了很大力，但是，在评奖的时候我们署名是课题小组，没有写个人的名字，希望你能够理解。"吴尚德微微一笑说："我完全理解，因为本来就是全体小组成员心血的结晶，我所做的工作微不足道。"高院长见他这样谦虚，内心十分高兴，他安慰吴尚德："虽然没有署你的名字，但是，你所做的贡献医院是不会忘记的，而且奖金是不会少你的。"吴尚德向高院长表达了感激之意，并表示可以马上投入工作。高院长说不急，先安顿下来，熟悉一下科室人员，明天再正式上班。吴尚德想到还要找王小美谈事儿，也就同意了院长的安排。

王小美看见吴尚德来找她有些喜出望外："尚德哥哥哪阵风把你给吹过来了，今天怎么想起来看妹妹我了。"

吴尚德呵呵一笑说："我是无事不登三宝殿，找你说点事。"

王小美一听不是专程来看自己的，多少有些失望："说吧，找我有什么事？"

吴尚德把丁小武去周组长家带刀滋事被派出所拘留的消息告诉了

她，王小美焦急地询问："那怎么办？尚德哥哥你有什么办法救他？"

吴尚德没有直接说出自己的想法，而是试探她说："我倒是有个好办法，就看你愿意不愿意做。"

"什么办法？只要我能做的一定做。"

吴尚德见她态度坚决，就直截了当地告诉她："我这个办法就是你去找丁小武，告诉他你怀孕的真相，并且告诉他因为怀孕你所蒙受的苦难，让他良心自责。然后，你告诉他，持刀伤人是犯罪行为，怕是又要二进宫了，你认识周组长的警卫员，可以托他去找周组长，不再追究你，以免你再遭牢狱之灾。"

王小美同意按照吴尚德所说的办，但是，她担心派出所不让她见丁小武，要求吴尚德陪她去。

吴尚德因为今天没有安排工作，所以，爽快地答应了王小美的要求："好吧，事不宜迟，我现在就陪你去。"

因周组长的谅解和王小美的劝说，丁小武主动认罪，表示了悔改，由于是犯罪未遂，所以，拘留了一段时间就把丁小武放了出来，王小美对吴尚德说，找机会一定好好谢谢他，吴尚德说："不用谢我，主要是周组长为他说情，让他念周组长的好就行了。"周六临下班的时候，王小美找上门来，说星期天有人请他吃饭，吴尚德奇怪地问："是谁请我吃饭？"

王小美故意卖关子不说是谁，只是说："这个人你也认识，见面你就知道了。"

按照约定的时间吴尚德来到了新街口附近的西安饭庄，见王小美打扮得漂漂亮亮亭亭玉立在饭店门口，身边还站着一个年轻力壮的小伙子，吴尚德定睛一看，原来是刚放出来的丁小武。他不知道王小美葫芦里卖的什么药，不由得提高了警惕，并暗暗提醒自己，在这大庭广众之下千万不要和丁小武发生冲突，切记！切记！谁知丁小武一见吴尚德的面却抢上一步先打招呼："大哥，感谢你帮兄弟脱离苦海，把我从号子里捞出来。小美都告诉我了，今天兄弟特备薄酒一杯，向大哥致谢。"

吴尚德听他如此一说方知就里，他急忙借此事来化解丁小武和周组长的矛盾："其实这件事情你不用感谢我，应该感谢领导，是他找的派出所领导为你说的好话。"

丁小武呵呵一笑说："我知道是你的领导为我求的情，但是没有大哥出面这个人情他也不会给我，所以，我要好好谢谢大哥。大哥里面请。"

三个人找了一个偏僻的角落坐下，丁小武问吴尚德喜欢吃什么，吴尚德说吃什么都行，只是别太破费了。丁小武先点了三碗羊肉泡馍，又点了四个炒菜，并从身上斜挎的军绿包里面取出一瓶陕西西凤酒往敞口玻璃杯里倒，吴尚德急忙推辞说："小武兄弟，白酒我不行，千万少倒点。"

丁小武满不在乎地说："就一瓶酒，咱们三个人撅了它，也不让你多喝。"

吴尚德向王小美投去求援的目光，王小美劝阻说："小武，尚德哥哥的酒量没有你大，你多倒点我们两个少点。"

丁小武快人快语："好！就听我亲妹子的。"

斟满一杯酒，丁小武双手举起杯来，一脸严肃地表白说："大哥，大恩不言谢，咱们江湖好汉义气为先，今后，我就是大哥的亲兄弟，有什么需要兄弟出力的地方，大哥你尽管盼咐，兄弟一定为大哥赴汤蹈火。"

吴尚德举起酒杯和丁小武碰了一下，也非常诚恳地说："小武兄弟，我刚才说了，周组长才是你的恩人，要谢就谢领导。至于咱们也是不打不相识，既然误会已经化解了，我就和兄弟喝一杯友情酒吧。"

三个人碰了一下杯，丁小武一仰脖把一杯酒倒进嘴里，王小美嗔怪地说："小武你慢点喝，大哥可没有你的酒量。"

丁小武满不在乎地摆摆手说："不用劝，妹子你放心，这点酒我醉不了，我就是和大哥喝酒高兴，你看人家梁山好汉大碗喝酒，大块吃肉，多痛快。今天我和大哥也要痛饮一场。来来来，大哥你尝尝这花糕似的好牛肉。"

吴尚德夹了一块酱牛肉放进嘴里，心里暗暗笑话丁小武看《水浒》中毒太深，连说话都效仿书中语言，他理解丁小武此刻的心情，话糙理不糙，不能伤害他的自尊，为了更好地化解他和周组长之间的误会，他举起酒杯对丁小武说："我们一起举杯敬领导一杯酒吧，他为我们在座的都帮了很大的忙，吃水不忘挖井人，他才是你的恩公。"

丁小武豪爽地把杯子里的酒又一饮而尽，愧疚地说："大哥这些我都知道，但是我没有脸再登你们领导家的门了，请大哥有空代我向他致谢吧。"

吴尚德见丁小武说从此不再登周组长的家门，心里暗暗欢喜，他承诺说："放心吧兄弟，我一定把你的心意带到。"

丁小武酒喝得又快又急，脸色微微泛红，话也多了起来，而且声调越来越高，引来了其他食客怨憎的目光，见丁小武把酒瓶里剩下的酒全都倒进自己杯子里，吴尚德劝他说："小武兄弟你慢点喝，小心喝多了。"

丁小武不服气地把脖子一梗，夸开了海口："这点酒算啥，再来一瓶我也没问题。"

王小美没有好气地呵斥他："你瞎逞什么能，尚德哥哥是为你好，你喝多了又该瞎闹腾了。"

丁小武斜楞了王小美一眼口气生硬地说："你现在就是看不上我了，所以，干什么都觉得不顺眼，是不是又有新相好了。"

王小美故意气他说："我就是有新相好了，你管得着吗？"

吴尚德见两个人斗嘴，怕真的打起来不好收场，急忙打岔说："小武兄弟咱们也喝得差不多了，把杯中酒干了，咱们就撒吧，以后有机会咱们再聚。"

丁小武举起酒杯刚要喝，突然把酒杯又放下了，两眼发红冲着吴尚德说："大哥，我成全你一件好事吧？"

吴尚德有些不解地问："成全我什么好事？"

丁小武指着王小美说："既然他已经看我不顺眼了，我把她送给大哥当老婆吧。"

王小美白了他一眼，心里高兴嘴上却故意说："我又不是你手里的物件，你说送人就送人呀。"

　　吴尚德怕丁小武怀疑自己和王小美有暧昧关系，忙解释说："我老家已经有媳妇了，再说了这么如花似玉的美人你把她送人舍得吗？"

　　丁小武哈哈一笑说："英雄好汉成人之美，送别人我肯定不舍得，送给大哥我肯定舍得。再说了，刘关张桃园结义，刘备说了，兄弟如手足，女人如衣服，我和大哥的手足情谊肯定比衣服深。"

　　王小美听他这么贬损自己，自尊心受到了很大伤害，她生气地一跺脚发着狠说："丁小武，你再胡说八道，满嘴胡呲我就走了。"

　　吴尚德见王小美生气了，怕再说下去闹得大家都不愉快，本着劝和不劝分的立场说："兄弟，你和小美青梅竹马一起长大，你应该了解她的为人，为了你的事她前后奔走，你应该感谢她而不是胡乱猜疑。再说了对自己所爱的女人，应该尊重她爱惜她，别用那些难听的话伤害她。我衷心希望你们能相互关心照顾，彼此尊重，如果听大哥的，我们一起把酒干了，下次有机会再聚。"

　　听了吴尚德的话，两个人没有再说什么，而是默默举起了手中的酒杯。

第七章　悲欢离合

"五一"假期马上就要到了,吴尚德向医院请了婚假,收拾好行装踏上了归乡的征程,他的铺位是在下铺,当他进了包厢看见自己的铺位上坐一个青年妇女,他微微一愣,难道自己走错了车厢,他掏出自己的车票仔细看了一下,没有错就是这个车厢和铺位,他把车票递给那个妇女看了一眼说:"大姐,你是不是坐错了位置,这是我的铺位呀。"那位妇女刚要说话,吴尚德身后传过来一个声音:"同志,对不起!我和我老婆都是在上铺,但是她怀孕了,上去不方便,所以就占了您的铺位,您看能不能给您补一些钱,和您换个铺位。"吴尚德回头一看,一位三十多岁皮肤黝黑的汉子端着开水瓶站在身后,那位妇女也央求他说:"大兄弟,我们结婚好几年了,好不容易怀上这个孩子,你就行个好,照顾照顾我们吧。"

吴尚德听他的口音也是家乡的口音,俗话说:老乡见老乡,两眼泪汪汪,见他们两口子一起央求自己,他爽快地答应了:"没问题,我睡上铺,大姐你就在下铺吧。"他把自己的随身包裹往上一扔,坐在下边和他们两口子拉起了家常。

这个皮肤黝黑、粗眉毛、大眼睛、厚嘴唇的青年人非常爽快地自我介绍说:"我叫李茂才,在煤矿上工作,主要负责煤炭销售业务,大兄弟你在哪个单位?"

吴尚德告诉了李茂才自己的单位和所负责的工作，李茂才嘴里"啧啧"了两声夸赞说："我一看大兄弟的面相就不是一般人，原来是这么好的医院，那你肯定也是个干部了。"

吴尚德谦虚地说："我刚刚参加工作，就是一个普通医生。"

李茂才不住口地给吴尚德灌迷魂汤："你这么年轻又有才华，不是我瞎吹，你今后肯定能有大出息，能当大干部，说不定今后我还能沾上你这个老乡的光。"

李茂才的话虽然有水分，但是说到了吴尚德的心坎上，他虽然嘴上自谦道："哪里哪里，我能当什么大干部，能做好本职工作就不错了。"但是心里却美滋滋的。

李茂才是个跑销售的，天南地北到处跑，什么样的人没有见过，他察言观色知道马屁拍准了地方，只要哄得对方开心了，上下铺的差价也不用给了。

两个人越扯越热乎，包厢里的其他旅客也陆续进来了，李茂才又当着大家的面表扬吴尚德是个活雷锋，主动让出自己的下铺给自己有身孕的老婆，说得吴尚德有些难为情了。一路上吴尚德还真像个活雷锋，打水、扫地、擦桌子，还给包厢里的一位患风湿病的老人做了按摩，老太太不住口地称赞，并且问他结婚了没有，想把自己的女儿介绍给他做女朋友，吴尚德说自己这次回家就是准备结婚办喜事的，引来大家一片祝福和称赞声。

车到终点分别之际，吴尚德和李茂才互相留了通信地址和电话，李茂才把应该给吴尚德的上下铺的差价款当作红包送给他当结婚的喜钱，吴尚德推辞不过只好收下了。

站在村口眺望熟悉的小山村，吴尚德心潮澎湃，感慨万千，一只雄鹰展翅翱翔于蓝天，欢迎游子的凯旋。他对着雄鹰发问：不知道你是不是几年前送我踏上征程的那只鹰，但是归来的吴尚德已经不是原来的吴尚德了，而是实现了当初的理想抱负衣锦荣归的吴尚德了。

吴尚德走进院门，心怦怦地跳，他推开屋门声音颤抖地叫了一声大，叫了一声妈，吴老汉和婆姨看到儿子回来，不由得扑上前来拉住吴尚德的手，嘴里不住地念叨："孩子你可回来了，你可回来了，把我们都想死了。"母亲流着泪水从头到脚仔细打量了一圈，嘴里喃喃说道："长高了，也结实了，白净多了。"

吴老汉忽然醒过闷来，急忙往门外走，说是把玉梅闺女赶紧喊回来，顺便再把你姐姐姐夫他们喊过来。吴尚德想劝阻父亲，吴老汉已经一溜烟地小跑出了门。

"尚德大哥！"门外传来一声清脆的声音，吴尚德一听声音就知道是玉梅回来了，他冲到门口，见门开处玉梅背着红十字药箱，气喘吁吁地跑了进来，"玉梅""尚德大哥"，见到久别的亲人，玉梅的热泪不由自主地夺眶而出，她一头扎进吴尚德的怀抱里，内心的思念、委屈、梦幻、艰辛瞬间化成了泪水，对着日思夜想的亲人倾泻而出："你终于回来了，你知道我是多么盼望你早点回到我的身边，我们终于可以在一起了。"吴尚德紧紧抱住玉梅颤抖的娇躯，在她的耳边深情地说："我也天天在想你！别哭了，我这不是回来了嘛。"

吴老汉理解玉梅的心情，他也声音发颤地对儿子说："你就让她哭几声吧，压在心里的东西太多了，见到你就让她痛痛快快地发散出来吧。"

玉梅发泄完自己的情感，慢慢站直了身子，仔细打量着自己梦中呼唤过千百次的郎君，见他比上次走的时候身材更加雄伟了，皮肤白白净净，特别是脸上增添了一股自信、坚毅、成熟的表情，她喃喃地说："你变了，和我梦中想象的变了很多。"吴尚德也仔细打量了一番自己的心上人，发现她比走之前长高了一些，脱了几分少女的羞涩，增添了几分青年人的成熟和沧桑感，他望着玉梅黝黑的皮肤突然脑海中闪过了王小美的影子，但只是闪念一过，马上被他从脑海中驱除。

吴尚德的姐姐姐夫一家人从门外进来，吴尚德看到久别重逢的亲人们，内心也是热血沸腾，心潮奔涌，他急忙打开自己的行李，把送给亲人们的礼物一一送到每个人的手中，并把周组长的问候和送给父亲的虎骨酒，还有李阿姨送给玉梅的羊毛围巾一起转送给他们。吴老汉吩咐婆姨赶紧杀鸡做饭,全家人好好团聚团聚。亲人们七嘴八舌询问吴尚德工作的情况,屋子里弥漫着一片喜庆的氛围。

姐姐提议为弟弟给家人争光干一杯,吴尚德赶忙推辞说:"我提议还是先为二老的身体健康干一杯。"大家齐声响应一起端起酒杯,吴老汉却一摆手说:"不,我提议还是先敬玉梅一杯酒,这闺女在我们家这几年非常辛苦,真的是不容易。"母亲也夸赞说:"玉梅这孩子里里外外一把手,家里全靠她照应了,儿子,结婚后你可千万不能亏待她。"

玉梅见公婆一起夸奖自己,大家又都端起酒杯敬自己酒,感到有些不好意思了,她脸色羞红连连摆手说:"都是我应该做的,还是先敬大和妈吧。"吴老汉不由分说,端起酒杯先干了杯中酒,大家一起响应,齐齐干了杯中酒。玉梅泪水盈盈,酒水伴着泪花一起下了肚。

见母亲提起结婚的事情,姐姐提议说:"大,咱们赶紧把玉梅的喜事办了吧,也让您二老早点抱孙子。"吴老汉点点头,欣喜地说:"咱们连办喜事带过节,来个双喜临门。"大家齐声叫好。

吴尚德和玉梅也是欣喜若狂,特别是玉梅终于可以名正言顺成为吴家的儿媳妇了,村里的一些流言蜚语再也不会伤害自己了,大家你一言我一语,纷纷为婚礼出谋划策,争揽任务。

吴老汉见大家都非常积极踊跃,清清嗓子刚要做总体部署安排,突然听见一个苍老的声音在屋外说道:"听说尚德大侄子回来了!"

吴尚德听见门外有人叫自己,嘴里应着并急忙起身去开门,只见老书记微笑着站在门口,他急忙把书记让进屋,吴老汉起身给书记让座,书记也不客气,一屁股坐在了吴老汉的身边,玉梅急忙给书记端碗拿筷子,并倒了一杯酒,吴尚德的姐夫用一张白纸条撒上一撮烟丝,卷了一支香烟递给书记,吴尚德急忙划火柴给书记点燃。书记深深吸了一口,点点头称赞说:"尚德这孩子有出息了,入党提干,不仅为你们吴家挣脸了,也是为我们村子争了光。"

听到书记夸赞自己的孩子,吴老汉也是非常高兴,他笑得把胡子都撅了起来,举起酒杯敬酒:"尚德出去这几年,也多亏了书记你的关

· 106 ·

照，敬老哥一杯酒，真要好好谢谢你。"书记也举起杯干了，吃了一块玉梅给夹的鸡肉，慢条斯理地说："大兄弟千万别这么说，大侄子和玉梅为村里人看病，风里来雨里去的，我这个当书记的就应该做好服务工作。"

书记看着全家人喜悦的表情，端起酒杯问吴老汉："大侄子这次回来，应该和玉梅把喜事办了吧。"吴老汉点点头说："刚才我们全家正在筹划这件事呢。"

书记自信满满地问了一句："不用猜我都知道，你肯定要杀猪宰羊好好热闹一番吧。"

吴老汉兴奋地点点头说："是呀，玉梅这孩子在我们家吃了不少苦，喜事要办得热热闹闹的，准备请老哥你来给孩子们主持婚礼。"

书记没有当时表态，而是犹豫了一下，脸上带着为难的表情对吴老汉说："按理说大侄子这次回来确实应该好好操办一下，又赶上过节了，可是可是……"书记可是了半天，吭吭哧哧没有往下说。

"可是什么，老哥哥你倒是快说呀。"吴老汉有些着急了。全家人也都用疑问的目光紧盯住老书记的脸，不知道他是报喜还是报忧。

看到全家人紧张的目光，书记"嘻"了一声说："也不是什么大事，最近上级发文，要求移风易俗，婚事新办，在咱们村里推行起来挺难的。我想大侄子是个党员领导干部，玉梅也是个预备党员，我想让他们两个带个头，来一场移风易俗的新式婚礼，一来给全村带个好头，二来我们也好向上级交差。但是，玉梅在你家辛苦了好几年，太寒酸了又怕对不起人家姑娘，所以，我不好开这个口。"

"那这个新式婚礼咋个新法？"吴老汉有些不解地问书记。

"嘻，也没有什么更多的新玩意，就是女方不要彩礼，男方不大操大办，婚礼仪式从简，新婚夫妻不忘抓革命促生产。"老书记简单解释了新式婚礼的创新之处。

听完书记提出的要求，吴老汉有些为难地用目光扫了一眼吴尚德和玉梅两个人："按说我们应该带头听上级的话办新式婚礼，可是玉梅这孩子在我家辛苦这么多年，又赶上过节，不给孩子好好操办操办我这心里也过意不去呀。"

吴尚德刚想表态支持书记,玉梅就抢先表明了立场:"书记您放心,我和尚德都是共产党员,一定响应党的号召,移风易俗,婚事新办。"她又扭过头劝吴老汉,"大,婚礼不过是一个形式,我们节俭办婚礼,省下钱可以用于改善生活,为今后长远打算,细水长流,我看也没有什么不好的。"

吴尚德见玉梅如此大度,也急忙表明态度,为玉梅摇鼓助威:"书记您放心吧,我和玉梅一定按照上级要求,做移风易俗的带头人,我们接亲的仪式也免了,结婚后我和玉梅一起去医疗站值班,过一个革命化的节日和婚假。"

见小两口都表态支持,吴老汉也不再坚持,他试探地问了一句:"那过节杀个猪宰个羊吃总可以吧?"

书记见自己提出的问题已经圆满解决,满意地点点头给予肯定的答复:"老弟,你过节该吃吃、该喝喝,这个没有什么问题。"

按照书记的要求,婚礼办得极其简单,家里的亲人齐聚一堂,两个人并排站立,老书记拿着结婚证书,先把证书上面印的毛主席语录一字不落地念了一遍,然后又叮嘱他们一番要按照毛主席说的话去做,做一对革命夫妻。书记讲完话后要新婚夫妇首先对着墙上悬挂的毛主席画像鞠躬,其次,给吴老汉两口子鞠躬,最后是夫妻对拜。婚礼上玉梅送给吴尚德的礼物是红彤彤的《毛泽东选集》,吴尚德送给玉梅的是一套针灸和拔罐用的简易医疗用品。婚宴也没有大操大办,书记对自己倡导的移风易俗新式婚礼十分满意,特意让村里的大喇叭进行了广播,并且号召全村的青年人都要向他们学习,不要彩礼,不铺张浪费,新婚不忘抓革命促生产。

按照吴老汉的设想还是要杀一头猪、宰一只羊全家人好好热闹一番,但是被玉梅制止了,她劝公公说:"您的一番心意我心领了,但是如果动静太大了,知道的说我们过节,不知道的还以为我们说一套、做一套,传出去对尚德的影响也不好。再说了这头壳郎猪再养大一些,配个种下几个猪娃卖出去,还可以补贴家用。"吴尚德也认为玉梅说得有道理,既然全村都已经家喻户晓是新式婚礼了,就千万别节外生枝了,到时候让老书记和我们两个都在村里抬不起头。"

吴老汉见新婚夫妻都不同意杀猪只好妥协了一步,但是坚持要宰一只羊,理由是全村养羊的人家都宰羊吃,我们宰羊吃他也说不出什么。晚餐羊肉炖土豆、小鸡炖蘑菇,全家人欢聚一堂为新婚夫妻贺喜。从不沾酒的玉梅在亲人的劝说下也喝了一杯合卺酒,饭后吴老汉劝他们早点休息,赶紧生个大胖孙子给吴家传宗接代。

吴尚德和玉梅两个人躺在被窝里都没有一丝的睡意,山村的夜晚寂静得彼此能够听到对方的心跳声,吴尚德用手臂紧紧搂住玉梅,贴近她的耳边轻声说:"玉梅,这些年苦了你了,不过你放心今后就好了,以后我们有了孩子就把家搬到城里住,让你和孩子好好享受城市的现代化生活,来补偿你这几年来的辛苦付出。"

玉梅把头紧紧伏在吴尚德的怀抱里,心满意足地倾诉说:"不管吃多少苦,今天我们苦尽甘来,终于等到了这一天,只要我们能够永远在一起,你心里永远有我,不管住在城里还是农村,我都愿意。"

吴尚德听了心头一热,他暗暗想婚后绝不能辜负玉梅的一片情谊。他用愧疚的口吻询问道:"你这几年来一个人孤零零是怎么坚持下来的,一定受了不少委屈吧?"

玉梅听见关心体贴的问候,辛酸苦辣一起涌上心头,憋了一肚子的话像村边湍急的溪水飞奔而下。

玉梅刚到村里的时候,虽说公社妇联把她树立为孝敬老人的模范典型,但是毕竟是没有过门的媳妇,所以,少不了一些闲言碎语,村里许多人当面虽然不说什么,但是背后无端的猜疑、谣言也不胫而走,最恶毒的谣言说是因为玉梅不守妇道,被吴尚德搞大了肚子,在家里待不下去了,怕丢人,所以假借尽孝的借口躲到婆家来了。后来,有人告诉她这个谣言是从闫主任的侄子口里说出来的。走在村里,许多村民都用一种异样的眼神像看待外星人一样对她指指点点,嘀嘀咕咕,玉梅知道自己的举动虽然被政府认可,但是,对于受封建礼教统治几千年的农村来说,不是那么容易被没有文化的村民接受的，所以，她只有默默地承受这无形的压力。实在难受的时候，她会在夜深人静，跑到场院的谷堆旁，轻轻呼唤着吴尚德的名字，痛哭一场。后来村里有人说场院闹鬼，夜里经常听见有女人的哭声，老书记带了几个民兵在场院蹲守捉鬼，发现了玉梅的秘密，在老书记的追问下，玉梅道出了心里的苦闷和委屈。老书记一方面非常同情玉梅的遭遇，另一方面心里也清楚防民之口甚于防川，村里的谣言堵是堵不住的，望着眼前为了村民的健康起早贪黑、风雨无阻、不辞辛苦为村民服务而又被村民误解的日渐憔悴的姑娘，老书记暗暗自责，他好言安慰和鼓励玉梅，并且保证一定帮助她应对这些困难。

吴尚德怀着愧疚的心情安慰玉梅说："你放心，我回去以后一定加倍努力，争取更快地发展进步，创造条件把你接过去，今后我会好好地照顾你，不再让你受苦的。"

愉快的日子总是过得飞快，转眼之间假期就要结束了，虽然新婚夫妻难分难舍，但无奈也只能洒泪而别。本来，吴尚德返乡的时候计划结婚以后把玉梅一块带走，但一来玉梅的户口问题还没有解决，到了北京没有粮票等各种生活供应，给生活带来不便；二来住房问题还没有着落，过去了连个落脚的地方都没有，两个人商量来商量去，觉得还是等吴尚德回去之后，把这些事料理得大致有些眉目了，再把玉梅接过去。吴尚德满怀歉意地对玉梅说："亲爱的，对不起，结婚以后还不能给你一个完整的家，让你受委屈了。"玉梅伸出手掩住吴尚德的口："你千万不要这么说，我知道这些都需要一个过程，能够嫁给你我已经觉得很幸福了。再说了，我已经等了四年，也不在乎再多等一些日子，我在家里等待着你的好消息。"

回到医院吴尚德向医院负责人事管理的主任打听办理户口调动的事情，主任告诉他，现在的政策有两条途径可以把玉梅的户口办过来，一条是通过公安部门走正常的流程手续，一条是通过人事部门走专业人才引进的渠道，但是，通过公安部门办理需要达到一定的结婚年限并有年龄的限制，过程比较漫长，而通过人事部门办理人才引进则比较快捷。吴尚德急忙问人才引进手续应该如何办理？

主任微微一笑说："这个需要咱们医院首先承认你是一个特殊人才，然后向上级部门打报告，上级部门同意后，再通过人事部门办理就可以了。"

"那如何才能认定我是一个特殊人才呢？"吴尚德打破砂锅问（璺）到底。

主任简明扼要地把引进人才所具备的条件向他做了介绍，并建议他找高院长谈谈这个事，最终还是需要医院出面才能解决这个事情。

吴尚德谢过主任的指点，又马不停蹄地找到高院长，向他倾诉了自己夫妻两地分居的困难，并希望组织出面帮助自己解决这个问题。高院长是过来人，自然懂得牛郎织女隔河相望的苦楚，他沉吟了一下："你是一个专业人才这一点是毋庸置疑的，但是光我们医院认可还不行，还需要得到上级部门的批准，你有空的时候可以去找找周局长，请他出面帮助解决这个问题。"高院长的话提醒了他，周组长已经升任卫生局局长了，自己上班后忙于工作，经常加班加点，一直没有去登门道贺，应该抽空去看看老领导了。

周日休息，吴尚德买了一些水果，按照电话里约定的时间来拜访周局长。刚到门口就听见里面传来一阵阵欢快的笑声，给他开门的是一个国字脸、高鼻梁、大眼睛、浓眉毛的青年人，吴尚德一愣，这个人是谁？屋里传来周局长的声音："是吴大夫来了吧。"吴尚德嘴里应着往屋子里走去，周局长一边站起身迎接他，一边对那个青年人介绍道："这就是我常常和你提起的吴大夫，这几年你不在家的时候，多亏吴大夫精心地照顾我们和你姥姥。"他又转头对吴尚德介绍那个年轻人，"这是我儿子大鹏，已经从黑龙江生产建设兵团返城了，最近刚刚分配工作。"

大鹏热情地握住吴尚德的手说："吴大夫真的太感谢你了！我不在家的这几年，多亏你不辞辛苦替我照顾我的父母和我姥姥，真不知道该怎么感谢你。"

吴尚德急忙对大鹏说："哪里哪里，应该说感谢的是我，在我的学习和工作中，是周局长给了我极大的支持和帮助，没有周局长的关照，也没有今天的吴尚德。"

待吴尚德落座后，周局长佯装生气的样子说："吴大夫，听说你成了名医了，成了名就把你周叔叔忘脑后了，也不上门来看我了。"

吴尚德听见周局长责备的话语，忙不迭地分辩说："我怎么能忘记尊敬的老领导，确实是上班以后工作太忙了，星期日也经常加班，我时刻提醒自己，一定要努力工作，不能给您丢脸，要用优异的工作成绩来回报您对我的信任和关心。"

周局长哈哈大笑着说："别紧张，和你开玩笑的，我已经听说了，你的工作很有成绩，全国各地的患者都慕名而来，快踏破你们医院的门槛了，医院领导和患者对你都非常满意，但是，不能骄傲自满，要继续保持下去，争取取得更大的成绩！"

听了周局长鼓励的话语，吴尚德激动地表示："请老领导放心，我一定继续努力，绝不辜负您的期望。"

李阿姨给吴尚德斟茶的时候关切地问："你和玉梅结婚了还不把她接过来，别再把她一个人扔在老家了吧，怪可怜的。"

吴尚德叹了一口气急忙借题发挥："阿姨，我也想把她接过来，毕竟长期两地分居也不是个办法，但是困难不少呀。"

周局长急忙问有什么困难。吴尚德把遇到的户口问题和住房问题都告诉了周局长，然后又把自己了解到的解决办法一股脑地向周局长作了汇报。周局长听完了呵呵一笑说："不要着急，我们大家一起想办法解决。"他手指自己的儿子，"你大鹏哥返城后，正好分配到人事局，让他帮你分析分析你属不属于特殊人才。"大鹏谦虚地说，自己刚去很多情况还不熟悉，还是先请吴大夫把自身情况介绍一下，他再发表意见。

吴尚德把自己从学校到工作期间的情况有重点地介绍了一遍，周局长时不时地插话给予补充完善。大鹏从头到尾认真听完后，用肯定的口吻说："从我们人事局的角度看，吴大夫的情况应该属于特殊专业人才，可以照顾，但是，我们人事局只负责审批，具体工作还是需要你们医院去做，并且得到医院上级部门的认可。"周局长一挥手表态说:"这个容易,回头我就给你们高院长打电话,让他尽快把材料报上来,我们抓紧时间研究并尽快拿出意见。"大鹏又提出建议,最好让吴大夫回学校再开个证明,把他在学校期间的良好表现以及作为人才想留校任教的情况说明一下。吴尚德没有想到玉梅的户口问题这么快就有了解决办法,他满心喜悦地说:"感谢老领导和大鹏哥的鼎力相助,好的,我尽快回学校把证明开回来。"

吴尚德从周局长家回来后,第二天就抽空给自己的同窗好友赵卫东打了一个电话,说是有要紧的事情找他,问他什么时间有空,赵卫东现在担任学校的团委副书记,除了讲课还有许多社会工作要做,也是忙得一塌糊涂,最后只好把约会的时间定在了周日。

吴尚德按照约定的时间,准时叩响了好朋友的房门,自从毕业以后两个人还是第一次见面,一上来两个好友首先来了一个深深的拥抱,表达彼此的思念之情。两个人各自简短介绍了自己毕业后的情况后,赵卫东直入主题:"老同学你找我有什么要紧的事情,说吧。"吴尚德从口袋里掏出一包什锦糖送给了赵卫东:"前些日子我和玉梅把婚事办了,先请你吃块喜糖。"

赵卫东笑呵呵地表示祝贺,紧接着又问起了他们现在住在哪里,等有时间了上门祝贺并看望弟妹,吴尚德苦笑了一声说:"我们现在还是牛郎织女,两地分居。"赵卫东惊诧地追问原因。吴尚德把分居的原因告诉了他,并且说现在正在想办法解决,但有个事情需要老同学帮个忙。赵卫东豪爽地回答说:"有什么需要我帮忙的你尽管说,能尽力的一定尽力。"

吴尚德把和周局长父子两个商量的办法毫无保留地告诉了他,这次来就是请老朋友帮忙出一个学校方面的证明。赵卫东沉吟了一下说:"这个忙我肯定帮,而且证明材料我亲自写,但是,这个材料需要学校盖章,所以,你回去以后以医院的名义给咱们学校来个公函,这样比较名正言顺。"吴尚德见老朋友这么痛快就答应了自己,连忙表示公函的事情自己回去就办,已经临近中午了,先请老同学出去吃个便饭,赵卫东则表示,到了我的地界,应该是我请你,怎么能让你破费。两个人正在你争我抢之际,"梆梆梆"几声轻轻的敲门声传入耳中,赵卫东对着门外说了一声"请进!"随着一声清脆的"报告"声,门开处一个梳着长辫子的女孩推门而入。

女孩进了门,看见屋子里有人,俏皮地伸了伸舌头说:"赵书记,您有客人,我待会儿再来。"

赵卫东急忙喊住她,并给吴尚德介绍说:"这是我们大一三班的团支部书记乔晓燕,今天搞团日活动。"又扭头对乔晓燕介绍说:"这是著名的骨科专家吴尚德大夫,也是我的……"在赵卫东介绍的时候,吴尚德和乔晓燕对视了一眼,不禁都愣住了,没有等赵卫东说完话,乔晓燕尖声叫着扑了上来:"吴大夫,怎么是你呀,你怎么会在这里?"吴尚德也紧紧握住乔晓燕的双手,兴奋地说:"我来看望我的老同学,真没有想到会遇见你。你可是越来越漂亮了。"赵卫东看见两个人亲热的举动,有些蒙圈了:"你们两个认识?"乔晓燕解释说:"这是我的救命恩人,我们早就认识了。"吴尚德告诉赵卫东,这就是我向你提起过的在唐山抗震救灾的时候抢救过的那个跳舞的女孩。

吴尚德忽然有些奇怪地问乔晓燕:"你不是学舞蹈吗,怎么又改行学医了?"

小乔羞涩地一笑说:"因为你保住了我的腿,所以,我从那一刻起就下定决心,向你学习,改行学医,也去帮助更多的人,所以,就考入医学院了。"

赵卫东见两个人兴高采烈的样子似乎有说不完的话,抬起手腕看了一眼手表:"这样吧,我请客,我们先去吃饭,咱们一边吃饭一边聊。"吴尚德和小乔齐声叫了一声"好",欢声笑语中向餐厅走去。

在大家的齐心协力下,户口的事情已经按部就班地走程序了,吴尚德总算松了一大口气,现在该考虑住房的事情了。他找到单位后勤负责人,负责人告诉他,虽然你已结婚符合单位的分房条件了,但是,现在没有房源,只好先等一等再说。但是,吴尚德不想再等下去,因为玉梅对自己付出的太多,他想尽快给玉梅一个幸福安定的环境。后勤负责人给他出主意,如果你不想等,也可以先租房住,但是房源需要你自己去找。一旦单位住房下来了，肯定会优先考虑你这样的特殊人才。"

　　吴尚德听说可以先租房住，他想这也是一个权宜之计，但是去哪里找房源呢？他冥思苦想，突然想起了小乔家里有空房。为什么知道小乔家里有空房，还要从前几天上门为小乔的母亲看病说起。

　　吴尚德自从在赵卫东那里邂逅了小乔姑娘后，时间不长小乔就首先给他打来电话，约他见面，说是要请教一些学习上不懂的问题。约会的地点是在北海公园。两个人一见面先谈的学习问题，后来逐渐就聊起了家常。后来小乔又约他第二次公园会面，他以工作忙走不开为由委婉地推辞了，打这以后小乔就几乎很少再打电话约他见面，吴尚德虽然也很喜欢和小乔姑娘交往，但是自己毕竟是有家室的人了，如果整天和一个漂亮姑娘约会万一引起别人的误会，搞不好要影响自己的名声和前途，所以，他也没有主动去联系对方，最近一段时间两个人没有再出去聚会。前几天，小乔突然给他打来电话，说自己的母亲摔伤了，请他去给母亲看病。吴尚德没有推辞，下课后小乔已经在医院门口等候他，小乔领着他急如星火赶到了家里。

　　在路上小乔把母亲摔伤的情况一五一十告诉了他，原来小乔家还有个弟弟叫乔金宝，金宝是三代单传了，所以，自小父母就偏爱金宝，有好吃好喝好穿的都优先尽着金宝，养成了金宝好吃懒做、花钱大手大脚的坏毛病，在学校也不好好读书，经常旷课和一帮臭味相投的同学混在一起，抽烟喝酒，打架斗殴，父母亲因为溺爱他，对他不但不责难，反而纵容他，导致金宝越来越肆无忌惮、胡作非为。小乔家"文化大革命"前是个房产主，有些私房出租，"文化大革命"中房产被没收。现在落实私房政策，小乔家逐步往回收房，但是因为这些房子都有人住，而且一时半会儿也搬不出去，小乔的父母费了很大力气，又托人又找法院，房子总算收回来一些，但是还是有一户搬不走。前些日子小乔的父母费了很大劲，终于让其在年底前搬走。谁知道到了日子，小乔父母前去收房，对方却拿出一纸文书，说是你的儿子已经收了我们一年的房租，同意我们再住一年。小乔的父母费尽心血才把这个住户撵走,不想儿子竟然私下又将房子出租,而且事先没有打招呼,收到的房租也被他私吞了,小乔的父母回来非常生气,忍不住数落了他一顿。谁知金宝不仅不认错,还和父母吵了起来。父亲气愤之下,抬手就要教训一下这个忤逆不孝的孩子,小乔母亲看见了急忙站起来想护一下孩子,不想金宝见父亲要动手,急忙起身往外走,见母亲过来,以为是要阻拦自己,情急之下推了母亲一把,把母亲摔了一跤,当时就腰疼得站不起来,父亲打电话让自己回去看看,小乔听说母亲受伤了,非常着急,突然想到了吴尚德是骨科专家,急忙打电话把他找来一起去看望父母。

　　吴尚德听完事情的来龙去脉,急忙安慰小乔不要着急,并说如果只是摔了一跤,估计不会伤得特别厉害,自己去了一定把她母亲的病治好。

　　到了小乔的家里,小乔介绍说这个医生是自己的好朋友,也是一个骨科专家,自己的腿就是他给保住的。吴尚德看了看,只是有些扭伤,骨头有裂缝,但是没有骨折。他安慰了小乔的父母说没有大事,自己治疗以后,再耐心修养一段时间就能康复。

　　在吴尚德的精心治疗下,小乔的母亲很快就痊愈了,小乔的父母为了答谢吴尚德救护乔家两代人的恩情,特意请他吃饭,并且慷慨地表示,如果今后吴尚德有住房的需求,可以找他们。因为有小乔父母的许诺,所以,吴尚德猜想找小乔租房她一定不会拒绝。

　　吴尚德主动给小乔打了电话,说请她吃饭并有事情找她帮忙,小乔按照约定的时间准时来到了东来顺饭庄。

　　见小乔进门,吴尚德急忙迎上前去,帮小乔脱下大衣,放在椅子背上,并和小乔相对而坐。大铜锅里噼啪作响的炭火映照着小乔那张年轻漂亮的脸蛋,更增添了几分妩媚的色彩,吴尚德见了内心不禁微微一颤,眼神有些呆滞地停留在小乔的美丽容貌上。小乔自然也感觉到了吴尚德那直射过来的目光,不禁脸色有些发红。说实话,为了今天的约会,自己出门前还是特意梳妆打扮了一番,俗话说女为悦己者容,她内心揣测吴尚德主动约会自己是不是对自己有意了,如果真是这样简直太好了，自从在唐山见过面，这么多年内心里对吴尚德的美好印象总是挥之不去，在为自己妈妈治疗的时候，体现出的那份无微不至的关怀和精湛的医术，也让她久久地难以忘怀，如果说刚刚认识的时候只是一种好感，而现在已经是发自内心的一种喜爱了。她假装嗔怪地问吴尚德："你把人家看得都不好意思了。"吴尚德尴尬地轻咳一声："对不起，你今天打扮得好漂亮，好像仙女下凡，我因为欣赏仙女，所以就走神了。"

听了吴尚德肉麻的吹捧，小乔不禁心花怒放，感觉自己真的有些飘飘欲仙了。她笑吟吟地说："别耍贫嘴了，你今天找我有什么事？"

一句话把吴尚德从仙界拉回到了人间，幻想是美好的，而人生是现实的，他吞吞吐吐地把想租房的想法说了出来。小乔听了吴尚德想把自己的家属接来，临时租住自己家的房子，一种失望和酸溜溜的感觉油然而生，但是，她很快就用理智把这股醋意压了下去："没有问题，我回去马上和我妈妈说，把我们家最好的房子给你腾出来，让你们一家团聚。"

吴尚德高兴地举起酒杯去和小乔碰杯："太谢谢了小乔同学！你放心，你告诉你妈妈，房租我一分钱不少地照付。"

小乔白了他一眼："我可不是贪图你的房租才把房子租给你的，我是为了报答你对我还有对我妈妈的精心照顾才租房给你的。"

吴尚德不好意思地咧嘴一笑："小乔同学我不是那个意思，我是说……"

小乔不客气地打断了他下面的话："你什么也不用说了，你还有什么要求就全都告诉我吧，我只要能帮你的一定尽力帮你。"

小乔略停顿了一下，又用商量的口吻对吴尚德说："以后你别叫我小乔同学了，我没有哥哥，你又比我大几岁，不如以后你就叫我妹妹，我叫你大哥吧。"

吴尚德兴奋得有些语迟："这个这个……"

"什么这个那个的，你不愿意？"

"不不不，我不是那个意思，我是有了你这个天仙妹妹激动得不知道说什么好了。"

"好了，尚德大哥，我一会儿就回家和我爸妈说，你就给嫂子写信让她准备来北京享福吧。"

吴尚德的一切准备工作就绪后，他立马给玉梅写了一封信，告诉她自己回家的时间，叫她尽早做好准备。

归心似箭的吴尚德跳下了火车，拎着包裹准备去长途汽车站坐车。"你是吴大哥吗？"一声清脆悦耳的女声在身后响起，他回头一看是个二十多岁、梳着齐耳短发、身材矮胖正笑吟吟看着自己的年轻姑娘。"你是？"吴尚德用疑惑的口吻询问。

"吴大哥，你不认识我，可是我认识你，我是咱们村的手扶拖拉机手，我叫娟子。"

吴尚德礼貌地向娟子伸出右手，并有些好奇地问她："我觉得我们没有见过面，你怎么会认识我？"

娟子嘻嘻一笑："吴大哥你虽然没有见过我，但是我却经常能见到你。"

吴尚德大惑不解："你还能经常见到我，在哪里呀？"

娟子不再打哑谜了："嫂子把你们的结婚照挂在咱们村的赤脚医生卫生站里屋的墙上了，我经常去卫生站，所以说能经常见到你。"

吴尚德恍然大悟，原来是在照片上认识的自己，怪不得自己对娟子一点印象也没有。他以为娟子是村里专门派她来火车站接他回家的，连忙激动地道谢："谢谢！辛苦你了！"

娟子爽朗地一笑："不用客气，我们今天正好来县城拉化肥，赶巧了遇上了大哥，这叫搂草打兔子——带捎的。不用谢。"

吴尚德一听娟子是来县城拉化肥的，并非专门来接自己回家，心里暗暗为自己的自作多情感到羞愧，娟子不待吴尚德开口，一把薅起他的行李："大哥我们的拖拉机在车站库房那边，我们赶紧过去吧。"

在拖拉机旁还有一个年轻的小伙子，经过娟子的相互介绍，吴尚德知道这个年轻人是生产队长的儿子，和娟子一起开这台手扶拖拉机。娟子和吴尚德坐在拖拉机的车斗里聊起了闲天儿。娟子告诉吴尚德，自从十一届三中全会以后，村子里也开始实行了联产承包责任制，农民的种粮积极性大幅提高，村里的父老乡亲们为了提高粮食产量，纷纷购买化肥，这不队里特意让我们两个来县城给大家拉化肥。

吴尚德听说家乡发生了巨大的变化，自然也是打心眼里高兴，但是，他更关心的还是玉梅的赤脚医生卫生站办得怎么样了，因为那里也有他曾经付出的心血和汗水。娟子说卫生站办得非常好，特别是玉梅姐的热心服务和精湛的医术得到了村子里男女老少的一致称赞。说到这里娟子突然有些神秘地问他："听说你要把玉梅姐接到北京享福去，是真的吗？"

"你听谁说的？"吴尚德笑眯眯地反问娟子。

"就这么大一个村子，东边放个屁西边都能闻到味，像你家这么大的事村里人谁不知道。"娟子停顿了一下，又用羡慕的口吻夸奖吴尚德，"吴大哥，你在咱们村现在可是响当当的人物，多少人羡慕你，拿你当作榜样，说玉梅姐有福气，嫁给你真的有眼光。"

吴尚德听到娟子说村里人都把自己当作榜样，心里也暗暗有几分得意，但是在嘴上却谦虚地说："我有什么可羡慕的，不过就是个普通医生，这五里三村有出息的又不止我一个人。"

"这五里三村有出息的确实不止你一个人，但是能像大哥你这样，年纪轻轻就能入党成专家，把老婆接到城市里一起去享清福的掰着指头算，也找不出来几个。"

吴尚德知道娟子说的是实话，他也觉得自己确实是附近乡村里的佼佼者，但是，这后面付出的艰辛又有多少人能真正知道。他想起了曾经帮助过他的许多恩人，他动情地说："不管当多大的官，我也不能忘记生我养我帮助我的父老乡亲。"

娟子哈哈一笑："大哥你真是个有情有义的人，许多人一当了官，就忙着换老婆了，你却还惦记着玉梅嫂子，真让人佩服。"娟子伸出大拇指夸赞他，又半开玩笑半认真地叮嘱他，"大哥，以后你发达了，可别忘了我们哟。"吴尚德急忙表态说："你放心，人是故乡亲，月是故乡明，不管到了什么时候也不能忘了家乡的父老乡亲。"

谈笑间车子已经进了村口，娟子说绕个弯给吴尚德送到家门口，吴尚德知道生产队仓库和自己家是个大掉角，坚决不同意，他提着自己的行李跳下车，向娟子和拖拉机手道过谢，疾步向家走去。

为了迎接吴尚德回家，吴老汉已经提前宰了一只羊，并且把二叔一家人和出嫁的姐姐姐夫一家人都请过来，一家人其乐融融，把酒言欢。吴尚德的母亲一想到吴尚德要带着玉梅远走高飞了，不由得老泪纵横，她把玉梅搂在怀里，声音哽咽："娃呀，你们走了去做大事情了，妈不拦你们，可你们别忘了经常回来看看，别忘了咱们这个家。"

玉梅也泪水涟涟地安慰婆婆："妈，您就放心吧，我们就是走到天崖海角，也不会忘了您。"

见母亲伤心，吴尚德急忙劝慰母亲："妈，您别难过，等我们有了自己的住房，我们把你们二老接到北京去享清福。"

吴老汉摇摇头对吴尚德说："金窝银窝不如自己的狗窝，我和你妈都这把年纪了，已经过了大半辈子了，我们也没有别的奢求，就是希望你们过好自己的日子，娃，不管到什么时候，千万别亏了玉梅这个好孩子！她在咱们家这么多年吃了不少的苦，受了不少的罪，那年夏天，你妈半夜得急病……"

"大，过去的事儿咱们不说了，今天是个高兴的日子，咱们还是说点高兴的事儿吧。"玉梅见吴老汉又要说过去自己献血救婆婆的往事，急忙打断了吴老汉的话题。"对、对，今天是个高兴的日子，咱们喝酒。"吴老汉刚要举起酒杯招呼大家喝酒吃菜，忽然眉头一皱，不自觉地用手捂住了胃部，见到吴老汉痛苦的样子，大家急忙问他怎么了？吴老汉强颜欢笑，摆摆手说："没有什么大毛病，就是胃有点疼，我缓一缓，你们继续吃。"

大姐脸上带着焦虑的神色说："大，你的胃痛有一段时间了，还是抓紧时间去医院看看吧。"

吴尚德看父亲痛苦的表情也劝父亲跟自己到北京的大医院去看看病，吴老汉举起酒杯故作轻松地说："等你和玉梅让我们抱上了孙子，我们去北京看孙子并捎带手看看病，希望你们早点圆了我们这个梦！"父亲的话引发了在座的一片欢声笑语，冲淡了刚刚伤感的阴霾。

　　第二天，吴尚德骑着自行车载着玉梅，去山南村看望岳父母，走在路上见一辆手扶拖拉机从身边驶过，吴尚德突然想起了昨天捎自己回家的女拖拉机手娟子，于是他把昨天的事情告诉了玉梅，并表达了对娟子的好感。吴尚德的话并没有引起玉梅的共鸣，而是换来一声轻轻的叹息。吴尚德有些奇怪："你叹什么气？"玉梅告诉他，娟子在村子里是个有争议的人物，许多人说她和生产队长有不正当的男女关系，所以，队长才让她和自己的儿子去当了拖拉机手，一是当拖拉机手有些油水可捞，二是不用参加地里劳动，比较轻松。吴尚德好奇地问："那娟子和生产队长乱搞男女关系是真事还是假的？"玉梅说："是真是假现在也没有什么真凭实据，不过村里争当拖拉机手的人很多，生产队长为什么单单让娟子当，大家都说这里头肯定有事儿。"吴尚德追问："那生产队长选娟子当拖拉机手肯定也要有一个冠冕堂皇的理由呗。"

　　"队长的理由就是为了响应上级号召，大力培养女干部，开个拖拉机就属于干部了，大家都认为这个理由太牵强。"吴尚德也认为这个理由有些牵强，但是，昨天娟子留给他的印象还是很不错的，他在内心还是希望这个事是个捕风捉影的谣言。玉梅见他不相信，告诉他因为这件事队长的老婆去娟子家闹了两回，玉梅觉得在男女关系问题上，女人还是比较敏感的。吴尚德听了微微一笑，没有再说什么，因为在夫妻之间有无外遇的问题上，他听人说妻子可能是最麻木的一个。

　　转眼之间又到了当年玉梅救他的小河边，吴尚德站在河边看着静静流淌的河水，心里不由得又回忆起几年前的一幕，他感慨万千对玉梅说："当年如果不是你把我从河里救上来，恐怕就没有现在的吴尚德了，救命之恩永远不能忘怀呀！"玉梅也被吴尚德的情绪感染，对着蜿蜒曲折奔流向前的河水说出了内心的愿望："但愿我们能像这清澈的河水一样，感情永远不断，流向幸福的远方！"吴尚德用坚实的臂膀搂住玉梅的肩膀，抬头望着天空里展翅翱翔的雄鹰，信誓旦旦地给了玉梅一颗定心丸："玉梅你放心，我一定像这只雄鹰一样，不畏艰险，展翅高翔，带给你更加幸福美好的生活和充满希望的未来。"

吴尚德在小乔父母的帮助下，很快收拾好了新房，为了感谢吴尚德过去对自己一家人的照顾，小乔的母亲还在门上贴了一个大红喜字，让他们的新居充满喜庆的色彩。分离多年的一对鸳鸯终于团聚在一起，吴尚德内心充满了喜悦和幸福感，工作中他积极努力工作，回家精心照顾玉梅，总是想把对玉梅多年以来的亏欠弥补上，玉梅从闭塞的小山村一下子来到了繁华的大都市，起初也感到很不适应，一来新的环境与自己过去生活的环境差距太大，二来在老家天天不是下地干活，就是出诊看病，现在整天闲得手发痒，感到自己是个闲人，她几次提出让吴尚德给她找点事儿干，哪怕去医院做护理也行，吴尚德当然不舍得让自己的老婆去医院干那些侍候人的差事，但是马上找到一个轻松体面的工作也不是容易的事，所以，他只有安慰玉梅，让她不要着急，工作的事情只能慢慢来，如果实在闷了，可以出去逛一逛，看看北京的名胜古迹，再熟悉熟悉周边的环境和邻居，工作的事他会想办法解决的。

为了感谢周局长父子的相助之情，吴尚德买了一些礼品带着玉梅登门道谢，周局长一家人盛情欢迎他们。闲聊中，周局长关切地询问玉梅的工作情况，吴尚德说赋闲在家，还没有找到合适的工作。坐在一旁的大鹏忽然发问："弟妹是否懂得一些简单的医术？"吴尚德介绍说，玉梅在家一直做赤脚医生工作，可以看一些常见的疾病。大鹏听说玉梅有这个特长，特意征求吴尚德夫妻两个的意见，他说局机关内部有个医务室，平时有一两个大夫负责给机关的患者涂涂红药水、紫药水，并负责开点日常用药，现在医务室的一个大夫因为家里有事，准备辞职不干了，局里急需一个医务室大夫，如果弟妹没有工作，而且还懂医术，让弟妹过去你们看怎么样。玉梅听了不由得有些喜出望外，她连声说没有问题，肯定能够胜任。大鹏又给她泼了点冷水："不过这个岗位没有正式编制，而且工资也不高，你要仔细考虑周全。"

吴尚德一听没有编制，心里有些迟疑，但玉梅在家实在闷得慌，她表态说没有编制也没有关系，只要有事情做就好。她急切地问大鹏什么时候能够上班？大鹏说："你们两口子如果没有意见，我回去马上向领导汇报，估计很快就有结果。"

玉梅有了工作，心情一下子高兴起来，吴尚德见玉梅快乐自己的心情也随之快乐。在快乐幸福的家庭氛围中，一个新的生命也随之悄然来临，吴尚德和玉梅已经开始盘算孩子出生以后的一切安排，甚至连孩子是男是女叫什么名字都准备好了。

这天吴尚德正在医院出诊，突然一个护士进来，说有个长途电话找他，他叮嘱护士说让对方半个小时以后再打过来，自己要先把患者的病看完。结果护士出去一会儿马上又返了回来，说对方有非常紧急的事情找他，让他赶紧接电话。患者也劝他先去接电话，自己等一会儿没有关系。吴尚德不为所动，严肃地告诉护士："就是天塌下来也得等，这是医生的职业道德。"他坚持给患者看完病才来到办公室接长途电话。电话是二叔家的堂弟打来的，说是他的父亲患了急病，县卫生院已经报了病危，请他赶紧回家看父亲最后一眼。吴尚德闻听此信，大脑嗡的一下，他急忙追问父亲得了什么病？为什么就突然病危了？堂弟说是胃癌晚期，现在已经昏迷不醒了。

吴尚德有些不满地发问："为什么不早点送去医院，为什么不早点告诉我。"

堂弟叹了一口气说："哥，一句话两句话也说不清楚，你还是赶紧回来看看吧。"

吴尚德心神不宁地回到诊室，他强打精神坚持把上午所挂出的门诊号全部看完，没有顾上吃饭就急忙去找医院领导请假，紧接着又给玉梅打了一个电话，告诉了她老家传来的这个噩耗，并告知她自己准备今天晚上就坐夜车回去，这几天要玉梅好好照顾自己，有什么情况到家以后再联系。玉梅在电话那头先是叮嘱他不要着急，现在的医疗条件进步了很多，有许多医疗奇迹发生，如果县医院治不好，可以到北京来治病，千万要保重好自己的身体。吴尚德满口应承下来，又叮嘱玉梅有孕在身，为了孩子要照顾好身体，不能亏嘴。他放下电话，赶紧回办公室办理回家期间的工作交接事宜，这时办公桌上的电话突然发出了清脆的铃声。

吴尚德接起电话，听筒中传来了玉梅的声音："你一个人回去我不放心，我要和你一起回老家。"

吴尚德还是担心玉梅的身体："你有孕在身，一路上颠簸辛苦，我怕你……"

"没有关系，我能挺得住，我问过医生了，只要不干重活就没事，再说了我怎么也得见老人一面呀。"玉梅打断了吴尚德的话，还是坚持要和他一起回家。

吴尚德沉吟了一下，心想这也许是见父亲的最后一面了，既然她执意要和自己回去，有自己一路上的照顾应该也没有大问题："那好吧，你回去收拾收拾，我把工作交接一下，然后去火车站买票，我们在火车站售票处见面。"

下了火车，吴尚德想让玉梅吃饭休息一下再走，玉梅说："火车上已经吃了，我们还是赶紧赶路吧。"两个人换乘回家的公共汽车，一下车就直接奔县医院而去。进了病房，只见母亲和家人们都围绕在病床前，大家脸上挂满悲伤的神态，女眷们的脸上还挂着晶莹的泪珠，见吴尚德进门大家仿佛见到观世音菩萨一样，神情立即放松下来，呼啦一下围住了他，七嘴八舌让他赶紧想办法。吴尚德和玉梅与亲人们一一打过招呼，他站在病床前，凝望父亲被病痛折磨得已经憔悴变形的面容，心痛如绞，他轻声呼唤着："大，我是尚德，我回来了，我回来看您了！"

听见吴尚德的呼唤，只见吴老汉紧闭的双眼动了动，有两行泪水从眼角处缓缓流淌下来，见状，围在床边的人惊呼，醒了醒了，快叫医生。玉梅见吴老汉流泪，心里一酸，她急忙把嘴巴贴在吴老汉的耳边哽咽地叫道："大，我是玉梅，我带着您的孙子回来看爷爷了，大，您睁开眼睛看一眼吧。"

惊奇的一幕发生了，吴老汉真的睁开了双眼，他的眼睛放射出了一道灵光并扫了玉梅一眼,又用残存的最后一丝微弱气息气喘吁吁地对吴尚德吐出了几句话:"儿啊,你要照顾好你妈,要善待玉梅!"言罢,双眼紧闭,脑袋一歪,含笑而去。

病房内泪水纷飞,哭声一片,闻声而来的医生劝大家节哀顺变,并且说要先把遗体送到太平间去保存。玉梅听医生说话声音很熟悉,抬头一看,咦,这不是周爱国医生吗?她含泪叫了一声周大夫,周爱国也看见了她,急忙劝她不要太伤心了,人死不能复生,照顾好你婆婆的身体要紧。玉梅含泪点点头,她刚要把吴尚德给周爱国介绍一下,这时候,搬运遗体的人员戴着口罩进了门,其中有个人扫了吴尚德一眼,吴尚德一看,不禁大吃一惊,原来这个竟然很像上次在车站接他回家的拖拉机手娟子,但他转念一想,肯定是自己看错了,娟子是开拖拉机的,怎么会在这里出现。玉梅介绍周爱国和吴尚德相识,并介绍了上次来医院带婆婆看病得到周大夫大力关照的事情。吴尚德紧紧握住周爱国的双手,表达自己的谢意,他母亲也在一边夸奖周大夫,说在住院期间得到了周大夫的许多关照。周大夫连声说没有做什么,救死扶伤是医生的天职,这些都是医护工作者应该做的。吴尚德忙于处理后事,和周爱国寒暄了几句,约好晚上一起吃饭再聊。

等遗体搬运走,吴尚德和家人们一起商量后事的处理,家人们先回村里筹备葬礼事宜,留下吴尚德和玉梅等骨灰出来了,再带回村子去举行安葬仪式。家人们坐上村里的手扶拖拉机回去的时候,吴尚德看见拖拉机手已经不是娟子了,他奇怪地问了一句:"怎么不是娟子开拖拉机了?"母亲含糊地告诉他拖拉机手换人了。吴尚德一想换人也是常有的事也就没有再问。

晚上,吴尚德和玉梅为了答谢周爱国对父母亲住院期间的关照支持,特意请他在一家山西刀削面馆吃饭,周爱国不仅准时赴约,而且特意带了一瓶汾酒过来。吴尚德不安地说:"我们请客怎么能让你破费。"

周爱国说:"你是我们县十里八乡出了名的有出息的人,是青年人羡慕的榜样,能和你认识并请你喝一杯水酒是我的荣幸。"

吴尚德连声说不敢当，要多向周大夫学习。酒过三巡，菜过五味，吴尚德见周大夫在微醺的状态下，仿佛几次想对自己说什么，但是又难于启齿的样子，于是，他主动给周大夫满了一小杯酒，并直截了当地说："周大夫我看您有话要对我说，有什么事您就直说，千万别客气，只要我能够做到的，一定尽力，不打折扣。"周爱国见对方看透了自己的心事，也就不再遮遮掩掩了，他借着酒劲问吴尚德："你是否觉得今天搬你父亲遗体的那个人有些眼熟？"

吴尚德点点头，周大夫又问："你是否看到了村里今天来接你们的拖拉机手换人了？"

吴尚德回答他："是呀，我还觉得我是不是认错人了，娟子一个拖拉机手干得好好的，一个风华正茂的大姑娘怎么会跑到县医院来干这种又苦、又脏、又累的活儿。"

周大夫长长叹了一口气："你没有看错，那个人就是娟子，他是因为没有脸再待在村子里了，才跑到我这里干临时工的。"

听了周大夫的话，吴尚德和玉梅都大吃一惊，娟子究竟在村子里发生了什么事，她怎么又跑到周大夫这里来了？

面对吴尚德夫妻两人疑惑的目光，周大夫端起酒杯把杯中酒一饮而尽，把事情的本末娓娓道来。

第八章　走穴风波

"娟子是我三姨的闺女，娟子的事在村子里相信你们也有一些耳闻，说实话，娟子还很年轻，涉世也不深，平常大大咧咧，属于那种没心没肺的人。生产队长摸准了娟子的弱点，利用让娟子当拖拉机手当诱饵，并且欺骗娟子说他老婆是个母老虎，早晚把她休了，娶娟子做老婆，就这样连哄带骗把娟子睡了。娟子当上了拖拉机手难免招来了村里一些人的嫉恨，再说了开拖拉机比下地干活轻松，又能捞一些油水，所以很多想当拖拉机手的人总是想找个碴把娟子拿下来自己顶上去，但这些人又怕得罪了队长给自己小鞋穿，于是就有人出主意挑唆队长的老婆出面去捉奸，这样既达到了目的，又不会引火烧身。队长的老婆身高体胖，村里人送她一个外号大皮褥子，而队长则瘦小枯干，两个人形成了强烈的反差，她对自己的男人和娟子胡搞的事情也早有耳闻，但是俗话说：捉贼拿赃，捉奸拿双，他老婆苦于没有证据，所以一直也是隐忍不发，等待时机。不料想，娟子竟意外怀孕了，当时，计划生育管得特别严，没有指标不能生育，就是生了，一个未婚大姑娘未婚先孕也被村里人耻笑呀。无奈之下，娟子逼迫队长承诺当初离婚娶她的诺言，队长这个人渣当初就想和娟子寻欢作乐玩一玩，根本就没有想娶娟子的念头，再说了他也惹不起大皮褥子这个母夜叉，所以，他就想让村里偷偷给开个证明，他出钱让娟子把孩子做掉。谁知道开证明的事不知道让哪个人给传了出去，闹得满城风雨，队长和娟子的奸情暴露以后，上边撤了队长的职务，也撤了娟子的拖拉机手，娟子在村子里被人指指点点，一直抬不起头来。大皮褥子也三番两次到我三姨家里去闹，搞得鸡犬不宁。我三姨哭着求我，让我把娟子带到县城来，把她肚子里的孩子拿掉，然后找个工作再找个不知道根底的好人家把她嫁了。县城的工作也不好找，我只好先让她在医院里干一些勤杂活，今天你们也都看见了，没有什么其他本事，所以一个大姑娘只能干这些苦活、脏活，哎！也难为她了。"

看周医生长吁短叹的样子，吴尚德不解地问他："那你就不会给她找一个体面点的工作？"

周医生为难地解释："咱们县城就这么一个屁股大的地方，工作也不好找，再说了好事不出门，坏事传千里，这桃色新闻走得比汽车轮子还快，娟子的事在县城也有人知道，找工作更难了。"

"那你下一步有什么打算？"

听见吴尚德发问，周医生急忙给他满了一杯酒，又给自己倒上酒，端起来向吴尚德和玉梅敬酒："我现在也是叫天天不应，叫地地不灵，正好遇见你们夫妻二位大人物，所以我有一个不情之请，想请您二位帮个忙，给娟子带离这是非之地，我知道这要求有些过分，但是在咱们县里，我还真找不出第二个像您这样有本事的人。"

吴尚德听完周医生的吹捧，心里也有些飘飘然，再加上周医生对自己的父母有恩，所以，他脑袋一热，和周医生碰了一杯酒，马上满口应承下来："好的，周大哥你这个忙我一定帮。"

玉梅在一旁不禁暗暗皱了皱眉，她心里对吴尚德的大包大揽有些不满，在北京找工作多不容易，你酒后说了大话，今后怎么来圆。她想给吴尚德找个后路："周大夫您对我父母的大恩我一直记在心上，我也一直想找机会报答，但是，在北京城找工作也不是那么容易，娟子她有什么一技之长吗？"

听完玉梅泼的这盆凉水，周医生摇摇头说："她除了会开手扶拖拉机，其他的也没有什么，如果实在不好办，也别给你们夫妻添麻烦了。"

吴尚德觉得男子汉一言既出，驷马难追，既然已经答应了人家，怎么能反悔，他略微思考了一下："周医生，你看这样好不好，玉梅马上就要生孩子了，让娟子先去我家照顾玉梅坐月子，然后慢慢再给她找工作。"

周医生一听这话，马上端起酒杯说："太好了，我代表娟子敬你们贤伉俪一杯，你们真是娟子的大恩人呀。"

玉梅还想再说什么，被吴尚德扯了一下衣袖，她知道这是让她闭嘴的暗示，为了给吴尚德留面子，她没有再说话，准备有话回去再说。

送走了头重脚轻、走路趔趄的周医生，夫妻两个回到旅馆，玉梅不满地发问："你瞎逞什么能，找工作就那么容易，我看你到时候抓瞎怎么办？"

吴尚德有些不满地回击玉梅的指责："我这不也是为你着想嘛，看你又上班又做饭又收拾屋子，而且很快又要生产了，找个人来侍候你，让你好好享享福，也算是对你这么多年在我家辛苦受累的一点补偿。"

玉梅摇摇头："去你家受苦受累是我心甘情愿的，我不需要什么补偿，再说了我自己也有一双手，也不需要别人来侍候我。我相信只要凭我们自己勤劳的双手，我们一定会过上幸福快乐的日子。"

吴尚德分辩说："即使你不需要什么补偿，但是从我的良心来讲，我也不能亏欠你，你不是常说人要懂得知恩图报吗？我同意照顾娟子也是为了报答欠周大夫的情。"

玉梅见他比较固执，把藏在心里的担心也说了出来："我不是不想报答周大夫的恩，但是我们报恩的办法很多，不见得非得把娟子带走。我本来不想告诉你，但是今天这种情况我不得不说了，娟子不像周医生说的那样，是被骗的，我听村里人说，也是娟子主动贴上去的，俗话说，一个巴掌拍不响，否则，以大皮裤子的性格，借给队长几个胆，他也不敢主动去招惹娟子，你以为娟子是个省油的灯，我怕你把她带进北京，以后给你招灾惹祸。"

听完玉梅的话，吴尚德也有些担心，但转念一想，有自己在身边监管，娟子一个外地人也折腾不到哪里去，他语气坚定地说："老话说，君子一言，快马一鞭，我既然已经答应周医生了，就别来回拉抽屉了，否则，让家乡人怎么看我。你放心，有我们在身边，她也干不出什么出圈的事。以后实在不行了，我们再把她送回来。"

玉梅见吴尚德固执己见，也不好再说什么，但是通过婚后第一次夫妻拌嘴，她发现吴尚德变了，以前没有发现他身上有这么强烈的大男子主义，而且比过去爱慕虚荣了。她在心里渴望吴尚德能够返回到过去那个年轻有朝气、有抱负的纯朴山村青年！

在老家处理完父亲的丧事，吴尚德和玉梅带着娟子返回了京城，吴尚德对玉梅说的"娟子也不是省油的灯"这句话，也是有所警惕，回来后他没有着急给娟子找工作，而是暗暗观察了娟子一段时间，看见她手脚麻利，做事勤快，少言寡语，觉得是村里人的一种嫉妒心理作怪，他开始为娟子的工作托人运作了，但是，随着玉梅预产期的逐渐临近，娟子说找工作的事先放一放，先等侍候完玉梅嫂子的月子再找工作也不迟，吴尚德说："老是让你在我家帮我们干活，也没有付你工资，我们心里过意不去。"

娟子急忙表白说："吴大哥你千万不要这么说，你和嫂子把我从山沟里带到大城市，管我吃管我住，还给我找工作，我感谢还来不及呢。"

吴尚德也恳切地说："话是这么说，但是，你长期在我家也不是个办法，我们还得为你的前途着想。"

娟子急得都要哭了："吴大哥你千万不要赶我走，我在你们家做的有什么让你们不满意的地方，大哥你告诉我，我一定改。"

吴尚德连忙解释说："娟子你想哪儿去了，我没有说要赶你走，而是说你以后要有自己的工作，要嫁人，不可能长期待在我们家。"

娟子头一歪，调皮地说："我以为吴大哥你不要我了，我现在不能走，我要把嫂子的月子侍候好，好好报答你和嫂子的大恩。另外，我还要跟大哥好好学本事,等我有了和大哥一样的本事再说。"

吴尚德听了娟子的话微微一笑,心想你要学到我的本事那得猴年马月呀,但是,他不想打击一个年轻姑娘的梦想,所以,点了点头,鼓励她说:"你还年轻,要好好学习,争取学到一些实用的本领,你自己有了本领,别人是拿不走的,你会受用一辈子!"

玉梅预产期到了,如他们夫妻所愿生了一个男孩,两个人商量的结果孩子叫吴若愚,寓意大智若愚,看儿子虎头虎脑的样子,玉梅又给他起个小名叫虎子。虽然小生命的诞生给家庭带来了巨大的欢乐,但是家里又多了一张吃饭的嘴,再加上娟子虽然不挣工钱,但是,吃喝是少不了的,还要给一些换季的衣服和零花钱,所以,吴尚德手头明显拮据起来。这天,正当他为钱的事发愁,突然桌上的电话铃声急促地叫了起来,把沉思中的吴尚德吓了一跳。他接起电话,一听原来是老同学贾秀玲打来的。

自打毕业以后,同学之间的联系很少了,所以一听见同学的声音,一种久违的亲切感涌上了心头。贾秀玲还是那种爽朗的性格,一上来就问是不是把老同学忘记了。吴尚德连声说没有,只是因为工作太忙,所以,联系少了。贾秀玲问他最近有没有时间,想请他吃个饭,和他一起商量个事情。吴尚德很好奇地问是什么事,贾秀玲卖个关子,说电话里面讲这件事不方便,见面的时候再和他说。吴尚德见他说得很神秘,也勾起了自己的好奇心,两个人约定了时间地点,就挂了电话。

到了约会的日子,吴尚德早早来到了全聚德烤鸭店,他本不想来这么高档的地方,贾秀玲说他请客,所以,必须由他选择地方。吴尚德站在饭店门口,远远只见贾秀玲身穿一件皮大衣,手上拎着一个精巧的真皮手包,脚上踩着进口皮鞋,摇摇摆摆走了过来。吴尚德心里暗暗想,几年不见,贾秀玲竟然如此时尚了。走近他的身边,一股淡淡的法国香水味道钻进了他的鼻孔,令他有些眩晕。吴尚德半认真半开玩笑地说:"几年没有见,成了万元户了,你是在哪儿发的横财。"贾秀玲得意地晃了晃脑袋,挽起吴尚德的胳膊,一边往饭店里面走,一边开玩笑说："人无横财不富，马无夜草不肥，你老哥我还真是找了一个发财的好门路。"

贾秀玲挑选了一个僻静的角落，拿起菜单让吴尚德点菜，他一看菜单，一只烤鸭8至10元，高档菜要4至5元一份，如果点上一只鸭子再点几个好菜，一个月的收入就差不多报销了，他只是看了一眼菜单，又还给贾秀玲："还是你来点吧，我没有来过这里，不熟悉这里的味道。"贾秀玲也没有客气，拿过菜单点了半只烤鸭，又点了一个红烧海参、软炸大虾、香辣鸡丁和一个香菇笋片，又让服务员给温了一瓶陈年女儿红。吴尚德刚才看过菜单，他在心里暗暗算了一下，这些菜再加上酒钱，自己一个月的收入没有了，贾秀玲一个工薪阶层哪儿来的这么多钱。对方仿佛洞察了他的心思，端起酒杯问他："老同学你是不是想问我现在怎么这么有钱了？"

吴尚德轻轻点了点头，贾秀玲和他碰了一下杯："老同学，我们边吃边说吧。"两杯热酒下肚，贾秀玲的话匣子也逐渐打开了，他把自己生财之道向吴尚德做了详细的介绍。

上世纪80年代，中国开始了走穴风，刚开始是从文艺界开始的，后来逐渐蔓延到了教育、医疗领域，贾秀玲是做医疗器械销售的，路子宽、人脉广，见这个来钱快，也卷入了走穴风。刚开始是当个中间人，为穴头介绍一些知名的医疗专家，拿一些佣金，后来他看到这里的油水很大，别人吃肉自己喝汤有些不甘心，就和几个朋友联合起来，自己当上了穴头，收入一下子翻了几番。但是当穴头自己手里必须有一些优质的医疗资源，他曾经去吴尚德他们医院推销过产品，知道老同学是个优秀的骨科专家，所以，想拉着老同学一起赚大钱。

吴尚德听明白了，贾秀玲是想拉他一起走穴挣大钱，他以前也听别人说过走穴的事，但是，从来没有和自己挂上钩，他认为医生的天职就是救死扶伤，不当金钱的奴隶，医德是崇高神圣的，所以人们称谓医生为白衣天使，他也深深地为自己从事这一崇高的职业而自豪。而走穴去挣钱，是否与这个崇高的职业相违背，他把自己心里的疑惑直截了当告诉了老同学。贾秀玲耐心地从三个方面给他阐述了走穴的重要意义。

第一，是你人生价值的体现。你是一个著名的骨科专家，但是，你的收入与你的付出并不能形成正比，也就是说你的人生价值没有得到社会的认可，现在市面上流传着一句话，手术刀不如剃头刀，就是对你们社会价值的一种否定，你应该通过走穴来体现出你的人生价值。

第二，是医者仁爱之心的体现。医生的天职是治病救人，但是我国的医疗体系现在还不完善，大医院主要集中在大城市，许多地方还是缺医少药，他们也需要好的医疗资源，但是受许多条件的限制，他们根本享受不到优质的医疗资源，我们走穴就是送医上门，能够解决许多患者的病痛，挽救他们的生命，这不也是你医者治病救人崇高理念的体现嘛。

第三，是一条提高和改善自己家庭生活质量的合理合法的致富门路。现在国家政策提倡先富带动后富，最终实现共同富裕，你这么做也是响应国家号召呀。再说了，你富裕了既可以改善自己的家庭条件，提升生活质量，同时，你有了钱也可以帮助那些不富裕的人改善生活水平，一举两得，何乐而不为呢。

贾秀玲围绕走穴的意义，由浅入深，逐次展开，理论结合实际给他上了一堂深刻的思想政治课。吴尚德觉得他说的也有一定的道理，可是他还是有些担忧："我是个体制内的人，出去走穴不合适呀。"贾秀玲扑哧一笑说："现在，这么多社会名人都在明目张胆地走穴，又有人说什么了。再说你的脑门上又没有刻着单位名字，我们也不会说你是体制内的，只说你是著名的骨科专家，患者不管你是体制内还是体制外的，只要把他的病治好了，那你就是好医生，治好的病人越多，我们的名气也就越来越大，收入也会随之水涨船高。"

见吴尚德还在犹豫不决，贾秀玲激将他说："男子汉大丈夫别再犹犹豫豫了，看在我们同窗三年的分儿上，就算求你帮老同学一个忙吧。"见老同学这么恳求自己，吴尚德一咬牙："好吧，我答应你。"贾秀玲喜滋滋地举起酒杯："老同学，我们再干一杯，祝贺我们合作成功！"

　　吴尚德夫妻两个看到虎子逐渐长大，本来想找个工作让娟子去自我发展，但吴尚德因为要随贾秀玲出去走穴，考虑到家里没有人照顾玉梅和孩子也不行，他就和娟子商量，能不能先不出去工作，让娟子在家里再帮忙一段时间，他可以给娟子每月支付一定的工资，娟子自然是满口应承。

　　玉梅最近这段时间，见吴尚德休息日经常外出，而不是像过去一样窝在家里照顾自己和孩子，她有些好奇，问他休息日不在家出去干吗。而吴尚德总是说单位有事要加班，玉梅有些纳闷，最近为什么加班这么多？但是为了支持他的工作，玉梅也没有多说什么。另外，玉梅见娟子也比过去注重穿着打扮了，手头也比过去宽松了许多，她好奇地问："娟子，你哪儿来的钱？"娟子直截了当告诉她是尚德大哥最近给她发工资了。从娟子的话，联想到最近吴尚德手头好像特别富裕，吃的穿的好像都比过去提高了一个档次，还能给娟子发工资了，他的钱是从哪里来的？该不会是干了什么违法的事情吧。玉梅忧心忡忡，她追问吴尚德哪儿来的钱给娟子发工资，吴尚德怕玉梅为他担心，骗她说，最近单位加班多，这是发的加班费，还有自己搞科研的收入，玉梅联想到他最近休息日确实经常加班，心里也就释然了。

　　有一天，赶上休息日，玉梅想让吴尚德带孩子去医院打防疫针，吴尚德也答应了。早晨，夫妻二人吃完早饭正准备出门，突然门外有人高喊吴尚德的大名，开门一看是居委会的大妈，吴尚德问什么事？大妈说，有个叫贾秀玲的来电话，请他去接一下。吴尚德抄起电话问什么事，贾秀玲着急地说，有一位领导给他打电话，家里有人摔伤了，急需医生上门治疗，请你辛苦一下，马上过来，我在领导家等你。吴尚德问清楚地址，回来歉意地对玉梅说，单位有急事要加班，只好让娟子陪你去医院了。玉梅见吴尚德接了一个女人的电话，就匆匆而去，一连串的疑问不由得涌入心头。临近中午的时候，她让娟子给医院打个电话，问吴尚德中午是否回来吃饭，结果医院说吴尚德没有加班，玉梅心里的猜疑更加重了几分。

下午，见吴尚德带着满嘴酒气进门，玉梅马上带着愠怒质问他今天早上找你的那个女人是谁？今天你去哪里加班了？吴尚德一头雾水，哪有女人找我？玉梅提醒他就是那个叫贾秀玲的女人。吴尚德一听玉梅在吃贾秀玲的醋，不由得笑了，他告诉玉梅贾秀玲是个男人，不是女人。玉梅不相信，男人怎么会叫女人的名字。吴尚德解释说，贾秀玲上边是个哥哥，父母为了图儿女双全的喜气，所以，就给他起个女人的名字，意图让他再招来一个妹妹，这和有些人家为了要男孩，给女孩取名招弟、领弟是一个意思。

玉梅嗅到他身上残留着一股淡淡的香水味道，怀疑吴尚德在说谎话，她满腹狐疑地追问："既然是男人，那你身上的香水味是哪儿来的，你不会说又是贾秀玲身上的吧。"

吴尚德哈哈一笑说："你还真猜对了，就是从贾秀玲身上带过来的，他平时喜欢喷香水。"

玉梅对吴尚德的话是半信半疑，感觉是在搪塞她，今天的事情必须问个水落石出："你说你今天去单位加班，我让娟子打电话问了，单位说你根本没有加班，你到底去了哪里？"

吴尚德把目光投向娟子，娟子点点头，表示确有其事。吴尚德沉默了一会儿，觉得再隐瞒下去也没有什么必要了，于是，他把和贾秀玲一起外出走穴的事情告诉了玉梅，今天就是去给贾秀玲认识的一个领导的母亲看病，看完病以后领导为了感谢我们请我们吃饭喝酒。

玉梅问他以前周日不休息，是不是也都没有加班，而是去走穴了？

吴尚德点点头说："基本上都是去走穴了，但也有加班的时候。"

玉梅见吴尚德这么大的事情竟然都瞒着自己，而且编造谎言隐瞒真相，一股不满和委屈的情绪不由得涌上心头，她板起脸冲吴尚德发火说："如果不是我让娟子给你们单位打电话知道了真相，你打算瞒我到什么时候，难道我就这么不值得你信任，非要用谎话欺骗我。"

吴尚德解释说："我估摸你肯定不同意，说了怕你担心和生气，所以就没有告诉你。"

听了吴尚德的解释，玉梅更来气了："既然知道我不同意，那你为什么还去，你到底是怎么想的？"

见玉梅不停地指责自己，吴尚德心中一股无名火借着酒劲蹿了出来，他大声喊道："你说我怎么想的，我这么做还不是为了咱们这个家，为了你和虎子能过上更好的日子。"

玉梅对吴尚德的话并不认可，她对社会上的走穴风从心里厌恶，她一直认为人就应该老老实实挣自己的工资，做好自己的本职工作，不要好高骛远，日子苦一点、辛苦点不要紧，千万不要为几个钱而毁掉自己的大好前程。这些话她以前曾经和吴尚德讲过，而吴尚德认为，现在社会上走穴成风，电视台的主持、演艺界的明星、有点名气的医生、老师哪个不走穴，从客观上讲，走穴是对自己社会价值的一种认可，从效果上说，也无形之中给患者解除了疾病的折磨，而且增加了收入，改善了家庭生活，能让自己的家人过上好日子，是一举多得的好事。两个人没少争论过这个问题。吴尚德认为，道不同不相谋，因为观点不同，所以，吴尚德一直没有把走穴的事情告诉她。

见吴尚德理直气壮的态度，玉梅也毫不客气回怼吴尚德："这些不明不白的钱宁可穷死也不能拿，就是过吃糠咽菜的苦日子，也不能来邪的歪的，依我看那个贾秀玲就不是什么好人，你可不要被他拉着走上邪路。"吴尚德心想，我一心为了这个家，为了你们母子的幸福才不辞辛苦，风雨奔波，而你不但不理解我，还无端指责我，诋毁我的朋友，社会上的名人、明星都能走穴，为什么我不能做，再说了自己和贾秀玲是多年的同窗，他能坑害自己吗。

气头上他和玉梅针尖对麦芒，谁也不肯让谁："和什么人来往我自己心里自然有数，不用你教我。你不能老是抱着农村的老观念不放，现在提倡思想解放，提倡个人致富，你也应该跟上形势，好好更换一下你的老脑筋了。"

玉梅还是坚持自己的观点："解放思想也不能胡思乱想，个人致富也应该走正路子挣钱，不能走歪门邪道。"见两个人针锋相对，嘴头上谁也不肯服输，娟子过来劝解说："大哥大嫂，你们不要争了，虎子该睡觉了，你们都消消气，有什么话明天再说，让邻居们听见了以为咱们家怎么了。"

听了娟子的话，两个人暂时停止了争论，吴尚德气鼓鼓地对娟子说："今天你和你嫂子睡，我睡沙发。"

见吴尚德赌气去睡沙发，玉梅心里暗暗担忧，现在夫妻二人开始吵架拌嘴了，彼此隐藏在心里的一些矛盾也开始公开化了，特别是吴尚德的一些过去婚前不了解的问题逐渐暴露出来，让她有些不认识吴尚德了，她常常问自己，这个还是过去的吴尚德吗？联想起上次回老家的时候和周医生在一起吴尚德的表现，她预感到今后肯定还会有什么新的矛盾争执产生，想到这里，对未来她不由得产生了一丝忧虑和担心。

第二天早晨，玉梅想再和吴尚德好好谈谈心里话，还是要劝劝他不要走穴了，一心一意把自己的本职工作做好，日子穷一些苦一些她都没有意见，只要是一家人平平安安过日子就行了。不料吴尚德一早没有打招呼就去上班了，她只好对娟子说，找机会你也帮我劝劝你大哥，让他别这么认死理，一条道走到黑。娟子满口应承下来，她暗暗盘算怎么当好夫妻二人之间这个传话筒。

玉梅下班比较早，回来看娟子正在一个人包饺子，她一边帮助娟子做饭，一边又和娟子聊起了昨天的事情。娟子帮腔说："嫂子你说得对，我也觉得那个贾秀玲不是什么正经人，起个女人名字，还天天喷香水，一个男人妖里妖气的，你让吴大哥离他远一些做得非常对。"

说起走穴的事情，娟子怕吴尚德不走穴了自己的收入也要受到影响，所以，她还是劝玉梅可以让大哥和别的穴头去走穴，离开这个贾秀玲就可以放心了。玉梅叹了一口气说："我倒不是光担心那个贾秀玲，我主要担心他是一个党员领导干部，千万别因为几个钱的事耽误了自己的大好前程。"娟子拍着胸脯表态说，有机会一定把嫂子的这番苦心转告给大哥。玉梅见娟子和自己站在一个战壕里，有些欣慰地说："有你帮我说句话，可能他会听进去一些。其实我们都是为了他好。"

到了下班时间，吴尚德还没回家，玉梅有些担心，不知道吴尚德是在单位加班还是因为昨天的事情和自己怄气。娟子自告奋勇要去给尚德大哥送饭，顺便看看他在单位忙些什么。

到了医院见吴尚德还在办公室加班，娟子说："嫂子担心你，让我来给你送饭。"吴尚德没好气地说："一个大活人有什么可担心的。"娟子用开玩笑的口吻挑拨说："怕你又被这个玲那个玲给勾走呀。"这句话更加引起了吴尚德内心的不满："整天就知道疑神疑鬼的，怪不得古人说，天下本无事，庸人自扰之。"娟子也趁机帮腔说："就是，大哥的为人我最清楚了，我表哥一直称赞你，说你是个人人都夸的正人君子，大名在咱们全县都传开了，我相信吴大哥绝对不会做出圈的事。"

吴尚德见娟子肯定自己，又欣慰地说："还是你了解我，其实我走穴也是为了你嫂子和虎子能过上好日子，贾秀玲是我的老同学，我和他三年同窗之谊，他带我走穴也是关心我、帮助我。"

娟子急忙接过吴尚德的话茬帮他说话："就是，我相信大哥看人的眼光绝对不会错，玉梅嫂子可能对你的同学有些误解，有机会我和嫂子解释解释。"吴尚德舒了一口气："那好，你得机会和你嫂子解释解释，就说我吴尚德不是那种不懂好赖的人，什么事能做，什么事不能做，我心里有数。"娟子一口应承下来。

娟子在玉梅面前顺着玉梅的口气编排吴尚德和贾秀玲的不是，而在吴尚德面前则顺情说好话，一边夸赞吴尚德和贾秀玲，一边也说是玉梅太小心眼了。在夫妻二人的眼里娟子仿佛成了体贴人心的亲人，有什么心里话都愿意和她念叨念叨。

玉梅见吴尚德没有接受自己不再走穴的要求，心里是又急又恼，娟子给玉梅出了一个主意，等大哥出诊的时候她和他一起去，一来可以替嫂子监督他，二来可以借机和大哥学学手艺，以后自己找工作也方便一些。玉梅巴不得在吴尚德身边有个眼线，而且吴尚德走穴多在节假日，自己一个人在家照顾孩子就可以了，所以一口答应下来。娟子则对吴尚德说，今后出诊能否带上她，一来想和大哥学学手艺，为今后生计着想，二来她也想出来见见世面，和吴大哥学个眼眼高低，免得以后被人看不起。吴尚德见娟子想和自己学手艺，觉得这是个好事，因为她总不能老是待在自己家里，今后肯定要独立去闯荡社会，让她多学习一些本领有益无害，而且自己也多了一个助手，一举两得的好事，他告诉娟子自己没有意见，只要玉梅同意就行了。

贾秀玲见吴尚德出来的时候又带了一个助手，询问娟子的来历，吴尚德简单地把娟子的来历告诉了他，并且声明娟子只是自己带的一个学生，不用给她支付费用，管她吃喝和外出路费就可以了。娟子见了贾秀玲表现得也特别热情，一口一个贾哥叫得特别甜，口口声声要拜贾秀玲为老师，千万不要嫌她笨，她一定好好地向贾哥学习。贾秀玲见她嘴甜、手勤快，经常帮助自己做一些事情，内心对她也非常有好感，见吴尚德不让给她发工钱，自己也感觉过意不去，于是私下送她一些礼物并偷偷地塞给她一些零花钱。在贾秀玲的熏陶下，娟子也逐渐学会了穿着打扮，自我感觉越来越像一个城市姑娘了。

吴尚德见娟子不仅外在形象变化越来越大，就连语言也变得有些文雅了，简直就是丑小鸭快变成白天鹅了，他好奇地问娟子，是谁给她的钱让她打扮得这么时髦。娟子说，这是贾哥送她的礼物，她推辞不掉就收下了。并且在吴尚德的面前大肆夸赞贾哥不仅为人仗义，心地也善良，经常在吴尚德不知情的情况下关照她，她真的为尚德大哥有这么一位好朋友而感到高兴。吴尚德听说是贾秀玲在偷偷关照娟子，内心也非常感动，对同窗的感激之情也更加深了一层。但是，为娟子今后的生活着想，他还是劝娟子要节俭一些，花钱不要大手大脚，要为自己今后的独立生活留些积蓄。而娟子却理直气壮地说，和你这样有名的大专家一起出来，穿得太寒酸了怕给你丢人现眼，我打扮得漂亮一点也是给你增光添彩的。

玉梅也发现了娟子身上发生的变化，她问娟子吴尚德在外面行医有没有什么出圈的地方，娟子故作神秘地偷偷告诉玉梅："嫂子，你的预感真灵，我觉得那个贾秀玲就是想往邪路上带吴大哥，不过有我在旁边监督，吴大哥把握得非常好，目前为止没有发现他们做什么出圈的事。"玉梅开始的时候还暗自庆幸多亏有娟子卧底，自己可以随时掌握吴尚德的动向了。不过，随着时间的流逝她发现娟子越来越贪图享受、爱慕虚荣了。有一天她和娟子抱着孩子一起外出走在胡同里，从两个人的穿着打扮上，竟然让邻居们误把她当成了保姆，而把娟子当成了女主人，而娟子面对邻居们误会的眼光和称谓，竟然闭口不去解释，而是挺胸抬头，面带微笑，坦然面对，俨然摆出了一副女主人的派头，这件事深深刺痛了玉梅，让她心里很不舒服。尤其是娟子的穿着打扮越来越时髦，经常描眉画眼，对穿的衣服也是挑三拣四，她曾劝娟子要节俭一些，别大手大脚乱花钱，以后自己成家过日子了，花钱的地方还多着呢。娟子却不以为然地告诉玉梅："东西和钱都是那个姓贾的送我的，我要是不收，他一定怀疑我是嫂子派去卧底的，我只有照单全收，他才能相信我，放松对我的警惕，我才能更好地完成嫂子交给我的监督任务。"通过娟子的这些变化，特别见娟子说话现在也是一套一套的，嘴皮子越来越利索，玉梅怀疑背后有人在教她，所以，她对娟子说的有些话不禁也有些半信半疑了，害怕她也会被贾秀玲的糖衣炮弹打败，最终成为金钱的俘虏，成为一个双面间谍。她甚至开始有些怀疑自己当初派娟子去当卧底是否有些失算，如果娟子和他们联起手来一起蒙骗自己，自己当初的设想就是竹篮打水一场空了。不行，虎子长大了可以进托儿所了，一定要早点把娟子打发出去，长期待在家里毕竟不是一个长久之计。

  娟子和吴尚德一起出诊的机会越多，时间越久，内心不可抑制的一种潜在的欲望越发强烈。她是从山沟沟里出来的一个农村姑娘，外面大城市的繁华和生活水平的质量都让她耳目一新，感到开辟了一个新的天地。过去她去的最远的地方就是县城，说实话当时她的理想就是到县城去工作生活，彻底摆脱祖祖辈辈都没有离开过的偏远贫穷的小山村，当初为了改变自己的命运，她不惜牺牲自己作为一个姑娘最宝贵的贞操，设下圈套套住了大队长这个全村最大的官，从而顺利地当上了手扶拖拉机手，后来又利用怀孕的机会想上位当上大队长的夫人，可惜，天不遂人愿，大队长在夫人大皮褥子的淫威下，还是始乱终弃了。到县城投奔表哥以后，她无意中从表哥嘴里听到了吴尚德父亲病危住院的消息。提起吴尚德，那个年轻帅气的青年医生形象马上浮现在脑海中，如果能够攀上吴尚德这棵大树该有多好，自己就可以跳出县城这个小天地，到大城市去见见世面了，为此，她特意让表哥把自己安排到医院去干临时工，借着照顾病人的机会，主动接近吴尚德的家人，并且和自己的表哥一起热情地为病人服务，博得了吴尚德家人的一致好评。后来，她又拜托表哥向吴尚德求情，终于圆了自己到大城市发展的最终目的。

在大城市待的时间越长，特别是跟随吴尚德外出就诊接触到的形形色色的人物，以及从这些人身上感受到的巨大差距，让她越发感觉到自己当初的想法有多么可笑。有句名言说，得到的不是自己希望的，希望的是自己没有得到的。她目前最渴望的就是像玉梅嫂子一样，找一个有身份地位的男人嫁过去，永远留在大城市里享受荣华富贵，如何实现自己的这一宏伟目标，她冥思苦想了很长时间，终于为自己设计出了一条周郎安天下的妙计，并且自己按照这条妙计一步一步推进。她自我感觉这条妙计已经开始显现效果了，只要假以时日，自己的目的一定要达到，自己的目的一定能达到。

随着越来越多的社会名人和演艺明星加入走穴的行列，走穴在社会上已经形成了一股强大的潮流，贾秀玲的资源库人才越来越多，走穴的范围也逐渐从本地向全国各地发展。听吴尚德说要去外地出诊，娟子巴不得有这样一个机会来施展自己的计划，可是吴尚德却说，自己一个人出去就行了，不用娟子跟着了，怕玉梅一个人在家里万一有什么事身边没有人照应也不行。娟子没有理由反对，但她是一百个不愿意。怎么办？她想只要玉梅同意自己和吴尚德一起外出，吴尚德也就不好反对了。一天，她和玉梅一起做饭的时候，故意装作漫不经心的样子告诉玉梅，大哥要和那个贾秀玲一起去外地走穴。玉梅乍一听这个消息，马上表示一百个反对，反对的理由，一是怕吴尚德去外地走穴，事情闹大了让人知道影响吴尚德的前途；二是怕去外地了不在自己的眼皮子底下，万一贾秀玲带他做出圈的事情怎么办。她把自己的顾虑和娟子说了，让娟子帮忙想个办法阻止吴尚德去外地走穴。

娟子十分想去外地开开眼界，针对玉梅的顾虑，反过来给玉梅做了一番思想工作："嫂子，你看现在全国那么多名人和明星都在走穴，也没有人说什么，走穴现在是一种风尚，能走穴的都是有本事的人，别人羡慕还来不及，大家都彼此心照不宣，那么多人都没有出事，吴大哥也不会出什么事的，你就放心好了。"娟子话头一转，又提起了玉梅的季孙之忧，"我看主要的问题还是要防止贾秀玲把吴大哥往沟里带，千万别让吴大哥上他的当。"看见玉梅心有所动，娟子又不失时机地劝解玉梅嫂子，一个有本事的男人，在当下这个思想解放的时代，光靠自觉性是不够的，还需要必要的外部监督，说到底自己跟在吴大哥身边，既可以学到知识，又可以进行暗中盯梢，同时，还可以照顾吴大哥的生活，一举三得的好事非她莫属。

玉梅对娟子的话现在也是打了折扣的，因为她和吴尚德曾经私下对质过娟子挑拨的言语，发现了娟子有许多谎言，但是两个人都从善良的角度出发，认为她是一个处在矛盾中间的墙头草，哪边风硬往哪边倒是一种弱势群体的自然表现，两个人也曾考虑过是否把娟子打发走，后来，吴尚德说再看她一段时间，如果还是死不悔改，再打发她走不迟。玉梅也曾提醒过娟子，不要夸大事实，要实事求是，有一说一，有二说二，你嘴上对贾秀玲那么不满，还不断收人家的钱和物品，这么做人就不厚道了。虽说对娟子也不是充分信任，但是，目前也没有更加合适的人选，再说了玉梅也是为娟子着想，一个没有什么专业知识的农村姑娘，如果没有一技之长，今后在大城市中怎么生存，让她和尚德大哥学点本事，今后也有了立身之本。想到这里，她严肃地叮嘱娟子说："你和你大哥一起去外地出诊，我虽然不愿意，但是你大哥不撞南墙不回头的倔脾气我也说不动他，只好同意你们一起去，但是，我同意你去，并不是让你去监督你大哥的，主要是让你和大哥好好学习一些本事，为你以后自谋生路多一门手艺，你不要把心思老是放在穿着打扮上面，而是要认真向你大哥学习一些真本领。"娟子见玉梅同意自己陪同吴尚德外出，心花怒放，满口应承下来。

娟子在外出的时候，不仅把吴大哥和贾秀玲的生活起居照顾得特别好，而且总是有意无意地往吴大哥的身边贴，贾秀玲曾暗暗提醒吴尚德："娟子这个丫头可不简单，经过这么长时间的观察，我看她是个蛮有心机的人，对你好像另有所图，你可小心点，可千万别着了她的道。"吴尚德有些不以为然，一个村姑能有多大本事，你也太高看她了。

这天，在外地出诊结束工作后，贾秀玲晚上特意在住宿的酒店摆了一桌酒席，并邀请同行的三两好友一起吃饭，吴尚德奇怪地问他为什么这么破费，贾秀玲有些诧异地说："兄弟，你真是忙糊涂了，今天是你的生日呀，我们大家给你庆生。"吴尚德真有些糊涂了，生日已经过完了，怎么又过生日？他刚想告诉贾秀玲真相，娟子急忙在一边插话说："今天是我吴大哥阴历的生日，在我们农村都讲究过阴历生日。"说实话，吴尚德都没有记住自己阴历生日是哪一天，不想娟子却记住了，暗暗有些奇怪。

在欢乐和谐的气氛中，吴尚德被大家和娟子劝了不少酒，他的酒量本来不大，酒喝多了走路都踉踉跄跄的，不小心踢到了椅子上，身子一歪，摔倒在地上。大家见吴尚德喝醉了，都说散了吧，早点休息明天还要赶路。娟子自告奋勇把吴尚德送回房间，贾秀玲用怀疑的眼光扫了娟子一眼，他看今天娟子光劝大家喝酒了，她自己却没有怎么喝，怕她送吴尚德回去有什么不良企图。他对娟子说："你一个人扶不动他，还是我们两个人一起送吧。"

走出包间来到酒店的大堂，吴尚德一屁股坐在了地上，往酒店大堂的瓷砖地面上一躺，嘴里含混不清地说："这凉快，我不走了，我今天就睡在这里了。"贾秀玲劝他说："这是酒店大堂，你睡在这里容易着凉感冒，还是回房间去睡吧。"吴尚德对他的话没有任何反应，躺在地面上坚持要睡在这里。他和娟子用尽了力气也没有把吴尚德抬起来，无奈之下，只好请值班经理叫来了几个保安，把吴尚德抬入电梯送进了房间。

吴尚德一觉睡到天亮，睁开眼睛一看，自己的衣服被脱得干干净净，身边还睡着一个一丝不挂的女人，定睛一看，这个女人是娟子，他大吃一惊，酒一下被吓醒了。

他手足无措惊恐地问娟子，这到底是怎么一回事，娟子眼圈一红，声音哽咽地说："还好意思说，大哥你昨天喝醉了酒，我送你回来，你拉着我的手不让人家走，非要干那个事，我不答应，你就、你就……"说到这里，娟子用双手捂住脸，轻轻哭出了声。

吴尚德脑袋嗡的一下炸开了，对于昨天晚上的事情，他的大脑已经断片了，努力回忆昨晚的事情，只知道自己过生日大家一起吃饭喝酒，其他的一切都想不起来了。他急忙穿好衣服，让娟子也穿好衣服，惊恐不安之下，向娟子连声道歉。娟子嫣然一笑说："大哥你不用道歉，反正事情已经发生了，你喜欢我，我也喜欢你。说实话，这也是我自己愿意的，不然，你再用强我也不会答应的。"

听娟子说喜欢自己，吴尚德有些惊慌失措，他急忙辩解说："娟子，昨天晚上的事我真的不是故意的，都是酒后失态造成的，你千万不要往心里去，我一定会补偿你的。"

娟子眼圈又红了："大哥，我不用你补偿，我的身子已经让你占了，今后我就是你的人了。只要大哥今后对我好就行了。"

吴尚德心虚地问她："你让我怎么对你好？"

娟子脸色一红，支支吾吾地想说什么，但是又难于启齿的样子。"砰砰砰"一阵急促的敲门声打破了屋子里的囧局，吴尚德起身开门，看见贾秀玲站在门口让他去吃饭。他眼光一扫也看见了坐在屋里的娟子，察言观色，见两个人尴尬的表情，心里的疑问不由得挂在了脸上。娟子见贾秀玲扫射过来的不友善目光，急忙解释说："我也是叫吴大哥去吃饭的，顺便看看他的酒醒了没有。"

在回家的路上，贾秀玲看到吴尚德一直闷闷不乐，联想到今天早上的事情，他悄悄地问吴尚德，是否和娟子有关系，吴尚德点点头，他忽然问贾秀玲昨天晚上自己喝醉后是什么情况？贾秀玲抿嘴一笑，把他昨天晚上酒后丢人现眼的丑事一五一十告诉了他。吴尚德又问他和娟子谁最后离开自己房间的？贾秀玲告诉他："是娟子最后离开的，她说要给你烧点水，预备你夜里口渴的时候喝。怎么，她没有走？"

贾秀玲又疑惑地摇摇头说:"不对呀,我回来以后听见她回来开门的声音了,她到底怎么你了?"

吴尚德痛苦地闭上眼睛,考虑是否把这件事情和盘托出告诉他,并且考虑今后外出就诊,是否还带上娟子。贾秀玲见吴尚德闭口不言,知道事情不是那么简单,也不好追问下去,他想回去以后两个人抽空再好好沟通一次,了解清楚到底在酒店里他和娟子发生了什么情况。

娟子回来以后又私下找吴尚德聊了一次,她说自己不会介意这件事情的,既然大哥喜欢我,我也不会对嫂子透露一点风声的,希望我们继续保持这种关系,如果大哥愿意,我也可以给大哥生个孩子。吴尚德当即拒绝了她,因为他害怕这是一个无底洞,万一陷进去就再出不来了,过去的事自己还可以提起裤子就不认账,但是假如今后有了孩子,就是浑身是嘴也说不清了。而娟子却满不在乎地说,假使有了孩子,她自己会独立把孩子抚养长大,绝不会拖累大哥的。吴尚德对她的话已经彻底丧失了信任感,他怕有了孩子娟子就会拿孩子逼宫,到时候自己一个完整的家庭就会四分五裂,自己也会身败名裂。因为吴尚德有意回避她,所以娟子三天两头打扰吴尚德,并且给出了上中下三策让亲爱的吴大哥选择。上策是和玉梅离婚,娶她进门;中策是赔偿她青春损失费,把走穴得到的不义之财拿出来均贫富,两个人二一添作五平分;下策是豪赌一把,把实情告诉玉梅嫂子,让玉梅嫂子选择是和你继续过,还是把你让给我,我愿赌服输。这三策吴尚德哪一条也不同意,和玉梅离婚那是不可能的;给她分一部分钱倒是可以,但是,挣的钱已经陆陆续续补贴家用了,所剩无几,已经拿不出那么多钱来满足娟子的饕餮之欲;告诉玉梅实情,这也万万使不得,玉梅为自己和家庭付出了那么多的辛苦,她绝对不会容忍吴尚德的背叛,即便玉梅选择和自己继续过下去,也为今后的生活埋下了沉重的阴影,恐怕一辈子都很难从玉梅的心中抹去,就像一颗定时炸弹随时可能起爆。但是,面对娟子的咄咄逼人,他一时也苦无化解良策,冥思苦想,怎么做才能让娟子的美梦化为一枕黄粱。在沉重的包袱下，玉梅见他时常愁眉不展的，问他出了什么事，吴尚德说什么事都没有。玉梅不解地问："没有什么事，为什么看你有时候总是忧心忡忡的。"

吴尚德强颜欢笑："我发愁的事是怎么给娟子找个好工作，咱们家虎子大了，该上托儿所了，应该让娟子走了。"玉梅也同意让娟子去自立门户，但是，她也知道找工作不是一件容易的事，所以她宽慰吴尚德说："找工作也不急在这一时半会儿，反正我们家也不多她这一张嘴，我们慢慢找，等找好了工作我们再送她走。"

吴尚德心急如焚，恨不得马上把娟子这个瘟神送走，他曾和娟子谈过给她找个好地方去上班，但娟子就像嚼过的口香糖，黏在吴尚德身上了。她说如果大哥没给她一个满意的结果她是不会走的。吴尚德气急败坏之下恶狠狠威胁她："你不走也得走，如果你想赖在这里不走，我就给你表哥打电话，让他把你接回山西老家。"

对吴尚德的威胁，娟子嗤之以鼻，她慢悠悠地拿出一个小本本，威胁吴尚德说："你哪年哪月去哪里走穴我都记在这小本本上了，你如果强行驱逐我，我就拿着这个笔记本去你们单位告你，还把你睡我的事告诉你们单位，让你身败名裂，你好好考虑一下后果。"

吴尚德一看这个小本本是自己送给娟子的学习笔记本，主要是让她用于记载学习过的医疗知识，以及每次预定的出诊时间、地点，以便于娟子提醒自己，别工作一忙就忘记了，没有想到却成为了娟子对自己反攻倒算的一本变天账，吴尚德悔得肠子都青了，他觉得自己成了东郭先生，被娟子这头白眼狼给算计了，看来娟子早有不轨之心，否则也不会留下这本"黑名单"。对那晚酒店发生的事情，他可以矢口否认，但是这份"黑名单"却是致命的威胁，它可以毁掉自己辛辛苦苦奋斗所得到的一切。他瞬间像泄了气的气球，一下子蔫了，再不敢提将娟子遣返回家的事情。

看到吴尚德垂头丧气、束手无策的窘态，娟子内心暗暗发笑，她想起了京剧《沙家浜》里阿庆嫂对刁德一的一句台词：瞎了眼的老太婆，竟敢算计起我来了，那老太婆哪是我的对手，早被我打得落花流水了。任凭你吴尚德像刁德一一样在我面前使用各种诡计,我是任凭风浪起,稳坐钓鱼船,在我没有实现我美好的梦想之前是不会轻易离开你家的。

娟子的如意算盘分为三步走,第一步利用给夫妻二人两边传话的机会,挑拨离间,让吴尚德夫妻两个人产生矛盾,互相猜疑;第二步再和吴尚德造成既成事实,让他无法脱身,然后再怀上他的孩子;第三步以孩子为要挟,逼迫吴尚德离婚娶自己,然后名正言顺地成为吴尚德的老婆,而不是让邻居们老是误认为自己是吴尚德的老婆。她觉得玉梅平常也不梳妆打扮,一看就像个家庭妇女,而自己比玉梅年轻,打扮得又漂亮,只有自己才能配得上吴大哥,想起那天在酒店自己施展的连环妙计,她觉得自己的才智可以赛过诸葛亮了。

那天她假装无意中向贾哥透露了当天是吴尚德的阴历生日,并且说农村特别重视过阴历生日。她觉得贾哥对此肯定不会无动于衷的。果然,晚上贾秀玲准备了丰盛的酒席,她在吃饭的时候一个劲地劝大家喝酒,特别是劝吴尚德喝酒,就是要趁机把他灌醉,为晚上的行动制造机会,见吴尚德酩酊大醉,她暗暗欣喜,借送吴尚德回房间的机会,她又偷偷从吴尚德的衣兜里拿走了房门钥匙,回到自己的房间以后,她又悄悄地返回吴尚德的房间,见他竟然睡得像死猪一样,她暗自庆幸这真是天助我也。她先把吴尚德的衣服扒个精光,又把自己的衣服脱光光,钻进了吴尚德的被窝。

躺在吴尚德的身边,她心里暗自得意,由你奸似鬼,吃了老娘的洗脚水,这次你就是跳进黄河也洗不清了。回忆前几次和吴尚德外出走穴,为了给吴尚德施展美人计,她曾经几次有意无意地用言语和动作挑逗吴尚德,但是,落花虽有意,流水却无情,吴尚德对她的轻浮举动熟视无睹,根本就不上她的钩,而且为了躲避她的纠缠,吴尚德和贾秀玲私下商量准备今后不带她外出了,这个消息无意之中让她偷听到了,内心更加焦虑不安。挖空心思、千方百计寻找一切可能的机会。

俗话说,机会总是留给有准备的人,就在她冥思苦想之际,玉梅在家给吴尚德过生日给了她启迪，她突然想到了一个施展阴谋诡计的大好机会。遥想娟子当年，就是靠这招美人计，把生产大队的大队长拿下了，顺利地当上了拖拉机手，今天她要故技重施，再将吴尚德收入囊中，最终实现自己鸠占鹊巢的美好梦想。当然，她也为自己寻找了后路，就是这个美梦万一打了水漂，也要退而求其次，借让吴大哥赔偿自己青春损失费的名义，结结实实地从尚德哥哥身上敲一笔竹杠，让自己今后能过上衣食无忧的好日子。她和吴尚德一起外出走穴，看别人大把挣钱，时常犯红眼病，内心极度不平，凭什么他们吃肉我喝汤，他们挣钱我瞎忙，这次我要把我应得的全部拿回来。

贾秀玲近来见吴尚德经常唉声叹气的，而且外出就诊有些推三阻四的，他明白吴尚德一定是遇到了什么难事，估计肯定是和娟子有关，而且和那次"酒店门"事件紧密相连。这天，他特意请吴尚德吃饭，一见面就直入主题，问吴尚德是否遇到了麻烦，在老同学的追问下，吴尚德终于把那天在酒店发生的事情，以及娟子想鸠占鹊巢的无理要求一五一十告诉了他。贾秀玲好奇地问："难道你当时就一点意识都没有吗？"吴尚德脸一红，羞涩地告诉他："我当时醉得眼睛都睁不开了，迷迷糊糊地就着了她的道儿。"他给吴尚德出主意说："你也不用担心，就给她来个死不认账，不管她到哪里去闹，你就一口咬定说是她死皮赖脸地追求你，因为得不到你反过来诬陷你，这个我们大家都可以为你做证。"吴尚德白了他一眼："这种小儿科的把戏我早想到了，关键是她手里有我们走穴的记录，哪年哪月、几点几分、和谁一起都记在那个工作笔记本上了，简直是我们走穴的编年体史书。"当时，贾秀玲看见娟子整天往本子上记东西，自己还曾经表扬她，有脑子、爱学习、记东西，万万没有想到她竟然给大家都上了"黑名单"，这个事情如果解决不好，对他今后组织活动也有很大的影响，他嘲讽娟子说："这么爱刷历史存在感的人不让她去做史官真是屈才了。"

吴尚德说："我现在一心想把她赶走，或者遣送回老家，但是一提起这个她就反对，连你给她介绍的工作她都不肯去，她现在就是嚼过的口香糖，黏在我身上下不来了，还威胁我说，如果再采取强行驱逐

· 148 ·

手段，就要去单位举报我，唉，我现在也是两头为难呀。"贾秀玲默默思考了一会儿，想出了一个好主意："她威胁你你也可以威胁她呀，她不是跟你要钱吗？她要的数目可以构成敲诈罪了，你告诉她这是一种敲诈行为，要坐牢的，要她悬崖勒马，好和好散。"

吴尚德面有难色："她是一个农村姑娘，光脚不怕穿鞋的，我堂堂一个党员干部，可不敢和她耍光棍手段。而且我们现在也没有她敲诈的证据，如果到时候她来个死猪不怕开水烫，死活不认账，我们也告不倒她呀。"贾秀玲沉吟了一下："这倒是个问题，没有证据是拿不住她的。"他皱起眉头思索了一会儿，突然眼睛一亮："有了，我们有办法拿到证据了。"吴尚德也很兴奋，急忙问："什么办法？"贾秀玲用手摆动了几下："你凑过来我告诉你。"吴尚德把耳朵贴近他的嘴边，听完他的锦囊妙计，吴尚德有些困惑地问："办法倒是一个好办法，可是我担心，有了证据她如果继续和我们死磕怎么办？"

贾秀玲用手指头点了吴尚德的额头一下，似乎是嫌他脑筋不够开窍："你也不动动脑筋想一想，很显然她是贪图利益才给你设计这个圈套的，如果她和你死磕到底，那她能得到什么，博弈的结果，她最终一无所获，还把自己送进了监狱，你说她会这么愚蠢吗？"吴尚德听贾秀玲的话很有道理："好，我听你的，咱们就这么办！"

娟子听尚德大哥说想和自己好好谈谈，心中一阵窃喜：是不是尚德大哥开窍了，要答应自己的条件？可是看他说话的口气又不像，难道又想遣返我？还是……算了，不去费脑筋了，反正你有千变万化，我有一定之规，不满足我的条件，你说什么也是白搭。她精心梳洗打扮，又对着镜子自我欣赏了一番，揣着自己的"撒手锏"——那个小本子，按照吴尚德指点的路线，来到了一家私人开设的中医诊所。

一见面吴尚德就开门见山，直截了当地告诉她："娟子感谢你在我们家服务了这么多年，帮助我们做家务、照顾虎子，现在虎子大了，我们准备把他送入托儿所，这样家里就没有什么更多的事了，我和你嫂子商量，准备给你找个工作，再给你一笔嫁妆钱，算是对你这几年辛苦付出的酬劳。"

"慢，打住，听你说得轻描淡写的，想用几个钱就把我打发了，我提的几个要求你全都回避了，想要我呀。"娟子轻蔑地一笑，"大哥，你说的我好像不明白，你还没有回答我提出的问题呀。"

"你提的什么问题？"吴尚德表示出不解的神态。

娟子见吴尚德揣着明白装糊涂，不由得有些恼怒："就是我的上中下三策你还没有答复我。"

吴尚德仿佛失去了记忆一般："你说的什么上中下，我怎么不记得了。"

娟子见吴尚德失忆了，为了帮助他找回失去的记忆，娟子得意扬扬地又把自己的要求重复了一遍。

吴尚德耐心地听完娟子的解说词，不卑不亢地回答她："你说的三条我一条也不会答应，因为当天晚上是你趁我酒醉以后人事不知，偷了我的房门钥匙，偷偷钻进我的屋子里，对我行非礼之事，要说青春补偿费，你应该付我才对。"

娟子得意地笑了笑，仿佛在笑吴尚德的自作聪明："大哥，你说得没错，但是说出去有人相信吗？再说了到时候我就说是你酒后强迫了我，好比黄泥掉进了裤裆里——不是屎也是屎了，你根本说不清楚。"

吴尚德见娟子自己承认是她对自己使用了美人计，微微一笑："不管有没有人相信，只要你承认了是你做的事，我的心就踏实了。"

娟子不解吴尚德为什么要纠缠这些悠悠往事，现在提倡一切向钱看，还是回到主题吧："大哥，我们还是言归正传吧，如果你不能娶我，那你把我要的钱给我，我也不再纠缠你，马上拍屁股走人，从此不再来往。"

吴尚德说："其实，我也没有挣什么钱，而且挣的钱也大部分补贴家用了，你在我们家那么长时间，心里应该有数。"

没有挣什么钱？事实胜于雄辩，娟子决定用铁一般的事实来反驳吴大哥的谎言，她又祭出了自己战无不胜的法宝，从包里掏出小本本，把吴尚德出诊的次数仔仔细细理了一遍，总计收入多少，给自己发了多少工资，花在虎子身上多少，家庭开支多少，现在应该还剩余多少。娟子算完账，用胜利者的目光注视她心爱的吴大哥："大哥您看我算得对不对？"看见娟子无师自通地掌握了财会知识，而且还能够熟练应用，吴尚德多少也有些惊讶，看来自己让她抽空多读书，随着知识面的拓展，知识的力量已经在娟子身上显示作用了，吴尚德不慌不忙地问她："假设你算的数是对的，那你想要多少？"娟子伸出一个巴掌："看在大哥照顾我多年的分儿上，我也不能狮子大张口，我们五五分成吧。"吴尚德突然话题一转："娟子，你知道吗？你的这种行为已经触犯了法律，属于敲诈勒索罪，要坐大牢的。"娟子不屑一顾地撇撇嘴，笑嘻嘻地说："大哥你不用吓唬我，谁说我敲诈勒索了，你又没有证据，到时候我咬紧牙关不承认，说你是诬陷我，我反告你犯了诬陷罪，而且把你走穴的事情举报给你们单位，看我们谁斗得过谁。"吴尚德开心地哈哈一笑："你说没有证据，假如我有了你敲诈勒索的证据，恐怕你到时候就笑不出来了。"娟子听吴尚德的话好像很有底气的样子，她紧张地向四周扫了一眼，没有发现有第三者在场，她想这一定是对方在吓唬自己，她挑衅吴尚德："耳听为虚，眼见为实，有证据你就拿出来让我看看呀，恐怕你是拿不出来吧。"吴尚德扭头对着分诊的布帘后面叫一声："老同学你出来吧。"

布帘晃动，贾秀玲手里拿着一盘磁带从后面走了出来，见贾哥走了出来，娟子惊得目瞪口呆，刚才进门的时候自己看了布帘背后没有人呀，怎么突然蹦出来一个大活人，刚才自己说的话他一定都听见了，怎么办？她转头一想，听见也没有事，自己就说他们是一伙儿的，合计起来算计她，何况贾哥也是当事人，说的话也不能算证据。想到这里紧张的心情又放松了许多。

贾秀玲仿佛洞察到了娟子的心思，他冷笑了一声，举起了手中的磁带："你一定很奇怪我怎么会在这里吧，告诉你，你进来的时候，我就躲在床下面，你刚才说的话我都听见了。"见娟子张口还要分辩，他毫不客气地堵了回去，"我知道你想说什么，说我们是合计好的来算计你，但是，"他把手里的磁带晃了晃，"这盘录音带里可全是你说过的话，到了法院往法官手里一交，是真是假人家法院自然就明白了，你再狡辩也没有用了，怎么样，你要是不信的话我们给你放上一段你听听。"娟子知道自己被算计了，但是，她还有一根救命稻草攥在手里，她举起手里的小本本说："你们录了我的音，我这里也有你们走穴的记录，大不了我们鱼死网破。"贾秀玲冷冷地一笑说："鱼死网破，你想得倒美，我实话告诉你，你这是属于数额巨大的敲诈勒索行为，按照法律规定要判十年以上有期徒刑，而对我们并不是什么大不了的事儿，前几年国家就下发了文件，鼓励广开门路，搞活经济，我们这也是响应国家号召，你自己好好掂量掂量，能一样吗！"见娟子被噎得哑口无言，吴尚德又粉墨登场唱起了红脸："你在我们家这几年也辛苦了，我和你嫂子当然也不会亏待你，准备送你一笔嫁妆钱。另外，工作你贾哥也已经给你找好了，就是这家中医诊所，管吃管住，有保底工资外加提成，你正好可以发挥你这两年和我学到的中医知识。"娟子没有想到，因为自己的大意，竟然倒在了胜利的前夜，这可真是偷鸡不成蚀把米，最终自己竟被流放到这么一个破门店。贾秀玲看出了娟子的不服气，提醒娟子说："你别看这个小门店不起眼，要不是说你是吴专家的亲传弟子，人家还不一定要你呢。我劝你以后还是老老实实做人，别总想着投机取巧，不劳而获，希望这个跟头能把你摔清醒了。"娟子一言不发，两行不知道是委屈还是悔恨抑或仇恨的泪水从眼角流淌下来。

第九章　七年之痒

贾秀玲走穴挣了不少钱，他告诉吴尚德自己想出国发展，问他是否愿意和自己一起走，吴尚德奇怪地问他，怎么忽然冒出了这个念头，贾秀玲摇摇头说："不是突然冒出来的，我已经考虑好长时间了，实话告诉你，我出国主要是为了逃避那个让我讨厌的家庭。"

吴尚德有些纳闷地问："你和你媳妇闹矛盾了？"

贾秀玲用沉重的语气讲述了自己痛苦的婚姻生活。

贾秀玲的媳妇是他大学毕业之后在单位找的。开始，他被分配到财务科，科里女孩子多，再加上贾秀玲要人有人要个有个，又是大学生，自然吸引了不少迷妹的目光，财务科的科长也十分喜欢这个徒弟，想把自己大女儿嫁给他，而且财务科的几个未婚迷妹也都有意无意地向他抛出了绣球。在这几个追求者中，贾秀玲的媳妇李红是最丑的一个，但是，正应了那句老话，好汉子无好妻，赖汉子娶花枝，最终的结果是贾秀玲娶了科里面最丑的一位。根本的原因就是李红的父亲是某局的副局长，而母亲是某单位的人事处长，贾秀玲就是托李红父亲的关系找的工作，娶了李红做老婆以后，又利用岳父的关系从财务科调到了销售科当了副科长。

因为贾秀玲家里人口多，婚后没有房子，所以，他婚后就住在了岳父母的家里，每天刷锅、洗碗、做饭、收拾屋子等日常工作是按照程序编排好的,因为他岳父母说了,他媳妇小红身体不好,不能让她过度劳累,所以,只有辛苦贾秀玲了。其实,辛苦一些还能忍受,让他最不能忍受的,是他岳父母一家人那种从骨子里透出来的优越感和看不起他的眼神,这一点让贾秀玲的自尊心受到了极大的伤害。

因为婚姻生活不幸福,在家里又很压抑,所以,他想出国换个新环境,他觉得吴尚德的正骨手艺在国外一定有很好的市场,所以,想拉着他一起出国闯荡。吴尚德觉得事情来得太突然,他需要认真考虑考虑。贾秀玲近期集中精力为出国的事情奔忙,外出走穴的次数逐渐减少了,他还是鼓动吴尚德和他一起走,并且给他描绘了一番美好的发展前景。吴尚德左右为难之际,突然想到了自己的智多星,何不听听他的意见,他主动给赵卫东打了一个电话,说有要事咨询,两个人定好了时间地点,约好见面细聊。

赵卫东找了一个自己熟悉的川菜馆,要了一个小包间,吴尚德对自己的贴心朋友没有隐瞒的必要,他把最近贾秀玲要求他一起出国的事情告诉了好朋友,并征求他的意见和看法。赵卫东没有拐弯抹角,直截了当地告诉他:"我不同意你和贾秀玲一起出国,因为你的事业发展在中国,这里才是你的根。"吴尚德问他为什么?

赵卫东把他的特长和发展方向进行了总结,并把他出国发展的利弊做了详细的分析研究,最终的结论是:吴尚德的发展前景主要在国内,千万不要娶媳妇打幡——瞎凑热闹。吴尚德认为赵卫东说得非常在理,他又虚心地请教自己既然要在国内发展,下一步应该怎样发展。赵卫东告诉他,自己夜大毕业后,正在积极准备报考研究生,你今后出外行医的事情尽量减少,要增加知识储备,提高理论水平,最好向医院领导提出进修的要求,争取尽快把副主任医师的职称拿到手,虽然职称与人的真才实学并不完全对等,但是,职称是一块敲门砖,在别人不了解你的时候,这块敲门砖就有举足轻重的作用。你看,现在有些人的名片印的头衔职称多如牛毛,其实,名片名片,就是明着骗你,我很欣赏古人的一句话,桃李不言,下自成蹊,要想得到大众的认可,在于你的真才实学,不在你的那些自欺欺人的光环。

吴尚德觉得赵卫东说得很入耳入心，他决定先不考虑出国的事情了，而是踏下心来，先把自己的职称拿到手，为自己今后向更高的目标发展奠定牢固的基础和平台。

他找到医院领导汇报了自己想去进修深造的想法，医院领导表示同意，但是，这个事情他说了也不算，还要请示上级领导，他让吴尚德去找周局长汇报一下。吴尚德给周局长家里打电话，是大鹏接的，他说父亲生病住院了，吴尚德急忙买了一些高档营养品，急匆匆赶去医院看望。

见到周局长身体并无大碍，只是血压有些高，心脏有些不舒服，吴尚德提着的心才放了下来，他委婉地提出了自己想进修学习的事情。

周局长叹了一口气："你们年轻人爱学习、求上进，这是好事，我没有意见，只是最近要调整领导班子，我已经被组织要求退休了，恐怕帮不上你什么忙了，只能向新班子建议一下，是否起作用就不得而知了，今后只有靠你自己努力了。"吴尚德一听大吃一惊，他问周局长为什么事发这么突然，一点征兆也没有，周局长面露愤愤不平之色，向吴尚德讲述了自己被暗箭所伤之事。

原来按照老中青三结合的要求，几名领导干部必须有一个要退下来给年轻人让路，但是，几位领导谁也不愿意下来，都怀有曹孟德老骥伏枥，志在千里的远大抱负，想继续留在岗位上奉献力量，所以，在上级领导征求意见的时候，大家谁也不表态，事情有些陷入了僵局。一天，一位副局长拿了两瓶好酒请大家吃饭，酒好菜香，三杯酒下肚，大家的话也就多了起来，话题自然就转到了班子调整的事情。听完几位同事有些牢骚和担心的话语，周局长说了一句："想那么多干吗，其实，早晚都得退，这是自然规律，上级让我留我就留，让我走我就走，我就不考虑那么多。来来来，喝酒。"周局长觉得自己说的不过是酒桌上的几句闲话，也没有太往心里去，酒醒之后也就忘记了。谁知道，过了两天，上级部门找他谈话，开门见山就说，老周听说你已经明确表态了，愿意为组织分忧，组织让你退你就退，不说二话，组织上非常欣赏你这种高风亮节。周局长一听就愣了，我什么时候表过这个态呀？对方提醒他，你不是在和几个班子成员聚会的时候讲的这些话吗，我们已经询问了几个当时在座的同志，他们说你确实表过这个态，其实你有这个想法可以直接和组织谈，没有必要拐弯抹角地在下面讲。周局长知道自己被套路了，自己和几个关系不错的亲密战友说了几句酒话，竟然被当作自己同意退休的证据上报了，想解释什么但是三人成虎，大家众口一词恐怕浑身是嘴也解释不清，一气之下，退就退，回家颐养天年。虽然自己心里不在乎退不退这件事，但是被出卖的感觉很不爽，所以，在办理退休手续之前到医院来调养一下身体。

听完老领导讲述的故事，吴尚德心里也暗暗为周局长抱屈，但是，这些事情自己是无能为力的，所以，他只有安慰老领导要想开一些，并表示自己永远是老领导的兵，只要今后老领导一声召唤，保证随叫随到。周局长有些欣慰地说自己没有白培养他，不像有些白眼狼。告别的时候周局长让他放心，自己一定在临退休之前，为他再争取一次学习进修的机会。

单位为周局长的退休举办了隆重的欢送仪式，在欢送的茶话会上，上级部门表扬了周局长在考验面前表现出的党性原则和识大体顾大局的政治意识，并肯定他虽然退休了，但是仍然关心单位的工作，提出了一些很好的建议，是大家学习的榜样。可能是考虑到周局长毕竟为单位解决了困难，为了安慰一下周局长，班子同意了周局长退休前提出的几点要求，所以，吴尚德的进修申请顺利通过了，他兴奋之余暗暗下定决心，绝不辜负老领导的信任与支持，一定努力学习，实现自己事业的再次腾飞。

接到进修的通知，他马上告诉了贾秀玲，并且直言不讳地告诉他，自己这次进修机会很难得，不能对不起老领导的一番苦心，他准备在事业上再继续向前一步，出国的事情暂时不考虑了。因为贾秀玲对自己出国以后的情况也是前途未卜，所以，也没有再强迫吴尚德，而是叮嘱他先好好学习，等自己出国以后看看发展再说。

贾秀玲走了，吴尚德的走穴生涯也基本结束了，他深知自己的这次进修机会来之不易,一定要以优异的学习成绩来报答那些关心帮助自己的人,并力争解决自己的职称问题,他谢绝了许多应酬活动,而是把时间花费在教室和图书馆里。

这一天,他按照惯例来到进修学院的图书馆,借阅了一些图书资料,坐在椅子上埋头苦读,突然一声清脆的喊声把他从陶醉中唤醒:"尚德大哥,你怎么在这里?"他抬头一看,面前站立着一位亭亭玉立、面带笑容的美丽姑娘,他惊喜地叫了一声:"你怎么也在这里?"

前几年,单位分配了吴尚德一套住房,他们一家三口搬进了新居,退掉了租住乔家的房子以后,他和小乔几乎很少见面。望着眼前楚楚动人的小乔姑娘,吴尚德由衷地赞叹了一句:"几年不见,你是越来越漂亮了,真可谓闭月羞花之貌,沉鱼落雁之容了。"小乔不好意思地低下头:"大哥你可真会夸人,让人家都不好意思了。"两个人坐下来,互相询问了各自的近况。

小乔告诉吴尚德,自己从医学院毕业后又考上了研究生,现在正在实习并准备毕业论文,为了复习功课方便,托朋友帮忙,现在这所院校的图书馆里实习,一来便于查找资料,二来有问题可以随时找人请教,还有一定的实习补助。吴尚德也告诉她,自己为了考职称,正在这里进修学习。两个人竟然是为了一个共同的目标又相聚在一起,自然是有说不完的话,扯不断的题,小乔自告奋勇地提出,利用自己在图书馆工作的有利条件,为尚德大哥收集学习资料。吴尚德也表示,尽自己的所能全力支持帮助小乔妹妹写作论文。两个人仿佛一下子又找回了过去初次相聚时的那种彼此的好感和相互的仰慕之情。为了不影响他人的学习,吴尚德约她明天晚上一起吃饭,好好叙叙友情,小乔点点头答应了。

晚餐聚会的地点选在学校附近的一家僻静的餐馆,小乔问他和玉梅有了几个孩子,吴尚德说,响应国家号召,只生一个好,吴尚德也关心地问起了小乔的婚姻状况,小乔说自己目前还没有考虑这些事,主要的精力都放在考研上面了。吴尚德劝她,考研要抓紧,自己的婚姻大事也不要忽视,如果有合适的人选,该考虑也要考虑。小乔摇摇头说，虽然父母也催促过自己，但是，婚姻大事不能马虎，必须要选对人。吴尚德问他喜欢什么样的男人，自己可以帮她留意一下，小乔脸色一红，羞涩地说，只有遇见像大哥这样有才华、又帅气的男人她才喜欢。吴尚德听了小乔的话，脸色发红，心也扑通扑通乱跳了起来，他不好意思地说，别拿你傻哥哥打镲了，我怎么配得上你这个仙女妹妹。两个人借助开玩笑，心照不宣地表达了彼此之间的好感。

自从在学校里再会小乔，吴尚德觉得枯燥的学习生活仿佛充满了无穷的乐趣，学校本来给他安排了住宿的地方，但是，他以需要照顾家庭为理由基本不住，遇见小乔以后，因为小乔也住在学校宿舍，所以，吴尚德对玉梅讲，因为学习任务太紧，为了节省时间，就不天天往家里跑了，住在学校宿舍更加有利于学习。晚上，两个人经常在图书馆聚会，小乔把吴尚德需要的图书资料整理好交给他，吴尚德也针对小乔论文写作的一些问题，提出自己的一些见解和看法，并给予小乔精神上的鼓励和支持，两个人觉得彼此之间有一种情感超越了友谊的范围和界限，吴尚德觉得和小乔在一起的感觉与玉梅在一起的感觉截然不同，两个人有共同的追求目标，共同的爱好需求，共同的话题，仿佛彼此之间心有灵犀，一点就通。但是，两个人内心都明白，在他们中间有一道无法逾越的鸿沟，那就是吴尚德已经是有妇之夫了，而小乔还是待字闺中，法律的限制、道德的约束、世俗的眼光等，都是无法回避的现实问题，所以，吴尚德一直暗暗提醒自己，一定要控制自己的感情举止，千万不能引起小乔的误会，耽误了人家姑娘的大好前程。小乔也很苦恼，虽然自己的内心很喜欢尚德大哥，但是，毕竟不能拆散人家一对鸳鸯来成全自己，所以，两个人虽然内心都有一颗躁动难耐的心，可是，必须用理智来控制它。但是，一个偶发因素导致了吴尚德和玉梅的关系出现了危机，无形之中把吴尚德和小乔的关系推进了一步。

玉梅见吴尚德在学校住宿平常不回家，一来内心有些牵挂，二来有人告诉她，曾经看见吴尚德和一个年轻漂亮的大姑娘在王府井一起逛大街，两个人有说有笑的，一看关系就非同一般。玉梅对此虽有些半信半疑，但是，无风不起浪，一点不担心是假的，她也想摸清吴尚德在进修学院究竟什么原因让他不愿回家，恰好家里收到一封国外来的信，于是以送信为由，下班以后来学校找吴尚德。

按照传达室大爷的指点，她果真看见了吴尚德和一个年轻漂亮的女孩子说说笑笑并肩往饭厅的门口走去，玉梅怒火中烧，心中暗想，"怪不得不想回家住，原来是有了新相好了。"吴尚德见玉梅突然出现在面前，惊讶地问："你怎么来了？"玉梅不由分说地把信往吴尚德的脸上一甩说："怎么，不希望我来，怕是做贼心虚吧。"吴尚德知道玉梅误会了，急忙解释说："你瞎说什么，这是咱们以前的房东小乔妹妹，我们恰好又在学校里遇见了。"小乔也急忙上前向她问好。玉梅一见小乔内心的醋意更浓了，原来这么多年你们一直在暗中联系，敢情就我一直被蒙在鼓里，她懒得搭理小乔，而是用强迫的口吻让吴尚德回家去住，今后不许再和这个女人搅和在一起。吴尚德见玉梅一见面在众目睽睽之下不分青红皂白就乱发脾气，而且对小乔甩脸子，觉得玉梅太不给自己留面子，在众人面前有些下不来台，他生气地冲玉梅低声吼了起来："你别在这儿胡搅蛮缠、无理取闹了，有什么话咱们回家再说，你不嫌丢人我还嫌丢人呢。"玉梅不甘示弱，也和吴尚德大声争吵起来。小乔见周围围观的人越来越多，急忙劝他消消气先把嫂子劝回家再说，玉梅听见小乔叫他尚德大哥，气哼哼冷着脸讽刺道："尚德大哥，叫得怪亲热的，也不嫌肉麻。"吴尚德气急败坏之下顺手甩了玉梅一巴掌，玉梅捂住脸大哭着转身而去。小乔轻轻推了吴尚德一把，示意他跟着玉梅一起走，吴尚德犹豫了一会儿，等他出了门已经不见了玉梅的身影。

小乔见连续几个晚上吴尚德都没有回家，而且脸上一副郁郁寡欢的样子，她特意选择在周六的晚上请吴尚德吃饭，想借机开导一下尚德大哥。

开始饭桌上的气氛一度很沉闷，后来，还是小乔打破了僵局，她委婉地批评吴尚德不管玉梅嫂子有什么不对的地方，你都不应该动手打人，有什么话不能好好说吗。吴尚德轻轻叹了一口气，他承认自己一时冲动之下打人不对，过后也有些后悔，但是，他又为自己的行为辩解说："可是当时的情形你也看到了，她一上来就不分青红皂白，大发雷霆，丝毫不给我们留情面，简直让人不可理喻。"

小乔耐心地劝解吴尚德："你没有听人家说吗，男人是理性的动物，而女人是感性的动物，女人可能对大是大非的事情感到无所谓，但是，对待感情的问题，哪怕针鼻大的一件小事都会非常计较，这就是男人和女人的区别，玉梅嫂子就是太在意你了，所以，把你当成了她宝贵的私有财富，唯恐别人染指，这种心态你应该能理解。"

小乔的话引发了吴尚德内心强烈的共鸣，他联想到玉梅对自己的私生活干涉过多，丝毫不考虑自己目前这个身份应该有的社交范围和对象，对自己与异性的交往总是横加干涉；还有，玉梅任劳不任怨，做什么事情不满意了总是唠唠叨叨地抱怨，快把吴尚德的耳根子磨出茧子了；再有，吴尚德在外人面前总是有很多人对他恭恭敬敬，佩服得五体投地，而这种感受在玉梅那里从来没有感受到；还有，玉梅对自己的理想抱负从来没有像小乔一样关怀备至，还有……总之在一起生活时间长久了，感觉许多婚前没有发现的毛病都暴露出来了。玉梅的这些问题和小乔相比，差距简直太大了。

小乔耐心听完了尚德大哥带有怨气的诉说，微微一笑安慰他说："人们常说婚姻有七年之痒，到了这个阶段你们的婚姻出现一些问题也是人之常情，但是，我知道尚德大哥是一位有理想、有抱负，为祖国医学事业的发展、为实现四化勇攀高峰的有志青年！如果你们夫妻长期关系不睦，家里家外都要你操心，势必对你的家庭和事业发展带来不利的影响。"吴尚德听了小乔一番肯定的话语，内心感到十分受用，眉头也高兴地舒展开来，小乔借机劝说他，"再说了你天天不回家，躲在这里也无助于问题的解决，明天是周日，尚德大哥你应该回去向嫂子解释清楚这件事，并且向她道个歉，求得她的谅解和支持，家和才能万事兴。"

吴尚德很是感激小乔妹妹这一番入情入理的分析："谢谢小乔妹妹，如果她像妹妹一样通情达理善解人意就不会发生大闹校园的事情了。"

小乔宽慰他说:"我估计玉梅嫂子也不是故意胡闹让你下不来台,她不过是不自信而已,害怕你被别人勾引跑了,所以,才和你不依不饶闹气的,如果你能真诚地向她道歉,并把事情向她解释清楚,精诚所至,金石为开,我估计她心中的怨气自然也就消了。"

吴尚德听了小乔的话,觉得她分析玉梅的心理很到位,他由衷地夸赞说:"妹妹说得很对,我听你的,明天就回去向她道歉,和她好好谈谈,让她解开这个心结。"

吴尚德回去之后,为自己不冷静的行为向玉梅表示深深歉意的同时,也把小乔只是在学业上帮助自己,而在感情上没有任何瓜葛的情况一五一十地告诉了玉梅,请她千万不要胡思乱想。玉梅见他确实有悔改的表现,也原谅了他的错误,并且答应像小乔一样全力支持他的事业发展,帮助他尽快实现自己的人生目标。一场夫妻的冷战看似烟消云散,但是,内心世界的隔阂不会因为一个道歉而轻易弥合,猜忌的种子一旦扎下根,也很难清除干净。

随着时间的推移,吴尚德更加认定小乔是自己的红颜知己,在小乔的热心帮助下,吴尚德的学习任务进展得非常顺利,为了符合职称评定的条件,小乔建议他在国内一些专业刊物上发表一些文章,如果在写作上有什么困难,随时乐意为其效劳。其实,吴尚德一直有这个想法,想把自己丰富的工作经验进行总结提炼,理论结合实际,发表一些论文,为自己下一步评定职称奠定牢固的基础。可吴尚德认为自己的实践经验比较丰富,但是,理论知识方面感觉还差一些火候,他把自己写作的一些设想和创作的内容告诉了小乔,也把自己感到困惑的地方一并告诉了她。小乔一方面为其查找资料,另一方面根据自己的所学知识,提出自己的建议和写作意见。在小乔的鼓励支持和帮助下,吴尚德的论文逐渐成形,但是,还需要润色加工,另外,在哪家刊物发表也没有拿定主意。为此,他特意请教小乔,小乔提醒他说:"你不是说你的老朋友赵卫东已经考上博士了吗,你为什么不问问他的意见?"吴尚德一拍脑袋:"真是忙糊涂了,研究学问没有比赵卫东更合适的人选了。"

赵卫东取得硕士学位后，马不停蹄又继续攻读博士学位，现在已经担任了系主任的职务，他收到吴尚德的论文初稿，看见老朋友在刻苦学习，撰写论文，自然非常开心，他告诉吴尚德一定会认真拜读，提出自己的修改意见，并帮忙在学院的刊物上发表。

进修学习马上就要结束了，为了表达对小乔的感激之情，吴尚德想送小乔一样礼物，送什么礼物好，他着实累了一番脑筋，忽然他想起了在图书馆和小乔一起阅读《诗经》有女同车的一幕：

有女同车，颜如舜华。将翱将翔，佩玉琼琚。彼美孟姜，洵美且都。

有女同行，颜如舜英。将翱将翔，佩玉将将。彼美孟姜，德音不忘。

小乔当时朗诵完这首诗，曾伸出手腕开玩笑说："尚德大哥人家古代美女出行是将翱将翔，佩玉将将，可你妹妹出门却是两手光光。"吴尚德顺口安慰她说："你别着急，以后我一定送你一个翡翠手镯，让你也佩玉将将。"

为落实自己当时对小乔的许诺，他特意陪着小乔到工艺美术商场购买了一只翡翠玉镯并亲手给她戴上，看到小乔欣喜的笑容，吴尚德内心也得到了极大的满足。

玉梅虽然口头上说不反对吴尚德和小乔在一起探讨学业，其实，她内心还是很反感两个人整天形影不离地泡在一起，好不容易盼到了吴尚德学习结束，两个人终于可以分开了，可谁能想到，毕业后吴尚德还经常和小乔聚会。玉梅现在已经调到一所医院做护理工作，工作也很繁忙，家里虎子已经上小学了，家长会基本是玉梅参加，接送孩子也大多是玉梅的事情，玉梅感觉吴尚德的心已经不在这个家了，有人曾提醒过她，说经常见她老公与一个漂亮的女人一起现身于一些公众的场所，让她注意关注一下，她也曾质问过吴尚德，但是，吴尚德总是以探讨论文、研究医术的理由矢口否认有其他目的，并且要玉梅不要听信谣传。玉梅因为缺乏证据，所以，也一直隐忍不发，等待着恰当的时机，能够直接打中吴尚德的七寸要害。

功夫不负苦心人，一天她在洗衣服的时候，看见吴尚德的衣服挂在家里，她随手扯了下来，准备放到洗衣机中，不料她发现衣服兜里鼓鼓囊囊的有东西，掏出来一看，是一张酒店的VIP金卡，还有一张纸，上面是在酒店开房的收据，签名是吴尚德。玉梅仔细对照了一下时间，正好是吴尚德外出开会不在家的日子，原来他是假借开会的名义到酒店和小乔偷偷幽会去了。看到这些，玉梅心中的怒火一下子燃烧起来，手中有了确凿的证据，她准备和吴尚德摊牌，实在不行就去找他们单位领导反映，请求组织出面对他进行批评教育。

晚上，玉梅气哼哼地问他那几天到底是开会去了还是和小乔幽会去了。吴尚德见她没头没脑地上来就问这些没影的事，不由得也是火气上涌，他虎着脸呵斥玉梅："你又犯什么病了，我已经告诉你多少遍了，我们之间冰清玉洁，就是好朋友的关系，我说你别整天这么疑神疑鬼的行不行。"

玉梅见他是不见棺材不落泪，于是把从吴尚德口袋里发现的证据甩在了吴尚德的面前："要想人不知除非己莫为，不要以为自己做的那些丑事别人都不知道，你说说吧，和谁一起到酒店里面鬼混去了。"

吴尚德见了这些证据，急忙赌咒发誓说："我那几天确实是外出开会了，如果你不信你可以去问问和我一起开会的同事。"玉梅手捏着酒店的收据质问他："难道你有分身术，还是你藏着什么秘密，不敢和我说。告诉你，如果你还是满嘴谎话欺骗我，我马上去找你们单位的领导，请组织来调查处理这些问题。"要说秘密，这还真是一个秘密，而且，他确实没有办法和玉梅说。

原来这套房是他出钱给贾秀玲租的。前些日子，贾秀玲打来一个越洋电话，说学校放假了，准备回国待一段时间，但是，他不准备直接回家，而是想先在酒店里住一个星期，因为他在上学的时候，在班上认识了一个女同学，原籍是东北的，国外举目无亲的孤独生活和彼此的爱慕，两人在相处一段时间后，现在感情已经是难舍难分了，所以，回国度假不舍得马上分离，想在一起住一个星期，请吴尚德帮忙找一个酒店租个房间，吴尚德有朋友送的一张酒店的 VIP 金卡，所以就在这个朋友的酒店里租了一套房供他们享乐。等贾秀玲送女同学回东北后，吴尚德还和贾秀玲演了一出假接机的把戏。那天吴尚德先把贾秀玲从酒店送到机场，然后，贾秀玲再拉着大箱小箱从机场里面出现在接机的众人面前，当时，李红还很奇怪地问贾秀玲，眼睛一直盯着出来的人，为什么没有看见他。贾秀玲说从另一个出口出来的，出来就看见了吴尚德，他媳妇看见吴尚德接到了人，也就没有再问什么。这件事属于高度机密，所以，吴尚德是无法告诉玉梅的，怕把贾秀玲也牵扯进来，只能含糊地说这是为朋友帮忙预订的房间。

　　玉梅见吴尚德说话吞吞吐吐，更是疑心重重，她正告吴尚德准备去他和小乔的单位反映他们的问题，请组织出面进行调查。吴尚德警告她不要无事生非，小乔和自己只是好朋友，人家热心帮助自己学习，而且马上就要结婚办喜事了，你这个关键时刻去败坏人家的名声，玷污人家的清白，是不是做法太卑鄙了。

　　玉梅认为吴尚德是阎王爷讲故事——鬼话连篇，为了开脱自己，又瞎编了结婚的谎言，她一脸鄙夷地质问："不是和你结婚吧？"吴尚德气急败坏之下，吼叫玉梅："你既然不相信我的话，那你就等着让事实告诉你真相吧。"玉梅也毫不示弱："那我就等着看你的真相，要是到时候拿不出来，可别怪我到你们单位去找领导反映。"

　　吴尚德和玉梅打嘴炮虽然很硬气，而且他那几天确实去开会了，有人能证明，但是，他绝对不能把贾秀玲的秘密泄露出来，而且不能让玉梅到单位去折腾，周局长已经退休，高院长也调走了，医院里嫉恨自己的人恐怕到时候会落井下石，搞不好会影响自己的职称评定，如此一来，自己多年的努力恐怕要付之东流了。他也担心玉梅真的会撕破脸皮去小乔单位瞎闹腾，为了让小乔有所准备，他打电话把和玉梅吵架的情况一五一十都告诉了她，并且把玉梅的恫吓和自己的担心也一并告知。小乔在电话中沉吟了一会儿，约他晚上一起见面，有什么事情当面再说。

夜幕降临，喧嚣的城市终于恢复了宁静的本色，吴尚德和小乔彳亍在北海公园的水边，微风吹拂着水面卷起阵阵微澜，柳丝抽打在脸上有些心烦意乱，两个人相依相偎在岸边的长椅上，相对无语，默默无言。最终还是小乔打破了沉默，她告诉了吴尚德一个惊人的消息："我要结婚了！"

闻听此言，吴尚德大吃一惊："妹妹，你不用为了我而牺牲自己的幸福。"

小乔冷静地告诉他，不仅仅是为了他，也是为了安慰自己的父母。原来，小乔的父母也隐约听说了她和吴尚德之间的事情，父母明确告诉她，你谈恋爱我们不反对，但是，吴尚德是有妇之夫，他如果没有离婚，我们坚决反对你们来往。为了解决她的婚姻大事，父亲把自己一个战友的孩子介绍给她认识，父亲强迫她已经和对方见过几面，本来她想推辞掉这门婚事，但是，现在一来为了消除玉梅的疑心病，别让玉梅胡折腾毁了尚德哥哥的前程，二来她父母也逼她逼得很紧，她不想伤害父母的心，为了报答他们的养育之恩，她今天认真思索了一下，还是把自己嫁出去为好，这样大家都满意了。

吴尚德见小乔为了自己的发展而牺牲自我让他深感愧疚，但他也理解小乔父母的心情，一时也不知道怎样表达自己的想法。倒是小乔向他袒露了自己的心声："尚德哥哥你放心，我虽然把自己嫁出去了，但是我的心里永远有你！"

随着小乔的出嫁，吴尚德和玉梅之间的矛盾得到了暂时的缓解，家庭又恢复了往日的平静，可是，在两个人之间仿佛形成了隔阂，彼此之间交流很少，吴尚德一门心思扑在职称评定工作上，但是，他心里始终牵挂着小乔，不知道她婚后的生活是否幸福，但小乔没有主动联系他，他也怕打扰小乔的婚后生活，很长时间没有和小乔再联系。等到职称评定画上了一个圆满的句号，他终于松了一口气，心里不由得想起了小乔对他的帮助和支持，也不知道现在的小乔究竟怎么样了。

贾秀玲学成归国，为了给他接风洗尘，吴尚德特意邀请了几位朋友一起聚聚，地点还是选在了那所VIP酒店，吴尚德进了酒店的大门，看见一个熟悉的背影孤零零地坐在餐桌边喝酒，他大吃一惊，这不是自己夜思梦想的小乔妹妹吗？他激动地走上前去，声音颤抖地叫了声妹妹，小乔抬头一看，也是惊愕不已："尚德大哥，你怎么知道我在这里？"吴尚德笑了笑说："我不知道你在这里，今天是我请朋友在这里吃饭，真巧遇见了你。你怎么一个人跑到这里来喝酒了？"小乔眼圈一红，刚想说什么，正巧贾秀玲也进了餐厅，看见吴尚德和人聊天，随口问他和谁聊得这么嗨。吴尚德急忙把小乔介绍给贾秀玲，说这是自己的一个特别要好的朋友，好长时间没有见面了。贾秀玲说既然是朋友，那就一起坐坐吧，小乔犹豫了一下，点头答应了。

餐桌上男男女女欢聚一堂，大家纷纷举杯一来欢迎贾秀玲学成归国，二来祝贺吴尚德的职称评定顺利通过，小乔也举起酒杯向尚德大哥表示祝贺。酒桌上贾秀玲从双方的语言和眼神中，看出了吴尚德和小乔的关系不一般，聚会一结束，几个朋友提出送吴主任回家，贾秀玲连忙说，他负责送大家不用操心了。送走众人，他主动把一张房卡交到吴尚德手中，悄悄告诉他，已经为他安排了一个房间，吃完饭可以去休息休息，叙叙旧。吴尚德感觉有些不好意思，贾秀玲说："我们之间还用客气，上次你给我开了一个星期的房，我不是也愧领了，这就算投桃报李吧。"送走了贾秀玲，吴尚德问小乔可否在酒店里再聊一会儿，小乔连声说好。房间里已经摆好了水果和一瓶红酒，吴尚德给自己和小乔各倒了一杯酒，坐在沙发上品酒聊天。

吴尚德见小乔憔悴了不少，不由得心疼问了一句："你比过去清瘦了不少，婚后生活还幸福吗？"小乔举起酒杯轻轻呷了一口红酒，用伤感的口吻向吴尚德讲述了自己的婚姻故事。

"你知道，自打唐山你保住了我的腿，我心里就有了你的影子，重逢后我更加喜欢你，因为心里有你，所以一直没有结婚，后来，我父母说你老不结婚你弟弟金宝怎么办，你再不抓紧时间解决你的终身大事我们走了也闭不上眼。后来我父亲亲自上阵，把他一个老同事的孩子介绍给我。这个人一见面我就不喜欢,岁数比我大将近十岁,长得肥头大耳,吃起东西来,就像饿死鬼托生的,不停地吧唧嘴。但是我父亲说这个人老实可靠,懂得疼人,结了婚一定对我很好。看见父亲满头的白发和苍老的面容,当时我一阵心酸,内心有一种负罪感油然而生,我都已经这么大了,一天到晚还让父母为我操心费力,实在是对不起他们,再加上当时你老婆要去单位告你,我也怕影响你的前程,所以心一横,就这么着吧,反正怎么过也是这几十年。看见我父母欣慰的笑容,我也松了一口气,总算是为父母尽了一次孝。

我们认识不到半年,就匆忙闪婚领取了结婚证,婚礼在他们濒临海滨的老家举办,盛大的婚礼仪式上,我完全没有那种幸福快乐的感觉,婚礼过程我觉得自己就像一个提线木偶被主持婚礼的司仪提在手里,像演戏一般完成了全套程序。告诉你一件事,你可能都不相信,新婚之夜我们都没有同房睡。"

"为什么?"吴尚德有些疑惑不解。

"婚礼结束后,在新房里我坦率地告诉他,我是一个大孝子,结婚完全是为了让我的父母不再伤心难过,目前,在我的内心世界里还没有完全接纳你,希望你能给我一点时间,让我慢慢地了解你、接受你。他还是一个明事理的人,没有强迫我,而是说理解我的感受,不会强迫我做任何事。他自己抱着被子睡在客厅的沙发上。不料想,黎明的时候他母亲起来上厕所,看见儿子睡在客厅里,既愤怒又奇怪,就把儿子拍醒,问他这是怎么回事。他怕母亲生气,就欺骗他母亲说,睡到半夜我都睡了一觉了,见我媳妇还没有睡着,就问她为什么还不睡觉?我媳妇说我夜里呼噜打得山响,还一个劲地磨牙,吵得她根本睡不着。媳妇白天开了半天车,婚礼又忙乎了半天,今天太累了,为了让她睡个好觉,我就自己跑到沙发上睡了。他母亲用怀疑的眼神问他是不是真话,他说句句是真,绝对不敢骗自己的亲妈。因为他在家里一切都听爸妈的话,是个典型的妈宝男,所以,他母亲也没有再追问他。不过,他母亲和他的对话我在室内都听见了,为了不让他母亲再起疑心,我也不让他出去睡了,我们两个人在屋子里分床

· 167 ·

睡,他的呼噜确实很吵,我就买了一副耳塞,睡觉时塞在耳朵里。"

"那你们结婚以后一直没有同房?"吴尚德有些好奇地问。

小乔点点头,给了吴尚德一个肯定的答复。"我们结婚以后一直没有同房,我估计他父母也看出来了,因为他的岁数也不小了,而且他父母着急抱孙子,所以,他母亲就想了一个主意,给我们买好了机票,让我们两个人出去旅行,一来让我们度新婚蜜月,二来想逼我们同房。我也觉得在家太憋屈了,希望出去散散心,所以,我就同意和他一起去旅游度假了。"

"那你们去旅游散心,是否感情就融洽一些了?"吴尚德急于知道下文。

小乔白了吴尚德一眼。"旅游的路上,绿水青山确实让我郁闷的心情放松了一些,但是,对他的那份嫌弃感总是挥之不去,他妈妈给我们预订的是大床房,我让他改为双床房各睡各的。这一点他还不错,从来不违拗我,即使我没有好脸色给他,他也从不生气,一路上还是细心照顾我,而且怕呼噜声打扰我休息,总是等我睡下了,他再睡。他妈妈来电询问我们旅游的情况,他也总是替我打掩护,没有和他妈妈说实话,有的时候我看他挺可怜的,心一软也想顺从他,但是一听见他的呼噜声心里就泛起一股厌恶的情绪,所以,我们旅行走了一路,还是分床睡了一路。

旅游归来,他父母为了给我们创造一个独处的机会,就想让我们搬出去单独住,正好他爸爸临近退休了,单位分了一套房。他爸妈亲自上阵布置装修,并且他妈妈特意选了一个黄道吉日,让我们两个搬了过去。而且把家里唯一的一辆车也让我们开走了。"

"有车有房,他父母看来为你们考虑得还是很周全呀。"

"我也知道他父母的心思,用物质上的满足来换取我对他儿子的好感,让我们早点生育,他们也早日抱孙子,但是,我对这些物质上的东西一点也不感兴趣,虽说我们单独居住了,他每天还要给我做饭收拾屋子,但是我们还是一个睡床,一个睡沙发。我为了照顾他,我说我睡沙发,让他睡床,但是他坚持睡沙发,把大床让给我睡。结婚快一年了，他妈妈看我们还是没有动静，有些沉不住气了，直接责问我，为什么结婚这么长时间了，还是没有怀孕？我也没有好气，顶撞他妈妈说，怀孕又不是我一个人的事，能不能怀上孩子你应该去问你儿子，别问我。后来我见他妈妈抓来一大堆中药让他吃，我问他怎么回事？他对我说，他骗他妈妈说，没有怀上孩子是因为他精子稀少，所以怀孕不容易，所以，他妈妈让人开了好些中药让他治病。"

"他精子真的稀少？我们医院有专科，可以治疗这方面的疾病。"吴尚德热情地向她推荐。

"怎么，你就这么希望我早点怀上孩子？"小乔用不满的口吻责问他。

"不是。不是，我只是说如果你需要，我们医院可以帮忙。"

"帮忙倒是用不上，你忘记了，我也是学医的，医疗行业我也有许多朋友，关键是我不想给他生孩子。"

"那你就想和他一直过这种无性的婚姻吗？"

"那怎么可能，这个问题我们已经彻底解决了。"

"你终于和他同房了？"吴尚德试探地询问。

"笨蛋，你还不清楚，我们已经办理了离婚手续。"

"你离婚了，什么时候的事？"吴尚德惊愕地张大了嘴。

"就是上个月的事。"

"那你的父母同意了吗？他们老两口一定气坏了吧。"

"这个你就不了解我父母了，他们知道我的脾气，如果想干的事情，一定会一条道走到黑。虽然他们也希望我早点安家立业，但是他们关注我的幸福指数比关注我的婚姻更重要，所以，这也是我爱我父母的一个主要因素。"

"那你的老公也同意了？"

"我和他提出离婚，他不同意，希望我再给他一年的时间，我们再相互加深一些了解，如果到时候我想离再离。但是这种无爱的婚姻我一天也不想再维持下去了。他后来提出想和我的父母谈谈，估计是想让我的父母给我做做工作，但是他不了解我的父母，我的父母绝不会让我不开心地生活。后来,我的父亲专门和他深聊了一次,我父亲夸他是个好孩子,婚后对我照顾有加,我父母还是很感激他,但是强扭的瓜不甜,与其两口子这样别别扭扭地过日子,还不如早点离了,趁着年轻赶紧再找一个,早点圆了你妈妈抱孙子的梦,这样拖下去对你们两个都没有任何好处。他当着我爸爸的面痛哭流涕,说他爸妈操了很多心,花了很多钱才给他娶上媳妇,还没有抱上孙子就离婚了,让他怎么和父母张口。我当时也在场,我说你放心,我净身出户,你家给我买的钻戒、黄金饰品我全都还给你。我爸爸也说,孩子,我闺女收你家的彩礼钱我也全退给你,不让你吃亏。最后,他也觉得这段婚姻让他心力交瘁,答应和他父母去说,他父母见自己抱孙子的梦想在我身上根本无法实现,而且经济上也没有受什么大的损失,也就同意了。"

小乔深深叹了一口气:"真是可怜天下父母心,他的父亲和我的父亲都是多年的老朋友了,因为我们的事多年的友情也破裂了。"

吴尚德安慰小乔说:"你不用担心,他们父一辈的友情不会因为你们的事受多大影响的,现在有些隔阂,估计过一阵就好了。因为你们之间并没有什么尖锐的矛盾,只是没有感情基础罢了。"

小乔低下头,用有些伤感的口气告诉吴尚德:"其实,他这个人也不坏,心眼还是挺好的,对我也照顾得不错,知道我爱吃水果,我下班晚了回来,床头总是放着一盘削好的果盘。我有时候心情不好对他发脾气,他也总是笑脸相迎,从来没有和我红脸吵架,但是,我们之间就是没有爱的火花,无论他怎么努力,这把火也烧不起来。"

小乔露出手指上佩戴的克拉钻戒并伸到了吴尚德的眼前:"你看,我和他结婚以后,只有结婚典礼上戴了一次他买的结婚戒指,其余时间我都戴着你送我的翡翠手镯和克拉钻戒,这个比他买的大,我估计他也看出来了,几次想张口问我,但是他从来没有开过口。"

看见小乔手上的钻戒,如烟的往事瞬间涌上了心头,他拉住小乔的手,充满歉意地对小乔说:"对不起,亲爱的,是我辜负了你的感情!现在我能帮助你做些什么,只要我能做到的,一定尽全力帮助你！"

小乔嘤的一声哭出了声，她顺势倒在了吴尚德的怀抱里："我现在什么也不需要，就是需要你！我不能没有你！"

小乔双手环抱住吴尚德的腰，用沾满泪水的脸蛋紧紧贴住吴尚德发烫的脸颊，两片红红的嘴唇用力堵住吴尚德的嘴巴。吴尚德也用力地把小乔紧紧抱在怀里，两个人像磁铁一般紧密地咬合在一起……

第十章 劳燕分飞

　　吴尚德和小乔在酒店不期而遇后，感情就像干柴烈火熊熊燃烧无法抑制，两个人商议应该找个经常聚会的地点。吴尚德问小乔现在住在哪里。小乔说，自己离婚以后暂时住在父母的家里，但是，去父母家里聚会肯定不行，不如还在酒店聚会。吴尚德提议不要在酒店租房子住，一来留有住宿的记录，二来开房虽说有金卡，但是价格也不低，为了今后聚会方便，不如在外面租个房子比较合适。小乔也同意这个想法，她说自己现在一家医院工作，不如在单位附近租个房子，这样上班也方便一些。吴尚德还建议，如果在小乔单位附近租房，最好能够找个闺密一起租，这样不但价格比较便宜一些，也可以掩人耳目，但是，这个闺密一定是个铁磁，如果没有，宁可单独租。小乔说她考虑一下。

　　小乔很快就在单位附近找到了一套两居室，而且真的找到了一个单位的好友一起合租，这个好友叫菲菲，家住外地，一直想租小乔家的房子，并让小乔便宜一些，小乔提议说不如我们两个人合租一套房，这样价格就下来了，菲菲也非常愿意。吴尚德把一年的房租一次性交给了小乔，小乔给了他一把房门钥匙，便于他进出。小乔回家对父母讲，为了上班方便，在单位附近和同事一起租房住，以后就不在家里住了。

有了固定的聚会场所，吴尚德经常以加班、外出开会、业务研讨等名义去小乔那里过两个人的世界，玉梅心里虽然有所不满，但是，对自己男人的事业蓬勃发展她也满心欢喜，觉得自己苦一些、累一些也是应该的，心里即使有怨气，但是抱怨归抱怨，牢骚归牢骚，还是默默接受了这一切。吴尚德的人即使在家里，心也已经飞走了，所以，对玉梅和家庭的态度与过去相比，差距很大，再傻的女人通过种种现象也能感觉出睡在自己身边人的变化。有一天晚上，玉梅直截了当地问他，是不是外面又找小三了，吴尚德骂她是神经病，整天疑神疑鬼的。玉梅当即反驳说，你身上有女人的香水味道，而你从来不用香水，还有，你的白衬衣上有口红印，还有一次发现你身上有女人用嘴亲吻出来的草莓印，你能解释清楚这一切吗。吴尚德说身上的痕迹是在桌子上撞的，香水味道和衣服上的印记是因为与女学者研讨的时候，行拥抱礼不小心沾上的，你不要往歪处想。玉梅不相信他的鬼话，历数自己为吴家、为你吴尚德付出的艰辛与努力，如果背叛了我，你自己摸着良心问问自己，对得起谁，并且警告他，如果你真的做出了对不起家庭的事情，自己肯定不会善罢甘休，一定会让组织出面处理你。对玉梅的威胁警告，吴尚德很反感，他觉得身边这个女人和小乔相比，各个方面差距都很大，因此，从感情上、内心世界都对玉梅越来越不满意，总是幻想和小乔在一起的幸福生活，离婚的念头在头脑中越发强烈，一直在寻找一个借口和理由。

和小乔合租的菲菲在医院做护士，有一次，她护理了一位住院的山西煤老板，为了让病人得到最好的治疗和护理，病人家属大把给主治医生和护士塞钱，菲菲自然也得到了钱，刚开始的时候，看在钱的分儿上菲菲对煤老板照顾得很周到，煤老板很感激她，一来二去两个人越走越近，后来，煤老板出院后，为了表示对菲菲的感谢，特意请她吃饭，并买了一个贵重的LV女包送给她。煤老板因为患的是慢性病，需要定期来医院复查，每次来都给菲菲带礼物，经常请她吃饭，后来，煤老板答应给菲菲买一辆好车，让菲菲做他的情人。菲菲看在车的面子上答应了煤老板的要求，另外，煤老板为了和菲菲幽会方便，又出钱给菲菲单租了一套房，在搬家之前，煤老板在顺峰酒楼请菲菲和小乔吃告别饭，菲菲为了抬高自己的身价，特意让小乔把吴主任也请过来，吴尚德本来不想和这些唯利是图的奸商打交道，但是，碍于情面，还是陪小乔一起去了。

  吴尚德和煤老板一见面两个人都愣了一下，菲菲刚开口介绍说，这是全国有名的骨科专家吴主任，也是你们山西老乡，那个煤老板就一下扑上来，一把握住吴尚德的手说："大兄弟，你还记得我吗？"吴尚德略一迟疑，也兴奋地叫了起来："你不是茂才大哥吗！"两个人激动地搂抱在一起，把一旁的小乔和菲菲看得目瞪口呆。李茂才坐下后，对她们姐妹讲起了当年坐火车的往事，并且自吹当年如何慧眼识人："当时我就说大兄弟你以后肯定有大出息，看来我的预言还是很准的。"吴尚德也感慨道："这么多年没见，茂才大哥都成了腰缠万贯的大老板了，真的很让人佩服。"李茂才呵呵一笑说："我当年跑销售，外面的朋友多、路子广，后来就承包了几个煤矿，一步一步就发展起来了。"

  多年不见，李茂才对吴尚德非常热情，不仅打开了一瓶茅台畅饮，而且还和吴尚德叙起了乡情。酒酣耳热之际，李茂才吹嘘自己手里有多少个亿的资产，吴主任朋友多、面子大，还要拜托大兄弟今后多多提携老哥，特别是有什么好的投资项目一定要知会一声，哥哥不差钱。吴尚德当时也没有在意这些话，只当是酒后的豪言壮语听听也就过去了。饭后，李茂才和吴尚德又相互留了联系方式和联系电话，方挥手告别。

  虽然吴尚德和小乔在一起非常注意，避免怀上孩子，但是，天有不测风云，小乔意外发现自己已经超过半个月没有来例假了，她害怕自己怀孕了，就自己买了试纸测试了一下，结果显示真的有身孕了，她怕试纸结果不准，又跑到医院进行了检查，结果还是一样。她没有马上告诉吴尚德，而是冷静地思考了半天，最终的想法是她决定把孩子生下来，并以此逼迫吴尚德离婚娶自己进家门。主意已定，她打电话告诉吴尚德晚上务必回来，有要事相商。吴尚德猜测，所谓要事，肯定又是逼迫自己和玉梅离婚，两个人在一起的时间越长，感情越日益深厚，他也向小乔许过愿，要尽快和玉梅离婚，迎娶小乔进门，但是，选择什么时机，以什么理由他目前还没有考虑周全。

果不其然，一见面小乔就直截了当地问他，离婚的事情考虑得怎么样了，吴尚德表示说，悠悠万事唯此为大，正在考虑以什么方式、什么理由、在什么时间向玉梅提出来。小乔告诉他，你不用这么劳神费力了，你的三个为什么我现在已经替你考虑好了答案。吴尚德好奇地请她揭晓答案。小乔告诉他："我已经怀了你的孩子，我们有了爱情的结晶，不能再拖延了，为我和我们的孩子着想，你应该马上向玉梅提出离婚要求，我们要赶快奉子成婚。"

吴尚德听闻此言是又惊又喜，喜的是自己和小乔终于有了爱情的结晶，惊的是自己千注意万小心，怎么还是被性欲冲昏了头脑，让小乔意外怀孕了，这边马上离婚，那边匆忙结婚，时间是否太仓促了，万一玉梅那边坚决不同意离婚，而小乔这边孩子也生下来了，到时候如何应对这个长虫爬进酒瓶里——进退两难的局面。他冷静下来，觉得还是劝小乔先把孩子拿掉，等结婚以后再考虑要孩子的事情。他先表达了自己和小乔一样欣喜的心情，刚要说"但是"的内容，就被小乔打断了："你不用说了，我知道你想说什么，肯定是劝我把孩子拿掉，等以后再要。"吴尚德见自己的心思被小乔一猜就中，尴尬地点了点头，小乔斩钉截铁地告诉他："你的想法我不同意，这个孩子我要定了，我一定要把他生出来。"吴尚德见小乔意志如此坚定，问小乔自己回去怎么和玉梅开口。小乔的想法是实话实说，就把自己怀孕的事情直接告诉玉梅，吴尚德则认为这么说一定会刺激玉梅，搞不好玉梅会大闹一场，到时候会适得其反。小乔说你就直截了当告诉她，你们已经没有感情了，拖下去大家都不幸福，不如各奔前程为好。吴尚德又提出来一个理由，认为离婚还要涉及财产和孩子的抚养等问题，估计一时半会儿也解决不了，怎么也要拖上一段时间，不如等一切都搞定了，我们再踏踏实实地要孩子。

小乔为了肚子里面的孩子现在一切都舍得放弃，她很清楚甘蔗没有两头甜,有所得必须有所失,所以,面对吴尚德的担心,她毅然决然地拍板:"舍不得孩子套不着狼,只要玉梅同意离婚,房子可以给她,我爸妈那里有房子,我们可以先住在那里,以后孩子生下来了,也可以帮助我们带孩子,至于你儿子的事情,看他愿意跟谁过都行,但是你们的存款应该是谁要孩子就给谁,毕竟孩子长大了花钱的地方很多,你看我这个财产分配的办法可以吗?"

吴尚德见小乔把自己担忧的问题一下子解决了,感觉离婚的事情仿佛有了曙光,但是,如果玉梅不愿意离婚拖下去怎么办?他把这个新的担心又告诉了小乔。小乔见吴尚德婆婆妈妈,一副犹犹豫豫、优柔寡断的样子,有些不耐烦了,直接将了他一军:"你如果开不了口,那我就去找玉梅直接说,反正我们的孩子不能生下来就没有爸爸。"被小乔逼得没有了退路,吴尚德答应这几天一定和玉梅摊牌,让小乔等候消息。

在小乔携子逼迫他马上和玉梅离婚的压力下,吴尚德有些左右为难,他心里虽然也巴不得马上和玉梅离婚娶小乔进门,但是,他一来觉得有些对不起玉梅这些年的付出,二来也害怕玉梅不依不饶地去单位闹事,思来想去,他想与其自己闷头苦想,不如听听朋友的意见,俗话说兼听则明嘛。他给赵卫东打了一个电话,问他最近在忙什么?赵卫东说最近忙博士论文,问他有什么事。吴尚德直截了当地告诉他,有些家务事难于决断,想听听老朋友的意见。赵卫东说,晚上等他下班了,过来找他小酌一杯。

夜幕初上,华灯齐放,临近春节的北京城充满了浓郁的节日气氛,街道两旁笔直如线悬挂的红灯笼与夜空中闪烁迷人的绚丽烟花营造出浓浓的节日氛围,吴尚德和赵卫东嗅着空气中弥漫的淡淡硝烟味,找到单位附近的一家比较僻静的潮州牛肉丸火锅店,点上一个锅子,又要了拍黄瓜、老醋花生米、酱肘花、白菜丝拌海蜇四样凉菜,吴尚德掏出自带的茅台酒,用大玻璃杯各自满上一杯,两个人轻轻碰了一下杯子,慢慢聊起了正题。吴尚德喝了一口酒,把自己和玉梅越来越深的矛盾告诉了自己的好友,同时,把小乔怀孕逼迫自己马上离婚，自己内心的一些纠结也纷纷吐了出来，何去何从想听听好友的意见。

赵卫东轻轻喝了一口茅台，没有直接回答吴尚德的问题，而是问他，你进修的时候学过马斯洛需求理论吧？吴尚德摇摇头："没有学过，我们进修的学院还是以国内的教学内容为主，比如学校的会计系，学的都是增减记账法，而不是国际上通用的借贷记账法，所以你说的什么马斯洛根本没有听说过。"赵卫东介绍说："马斯洛是美国著名的社会心理学家，他提出了一个著名的需求层次理论，在国际上影响甚广，有时间你可以读读。"

吴尚德不解地问："这个理论和婚姻有什么关系？"赵卫东没有直接回答他的问题，而是简单地把这个需求理论做了一番介绍。

马斯洛认为人的需求分为五个层次，第一是生理需要，也是最低级需要，像食物、水分、空气、睡眠、性的需要等。它们在人的需要中最重要也是最基础的需求。第二是安全需要，人们需要稳定、安全、受到保护、有秩序、能免除恐惧和焦虑等。第三是归属和爱的需要，个人要求与其他人建立感情的联系或关系。第四是尊重需要，自尊和希望受到别人的尊重。自尊的需要使人相信自己的力量和价值，使得自己更有能力，更有创造力。第五是自我实现的需要，人们追求实现自己的能力或者潜能，并使之完善化。在人生道路上每个人都要通过不同的方式，完善自己的能力，满足自我实现的需要。

赵卫东讲完了五个需求，又把自己对婚姻和需求的理解阐述了一番。因为人的需求是不断提升的，因此，在每一个需求阶段对感情的认识是不一样的，比如在第一个阶段许多人为了追求对物质的需求，不管有无感情，只要有钱就可以了，这也是为什么许多年轻的女孩子将金钱前置，而将感情置于金钱之后的原因，而一旦拥有了金钱之后，他马上需要有安全感，有了安全感，马上就需要爱的呵护了，有了爱的呵护，还需要别人的尊重，满足自己的自尊心，最后，就是实现自己的人生价值。为了实现自己不同阶段的需求目标，所以，人的感情世界也是在不断变化，对伴侣的要求也是不断发生变化，如果自己的另一半能够随着你的需求变化而不断变化自己,这就是俗话说的比翼齐飞了,如果对方总是跟不上你的发展脚步,难免就会产生认识上的差距,从而产生矛盾,对同一事物产生不同的看法,可能感情就会出现危机,那就只能分道扬镳,各走各的路了。但是,人们由于受到道德、法律、家庭、财产、子女、舆论等多重因素的绑架约束,因此,离婚也不是很容易实现的,因此许多家庭都是凑合在一起,搭伙过日子,实不相瞒,我的父亲和我的母亲就是因为感情不和,两个人谁看谁都别扭,但是儿女都已经长大成人了,所以,离婚也不现实,退而求其次,我父亲和我母亲只好分开居住,我父亲由我来照顾,我母亲由我姐姐来照顾,我过节的时候要两边跑,分别给两位老人拜年。钱钟书先生把婚姻比作围城,围在城里的人想逃出来,城外的人想冲进去,这个比喻真的太形象了。

讲述完自己对婚姻的理解,赵卫东又谈到了吴尚德的感情裂变,他分析说:"俗话讲,清官难断家务事,我说的也不一定准确。我认为你和玉梅的婚姻之所以亮红灯,是因为玉梅的心里只有你一个人,为了你她感觉付出一切都是值得的,爱得有些过度了,她已经把你当成了她的唯一,为了你受多大的苦和累也不在乎,但是,因为这种付出,她在感情上也受不得一点委屈和冤枉。你现在已经是一个著名的专家和学者了,鲜花和荣誉簇拥着你,你也希望能够实现自己的人生价值,达到人生的辉煌,实现自己成名成家的梦想,所以,不仅你的社会交际和人脉交往为了适应人生需求的发展变化而发生很大的变化,而且你需要一个帮助你实现人生梦想的贤内助。玉梅是个好女人,为了你的发展她牺牲了自我,放弃了自己的追求,围着你来打圈圈,但是,在你追求自身发展的过程中,你会觉得小乔更加适合你,而玉梅已经落伍了,所以,无形之中感情的天平就会逐渐向小乔这边倾斜,而逐渐冷淡玉梅,这肯定会引起玉梅的不满。你也说了,她现在虽然很少和你吵架了,但是又将争吵转化为无声的冷战,二者之间其实没有本质上的区别,只是双方彼此之间发泄内心不满的方式发生了转变,其实这种无声的抗议,对你来说,更是一种沉重的心理压力。"

吴尚德感觉赵卫东说的话非常符合他现在的实际,不禁点头赞许,他举起杯子,对赵卫东说:"老兄,你讲得太好了,让我茅塞顿开,来,我好久没有这么痛快地喝酒了,咱们哥俩干一杯。"赵卫东把杯子里的二两酒一仰脖倒进了嗓子眼。吴尚德为赵卫东和自己又倒上满满一杯,赵卫东从吴尚德喝酒的动作中知道自己的话已经得到了对方的认可,于是,又继续为他往下分析:"玉梅因为付出的太多,已经把爱理解为一种私有的产物,过度的爱和占有欲,已经成了你的一种精神负担,过多的关心和限制成了你的累赘。可是,我估计玉梅却一定为此沾沾自喜,自鸣得意,认为自己为爱付出了应该付出的一切。其实,这正好违背了爱的原则,过分地去爱,却没有得到相应的爱,爱便不成其为爱。"

"马克思说过:如果你想得到艺术的享受,那你就必须是一个有艺术修养的人。如果你想感化别人,那你就必须是一个实际上能鼓舞和推动别人前进的人。你对人和对自然界的一切关系,都必须是你的现实的个人生活的、与你的意志的对象相符合的特定表现。如果你在恋爱,但没有引起对方的爱,也就是说,如果你的爱作为爱没有使对方产生相应的爱,如果你作为恋爱者通过你的生命表现没有使你成为被爱的人,那么你的爱就是无力的,就是不幸。"

赵卫东最后总结说:"玉梅是个恪守传统的好妻子,放弃她非常可惜,但是,你现在也是希望按照自己的发展道路继续发展,并且攀登自己的人生高峰,在新的需求面前,你可能觉得小乔更适合你,其实,到底哪一个人更适合你,我觉得她们两个各有优劣,究竟选择哪一个,大主意还是要你自己拿,但不管你最终选择谁,你都应该尽快做出抉择,不要再婆婆妈妈、犹犹豫豫了,拖的时间越长,对你们三方伤害越深。假如你真的不爱玉梅了,不妨直接提出来,快刀斩乱麻做个了断,再这么拖下去恐怕以后更难以收场。"

吴尚德见赵卫东虽然没有明确提出是否和玉梅离婚,但是,听了赵卫东理论结合实际给自己上的这一课,他对自己和玉梅提出离婚所拥有的内疚和不安,一下子减轻了许多,人都有自私的一面,吴尚德自然也不例外,他认为如果有小乔的理解和支持,可能对自己的发展确实大有好处,所以,他准备回去就和玉梅提出离婚的事。

　　玉梅见吴尚德回来吞吞吐吐好像有什么话要对自己说,她心里预感到有一场暴风雨即将来临,她怀着紧张的心情对吴尚德说:"你有什么话就直接说,不用藏着掖着的。"吴尚德一咬牙:"玉梅,我们离婚吧,我们在一起性格不合,彼此也都感觉不舒服,不如我们各自去寻找自己的幸福。"玉梅虽然说已经有心理准备,但是,离婚的话从吴尚德的嘴里说出来,瞬间,她还是感到一阵钻心的痛。她质问吴尚德:"我们刚认识的时候,你怎么不说性格不合,我看你就是当官发财了,看不上我这个农村姑娘了,喜新厌旧,想当陈世美,性格不合不过是个借口而已。"吴尚德见玉梅毫不留情地戳穿了自己,也历数了玉梅的许多不是,表明两个人再一起过下去,彼此都不会有幸福,不如快刀斩乱麻,早点结束给彼此带来痛苦的婚姻。而且提出,把房子和存款都给她,经济上不让她吃亏,也是对她这么多年来辛勤付出的一个补偿。玉梅并不领这个情,她一针见血地问:"你和我说实话,你是不是外面已经有人了,所以,拿性格不合为借口,着急和我离婚。"吴尚德既没有肯定,也没有否定,而是用沉默来应对。玉梅想想这么些年自己为他这个负心汉所付出的一切辛苦与血汗,到头来却落得被抛弃的下场,内心感到一阵阵悲伤和愤怒,她警告吴尚德:"离婚的事情没有那么容易,我要去你们单位找领导,请求组织处理你,你就等着吧!"

　　吴尚德没有想到把存款和房子都给玉梅她还是不知足,竟然还要去单位告刁状,见玉梅毫不妥协的态度,吴尚德暗自庆幸自己刚才没有承认外面有人,她也只是揣测而已,如果单位领导找自己谈话,要提前做好应对方案。他夜里没有睡好,翻来覆去光琢磨怎么处理这件事情了。

　　第二天一上班,吴尚德就给小乔打了一个电话,告诉她昨天晚上和玉梅提出离婚的事情了,玉梅不同意,还要来单位找领导,这两天暂时先不见面，以免被玉梅知道了增加不必要的麻烦。小乔没有吭声，也没有再问什么，就把电话挂了。吴尚德打完电话就等着领导找自己谈话，而且把怎么应对领导的话也准备好了，但是，提心吊胆地等了一天，也没有人找他，他暗暗松了一口气，觉得玉梅就是嘴上发狠，可能没有来单位，看来离婚的事情她可能想通了。他本来想回去再探探玉梅的口风，但是，医院有事，办完事看天色已晚，就住在单位没有回家。

第二天早上刚一上班，医院领导就来电话，让他去一趟，说是有事情和他谈。到了院长办公室，院长开门见山地告诉他："你家属昨天临下班的时候来过了，究竟是什么事，不用我说你自己也心里清楚吧。"吴尚德问："是不是来单位告我的刁状？"院长眉头一皱："怎么是告刁状，人家证据在手，你还有什么话好讲。"吴尚德不清楚领导所说的证据是什么，以为是在吓唬自己，他急忙把自己打好腹稿的一套说辞搬了出来向领导解释："您不要光听她的一面之词，我们两个人确实是因为感情不和才闹离婚的，不存在她说的什么第三者的问题，那是她无理取闹胡编的理由。"

院长见吴尚德还在狡辩，生气地拍了桌子："我看你是不撞南墙不回头，怎么叫无理取闹，什么叫光听她的一面之词，你和那个叫小乔的姑娘孩子都有了，这还不叫证据吗？"

吴尚德听见领导说自己孩子都有了，不由得大吃一惊，这件事玉梅怎么知道的，医院领导见他哑口无言的样子，直接给他点明了两条出路："你家属已经说了，如果我们医院处理不了，她准备去上级部门反映问题，现在摆在你面前的只有两条路，一是你趁早打消离婚的念头，回家给你老婆道个歉，求得她的谅解，今后好好过日子，不要赶这种换老婆的时髦。再一条路就是你死不悔改，非要离婚，那么医院必须给予必要的党纪政纪处分，何去何从你自己看着办吧。"见吴尚德一副垂头丧气萎靡不振的表情，院长又语重心长地开导他："你是我们医院的业务骨干，又是一名中层领导，本来我们还考虑吸收你进医院领导班子,希望你能理解组织上对你的一片苦心,妥善处理好家庭问题。"吴尚德心乱如麻,他觉得一切辩白和说辞在领导摆出的证据面前都显得苍白无力了,他只好向领导表态,一定妥善处理好家庭问题,不辜负组织对自己的信任。

回到办公室,他心情沮丧地给小乔打了一个电话,把领导和他谈话的内容毫无保留地告诉她,并且满腹狐疑地问小乔:"为什么玉梅知道了你怀孕的事。"小乔静默了一会儿,告诉吴尚德,昨天,她去找玉梅了,恳请她看在肚子里孩子的分儿上让玉梅同意离婚,把吴尚德让给她,别让孩子出生就没有爸爸,结果玉梅不仅没有答应她的请求,最后还把她轰出了家门。

听了小乔的解释,吴尚德方恍然大悟,他心里暗暗抱怨小乔是自取其辱,成事不足败事有余,但事已至此,埋怨也解决不了问题,他只能好言相劝小乔,为了自己的发展前途和两人的未来,是否先把孩子打掉,离婚的事情也先放一放,等风声过后再说,小乔沉默了一会儿,说容自己考虑考虑再答复他。吴尚德心乱如麻,他也不知道自己究竟如何破解当前这个死局。下班后他想先回家看看玉梅的态度再决定下一步的行动,结果发现铁将军把大门,玉梅和虎子人去屋空,不知去向。他急忙打玉梅单位的电话,没有人接听。他发现玉梅的换洗衣物和旅行箱不见了,估计玉梅是借出走来拖延自己想快速离婚的打算。那么玉梅能去哪里呢?他思来想去,估计玉梅应该是回老家了,因为前些日子玉梅提出来想在春节放假的时候回老家看望双方父母,玉梅这次回去肯定要找自己的母亲告状,母亲一定会狠狠地责骂自己,让自己打消离婚的念头,联想到此,他暗自做好了迎接母亲雷霆般震怒的思想准备。

晚上小乔打来电话,说她经过认真思考,觉得还是尚德哥哥的前程重要,同意先不离婚,但是,孩子她还是想要,不舍得爱情的结晶就这样毁于一旦,吴尚德安慰她,留得青山在,不怕没柴烧,我们以后还有机会要孩子。小乔认为:如果玉梅以后也不同意离婚,那你怎么办?难不成我们就永远这样不清不楚地过见不得光的日子,与其如此，还不如现在就把孩子生下来，反正早生晚生，孩子都是生出来就没有爸爸。

吴尚德听小乔这些抱怨的话语，一时也无话可说，是呀，如果这次不离婚，玉梅也知道自己的软肋了，以后都拿这个理由拿捏自己可怎么办。一时之间，他也没有想出什么好办法。他告诉小乔，玉梅不辞而别，可能是回老家找母亲告状去了，下一步可能还要承受来自家庭的压力，他让小乔再等几天，看看事情的进展再决定是否要这个孩子，毕竟你未婚先孕，生下来孩子要承受来自社会、单位和家庭的各种压力，而且对孩子今后的成长也不利。小乔没有再坚持自己的意见，同意再好好考虑一下他的建议。

吴尚德这几天心情忐忑不安，他掐指一算，玉梅应该已经回到了老家，可是，家里始终没有消息过来，他有些担心，于是给姐夫打了一个长途电话，名义上是过问母亲的身体状况，实际上是想侧面打听一下玉梅是否回家告自己的状。姐夫告诉他，母亲身体很好，玉梅也回来了，说你工作特别忙，所以没有陪同她回家，母亲叮嘱，让你注意身体，别太辛苦了。吴尚德一头雾水，玉梅回去不仅没有告状，反而替自己说好话，这葫芦里究竟卖的什么药？

春节假期结束后，玉梅从老家回来，她告诉吴尚德想和他坐下来谈谈离婚的事情。吴尚德不知道玉梅又想要什么新花招，心里有些忐忑不安。不料想两个人一见面，玉梅第一句话就让他非常震惊："我已经想好了，我同意离婚，我们这几天就去办理离婚手续吧。"

吴尚德怀疑自己的耳朵出了毛病，我不是在做梦吧，他结结巴巴地问玉梅："你、你说什么？你真的同意离婚了？"

玉梅点点头："是的，我同意离婚。俗话说，强扭的瓜不甜，既然你心里已经没有我了，再一起生活下去，夫妻之间同床异梦也没有什么意思，不如我们早点结束，各自去寻求自己的幸福。"

吴尚德见玉梅的态度来了一个一百八十度大转弯，自己反而有些跟不上玉梅的节奏了，他急忙表态说："我把房子给你，家里的存款也都给你留下。"

玉梅摇了摇头说："房子我要，孩子跟我，存款我不能全要，你搬出去租房要花钱，孩子马上也要出生了，也需要花钱，我们二一添作五，平分吧。"玉梅又叮嘱他，离婚的事情暂时不要告诉母亲和孩子，母亲年纪大了，怕她知道以后气坏了身子，而咱们家虎子还在上学，如果知道了搞不好会产生心理阴影，影响他的学业，等孩子大了，懂事的时候再说。

吴尚德见玉梅宁肯委屈自己，也为别人考虑得如此周全，内心忽然滋生出一种良心上的不安，但这仅仅是一瞬间的感受，他马上又被巨大的幸福感冲昏了头脑，终于可以和自己的小乔妹妹在一起了，小乔肚子里面的孩子也可以保住了，但是玉梅为什么突然变得如此通情达理，却让他百思不得其解。

玉梅望着吴尚德远去的背影，心中一阵酸楚，她再也憋不住伤心的泪水，伏在桌子上放声大哭起来，所有的委屈、怨恨、不公等，全部通过心酸的泪水倾泻出来。自己辛辛苦苦、呕心沥血，为了这个男人付出了自己宝贵的青春和真挚的感情，到头来却落得被抛弃的下场，回想过去自己所付出的一切，实在是不甘心这样一个结局，所以，在吴尚德提出离婚的时候，她确实有些怒不可遏，心想反正你不想和我过了，我也不会让你好过，我要去你们单位反映你的问题，让单位领导收拾你。你想和我离婚娶那个狐狸精，我偏偏拖着你，就不和你办离婚手续，看你怎么办。为此，她决定离家拖上一段时间不搭理他们，并且去找自己的婆婆告状，让她来管教自己的儿子。为此，她气呼呼地踏上了回乡之路。

火车上坐在她身边的是一对姐弟，通过和姐弟的对话，她大致了解到姐姐和弟弟都在北京打工，而姐夫一个人在广东打工，由于姐夫在广东有相好的女人，所以，和姐姐的关系一直不好，就连回家过春节都是各回各家，各找各妈。姐姐说，自己这么些年一直为父母忙活，为儿女忙活，也把全部身心投入到了老公的身上，而自己全部的付出换来的却是背叛，姐姐感慨说，过去，自己全是为他人幸福而活着，很少考虑自己，这次下定决心，回家就离婚，不管他愿意不愿意,既然他的心里已经没有我了,我何苦为他苦苦相守,我今后要过好自己的日子,让今后的日子活出精彩,活出快乐。弟弟也鼓励姐姐不要拖泥带水,纠缠不清地争执一些细节问题。姐姐也说,除了孩子,其他不再争什么,自己是王八吃秤砣——铁了心了,坚决离婚。

姐弟两个人的话,对玉梅刺激也很大,是呀,既然对方已经移情别恋,为什么自己还要死死地缠住他不松手,为什么不能活出自我,活出精彩。她的心眼有些活动了。

回到吴尚德的姐姐家里看望婆婆,本来是想给吴尚德告上一状,但是,婆婆的一席话让她打消了念头。婆婆问她为什么儿子没有和她一起回来,玉梅本来想说出真相,但是,看见婆婆满头白发、风烛残年的样子,话到嘴边变成了吴尚德因为工作忙所以没有回来。婆婆看见她不开心的样子,叮嘱她说:"孩子,德子虽然是我儿子,但是,你就像我的亲闺女一样,如果德子做错了什么事,你就告诉我,我一定替你管教他。你放心,我一定不会袒护他。"听了婆婆的话,玉梅感觉有一股暖流涌入心田,她打消了向婆婆告状的初衷,决定不能伤害像慈母一样爱护自己的婆婆。吃饭的时候,姐姐和姐夫也称赞她和弟弟有出息,在当地十里八乡是名声在外,终于在外面做出了一番事业,一定好好干,为家族争光,为家乡争光。玉梅听了这些话,才知道她和吴尚德在家乡人眼里的地位,如果自己真的毁掉了吴尚德的事业,让他灰溜溜地抬不起头,除了解解心头之恨,自己又能得到什么好处。自己当初为了他的发展付出了那么多,难道自己还要亲手毁掉这一切吗?玉梅思来想去,终于决定,宽恕他们,不再折腾了,回去就和吴尚德办理离婚手续,而且先瞒住家里人,不让亲人们为自己的事情操心受累。

和吴尚德办完离婚手续后,玉梅也认真地反思自己,这些年把全部的精力都投在了吴尚德的身上,没有活出自我,而且自己也沉溺于家庭的琐碎事务,确实也放松了学习和进步,导致和吴尚德之间的差距逐步扩大,所以,她也要效仿吴尚德,读书增长知识和才干,为了排解寂寞,也为了提高自己的知识水平,更好地适应社会的发展需要,她准备去报名参加学习,但是,自己的基础比较差,究竟哪所学校适合自己,心里也是毫无目标。有一天她在单位百无聊赖地翻着一张报纸,突然看见北京广播电视大学的招生启事,她的眼睛一亮,急忙拨打上边刊登的报名电话咨询了一番,下决定报考电大。为了确保考试取得好成绩,她按照报纸上刊登的辅导班广告,报名参加了辅导补习。心情急迫又紧张地等待着考试的来临。

考试完毕,她的心情比较放松,因为她认为自己考的成绩不错。到了录取的日子,她急不可待地给电大老师打电话,询问自己的考试成绩是否过了录取分数线,接电话的老师查了一下说,录取的新生里没有她名字,玉梅当时心里咯噔一下,她感觉自己的考试成绩应该能够达到录取分数线的。那个老师说,如果你这么自信,那你可以来电大工作站查成绩。虽然玉梅自我感觉良好,但是心里也是七上八下的,她准备下午抽空去电大查阅成绩,就在她心神不定的当口,那个电大的老师又主动给她打来了电话,说刚才没有仔细看名册,又认真查看了一遍,确定玉梅以超过录取线20分的成绩被电大正式录取了,听到这个消息,玉梅这一颗悬着的心终于放了下来。

吴尚德为了感谢玉梅成全自己和小乔的好事,缓解离婚给她造成的精神压力,在虎子放暑假期间,他特意安排了一个国内旅游项目,让玉梅带着虎子去桂林旅游。过去,为了照顾这个家,照顾吴尚德,她很少外出,这次,她决定带着虎子出去散散心,因为最近虎子也有了心病。

自从她和吴尚德办理离婚手续以后,虽然没有告诉虎子真相,但是,虎子毕竟已经上小学了,多少也懂些事了,他经常问玉梅,为什么爸爸不回家了,只有我们两个人在家。玉梅哄骗他说:"你爸爸参加援外医疗队了,要出国工作几年才能回来,今后,就是我们娘俩在家了,你一定要听话好好学习,长大了考大学做有出息的人。"虎子似乎对母亲的话半信半疑,嘴上虽然没有说什么,但性格有些变沉默了。为了让虎子开心,所以,她欣然接受了吴尚德的好意,带着虎子踏上了桂林之旅。

玉梅一直听人说，桂林山水甲天下，阳朔山水甲桂林，这次身临其境，感觉桂林山水确实名不虚传，一座座拔地而起、千奇百怪的石山，曲折多彩、钟乳悬挂的奇洞，清澈见底、鱼虾戏耍的河水，都给她和虎子留下了难忘的印象，玉梅在广播电视大学学的是中文专业，她在来桂林之前，特意把介绍桂林山水的文章选读了一些，虽然有看景不如听景的说法，但是，她认为桂林的山水不是身临其境，你就根本无法体会到蕴含在山水之间的那种如梦如幻的意境，以及给人带来的那种心旷神怡、身心舒畅的快感。特别是那天坐在游轮上，天空下起了毛毛细雨，玉梅想起了所学的王维诗句：舟行碧波上，人在画中游。烟雨朦胧中，放眼眺望河岸两侧的山水树木，仿佛是诗人笔下虚无缥缈的神仙世界，给人以无限的遐想和憧憬。徜徉在桂林的山水之中，玉梅深深地陶醉了，原来外面还有这么精彩的世界，她暗暗下定决心，不管今后的生活多么艰难困苦，自己也一定要坚强起来，美好的世界、幸福的生活在等待自己，一定要重新扬起生活的风帆，去追求美好的未来。

玉梅宽宏大度不再去吴尚德单位找领导闹事了，这让吴尚德不由得暗暗松了一口气，觉得事情一定会出现转机，但是，医院新来的院长由于和前任领导高院长不对劲，尤其是自己曾苦口婆心地劝阻吴尚德不要离婚，可他竟然把自己的话当作耳边风，置若罔闻，还是一意孤行，执意要离婚，看来是没有把自己这个新院长放在眼里，想到这一点，医院领导不由得大为光火，必须给他一点颜色看看。在医院领导班子会议上，新院长提出：虽然吴尚德的家属不再闹腾了，但是，吴尚德作为一名党员领导干部，喜新厌旧，在婚姻存续期间乱搞男女关系，违反了党纪政纪，败坏了我们医院的声誉，是可忍，孰不可忍，我们对此绝不能无动于衷，必须严肃处理，以正风正纪。大家虽然也认同这位医院领导的看法，但是，就如何处理看法不一，有的领导认为，吴尚德虽然犯了错误，但其是医院的业务骨干，也是学科的带头人，应本着惩前毖后，治病救人的方针，可以从轻处理，撤销其主任职务，以观后效。而新院长则强调说：吴尚德虽然是个人才，但是，他严重违反纪律，给组织抹了黑，在政治上造成了不良影响，我们不能让一粒老鼠屎坏了一锅粥，为了正风肃纪，必须严肃处理，以儆效尤。但在座的大多数领导认为，吴尚德没有功劳也有苦劳，为医院建设还是做出了一定的贡献，看在他曾经为医院赢得荣誉的分儿上，还是别一棍子打死，给他一个改过自新的机会。最主要的是，他的家属都放过他了，我们更没有必要再揪住不放。经过讨论，最后会议决定：对吴尚德做撤职处理。

接到医院的处理决定，吴尚德内心是五味杂陈，他不太甘心，但是，他也知道这一切是无法挽回的，只能无条件地接受。他现在面临两个紧迫的问题，一是撤职以后是否还留在医院工作，二是如何让小乔的家人尽快认可并支持他们的婚姻。工作的事情可以暂时先放一放，难度较大的是得到小乔家人的理解与支持，因为小乔的父母开始的时候对女儿做第三者找一个有家室的男人本来就不满意，现在又未婚先孕，心里更是不满，但是，女儿有了身孕，生米已然煮成了熟饭，只好接受了这个现实。好在吴尚德现在已经办理了离婚手续，可以名正言顺地和自己的女儿登记结婚了。

可是，离婚后的吴尚德把房子和存款给了前妻，搞得自己成了房无一间、地无一垄的贫下中农，逼得他们老两口不得不把已经出租的房子收回来给他们做婚房，赔了一笔违约金不说，连女儿的终身大事也弄得窝窝囊囊，匆匆忙忙领证，慌慌张张办事，在亲戚朋友面前有些丢面子，嘴上不好说什么，但心里对吴尚德还是有抱怨的成分。乔母曾经自我解嘲说，出租房屋给吴尚德，没想到是引狼入室。而乔老爷对姑爷的能力水平还是很欣赏的，觉得他是一个有发展前途的人，他宽慰老伴说："我看好咱们姑爷的能力，他今后一定会有所作为的，再说了，咱们闺女也是二婚，你就不要太计较了。"尽管如此，在吴尚德以女婿的身份去正式拜访岳父岳母的时候，老两口尽管看在女儿的面子上没有让他难堪，但是，也缺乏阳光灿烂的笑脸。吴尚德当时就暗暗发誓，一定要想方设法尽快发展起来，让小乔过上幸福美满的日子，改变岳父母对自己的看法。

小乔倒是心满意足，经过不懈的努力，自己终于和心爱的人走到了一起，而且还拥有了爱情的结晶，至于房子和金钱，她相信，凭借自己和吴尚德两个人的努力，一切都会有的，对此，她充满了信心。唯一有些担心的是自己结婚时间不长就歇产假，传到单位领导和同事的耳朵里有些名声不好听，但是，事已至此，也只能由它去了。

贾秀玲回国时间不长就和李红办理了离婚手续，为了尽快摆脱不幸福婚姻的束缚，他也是把一切财产都给了李红，自己净身出户。而他在国外留学期间结识的女友家里有一定的财力，在女儿的软磨硬泡下，未来的岳父母为了他们的幸福，准备无偿资助他一笔资金，让他创业发展。贾秀玲一直在琢磨干点什么事情为好，思来想去，一直没有下定决心。那天参加吴尚德小范围的婚礼，听吴尚德说想换个环境发展，他脑海中突然灵光一现，为什么不发挥好朋友的技术优势，办一所中医医院。婚礼过后时间不长，他特意请吴尚德吃饭一起商议此事。

两个人一见面，贾秀玲先是简单询问了他现在的工作情况，紧接着就单刀直入，提出和吴尚德一起合作，开办一所股份制的中医院。吴尚德自然没有意见，但是，他也直言，因为离婚的时候大部分积蓄都给了玉梅，现在手头比较紧，出资比较困难。贾秀玲哈哈一笑："你可真够愚钝的，你精湛的技术就是无价之宝，你出个技术股就行了，而且你在医院当过领导，到时候还要请你出任医院的领导职务进行管理。"吴尚德听说自己可以技术入股，而且还要担任医院的领导，自然是喜出望外，他连忙表态，全力支持配合老朋友的宏伟设想。他问贾秀玲医院地址选好了吗？贾秀玲略有遗憾地说，现在有个朋友手里有一大一小两处地段，但可惜的是自己未来岳父提供的无偿经济援助还是少了一些，否则，可以把那块大一些的地方盘下来，办一所规模大一些、档次高一点、设施齐备的医院了。说到资金问题，吴尚德忽然想起一个人来，他把这个人的情况简单介绍了一下，贾秀玲催他抓紧时间联系一下，看对方有无兴趣参与这个投资项目。

吴尚德回来后，对小乔讲了贾秀玲计划投资办医院的事情，并且让她上班后去找她的闺密菲菲，让她问问那个煤老板李茂才是否有意投资这个项目，小乔信心满满地答应下来。

第二天下午，吴尚德突然接到了李茂才打来的电话，他在电话里笑呵呵地说："吴主任，您说的那个事菲菲今天和我说了，我非常有兴趣，过几天我去北京复查身体，我们见面好好聊聊。"吴尚德听他说有兴趣投资自然也很高兴，马上给贾秀玲打了一个电话，告诉了李茂才想投资的意愿，并开始为未来的事业勾画发展的蓝图。

到了约定的日期，贾秀玲特意把自己的女朋友从东北请过来，那个手里有房产资源的朋友带着他的妻子也一同过来参会，李茂才和菲菲，吴尚德和小乔，八个人坐在一起，共商大事。

贾秀玲把聚会的地点选在东来顺饭庄，说这意味着未来的发展一定会红红火火，大家就投资建设医院的可行性和发展前景进行了认真的研讨，最后一致同意，有钱的出钱，有地的出地，有技术的出技术，共同把这所医院建设成为一所模范医院。

在医院领导层面的安排上，贾秀玲提议，因为李茂才出资最多，所以，让他担任董事长。但是，李茂才表示，自己的事情太多，担任董事长恐怕没有时间来参与管理，他建议让贾秀玲担任董事长，还有吴尚德有技术、懂管理，又有当领导的经验，所以，请他来担任院长，贾秀玲的朋友可以担任医院的副职并兼管医院的人事，至于自己嘛，他指着菲菲说，可以让菲菲代表自己担任财务部经理，掌管财权。大家认为这个人事安排意见基本可行。只有菲菲噘着嘴说，自己对财务一窍不通，即使现上轿现扎耳朵眼恐怕也来不及，她挽着小乔的胳膊说："不如我当财务部经理，让小乔姐姐当我的助手，她是正经名牌大学生，水平高，可以帮助我。"小乔为生孩子的事儿正想离开供职的单位，听了闺密的话自然没有意见，她没有急于表态，而是用征询的目光扫向众人，想看看大家的反应。在座的众人都觉得菲菲这个建议很好，一致同意。最后，根据各自的情况进行了任务分工，并明确了完成期限。见今天的会议圆满顺利,贾秀玲高兴地举起酒杯对大家说:"我们今天是八仙过海,各显神通,为我们的合作共赢奠定了一个良好的开端。希望我们齐心协力,携手并进,为实施宏伟的蓝图,为创造我们美好的未来干杯!"

第十一章　患难真情

　　从桂林旅游归来，玉梅的心情虽然舒畅了许多，但是，一时半会儿之间，还是难以彻底释怀，白天上班的时候工作忙忙碌碌，无暇考虑其他，但是，下班回到家以后，孤灯暗淡，人去屋空，和虎子相对而坐，一阵阵的酸楚不由自主地涌上心头，不争气的泪水吧嗒吧嗒地滴落在课本上，虎子见玉梅伤心，经常还安慰妈妈，说自己已经长大了，有他在妈妈身边一定保护好妈妈。看见虎子虽然年幼但很严肃的表情，玉梅的心得到了极大的安慰。对！有虎子在我身边我不孤单，我一定要把虎子培养成人，让他成为对国家有用的人才。为了虎子我一定要坚强起来。

　　玉梅报考的是中文专业，自从开学以来，她觉得书本为她打开了一片崭新的天地，她如饥似渴地扑进知识的海洋里，迎着风浪，奋力拼搏向前。她知道自己的底子薄、基础差，要想取得好成绩，就必须付出比别人更多的辛苦和汗水。在家自学的时候，她认真听课，做好笔记，按时完成老师布置的作业，集中授课的时候，她也是克服一切困难，风雨无阻，不放弃任何一次可以当面向老师请教的机会，每次下课以后，她几乎总是最后一个离开教室，因为她总想把学习中遇见的难点问题和不清楚的地方，当面向老师请教明白。很快，玉梅的勤奋好学就在学校的师生中间传开了，大家纷纷向她投来敬佩的目光。

在一次集中授课时，老师讲解乐府诗《孔雀东南飞》，当讲到焦仲卿夫妻一个举身赴清池，一个自挂东南枝的时候，老师声音哽咽、泪盈双眶。玉梅由诗中的故事联想到自己的不幸婚姻，特别是老师声情并茂的讲解，让她也不自觉地嘤嘤啜泣起来，老师以为学生是为自己伤感，连忙擦干眼泪解释说："同学们千万不要为我伤心，我的婆婆对我很好，也非常喜欢我，我就是同情焦仲卿夫妻的不幸遭遇才流泪的。"玉梅当然不会说由于自己的不幸婚姻导致自己的伤悲，她称赞老师讲课水平太高了，让人不由自主地流出了同情的泪水。后来，老师讲课讲哭了学生的事情，被学校当作一件夸耀学校教学质量优秀的范例大肆宣传，而玉梅在学校的知名度也迅速提升。

玉梅去学校上课的时候，经常会遇见一位大眼睛、高鼻梁、面色黝黑、身材偏瘦，脸上总是挂着微笑的中年男子，送热水、锁门、打扫卫生，整天不识闲儿地在学校里面忙碌，见到老师和同学们也总是笑脸相迎，见面的机会多了，经常碰面点头示意或者打声招呼，时间长了，就混成了半熟脸。听学校的老师和同学们讲，这位管后勤的老师姓童，大家都习惯称呼他为老童，由于玉梅经常是最晚离开教室的学生，而老童必须等到教室没有人了，才能打扫锁门，所以，两个人碰面的机会明显多于其他同学。有时候见到老童不能像其他老师一样下班走人，总要等自己走了才能打扫卫生，她非常不好意思地向老童道歉，而老童从没有一句怨言，也从来没有催促过她，总是笑呵呵地说，没有关系，为老师和同学服务是自己应尽的义务。有的时候玉梅过意不去，如果没有其他事情，也会帮助老童打扫打扫卫生，老童连忙推辞说不用了，自己一个人就行了，见玉梅执意要帮忙，也是连声向玉梅道谢。在相互熟悉了解的过程中，也就彼此不再拘束，聊起了一些家长里短的事情。

老童告诉玉梅："老伴因病过世了，现在，家里就我一个人过活，一个人吃饱了全家不饿，所以，你也不用心里过意不去，我早点晚点回家都没有关系，倒是你，肯定家里家外事情不少，你上完课早点回家，不用老是帮我打扫卫生。"玉梅叹了一口气，告诉老童自己也离婚了,现在自己一个人带着儿子生活。老童关切地问:"那你出来上课孩子谁帮你照看?"玉梅说,有时候放在邻居家,有时候就把他锁在家里,孩子已经大了,不用特别担心了。老童却一改往常的笑脸,严肃地对玉梅说:"孩子的事儿是大事,千万别放松对孩子的管教,我就是放松了对孩子的管教,致使她走上了犯罪的道路,现在真是追悔莫及。"

玉梅见老童提起孩子一副摇头叹息,愁锁眉头的样子,与平常的样子判若两人,不由得心中大惑不解,她想问又不好问,一时不知道该如何接老童的话茬。老童见到玉梅一副好奇的目光,深深叹了一口气,把自己的家丑告诉了玉梅。

原来老童两口子生了一个女儿后,因为妻子的身体原因不能再生育了,所以,夫妻两个非常溺爱这个孩子,从小就娇生惯养,不爱读书,并养成了好吃懒做、喜欢攀比的坏毛病,因为学习成绩不好,还留过级。前几年老伴的肾病越来越严重,隔三岔五地就要去医院透析,自己这边忙于学校的工作,那边又要照顾生病的老伴,两头一忙,结果对闺女的管教就更顾不上了。闺女也乐得自由自在,整天不好好上课,而是和校里校外的一帮不良少年混在了一起,他们经常在一起抽烟、喝酒、打架,自己曾经说过她几次,但是,效果也不大。有一次,他闺女和一帮不良少年一起拦路抢劫,用刀子重伤了对方,因为不满十六周岁,所以,被从轻判处了有期徒刑,老伴闻听此消息,病情加重,就此一命呜呼了,每当想起这些往事,老童就后悔不迭,老话说,养不教,父之过,他觉得孩子走上犯罪道路,自己也有不可推卸的责任,所以,作为家长,千万不可放松对孩子的管理,否则,到时候后悔也来不及了,自己就是一个活生生的例子。

老童讲完闺女的遭遇,又用关切的语气对玉梅说:"你的孩子还小,一定不能放任自流,如果你信得过我,上课的时候,可以把孩子带过来,我帮你照顾他,也免得你分心。"玉梅听说老童肯帮忙照顾虎子,自然很高兴,但是,又怕给老童增添麻烦,老童对玉梅挥挥手说:"有什么麻烦,不就是督促孩子做做作业,辅导一下他的功课,这点小事我能行,即使我不会了,学校这么多老师,让谁帮忙指点一下不就行了。"

有了老童的允诺,玉梅上课的时候,时常把虎子也一起带过来,既不用担心虎子没有人照顾,也不用担心孩子的作业没有人辅导,老童也兢兢业业地按照自己答应玉梅的事,认真照顾好虎子,有时候,还给虎子买一些小玩具和零食吃,虎子和童大爷越混越熟,不知不觉也喜欢上了这个童大爷。

真正让玉梅感动的是两件不起眼的小事儿,让她看到了老童对自己的一片真心和他善良的心地。有一次,下课以后突然电闪雷鸣,下起了暴雨,玉梅没有带雨伞,正在发愁的时候,老童把他的雨伞递给了玉梅,玉梅问他雨伞给我了那你怎么回家?老童说,自己还有一件雨衣,放心吧,淋不到我。下一次上课的时候,玉梅到办公室把雨伞还给老童,老童正巧不在办公室,办公室里替老童收下雨伞的一位老师打趣玉梅说:"老童没有说假话,还真有英雄救美的壮举呀。"玉梅不明就里,忙问是什么意思。那位老师告诉她,上次老童因为把雨伞给了你,他下班以后披着一块塑料布回去的,因为风狂雨大,浑身都被淋透了,回家就感冒发烧了,同事们问他:办公室里有雨伞,为什么不打伞回去,他说把伞借给更需要的人了。大家逗他,是不是学习许仙,把雨伞借给白娘子了,老童当时还矢口否认。听老师拿自己和老童开玩笑,玉梅的脸一阵发烧,急忙退出了老童的办公室。虽然当时对老童还没有其他想法,但是,内心对老童的好感无形之中增添了几分。

还有一次发生的看似虽小,但是体现老童为人关怀备至、体贴入微的事情更加深深打动了玉梅。有一次,玉梅上课回来,家门钥匙怎么也找不到了,玉梅回忆了一下,觉得可能落在教室里了,就给学校打了一个电话,让他们在教室里帮忙找一找。过了一会儿,老童给玉梅打来电话,说钥匙找到了,马上给她送过来。老童打了一辆出租车专程来送钥匙,玉梅当时很感动,要留老童吃饭,他说家里还有病人要照顾,水都没有喝一口,就匆匆忙忙走了。玉梅当时很纳闷,他家里就一个人,怎么还会有病人需要照顾,不过是找个托词罢了,可以理解。后来玉梅去学校上课的时候听其他老师说,老童听说玉梅钥匙找不到了,是把几个垃圾桶翻了一遍才翻出来的。

学校的校长是个和蔼可亲的老大姐,听学校的老师们讲了玉梅和老童的情况,主动当起了月老,给两个人牵起了红线。玉梅通过一系列的小事觉得老童这个人待人真诚友善,是个值得托付终身的人,特别是老童面对生活的压力,从来没有见他愁眉苦脸,唉声叹气,脸上总是挂着真诚的微笑,说实话,他的乐观精神,对待生活的积极态度也感染了玉梅,听其他老师讲,老童对待生病的妻子关怀备至,虽然拖累了他十几年,可是老童毫无怨言,自始至终精心照顾她,直至去世。老童对待家人的这份爱心和豁达乐观的精神,让她对生活重新充满了信心和希望,所以,在校长征求她的意见时,她点头默许了。

老童对玉梅的印象也非常好,他认为玉梅有上进心,孝老爱亲,豁达大度,心地善良,是一个可以相伴到老的女人,他内心一直有这个想法,但是,考虑到自己比玉梅的岁数大一些,而且自己的家庭条件又不好,为了给前妻治病,还借了不少债,所以,心里的爱慕之情一直没敢开口向玉梅表白,现在校长替自己把这层窗户纸捅破了,内心虽然是一百个愿意,可是,又怕拖累玉梅。校长见他吞吞吐吐的样子,以为他不愿意,不禁有些生气:"怎么,人家玉梅那么好的条件,人品又好,打着灯笼也难找的好媳妇,你还挑剔,我告诉你,过了这个村,恐怕就没有这个店了,你可别到时候后悔。"老童红着脸嗫嚅地对校长说:"校长,我不是那个意思,我知道玉梅是个不错的女人,我也很喜欢她,可是我的家庭条件您也知道,我是怕配不上人家。"校长一听是这个原因,揪着的心才放了下来,她呵呵一笑说:"这个你放心,人家玉梅喜欢你的人好,已经答应和你交往了。"老童听说玉梅已经愿意了,自然心里乐开了花。

两个经历过生活苦难的人没有花前月下的缠绵,也没有山盟海誓的许愿,更没有一掷千金的豪爽,只有心灵上的沟通和彼此萌生的好感。通过一段时间的交往,相互之间了解也逐渐加深,玉梅在心里已经接受了老童的感情，她也隐隐感觉到了老童心里对自己的一份真切的感情，她曾经有意无意之间暗示老童，两个人已经彼此相互接纳了对方，可以水到渠成地办理结婚手续了，但这种事情毕竟不能让一个女人先开口求婚，提出要求，她相信，相爱的人之间心有灵犀，老童一定知道自己想要什么。可奇怪的是老童每次遇到结婚这个话题的时候，总是遮遮掩掩，含糊其词，好像有什么难言之隐，玉梅心里暗暗有些不快，难道是老童对自己不满意？难道是老童心里还另有意中人？玉梅问了自己无数个为什么，但是依照自己对老童的了解，她觉得这些问题都不存在，那老童心里究竟隐藏着什么不可告人的秘密？这个谜团一直萦绕在玉梅的心中，让她百思不得其解。老童从玉梅的话里话外和她的表情中自然也洞悉了她的困惑，终于在一个月白风清的夜晚，老童把憋在心里的话告诉了玉梅。

老童吞吞吐吐地告诉玉梅，自己是真心实意地喜欢她，能够下半生与玉梅这么好的女人相伴到老是自己修来的福气，但是，他非常害怕和玉梅结婚后会拖累他们娘俩，所以，虽然结婚戒指已经早就给玉梅买好了，向玉梅求婚的念头也憋在嗓子眼好久了，几次想表白，但却一直没有勇气说出来。

玉梅见不得老童这种说半句留半句不痛快的做派，她直截了当告诉老童，希望你心里有什么话尽管说出来，相爱的人之间应该彼此坦诚相见，不要藏着掖着的。如果真遇到什么难事了，你也不用害怕，我们一起面对挑战。如果彼此之间连最基本的信任感都没有，那婚姻还有什么存在的价值。老童见玉梅已经把话说到了这个份儿上，也就竹筒倒豆子——不藏不掖地把实情告诉了她。

原来老童的前妻是家里的独生女，前妻的父母都在工厂上班，因为所在的工厂生产经营不景气，所以，都提前办理了退休手续。前妻的父母因为身体不好，经常去医院打针吃药，但是，由于工厂亏损，拖欠了许多医药费不能报销，前妻的父亲几次去厂里财务科报销医药费，但是，财务人员总是以厂子里面没有钱为理由把他打发回来。后来，老人一气之下，拿着一把医药费单据，直接找到厂长——自己过去的徒弟——要求报销医药费。厂长当时正在工厂食堂的小餐厅陪着客人吃饭，听说自己师父找上门来，不好不见。

老人开始还是心平气和地央求厂长看在多年师徒的情分上，把这些医药费给报销了。厂长赔着笑脸说："师父，不是不给您报销医药费，现在厂子里的经济效益不好，亏损没有利润，连正常的工资发放都很困难，您再容我一段时间好不好，等厂子里挣钱了，您放心，我头一个给您报销医药费。"老人很无奈地说："我们两口子的退休金本来就不高，现在又压了这么多钱报不了，我和老伴都没有钱看病吃药了，你多少给报销一些，也不枉咱们师徒一场。"厂长见师父打起了亲情牌，也马上如法炮制："师父，厂子里现在是什么情况您老心里都清楚，您徒弟当这个厂长在外人看来好像很风光，其实谁难受谁知道，您徒弟也是哑巴吃黄连——有苦难言。在这个困难时候，当徒弟的特别希望师父您能理解支持我，给全厂的退休人员起个表率作用，带头扶植您徒弟一把。"老人气愤地指着小餐厅说："你老是说厂子里经济效益不好，没有钱，那你怎么还在这里大吃大喝，你吃饭有钱，给师父报销医药费就没有钱了，小心我去上级那儿告你。"

厂长一听这话，心里窝的火一下子蹿上来了，原来最近厂长费了好大劲，托关系找一个大客户，准备一起合作搞个新项目，今天特意请客户来厂子参观并在食堂招待一下，请客的钱还是厂长自掏腰包垫支的，一听师父不但不理解支持自己，还威胁要去告状，他也气呼呼地说："您爱去哪儿告就去哪儿告，我没做亏心事不怕鬼叫门，实话告诉您吧，今天就是我亲爹来了不能报也是不能报，至于什么时间能报，您回去等厂子里的通知吧。"这时候，厂办主任过来请厂长赶紧过去陪客户，厂长起身匆忙而去。

望着厂长消失的背影，回忆过去对自己百依百顺的徒弟今天对自己不恭不敬的言行举止，老人的高血压病当场就发作了，一下子摔倒在地上，可巧的是当时厂长办公室里面没有人，等到厂长送走客人回到办公室才发现躺在地上的师父。厂长急忙派人叫救护车，把师父送到了医院。经过抢救，老人的命是保住了，但是，由于脑血管出血，治好了之后，落下了偏瘫的毛病，由于老童的岳母身体也不太好，所以，照顾岳父母的责任责无旁贷地落到了老童和前妻的身上。因为前妻也患有肾病，家里家外这些愁心的事让她的病情不断加重，女儿误入歧途，更是让她的身体雪上加霜。在生命的最后一刻，她紧紧拉住老童的手，眼含着泪水，声音哽咽地说："老童，我知道我没有几天活头了，遇见你这么一个知冷知热疼我爱我的老公，这辈子我很知足了！我现在唯一放心不下的是我的爸妈和咱们的女儿娇娇，我父母他们岁数大了，身体又不好，我也没有兄弟姐妹，我走了，只能靠你来照顾他们了，娇娇是个好孩子，你一定要把她抚养成人，让她走上正道。老公，你能满足我一个临死之人的最后一点心愿吗？"

老童握住前妻瘦骨嶙峋的手，泪水盈眶，他语气坚定地向妻子保证："你放心，我会把你的父母当作我亲生父母一样，照顾他们一辈子！我也一定会把娇娇培养成为一个有出息的好孩子！"

妻子苍白的脸上现出一抹红晕，她微笑着说："我就知道我的老公是一个说话算话的好男人，有你这句话，我在九泉之下也就安心了。"

老童含泪讲述完前妻临终的嘱托，他告诉玉梅，为了完成前妻的嘱托，他现在每周在自己的父母和前岳父母家两边跑，如果和玉梅结婚了，无形之中给玉梅增添了很多的负担，所以，这才导致他迟迟不敢开口向玉梅求婚。

玉梅听老童讲清楚了事情的原委，心情久久不能平静，她动情地向老童表白："我喜欢你这种重情重义说话算话的好男人，你放心，我会和你一起完成你前妻的临终嘱托。"

老童眼含着热泪，一把抱住玉梅，激动地说："玉梅，你好了不起，真是打着灯笼也找不到的天底下最好的媳妇。"

在结婚前，两个人商议一些具体的结婚事宜，其中最主要的就是住房的事情，老童不好意思地把家里的住房情况向玉梅交了底。

老童说："我家里有兄妹三个，上边有一个哥哥，下边有一个妹妹，父母租住房管局的三间房，是个混杂的四合院，哥哥已经结婚，占了一间，父母住一间，妹妹小兰是个女孩，自然也占了一间。后来妹妹成家了，按理说应该把房子给我腾出来，可是，我妹夫是外地人在北京当兵，转业之前和我妹妹结的婚，因为婚后没有住房，所以还继续和父母挤在一起。后来，妹夫单位分了房子，妹妹一家就搬走了，但是，一来因为孩子小没有人看，一直是我爸爸妈妈帮忙照看，为了便于妹妹他们两口子回来照顾孩子，房子也一直给他们留着。二来随着孩子逐渐长大，因为我父母的房子是学区房，所以，我妹妹的户口和孩子的户口一直没有迁走。当年我妹妹的孩子上户口的时候，派出所要求如果大人和孩子不在这里住，户口不能上在这里。为了证明妹妹一家人一直住在这里，他们隔三岔五也回去住一住，我也不好意思去催促妹妹他们搬走。我和我的前妻结婚以后，因为我的前妻是个独生女，家里老人需要她的照顾，正好我也没有房子，所以，结婚以后我就一直住在我的岳父母家里，现在我们要结婚了，去住在我的前妻家里肯定不合适，不行就回去找我爸妈说说，让他们劝劝我妹妹把房子腾给咱们。"

玉梅听完老童介绍他家的情况，轻声安慰他："你先别着急，我这里不是还有一间房吗，婚后先住在我那里，虽然挤一些，但是，总比没有强，你看如何？"

老童脸色微红有些不好意思地说："你看，结婚了应该由我来照顾你，可是我连个房子都没有，还要打扰你，真的不好意思。"

玉梅爽朗地一笑说："你就不用和我客气了，一家人不说两家话，再说了，只要我们努力，我们的日子一定会好起来的。"

老童用力点了点头："你放心，我一定对你好，把虎子当作我亲生孩子一样，和你一起培养他长大成人。"

玉梅对未来充满了憧憬："等孩子们长大了，我们攒点钱可以去郊区买房，那里的房子便宜。"

见玉梅提起买房的话茬儿，老童的大脑瞬间灵光一闪，他用力拍了一下自己的脑门，自怨自艾道："哎哟，你看我真糊涂，怎么把这个事儿忘到脑后了。"

玉梅见老童溢于言表的喜悦之情，急忙追问有什么事情让他这么高兴，老童兴奋地对玉梅说："你提起买房的事儿，我突然想起一件事儿，前些日子我听我大哥说，我们家那块地马上就要拆迁了，因为地理位置好，听说补贴不少。我的户口也在那里，肯定能拿到一笔钱，到时候我们就可以拿这笔补贴的钱去买房子了。"

听见这个喜讯，玉梅也十分欢喜，她高兴地说："那太好了，买个大一点的房子，可以把你的父母接过去，让他们安享晚年。"

老童没有想到玉梅这么通情达理，说出了他想说而没好意思说的心里话，他大哥因为身体有病，已经提前病退，自身照顾不暇，哪有精力照顾父母。妹妹早已经出嫁，赡养父母的责任肯定要落到自己的身上，只是刚刚结婚就和玉梅说这件事，一来没有房子，二来怕玉梅不愿意，影响夫妻感情，但是父母年纪大了，赡养的事情肯定要提上议事日程，就在他首鼠两端之际，万万没有想到玉梅竟然主动提了出来。老童激动地握住玉梅的手说："玉梅，你真好！我回去就和我父母说，让他们也为我娶到这么一位通情达理的好媳妇而高兴。"

结婚的事情顺水推舟，一切都进展得很顺利，虎子对这位童大爷也很熟悉了，所以，新的家庭组建以后，相处非常融洽，老童主动承担了家务，而且对玉梅和虎子也关爱有加，支持玉梅全身心投入学习工作。玉梅结婚前和老童的父母见了一面，老童的父母对这个儿媳妇也很满意，说老童意外捡了一个宝。

一天傍晚，下班后的老童一进门就兴奋地把玉梅抱了起来，他大声地对玉梅说："媳妇，告诉你一个好消息，我们家那块拆迁的事儿已经定下来了。"玉梅有些害羞地挣脱了老童的怀抱，也是一脸喜色地追问了一句："这是真的，消息确实吗？"

老童粗声大气地说："当然是真的，居委会已经发通知了，我爸妈让我们本周六回去，一家人坐一起，商议一下拆迁款分配的事儿。"

周六上午，温暖的阳光隔着玻璃窗照在屋内，冬日暖阳给室内送来了一缕春意，屋子中间的煤球炉子上放着一把烧水的大铁壶，壶嘴中冒出的一缕缕水蒸气在空气中袅袅上升，淡淡的茉莉花茶的香气在室内弥漫，老童一家人聚集在一起，欢声笑语在室内回荡。

老童的父亲和母亲坐在靠墙八仙桌的两侧，看了一眼围坐在一起的一家人，喜滋滋地开了口："今天把你们全都找回来，是为了咱们家拆迁的事，前几天居委会已经正式通知了各家各户，开春就要拆迁了，国家是按照现在的户口分配拆迁款，我和你妈的意见，谁名下的拆迁款谁拿走，我和你妈的拆迁款除了给孙子留下上大学的钱，剩下的我们和谁住就补贴给谁家用，想听听你们的意见。"

老童的大哥先开了口："爸妈分配得很公正，我们没有什么意见。"大哥的儿子接过话头突然问了一句："爷爷，如果我考不上大学，那这个钱还给不给我？"

爷爷哈哈一笑说："我的宝贝孙子考不上大学，那就等你结婚的时候给你当聘礼用。"

老童见大哥没有意见，也急忙表态说："我们也没有意见，一切听爸妈的安排。"小兰见两位哥哥没有意见，而且自己的父母能够做到男女不偏不倚，一视同仁，自然更不说二话了。

老两口见一家人和和气气，其乐融融，老童的父亲急忙对老伴说："孩子们今天都在，你赶紧去买点好菜，中午我们一家人在这所老房子里再吃一顿团圆饭。"

玉梅急忙起身说："别让我妈去了，我和老童去买就可以了。"老童的母亲劝阻说："孩子，你歇会儿，你不知道你爸爸和你大哥他们爱吃什么，还是我去买吧。"玉梅见婆婆说得在理，自己已经融入这个大家庭了，还真的需要了解一家人的口味爱好，她急忙改口说："那好，我陪您一块去买菜。"

大哥的媳妇见玉梅陪婆婆出了门，悄声地问丈夫："你说老二的媳妇会不会想把咱爸妈接走，再多拿一份？你想着和爸妈说，让他们住在咱们家，千万别让老二的媳妇把便宜全占了。"大哥微微一笑说："你什么也不用说，我心里有数。"

走在路上，老童的母亲爱怜地对玉梅说："老二回家都对我们说了，难得你有这份孝心，你放心，你的孩子我和你爸爸也不会亏待他们的。"玉梅急忙解释说："妈，您放心，就是您不给我们拆迁款，我和老童也一样会养你们老,这是我们做儿女的应尽的义务。"

老太太叹了一口气说:"你和老二都是好孩子,我们没有什么可担心的,就是老大平时总爱占个小便宜,我还怕他今天会出什么幺蛾子,没想到今天也这么痛快。"玉梅善解人意地劝慰婆婆:"妈,您就放心吧,我们不会和大哥他们争拆迁款的,大哥身体有病,这么早就下岗了,您就是多给大哥一些,我们也没有什么意见,让他早点把病治好,比什么都强。"

中午饭有鱼有肉,非常丰盛,老童的父亲还把自己珍藏多年的一坛状元红取了出来,看了孙子一眼说:"这酒还是生你的时候烧的,我们老家有个习惯,生了儿子要烧一坛酒,等儿子中状元的时候喝,所以叫状元红,生了女儿也要烧一坛酒,等女儿出嫁的时候喝,所以叫女儿红,我自我感觉让病拿得身体一天不如一天了,不知道还能不能等到我孙子中状元的那一天了,不如趁着今天这个全家团聚的日子,提前把它喝了。"老伴嗔怪地白了他一眼:"还没有喝酒就说胡话,什么死呀活的,今天团聚的日子你就不兴说点吉利的话。"老童也接过母亲的话茬说:"就是,爸爸你今年还不到八十岁,等我们的拆迁款下来了,我们买个大房子把你和我妈妈接过去,让你们安享晚年,长命百岁!"老大媳妇一听老二要把爸妈接走,这是要抢爸妈拆迁款的意思呀,急忙插话说:"孝敬父母是儿女的责任,我们作为长子也义不容辞。"玉梅一看要起内部纠纷,急忙出来和稀泥:"大嫂,我们没有争父母拆迁款的想法,我们就是想让父母晚年幸福快乐,即使没有拆迁款,我们也会赡养父母到老。"

"你说得好听,恐怕心里打的……"没有等大嫂说完,大哥一伸手把大嫂拉回到椅子上:"别说了,我们都是为了父母晚年幸福,只要父母高兴,不管住在哪里,我们都要尽赡养义务。"

见家人起了争执,老童父亲赶紧说:"你们不要争了,我们安享晚年那是以后的事情,今天你们兄弟姐妹相聚在一起,希望你们要永远相亲相爱,千万别忘了兄弟姐妹的情分。"说完这句话,父亲把目光转向大哥,深深地瞥了他一眼。大哥脸上的肌肉抽缩了一下,急忙举起酒杯站起身表态说："爸妈的话我们都记住了，我有个提议，这次拆迁居委会要求每家出个代表，我觉得爸妈年纪大了，身体又有病，二弟还要上班，妹妹上班也没有空，只有我现在病退在家，不行你们都去忙，我来当这个代表，把所有的手续都交给我去办，钱先放到我的账户里，等办完了我们再坐下来按照爸妈说的办法分配。"在座的所有人仔细地品味了一下大哥的提议，这个要钱的事需要和人去磨、和人去耗，该软的时候软、该硬的时候硬，既需要随机应变的能力，也需要时间，有大哥这个闲人去张罗奔忙确实省去了大家不少时间。但老童却提出了反对意见，他说我们已经在郊区看中了一所房子，过些日子就要付款了，能不能把我们自己应得的那份拆迁款直接打到我们的账户上，因为售楼处的工作人员说一次交款优惠的力度大，再说了我们只是交了一个预付款，如果到期不补齐房款，有可能房子就转手卖给别人了。

大哥听了，脸色有些不快："兄弟，你还信不过你大哥，咱们先把钱拿到手，然后再踏踏实实地分配，也不急在这一两天。再说了人家拆迁办都是对每户，也不对每个人，你提这样的要求，不是给人家找麻烦嘛。"

老童急忙分辩说："我的想法不是让拆迁办针对咱们家每个人，而是说打款的时候可以分别往几个账户里面打款，这个应该不难。再说了钱拿回来不也是要分到每个人手里吗？"

小妹也插话说："我也觉得二哥说得有道理，反正早分晚分都是分。"

大哥用不容置疑的口气说："你们要是信得过我，我就去跑这件事，要是信不过我，我还不去受这个累，这件事需要去上下打点，到处张罗，是个费力不讨好的差事，如果二弟和小妹看着眼热，我可以让给你们，但是事情办砸了，咱们到时候也得说道说道。"

老童父亲见钱还没有到手一家人就起了纷争，心里多少有些不快，看见老童还要争辩，当即就板起脸，打断了兄弟两个的话头儿："行了都别争了，都是自家亲兄弟，谁还信不过谁，再说了我们老两

· 204 ·

口还在，你们信不过谁也信得过自己的亲生父母吧。钱还没有到手你们就吵成一锅粥了，传出去也不怕左邻右舍笑话。"

老童见父亲不高兴的样子，也不想惹父母生气，就没有再往下说，大哥见父亲没有向着二弟和小妹说话，有些扬扬得意继续不依不饶："我觉得爸爸说得对，老话说，打虎还需亲兄弟，上阵还需父子兵，我们一家人还……"

"行了，老大你也少说两句吧，没有人把你当哑巴卖了。"父亲见老大还有些得理不饶人的架势，急忙打断了老大的话头。"我们老两口还在你们就闹得鸡飞狗跳，等我们走了你们还不得兄弟反目成仇人。老话说，兄弟同心，其利断金，从小教你们背诵的'融四岁，能让梨。弟于长，宜先知。首孝悌，次见闻'这些话都忘脑后去了。"

父亲声色俱厉地教育了他们兄妹一番，见大家都不再开口说话，又用平缓的口气说："今天这事就不争了，就让你大哥当我们家的代表去做这件事，等钱拿回来再分配。"父亲转过头又叮嘱大哥说："事交给你办，你也得好好上心去办，别做出对不起我们大家伙的事儿，要是让我知道了，我饶不了你。"

听了父亲的叮嘱，大哥拍着胸脯信誓旦旦做了保证，老童见父亲已经拍板作了决定，知道再争也没有什么意义，再者说他也不想惹父母生气，也就偃旗息鼓不再言语了，他举起酒杯提议共同敬父母一杯酒，一场兄弟之间的争论话题又被一片推杯换盏之声所替代。

回到家中，玉梅有些不解地问，今天你爸说的话明显有些伤感的情绪在里面，而且对未来很悲观，他这是为什么？老童长长叹了一口气："哎，他是相信诅咒了，说迷信也是迷信，说真事也是真事。"

"什么事说得这么神秘？"玉梅也被老童说得有些糊涂。

见玉梅一探究竟的表情，老童把他父亲心里所忧虑的事儿一五一十告诉了玉梅。

"我爷爷奶奶生了我父亲他们哥五个，我父亲排行老大，前几年我爷爷患癌症去世了，在郊区买了一块家族墓地，建墓地的时候，我四叔托搞园林绿化的朋友帮忙买了两棵高大的雪松栽在墓地前面，挺拔高耸，枝繁叶茂，引来很多羡慕的眼光。可是，第二年清明节扫墓的时候，突然有一棵雪松无缘无故地枯死了，家人觉得很不吉利。后来我四叔找到那个朋友，询问原因。那个朋友说带根移植的，又是春天植树的季节，按说不应该呀，是不是树木太大了的缘故。后来，在朋友的帮助下，把雪松又换成了塔松。不承想刚过了一年我的奶奶因为体育锻炼过度，突发脑溢血去世了。大家觉得是不是和雪松枯萎有关。让大家感到欣慰的是新种的塔松长势不错，大家这才松了一口气，谁知道，清明节扫墓的时候又出了一件怪事，全家人刚刚松下的一口气，又被提到了嗓子眼。"

老童讲到这里问玉梅："你知道出了什么怪事吗？"

玉梅不假思索地回答："不用问，肯定是新移栽的塔松又死了一棵。"

老童一拍双掌，激动地说："你真聪明，一猜就中。果不其然，清明节扫墓的时候，果真是郁郁葱葱的塔松又死了一棵。全家人都觉得不可思议，不知道厄运将降临到谁的头上，搞得全家人惶恐不安的。不过，大家都把怀疑的目光放在了我父亲的身上，因为他的病情越来越严重，大家都认为他活不了几年了。"

玉梅不解地问："可是你爸爸身体不是很好吗，目前也没有出什么事呀。"

老童长叹了一口气，无奈地说："事情的结果往往出乎人的意料之外，谁都没有想到这次死的竟然是我四叔。"

玉梅也有些吃惊："你四叔年龄不大，也没有什么大毛病，怎么就先走了？"

老童心情沉痛地告诉玉梅："四叔是我们家最活跃的一分子，家里家外的事都是由他去张罗，天天坚持锻炼，身体也不错，可谁知道天有不测风云，在一次外出办事的时候出了车祸，当时就不行了。"

"既然灾难已经落到了你四叔身上，那你爸爸还担心什么？"

老童情绪低落地回答玉梅："塔松死了以后，我们怀疑是树太高的缘故，所以，后来换种了两棵低矮的小松树，去年我们去扫墓，发现

· 206 ·

四叔死后刚刚改种的小松树又死了一棵,所以我爸爸心神不宁,害怕厄运这次降临到他的身上。"

"这些都是你爸爸告诉你的?"

"不是,我爸爸心里犯嘀咕,所以就告诉了我妈妈,我妈妈告诉了我,让我去安慰安慰我爸爸,我妈妈虽然嘴上劝他不要胡思乱想,其实心里也打鼓。就连我心里也一直忐忑不安,生怕我爸爸出什么事儿。"

玉梅听了老童的话,心里也是半信半疑,她安慰老童说:"这种诅咒的说法你也别太相信,等我们买了新房,把他们二老接过来,让他们过几天踏踏实实不用担心的好日子。"

老童有些愧疚地对玉梅说:"嫁给我没有让你享清福,倒先给你添了一堆事,我心里觉得挺对不住你的。"

玉梅微微一笑:"千万别这么说,只要我们一起努力奋斗,我相信我们的日子一定会越过越好,享福的日子在后头呢。"

由于这是一个国家重点工程建设,所以拆迁的进度很快,街道和居委会的领导都纷纷下到基层,组成工作组做居民的思想工作,并且对先搬迁的多给钱,拖延不搬的少给钱。经过大哥的不懈努力,拿到了政府提前搬迁的奖励款,全家都沉浸在一片喜气洋洋之中,老童回家还给玉梅讲述了一个发生在胡同里的离奇故事。

隔壁的李大爷在拆迁开始的时候突然去世了,李大爷早年丧偶,自己独自一人又当爹又当娘把三个孩子拉扯大,三个孩子长大后翅膀硬了,都飞走了,李大爷孤身一人生活没有人照顾,三个儿女联合出钱,给李大爷雇了一个住家小保姆照顾他的日常生活起居。李大爷去世后,三个子女回来分补偿款,谁知道小保姆拿出了和李大爷的《结婚证》,说李大爷临终前有遗嘱,这套房子赠予了妻子,补偿款应该由妻子继承。三个子女不答应,说遗嘱是假的,是小保姆采取欺骗手段伪造的,结婚的事情他们三个子女事先一点也不知情,再说了你一个二十多岁的大姑娘嫁给一个七十多岁的老头子,图的是什么?肯定是贪图我爸爸的财产,《结婚证》肯定是小保姆知道拆迁的事情之后,趁着老人糊涂之际，用欺骗手段取得的。

玉梅好奇地问："那三个子女有什么证据证明李大爷的《结婚证》是假的？"

老童说："他们一口咬定是小保姆的动机不纯，肯定是趁李大爷病重糊涂期间采取欺骗手段，骗取李大爷一起领取了《结婚证》，否则结婚这么大的事情，三个子女怎么一个也不知道。街道和居委会调解了几次，也没有得到双方的认可，现在这件事已经闹上法院了。小保姆在法庭上说三个子女根本就不管李大爷的死活，平常李大爷的一切都是她来照顾，李大爷临终前住院期间，也没有见到他们的身影，都是她一个人里里外外地侍候李大爷，李大爷见三个子女不孝，气愤之余，这才立了遗嘱把财产赠与我的。领《结婚证》是为了更好地侍候李大爷，而且领证也是在房屋拆迁前我们去民政局一起领的，民政局的工作人员可以做证，没有欺骗行为。"

"那法院怎么判的？"玉梅急于想知道结果。

"现在还没有判，估计最后就是和和稀泥，既不可能全给小保姆，也不可能让她一无所获。"

"唉，为了金钱什么也不顾了，早知今日何必当初，三个子女把李大爷照顾好了，哪有今天的事儿。"玉梅对此颇有感慨。

"行了，媳妇，别人家的事儿我们也别咸吃萝卜淡操心了，我们等大哥把钱拿回来，马上去交钱，简单装修一下，就赶紧搬过去，反正我们家不会像李大爷家一样，让别人看笑话。"

夜深了，窗外的朔风裹挟着粗大的雪粒吹打在窗户上发出了噼里啪啦的响声，一股寒气从窗外袭来玉梅不由得把身子往老童的怀里缩去。"当当当"，突然一阵急促的敲门声打破了寂静的夜空，吓得玉梅一哆嗦。"谁呀？"老童用不友好的语气对窗外问了一声。

"二哥是我，我是小兰，咱爸病危住院了，你赶快起来去看看吧。"

一听老父亲病危，老童腾的一下跳下了床，披上衣服急忙把门打开，只见妹妹冻得脸蛋通红，两只眼睛像刚刚哭过的样子，老童把老妹让进屋子急切地问:"咱爸前几天我去看还好好的,怎么突然就报病危了。"

小兰带着哭腔说:"这件事一言难尽,我一会儿慢慢和你说,我们先去医院吧。"

玉梅见小兰急成这样,不由得也担心起来,她催促老童说:"你赶紧和小兰去医院吧,需不需要我和你一起去。"

老童说:"你在家照顾孩子吧,我和小兰先过去,有什么事我们再联系。"

老童急匆匆穿好衣服,和小兰一起消失在茫茫的风雪之中。玉梅呆呆地望着漫天的飞雪,思绪陷入一片混乱和迷惘。

正当玉梅坐卧不安地在家里胡思乱想的时候,老童骑着自行车,后座带着小兰,冒着大雪奋力向医院驶去。沉睡的夜晚街道上一片寂静,漫天飞舞的雪花把喧嚣的城市变成了白茫茫的世界,老童用力睁大被雪花眯住的双眼,问小兰父亲为什么突然就病危了。小兰抽泣着说:"我今天下班过来接儿子,下雪了,路不好走就住下了,半夜正在睡觉,突然被妈叫醒了,说咱爸不行了,要我赶紧打电话叫救护车,我问为什么不把大哥找来,咱妈说就是你大哥那个挨千刀的不孝儿子给害的。救护车来了,咱妈陪着去的医院,让我赶紧来叫你过去。"

听小兰说母亲骂大哥不孝,老童心里咯噔一下,忽然涌出一种不祥的预兆,他猜想一定是因为拆迁款分配的事大哥把老爸气病了,一会儿要好好和大哥谈谈,千万别为几个钱把老人身子气坏了,我们赡养老人可以不要老人的拆迁款,这个道理和大哥一家人见面就要讲清楚,别让他们以为我们养老人是为了钱。他安慰小兰说:"你先别着急,一会儿我见了大哥先和他谈谈,我们少要一些也没有什么,千万别为了钱的事把老人气出个好歹。"小兰哭着说:"妈说大哥一家人已经躲起来找不见了,所以才着急叫你过来。"老童脑袋嗡的一下,找不见了,这是什么情况,他追问小兰大哥一家人为什么躲起来了,小兰说她也不清楚原因,具体情况要问爸妈。老童急得脚下生风,不顾雪天路滑,很快赶到了医院。

老童和小兰急匆匆赶到抢救室，看见母亲坐在门外的椅子上满脸焦虑地凝望室内。老童和小兰疾步走到母亲面前，急忙问父亲的病怎么样了？母亲摇了摇头，表示不乐观。老童问母亲，父亲怎么突然就病危了，前几天不是还好好的吗？母亲听见老童的问话，双眼瞬间就红了，强忍着没有让眼泪流出来，她让老童和小兰在自己的身边坐下，声音哽咽地说："是我们对不起你们。"听到母亲这没头没脑的话，老童有些疑惑不解，他劝慰母亲说："您先别急，有什么话慢慢说。"

"唉，当初你说把钱分开打入你们几个人的账号，我和你爸爸不同意，其实你爸爸也不是没有这个想法，但主要是你爸爸好面子，怕街道拆迁办的人看我们家的笑话，所以还是让你的大哥去当代表办这件事，你爸爸也怕出什么岔子，一直盯着这件事。昨天你爸爸听邻居说拆迁款已经全部发放到位了，就找你大哥让他把钱赶紧送过来，没承想怎么也找不到你大哥的人影了，你爸爸怕你大哥出什么意外，就给熟悉的亲戚朋友打了一圈电话，都说没有见到你大哥的人影。你爸爸有些担心，就去拆迁办问了给我们家打钱的银行账号，到银行一查，这些钱都被你大哥取走了，而且人也找不见了，问你大嫂的娘家，你大嫂也不知道去向了，你爸爸急火攻心，一下子就倒在地上人事不省了，老大这个畜生不仅害了你爸爸，把你们也全都坑了，当初要是听了你的话，早点儿把钱分了就好了。"

听母亲说大哥把钱全部取走了，老童脑袋嗡的一下就大了，感到一阵天旋地转，完了，一切全都玩完了，和玉梅计划好的一切安排全部烟消云散了，他恨不得马上去找这个人面兽心的大哥算账，但是，看到面前悲痛欲绝的母亲和哭哭啼啼的小兰，还有躺在抢救室内奄奄一息的父亲，老童的大脑突然冷静下来，现在家里出了这么大的事儿，正是需要自己当家主事儿的时候，这个时候父母的健康是头等大事，找大哥算账是以后的事情，他劝说母亲先和小兰回家休息，别把身子熬坏了，家里还有孩子，有他在这里就行了，一旦有什么事，他会给家里打电话的。母亲不愿走，想等到有了结果再回去。老童劝说母亲，不用都在这里等，白天还需要人看护，等您回家休息好了，回头再来替我。

在老童的劝说下,母亲在小兰的陪伴下回去了,老童心乱如麻,大哥这样做究竟是为了什么?他拿钱又去了哪里?如果找不到大哥是否需要向公安局报案?父亲能否抢救过来?今后父母亲住在哪里?……一连串的问题在他的脑海中不住地翻滚,门外一阵寒气从走廊中袭来,老童裹了裹单薄的棉衣,萌发了一种不祥的预感。

"谁是病人的家属?"抢救室的门被打开了,一个护士推门出来问了一句。

老童腾地站起身,急切地问护士:"我是病人家属,医生,我父亲怎么样了?"

护士没有回答他的问题:"医生让我请你进去,有事情和你商量。"

老童三步并作两步冲进抢救室,忐忑不安地问道:"大夫,我父亲的病怎么样了?"

医生示意他走到抢救的仪器前,用手指着仪器上的图标告诉他:"你先不要着急,我们已经尽力了,你父亲由于大脑血管破裂,脑部出血过多,已经脑死亡了,现在只有心跳还存在,按照医学观点脑死亡等于人就已经去世了,我们就是想和你商量病人是否还继续抢救。"

老童看不懂仪器的数据,他直截了当地问医生:"大夫您就直接告诉我,我父亲还能不能醒过来。"

医生也斩钉截铁地回复他:"你父亲实际上已经死亡了,继续抢救最好的结果也是终身的植物人,而且像你父亲这种情况,抢救过来成为植物人的概率也是微乎其微。"

老童不假思索地说:"大夫,求求你们继续抢救吧。"

医生冷静地提醒他:"继续抢救可以,但是我要提醒你,一是抢救室的费用非常高,二是你父亲抢救过来的可能性几乎为零。是否继续抢救,请你冷静考虑一下。我们的建议是不要抢救了。"

听完医生的话,老童脑子稍微冷静了一些,他追问医生:"大夫您的意思是说抢救的希望不大,即使抢救过来也是终身的植物人了?"

医生肯定地点点头："按照现在的医学水平，抢救过来的希望几乎没有，而且即使发生奇迹抢救过来了，也是终身的植物人。"

听完医生的话，老童的泪水夺眶而出，父亲临终没有和自己说上一句话，就这样撒手人寰、阴阳两隔了，他本想和母亲商量一下再做决定，但转头一想，母亲这么大年龄了，眼前这么多事聚集在一起，肯定方寸已乱，小兰已经出嫁，大哥音信杳无，只有自己拿主意了。他考虑再三之后，手腕哆嗦着在医院同意停止抢救的一栏里签上了自己的名字。

玉梅在家里也是一夜未眠，她不知道公公在医院的抢救结果如何，也没有接到老童的任何信息，她计划把虎子送走上学就去医院找老童一探究竟。等孩子吃完早饭出了门，玉梅急匆匆把碗筷收拾好，正要去医院找老童，就看见老童垂头丧气走进家门。

玉梅一见老童的表情，心里咯噔一下，一股不祥的预感涌上心头，她着急地问道："爸爸的病怎么样了？"

老童声音哽咽地告诉她，父亲已经去世了，遗体现在正放在医院的太平间里。玉梅有些疑惑地问，父亲怎么突然就去世了。老童一五一十地把父亲被大哥气死的前因后果告诉了玉梅。玉梅乍一听见这个噩耗，眼前也是一黑，一切美好的希望瞬间化作泡影，她着急地问："咱妈知道爸爸去世的事儿了吗？"老童说从医院出来先回的家，已经把这个消息告诉了母亲。玉梅问母亲的情绪如何？老童说母亲已经有了精神准备，目前精神尚好。说到这里老童有些吞吞吐吐地对玉梅说："我妈妈跟我说，我爸爸临去医院前让她转告我，我爸爸这个人争强好胜了一辈子，现在家里出了这么大的事，肯定影响了全家人的生活，但是家丑不外扬，叮嘱我千万别去公安局报案，让大家看我们家的笑话。"说到这里见玉梅一声不吭，老童继续往下说："我爸爸还说，善有善报，恶有恶报，老大做了这些昧良心的事儿，人在做天在看，到头来老天会惩罚他的，让我们暂时咽下这口气，就不要再声张了，我想我们……"玉梅打断了老童的话，"你什么也别说了，我懂老人的心思，我看我们还是商量一下眼下的事儿该怎么办吧。"

老童叹了一口气说："我和我妈妈商量了，小兰自己有家，不用发愁，就是我妈妈住在哪里还没有想好地方。"玉梅接过老童的话茬说："不用想了，把妈接咱们这里来住，虽然拥挤一些，总比住在别人家里遭人白眼好。再说了妈这么大年纪了，身边没有人照顾也不行呀。"老童的眼睛不由得湿润了："玉梅，进了门没有让你享什么福，光让你和我一起受罪了。"玉梅安慰老童说："你千万别这么说，夫妻在一起就是要患难与共，不仅能享福，也要能吃苦。我相信，凭着我们勤劳的双手，我们一定能过上幸福的好日子！"老童激动得一把抱住了玉梅，动情地表白："玉梅，你真好，我童家上辈子修了什么福，今生才娶到你这么一个千金不换的好媳妇！请你相信我，我一定爱你永不变心，和你携手白头到老。"

第十二章　溺爱害子

　　吴尚德和贾秀玲等人合办的中医院很快就顺利开业了，由于吴尚德扬名在外，全国各地的患者都慕名而来，所以，生意非常红火，几年下来，挣了不少钱，为了让岳父母不再小瞧自己，他用自己挣的第一桶金先买了一套两居室的房子，一家三口迁入了新居，虽然不住在一起了，但是他们一家三口经常回去看望老人，为了联系方便，又花5000元初装费，给岳父母安了一部固定电话，并且经常给小乔的家人送钱送物，以换取岳父母对自己的认可。岳父母见女婿有了大出息，自然改变了当初的看法，金宝也经常来打秋风，吴尚德为了让小乔开心，每次也都是慷慨解囊。有一天，金宝突然找上门来要借一笔大钱。
　　金宝在父母的溺爱下，打小就花钱如流水，没有节制，只要没钱了就回家伸手向父母要。为了给乔家培养具有勤俭节约美德的红色接班人，改掉他奢侈浪费的坏习惯，有一次，父母下狠心否决了他的预算外经费申请，金宝一气之下，竟然把父亲收藏的一些古铜钱偷出去当废品卖了换钱花。小乔父亲日常有两大爱好，一是喜欢收藏，二是喜欢收集研究中国的歇后语，并自取雅号乔老爷。乔老爷看见儿子把自己的宝贝卖废品了，自然心疼不已，举起鸡毛掸子正准备让金宝的屁股吃一顿竹笋炖肉，金宝就躺在地上撒泼打滚、大哭大叫，母亲急忙跑过来，夺过掸子训斥老伴："死老头子，孩子还小不懂事，你下这么大的狠手把他打坏了怎么办。再说了你那些破铜烂铁已经卖了，你打他还能打回来呀。"说完赶紧给金宝扶起来，拍干净身上的泥土，又好言抚慰了儿子一番。乔老爷气得直翻白眼，这些破铜烂铁是他收藏了几十年的宝贝，有人曾经出大价钱想收购，乔老爷犹豫了半天，最后取得了和吕不韦同志一样的共识，此奇货可居，坚决不卖。不料想这些价值连城的宝物竟然被儿子当成了破烂，这可是像剜乔老爷身上的肉一般疼痛。看见老伴总是一味地溺爱放纵孩子，丧失原则立场，有时候也给老伴讲一些"惯子如杀子，恩养无义儿"的古训，希望老伴能够幡然醒悟。但是，这些说教被老伴以封建糟粕的名义予以全盘否定，认定儿子的行为是"破四旧"的革命行动，让老头子用新的教育方式换换老脑筋。由于"文化大革命"期间学校教育处于不正常的状态，所以，金宝也一直没有学到什么扎实的知识。毕业以后，父母托人帮他找了几个工作，但每次都干不了几天，就被他以挣钱少、离家远、活太累等种种借口罢工了，再后来由于家里的私房收了回来，他索性也不上班了，靠着收房租过上了寄生虫的生活，天天在家里好吃懒做，后来，父母又帮助他娶了媳妇，俗话说：鱼找鱼、虾找虾，甲鱼找王八，这个媳妇娶进门以后，在金宝的言传身教下，也是整天游手好闲，不去好好工作，在家里两个人安心地当上了啃老族。虽然不会挣钱，但是很会花钱，好烟好酒好茶，顿顿不离口。金宝的学问不高，但是接受新生事物的能力很强，出现了 KTV 之后，金宝虽然五音不全，属于唱歌能招来狼的嗓子，但天天泡在歌厅里，想通过自己的努力提高歌唱水平，经常在歌厅里攥住话筒不撒手，荣获了"乔麦霸"的荣誉称号。而且唱歌的时候，调门经常从东跑到西，当别人告诉他跑调了，他还得意扬扬、恬不知耻吹嘘，这是自己对乐曲的再加工、再创造。为了显示自己的乔少身份，每次唱歌还要花钱叫上一两个歌厅的服务员陪唱，在这些姑娘的眼里，金宝就像是薛蟠一样的大傻子，虽然听金宝唱歌像吞下一个苍蝇一样难受，但是，她们秉承让顾客满意的良好敬业精神，肉麻地吹捧乔少的歌喉简直赛过了李双江,此曲只应天上有,人间能得几回闻。被捧上云端的金宝兴奋之余,打赏服务员的小费自然不菲。金宝自我吹嘘说,他已经准备成为中国的第二个像崔健一样的摇滚歌星。

随着人民生活水平的提高和中国改革开放的步伐不断加快,出国旅游成了一个热门话题,在高消费领域,金宝有一种不甘人后的赶超精神,他和老婆一起出去了几趟,最后,把关注点放在了澳门,因为去其他地方旅游,他都是属于那种上车睡觉、停车撒尿、下车拍照,回来一问什么也不知道的典型,唯独去澳门旅游,赌场的氛围和巨大的吸引力,让他有了宾至如归的感觉,从此他放弃了自己的演艺生涯,积极投入了博彩事业当中。刚开始进赌场,偶尔也曾赢了一些小钱,这让他兴奋不已,父母总是唠叨自己一事无成,没有挣钱的门路和能力,这么大岁数了还生命不息,啃老不止。谁知道老子竟然在这个博彩业上有这么高的天赋,他决心一雪前耻,在赌场找回自己的信心,挣出自己的收入。赌徒的心理让他一次又一次杀入赌场,但是幸运女神并没有如约而来,反而是输钱的厄运总是不期而至。父母知道他赌博的事情后,曾经苦口婆心地劝阻他不要再赌了,十赌九输,千万别把自己的前途赌没了。而金宝却振振有词地说:"十赌九输,万一我就是那一个赢的呢。"赌徒的心理让他欲罢不能,他以先人们屡败屡战,最终取得胜利的顽强精神激励自己,暗暗下定决心,不获全胜,决不收兵。手里的积蓄已经输光了,他开始打父母养老钱的主意。

"妈,告诉您一个好消息,您儿媳妇怀孕了,想给她买点营养品,再给她找个好一点的妇产医院,想和您先借点钱。"父母一直希望早日抱上孙子,续上乔家单传的香火,所以,没少催促他们早点要孩子,听说儿媳妇怀孕了,自然是喜出望外,父母亲也知道这个不成器的逆子赌博已经输光了积蓄,但是再苦不能苦了下一代,母亲给了金宝一大笔钱,千叮咛万嘱咐,千万不要再赌了,收收心在家好好照顾媳妇和即将出生的孩子。金宝为了拿到钱,自然誓言发得震天响,但钱一到手,马上又送进了赌场。以孩子的名义先后骗了父母几次钱,父母也不是傻子，跑到金宝的家里一看，真相马上大白了。父母一气之下，彻底断绝了一切经济援助。金宝没有了赌资，就开始向自己的亲戚朋友借钱，但是，这个年头借钱要比登天难，能借到手的钱也不多。姐姐和姐夫的医院开张以后，听姐姐说生意非常红火，他脑筋一转，就把主意打到了姐夫的身上。

金宝找上门来，表情焦虑，语气急迫地对吴尚德讲：最近，通过爸爸的关系，自己和朋友承揽了一项装修工程，但是需要垫资施工，向姐夫暂借10万元工程款，待一个礼拜以后，就能收回工程款，到时候高息奉还。过去，吴尚德和小乔结婚以后，金宝曾经以装修房子、给怀孕的妻子买营养品等名义向吴尚德借过钱，但是，借出去的钱基本上都是黄鼠狼拉小鸡——有去无回，因为金额不大，而且也没有打借条，再说了又是自己的亲小舅子，所以，也不好意思催他还钱。这次，借款数额比较大，吴尚德和小乔商量，是否要小舅子打个借条。小乔不以为然地说："自己的亲弟弟咱们还信不过呀，难道他还会骗他老姐不成。"吴尚德说手里没有那么多现钱，小乔就利用自己掌管财务的便利条件，从单位的账目上凑齐钱给了金宝。

过了一个礼拜，又过了一个礼拜，已经过去一个月了，小舅子不仅没有兑现还钱的许诺，而且连小舅子这个人都泥牛入海无消息了，因为拆借了单位的公款，吴尚德两口子有些慌了。回家看望岳父母的时候，吴尚德询问小舅子的下落，岳父问他，找金宝什么事？吴尚德没好意思说还钱的事情，只是说，不知道爸爸给金宝介绍的装修工程进展如何了？工程款是否已经打给了金宝。老岳父一脸惊愕的表情："什么装修工程？我怎么从来都不知道这档子事呀。"听了老岳父的话，吴尚德两口子脑袋嗡的一下，瞬间明白自己被小舅子骗了。老岳父察言观色，追问吴尚德到底是怎么一回事。吴尚德就把小舅子借工程款的事一五一十讲了一遍。老岳父一拍大腿说："唉，这小子打小搭个鸡窝都塌了，还砸了脚面子，他哪懂什么装修，肯定是骗你们的钱，又去耍钱了。"他转过头又埋怨小乔说："你弟弟什么德行你还不知道，打着我的旗号找你借钱你就相信了，你们也不说给我打个电话

· 217 ·

核实一下，这可好，这么多钱肯定打水漂了。"吴尚德从岳父的口中这才得知了小舅子去澳门赌博的事情，他十分清楚，这笔钱肯定是肉包子打狗——有去无回了。他也知道赌博这是一个无底洞，不管你手里有多少钱也填不满，亡羊补牢，为了让小乔这个扶弟魔今后宠爱弟弟的行为有所收敛，吴尚德首先警告小乔，私自挪用公司资金是一种违法行为，长期不还或者数额巨大是要坐牢的，把小乔吓得够呛，央求他想想办法。吴尚德借钱先把小乔挪用的资金补上，为了防止今后小乔利用掌管财权的便利以权谋私，彻底断绝小乔私底下给小舅子的无偿经济援助，他从健全制度入手，在医院内部也实行了"三重一大"原则，规定 5 万元以上支出必须经过他签字方可支出。并且叮嘱小乔说："今后你弟弟要东西我们可以直接买好了送给他，但是千万不要再给他钱了，赌博就是一个无底洞，你给他多少钱也填不满。再说了，你这样纵容他，不是爱他，而是害他。"小乔也认为吴尚德说得有理，这 10 万元也让她肉疼了好一阵子，在金宝再次找她要钱的时候她直接把这话撂给了金宝。

断了金宝的经济来源，金宝愤然立志，他告诉父母今后要独立自主不再依靠任何人，准备外出打工挣钱养家。乔老爷夫妇满心欢喜，浪子终于回头了。但吴尚德心里反而隐隐产生了一丝不安，他在北京打工不好吗，非要去人生地不熟的外地打工，有些不合常理。看到岳父母和小乔欣喜异常的表情，他没敢把自己的担心说出来，因为他不想戳破这个美丽的肥皂泡，还是让他们尽情地享受这美好的梦想吧。

令人奇怪的是这个回头的浪子好长一段时间没有回家，而且工作单位的电话也没有，就像断了线的风筝，杳无音信了，唉，整天瞎折腾让人烦，悄无声息了也让人不踏实，真是一根香敬两尊佛——左也不是右也不是。金宝的消息没有等来，却等来了家里的私房即将拆迁的喜讯。听说家里拆迁又有钱又有房，小乔喜悦的心情溢于言表，可母亲话里话外却暗示房子要留给儿子和孙子，拆迁款要留下养老，见女儿脸色有些不快，乔老爷急忙说，不管儿子还是闺女，我们都一视同仁，一碗水端平。

为了尽快让儿子享受拆迁的喜讯和成果，乔老爷夫妇在焦虑不安的情况下亲自上儿媳妇的娘家一探究竟。

儿媳妇原来是住在乔家的，为了迎接这个第四代传承乔家香火的孙子诞生，乔老爷夫妻对儿媳妇照顾得无微不至，谁知生出来的是个女儿，乔老爷两口子的脸色一下子变了，埋怨和不满的声音时常挂在嘴边，儿媳妇不想听婆婆整天在耳边再生一个孙子的唠叨，也不想看乔老爷苦瓜似的脸色，一气之下，带着孩子回娘家住了。乔老爷两口子借看望亲家的名义前来打听儿子消息，乔母告诉儿媳妇，我们今天过来，一则是看看你和孙女，二则是告诉你们一个好消息，咱们家的房子要拆迁了，如果有金宝的消息了你一定转告他，让他回来办理房屋的过户手续。

拆迁的最终结果是给了三套房子和一大笔钱，乔老爷在房子的分配上当着全家人的面表明公正立场，给儿子一套，自己留一套，剩余的一套给没有出生的孙子，但是这套房目前先不过户给金宝，要等到孙子出生了直接把房子过户到孙子名下，而老两口自己住的这套房子，等到百年之后直接过户给外孙女。

金宝对分配方案有些不满，他嘴里嘟嘟囔囔的，觉得以后再过户给孙子是脱了裤子放屁——多此一举，不如现在就过户给儿子多省事。乔老爷夫妇对金宝外出打工长期不和家里联系，一听说家里要分房了，马上就屁颠屁颠跑回来的做法很有意见，准备见面以后给予严厉的批评教育，可一见儿子的面，所有的不满都烟消云散了。但是，对于儿子马上过户的要求，还是断然拒绝了，因为他们心里也有个小九九，金宝惦记这套房子，用乔老爷的话讲，是馋狗等骨头——急不可待，但只要有这套房子在手，就能拴住金宝，不至于像过去一样在外面疯跑不着家，抱孙子的梦想也就不会遥遥无期了。另外，乔老爷留下这套房自己还另有打算。

原来小乔的父亲有个收藏的嗜好，而且喜欢研究、收集京城歇后语，准备今后编辑出书，常言说，近朱者赤近墨者黑，搞得全家人也染上了说话考虑事情经常使用歇后语的习惯。乔老爷早年曾在报纸上发表过一篇有关北京歇后语的豆腐块文章,有人奉承他快成专家了,乔老爷兴奋之余,接连写了好几篇文章投给报社,后来,有一篇文章被读者指出了其中的谬误,报社从此很少采用他的文章了。老爷子被一盆冷水浇头,从此放弃了著书立说的打算,重新投身于收藏事业。年轻的时候喜欢收藏古钱币,结果被金宝当成废铜烂铁卖给了收破烂的,从此以后,乔老爷不再收藏古钱币了,一来古钱币的收藏价格越来越高,二来怕自己的败家儿子再给自己来一次"破四旧"的革命壮举,但是,老爷子想通过收藏成名成家的理想始终存在。

乔老爷绞尽脑汁琢磨了很长一段时间,拾人牙慧收藏别人已有的东西,时间和精力都不允许了,关键是孔方兄也不支持,如何独创乔氏收藏的新路,老爷子苦思冥想多日,始终不得要领。为了获得灵感,乔老爷曾经酒后去八大处的香界寺菩提树下坐禅,结果被工作人员当成破坏文物的精神病人驱逐出寺。一日,乔老爷举杯独酌探索灵感,结果越喝越晕乎,正在昏昏欲睡之时,突然看到自己手里拿的酒瓶发出一道金光,乔老爷大彻大悟,这世界上的酒有成百上千种,装酒的瓶子更是花花绿绿、千奇百怪,我何不另辟蹊径收藏酒瓶子。乔老爷说干就干,马上分门别类开始了自己的收藏创举。但收藏酒瓶子实在太占地方,家里面放的酒瓶子多了,连下脚的地方都没有了,所以,乔老爷计划把预留给孙子的房子变成乔氏酒瓶博物馆。小乔的母亲刚开始的时候,对老伴收藏兴趣的大幅转换颇有微词,好好的房子不出租挣钱,却改造成了破烂仓库,老头子的脑袋一定是被驴踢了。她曾对小乔抱怨过:你爸爸看见的金光实际就是太阳光的反射,你爸爸收藏酒瓶子,就是想给自己嗜酒如命的臭毛病找个冠冕堂皇的理由。但是,小乔耐心劝母亲,父亲一把年纪了,有自己的爱好和追求,就让他继续追梦吧,只要父亲心情愉快,就不要阻挠他,总胜过饱食终日无所事事好。再说了,这些酒瓶子即使不值钱,也不是一点价值都没有。小乔的母亲通过电视鉴宝节目,也看到了乔老爷所收藏的古钱币现在的市场价格,面对老伴的指责,虽然是煮熟的鸭子——肉烂嘴不烂,但内心世界也确实痛苦了好长一阵子,在女儿的劝说下，乔母转头一想，万一哪一天我家乔老爷真成了收藏名人，自己也是名人家属了，秃子跟着月亮走——也能沾沾光了。在巨大的名人效应和经济利益预期受益的驱使下，母亲罕见地和父亲结成了统一战线，坚决抵制了金宝要求出租房屋并担任出租工作代理人的反复申请，转而支持老伴的收藏大业。

吴尚德对岳父开展收藏活动没有意见，但是对乔老爷预留给孙子和外孙女的房子截然不同的做法颇有微词，自己婚后这么多年对岳父母百般孝敬，竟然最后还是内外有别，而且，对这种百年之后的期货交易，吴尚德觉得变数太大，具有很大的风险性。而小乔却认为父母对孙子和外孙女还是一视同仁的。吴尚德反问她："孙子目前还是一个未知数，而外孙女已经是一个已知数，用目前不存在的事物等同于已经存在的事物，你说这公平吗？"小乔也觉得吴尚德说的话有些道理，但是，她是一个孝顺的女儿，不好意思去和弟弟争房子。吴尚德告诉小乔，他没有让老婆去和岳父母争房子的意思，现在自己有房子住，而且凭自己的能力即使没有岳父母的房子，今后也能给女儿幸福美满的生活。小乔从老公的话语中感觉到了他内心的不满，她安慰老公说："其实我父母对你还是非常满意的，他们觉得你已经是个成功的人士了，而金宝还是一点作为没有，虽然有恨铁不成钢的想法，但是，自己的亲生儿子也不可能不管不顾，怕他没钱了又走上歪门邪路，所以，我父母对我说，让我多担待一些这个不成器的弟弟，也请你多多谅解，千万不要往心里去。"吴尚德对这个说法虽然认同，但是对岳父母区别对待的做法内心还是有些不满，特别是自己和小乔结婚的时候，老岳父曾经使用过的欺骗伎俩现在想起来还是记忆犹新。

乔老爷有个好面子、爱吹牛的男人通病，在女儿和女婿的婚礼上，乔老爷当众掏出一个存折，向在座的亲朋好友宣布，自己喜得乘龙快婿，为表祝贺，特地给女儿10万元的陪嫁，并当场交到了女儿手里。看了乔老爷的举动，下边有不少人都流露出羡慕嫉妒恨的目光，这个穷小子财色双收，不知道上辈子修了什么福，还有个别贪恋小乔美色的人在心里惋惜，觉得小乔这么一颗好白菜被猪拱了，而吴尚德见岳父母对自己这么好，也在心里暗暗发誓，今后一定要好好孝敬岳父母。婚礼后，小乔一边赞美父母对自己的爱，一边拿出存折向吴尚德炫耀。吴尚德打开存折一看，存折是定期的，而且是岳父的名字，还设置了取款密码，他问小乔是否岳父搞错了，小乔却满不在乎地说："设密码肯定是为了安全，到时候我问问爸爸密码是多少就行了。"

婚后回家看望父母的时候，小乔顺便问起了存折的事情，乔老爷一本正经告诉他们，折子用自己的名字存定期，是不想让他们夫妻二人养成大手大脚花钱的坏习惯，而且小乔马上要生育了，以后有了孩子花钱的地方多得是，父母是为你们以后的生活提前做好打算，至于设置密码是为了存款安全。小乔觉得父亲的话言之有理，而吴尚德虽然觉得有些不合常理，但是，也没有往别处去想。后来，金宝结婚的时候也当众收到了父母一个10万元的大礼包，乔家的亲戚朋友都交口称赞能摊上乔老爷这么好的父母真是享福了，乔老爷夫妻在一片赞美声中，自然也是心花怒放。后来，为了工作和生活需要，吴尚德和小乔商量，想买一辆汽车接送闺女并外出办公用，小乔也同意。因为当时吴尚德刚刚把挣的第一桶金买了房子，所以再买车手头有点紧，小乔提醒说："我们手里不是有我父母送的10万块存款吗，我们用这笔钱再加一些就能买车了。"吴尚德一拍脑袋："对呀，我怎么把这事给忘记了。"小乔兴冲冲地回家向父亲讨要存折密码，父亲问她要钱做什么，小乔告诉父母想买一辆车，急需这笔钱用。但乔老爷言语支支吾吾就是不肯说出密码，小乔见父母一副尴尬的神色，觉得肯定出了什么问题，在她的一再追问下，母亲才吞吞吐吐地说："这笔钱在你弟弟结婚的时候已经转给他了，现在你们的存折上已经没有钱了。"小乔不解地问："存折在我们手上，你们如何转给金宝的？"乔老爷说用挂失的方法取出的钱。被父母愚弄和欺骗的伤痛让小乔泪流满面，见女儿伤心的样子，母亲急忙解释说："你弟弟娶媳妇的时候对方要彩礼，我们手里没有那么多钱，只好先挪用了给你们的存款，你老公有挣钱的本事，不像金宝一事无成，所以，也请你们多担待一些，别跟你弟弟计较了。"小乔没有和弟弟计较的意思,只是对父母这种不光彩的欺骗手法伤心不已。吴尚德反过来安慰她:"事情已经发生了,你再生气也没有什么用了,气坏了你的花容月貌我该伤心了,算了,我们自力更生,自己解决困难吧。"事情虽然过去了很多年,但是,对岳父母这种内外有别的做法,他一直耿耿于怀。如今,在房子的问题上,他担心重蹈覆辙。

老家的大姐夫给吴尚德打来一个电话,声音有些哽咽地告诉他:"你姐得了乳腺癌,去咱们县医院已经确诊了,县医院的周爱国院长让我找你,说让你把你姐接到北京的大医院去治疗可能效果更好一些。"自从知晓吴尚德和玉梅离婚的消息以后,家里人把陈世美的帽子一直扣在他的脑袋上,扣得比紧箍咒还要紧,母亲和家人一般情况下也不会主动和他联系,即使是吴尚德主动打电话回去,母亲和家人也是爱搭不理的态度。新婚过后,过春节和小乔一起回老家看望母亲,母亲对小乔的态度不冷不热,缺乏应有的温度,搞得吴尚德也臊眉耷眼的。后来,带着孩子一起回去看望老人,老太太看见孙女,布满皱纹的老脸才瞬间舒展开来,但是,对待小乔的态度还是没有多少改变。小乔见自己的热脸总是贴个冷屁股,后来一赌气就不回去了,拉着吴尚德回她家过春节,吴尚德怕小乔回老家不自在,也很少回去了,只是逢年过节给家人寄一些包裹回去。

现在大姐夫突然主动给自己打电话,说明大姐的病一定是非常严重了,否则,不会主动要求到北京来治病。至于说是周爱国院长的建议,他猜想一定是周院长想弥补他们母子之间的感情裂痕才出了这个主意(他回家探亲的时候和周院长一起聚会,曾经提过这个话题)。俗话说,血浓于水,听说自己一母同胞的亲姐姐身染沉疴,吴尚德心急如焚,再说了,自从父亲去世以后,多亏了大姐一家人把母亲接到家中一直在细心照料,免除了自己的后顾之忧。所以,挽救大姐的生命是刻不容缓的大事,在电话里,他安慰大姐夫说:"你先别着急,我在北京有很多朋友,一定给我姐找最好的医院和最好的大夫,北京有最好的医疗资源,咱们县城不能治好的病,到了北京没准就能治好了，我马上找人帮忙，尽快安排我姐住院的事情。"

大姐夫在电话里连声道谢，并且告诉他，这次可能咱妈要和你姐一起过去，说是过去照顾她。吴尚德一听母亲也要陪大姐一起过来，内心是喜忧参半，喜的是好久没有见到母亲了，到北京来自己可以尽尽孝心，弥补自己这些年来的亏欠；忧的是母亲心里只有玉梅这个好闺女，对待小乔是台上唱戏，台下打鼾——看不上眼，假如母亲来了和小乔婆媳之间闹一些矛盾，自己到时候是老鼠夹在风箱里——两头受气，想到这里，他让姐夫劝阻母亲不要到北京来了，大姐住到医院里，可以请护工二十四小时照顾，母亲年纪大了，再着急上火，万一累坏了怎么办。大姐夫吞吞吐吐地告诉他，母亲这么多年没有见到玉梅，心里特别惦记，这次来北京一来是想看看玉梅和虎子，二来我和你大姐都去北京了，家里也没有人照顾母亲了。听到这里，吴尚德暗骂自己糊涂，怎么就没有想到母亲的晚年生活安排呢。他让大姐夫等他的回话，会尽快安排好一切。挂了电话，他就急如星火般为大姐住院的事情托关系找朋友一通忙乎。

晚上回到家，看到吴尚德一副闷闷不乐的样子，小乔关切地问他，遇到了什么事情让他不开心。吴尚德长长叹了一口气，把大姐夫来电所讲的事情和盘托出，并询问小乔的意见。

小乔未置可否，而是反问吴尚德："那你打算怎么办？"吴尚德先把自己今天寻医问药的收获做了简要的汇报，他隐瞒了母亲过来想看玉梅的想法，只是说母亲要来照顾患病的大姐，估计短期内回不了老家了，如果大姐病好了，自然是皆大欢喜，母亲肯定会和大姐一起回去，如果大姐病没有治好，估计母亲就要留在北京了。短期可以住在家里或者酒店，长期住恐怕就要给母亲寻找一个住的地方，并且给母亲找个保姆长期照顾母亲的生活起居。

听完吴尚德的长短期工作计划安排，小乔对近期工作安排没有什么意见，对长期打算提出了自己的意见："给你妈妈找一个长期住的地方，目前看住在我们家里是不合适的，一是房子比较小，只有两居室，孩子住一间，我们住一间，你妈妈来了不能和保姆一样住客厅吧，那样对老人不尊重，再说了，这么多人挤在一起也影响我们夫妻日常生活。你不是把房子留给你前妻玉梅了吗，不行你问问住在她那里合适不合适。"

吴尚德对小乔的话有些不满："房子给了她不假，但是我听说她再婚以后，不知道什么原因卖了旧房买了一套政府安置房，现在两个人一人带一个孩子，家里还有老人，住房也不宽裕，再说了我们已经离婚了，我和她已经没有关系了，我自己的母亲有什么理由要人家赡养。"

小乔说："不行就租房住，你母亲加上保姆，租一个一居室就足够了，钱我们出。"吴尚德还是摇头，"租房住我妈妈肯定不愿意，她老人家辛苦了一辈子，节俭惯了，一个月花上千块钱租房住，她住下了也不踏实，肯定闹着要回家，家里没有一个亲人了，她一个老人回去怎么照顾自己，我实在有些担心。"

小乔见自己的施政方针接连被吴尚德投了反对票，心里不由得怒火上涌，她没好气地问道："这也不行，那也不行，那你说说到底应该怎么办？"吴尚德见小乔有些气急败坏的神色，忙安慰她说："老婆你先别着急，我倒是有一个想法想和你商量，你看行不行？"小乔见关键时刻吴尚德还卖关子，气恼的话张口而出："有话快说，有屁快放，你不说我怎么知道行不行。"

见从不说粗话的小乔第一次使用粗口说话，吴尚德眉头一皱表示了不满，他心里明白原因，是因为自己的母亲要来这里居住，她们婆媳素来关系不睦，所以，她心里的怨气通过语言表达出来，但是眼下为了维护安定团结的大局，他还是尽量用平静的口气和小乔说了自己的想法："我的意见是，从长远看，我们还是尽快买套新房，你看房价一个劲地涨，不知道哪天是个头，不如我们早点下手买房，一来为咱们孩子长大了结婚提前做好准备，二来你父母或者我母亲来了，在我们这里也能有个落脚的地方。"

小乔一眼看穿了吴尚德的花花肠子："你就是拿我父母说事儿，谁不知道我父母现在住着宽敞的三居室，根本不用到我们这里来落脚，而且老人百年以后，我父母说了把房子留给咱闺女，房子还不是我们的，我们闺女也不缺房。你直说吧，买房就是为你妈妈着想，我说得对不对。"吴尚德对小乔的浅薄认识有些鄙视："你是上眼皮看下眼皮——目光短浅，我母亲已经年逾古稀，即使她来住还能住几年，我们能住多少年，怎么能说买房就是为了我妈妈着想，再说了房子价格一个劲地往上涨，买房总比投资股市股民变股东强。至于你父母的房子金宝一直死盯着呢，你父母又那么偏疼他，到时候能不能给你还两说着呢。"

小乔不想和吴尚德争论父母百年之后房子的归属问题，但吴尚德的话点醒了她，是呀，北京的房价就像孙猴子翻跟斗——一步登天，现在买房等于价值投资，再说了把房子的名字落在闺女名下，等于给孩子留下了一笔巨大的遗产，这个可以给老公点赞。她颔首表示审议通过了这个提案，但是，她对吴尚德远水解不了近渴的想法还有疑问："可是你妈马上就来，买房子不能像买东西，今天说买明天就到手吧。"吴尚德狡黠地一笑道："那是当然，即便明天房子到手了，没有几个月的装修和散味儿也不行，我是想先暂借咱爸妈预留给他们孙子的那套房，等咱们新买的房子到手了，马上归还。"

吴尚德让小乔对父母讲，就是暂借乔氏酒瓶博物馆一用，在妥善保护收藏品的前提下，让母亲暂时住在那里，等买了新房就搬出来，绝对没有图谋房产之意。小乔沉吟了一会儿，觉得这是一个可行方案，她答应回家和父母说说，争取早点让婆婆住进去。

小乔从母亲手里拿到了房门钥匙，和吴尚德一起去现场办公，商议房间怎么收拾为好。到了新房的地址，看见有几个人在房子外面指指点点，吴尚德夫妻两人下车刚打开房门，那几个人也想进入。吴尚德警惕地问他们："你们是谁？想干什么？"其中一人一边从吴尚德的身边往房门中挤，一边嘴里不满地指责说："大家都是来看房的，凭什么你们能进去，我们就不能进去。"

"来看房的？"吴尚德和小乔彼此交换了一下疑惑的眼神，感觉有些丈二和尚——摸不着头脑了，我们两口子来看房，你们凑什么热闹，我们也没有请你们来当参谋呀，吴尚德估计这些人是想买房而走错了地方，他有些不耐烦地一边往外轰他们，一边警告说："看房到售楼处去看，这是我们家的房子，你们找错了地方，警告你们，随便侵入他人住宅是违法的，再不走我可要报警了。"

门外的几个人听吴尚德说是他的房子，马上群情激愤起来，七嘴八舌和吴尚德理论起来："不是说谁给的价钱高就卖给谁吗？怎么就成你的了？"

"就是，这房子我早就交了保证金，你凭什么横插一杠子。"

"交钱的时候，金宝已经答应先紧着我们挑房，你们想被窝里放屁——独吞还行。"

听门外的几个人提到了金宝，吴尚德的脑袋马上大了，心里明白这件事肯定和金宝有关联，他让自己的头脑冷静了一下，对着吵闹不休的几个人喊了一嗓子："你们都不要吵吵了，这个房子是我们自己的，你们大家聚到这里来看房，到底是怎么一回事，这事儿和乔金宝有什么关系，你们一个一个慢慢说。"看房的几个人可能心里也瞬间明白了什么，于是争先恐后地把金宝收取购房保证金的事情告诉了吴尚德夫妻。

原来，金宝在断绝了一切经济外援之后，便打起了父母这套房子的歪主意，他先是在一些不同的场合大造舆论，说自己家里拆迁得到了多套补偿房，自己家也用不了，准备便宜价转让一两套，并把这一消息分别告诉了自己身边的熟人。俗话说，有便宜不占王八蛋，听说金宝手里有便宜的房子，大家都削尖了脑袋往金宝的圈套里钻。金宝为了让自己的谎言更具有可靠性，把父母预留给孙子的房源地址告诉了这些想看房的人。金宝又分别把他们拉到房子的外面去巡视一圈，并且说想要这套便宜房的人很多，如果你想要，就要先交一笔保证金以示诚意，曾经有人在提交保证金之前质疑，你的房子为什么不能让我们进去看看？金宝说：物业公司那些小人都是见钱眼开的主，不见兔子不撒鹰，不缴物业费就不给钥匙，自己因为不满物业的敲诈行为，一直没有缴物业费，所以钥匙还没有拿到手。一番话不但合情合理，还激起了对方对物业公司同仇敌忾的心理。还有的人问，这套房子从外面看，已经装修好了，是否已经住人了？金宝一句话不仅打消了对方的顾虑，反而进一步提升了房子的价值："我的这套房是精装修的，你买了马上可以拎包入住，还可以免一笔装修费用。"

想占便宜的人大多利令智昏，所以，大家都积极踊跃上交保证金，为了得到这套房，还时常请金宝吃饭，钱花出去了，但是，房子一直还没有消息，打电话给金宝，电话也没有人接了，这些交了保证金的人心里开始不踏实了，纷纷来到房子外面进行视察，并希望进到房子里面一探究竟，后来，这些人互相一聊天，才知道都是交了保证金的购房客，大家对金宝这种一个姑娘许多家的做法非常不满，正在酝酿成立讨债委员会，向金宝讨回血汗钱，结果正好赶上吴尚德两口子来看房，大家以为他们也是交了保证金来看房的，不料是剪径的李鬼撞见了李逵，大家纷纷把怒火集中到了吴尚德夫妻两个身上，要求要不给房子，要不把钱退回来，否则就组团以欺诈的罪名到法院去起诉金宝，让他好好吃几年免费的午餐。

吴尚德见周围一众愤怒的眼神，知道金宝的所作所为已是手榴弹炸厕所——激起民愤（粪）了，虽然他心里对金宝的做法也愤怒异常，但是，他也知道好汉不吃眼前亏的道理，他故作冷静地问大家："你们说金宝收了你们的保证金，可有什么凭证？"几个人纷纷从口袋里掏出了金宝签字画押的收条，一看上面歪七扭八的签名，吴尚德就知道这是小舅子的墨宝无疑，他粗略估算了一下，保证金合计有近百万之多，看来金宝这次是闯下弥天大祸了。

吴尚德看见身边小乔的脸气得惨白，他怕再和这些讨债的人纠缠下去夫妻二人要成为替罪羔羊，他用诚恳的语气安慰大家说："俗话说，冤有头，债有主，这笔账虽然是金宝欠你们的，但是请大家放心，我们回去之后一定尽快找到金宝，不管用什么方法，一定让他补偿你们的损失，让大家满意。"听了吴尚德的话，几个人纷纷让吴尚德把电话留给他们，下一步找不到金宝，就找吴尚德要债。

有一个胖女人要了电话还提出一个得寸进尺的主意，她说："老娘今天就住在房子里不走了，你们什么时候把钱还给我，我什么时候再搬出去。"眼看来之不易的谈判成果要被这根搅屎棍给搅黄了，吴尚德义正词严地警告她："我再说一遍，这个房子不是乔金宝的房产，你们如果强行进入，就是违法行为，我马上报警。而且，我刚才答应的帮助你们讨债的承诺作废，你们和金宝的事情我绝不再插手。"这些日子大家跑断了腿、打爆了电话也没有看到金宝的身影，眼看找到了一个答应帮助解决问题的冤大头，自然不能再放手，本来有几个人想与胖女人互动呼应的，听了吴尚德的一番话，反过来劝胖女人先等一等，再急也不急在这一两天，先看看吴尚德的落实能力再说，反正他们姐夫和小舅子是一条线上拴的两个蚂蚱——谁也跑不了。胖女人见大家都反对自己强入民宅的行为，她也深知众怒难犯的道理，只有偃旗息鼓不再言语。吴尚德见眼前的这个态势，看房子是没有戏了，眼下最重要的是赶紧上奏岳父岳母大人这火烧屁股的大事，否则，让小舅子进了监狱，肯定影响家庭安定团结的大好局面。他拉着小乔的手，冲出了众人的包围圈，急忙开车一溜烟地跑了。

走在路上，小乔哭哭啼啼地问吴尚德金宝欠下这么大一笔外债可怎么办？吴尚德心里说，我能怎么办，反正我是没钱替他填这个大窟窿，要不是你爸妈这么溺爱他，也不会有今天这个结局。但是看到小乔鼻涕一把眼泪一把的伤心样子，说这些话显然不合时宜，他安慰小乔说："你先别着急，俗话说，留得青山在，不怕没柴烧，现在最主要的是保住你弟弟别进监狱，别让二老为这事再急坏了身子。"小乔试探地问他："不然咱们先从医院里面拆借一部分，再从爸妈那里拿点替他还一些。"吴尚德断然拒绝了这个馊主意："这是饮鸩止渴，万万不可，你这次替他补上了窟窿，下次他还会给你捅更大的窟窿，再说了这个医院是我们合股办的，没有经过几位大股东的同意，我们也拿不出这么多钱，不行你回去问问爸妈，能否先动用他们预留的那笔养老钱，把房子先拿回来，你指着金宝是没有希望了。"小乔担心动用父母的养老钱，今后一旦父母有个三灾八难的该怎么办？吴尚德沉吟了一下："看来只能让没有出生的孙子提前为他老爸尽孝了。"

小乔一怔："你什么意思？"

"什么意思？反正这套房也是爸妈给孙子预留的，现在只有把这套房子卖了还债，也省得金宝天天惦记了。"

小乔对吴尚德的话有些神经敏感："听你这话有些幸灾乐祸，是不是我爸妈把房子留给金宝你不太满意。"

"没有不满，只是觉得给他再多的东西也是打水漂，与其这样，还不如趁早卖了房子彻底断了他的念想，这样就可以留住爸妈的养老钱了。"

小乔虽然觉得吴尚德的话里有怨气，但细细一品，也觉得他说的话没有毛病，就是金山银山也会被自己这个败家的弟弟败光的，她长长叹了一口气，寻思着回到家怎么向自己的父母开口。

回到岳父母家，两位老人以为他们夫妻两个已经看过了房子，老岳父还不放心地嘱咐吴尚德，让亲家母暂住一段时间可以，但是千万要注意那些珍藏的宝贝，有许多可是无价之宝。吴尚德心里哼了一声，还无价之宝，马上就成废品收购站按斤称的废品了，估计那些陶罐瓷瓶按斤称都没有人要，搞不好还得自己花钱处理掉。他和小乔对视了一眼，都不知道怎么和父母开口。

见到夫妻两个异常的表情，小乔父母的心不由得揪了起来："究竟出了什么事？"面对父母疑惑的眼神，小乔再也控制不住自己的情绪，哇的一声哭了，见到小乔伤心的眼泪，父母也慌了手脚，以为是吴尚德家出了什么事。小乔母亲试探地问女婿："是你母亲还是你姐姐又出了什么事？"见岳母吞吞吐吐地问话，吴尚德心说，您想到哪儿去了，孙猴子翻跟头——差着十万八千里呢，您怎么就不往你那生命不息惹祸不止的宝贝儿子身上想一想呢。

吴尚德轻轻拍了拍小乔的肩膀，让她冷静下来，然后把今天看房时候的所见所闻有所保留地叙述了一遍。这个消息犹如一声平地惊雷，把乔老爷夫妇两个瞬间炸蒙了，大脑一片空白，小乔的母亲忍不住放声大哭："我前辈子造了什么孽，怎么生出这么一个忤逆不孝的败家子。"乔老爷虽然是男儿有泪不轻弹,可是愤怒的泪花也在眼眶里打转,小乔劝慰母亲说:"妈,事到如今急也没有用,还是想想办法怎么帮助金宝堵窟窿还债吧。"

小乔的母亲哽咽着说:"这几年我和你爸的养老钱都被这个逆子折腾光了,现在手里也没有什么钱了。"小乔的父亲气愤地说:"我们不管他了,是死是活由他去吧。"

吴尚德夫妇听父母说养老钱被金宝折腾光了不由得大吃一惊,小乔问母亲金宝拿你们的养老钱干什么用了,父母的脸色一阵红、一阵白的,在小乔的一再追问下,母亲才支支吾吾地告诉他们被骗的原因。

因为老乔家三代单传,所以,老两口念念不忘的是早点抱上孙子,所以一再催促金宝赶紧再生个孩子,金宝说在南方打工时认识一位著名的老中医,号称神医,尤其擅长治疗不孕不育症,人送外号"送子观音",吃她的药不仅可以怀上孩子,而且怀男怀女随人所愿。父母听了自然大喜过望,让金宝赶紧带着媳妇去找这位老中医诊治,金宝说这位老中医诊费特别贵,而且药费价格也不菲,乔母二话不说,给了金宝一大笔钱,让他赶紧去看医生。金宝带着媳妇旅游一圈归来告诉父母,神医说了可以让他们怀上双胞胎,而且还是男孩,但是,费用要提高很多,问父母什么意见。乔老爷夫妇自然欣喜万分,只要生出孙子不管花多少钱都值得。金宝顺理成章地从父母那里又拿走一大笔钱去看医生。前前后后去南方看了多次医生,钱也花了不少,但几年下来一直不见儿媳妇的肚子有任何动静,乔老爷夫妇怀疑金宝又在撒谎骗钱。见父母不再信任自己,而且断绝了一切经济援助,有一天金宝突然告诉父母,神医说媳妇肚子里面有了,而且还是带把的双胞胎,怕父母不相信,还带来了一张神医提供的医院检测证明。乔老爷夫妇喜出望外,叮嘱金宝一定要照顾好媳妇,实在不行把媳妇送到家里来,我们照顾她。金宝说,还要让神医诊脉吃药,暂时先不过来,等快生的时候再搬过来。见父母正陶醉在美妙的幻想之中,金宝突然又给泼了一盆冷水,他告诉父母,现在国家提倡一对夫妇只允许生一个孩子，再生一个肯定要罚款，如果生下双胞胎，罚款金额会更多，现在他的手里没有那么多钱，面临支付巨额罚款和生孩子的两难选择，肚子里的孩子究竟要不要他和媳妇还在犹豫不决之中。

听闻此言，乔老爷夫妇异口同声地警告他，肚子里面的孩子必须要保住，绝不允许私自打掉，至于罚款嘛，这些钱我们出。金宝见父母慷慨解囊，马上拍着胸脯说，自己认识计划生育部门的领导，他花点钱打点打点关系可以少缴一些罚款。母亲按照金宝的要求，把打点关系的钱和准备缴纳的罚款都转给了金宝，满心欢喜地盼着孙子的到来。

父母盼星星盼月亮地等候孙子的出生，不料想，过了一段时间，金宝却哭丧着脸告诉父母一个噩耗，那个神医其实是个没有行医执照的骗子，被患者检举揭发，现在已经被有关部门立案查处了。父母焦急地追问孙子的情况，金宝说我们都被骗子骗了，那个医院的证明是假的，媳妇根本就没有怀孕，而是子宫长了东西，现在马上需要手术。母亲问孙子没了，那钱哪儿去了？金宝说已经花得差不多了，剩下的准备给媳妇做手术用。母亲见最终的结局是猫咬尿泡——空欢喜一场，而且人财两空，气得当时就犯了病，心口疼了好几天。而乔老爷按照养不教父之过的古训面壁思过，通过深刻的自我反省和冷静的思考，他怀疑这件事自始至终就是金宝利用自己急于抱上孙子，传承乔家香火的迫切愿望，被金宝牵着鼻子掉进了一个事先挖好的陷阱，但事已至此也只有长吁短叹认命了。

听岳母讲完金宝借助生子骗钱的奇葩经历，吴尚德被金宝撒谎的本事所震撼，没有想到一个不学无术的赌徒，竟然利用父母盼望抱孙子的心理，投其所好，一步一步引诱他们上钩，将父母玩弄于股掌之中，在不齿金宝手段卑鄙的同时，他心里也暗暗抱怨了一句，不是你们的过度溺爱，金宝能有今天的下场吗，早知如此，何必当初。当然，这些火上浇油的话现在说还不是时机，而且看眼下的态势，岳父母已摆出了一副要大义灭亲的姿态，还是要因势利导，借助这难得的机会,既要帮助岳父母一起妥善处理好这火烧眉毛的糗事,同时,也要让他们幡然悔悟,树立正确的育人理念,合力把金宝从万劫不复的赌博深渊中拉上来。

他冷静地帮助老泰山分析了金宝骗钱的目的,一个可能是继续在赌博,这些钱都投资赌场了,另一个可能就是在外面有了新欢,把钱花在别的女人身上了。说到这个缘由,小乔白了他一眼:"你对这些事还挺门儿清的。"吴尚德没有搭理小乔的醋意,继续有条不紊地往下分析:"从金宝收取这么大额的住房保证金来看,我怀疑他还在继续赌博,而且这些钱很有可能没有花在看医生上,而是被他填入赌博这个无底洞了。"

听完女婿条理清晰的分析,岳父母的头脑从最初的沸腾状态逐渐冷却下来,老泰山有些沮丧地发问:"那你说该怎么办?"吴尚德问岳父母,这些事情金宝媳妇都知道吗?岳母耷拉着脑袋说:"金宝媳妇很少过来,因为金宝长期在外面不着家,外孙女上学需要人接送,所以,儿媳妇把自己的父母接过来住在一起,帮助他们接送孩子并照顾他们的生活起居,我听说连金宝的小舅子也住在那里,他们一家子都住在那儿,我们过去也不方便,所以,联系也很少。"吴尚德估计是岳父母重男轻女的思想作祟,不愿意帮助儿媳妇带孩子,所以,儿媳妇才把自己的父母一家人接来,但是,这些事他没有闲情逸致去打探了,现在,处理好金宝的事情才是当务之急。

吴尚德见岳父母一筹莫展的样子,他和小乔交换了一下眼神,把这件事可能产生的严重后果逐条逐项告诉了岳父母。第一,这么大金额的诈骗,恐怕金宝要在牢里待上十年八载的;第二,虽然坐牢了,但是赔偿也一分不能少,法院肯定还要判金宝还债;第三,金宝如果坐牢,恐怕这个家也就散了,让金宝媳妇守活寡等他出狱,恐怕是戏台上敲锣鼓——没戏了。

听了女婿入情入理的分析,乔老爷连忙追问女婿可有什么好办法化解眼前的危机,吴尚德把夫妻两个在路上商量好的卖房还债的计划和盘托出,并征求岳父母的意见。乔老爷长长叹了一口气:"唉,真应了那句老话了，父债子还，没想到我那孙子还没有出世就先替他父亲还债了，乔家家门不幸，怎么就出了金宝这么一个不肖子孙呢。"

经过投票表决，大家一致同意卖房还债，以解金宝的牢狱之灾。并决定召开一次家庭民主生活会，对金宝的胡作非为进行严厉地批评教育，责令他痛改前非，洗心革面，重新做人。可是，如何找回在外忙于打工而久未归家的金宝呢？吴尚德出了一个主意，告诉金宝，父母准备给他办理房子的过户手续，他觊觎这套房子已久，一定会归心似箭，马不停蹄地赶回家中。另外，我们可以借金宝急于把房子拿到手的心理，以此为诱饵，摸清他最近究竟在哪里打工，在外面还干了些什么不为人知的勾当。大家皆认为此计可行，由乔老爷通知金宝，小乔通知金宝媳妇，吴尚德准备会议议程，老岳父特意叮嘱吴尚德要精心设计、精心组织、精心安排，力争一揽子解决金宝存在的所有问题。

第十三章　妻离子散

　　金宝接到父亲的电话，听说要把房子过户给自己，他没有细想为什么父母突然要把房子转给自己的原因，只觉得这是一个天大的好事，用房子做抵押贷款，盘活资产，就等于又有了大把的钞票，他兴高采烈，急如星火赶回家中，没料到迎接游子归来的不是接风洗尘的美酒佳肴，而是父母铁青的老脸和姐姐姐夫严肃的表情，还有媳妇那彻底绝望的眼神。金宝见了这三堂会审的架势，内心也不由得打起了小鼓，他小心翼翼地问母亲："妈，我回来了，我们什么时间去办理房屋过户手续？"母亲白了他一眼没有搭理他，他把企盼的目光又转向了父亲，父亲则没有好气地质问他："最近一直在外面游手好闲不回家，是不是又背着我们干了什么亏心的事。"金宝委屈地说："自己一直忙于打工挣钱，什么事儿也没有干呀。"

　　父亲马上揭穿了他的谎言："在外打工挣钱？你是阎王爷拉家常——讲鬼话吧，你出去这么些日子，你自己说，给你媳妇和孩子寄回过一分钱吗？你把你挣的钱拿出来让我们大家伙开开眼，也让我们长长见识。"

　　吴尚德见金宝一声不吭，他胸有成竹地提醒金宝："根据群众揭发，我们已经掌握了你大量的违法违纪事实，坦白从宽、抗拒从严的政策你心里是清楚的，你如果能够把自己干的那些见不得人的勾当如实交代清楚，然后再考虑房子过户的事儿，不管你在外干了什么错事，只要你认错态度好，勇于改正，那么我们大家可以考虑帮助你渡过难关，如果你仍然冥顽不灵，拒不交代，那么我们只能送你到监狱里去接受教育改造了。"金宝听了吴尚德的话，心里也有些打鼓，他确实在外面干了许多坏事，但不知道父亲和姐夫说的是哪一桩、哪一件，他只好避重就轻地交代说，自己在广东打工期间，又去澳门赌博了。听见儿子又去赌博，父母气得脸色都变了，金宝媳妇的眼神也从愤怒变成了绝望，吴尚德早已猜到了这个情况，他故作轻松地问："这个我们早就知道了，只是你的《港澳通行证》在你姐姐的手里，你是怎么过去的？"金宝得意地一笑说："这很容易，我说我的通行证丢了，又去公安局补办了一张。"

吴尚德不动声色地说："你去澳门赌博的事我们早知道了，还有别的事你没有说。"金宝看了看媳妇喷火的双眼，怀疑是搞女人的事东窗事发，他嗫嚅地说，因为一个人在外面孤独寂寞，所以在外面又找了一个女人，但是，那只是逢场作戏，自己的心还是放在老婆孩子身上的。听说金宝在外面找了别的女人，金宝媳妇立即扑了上来，嘴里一边骂，一边伸手乱挠金宝的脸："我在家辛辛苦苦给你带孩子照顾家，你却跑到外面找野女人，你这个忘恩负义的王八蛋。"小乔急忙上前劝解，并吩咐她继续听金宝往下说。吴尚德一看拔出萝卜带出了泥，不如继续诈他，摸清楚他到底在外面背着家人还干了多少坏事："你在外面乱找女人对得起家人吗？如果染上病你的身子还要不要？不过这是生活作风问题，我问的是你干的违法的事。"

金宝一听还有更严重的违法乱纪问题，于是又吞吞吐吐交代："我在外面找人借了几笔高利贷。"

乔老爷一听金宝在外面借高利贷，脑袋嗡的一下大了："你个逆子，在外借了多少高利贷？"

金宝哭丧着脸说："不多，就10多万。"

小乔的母亲听说儿子又借了10多万的高利贷，指着儿子臭骂："你个败家子，简直要气死我，不把家败光了你是不会善罢甘休吧。"

见金宝像羊拉屎一样，一个粪蛋一个粪蛋地往外蹦，为了彻底摸清他的底细，吴尚德说："你说的这些都是我们知道的，据我们所掌握的情况，你还有更严重的事情没有交代，我劝你不要抱侥幸心理，妄图蒙混过关。俗话说，好汉做事好汉当，既然你事都做了，难道连承认的勇气都没有？你也不想一想，如果没有证据我们会在这里和你磨嘴皮子吗？"金宝赌咒发誓说，自己连偷人的丑事都说出来了，再没有什么可交代的了，如有隐瞒就天打雷劈。

吴尚德拿出几张纸片，念了一张收取购房保证金的收据和人名，金宝一看收取购房保证金的事露了馅，急忙追问："这些事姐夫你是怎么知道的？"小乔用手指着金宝气愤地说："亏你还有脸问，我和你姐夫被要债的人堵在家门口围攻谩骂，就差动手了。"

金宝狡辩说："是他们自愿交的保证金，这可不是我强迫他们交的。"

乔老爷气得一拍桌子："你要是不张罗卖房子人家能给你交钱吗？"

吴尚德举起手里的几张纸说："这只是找我要账的几个人的数目，你老实说一共收了多少人的保证金，总共欠人家多少钱？"金宝掰着手指头数了一个来回，小乔用笔一算总共有100多万。小乔的父母见金宝骗了这么多钱，气得浑身直哆嗦，欲哭无泪，欲罢不能。金宝恬不知耻地问父母："爸妈，我该说的都说了，你们什么时候给我办理房屋过户手续？"

乔老爷用颤抖的手指着金宝说："逆子，你还做过户的美梦，你还是先想一想你这一屁股烂账怎么还吧。"金宝满不在乎地说："现在欠账的人太多了，又不止我一个，您没听人说吗，如今欠账的是爷，要账的是孙子。黄世仁现在得管杨白劳叫爷爷了，我先欠着他们，等什么时候有钱了，什么时候再还他们。"

听了金宝的歪理邪说，简直把大家的鼻子都气歪了，乔老爷没有想到自己的儿子竟然烂到了不知道人间有羞耻二字的地步，他对儿子这种脱了裤子打老虎——既不要脸、又不要命的行为已经气得说不出整话了："你、你、你个逆子，不把我们气死你是不罢休呀。"

· 237 ·

吴尚德安慰老泰山说:"爸,您先别着急,为这种人气坏了身子骨不值当的,您听我跟他说。"他转过头义正词严地给法盲的小舅子上了一堂法律知识课:"金宝,你要知道,你收的这些保证金不属于民间借贷性质,而是诈骗款,我请教了一个律师朋友,他说,依照我国《刑法》规定,你诈骗的金额已经达到了数额特别巨大的标准,按照规定要处以十年以上直至无期徒刑,你看他们把起诉你的状子都起草好了,如果你不还钱,就准备去法院以欺诈罪起诉你了。"

听完吴尚德的普法宣传课,刚才还在对金宝口诛笔伐的乔门一家人纷纷把愤怒的烈火转化为春风化雨的关怀:

"姑爷,你说的是真的?"

"姑爷,你千万别让金宝进去呀!"

"老公,能不能让你的律师朋友帮帮忙,别让金宝蹲大牢呀!"

"他进去了我们娘俩可怎么办呀?"

金宝察言观色,看见父母和家人的态度瞬间发生了转变,他知道由姐夫发动的这场家庭批斗会马上就要剧情反转了,他故作恐惧的样子,一头跪倒在父母的脚下,声泪俱下地打起了亲情牌:"爸妈,我可是你们的亲生儿子呀,我可不想在监狱里待一辈子,你们快求求我姐夫,让他想想办法,别把我送进去呀。"看见伏在膝下鼻涕一把、眼泪一把的金宝,再看看旁边号啕大哭的小孙女,老两口长叹了一口粗气,把问题转向了吴尚德:"姑爷,你能不能和那些要账的人好好说说,千万别起诉我们家金宝,我们就是卖房子卖地也给他们把钱补上。"金宝的孩子也抱着他的大腿叫:"姑父、姑父,你救救我爸爸吧。"吴尚德见乔门一家人的态度是公鸡拉屎——头截硬,后截软,哭笑不得地摇了摇头,看来自己精心设计的让金宝改邪归正、浪子回头的家庭会议也要落得"元嘉草草,封狼居胥,赢得仓皇北顾"的悲惨结局了。本来,会前大家一致商定的会议内容是:先异口同声讨伐金宝,在金宝业已形成孤家寡人、自感羞愧的情况下,再痛打落水狗,逼迫金宝签订城下之盟,保证老老实实在家干活,并认真接受群众的监督改造,不再浪迹天涯,现在可倒好,自己倒成了众矢之的,好像是他吴尚德成了送金宝进监狱的罪魁祸首，就连自己的铁杆盟友、亲爱的老婆也有了背叛的迹象，他仰天长啸，罢、罢、罢，你们乔家的事我不管了，我再也不蹚你们乔家的这趟浑水了："爸妈，你们说怎么办就怎么办吧，我听你们的。"

见女婿把决策权移交，老岳母急忙叮嘱吴尚德说："你让他们别去法院告金宝，再想办法快点把房子卖出去，把钱赶紧还给他们，千万别让我们家金宝进去。"见全家投来的期盼目光，吴尚德答应和这些要债的人签订还款协议，并尽快把房子卖出去，把钱还给人家。

金宝见父母答应替自己还债，马上得寸进尺，想趁热打铁谋取更大的利益："妈，我借的十几万高利贷，你们也一起帮我还上吧。你们二老放心，从今以后我一定痛改前非，再也不踏进赌场一步了，在家好好照顾你们。"其实，金宝说的这些鬼话，连他自己都不相信，可是老太太却当真了，她连声说好，并催促吴尚德赶紧把金宝欠的所有窟窿全部堵上，吴尚德对小舅子蹬着鼻子上脸的做法有些不满，所以他不紧不慢地给老太太发热的脑袋泼了一盆冷水："房子还没有卖出去，能不能补上金宝的窟窿我也没有底。"

老太太不假思索地说："能卖多少是多少，剩下的钱你和燕子再帮衬一下不就行了。"看见父母眼中射出的慈爱和期盼的眼神，小乔马上一口应承下来："没有问题，差多少我和尚德补齐就行了。"吴尚德见小乔越俎代庖满应满许，心中不由得滋生了一股怨气，有这钱拿去喂狗也比给这红眼赌徒强，不过他转念一想，小乔已经答应了，不能让她下不来台，不如借这个机会让小舅子签订一个欠款协议，并把小舅子放在自己的医院里打工挣钱，慢慢还上这笔欠款，用这个办法把小舅子拴在裤腰带上，防止他再出去为非作歹。

吴尚德腹中主意已定，接过小乔的话茬说："我们替金宝还款没有问题，不过这钱不能白给他，需要他给我们签一个借款协议，在我们的医院里面打工，什么时候还完了钱，什么时候才能离开。"

岳父母听见女婿替儿子还账不但要打借条，而且还要给女婿当长工还债，老脸顿时就耷拉下来，吴尚德假装看不见，而是给想发问的小乔递了一个眼神,小乔略一思索,仿佛明白了他的心思,她劝慰母亲说:"妈,让金宝在我们那里打工就可以随时照顾你们二老和弟妹孩子了,账能还就还,不能还就欠着,我们也不会逼他还债的。"

母亲听小乔这么一说,紧绷着的脸才舒展开来,吩咐儿子说:"你姐答应替你还债,你还不好好谢谢你姐和你姐夫。"金宝谢过姐姐和姐夫,并表示一定好好干,结草衔环也要报答姐姐姐夫的恩情。吴尚德有些纳闷,喂牲口的布袋——草包一个的小舅子,怎么说出这么文雅的词,他问金宝懂得结草衔环什么意思吗?金宝说:"我也不知道什么意思,只是听说书的一说到报恩的时候就经常这么说,所以我想这一定是个好词。"在座的人听了金宝的回答一起哈哈大笑,金宝也尴尬地咧嘴笑了起来。

小乔父母见儿子今天表态要痛改前非,重新做人,内心的喜悦通过满脸的笑容折射出来,母亲正准备宣布这次团结、胜利的家庭会议圆满结束,突然金宝的媳妇站了起来:"慢,爸妈,我还有一件事要说。"

小乔的母亲把手一摆:"孩子,有什么话待会儿再说,我们先吃饭。"金宝的媳妇拒绝了:"不,我就要当着全家人的面说,我要和金宝离婚!"

金宝媳妇的话不啻一个惊雷,把大家惊得目瞪口呆,金宝以为是自己在外面搞女人的事让媳妇记恨自己了,他急忙向媳妇表忠心:"媳妇,我知道错了,我已经和她断绝来往了,你放心,我今后一定在家好好照顾你和咱们闺女。"

乔母也一脸不解的神态,她顺着金宝的话茬试图消除儿媳妇心中的怨气:"孩子,金宝已经向你认错了,看在孩子的分儿上你就原谅他这一次吧。"

乔老爷也认为儿媳妇有些小题大做了:"孩子,人非圣贤,孰能无过,男人年轻的时候拈花惹草是免不了的,只要改了就行了。"

乔母听了老伴的话,立即把眼睛盯住他:"死老头子,今天说实话了,你年轻的时候是不是也去拈花惹草了,老实交代。"

· 240 ·

乔老爷急忙分辩:"我就是随口那么一说,你可千万别多心瞎想。"

见小乔投过来鄙夷的目光,吴尚德急忙将跑岔的话题拉了回来:"爸妈,你们二老就不要添乱了,先让弟妹把话说完。"

老两口彼此赠与了对方一个白眼球,偃旗息鼓停止了争吵。金宝媳妇面对众人期盼的目光,摇摇头说:"我不仅是为他在外面找女人这件事要和他离婚,而是他败家的做法我实在不能忍受了。这套房子是爸妈给孙子留下的财产,孩子还没有出生,就拿出来替他爸爸还债了,父债子还的道理我懂,但是,让我没出生的儿子给他爸爸还赌债,我心里憋屈。金宝如果这么不成器,我担心有一天会不会把没出生的儿子也输进去。"

乔母为平息儿媳妇的怒火,急忙替儿子说好话:"孩子,俗话说浪子回头金不换,如今金宝已经亲口答应要留在家里照顾你和孩子了,你就再给他一次机会吧。"

金宝媳妇反诘婆婆:"您说金宝红口白牙发过多少回誓了,有哪一次说到做到了,您嘴上说这次金宝浪子回头了,但是您二老心里真的相信他会改邪归正吗?"

儿媳妇的话真把老两口问住了,对儿子的誓言,虽然希望他说话算数,但是心里也是拉琴的丢唱本——没谱,他们把目光投向金宝,希望他和媳妇说几句好话哄哄她。

金宝问她:"离了婚,你住哪里?总不能让咱闺女流落街头吧。"

金宝媳妇胸有成竹地告诉金宝:"这个我也考虑了,爷爷奶奶曾答应给孙子一套房,还没有到手就被你赌没了,如今咱们住的这套房,保不齐哪天又被你赌没了。如果你心里真的还有我们娘俩,你就把房子过户给你闺女,也算给你乔家的血脉留点祖产,等孩子长大了,也让她念她爸爸一点好。"

金宝冷笑一声说:"原来你是惦记我们家的房产呀。"

金宝媳妇也毫不示弱地回怼他:"我自从嫁给你就没有惦记过你家的房产,我只是觉得在你这个败家子把家产败光之前,赶紧给孩子留一点,免得她长大以后一无所有。"

· 241 ·

金宝梗着脖子说："如果我就是不同意离婚你能怎么办？"

金宝媳妇也斩钉截铁地对金宝发出了强硬的警告："如果你不同意离婚，那我们就法院见。我会去法院起诉离婚，我问过姐夫了，法律上你属于有过错的一方，法院肯定会把孩子判给我，并分给我们大部分财产，离婚以后，我们桥归桥路归路，我就带着孩子回娘家，孩子改随我的姓，也不属于你们乔家人了，免得跟着你丢人现眼。"

金宝媳妇振聋发聩的一番话，让乔家门的人目瞪口呆，小乔狠狠瞪了吴尚德一眼，似乎是在责怪他什么，吴尚德也很委屈，免费提供的法律咨询服务怎么就裹进了离婚案中。见金宝还在犹豫不决，金宝媳妇马上放下挥舞的大棒，换上了甜甜的胡萝卜："当然，如果你同意离婚，虽然房子判给你闺女了，但是你可以继续住在家里，我和闺女一起监督你，如果你真的改邪归正，走上正路了，到时候可以考虑我们再复婚，如果你继续一条路走到黑，不可救药了，那就只能将你扫地出门了。这两条路你自己选一条。"

金宝脸色阴晴变幻不定，翻来覆去考虑了半天，也许是他的良心有所发现，也许是他不想失去乔家的血脉，也许还有其他的理由，他毅然决然对着媳妇说："好！我同意离婚，我净身出户，所有的财产都留给你和咱们女儿，今后不管我在外面惹什么祸，都和你们娘俩没有一丝一毫的关系。"

见父母和姐姐还要劝阻自己，金宝摆摆手说："你们什么也不要说了，我明天就去办理离婚手续，房子也过户给我女儿，我不能让我闺女记恨他爹一辈子。"

回家的路上，小乔埋怨吴尚德说："金宝媳妇离婚你给瞎出什么主意。"吴尚德苦笑一声说："我哪里瞎出什么主意了，她打电话问我一个法律问题，我的本意是想提高家庭成员的法律知识水平，所以免费当了一次法律顾问，谁知道她是用来和金宝离婚的。"

吴尚德一边开车一边夸了金宝一句："我这个小舅子我平时还真看不上他，不过今天的举动我还是挺佩服的，不管他出于什么动机，还真有点男子汉大丈夫的气概。"

小乔白了他一眼，没有好气地说："我们乔家人都是考虑自己少，为别人考虑得多，金宝就是为了他的老婆孩子才同意离婚的。"吴尚德脑残地反问了一句："你说他是不是为了外面那个女人才同意离婚的？"

小乔奇怪地问："你怎么知道他是为了那个女人离婚的，金宝告诉你了？"

吴尚德不假思索地回了一句："还用金宝告诉我，古人云，田舍翁多收十斛麦，尚欲易妇，何况金宝这个挥金如土的浪荡公子。"

小乔听吴尚德的话越琢磨越不是味儿，她警惕地问了一句："那你有钱了是否也要易妇呀？"

吴尚德见小乔对自己起了疑心，急忙对爱妻表忠心："我家里有天仙般的美女，哪里还会去外面采野花，这个你可以把心放回肚子里。"

小乔"哼"了一声说："我看你手机里还存有玉梅的电话，你们怕是旧情难忘吧。"

吴尚德解释说："我和她早就没有什么关系了，存玉梅的电话是因为虎子有些事还需要找我，离婚后我们感情上已经一刀两断，没有任何藕断丝连了。"

小乔幽幽地叹了一口气说："都说男人有钱就变坏，你在外面又那么风光，我看你周边主动往上贴你的女人也不少，你可要小心点，她们图的可是你的钱和你的专家身份，一旦你丧失了这一切，她们就会舍弃你而去的。"

吴尚德满不在乎地说："你说的这些我都明白，我是那么容易上当的人吗？再说了，咱们家的钱都攥在你的手里，医院的财务大权也是你掌管，我就是想变坏也没有钱呀。"

小乔霸气地回应吴尚德："我不管你有钱还是没钱，反正我把丑话说在前面，我们两个订个君子协定，如果谁出轨了，只想易妇的美事，都必须得净身出户，你同意吗？"

吴尚德听了小乔的话，心里咯噔一下，不由得浮想联翩：说实话，让他像金宝一样，挥一挥衣袖，不带走一片云彩地潇洒离去，他肯定做不到，金宝是崽卖爷田心不疼，而他的资产是他用双手和汗水一点一滴换来的，怎么舍得轻易放弃。他对刚才小乔不请示、不商量，轻易就答应为金宝还债的做法也非常不满，这个败家娘们利用自己掌管的财务大权，在花钱上经常独断专行，给我们家花钱你是一分钱掰成两半花，抠得不行，而你们娘家要钱，则是有求必应，如果是用在物有所值的地方，也还罢了，但你是往金宝那个无底洞里填，哪还有个头呀。如果是玉梅管钱，绝对不是这种情况。哎，刚说的已经和玉梅没有关系了，怎么又想起了她。不行！我必须设立自己的"小金库"，掌握财务工作的主动权。说干就干，回去马上就开辟自有资金的进销存秘密渠道。

吴尚德心不在焉，嘴上有一搭无一搭地和小乔应付着，脑海里却在不停地打着自己的小算盘，幻想着怎么才能让财源滚滚流入自己的"小金库"，直到小乔拍了他一下，他才从沉思中清醒过来。小乔不满地问："问了你半天话，你怎么不搭理我。"

吴尚德扯个谎应付她："我在想你们家的房子我妈和我姐她们来了不能住了，去哪里租个房子住。你刚才说什么？"

小乔说："过几天你妈妈来了先找个酒店让她住下，租房的事以后慢慢再说。你先想想你让金宝来医院打工，把他安排在哪个岗位合适。"

吴尚德忽然想起还有这个糟心的事情没有着落，他冥思苦想了半天，也没有想到一个岗位适合这个好吃懒做的小舅子，小乔建议说："不如让他去跑采购，比较自由，还能捞点外快。"吴尚德断然拒绝："这个坚决不行，如果他见利忘义，给医院采购的全是假冒伪劣商品，就把医院的牌子给砸了，我们这个医院就得关门了。"小乔又提了财务、库管等几个岗位，都被吴尚德一一给否定了，小乔有些恼怒了："这也不行，那也不行，你总不能让他去看大门吧。"

吴尚德眼前一亮："你说得太好了，就让他去看大门，而且安排在夜班。"

小乔板起脸有些不满意了："你还真让我弟弟给你当门夫啊。"

吴尚德给小乔分析当门夫的好处："我们可以给他安上一个保安队副队长的身份，让他有些荣誉感和自豪感，另外，副队长好歹也算个部门领导，能够比其他保安多拿一些工资。"

"那你为什么让他值夜班？"

"值夜班一来白天可以照顾爸妈并接送他闺女上下学，二来我怕金宝的少爷脾气犯了得罪人，而夜间很少有患者，医院职工也都下班了，可以减少他和别人产生矛盾的机会。"

小乔还想为娘家人多征得一些好处："那我们就多给我弟弟发一些工资，让他早点把欠的钱还上。"

吴尚德赶忙给小乔发热的脑袋泼冷水："那可不行，说实话我们医院也不缺金宝这个人，我之所以出这个主意，主要是防止他再往外跑，你多给他发工资，一是其他股东答不答应，二是手里钱多了，保不齐他又去赌博，我们能多留他一段时间就多留他一段时间，一来让爸妈高兴，二来时间长了，他看在老婆孩子的分儿上真的改邪归正了也未可知。"其实，吴尚德心里还有一个想法没有说，那就是对小乔替弟弟还赌债的做法心有不甘，希望金宝能多当一段时间的长工，多少能抵扣一些损失。

小乔见吴尚德为自己的家庭成员考虑得这么周全，情不自禁地亲了他一口："老公你真好！我爱你。"

吴尚德说："好了，料理完你家的事就该轮到我们家的事了，过几天我妈和我姐就要到了，我去找医院的朋友办理大姐住院的事情，你去医院附近找个服务好质量高档一些的酒店让咱妈先住下，不要怕花钱，一定挑最好的。"小乔乖巧地答应了吴尚德的要求。

火车站口，望着满头白发的母亲和面色枯槁的大姐，吴尚德的心里一阵愧疚和酸痛涌上来，他疾步向前用双手扶住母亲的胳膊，声音哽咽地叫了一声"妈妈"，又转头叫了一声"大姐"，跟他一起来接站的贾秀玲等人也簇拥上前，给母亲问好。小乔上前叫了一声"妈"，又伸手搀住大姐瘦骨嶙峋的胳膊，扶着大姐往接人的车门走去。

老太太望着眼前鬓角斑白的儿子和他的同事，眼角也是泪花闪烁,她问吴尚德:"你们都好吧,玉梅那闺女也好吧?"吴尚德怕引起小乔的不满,嘴里一边应着,一边给贾秀玲使个眼色,贾秀玲上前搀住老太太的胳膊说:"阿姨您一路上辛苦了,我们先送您去酒店休息,大姐我们已经安排人和车直接去医院办理住院手续了。"

老太太摇摇头说:"我也先陪着闺女去医院。"吴尚德急忙劝阻说:"妈,我姐去医院是办理住院手续,人多了医院也不让进,您先住下休息休息,等我姐办好了住院手续您再去医院看她。"

老太太在众人的劝说下,颤颤巍巍地上了车跟随吴尚德去了酒店,小乔则带着大姐和大姐夫直接去了医院。

中午,贾秀玲等人为老太太举办了隆重的接风酒宴,老太太第一次在这么高档的酒店里享受这么高规格的接待,她嘴里一边向大家道谢,一边问吴尚德你大姐住院的事安排得怎样了。

吴尚德一边给母亲夹菜,一边安慰母亲说:"妈,您就放心吧,我媳妇带人亲自去给大姐安排了,一会儿安排好了,就回来告诉您。"

老太太不动筷子,冷不丁地问了一句:"你媳妇玉梅现在怎么样了?"这句话让在场所有的人一愣,不知道是老太太老糊涂了,还是有意而为之。吴尚德尴尬地说:"妈,您儿媳妇您刚才不是在车站看见了吗,那就是您儿媳妇。"

老太太摇摇头说:"我就想见见玉梅闺女,你把她找来让我见见。"

吴尚德为了哄老人开心,急忙许愿说:"妈,您放心,我一定把玉梅请来看望您老人家。您先吃饭,明天我就打电话告诉她。"老太太见儿子答应了她的要求,这才拿起筷子吃饭。

众人陪老太太吃过午饭,吴尚德送母亲回房间睡午觉,老太太问大姐住进医院了吗?吴尚德说:"刚才已经接到媳妇的电话,大姐已经住进了病房。"老太太坚持马上要去医院照顾大姐,吴尚德劝阻母亲说:"您儿媳妇已经为大姐找好了护工,您这么大年纪不用天天往医院跑了,偶尔去看看就行了,好好在酒店休息休息,养养身子。"

母亲眼含泪水告诉他:"你在外面打拼事业,一直顾不上家,最初那几年,多亏玉梅闺女照顾我和你爸,你爸爸走了以后,这么些年我一个人孤零零的多亏你大姐照顾我，虽说天天粗茶淡饭，但是你大姐一家专门为我开小灶，让我吃得顺心可口，你姐夫也像亲儿子一样照顾我，如今她有难了，你让我住在这高档的酒店里享清福，你说我心里能安吗？"

吴尚德见母亲提到了玉梅，想起刚才吃饭的时候母亲说玉梅是自己媳妇的话题，他提醒母亲说："妈，我和玉梅离婚您是知道的，您在人面前别老说玉梅是我媳妇，让人家笑话。"

母亲眼角流着泪说："我知道我在大家伙面前提玉梅你媳妇不高兴，让你没面子，但是，你知道吗，你不在家的时候，是玉梅没黑没白地照顾我和你大，我半夜得了急病，是玉梅顶风冒雨送我去的医院，并卖血救了我的老命，虽然你们离婚了，可玉梅那孩子一直牵挂我，知道我心里想什么，每年都让虎子回老家看我，并亲手做好吃的给我带回来。你虽然每年寄个包裹回来，但是，你有玉梅的这份孝心吗？你们回来过几回？孙女看过我几回？古人讲要知恩图报，所以我老太太到死也不能忘了玉梅闺女对我的好。"

吴尚德听了母亲的话，脸上感到火辣辣地疼，自己这几年光顾在外面打拼事业，却没有精力照顾母亲，都说养儿防老，但是自己却没有尽到孝道，想到此自我感觉很惭愧，他答应母亲在医院的附近租一套房子，便于母亲去医院看望大姐，并答应把玉梅接来看望母亲。老太太不仅要儿子的口头允诺，而且要儿子狠抓落实，马上就办。吴尚德说，找房子需要一定的时间，玉梅在上班，只有周末休息的时候才有时间过来看望您，到时候我亲自去接她，保证落实到位。

安置好母亲，吴尚德又赶到医院，见大姐已经按照自己事先的安排住进了病房，大姐夫和护工在一旁照顾，医生和护士忙忙碌碌在为大姐做各种检查，他告诉大姐夫准备在医院附近租一套房子，让大姐夫和妈妈暂住，既要照顾好大姐，也别把自己的身子累垮，大姐夫说自己在医院睡沙发就行了，不用租房子，也别让妈过来了，有自己和护工照顾就行了。吴尚德告诉他，这是母亲的意见，就别违拗老人家的想法了。

吴尚德通过朋友在医院附近很快找到了一处房子，并且找到山西朋友开办的红人家政公司的刘总，为母亲配置了一名金牌家政服务员，最后，犹豫再三，还是给玉梅打了一个电话，告诉了大姐因患癌症住院，母亲也过来了，迫切想见她的想法。

吴尚德打电话的时候还担心玉梅借故不来，没有想到玉梅在电话里马上表示出对大姐身体的担心，并且说周六休息的时候，过来看望母亲和大姐。吴尚德要玉梅现在的住址，说自己周六过去接她，玉梅说自己坐公交车来就可以了，不用接她。吴尚德说这是母亲吩咐的，一定要去接。玉梅犹豫了一下，告诉他一会儿把地址发送到他手机上。

忙乎了一天，吴尚德回到家之后告诉小乔，已经为母亲在医院附近租了一套房子，让小乔有空去多看看母亲，缓解一下婆媳矛盾。小乔则说，老太太就是看不上她，自己还是少去得好，以免引起不快，扩大矛盾。吴尚德内心不悦："人心都是肉长的，你多看看她，母亲肯定会扭转对你的印象。"

小乔不以为然地摇了摇头说："那也不一定，我看她心里只有玉梅闺女，早上去车站接她，对我也是爱搭不理的。"吴尚德解释说："她也是着急大姐的病，你也不要多想。"小乔没有接他的话茬，而是问金宝已经上班好几天了，答应替金宝还债的钱什么时候给他。提起金宝吴尚德就来气，他告诉小乔，金宝晚上值班喝酒睡大觉，有急诊病人来了叫不开门，还召集几个狐朋狗友在值班室打牌，这么不负责任可不行，这不是端咱们的饭碗还砸咱们的锅嘛，你有空和金宝谈谈，长此以往，其他几位股东肯定有意见，到时候只能请他另谋高就了。小乔答应了明天就去和他说，并说金宝这几天一直催我，要我们把答应替他偿还高利贷的钱给他。

吴尚德本身就对小乔违反组织原则擅自做主的行为不满，见小舅子蹬鼻子上脸又来催款，心里更加不快，他告诉小乔，先把房子卖了再说，看看房子能卖多少钱，不足的部分我们再给他补上，另外，让他把借高利贷的借条拿来，我们先审看一下，不能光听他云山雾罩的

· 248 ·

瞎白话。小乔又问房子是委托房产中介公司卖还是卖给那些交了购房保证金的人？吴尚德说："狼多肉少，交保证金的人那么多，卖给谁都是麻烦事，还是委托房产中介吧。"

周六一大早，吴尚德正准备吃过早饭去接玉梅，小乔的手机突然急促地响了起来，见小乔脸色越听越焦急的样子，吴尚德预感大事不好，搞不好又是金宝这个扫帚星降临了乔家门。果不其然，放下电话小乔就怀着无比沉痛的心情告诉他："这是我妈来的电话，她说今天早上接到金宝媳妇电话，说好的今天该金宝送孩子上学，为什么日上三竿了还不见金宝的人影，金宝媳妇问我妈是不是金宝在我妈妈家里，我妈说这些天也没有摸着金宝的脚后跟，还以为他在自己家。老公你看怎么办？"

吴尚德见她手足无措的样子，急忙抄起电话给值班室打了一个电话，询问金宝是否在单位，接电话的保安告诉他："金宝昨天晚上就没有来上班，正要向您汇报，不想您已经知道此事了。"吴尚德放下电话告诉小乔，金宝昨天晚上就神秘消失了。小乔情急之下，大实话脱口而出："不会是拿了钱又去赌博了吧。"

吴尚德警觉地问："你又给他钱了？"

小乔见已经无法隐瞒，只好老实地告诉他："我妈妈给我打电话，说我弟弟借的那些高利贷如果不赶紧还上利息就要翻倍地涨，让我先把钱给他，我就先预支了他一部分工钱。"吴尚德有些疑惑："我没有签字，你怎么预支的工资？"

小乔有些自豪地告诉他："为了不让你为难，这次我没有从医院拿钱，而是动用了我们自己的存款。"

"你给了他多少钱？"吴尚德内心的火开始涌动。

"没有多少，就十多万，你不是也同意了替他还债吗，反正早给晚给都是一样。"见吴尚德的脸色不好，小乔急忙把他也拉入了同盟军的队伍。

吴尚德对小乔这种丧失原则立场，公然违背组织纪律、财经纪律，擅权妄为的做法愤怒异常，他气愤地对小乔喊了起来："不是说好了等卖房款下来再给他补差吗,再说了,我们不是商量好了,要先看借条,再直接把钱打到对方账户吗,不能直接给他,你怎么就把我的话全当耳边风了。这下好了,拿着钱又去赌了,旧债未了又得欠新债了,我们买房的计划又要泡汤了。"

小乔头一遭见吴尚德对自己发这么大火,她也隐隐感到弟弟的突然消遁不是个好兆头,有可能自己只听妈妈的话有些太草率了,她急忙赔笑脸给吴尚德:"老公你不要生气了,咱爸妈让你赶紧出去找一找,想方设法也要把他找回来。"

吴尚德没有好气地说:"金宝一个大活人,有手有脚的,你让我去哪里找。我看让金宝浪子回头,按照你爸爸的话讲,老和尚瞧嫁妆——今世休想了。"

小乔见吴尚德给尚可改造好的弟弟直接判处了死刑,内心有些不悦,有心为娘家人和他争辩一番,但是,金宝的所作所为让她自感底气不足,只好忍气吞声地央求吴尚德开车外出去金宝有可能落脚的地方仔细找一找,如果找到了,想尽一切办法也要把他带回来。

吴尚德断然拒绝说:"我今天没有空。"小乔问:"大周六的你又有什么事?"吴尚德刚要回答她,手中的电话突然响起了《千年等一回》的铃声,他低头一看是玉梅打来的,问他是否方便来接,如果不方便自己准备坐公交过去。吴尚德急忙告诉玉梅,马上过去,让她再稍等一会儿。

小乔听见话音是一个女人,马上追问是谁给他打电话。吴尚德不加掩饰地告诉她,老太太想见见玉梅,让我今天去接她。

小乔一听说去接玉梅,马上醋意大发:"你不是说和玉梅早就没有关系了,怎么又联系上了,还千年走一回,心里是不是还惦记她。"

吴尚德见她不可理喻的样子,心里的火也一下子蹿了出来,他义正词严地正告小乔:"再说一遍,我们现在什么关系也没有,就是我妈妈想见见她,让我去接她过来。"

小乔依旧不依不饶:"你还敢说你们没有关系,我妈让你去找我弟弟你就没有时间,你妈让你去接玉梅,你就有时间,到底是我弟弟的事重要还是玉梅的事重要。"

吴尚德见时间不早了,也懒得再和她费口舌,他起身一边往外走,一边冷冷地说:"你弟弟的事我已经做到仁至义尽了,他就是狗改不了吃屎,他的事你们家爱怎么办就怎么办,以后我还不管了。"他在小乔的哭闹声中摔门而去。

吴尚德坐在车上心潮起伏,久久不能平静,对于和小乔的矛盾冲突,他扪心自问,觉得责任完全在对方,矛盾是小乔一手造成的。说实话,给金宝钱只是问题的一个导火索,其实,夫妻吵架的原因是多种因素日积月累造成的。首先是小乔的厚此薄彼。小乔对吴尚德家的经济援助是本着一分钱掰成两半花的节约原则,对自己家则是大手大脚,有求必应。有一次大姐要为母亲盖一间房,请求吴尚德给予适当的经济援助,小乔却以未纳入家庭财政预算为由,迟迟不肯拨付,后来还是吴尚德向贾秀玲借的钱偷偷给大姐的。而小乔这个妈宝女对自家的事则不管有无预算经费,肯定全额支付。其次,金宝这个败家子已经把乔家的资产快败光了,又来败自己的家产,借款再加上为他还债、购物,前前后后已经付出了几十万元,这些钱本来是吴尚德准备购买商品房的,结果基本建设资金却被挪用为赌资。再次,是小乔的恃宠而骄,遇事经常不请示、不汇报,丧失原则立场,满足金宝的无理要求,实际就是助纣为虐,金宝的堕落,应该说乔家人的过分溺爱起到了推波助澜的帮凶作用。让吴尚德无法忍受的还有小乔的无端猜疑,就拿今天的事儿来说,去接玉梅看看母亲,本是平常的一件小事,却打翻了醋缸和自己大吵大闹,难道离婚的夫妻就必须成为仇人和死敌吗?

吴尚德翻来覆去,反复将夫妻反目的原因进行了追寻探索,当认定自己是无过错一方的时候,对小乔的反感越发强烈,委屈的情绪油然而生,都是你的错的认知一旦在脑海中形成,感觉自己马上占据了道德的制高点,心理上的负担一下子减轻了,负疚感和责任感荡然无存。

而小乔见吴尚德负气拂袖而去,内心也是怨恨满满,明明是你吃着碗里看着锅里,和玉梅藕断丝连,怎么我说你一句你还有理了,难道我说错了吗?她在气愤之余给母亲打电话诉说委屈,母亲听见小乔哭哭啼啼地诉说,自然是坚定地站在女儿的立场上,对女婿的作风问题进行了严厉谴责,给予女儿道义上的支持。小乔有了同盟军,自然认为自己的所作所为是无比正确的,因为两个人都在各自的逻辑思维上推理考虑问题,都在指责并充分论证对方的过错,导致嫌隙也不可避免地逐步扩大加剧,用吴尚德的话讲:夫妻间的矛盾不断得到深化和巩固,为以后的分裂埋下了种子。

第十四章　大爱无声

吴尚德还在浮想联翩之际，车子已经开到了郊区一处政府提供的某安置房小区门口，吴尚德远远就看见玉梅手里提着大袋小袋的礼品在小区门口等候自己，吴尚德打开后备厢一边帮助玉梅装东西，一边嗔怪地说："你看你带了这么些东西，还要挤公交车，不嫌累呀。"

玉梅笑笑说："已经习惯了，倒也不觉得什么。"

坐在车上，吴尚德告诉玉梅："其实你不用买什么礼物，我妈来了就想见见你，天天催我来接你，我觉得见到你比买什么礼物都重要。"

玉梅说："也没有什么贵重的礼物，都是妈爱吃的一些东西，表表心意，另外，"玉梅沉吟了一下，"不光是给妈买的礼物，还有给老童他大哥买的东西。"

吴尚德也曾经听玉梅说过老童的大哥卷款潜逃的事情，当时，老童和家人曾经秘密地寻找过大哥的下落，但大哥一家人瞬间仿佛从人间蒸发了，毫无踪迹可寻，老童等人只好偃旗息鼓，停止了追逃活动。一晃这么多年过去了，怎么老童的大哥又突然穿越归来了。

玉梅面对吴尚德的好奇心理，轻轻叹了一口气说："中国有一句老话说得好，积善之家，必有余庆，积不善之家，必有余殃，他大哥把大家的钱卷跑了，其实，他内心的痛苦和折磨也没有让他享受过一天的快乐。"玉梅告诉吴尚德，老童大哥拿着全家的拆迁款在郊区买了一处房子，过上了隐姓埋名的隐居生活，在良心的谴责下，全然没有陶渊明那种采菊东篱下，悠然见南山的洒脱快乐，而是整天在煎熬中忏悔，由于心理负担过重，最后患上了癌症，而且是晚期，为了治病，据说把房子也抵押出去了。他大哥在自知生命无多的时刻，主动联系了母亲和老童，对自己所犯下的不可饶恕的错误，表示了触及灵魂的悔过，希望母亲和家人能够原谅自己，让自己在解脱罪恶感的情况下离开人世。

玉梅神色凝重地说："人之将死，其言也善，我和老童商量了，既然大哥已经认错了，而且事情也已经过去这么多年了，过去的事情就让它过去吧，现在上天也已经惩罚他了，咱们就别再纠缠以往了，让他安心离开吧。我今天就是过去借看大姐的机会顺便看看他。"

吴尚德听了老童大哥的结局，联想到金宝的所作所为，想起了古人的一句话：天作孽，犹可恕；自作孽，不可活。这句话在老童大哥的身上已经应验了，在金宝的身上恐怕早晚也要兑现。

到了母亲租住的房子，吴尚德轻轻敲了敲门，保姆打开门，母亲在屋子里问是谁来了。玉梅眼含泪水轻轻地叫了一声"妈"，跪在母亲的脚下，把头直接埋进了母亲的怀里，母亲坐在椅子上，老泪纵横，用手抚摸着玉梅的脸，声音颤抖地连声说："闺女，我的好闺女，这么些年没见，可想死我了。"

玉梅抬起头凝望着母亲的满头白发，动情地说："妈我也想您老人家！您老一切都好吧。"

母亲嘴里连声说着好，并用手搀起玉梅，让她坐下来说话，看到这母女相逢的感人一幕，吴尚德的鼻子也感觉酸酸的，眼眶发热，母亲用手轻轻捋了捋玉梅鬓角的白发，动情地说："闺女这些年可苦了你了，娘对不住你呀。"

玉梅用双手紧紧抱住母亲的一条胳膊，破涕为笑安慰母亲说："妈，您不用为我担心，您看我这不是挺好的嘛。您老也要多多保重身体，往后的好日子还长着呢。"

母亲和玉梅你一句我一句聊起了家常，畅叙分别后的彼此思念之情,吴尚德看时间不早了,轻声对母亲说:"妈,玉梅还要去医院看病人,您看我们是否先去医院,等中午吃饭的时候你们母女两个再慢慢聊。"一句话提醒了母亲,她急忙对玉梅说:"闺女,我们先去医院看看你大姐,中午你不许走,陪娘吃个饭,我们再说说心里话。"玉梅爽快地答应了,并帮着母亲穿好外衣,扶着母亲小心翼翼地走出了家门。

大姐和大姐夫看见玉梅也是欣喜异常,大姐长期缺乏血色的脸上竟然浮现了一抹红晕,玉梅轻言细语劝慰了大姐一番,又在吴尚德的陪同下,去看望老童的大哥,一进门看见老童已经先到了。大哥两口子看见玉梅也来了,脸上露出了惭愧的表情,大哥刚要开口为过去的事情向玉梅道歉,玉梅急忙打断了大哥的话头:"大哥您什么也不用说了,人非圣贤,孰能无过,知错能改,善莫大焉。您现在就是一件事,踏踏实实安心治病,我们家老童说了,钱不够大家凑,只要能把您的病治好,花多少钱我们都愿意。"大哥见玉梅两口子不但不记恨自己,还以德报怨,愿意为自己掏钱治病,两行泪水夺眶而出,他用骨瘦如柴的双手拉住老童的手,有气无力地说出了自己憋在心里很久很久的话:"兄弟,大哥对不起你们,千错万错都是我的错,我知道这是老天爷对我的惩罚,请你们看在一个将死之人的面子上就原谅我吧。你们的大恩大德我这辈子恐怕是无法报答了,只有等下辈子再偿还了。"

老童也紧紧攥住大哥的手说:"大哥你弟妹已经把我们想说的话全说了,你安心养病什么也不要想,这三鲜馅饺子是咱妈亲自给你包的,妈还说了,只要你大哥爱吃,过几天还给你包。"

大哥想起母亲,声音有些颤抖了:"告诉咱妈,儿子不能给她老人家尽孝了,让她老人家千万保重身体,我祝福她老人家健康长寿!"

看见老童兄弟两个"度尽劫波兄弟在,相逢一笑泯恩仇"的感人画面,吴尚德为玉梅打抱不平而对老童大哥的仇恨心理,竟然也被玉梅他们两口子的善良举动消化于无形之中。

从医院出来,吴尚德想拉着母亲和玉梅去附近的便宜坊烤鸭店吃饭，但是玉梅说不用去那么高档的地方吃，找个普通的地方就行了，再说了母亲还是喜欢吃软一些、烂一些的食物，母亲白了儿子一眼说："你还不如玉梅闺女了解我的口味。"按照母亲和玉梅的要求，吴尚德选择了一个整洁安静的餐馆，便于说话聊天。

母亲问玉梅现在住在哪里？玉梅怀着感恩的心情告诉母亲，多亏了党和国家的政策，他们现在住在郊区的一所政府安置房，老童的母亲也和他们住在一起。虎子现在已经考上大学了，有空的时候让他过来看看奶奶。老太太开始还非常高兴地听玉梅讲述，当听见老童的母亲在他们家颐养天年的时候，老太太长长叹一口气，玉梅见状，急忙安慰老人说："妈，等大姐的病好一些了，我接您到我家里住几天，请您老去散散心。"老太太愉快地接受了玉梅的邀请。

吃完饭，吴尚德和玉梅一起把母亲送回去，玉梅坚持要乘坐公交车回家，母亲和吴尚德坚决不答应，母亲叮嘱儿子一定要把玉梅送到家，吴尚德问是否还要去医院接上老童一起走，玉梅说老童还有事情要办，我们不用等他了。

回去的路上，玉梅问大姐的病到什么程度了，吴尚德坦诚地告诉她："医生说已经到晚期了，最多不超过两个月。"

玉梅沉吟了一下，又问他母亲准备怎么安排？

吴尚德叹了一口气，无奈地说："还能怎么办？回老家没有人照顾，住在我家，婆媳不和，母亲也不开心，我准备先租个房子，找个保姆照顾她老人家。"

玉梅有些担忧地说："长期租房住也不是个办法，搬来搬去的，让老人没有归属感，而且老人一个人住也太孤独了。"

吴尚德对玉梅说的话深有同感，他气愤地把准备为母亲买房，但是购房款被金宝骗走一部分，小乔又和金宝内外勾结、狼狈为奸，私下为金宝偿还赌债的事情告诉了玉梅。

玉梅问他下一步打算如何处理好这些错综复杂的家庭矛盾，让母亲安度晚年，吴尚德有些心灰意冷地告诉玉梅："她弟弟如果不给他们家再捅出更大的乱子，我吴字倒过来写。反正我也管不了，也不想管了，我现在就是脚踩西瓜皮——滑到哪里算哪里了。"玉梅沉思了一下，做出了一个让吴尚德瞠目结舌的决定："让咱妈去我那里住吧，我来给她老人家养老！"

吴尚德以为自己的耳朵出了毛病，他声音有些发颤地追问玉梅："你刚才说什么？"

"我说如果妈同意，让她老人家住在我那里，我给她老人家养老送终。"玉梅清晰地把信息再次传递给吴尚德。

吴尚德这次终于听清楚了，他也明白了自己不是在做梦，玉梅的话让他的心里有一种既感动又震惊，外加惭愧自责，五味杂陈的滋味涌上心头，本想说句发自肺腑的感激话，结果激动之余，竟然结结巴巴地问玉梅："那、那你家老童能同意吗？"

玉梅自信满满地告诉他："你不了解我们家老童，他是一个心地善良，既孝顺又有爱心的男人，你知道刚才为什么你想去接他一起回家，我说他还有事情要办吗，没有骗你，他是去找朋友借钱给他大哥治病。"

吴尚德问玉梅："难道你家老童不记恨他大哥吗？"

玉梅毫不隐讳地告诉他："刚开始的时候，老童和我气得不行，老童甚至找他大哥玩命儿的心都有了，但是冷静下来一想，他大哥自身有病，大嫂又提前下岗了，他们也是穷怕了。再说了，干了这种令人不齿的事情，估计他大哥也是寝不安席，食不甘味，整天在良心的谴责中度日。我们想到这里，内心也就释然了，古人说，严于律己，宽以待人，我们宽恕了他大哥的不义之举，心里反而轻松了。后来小兰一直闹着要去公安机关报案，还是被老童给劝阻下了。"

吴尚德感慨地说了一句："俗话说，人在做天在看，举头三尺有神明，他大哥得了癌症，也应了那句善有善报，恶有恶报的老话了。"

玉梅有些伤感地说："他大哥还不到六十岁，这么早就走了，我和老童心里也怪难受的，大嫂本来想把房子卖了给大哥治病，我家老童说，卖了房子你和侄子住哪里？我们找朋友借一些，先渡过眼前的难关再说，房子千万别卖。"

吴尚德由衷地赞美说："你们两口子真是大好人，一定会好人有好报的。"

玉梅坦然地说："我们也不是为了图什么回报，就是求一个内心的平安和满足。"

吴尚德有些奇怪地问："过去，你不善言辞，你也常常说自己笨嘴拙舌的，现在怎么说话水平这么高，真应了那句老话，士别三日当刮目相看了。"

玉梅毫不掩饰自己的得意之情："俗话说，知识改变命运，我们分手以后，为了排除自己的苦闷，也为了改变自己的命运，我就报名参加了广播电视大学中文系，也是在那里我认识了老童。"

见玉梅幸福溢于言表的神色，吴尚德仿佛窥见了她内心深处一颗真善美的爱心浮现在眼前。

到了玉梅家的楼下，玉梅盛情邀请他去家里坐坐，吴尚德也想了解一下前妻目前的生活现状和家庭情况，便没有推辞跟随玉梅一起走进家门。

玉梅的家两室一厅，面积虽然不大，但是收拾得井井有条，干净利落，听见有人进来，老童的母亲从房间里面出来，热情地招呼吴尚德就座，并张罗着沏茶、倒水、拿水果，吴尚德怕累着老人家，急忙请老人坐下休息别忙活了。玉梅微微一笑说："别看我妈快八十岁了，身体可好了，还能给我们做饭炒菜，收拾屋子，不让她老人家干还不乐意呢。"老太太也笑呵呵地说："我这儿媳妇可孝顺了，手脚又勤快、又麻利，家里家外都能干，我身子骨还硬朗，能帮他们就帮他们一把。"

吴尚德看老太太精神矍铄，红光满面，脸上洋溢着幸福的笑容，能够感觉到这一家人一定生活得非常幸福美满，虽然屋子只是简单的装修，也没有什么高档豪华的摆设，但充满着一种温馨舒适的氛围。玉梅笑着对老人说："妈，过些日子给您老人家找个姐妹来做伴儿，老姐俩一起住您愿意吗？"

老太太高兴地说："那敢情好，我正愁一个人在家闷得慌，有个姐妹来陪我说话聊天，家里人气更旺了。什么时间过来呀？"

玉梅面露喜悦地告诉婆婆："我先征求您的意见，您同意了我再给您请过来。"

老太太爽快地说："闺女你不用征求我的意见，你干的事妈都一百个支持，绝不拖你后腿。"

吴尚德没有料到，在别人看来很有难度的一件事，在玉梅的家里竟然就这么轻松地解决了，由此可以看出家庭成员之间的彼此信任与融洽。老太太见吴尚德和玉梅还有话要说，寒暄了几句就回到了自己的房间。

吴尚德由衷地赞叹说："没有想到你在这个家里这么有威信，你家老童也听你的吧。"玉梅笑了笑说："我们谁说得正确就听谁的，有什么事情大家都商量着办，彼此尊重。"

吴尚德还是有些担心地问玉梅："你家老童不会因为我母亲的到来，对你心生不满，引发你们夫妻矛盾吧。"

玉梅沉思了一下，给吴尚德讲述了老童的一件往事。

老童的前妻走后，他不忘前妻的临终嘱托，精心照料前妻的父母。开始的时候，前岳父的一个侄子打着照顾老人的旗号过来看望老人，但是，时间不长就露出了狐狸尾巴，他侄子要求把房子过户给他，他可以赡养老人。老两口害怕侄子把房子拿走了就不管他们了，所以，要求侄子先赡养他们到老，等到百年之后再把房子过户给侄子。侄子见一对老人都是病秧子，长期照顾下去太拖累自己，所以，要求先过户再赡养，因为两个老人不同意，所以，此事就不了了之。老童没有要房子，但是，在经济上和生活上都给了前岳父母无微不至的关照。前岳父因为自己的徒弟不给自己报销医药费，一直耿耿于怀，由此及彼，他认为连亲如父子的徒弟都靠不住，更何况一个另寻新欢的前女婿，他照顾我们一定是和我的侄子一样另有所图，搞不好也是惦记上我们的房子了。由于老人家先入为主，所以，不管老童如何尽心照顾，前岳父还是不冷不热的态度，有时候甚至对老童发脾气，前岳母虽然不像老伴那样不近人情，每次女婿上门还是非常热情,但是,心里也嘀咕女婿是否有什么不可告人的目的。

老童单位的人了解了老童的情况后,见他费力不讨好,而且两边跑太辛苦,就劝他把前岳父母的房子卖了,用卖房的钱把两位老人送进养老院,一来可以免除两位老人的疑心病,二来你也不用那么辛苦了。老童虽然觉得这是一个好主意,但是,他又担心老人过不惯养老院的生活而辜负了前妻的临终嘱托,所以,他思来想去,最终还是打消了这个想法。他说:"宁肯我辛苦一点,也要让老人度过一个幸福的晚年。"

老童和玉梅商量后,从为数不多的工资里给老人雇了一个保姆,给老人买了手机便于联系,并且定期过去看望照顾老人,帮忙做一些事情,俗话说,路遥知马力,日久见人心,时间长了,老两口的疑心病也逐渐消除了许多,前岳母有一次甚至说等自己和老伴走了,把房子就留给女婿和外孙女,但是老爷子却一直没有吐口。后来,老爷子病重住进了医院,老童衣不解带地在医院照顾他,老爷子在临终之前终于松口说,等他自己和老伴走了,把房子留给老童。老童明确告诉他,自己不是为了贪图房子,而是为了完成前妻的临终嘱托,这套房子他准备找个律师,签字放弃房子的继承权,这房子你们二老想给谁就给谁,想怎么办就怎么办。他把自己的这些话也告诉了老太太,在老爷子去世以后,他本来想尽快操办这件事,但是,老太太不愿意,她看出来了女婿是真心对他们好,所以,她说将来还要指着女婿给自己养老,所以,房子谁也不给,一定要过户给女婿,但老童自己没有同意,所以,房子还是在老太太名下放着。

玉梅讲完老童不图钱财尽心照顾前岳父母的故事,意味深长地反问吴尚德:"你说像他这样的人,会反对咱妈住进我家里吗?"

吴尚德被玉梅讲的故事深深打动了,老童和玉梅虽然在物质上不是富有的,但是他们的精神生活却是富有的,他们的心灵是最美的!

吴尚德的大姐经过医院的全力抢救,终究还是撒手人寰了,料理完大姐的丧事,大姐夫捧着大姐的骨灰盒回了老家,母亲被玉梅接回了家,吴尚德在送母亲到了玉梅家以后,交给玉梅一笔赡养费,用作母亲的日常支出，结果玉梅拒收了，并告诉他，自己并不是为了钱才赡养母亲的，而是与母亲深深的母女情谊，这是用金钱无法衡量的。吴尚德只好把钱悄悄交给了母亲，告诉母亲自己会定期给母亲送赡养费的，如果有什么需求，就让玉梅打电话告诉他。

自从和小乔因为金宝的事夫妻发生争执以后，小乔经常往娘家跑，和父母商量如何找回金宝，吴尚德对金宝的事应付多操心少，而金宝媳妇更是直截了当告诉乔老爷夫妇："我们已经离婚了，今后，金宝的死活与我们娘俩没有任何关系了。"乔老爷夫妇也给吴尚德打过电话，不疼不痒地数落了几句金宝的不是，让他看在闺女的面子上，帮忙去外面找找金宝，如果找到了，把他带回来，并让他继续在他那里工作。吴尚德知道金宝肯定是放下包袱一身轻松地又去赌场奋斗了，这种不可救药之人即便找回来，也是瞎子害眼——没治了。他嘴上答应了继续找，但是他以大姐有病需要照顾，医院工作忙，自己走不开等理由拒绝外出，世界这么大，哪里找得见，与其大海捞针一样漫无目的地瞎跑路，还不如守株待兔，金宝没有钱花了，肯定会回来继续孝敬你们二老的金钱的。

小乔见吴尚德对金宝的事情不上心，最近反而和玉梅走得比较近，心中醋意大发，经常冷嘲热讽地甩一些片儿汤话，而吴尚德因为担忧大姐的病情，对小乔的照顾体贴热度也明显下降，夫妻之间拌嘴和吵架的事情提上了议事日程，尤其是在玉梅接走母亲的这件事情上，小乔说："玉梅肯定是西门庆请武大郎——没安好心，不是和你旧情未了，就是贪图你的钱财，咱家的钱不经过我同意你可不能随意倒贴你的旧情人。"吴尚德为小乔眼皮子的浅薄和心胸之狭窄而嗤之以鼻，他正告小乔说："我主动给人家钱，人家都不要，你不要以自己的小人之心度人家的君子之腹。"

小乔见吴尚德把自己纳入小人队列，而把玉梅列入君子行列，差点把鼻子气歪了，我堂堂一个研究生，竟然在你的眼里还不如一个村姑，看来有必要以史为鉴，让吴尚德重温一下当年走麦城的遭遇："你也不要太相信她说的话，她不要钱，说明有比钱更重要的事情让她惦记，你不会好了伤疤忘了疼，忘了娟子的前车之鉴吧。"

见小乔把玉梅和娟子相提并论，吴尚德觉得这是拿黄土比黄金，简直良莠不分："玉梅是街道的积极分子，还是区文明办评选的道德模范，人家可不是心怀叵测见钱眼开的势利小人。"

小乔好像发现了新大陆一样的兴奋："你看我说对了吧，我猜她就是为了当这个模范才把你妈接走的，否则这种傻事谁干。"

吴尚德见她用这种龌龊的想法诋毁玉梅，不由得怒火中烧，他毫不客气地怒斥小乔："你说的话简直太无耻了，你不觉得你是在玷污你自己的良知和灵魂吗！"

小乔见吴尚德因气愤而扭曲变形的脸，也自觉说得有些过分，不管玉梅出于什么动机，毕竟人家替自己老公在尽赡养义务，无形之中省了自己好多事，自己不出力还说风凉话确实有些不妥，也怪不得老公和自己急赤白脸。当然，她是不会嘴巴上认输的，当前最好的办法就是偃旗息鼓，她平息吴尚德的怒气说："好了好了，我们不为别人的事情争吵了，不管她要不要钱，你放心，你妈的赡养费我会一分不少地给她，她出力我们出钱总可以了吧。"

见小乔把玉梅弘扬孝老爱亲的中华传统美德简单归纳为另有所图，而且只要出点钱就仿佛心安理得的样子，吴尚德真的有些无语了，他感觉现在的小乔和过去相比有些陌生了，尤其是思想境界和玉梅相比差距太大了，看来再和她争论下去也是白费口舌了，他想起了一句格言：鹰有时飞得比鸡低，但鸡永远不能飞得比鹰高，小乔可能永远也不会理解玉梅的所作所为。

寻找金宝的行动持续了一段时间，一家人升天入地求之遍，两处茫茫皆不见，最后只好主动放弃了，只有耐心等待季节到了，候鸟会自动归来。

虽然玉梅不接受吴尚德的钱，但是吴尚德还是按月给母亲送赡养费，按照小乔的意见，一次给一笔钱就不用再跑了，一来省时间，二来她说不出口的理由就是不愿意吴尚德和玉梅过多接触，万一两个人旧情复燃怎么办。吴尚德自然明白小乔那阴暗的心理，他告诉小乔:"你不用胡思乱想,现在就是我想和人家复合,人家也未必看得上我,现在人家两口子琴瑟友之,拆都拆不散,我每个月过去就是看看我妈妈,人家替你赡养母亲,你总不能心安理得地连个面都不露吧。你如果有空可以和我一起过去。"

小乔婉言谢绝了,她给出的理由一是要向老公学习,常言说得好,榜样的力量是无穷的,看见老公这么孝敬母亲,自己也要向道德榜样学习,常回家看看,去孝敬父母;二是你妈妈看我不顺眼,我去了又有她的好闺女玉梅在场,自然更看我不顺眼了,为了不给她老人家添堵,让你母亲心情舒畅,健康长寿,我还是不露面为好。见小乔这么说,吴尚德没有再勉强她,但是,为了体现男人博大的胸怀,他在定期看望母亲的同时,也定期陪同小乔回家看望自己的岳父母。

这天,吴尚德又按时来看望母亲,打开门看见玉梅正在炖排骨,他夸赞玉梅说:"你的手艺真不错,在门外老远我就闻到一股肉香味儿了。"玉梅笑笑说:"算你有口福,赶上了就一起吃吧。"吴尚德随口问了一句:"怎么没有见你们家老童?"玉梅一边往外盛排骨,一边告诉他,老童去给那边的老人送排骨去了。吴尚德知道那边的老人是老童的前岳母,他见玉梅把锅里的排骨只捞出了三分之二,还剩余三分之一继续炖,有些奇怪地问她这是做什么,玉梅告诉他,咱妈她老人家牙口不好,喜欢吃烂一些软一些的,所以再炖一会儿,让肉更烂糊一些。吴尚德见玉梅做个菜都想得这么仔细,不禁心里暗暗赞叹玉梅为老人考虑得周到全面。他进到母亲住的房间,见两位白发老人神清气爽,相谈正欢,特别是母亲精神气色比上次来好了很多,因大姐去世所蒙上的愁容也逐渐消退了。母亲看见儿子一个人来了,就问他,不是让你带孙女一起过来吗,怎么就一个人来了。吴尚德只好撒了一个善意的谎言,说孩子今天有课,她妈妈带她去上课了。其实,为孩子跟谁走两个人早上还发生了一场争执。

过去,因为吴尚德的父母远在山西老家,所以,孩子小的时候小乔的父母帮忙带过一段时间,孩子跟姥姥姥爷比较亲,平时休息日也是经常带着她回去看姥姥姥爷,小乔的父母曾经说过,今后自己住

· 263 ·

的房子百年之后送给外孙女,后来金宝把自己的房子过户到自己的媳妇和孩子名下之后,小乔的父母对此事也就黑不提白不提了,小乔揣测肯定是她父母看见自己的儿子没有房子了,怕他以后流落街头,八成又惦记把房子过户给儿子了。自从金宝拿着姐姐给的钱又玩起了消失之后,老两口一气之下,觉得对不起自己的女儿,又修改了口头遗嘱,还是要把房子留给外孙女,小乔见自己的父母又重提此事,自然非常高兴,她也提醒吴尚德有机会带着女儿多去看看二老,让父母开心快乐,没准可以推动赠与行为的加快实施。

吴尚德给小乔泼冷水说:"你就拉倒吧,你爸妈的口头遗嘱翻来覆去折腾好几回了,只要金宝在,馅饼不会掉到你闺女头上。"小乔分辩说,这次父母真的生金宝的气了,也知道我把咱们准备买房首付款替金宝还账了,所以我父母觉得挺对不住咱们的,这次估计不会再变了。吴尚德对岳父母食言而肥的做法已经习以为常了,他提醒小乔说:"伟人曾经说过,一个实际行动胜过一打纲领,你爸妈什么时候让你去办手续了,我就相信这是真的了,看你父母翻手为云,覆手为雨的作为,我估计最终的结局肯定是做梦捡元宝——一场空欢喜。"

小乔见吴尚德挤对自己的父母有些不高兴了,但是她也知道老公说的是实情,在父母的眼中金宝的地位肯定高于外孙女,但是能够争取的还是不能轻言放弃,小乔借用吴尚德教育她的话反过来教育他:"你不是常跟我说人心都是肉长的,只要你去努力就肯定会有收获吗,我们只要对父母尽到我们的孝心,他们也会被感动的。再说了,你也常常教育女儿事在人为,三分天注定,七分靠打拼,你不去作为怎么就知道不行。"吴尚德见小乔以子之矛攻子之盾,自己还真有些哑口无言了,他只好表态同意让小乔带着女儿继续去温暖岳父母的心,但是今天早上因为母亲要见孙女,所以他提出暖心工程是否可以暂缓一次,他要带孙女去暖奶奶的心。但是小乔却坚决反对,理由是由于金宝的缺位,父母对外孙女的依赖程度显著提升,现在实施暖心工程,可以收到事半功倍的效果,一旦松懈了就会逆水行舟不进反退了,你妈也没有什么着急的事,等我们这里有了胜利的喜讯,你可以天天带着女儿去看你妈了。

吴尚德毫不客气地提醒小乔要丢掉幻想,面对现实:"你父母的口头遗嘱就是一个牙疼咒,你还真当真了,现在金宝不在身边,一旦金宝回来了,往你父母脚下一跪,你的美梦马上就会破灭,俗话说,理想很丰满,现实太骨感,你信不信我说的话。"

小乔其实担心的也是这件事,见被吴尚德一针见血,一下子戳到了痛处,她心有不甘地分辩说:"我们也不单纯是为了房子,主要是为了让我的父母开心快乐,尽尽我们做儿女的孝心。"

吴尚德反诘道:"尽孝心我不反对,但是去看看奶奶不也是尽孝心吗!"

女儿最近一段时间以来,目睹了恩爱有加的父母吵架拌嘴、冷战、反目,事态逐渐恶化的整个过程,她害怕舅舅妻离子散的悲剧在自己的家庭重演,于是,她拉了拉母亲的衣袖,制止了母亲与父亲的舌战,又央求父亲说:"爸爸你和妈妈不要吵了,你们都是为了我好,我知道,我今天先陪妈妈去看姥姥姥爷,下周我再陪你去看奶奶,你看好吗?"

看见女儿楚楚可怜的表情,吴尚德无奈地叹了一口气,他用手轻轻抚摸了一下女儿的脑袋:"好孩子,我们不吵了,爸爸一切都听你的。"

玉梅把一桌菜肴刚刚做好,门开处老童带着一个粗眉大眼、身高体壮的女孩进了门,吴尚德和老童打了一个招呼,用疑惑不解的眼神打量了进门的女孩一眼,玉梅忙给他介绍说,这是老童的女儿娇娇,一直住在姥姥姥爷家里,所以,你没有见过。

吴尚德问女孩现在做什么工作?玉梅告诉他,目前,还没有找到特别合适的工作,暂时和自己在医院里学习护理工作。吴尚德感恩老童和玉梅替自己照顾母亲,急忙表态说,今后如果愿意可以到自己的医院上班,可以为她安排一份适合的工作,并且把自己的名片送给了娇娇。

老童的女儿娇娇,因为上学的时候不好好读书,结交了一批不良少年，拦路抢劫的时候把人打成重伤，主犯本不是娇娇，但是，架不住一帮人对她又捧又夸，她又是个法盲，脑袋一热，拍着胸脯把责任揽了下来，结果判刑最重，得知判刑结果，娇娇后悔不已，号啕大哭，但一切为时已晚，她为自己的无知和哥们义气付出了沉重的代价。老童和玉梅结婚前，曾经把这段家丑告诉了玉梅，并且问她今后是否愿意接纳这个曾经步入歧途的女儿。玉梅觉得人没有不犯错误的，但是，知错能改，善莫大焉，只要我们一起帮助她认识错误，改正错误，那我们还应该热情接纳她，她愿意和老童一起关心照顾女儿。

娇娇出狱回家后，让她住在哪里玉梅和老童产生了一点小小的争执，老童的意思是让娇娇住在姥姥家里，那边比较宽敞，而且顺便照顾一下姥姥。而玉梅则劝老童说："娇娇如果住在姥姥家里，老人这么大岁数了，一来恐怕说话娇娇未必听，二来恐怕老人也没有过多的精力去照顾她，我们应该让老人安享退休生活，别再给他们增添负担了。娇娇刚从监狱出来，现在特别需要亲人的关怀和照顾，这是我们当父母的责任，不能推卸，把她留在身边，我们可以时时帮助她，提醒她，不让她再重蹈覆辙。"老童对此表示反对，他虽然也不舍得把女儿放到姥姥家，但是，他觉得应该先考虑虎子的需求："虎子现在学习任务比较重，我们应该先集中精力照顾好虎子，娇娇不住家里，我们可以时常去看她，再说了，如果我们实在不放心娇娇，可以帮她找个工作，让她没有时间再去外面惹是生非。"

玉梅和老童争论的结果，最后还是以老童应该为两位老人创造一个舒适、安静的居住环境为由说服了玉梅，虽然娇娇没有住过来，但是他内心深处对玉梅的尊敬无形之中又增添了许多，虽然不是她的亲生女儿，但却处处为女儿着想，他觉得和这样充满爱心的母亲在一起，一定可以帮助娇娇洗心革面，重新做人。

娇娇在监狱里面已经知道自己的母亲去世了，但是，出来马上就接受一个新母亲，她的内心深处多少还是有些抵触，虽然在路上，父亲已经给她讲了许多继母的优秀品质，但是面对玉梅的微笑，她只是勉强地叫了一声阿姨，玉梅知道想让娇娇发自内心地接受自己还需要一定的时间，她相信用自己的真情一定能够换来对方的认可。

娇娇出狱后休息了一段时间，老童问娇娇，是否愿意继续读书，娇娇说自己不是读书的料，再说书本放下这么多年，恐怕书本认识她，她已经不认识书本了，自己想去工作。可是因为学历低，再加上曾经的那段难言的经历，要想找到一个好工作也不是很容易，玉梅见她东奔西跑也没有找到什么称心的工作，劝娇娇说，不如先跟我去医院学习护理，等有了好工作再说。娇娇通过这些日子和玉梅的接触，也对继母有了一定的好感，继母在生活上对自己很体贴关照，着实让她心存感激。不仅如此，继母还经常循循善诱给她讲述一些人生的道理，针对她喜欢看《水浒》和武侠小说的爱好，结合书中的一些人物和她一起探讨什么是真正的侠义，怎么样做才是真正的讲义气，而且，在探讨的过程中，从来不以势压人，而是把娇娇当成朋友，心平气和地进行讨论，并发表各自的观点，有时候有不同的意见，甚至发生争吵也是各抒己见，不强加给对方。没有因为娇娇的过去而鄙视她，而是鼓励她一切向前看，只要努力一定会有美好的前程。其实，玉梅的所言所行，对娇娇也产生了很大触动，内心深处也在逐渐接受这个继母，但情感上觉得与自己的亲生父母还有一定的距离感。

玉梅带着娇娇做护理，其实主要的目的是想通过护理工作唤起她对人与人之间相互关心、相互帮助而获得的快乐与充实，但是，娇娇觉得侍候人这个工作一点意思也没有，她还是喜欢那种行走于江湖，有豪气、有挑战性质的工作，所以，总是想找机会跳槽。

一天下班比较晚，暮色已经笼罩了大地，回家的路上经过一家饭店的门口，看见一群年轻人从饭店里面出来，有几个人可能喝多了，蹲在饭店门口的石狮子旁边哇哇大吐，娇娇见他们把一座洁白的石狮子吐得污秽满身，不由得用鄙夷的目光扫了他们一眼，嘟囔了一句："喝不了就别喝，真没出息。"一个吐酒的年轻人听见有人嘲笑他们，开口就骂娇娇。娇娇也不是怕事的主，就回骂了一句，那个人站起来就要和娇娇动手，娇娇自然没有把一个醉鬼放在眼里，准备好好教训一下这个不知道天高地厚的家伙。刚要动手,酒店里出来一个烫着卷发、耳朵上扎几个耳钉的年轻人,定睛一看,冲着娇娇叫了一声:"你是娇娇姐吧。"娇娇定睛一看,原来是过去自己一伙的兄弟小旺。小旺对着几个醉鬼说:"这是咱们的大姐大娇娇姐,快过来拜见。"几个醉鬼口齿不清地喊她大姐。娇娇有些疑惑地问:"你们在这里干什么?"小旺高兴地说:"我们最近成立了一个公司,弟兄们今天喝酒庆贺。"

娇娇问成立了什么公司,小旺高兴地说:"此事一言半语也说不清楚,我们正要去K歌,娇娇姐和我们一起去吧,好久不见了,一起小酌几杯,好好叙叙往日情谊。"娇娇对此有些好奇,就和他们一起去了KTV。

在歌厅里他们又开了洋酒、红酒和啤酒,一边喝酒一边歇斯底里地扯开嗓子让酒精的功能发挥到极致。小旺和几位当年的兄弟一起举杯,感谢当年娇娇姐为兄弟们两肋插刀的仗义行为,并且说弟兄们能有今天都是娇娇姐的功劳。娇娇进监狱以后,才知道这几个兄弟联手把罪名推到了她的身上,本来对他们不仗义的行为有许多怨气,想出来之后再和他们算账,见他们又是赔罪、又是感谢的话语,心里的气也消了不少,问他们成立公司要做什么事情。

小旺告诉她,最近,有老板花钱雇他们帮忙讨债,讨了几笔债,见这个来钱挺容易的,他们几个一合计,与其帮别人,不如自己成立一个讨债公司,专门帮助人去讨债,这样,既可以让兄弟们有稳定的工作,又可以挣大钱,何乐而不为呢。娇娇觉得这个想法很好,而且这个工作很对自己的胃口,不禁有些心痒难耐。小旺号准了娇娇的脉,他主动邀请说:"娇娇姐,你也参加咱们的公司吧,有你坐镇指挥,咱们的公司一定会兴旺发达的。"

娇娇思考了一下,点头答应了,但是,她提出一个要求,就是不能干违法的事,要依法经营。小旺当即表示,一切都听娇娇姐的。他举起酒杯喊了一嗓子:"兄弟们,娇娇姐已经答应加入我们公司了,大家一起举杯欢迎娇娇姐。"在场的一众人嗷嗷乱叫,一片狂欢。一个鼻子扎钉,耳朵上戴着耳环,胳膊有文身的年轻人站起身把服务员叫了过来:"再拿几瓶洋酒,今天晚上弟兄们要喝个一醉方休。"旁边有人起哄说:"你今天在医院门口从那农村老帽身上捞的一票够肥的,应该请我们好好喝一顿。"文身男豪爽地说:"没有问题,弟兄们想喝什么说话,兄弟我来买单。"娇娇听见文身男还干偷盗的事情,不仅眉头一皱,对小旺说:"咱们既然有合法公司了,今后叫弟兄们不要再干这些违法的事儿了。"小旺尴尬地一笑说:"听娇娇姐的,以后让他们改邪归正,不再做这些偷鸡摸狗的事儿了。"

玉梅见娇娇醉醺醺的、脚步踉跄地走进了家门,问她和谁喝酒去了,这么晚才回来,打电话也不接,让家人担心死了。娇娇口齿不清地回复说:"我和我的弟兄们一起喝酒,有什么好担心的。"老童见娇娇醉成这个样子,肚子里一股火气涌了上来,他上前想好好训斥娇娇一顿,被玉梅拦下了,她让娇娇先去休息,等明天酒醒了再说。

第二天,玉梅和娇娇一起去医院的路上,娇娇告诉玉梅,自己已经找到好工作了,今天去医院把账结一结,把工作交接一下,马上就去新公司上班了。玉梅问是什么公司?什么人开办的?娇娇简单地把事情的来龙去脉告诉了她。玉梅见她又和过去的那些狐朋狗友搅和在一起,心里不由得咯噔一下,害怕这些人拉她下水,重蹈覆辙。

玉梅劝她,先不要着急上班,还是先把公司的背景等相关情况摸清楚再说,毕竟这么多年过去了,你对他们的现状缺乏了解,不要听他们的三言两语就轻易相信他们。娇娇有些不耐烦地说:"他们都是我的好兄弟,重情重义,不会欺骗我的。"玉梅知道没有事实依据想让娇娇扭转看法是不容易的,等有了证据再劝她,可能效果更好一些。

进了医院大门,看见围了一圈人,从圈中传出一阵撕心裂肺的哭声,听到这哭声,感觉一定是有巨大的痛苦降临到她的身上。玉梅认为可能是她的亲人去世了,所以才如此大放悲声,她站在旁边往圈里一看,原来是一位头发花白的老太太坐在地上号啕大哭,她准备问清情况后劝慰老人几句,向围观的人一打听,才知道原来是这位老人儿子在工地打工挣钱,结果出了工伤事故,摔断了一条腿,家里还有个智障的孙子，儿媳妇怕受拖累，扔下丈夫、儿子和别人跑了，老太太也身体不好，家里全靠老头子一个人在苦苦支撑，前几天老伴突然患了重病，医院已经下了病危通知，老人求爷爷告奶奶好不容易借来的救命钱，谁知道昨天竟然在医院门口被人偷走了。老人边哭边骂："是哪个挨千刀的王八蛋偷了我的救命钱，没了这救命钱，我老伴的命保不住了，我儿子、我孙子的命也保不住了，我也不想活了。"娇娇听见老人的哭诉，想起昨天晚上喝酒的时候那个文身男说在医院偷了一笔钱的事，她怀疑就是偷的这位老人的钱，她问清楚老人被偷了多少钱，向玉梅打了一个招呼，说有事情要办，匆匆离去。玉梅觉察出了娇娇的神情有些不对劲，她想问问清楚，娇娇已经一溜烟地不见了身影。

　　娇娇来到昨天小旺告诉她的公司地址，一进门见到昨天晚上喝酒唱歌的人几乎都在，包括那个文身男。小旺见她进门，高兴地说："娇娇姐，我们正在说你，你就到了，看来不经念叨呀。"娇娇没有搭理他，而是直截了当地问文身男昨天在医院门口偷了多少钱？问清楚数目，又问他是不是偷的一位头发花白的乡下老人的钱，得到肯定的答复后，娇娇让他把偷来的钱马上拿出来。在大家惊愕的目光中，小旺问她到底发生了什么事？

　　娇娇把今天早晨在医院看到的一幕告诉了在场的众人，并且义正词严地告诫在场的人："我们常把江湖义气放在嘴边，真正的义气应该是扶困济弱，而不是恃强凌弱，你连人家祖孙三代的救命钱都偷，是不是太不仗义了。"娇娇在不知不觉当中，已经把玉梅传授给她的一些认知和看法在说话中表达出来。文身男低声嘀咕了一句："他们的死活和我有毛关系。"娇娇有些发怒了："怎么没有关系，你干这种缺德的事情，就不怕别人戳我们的脊梁骨骂我们不讲江湖道义吗？"文身男不服气，还想争辩什么，小旺忙息事宁人劝解说："娇娇姐说得对，听娇娇姐的。兄弟们今后好好经营公司的业务，金盆洗手，少干那些偷鸡摸狗的勾当。"下面的众人有气无力地回应了几声。小旺又对娇娇说："你看大家都答应你了，下不为例，以后他们不做就行了，都是自家兄弟，咱们就别再追究了。"

娇娇见小旺这么说自然也就不好再深说什么，但是，偷盗的钱必须要还回去，这是不能讨价还价的，她吩咐文身男说："你把那些钱给我，我要带回去还给人家。"文身男一听让他把钱吐出来，立马眼睛一瞪、脖子一梗："凭什么要我把钱还给她，你脑子有毛病吧。"小旺瞪了他一眼："你怎么跟娇娇姐说话呢，没大没小的。"转过头又对娇娇说："姐你看他也认错了，也保证以后不再干了，这次就放他一马吧。"

娇娇斩钉截铁地说："不是放不放一马的问题，而是这钱关系人家一家四口的命，我们不能花这昧心的钱。"小旺见娇娇不依不饶的态度，又看了一眼愤愤不平的文身男等人，最后一咬牙："兄弟你把钱交给娇娇姐，我们给娇娇姐这个面子。"文身男不情愿地从身上掏出了一沓钱："就剩这么多了，其余的都请兄弟们喝酒唱歌了。"娇娇接过钱转身就走了。身后一众人都纷纷埋怨小旺太软弱了，为什么都向着这么一个刚来的外人，不向着弟兄们说话。小旺苦笑了一声说："上次要不是她替我顶罪，搞不好现在我还在里面啃窝头呢，我这么做一来是报恩，二来以后说不准还有用着她的地方。"

娇娇回到医院，见围观的人已经散去，玉梅看见娇娇满头大汗地跑回来，急忙安慰她不要着急，刚才自己带头拿出了一些钱，又动员有爱心的人主动捐献了一部分，自己又和医院领导讲了老人的情况，医院给予了一些照顾，初期的手术费用已经凑齐了。听完母亲轻描淡写的几句话，娇娇为母亲的处处为别人着想的爱心深深打动，她从衣兜里面掏出一沓钱递给玉梅说："这是我从公司预支的工资，先用来给老人家治病吧。"玉梅接过钱，看着眼前逐渐成熟的女儿，脸上露出了欣慰的笑容。

娇娇上班以后，小旺不仅召开公司大会欢迎她，而且当众宣布娇娇为公司法人代表，娇娇虽然内心很高兴，但她还是清醒地对小旺提出，让自己当法人可以，但有个条件，就是自己坚决不干违法的事情，这是自己的底线，不能突破，否则，这个法人代表坚决不当，小旺爽快地答应了她。

娇娇回家后，欣喜万分地告诉玉梅，自己已经被任命为公司法人代表，小旺对自己还是知恩图报，挺讲义气的人。玉梅询问了一番公司的业务范围，心有疑虑地提醒她，天上不会掉馅饼，这个法人代表不好当，可千万不要干违法的事，对你这些朋友还是要多一个心眼，不要盲目相信他们。娇娇有些不耐烦地告诉玉梅，小旺对自己还是很讲江湖道义的，这次他是宁肯得罪兄弟，也要推荐自己做公司的法人代表。玉梅对此有些不以为然，她反问娇娇："如果他真的讲义气，当年就应该勇敢地站出来，好汉做事好汉当，为什么一推六二五，让你替他背黑锅。所以，在没有搞清楚他的真实目的之前，你还是小心为妙。"娇娇信心满满地回复玉梅："你就放心吧，我自己心里有数的。"

在公司内部，小旺告诉她，具体业务就不用娇娇姐操心了，由他带着兄弟们去冲锋陷阵就可以了。虽然娇娇只是一个甩手掌柜的角色，无法插手具体业务，但她对一些看不惯的事情也总是提出自己的看法，招惹得许多人对她心存不满，可娇娇依旧是我行我素，而且，当娇娇与众人发生矛盾的时候，小旺也是站在娇娇的立场上，不怕惹众怒，而是帮助她说话，娇娇对小旺很满意，感觉自己当年替他背锅还是值得的。

一天，她进入公司后，听见一间屋子里传出来凄惨的哀号声，她好奇地走进房间一看，文身男等几个人正在一边殴打一个年轻人，一边用手机录像，娇娇问他们这是怎么回事，文身男不耐烦地说，这是旺哥安排的工作，让她不要多管闲事。娇娇气呼呼地说："怎么叫多管闲事，你们这叫非法拘禁，是犯法的行为，你们知道不知道？"文身男一把推开她："什么犯法不犯法的，杀人偿命，欠债还钱，这是自古千百年不变的定律，我们这也是替天行道，伸张正义，你有话去跟旺哥说去，别耽误我们干活。"娇娇刚要和他发火，门一开小旺推门进来，问他们在吵什么，娇娇气哼哼地告诉了他原因。小旺批评文身男等人说："和娇娇姐有什么话不能好好说，大吵大闹的像什么话。"他又拉住娇娇的手劝解说，"姐你不要和他们一般见识，你出来，我告诉你这是怎么一回事。"

小旺把娇娇拉到办公室告诉她,没有非法拘禁他人,这是在演戏,是那个挨打的人自己提出来的要求。娇娇不解地问,还有这么贱的人,自己主动找打。小旺笑嘻嘻地告诉了事情的始末。

原来挨打的这个人是个赌徒,因为赌博欠了一屁股债,他的父母和家人对他已经彻底死心了,都不愿意再掏钱给他填这个无底洞,借他钱的是我的哥们,委托咱们公司向他讨债,这小子穷得兜比脸还干净,我们想尽了一切办法也榨不出一滴油。后来,还是这个赌徒自己主动想出了一个办法,让我们拍摄一个他受虐待的视频,发给他父母,吓唬他父母为他掏钱。小旺说完问娇娇:"对了,为了吓唬他父母,我们还想给他父母寄一节手指头过去,娇娇姐你在医院待过,能不能从医院找一截手指头来。"

娇娇对这种坑害父母的不肖子孙非常厌恶,她直接拒绝了,并且劝小旺说:"这种人六亲不认,连自己的父母都敢坑,你小心点,别让他反咬一口把咱们也坑了。"小旺满不在乎地说:"这么一个屁玩意儿,借他俩胆也不敢和咱们叫板,他能坑咱们什么。"娇娇提醒他,别把人打出毛病,今后不好收场,小旺让她好好休息,现在就去和众人说。

娇娇见小旺出了门,担心他口是心非敷衍自己,也随后出门尾随而去。到了房间门口,听不见屋子里打人的动静了,心里对小旺非常满意,刚要转身而去,就听见屋子里面的众人都在纷纷声色俱厉地讨伐自己管得太宽,而且埋怨小旺太软弱了,什么事都顺从那个自以为是的臭娘们,并且让一个寸功未立的人来了就当法人代表,让一起出生入死跟你干的兄弟们都寒心了。只听屋子里小旺先是"嘿嘿"冷笑了几声,然后压低了嗓门说:"兄弟们,你们知道我为什么要让她当法人代表,并且赔着笑脸哄那个二货开心吗?"屋子里的人都回答说不知道。小旺告诉了众人原因:"这个女人就是一个四肢发达、头脑简单的傻娘们,是个顺毛驴,爱听奉承话,而且自以为是,只要顺她心意了,什么事都喜欢大包大揽,咱们兄弟干的这些事,保不齐哪天又踩雷了，让她当法人代表，假设到时候出事了，我们就可以把责任都推到她的头上，让她当替死鬼，保证我们兄弟安然无恙，你们明白我的心思了吧。"屋子里的人听了小旺的解释，方恍然大悟，纷纷称赞旺哥这个主意高，实在是高。

　　娇娇听了小旺的话，浑身冷了半截，一直以为小旺是个知恩图报、重情重义的好男儿，却原来是个口蜜腹剑的阴险小人，玉梅的提醒瞬间涌上了她的脑海，自己下一步究竟应该怎么办？是走是留？走了，估计自己很难找到这么适合自己的工作，但是，留下和小旺这种人面兽心的人一起共事，心里又非常反感和抵触，她陷入了迷惘之中。

第十五章　不可救药

周末休息,吴尚德带着闺女一起去看望母亲,正好虎子听说奶奶来北京了,也趁着周末假期回来看望奶奶,恰巧老童也带着娇娇过来了,孙子孙女齐聚膝下承欢,两个老人的脸上也绽开了灿烂的笑容,玉梅见一大家子人欢聚一堂、热热闹闹,赶紧催促老童去买鱼买肉,大家中午好好聚聚。吴尚德急忙说,别忙活儿了,中午找个好餐馆一起聚聚,我来请客。玉梅说,还是在家里吃比较好,家宴的氛围更浓厚一些。两位老人也支持玉梅的决定,见状吴尚德也不好再说什么,见玉梅一个人手忙脚乱地在准备,急忙上前给玉梅打个下手。他问玉梅:"今天这么热闹,是你召集组织的?"玉梅抿嘴一笑说:"虎子是我叫回来的,老童和娇娇是孩子她姥姥派回来的。"见吴尚德不解的神色,玉梅解释说:"娇娇的姥姥听说咱妈住进来了,羡慕得不得了,也想过来凑个热闹,但是,她知道我们家的房子小,住不下这么多人,所以,她让老童和娇娇过来,一是给我做做思想工作,二来是想把自己的房子卖了,换到我们的房子附近,彼此有个照应。娇娇姥姥过来住,我没有意见,一会儿吃完饭如果你有空,可以帮忙去看看房子。"

吴尚德说:"没有问题,我在这边也有朋友,可能的话,可以帮你们砍砍价,打个折优惠一些。"两个人相谈正欢,突然吴尚德的手机急促地响了起来,一看手机号码,是小乔打来的,他起身到门口接听。只听小乔哭哭啼啼地说:"老公,家里出大事了,你马上回来吧。"吴尚德神色紧张地问:"你先别着急,慢慢说,是咱爸妈出什么事了?"

"不是,是金宝出事了。"

"金宝又闯什么祸了?"

"一句两句也说不清楚,你赶紧过来,顺便接上金宝媳妇她们母女俩,大家一起商量拿拿主意,爸妈都急坏了。"小乔催他一刻也不要停留,马上动身。

见小乔急如星火的催命金牌,吴尚德自然不敢怠慢,他告诉玉梅,岳父母家里有点急事,需要自己马上回去处理,中午不能在这里吃饭了。玉梅见他一脸惶遽的样子,知道肯定出十万火急的大事了,她非常理解地点点头,催促吴尚德赶紧回去办事。

吴尚德骗母亲说,医院有个危重病人,等待自己回去抢救,就不在这儿吃饭了,要带着女儿马上赶回去。见母亲失望和恋恋不舍的神色,吴尚德的心中也很有愧疚感,他叫上和虎子交谈甚欢的女儿,急急忙忙出了门。

路上,女儿不满地问他,自己正和虎子哥探讨上大学的事情,什么事这么急非要走。吴尚德把她妈妈来电的内容告诉了她,女儿噘着嘴埋怨说:"我这个舅舅,整天不让人安生,这次不知道又闯什么大祸了。"吴尚德也在大脑中幻想了金宝可能发生的种种不测,他估计这次闯的祸肯定不小,否则不会全家总动员,民主共商大事。

站在家门外,就听见屋内岳父母的哭泣声,见到他进门,岳母仿佛见到了救苦救难的观世音菩萨,急忙拉住他的胳膊哭诉道:"姑爷你可来了,快救救我们家金宝吧。"吴尚德安慰岳母说:"您先别着急,有什么事您坐下慢慢说。"还是老岳父比较沉着冷静,让他和金宝媳妇先坐下,又吩咐小乔把孙女带到旁边的屋子里和姐姐一起去玩,这才把事情的始末一五一十叙述了一番。

原来今天上午小乔回来看望父母,母亲给她包最爱吃的茴香馅饺子，乔老爷问姑爷和外孙女怎么没来，小乔撒个谎说，女婿陪女儿上高考补习班了，听说乖巧聪明漂亮的外孙女要高考了，为了鼓励外孙女努力考上大学，母亲高兴之余，再次许愿说，等我外孙女考上大学，就把房子给她过户，省得金宝惦记。小乔一家人正沉浸在美好的憧憬中，突然父亲的手机响起了《雁南归》的曲调，父亲急忙说："这是金宝的电话。"他把免提打开，便于让老伴也倾听一下金宝对父母的思念之情。没料到电话中传出的却是金宝的哭丧之声，一下子把欢乐的乐曲转化为悲伤的曲调，只听金宝带着恐惧的哭腔央求父母赶紧救救他的命。父亲慌忙问他出了什么事儿。金宝断断续续、边哭边说，自己因为赌博借了高利贷，现在还不上了，有黑社会的人来催债，现在自己就在这些人的手里，如果还不上，就要撕票了，恳求父母赶紧凑钱，救亲生儿子一命，再晚了自己的小命就玩儿完了。

听见儿子被黑社会绑架了，生命危在旦夕，母亲不禁号啕大哭，看见母亲哭，小乔也跟着落泪。乔老爷还算冷静，他让小乔马上给吴尚德打电话，让他十万火急赶过来。又给金宝媳妇打了一个电话，让她无论如何也要过来民主协商大事。

听岳父讲述完金宝随时可能丧命的悲惨遭遇，吴尚德冷静地问："现在能和金宝联系上吗？"乔老爷说："金宝的手机一直处于关机状态，他说他的手机不在自己手里，而是被黑社会的掌握着，需要的时候会打电话给我们。"

"那他什么时候再给我们打电话？"

"金宝说下午1点会给我们打电话，让我们先去凑救命的钱。"

吴尚德没有急于表态，而是冷静地问岳父有什么打算，不等岳父发声，岳母先哭哭啼啼地恳求他："姑爷，我知道这是金宝自己作死，怨不得别人，但是，我们就金宝这么一个儿子，总不能眼睁睁看着他死吧，你和燕子想想办法，先把金宝的命保下来再说。"

老岳父也一筹莫展地和女婿商量："在你来之前我们也商量了，不管金宝如何忤逆不孝，毕竟还是我们的亲生儿子，我们也不能眼睁睁看着他丢掉小命而无动于衷吧，你和燕子朋友多、路子广，所以着急叫你过来就是听听你有什么好主意。"

吴尚德把眼神又扫向了金宝媳妇,虽说两口子已经离婚,她也经常诅咒金宝这个挨千刀的害人精早点去死,但是,听说孩子的父亲生命危在旦夕,真的让她大义灭亲,冷漠无情地送金宝上路还是于心不忍,眼中流露出来的也是焦急的目光:"姐夫,你和姐姐想想办法救救金宝,我手里多了没有,一两万块还是拿得出来的。"她也知道这点钱是杯水车薪,但是这个场合站稳阶级立场,表明自己的态度是最重要的。

吴尚德最后把目光凝视到小乔的身上,小乔毕竟是经过风雨见过世面的,紧要关头显示出对自己老公的无比信任,并将一副革命的重担放在了他的肩上:"老公我听你的,你说怎么办就怎么办。"

吴尚德在征求完大家的意见后,听明白了民主的声音是赶快筹钱救人,而筹钱这一光荣而艰巨的任务,本着大家对他的支持信任,准备交由他全权负责。吴尚德认为帮金宝筹款是助纣为虐,只会助长金宝的恶习,但不管金宝的死活,任凭他自生自灭肯定会被大家的唾沫星子淹死。效法古人运筹于帷幄之中,决胜于千里之外,有什么妙计可以拯救金宝于水火之中?吴尚德绞尽脑汁,冥思苦想了好一会儿,面对大家期盼渴求的目光,他终于下定了决心,我现在能做的只有长太息以掩涕兮,哀金宝之多难了,借钱替他还赌债此法断不可取,这样恶性循环下去何时是个头。主意打定,他缓缓开口说道:"你们的想法我清楚,就是打钱给金宝,替他还赌债,可是你们想过没有,我们已经前前后后替他还了多少赌债,哪一次他不是嘴上说得好听,事后变本加厉,恶习不改,如果我们还是他一欠债,就替他还钱,这样恶性循环下去,到头来只会纵容他走上一条不归之路。"

在座众人见他思考了半天,本以为他想出了什么锦囊妙计,不料却是一条见死不救的馊主意,不禁都大失所望,岳母首先发难:"你的意思就是金宝的命不救了,不管他死活了?"

吴尚德摇摇头说:"这些放高利贷的图的就是钱,我估计他们是以金宝为诱饵,敲诈勒索,我们千万不可上他们的当,给了钱反而会无休止地敲诈下去，我们不给钱，他们也不会要金宝的命。"

"你上嘴唇碰下嘴唇说得倒是轻巧，万一金宝的命没有了可咋办？"

"要了金宝的命他们一无所得，留着金宝反而是棵摇钱树，这个利害关系他们一定比我们更清楚，所以，我估计金宝的性命无忧。"

见吴尚德大义凛然地置他人生死于不顾，小乔也沉不住气了："老公要不你去找贾总他们哥几个先借点钱，我们把金宝先捞出来再说。"

吴尚德对小乔这个增加家庭债务以满足金宝赌博需求的做法断然否定："借钱办正事可以和朋友开口，还赌债没有办法和人家说，再说了这也不是一个小数目，借这么多钱，你拿什么还。"

老岳母见女婿把救人与经济利益挂钩了，急忙表态说："姑爷你放心，刚刚我还和燕子说，我们老两口已经商量好了，我们住的房子今后就给你们了，这个房子的钱足够你们还账了。"

吴尚德可不傻，他对这笔期货交易的兴趣并不大，因为房屋要等到岳父母百年之后才能给到自己手里，即便马上过户给自己的女儿，但是居住权还是掌握在岳父母的手里，自己得到的只是维护保管权，玩期货岳父母可以说是行家里手，遥想当年和小乔结婚的时候，不就是被岳父母当猴儿耍了一把吗，这次不能再上当。

吴尚德对岳父母的不信任当然不能在这个场合说出口，他只能表态说："房子的事还是以后再说吧，眼下我们还是以不变应万变，下午金宝再来电话，就跟他们说，钱可以给，但必须让金宝拿着借条自己回来取钱，我们要当面看见金宝毫毛无损我们才能给钱。我们先把金宝找回来再说。"

众人见吴尚德既不同意打钱，又不愿意去找钱，无奈之下只好同意按照他的意见先行缓兵之计，看对方反应再说。

下午大家等金宝的电话，结果一直没有音讯，打金宝的电话又一直关机，大家不清楚金宝葫芦里究竟卖的什么药，一个个担惊受怕，小乔的父母更是像热锅上的蚂蚁一样——坐卧不安，到了晚上，吴尚德先把金宝媳妇送回家，怕岳父母有什么意外，小乔一家三口没有走，住在了父母的家里。

躺在床上，两口子久久不能入睡，替金宝瞎操了一会儿心，小乔忧心忡忡地问吴尚德："假如金宝真的回来了，不给钱那些人也不会放过他呀，到时候怎么办？"吴尚德故作轻松地说："车到山前必有路，等人回来了问明白前因后果再说，实在不行我们就报警。有一句话说得好，有困难找警察！"小乔突然想起了什么，有些疑惑地问他："对了，老公，有个事想问问，你的收入最近怎么突然少了，医院的营业额也有所下降，你说这是怎么回事。"

吴尚德见小乔问到了医院经营的事情，心里暗道："看来小乔这半瓶子醋也不是草包一个，最近这些日子我刚设立了小金库，她就发现了一些端倪，看来保密工作还要进一步强化。"他用漫不经心的口吻敷衍小乔说："最近，同行业竞争比较激烈，导致医院营业额下降，俗话说，大河没水小河干，医院总体收入下降了，我个人的收入自然也要随之下降。"

小乔质疑道："可是贾总他们的收入我看怎么没有下降呀。"吴尚德解释说，最近，为了应付激烈的市场竞争，进一步调动一线医务工作者的积极性，我和贾总他们几个商量，对一线人员实行收入与业绩挂钩，我也拿一线人员工资，贾总他们不拿一线人员工资，我因为这些日子忙大姐和金宝的事情，在一线拼搏的机会少了，业绩收入有所减少，所以个人收入就随之减少了。

小乔有些狐疑地问道："那这医院改革的大事我怎么不知道呀？"

吴尚德搪塞说："我们几个商量先进行试点，如果有效果了，准备再正式推广，为了防止人心浮动，所以我们将知情权控制在最小范围内，你今天既然知道了，也先不要对外去说。"

吴尚德见小乔还是半信半疑，忙顾左右而言他："你说咱爸妈真会把房子给闺女吗？"

小乔心里也没有底，她含糊其词地说："谁知道，你不是说先把这件事放一放吗，我看爸妈忙乎金宝的事已经晕头转向了，现在咱们也不方便提这件事呀。"

· 280 ·

吴尚德顺着小乔的话茬说:"你说得对,我们先集中精力把金宝的事儿办好,其他的事情以后再说。"

吴尚德两口子迷迷糊糊正在半睡半醒之间,突然听见隔壁岳父的房间传出来《雁南归》的乐曲,吴尚德的耳朵一下子支棱起来,断断续续听见岳父在和人争辩什么,紧接着又听见了岳母的抽泣声,他推了小乔一把,两口子急忙起身下地,这时,门被从外面敲响了。

打开门,只见岳父一脸焦灼的表情:"刚才他们又来电话了。"

"金宝说什么了吗?"

"不是金宝打来的,是别人用金宝的手机打的。说是给我们三天时间筹款,不然就撕票,不许报警,不许告诉别人。我想叫你们来接电话,对方就挂了。"

"那咱们提出的条件您和对方说了吗?"

"我还没有说完,对方就挂了。姑爷你说怎么办?"

吴尚德安慰老泰山说:"您先别着急,对方还要来电话的,您就说必须保证我儿子安全才能给钱,否则一分也没有,听见金宝说话了,您再把我们的要求转告金宝,看金宝怎么说。"吴尚德隐隐觉得这个绑架案似乎没有那么简单,金宝一个穷光蛋身上一个大子没有,人家凭什么借钱给他,不是他胡吹,就是他的家庭背景被人摸清楚了,但是金宝到底在其中扮演了什么角色。

听见岳母还在低声啜泣,吴尚德让小乔去安慰母亲,自己宽慰岳父说:"您千万别着急上火,我估计金宝肯定没有事,您把心放在肚子里吧。"他觉得金宝肯定又在利用父母的舐犊之情在耍什么花样。

吴尚德看岳父母担惊受怕、胆战心惊的样子,怕他们犯病没有人照顾,就和小乔商量,不如让他们先在自家的医院住几天,顺便检查调养一下身体,也可以做到工作和照顾父母两不误。小乔觉得这个办法很好,和父母讲了,但是,老两口觉得金窝银窝不如自己的狗窝,就想在家等候金宝的消息。小乔说,这是女婿的一片孝心,担心你们的身体,你们还是过去住吧,如果嫌饭菜不合胃口,让厨房单独给你们做。岳父也担心老伴的心脏病发作没有人照顾,就同意暂时去医院住几天。

第三天,吴尚德带医务人员查房,走到岳父母的病房看见房内空空如也,他连忙问负责照顾的护士人去哪里了。护士讲昨天晚上就回去了,说是回去拿点急需的东西。吴尚德明白了他们是回去等候金宝的消息,抱着一丝侥幸的幻想,怕金宝万一回去了家里没有人等候,真是可怜天下父母心!查完房他把父母回家的消息告诉了小乔,让她关注一下父母那边的情况,有什么消息及时沟通一下。

忙碌完一天的工作,吴尚德身心疲惫地准备喝点儿小酒解解乏,斟满一杯浓香的汾酒,举起来送到嘴边,突然,手机铃声急促地响起来,端酒的手一哆嗦,刚斟满的酒洒了一半,他明白这电话不是一个好兆头。

电话里面传来了小乔的哭泣声:"老公你赶紧过来,又出大事了。"

吴尚德感觉自己的神经已经快被金宝踩躏得即将崩溃了,他明白电话就是命令,乔家就是战场,没有退缩的余地,他马上起身向乔家奔去。

一进门见老岳母哭哭啼啼地白了他一眼,老岳父则气哼哼地递给他一个盒子让他看,他打开盒子,看见一节手指头在盒中,他疑惑不解地问道:"这是谁的手指?"

"谁的,金宝的,你不让给钱,人家把金宝的手指割下寄回来了。"老岳父的语气明显对吴尚德有所不满。

吴尚德明白了,因为他不让给钱,也没有积极帮忙筹款,所以,岳父母把金宝断指的罪魁祸首归结到了他的身上。他仔细看了看这节断指,感觉不像自己那个四体不勤五谷不分的小舅子的手指,他劝岳父母先冷静一下,并说这个手指不像金宝的,他可以找朋友化验一下DNA,就可以确定是否为金宝的手指。

岳父母认为就是因为女婿的不作为,导致失去了挽救金宝手指的最佳黄金期,所以对吴尚德所说的话,已经感到格外刺耳,产生了强烈的逆反心理,老岳母直截了当地问他:"你还拿不拿金宝当兄弟,金宝的事情你还管不管?"吴尚德见岳父母把怒火发到了自己的身上，自己成为了金宝断指的替罪羊，心里很不舒服，他满心委屈无处诉说，但是他也清楚目前的局势下他是百口莫辩，岳父母已经听不进他的任何建设性意见了。他问小乔，爸妈找自己过来是想让自己从事什么艰巨的任务？小乔含泪告诉他，父母希望他能够立即启动筹款程序，以最快的速度将资金划拨到位，全力挽救金宝尚存的器官和岌岌可危的生命。

吴尚德冷静地把自己的种种疑虑告诉了小乔，并且直言不讳地阐明了自己的观点，金宝对父母使用的是苦肉计，其目标肯定直指目前父母尚存的最后一笔财产——住房！他是绝不甘心让父母的房子落入咱们闺女手里的，金宝是不让父母倾家荡产决不会善罢甘休的。

小乔对他的推断也比较认同，但是在目前父母情绪已经失控的情况下，估计已经很难听进逆耳忠言了，只能等他们冷静下来之后再慢慢进谏，你的当务之急就是顺着他们的意思，马上答应去筹款募捐，以解燃眉之急。

吴尚德说自己准备把这节手指拿走化验，看是否是金宝的原装物件，如果证明了非金宝本人所有，则完全可以证明是金宝伙同他人对父母使用的苦肉计，妄图敲干诈净父母的最后一滴血，其狼子野心何其歹毒，简直令人发指，我们答应为其筹款，就是姑息养奸。

小乔催促他口头先答应父母，让父母一颗躁动的心可以逐渐冷静下来，然后再把你的分析和准备进行的鉴定工作告诉他们，让他们等候鉴定有结果之后，再决定下一步的行动方案。

吴尚德此时也无良策可行，只好虚与委蛇答应岳父母的要求，马上回去找钱，争取以最快的速度将父母的要求落实到位。他留下小乔照顾岳父母，拿着一节断指去找人做化验工作。

吴尚德担心自己口是心非的行为可能很快被岳父母拆穿，到时候恐怕又有一场是非和口舌之争，所以，在等待鉴定结果出来之前，他也是每天提心吊胆的，害怕岳父母追问资金落实情况，可是鉴定由于一直在等待金宝媳妇提供金宝的人体基因参照物，所以迟迟未出结果。让吴尚德感到奇怪的是岳父母这次格外沉得住气，一直没有催促自己，这让他反而感到有些不正常了。他问小乔，你父母为什么这么异乎寻常的冷静，没有再闹得天翻地覆的，这是为什么？

小乔也很诧异父母的反常举动，但是多一事不如少一事，既然父母不主动来催问，那也犯不上自己主动送上门去让父母风刀霜剑严相逼，这种相安无事的平静生活倒也让人能消停一段时日。但是，静默的时间长了，吴尚德反而担心起来，他想起了鲁迅先生的一句话，不在沉默中爆发，就在沉默中灭亡，让金宝在沉默中灭亡，这绝对不是岳父母的所作所为，那就意味着在沉默中一定会爆发什么大事，他有些坐不住了，催促小乔周末休息的时候一起回家里看看，这宁静的背后到底有什么秘密。

小乔也和老公有同样的担心，同样的感受让他们夫妻二人唱起了同一首歌，快回家看看。周末，一家三口回娘家一探究竟。

一进家门，外孙女热情洋溢地喊了一声"姥姥、姥爷"，可是看姥姥和姥爷的表情明显缺乏了往昔那种满面春风的笑容，对平时宠爱的外孙女都降低了热度，对女儿和女婿的态度也是严肃有加，热情不足，小乔以为父母还是为金宝的事情担忧而心情不好，急忙问父亲金宝最近可有什么消息。父亲不冷不热地回复女儿："不劳你们费心了，我们老两口已经自己解决了。"看见岳父母盛气而揖之的态度，吴尚德明白他们肯定是嗔怪自己没有将资金划拨到位，引发了泰山大人的不满，不过他们自己是如何解决了这笔巨额费用的，他还真是有些好奇。吴尚德夫妇二人先把带来的礼物恭恭敬敬地呈送给父母，又问了问父母的身体情况，并把父母住院期间的检查结果告诉了他们，希望他们有时间还是去医院再好好调养调养。在女儿和女婿嘘寒问暖的关心下，岳父母脸上的冰霜化为水汽慢慢蒸发，见二老气色有所缓解，吴尚德采取了内外有别、分而治之的策略，提议让女儿陪姥爷下棋，自己做饭，让小乔陪母亲聊天。小乔知道老公的心思是要自己从母亲嘴里套取情报，她借口让母亲试试自己给母亲买的新衣服是否合身，把母亲拉进了屋子里。听到女儿和岳父飞相、拱卒的吆喝声，吴尚德的大脑在飞快地运转，岳父母在既无内债又无外债的情况下，到底是用什么办法解决了这么巨大的财政赤字，他思来想去只有房子，联想到此，有种不寒而栗的恐惧感。

一会儿的工夫，小乔急匆匆走进了厨房，她告诉吴尚德，自己已经从母亲的口中套出，父母已经将房子抵押给银行，抵押款已经打给金宝。吴尚德的脑袋嗡的一声，没有想到岳父母竟然施展瞒天过海之术，悄悄将房子抵押出去了，不过凭岳父母的智商和工作效率，能够在短短的几天时间里就完成这么大的工作量，这种超水平的能力发挥恐怕可以去华尔街一展身手，窝在家里真是屈才了，吴尚德在为岳父母的才华叫屈的同时，也纳闷这么大的事为什么能够做到密不透风，达到了绝密级的水平，他正想让小乔再去找母亲探寻一些细节问题，手机突然急促地叫了起来。电话是贾秀玲打来的，告诉他那节断指的鉴定报告已经出来了，与金宝没有一毛的关系，纯属假冒伪劣产品。接完电话，吴尚德不清楚这是个好消息还是个坏消息，他和小乔商量了一下，决定还是实话实说，借机看看他们对此事的反应。

吴尚德尽量平静不带表情地将鉴定结果告诉了岳父母，岳母脸色由红转白，"哇"地大叫一声："这个小兔崽子，这不是耍咱们吗？"吴尚德见老岳父既不喊也不叫，乍一看觉得还是男人遇事能沉住气的，但是细致观察，见岳父拿着棋子的手不住地颤抖，嘴唇上下哆嗦，原来是老岳父气得已经说不出话了。

吴尚德叫小乔准备好硝酸甘油，叫女儿去房间里面写作业，然后给岳父端来一杯香飘四溢的茉莉花茶，采取由岳父主讲，岳母补充的方式，将这世间方数日，家中已千年的巨大变故好好讲一讲。

周二的晚上，我和你岳母接到了这个逆子的电话，叫我们周三回家等他电话，而且千叮咛万嘱咐，千万别告诉任何人，包括姐姐和姐夫，所以，我们没有和你们打招呼，周二晚上就悄悄回去了。周三，金宝给我们看了一段视频，他受伤的手上缠满绷带，旁边站着一个戴口罩、扎耳环、身上文着花纹、手里拿把刀的人，金宝哭着说，如果再不给他打款，就要割他的耳朵了，当时，我们都吓坏了，急忙说你姐夫正在找人借钱，再容我们几天。那个拿刀的人恶狠狠地说，再宽限你们三天,三天见不到钱,就把他的耳朵割下来给你们寄回去。金宝说等你们借到钱,他的小命恐怕都保不住了,让我把房子先抵押出去,等你们借到了钱再往回赎。我说我也不懂,也不知道找谁去办理这些事,金宝说,他会把一切都办理好,到时候会有人上门来找我们办理。

听到这里,吴尚德才恍然大悟,原来是金宝在背后操纵一切。

他有些疑惑不解地问:"这么大的事儿,您为什么不和我们说一声。"

岳父母的脸色一阵红、一阵白,老岳父干咳了两声,尴尬地说:"金宝说,你们一直惦记着这套房子,如果和你们说了,你们肯定会百般阻挠,影响抵押工作的顺利进行,所以,为了防止你们从中捣乱破坏,金宝死活不让告诉你们。"

吴尚德又问:"那借的钱你们拿到手了吗?"

老岳父摇摇头说:"金宝说,抵押的钱他让银行直接给他打过去了,他收到了会告诉我们,我们只要在抵押手续上签字按手印就行了。"

吴尚德有些困惑:"金宝说的话和他所做的事,漏洞百出,难道你们就一点觉察也没有。"

老岳父长叹了一口气说:"虽然有怀疑,但是金宝一哭一闹,我们也就上了他的套了,再有,金宝说了只要收到钱,他就可以尽早回到家为我们尽孝养老了。"

吴尚德简直为岳父母的轻听轻信而感到哭笑不得,金宝喊了多少次"狼来了",蒙了你们那么多年,你们怎么就裤腰带没眼——记不住(系不住)呢,他觉得岳父母是揣着明白装糊涂,敢于大胆地自己欺骗自己。这些话他只能心里嘀咕,但无法说出口,既然事已至此,只能亡羊补牢,看能否及时挽回一些损失了:"您现在已经进展到哪一步了,所有抵押手续都办完了吗?"

老岳父羞愧地低下头:"昨天就已经把手续全办完了,金宝昨天晚上来电话说,钱已经收到了,他春节前回来陪我们过年。"

吴尚德拊膺长叹："您把自己的房子抵押出去，到期了还不上，您二老晚年何处栖身。"

老岳母插话说："金宝已经对我们下保证了，回来以后在姐夫的医院好好工作，挣钱把房子再赎回来。"

小乔对父母这种丧失原则立场，过分宠溺金宝的做法也大为不满，尤其是将已经答应归属自己的房子又给金宝抵押还债，这种食言而肥的行为让她更是心寒，但是，毕竟是自己的亲生父母，而且母亲也说了金宝准备用自己勤劳的双手挣钱赎回房子，看来这套房子还存在到期回归的可能性，所以，她反过来劝吴尚德，只要金宝人回来了比什么都重要，我们可以继续让他在我们医院打工挣钱，既可以挣钱把房子赎回来，也可以让父母老有所养，老有所依，还是一件好事。

"好事？"吴尚德心里明白，即使小舅子回来了，靠他挣的那仨瓜俩枣钱能够把房子赎回来简直是大年三十盼月亮——痴心妄想，到时候还不是让我们给他掏钱，这种为金宝赌博充当独家代理赞助商的行为要持续到什么时候。收下金宝继续在医院打工可以，但是，我们绝对不能再做这种大公无私、甘当为金宝默默奉献的傻子了。心中主意打定，他含蓄地对岳父母和妻子表明了自己的态度："让金宝继续在我们医院做事可以，但是，我们必须培养他自己动手丰衣足食的能力，不能老是让他有所依赖和我们大家给他充当经济后盾了。"

岳父母自然听明白女婿的话外音，但现在不是讨论长期规划的最佳时机，让金宝尽快回家才是当前重中之重的大事，对女婿的建议暂时采取了"臣附议"的态度："姑爷说得对，等他回来了我们一定好好教育他，让他洗心革面，重新做人。"

春节前夕，金宝终于拖着疲惫的身躯从赌博的战场上回归到了自己久违的家中，他的父母见到他毫发无伤地从战场归来，不仅没有责骂他，反而欣喜若狂，金宝为了讨父母的欢心，也发誓要好好待在家里，赡养父母，让他们颐养天年，父母见浪子终于回头，把坑爹的事完全抛到了脑后，不仅给儿子做好吃好喝的补身子，而且还让小乔在医院安排一个工资收入高一些、轻松一点的工作，让金宝早点把赎房的钱挣回来。吴尚德听小乔传达了岳父母的指示,开玩笑地说了一句:"让他当院长,又轻松挣钱又多。"

小乔白了他一眼:"跟你说正经的,你别拿他打镲。"吴尚德的意见还是让他干老本行,小乔想让他去干采买的工作,说这个有油水,可以让弟弟多挣一点钱,早点把赎房子的钱挣回来,我们也可以省点心。吴尚德觉得药品像医院的生命一样宝贵,万一出了什么问题,那可就出大事了。小乔提议,找个本分的人带着他,别让他胡来,先让他干一段时间,实在不行,就把他替换下来。

吴尚德觉得兹事体大,必须先和贾秀玲他们几个股东打个招呼才行。小乔让他明天一早赶紧去商量,早点让金宝去上班。吴尚德说,马上就要过年了,金宝好不容易回来了,还是让金宝好好陪陪父母,等过完年再上班也不迟。小乔觉得也有道理,没有再给他使用催命符。

过节了,吴尚德带着女儿给母亲去拜年,看见两位老人都换上了一身新衣服,屋子打扫得干干净净、收拾得整整齐齐,两位老人也是笑容满面,在帮助玉梅干点力所能及的事情。看见孙女来了,两位老人都给了她一个红包,吴尚德把母亲的生活费交给老人,并且说,过年了,怕您的花销大一些,给您多带了一些钱,如果不够您再跟我说。母亲说,钱够花的了,玉梅这孩子从来不要我的钱,你给我的生活费她都给我存了起来,说是有救急的时候再说。

吴尚德听母亲说玉梅不花母亲的生活费,心里有些过意不去,他对玉梅说:"你们夫妻两个收入也不多,给母亲的生活费你该用就用,没钱了你就告诉我。"玉梅微微一笑说:"两位老人也花不了几个钱,为了照顾老人,我最近提前退休了,退休费虽然不多,但是维持日常开支没有问题,再说了,街道知道我赡养两位老人花销大,最近,找到区文明办,让我干文明交通引导员的工作,一天四个小时,工作也不累,还有补助,关键是看到自己能够为首都精神文明建设尽一份力,帮助别人排忧解难,我还是很快乐的,觉得自己的人生价值得到了尊重和体现。"吴尚德见玉梅满脸洋溢的幸福感,把在马路边维持乘车秩序，摇摇小旗子的小事都能上升到体现人生价值的高度，心里暗暗赞叹玉梅的敬业精神和精神境界的高尚，联想到自己那个吃嘛嘛香、干嘛嘛不行，精神空虚的小舅子，不由得感慨万千，人与人之间的差距竟然这么遥远，看来快乐的源泉，不在于物质的富有，而在于精神的满足。他扪心自问，自己这么些年一直忙于追逐金钱和名利，虽然看似名利双收了，但是，精神世界的层面能够有玉梅这样的快乐和幸福感吗？

他从口袋里掏出一些钱，执意要交给玉梅，仿佛能够弥补自己良心上对于玉梅的亏欠。玉梅诚心诚意地对他说："我们虽然没有你挣钱多，但是，你们的挑费比我大，我也听说了你小舅子的事，让你拉了不少窟窿，你先把家里那一摊事支应好，我这里你就放心吧。"吴尚德见玉梅处处替自己着想，心中真是百感交集，不由得想起了古诗所说的"人不如旧，衣不如新"。

过完春节，在小乔的催促下，吴尚德和贾秀玲商量了一下，同意让金宝干药品采购，但是，为了防止他擅权专行，授予他的权限就是按照药剂科领导的要求去跑业务，没有拍板决定权，以防止医院利益受损。金宝也觉得这个工作比较自由，又有油水可捞，兴冲冲走马上任了，吴尚德刚开始还担心这个金宝又耍活宝，给自己捅娄子，但是，过了一段时间，一直相安无事，他悬着的一颗心才逐渐落了下来，小乔还嘲笑他是杞人忧天，要他把心放回肚子里，不要总是疑神疑鬼的。

劳累了一天的吴尚德回到家，见岳父母坐在自己的家中，见他进门，小乔急忙热情地迎上前来，为他宽衣解带，并端上一杯香喷喷的热茶，他已经好久没有享受这种超规格待遇了，不免心里有些忐忑不安，俗话说，礼下于人必有所求，见老婆不同于往日的殷勤，再看到岳父母热情洋溢的笑脸，他心里暗暗打鼓，夜猫子进宅——无事不来，岳父母一起上门，肯定是乔家门又有什么事情找到自己头上了，估计又是为金宝的事前来奔走游说，暂且以不变应万变，看看这温柔的背后有什么陷阱。吴尚德含笑和岳父母打了一声招呼，并且半开玩笑地问："岳父大人光临寒舍有什么指教。"乔老爷打着哈哈说，一日不见如三秋兮，这不是想你和孩子们了，所以过来看看。吴尚德觉察出岳父的笑有些不正常，感觉像是笑里藏刀。保姆说饭菜已经做好，可以吃饭了。

吴尚德打开了一瓶汾酒，先给老泰山斟满杯，然后，慢慢和岳父母聊起了家常。他准备以酒为突破口，打探出这反常的背后到底有什么玄机。酒过三巡，菜过五味，老岳父的话匣子终于打开了，他兴致勃勃，不顾老婆的咳嗽、拉扯和其他暗示，向自己的乘龙快婿敞开了心扉。从老岳父断断续续的话语中，吴尚德终于捋清了岳父母来此的目的。

原来，金宝的媳妇和他离婚以后，夫妻感情逐步淡化，金宝在做业务的时候，又认识了一位姑娘，金宝觉得这位姑娘人品出众、才貌超群，比起自己以前的黄脸婆可以说是天壤之别，所以，他对人家是穷追不舍，真话假话混杂在一起，连蒙带骗，立下雄心壮志，必须要把这个姑娘追到手，不达目的誓不罢休。但是，人家姑娘也没有什么高标准、严要求，只是提出两个基本条件，一是要求金宝必须有自己独立的住房和汽车，婚后不能和金宝父母住在一起；二是房产证上必须有她的名字，否则，一切免谈。金宝苦思冥想之后，回家和父母商议，制定了骗婚三部曲，第一步，是让父母先退避三舍，去姐姐家里暂住一段时间；第二步，借父母的房子和姐夫的汽车，营造一个富二代的光环；第三步，等生米煮成了熟饭，再让对方逐步承认既成事实。

听完老岳父讲述的骗婚三部曲，他简直为岳父母脑洞大开的想法惊诧不已，这种拙劣的骗婚做法太小儿科了，姑且不论这种做法的成功率有多少，即便骗术成功了，到头来对方识破了你的阴谋诡计，不是闹得你家里鸡犬不宁，就是一锅夹生饭。另外，假设金宝真的把媳妇骗到手了，这套房子你们过户给金宝，你们住哪里？如果儿媳妇房子到手了，死活不和岳父母住在一起，那岳父母是否就要长期住在我家里了，赡养父母是子女的义务，但是把自己的财产都倒贴给儿子，最后，靠女儿女婿养老，未免有些不合情理了。

吴尚德联想到此，心里感觉很不舒服，但是碍于情面这些话不好直接说出口，他提醒老岳父说："这个房子已经抵押出去了，现在也不能过户呀。"

老岳父满不在乎地说："金宝说了，等他挣了钱马上赎回来，到时候直接过户到他的名下就可以了。"

吴尚德怀疑金宝的话水分太大，等他挣钱赎回房子恐怕是美丽的梦想了，如果房子赎不回来，到时候不是让自己掏钱就是丧失房子产权，这两个结果对自己都没有任何好处，他试探地问岳父："您准备在我这里住多长时间？"

岳母插话说："我们准备等金宝领了结婚证就回去。"吴尚德虽然不满岳父母的做法，但是，人已经进了门，也没有办法了，小乔见老公不是热烈欢迎的态度，急忙自己端起酒杯陪父亲喝了几杯。

晚上休息的时候，小乔让女儿把自己的房间先给姥姥姥爷住，让她先在客厅的沙发上睡觉，看见女儿委屈的表情，吴尚德说："算了，让女儿和你睡吧，我今天睡沙发。"小乔说有事和他商量，今天先让女儿睡一夜。

夜深人静，小乔嗔怪老公今天对父母的态度没有表现出应有的热情，吴尚德把自己的担心告诉了小乔，并且预言这场骗婚的把戏必然以失败而告终，小乔也坦言并不看好这件事的结局，但是，既然父母已经来了，就先让他们住一段时间，等戏唱不下去了，自然也就收场了，估计过不了多长时间，父母就要打道回府，父母好不容易来一趟，你当女婿的还是要笑脸相迎笑脸相送，让父母有宾至如归的感觉。

吴尚德反诘道："你总不能天天让闺女睡沙发吧，她明年就要高考了，没有一个好的学习环境影响她的学业就糟糕了。"

小乔说："这正是我要和你商量的，我爸妈来了，我们是否先辞退保姆，由父母做饭和接送女儿上下学，一来可以省一笔费用，二来有点事做也免得他们闷得慌。"吴尚德问她："你是想让闺女住保姆房？"

"当然不是，你不是说了，闺女该高考了，不能耽误她学业吗，我是想我们先在客厅凑合一段时间,等闺女高考结束了,就该住校了,到时候我们再搬回去住。也可能金宝对象谈不拢,过几天父母就回去了。"

吴尚德给小乔提了一个问题:"你说的这些都是假设的问题,我也问你一个假设的问题,如果金宝把人家女孩骗到了手,房子成了金宝两口子的房子,儿媳妇就是不肯让你父母回去你怎么办?如果到期房子不能按期赎回,被放债的收走了又怎么办?你该不会又提供无偿援助帮助金宝赎回吧,我可提醒你,地主家的余粮也不多了,你把钱都给了金宝,咱们闺女需要钱怎么办?我再问你,如果没有了房子,你父母是否准备就在咱们家长期住下去了?"

小乔对吴尚德提出这么多的如果问题,一时也没了答案,她只好含糊地说:"这些问题看以后发展再说,你先说我说的辞退保姆我们暂住客厅的意见你是否同意。"

吴尚德不满地说:"我不管,一切你看着办吧。"

第十六章　三头两绪

由于岳父母的进驻，原本宽敞的房间瞬间变得狭窄了，饭菜做得也不合自己和闺女的口味，电视声音大了影响女儿高考复习，特别是住在客厅这个四通八达的交通要道上，进进出出的人员对夫妻两个的睡眠产生了极大的影响，甚至对夫妻生活也造成了严重的干扰。岳父母对群众的意见也有所耳闻，迅速采取有力措施进行整改。为了保证饭菜质量，雇用小时工做饭以解决民生问题，晚上禁止家庭内文化娱乐活动，姥姥外出跳广场舞、姥爷出去遛弯儿下棋，为外孙女营造良好的学习环境，为了保证女儿女婿的夫妻生活美满，岳父母提出与他们对调住处，但是小乔认为没有几天父母就回去了，不肯让父母住客厅。家庭环境的改变本来就让吴尚德感觉很不适应，再加上为了金宝的事情，岳母经常在他的耳边絮叨，为了让耳根子清静一些，也为了给自己创造一个良好的学习休息环境，他让医院后勤人员为他找了一间宿舍，有时候就住在单位不回去了。小乔也明白是自己父母的到来，打乱了家庭的生活秩序，所以，对老公也微微有一丝歉意，见他想在单位寻求一些安静的环境，也就默默地接受了这个现实。

贾秀玲见近来吴尚德经常住在单位，有些奇怪地问他家里发生了什么事，他就把岳父母一家人寄居在家里的情况和盘托出，贾秀玲怕他一个人在单位寂寞，为了替他排忧解闷，特意请了几个朋友陪他一起吃饭,饭后又请他去 KTV 喝酒唱歌。

来到一所装潢漂亮、门口挂着开业大酬宾字样的歌厅,贾秀玲对吴尚德讲这是一个好朋友新开的场子,多次邀请自己前来捧场,盛情难却今天也是第一次来这里,不知道服务质量如何。进了 VIP 包间,歌厅的老板马上赶过来,一见面急忙握住贾秀玲的手高兴地说:"贾总,给您打了好几次电话,今天终于赏小弟的光了。"贾秀玲手指吴尚德介绍说:"这是我们医院的吴院长,也是著名的骨科专家,今天我是专程陪他来你这里散心的,兄弟你一定要安排好,千万别掉链子。"

歌厅老板连忙和吴尚德握手,并表态说:"贾总您就放心吧,肯定让您高兴而来,满意而归!"他催服务员赶紧把妈咪找来,服务员说已经打过电话了,马上就到。

门外,一阵高跟鞋的声音由远而近到了门口,门刚打开,笑声夹着热情的话语扑面而来:"老板,我来了,您有什么吩咐。"

歌厅老板一指在座的众人,"这些都是我大哥贾总的好朋友,你把你手下能喝酒的,还有唱歌好听、长得漂亮的服务员找来,让我大哥他们好好放松一下身心。"

吴尚德听见这个妈咪说话的声音似乎有些熟悉,待她走到面前打招呼时,抬头仔细的一端详,他和贾秀玲不禁愣住了,"你是娟子吧?"

对方也是一怔,细细打量了他们一番,"这不是贾哥和吴大哥吗,不仔细看我都认不出来了。"

吴尚德打量着描眉画眼、打扮时髦的娟子自我解嘲说:"我老了,可你还是那么年轻,也更漂亮了,走在大街上都不敢认你了。"

歌厅老板惊讶地问:"你们早就认识?"

吴尚德尴尬的解释说:"她是我的老乡,我们以前在老家就认识了。"

娟子也不动声色的对老板说:"贾哥和吴大哥以前曾经帮助过我,我来北京还是吴大哥帮的忙。"

老板高兴的说:"他乡遇故知,人生的一大喜事呀!既然你们都熟悉，贾哥，那我就先去忙了，那边还有几个朋友我去关照一下。"他转过头又叮嘱娟子说："我贾哥他们今天头一次来，你一定要服务好，如果我大哥他们不满意，回头我找你算账。"目送老板出了门，三个人面面相觑，为了打破这尴尬的局面，娟子急忙让服务员打开音响，在《拒绝黄赌毒》的乐曲中，她掏出钥匙交给一个服务员，让她去自己的柜子里把收藏的洋酒拿来，又叫来一排年轻漂亮的女服务员让大家挑选。吴尚德毕竟很少来这些地方，又有娟子站在面前，显得有些拘谨，贾秀玲见他一个人干坐着，连忙对娟子说："你吴大哥有些不好意思，你把你手里最漂亮的、唱歌最好的给我兄弟推荐一个。"

娟子微微一笑，打电话询问菁菁到了没有，听对方回复已经到了，她马上吩咐换好衣服到 VIP 房间来。时间不长，一个身穿紫色衣裙，年纪大约二十出头的女孩子推门而入，娟子急忙招呼她："菁菁，你可来了，过来陪吴总唱歌。"那个叫菁菁的女孩子"嗯"了一声，扭动腰肢微笑着来到了吴尚德的身边。

吴尚德细细打量了这个叫菁菁的女孩子，见她柳叶眉、瓜子脸、高鼻梁、桃花眼，的确风情万种，而且仿佛在哪里见过她。他努力打开记忆的闸门，急速从大脑的数据库中寻找资料。菁菁见他目不转睛地盯住自己，脸色一红，嫣然一笑说："吴总，你看得人家都不好意思了。"吴尚德见菁菁把自己当成了花痴，急忙解释说："没有别的意思，我就是觉得你特别眼熟，好像我们在哪里见过，但是，一时半会儿又想不起来了。"菁菁笑着打趣说："吴总真是贵人多忘事，您忘了去我们医院给我们讲课的事了。"吴尚德忽然脑海中灵光一闪，往事马上涌入心头。

那是去年春暖花开的时节，吴尚德应邀去一所朋友的医院讲课，一进医院的大门，几株盛开的紫藤花爬满了花架，瀑布般的花朵和淡淡的花香让人不由得眼前一亮，神清气爽。当时，医院特别派出了一名身穿紫色衣裙的漂亮女护士给吴尚德端茶倒水，忙前忙后，娇艳的紫藤花和美貌的姑娘给吴尚德留下了难忘的记忆，内心一直留恋这所医院天人合一的美景和细心的安排，不想追忆中的思念竟然又出现在眼前。

见到久别重逢的花仙子，吴尚德有些喜不自胜，但是，他又有些疑惑，为什么这个姑娘会在这里，只有等一会儿再慢慢了解这些细节吧。娟子叫服务员打开洋酒，给大家斟到杯子里，举起酒杯祝大家玩得开心，在这里度过一个愉快的夜晚，然后，对贾秀玲说，别的包房还有客人，先去招呼一下，一会儿再过来陪他们，又对吴尚德说："吴大哥你以后有机会常来，我们有空再细聊，今天让菁菁小妹好好陪你喝点酒、唱唱歌，菁菁不仅人长得漂亮，歌也唱得好，保证让你高兴而来，满意而归。"她又叮嘱菁菁一定照顾好吴总，菁菁用力点点头，让娟子放心。

贾秀玲见娟子走了，才觉得自在了一些，他们点了一些男女生合唱的歌曲和自己拿手的，欢快震耳、高低不平的噪声开始在房间中回荡。吴尚德自我感觉唱歌的水平不行，所以谢绝了贾秀玲"抛砖引玉"让自己唱第一首歌的邀请，而是和菁菁摇骰子、喝酒聊开了天。菁菁自我介绍姓胡，家住河北，独自一人闯荡京城，家中还有父母和大哥。吴尚德开玩笑地说："你的名字念快了像狐狸精。"

菁菁羞涩地一笑说："是我大爷给起的名字，他是我们村里的小学老师。"

吴尚德好奇地问她，不是在医院里面工作吗，怎么又来到了这种地方。菁菁对吴尚德诉苦说：自己在医院当护士，每个月的收入不高，为了住得舒服一些，她没有住集体宿舍，而是自己在外面租了一间一居室，北京租房的价格太贵了，平常还能勉强应付，这个月家里出了一点事，把钱都寄回去了，自己只好白天在医院上班，有空的时候来KTV陪客人喝酒唱歌，挣一点小费，以缓解当下的经济危机。

吴尚德问她家里出了什么事，让她闷闷不乐。菁菁告诉他，家里大哥最近和人打架，被派出所拘留了，让赔偿对方医药费和营养费，如果不赔偿，就要蹲班房了，所以，把自己的收入全替大哥还债了。

吴尚德一来觉得久别重逢是一种缘分，二来佩服她的家庭责任感，内心一冲动便安慰她说："你不用着急，这个月的房租我替你出，你这么年轻，千万要保重身体。"

菁菁紧紧抱住吴尚德的胳膊有些疑惑地问："大哥你说的是真的，真的帮我交房租？"

吴尚德用手拍了拍她白嫩的手背，用肯定的语气告诉她："当然是真的，你到时候把银行卡号告诉我，我明天上班就给你转账。"

菁菁高兴地在吴尚德的脸上亲吻了一下："大哥你真好！"

吴尚德端起酒杯和她碰了一下，夸下海口说："认识你吴大哥，以后有什么困难就跟我说。"

贾秀玲唱了几首歌，见吴尚德和菁菁坐在那里聊得热火朝天，他端着一杯酒走过来调侃道："怎么刚一见面就如胶似漆了。"

菁菁脸上洋溢着幸福的笑容说："吴大哥人长得帅，又体贴关心人，我就是喜欢他。"

贾秀玲呵呵一笑说："你还少说了一样？"

菁菁好奇地问："少说了哪一样？"

贾秀玲卖个关子："你猜一猜？"

菁菁摇摇头："我猜不到，大哥你告诉我。"

贾秀玲提出条件："你和吴大哥喝一杯交杯酒，我就告诉你。"

菁菁毫不犹豫地和吴尚德喝了一杯交杯酒，目光炯炯地盯住了贾秀玲。

贾秀玲满意地一笑说："你大哥还是一个著名的医学专家，是我们单位的大领导。"

上次去医院讲课，菁菁就知道吴尚德是个医学专家，但是不知道还是什么大领导，面对菁菁的询问，吴尚德不好意思地说："不是什么大领导，你别听他瞎说。"

大家都已经唱了不少曲子，见吴尚德和菁菁光在那里聊天没有唱歌，都纷纷起哄，让大哥和新认识的小嫂子唱一首，菁菁毫不怯场，用手挽起吴尚德的胳膊，声情并茂地合唱了一首《知心爱人》，在大家的掌声中，菁菁又独自手捧话筒唱起了自己拿手的乐曲。

贾秀玲举杯和吴尚德喝了一杯酒，悄声问他："是不是看上眼了？"

吴尚德微笑着回应了一句："感觉还不错。"

贾秀玲严肃认真地提醒他："这种场合的女孩子大多虚情假意，没有真话，而且爱慕虚荣，追求金钱和享受，和她们逢场作戏玩玩可以，可千万不要被她们的假象所迷惑，介入太深，小心到时候被她们耍了。"

吴尚德不置可否地点点头说："你放心，我心里有数。"

虎子大学毕业以后，参加了公务员招聘，经过遴选，从众多的竞争者当中脱颖而出，如愿以偿，分配到了政府机关的行政执法部门，看到儿子穿着崭新的执法制服，精神抖擞地站在自己面前的英武身姿，玉梅的眼角噙着泪花，自己的儿子终于长大成人了，这么多年的心血没有白费，儿子很争气而且很有出息，这么多年的付出终于有了回报，她在和虎子共同分享这份快乐的同时，也语重心长地谆谆告诉儿子，一定要听组织的话，爱岗敬业，努力工作，要对得起自己身上的这身衣服。虎子也郑重地向母亲表态，一定奉公守法，积极努力工作，力争用优异的成绩成为一名合格的执法干部，为母亲争光。

虎子非常珍惜这来之不易的工作岗位，他在单位早出晚归、工作勤恳，认真向老同志求教，向其他同志学习，回到家也经常孜孜不倦地学习执法方面的相关知识。功夫不负有心人，在组织的培养和自己的不懈努力下，很快就适应了角色，成为一名取得执法资格的执法人员。按照执法规定，执法人员应该两个人一组开展执法检查，因为虎子是新人，所以，处长特意给他安排了一个叫厉莉的女同志带他执法。厉莉比虎子大两岁，是个湖南妹子，多才多艺，人长得很漂亮，已经在执法战线工作了多年，由于她性格直爽、泼辣大方，善于学习，坚持原则，所以，在执法工作中取得了不错的战绩，大家用湖南方言送她一个外号"霸得蛮"，领导让她来带虎子，也是为了帮助虎子尽快成长进步。

一天，领导交给他们一封举报信，反映某中医院多收费，按照处理人民来信件件有着落，事事有回音的工作要求，厉莉带着虎子来到了医院核实举报内容。举报信反映的是医院出售的药品价格高于市场价格，可是，虎子和厉莉检查了医院的进货单据，发现医院药品执行的是药品生产所在地物价局批准的价格，应该不存在什么问题，虎子觉得这个问题已经有结论了，可以回去答复举报人了。但是，厉莉觉得这里面还有问题没有查清，她针对举报信反映的医院出售药品高于市场上同类药品价格的反映，又去其他医院采集了同类的药品价格，发现虽然药品的规格不一致，但是，医院出售的这个药品价格确实高于同类药品价格。虎子认为，虽然价格偏高一些，但是，有当地物价部门的批准文件，手续是合理合法的，没有必要再追究下去。厉莉告诉他，这个药品的价格高得有些离谱，还是有必要搞清楚为什么这么高，也为今后执法提供一些依据。

在厉莉的坚持和据理力争下，单位向药品所在地的物价局发出了公函，了解药品定价偏高的理由。虎子觉得多此一举，没有这个必要，毕竟这是自己取得执法资格后办理的第一个案件，如果耽误了举报信的回复日期，被举报人回复不满意，影响自己的工作考核业绩，实在是得不偿失，但是，自己的师父坚持这样做，他心里虽然不情愿，可是嘴上也不好表示反对。厉莉觉察出了他的想法，直言不讳地告诉他，群众的利益高于一切，对待群众举报的问题，不能简单得一封回信就完事了，必须把群众反映的问题搞个水落石出，这才是对群众负责的态度。

几天以后，当地物价部门的回函到了，他们说当地这个药品申报的价格过高，他们根本没有批准，而是让药厂认真审核成本，重新上报。那封批准文件是仿冒的。

收到当地物价部门的回函，虎子羞愧交加，他既为自己师父严肃认真对工作一丝不苟的态度所折服，同时也为自己工作所缺乏的执着认真的态度而惭愧，他觉得这独立执法的第一课简直太深刻太有意义了。收到回复的当天，他和厉莉马上赶到了医院，询问这伪造的公文究竟是出自何人之手，要求医院马上查清楚事实的真相，给执法部门一个交代。

虎子带着胜利的喜悦回到家里，吃过晚饭，母亲突然问他："虎子,你今天是否去检查了一个医院?"

虎子好奇地回答:"是的,妈妈你怎么知道的?"

玉梅又问他:"这个医院叫什么名字?"

"叫神农中医院,妈妈你打听这些干什么?"因为玉梅很少打听虎子执法的事情,所以,今天母亲破例主动打听这些事情,让他感到非常意外。

玉梅沉默了一会儿,声音低沉地告诉他:"因为这个医院是你亲生父亲办的,他今天打电话找我了。"听完母亲的话,虎子的脑袋嗡的一声,心里又急又气,急的是怎么自己办的第一个案子竟然查到自己父亲的头上,气的是自己的亲生父亲怎么能做出这么丢人现眼伪造国家公文的违法事情。

玉梅把事情的来龙去脉告诉了虎子。原来虎子他们检查完医院刚走,医院负责接待的人员就马上把情况向吴尚德做了汇报,并且指出了这种伪造国家机关公文的行为是一种违法行为,情节恶劣,后果严重,要从重处罚。闻听此事,吴尚德也是愤怒至极,过去,因为乱收费的事情也被物价部门处罚过,但是,大多属于物价管理不到位发生的过错,像这种公然违法造假的事情还从来没有发生过。他马上把医院几个部门的负责人召集到一起,召开专题会议,一是要追究这批造假药品的来源,追查责任人;二是要吸取教训,引以为戒,防止此类事件的再次发生;三是怎么和执法部门搞好沟通协调,减轻处罚。

追查药品来源很容易,是金宝进的这批货,当时药房有人就曾质疑过这批药品的价格过高,但是,金宝说有物价局的批文,没有任何问题。把金宝叫来当场问他是否知道这个批文是假的。金宝赌咒发誓,对此事毫不知情,自己也是受害者,被人家当猴耍了。吴尚德毫不客气地追问他,为什么有便宜的药不进,非要买贵的,是不是又拿人家好处了。

在会场众人咄咄逼人的目光注视下,金宝虽然支支吾吾竭力否认,但是从他躲躲闪闪的眼神中可以看出,吴尚德的话点中了他的要害。吴尚德甚至怀疑,很有可能这个主意就是这个不争气的小舅子和对方一起密谋的。小乔见吴尚德把矛盾的焦点聚焦到了自己的弟弟身上,内心当然不愿意,我弟弟已经承认是上当受骗了,你还穷追不舍,非要把蛤蟆攥出尿你才舒服。当然,这个时候不能公开站出来为弟弟说话,只能转移话题。突然,她想起了那个前来执法的检查人员,名字和老公的儿子一样,眉眼也像自己的老公,搞不好这个执法人员就是老公和前妻的孩子,于是她冷不丁地冒出了一句话:"那天来的那个检查人员叫吴若愚,吴总你是否认识他。"在场的有知道吴尚德婚史的,都悄悄低声议论起来,脸上充满了期盼的目光,院长的儿子来执法,肯定可以大事化小小事化了了。小乔的话让吴尚德心头一颤,前些日子去看母亲,老太太说自己的孙子已经到了执法局,自己当时追问了一句,是什么执法局,老太太也说不清楚,本想再问问玉梅,后来一忙也就忘记了,难不成这次来检查的真是自己家的虎子。内心虽然很激动,但是,他还是不动声色地说,等散了会他会找朋友与执法局沟通的。等会议一散,他就急不可待地给玉梅打了一个电话,让她问问是不是虎子来医院进行执法检查的。如果真是虎子,让玉梅传话,请虎子对老爸多多关照,手下留情。

玉梅把事情的来龙去脉告诉了虎子,虎子用不满的语气对母亲说:"妈妈,虽然他是我父亲,但是,我不能徇私枉法,这件事如何处罚,该轻该重,有国家的法律法规在那里管着,我说了也不算。"

玉梅听出了虎子错把自己当成了说客,她表情严肃地告诫虎子:"孩子,妈妈把这件事情告诉你,不是要替你爸爸说情,而是想告诉你,作为一名执法人员一定要秉公执法,做一个顶天立地的人,不管做什么事,都要上对得起国家,下对得起自己的良心。不能让人家背后戳咱们的脊梁骨。你爸爸医院的事情你该怎么处理就怎么处理,我绝对不会为他们说情。"

为了让儿子放开手脚大胆工作,玉梅告诉儿子,今天你爸爸给我打电话的时候,我就已经正告他了,为了咱们儿子的前途和发展,我们不能给儿子添任何麻烦,我们只有全心全意支持他的事业,而不是拖他的后腿,你要做的就是好好配合虎子他们的检查工作,尽快把事情搞清楚，接受处罚，认真整改，今后别再给孩子添麻烦了。

虎子听了母亲支持鼓励的话语，内心也非常感动，他激动地表示，今后一定努力工作，勤奋学习，绝不辜负母亲的期望。同时，通过执法第一案的考验，让虎子对执法工作的艰巨性和复杂性有了充分的认识。

吴尚德早晨刚刚走进办公室，就听见一阵急促的敲门声，他喊了一声"请进"，办公室滑主任就急匆匆走了进来，见他一脸严肃和焦急的样子，他奇怪地问："一大早你这么神色慌张的干什么？"滑主任慌张地说："有人到医院来闹事了。"

吴尚德一头雾水："谁来闹事？为什么事？你慢慢说，别着急。"

滑主任平静了一下，简单把事情的缘由告诉了他。原来，一大早就有一个药厂的医药代表找上门来，说我们医院收了他们药厂的好处费，但是，答应进他们的药却一直没有兑现，要他们给个说法。

吴尚德问是哪个药厂，什么药？

滑主任说："就是上次我们办公会上确定的那个质次价高、并且明确不能从他们那里进货的那个厂家。"

吴尚德有些气愤："既然办公会都已经确定了，为什么还从那里进货，你把药房主任找来，我问问他是怎么回事。"

滑主任有些为难地说："这事和药房主任没有关系，是、是、是……"

吴尚德见他说话吞吞吐吐的，心里咯噔一下："是金宝干的事？"

滑主任点点头说："人家反映的就是金宝，说金宝不仅收了人家的回扣，而且还答应按照对方提出的价格收购，人家威胁说，如果我们不按照约定收购人家的药，不但要承担违约的责任，还要去法院告我们。"

吴尚德内心忐忑不安地问："他们有什么证据吗？"

"有！有金宝签字的合同，还有金宝收人家的好处费的录音和视频，我都看了。"

吴尚德气得一拍桌子："上次医院被处罚以后，我们医院不是已经规定了吗，只有药房主任有签合同的权力，金宝并没有签合同的权力，而且和进货的厂家也打过招呼了，怎么还有厂家敢和他签合同。"

"我听录音，人家厂家也提出了这个问题，可金宝说，我姐夫是医院的院长，他有这个权力，我回去和他说一声就行了。"

吴尚德没有想到金宝竟然拉大旗，作虎皮，气愤之余，他冷静思考了一下，把自己的想法告诉了滑主任："药厂明明知道我们医院有这个规定，还故意和金宝签合同，这不是给金宝下套吗？我们到了法院也不怕他们的敲诈。"

滑主任有些为难地说："打官司我们倒是不怕，因为我们有明文规定签合同的流程、权限，并且在药房公开告知了。但是，金宝收人家药厂的回扣这个问题，如果反映到有关部门倒是个事儿，现在管理部门对此事是民不举官不究，如果一旦举报到有关部门，轻者通报批评，严重的还要处罚我们医院和相关人员。"

吴尚德想了想，叹了一口气说："让金宝把钱赶紧给人家退回去，否则一切后果由他个人承担，告诉他，医院不会替他承担任何责任。"

滑主任吞吞吐吐地说："这个金宝是打着您的旗号和人家药厂签合同的，我们说他，恐怕他把您拉出来当挡箭牌。"

吴尚德明白滑主任的心思，认为自己和小舅子合穿一条裤子，为撇清关系，他抄起电话就给金宝打了过去，电话里金宝刚"喂"了一声，吴尚德就冲着电话里吼了一嗓子："你个兔崽子，马上到我办公室来一趟，有事和你说。"

金宝为难地说："姐夫，我在休假，带着女朋友在海南岛旅游，过几天才能回去。"

吴尚德听说金宝去海南旅游了，心中大怒，闯下大祸，竟然还有心思去逍遥游，他责问道："你跟谁请假了，就去海南岛旅游了？"

金宝分辩说："我和我们阴主任请假了，是他批准我休假的。"

吴尚德用不容置疑的口吻告诉他："你马上从海南岛给我滚回来，要多快有多快，如果明天看不见你，马上开除你。"说完，气哼哼挂了电话。

他扭头又让滑主任把药房主任找来，见面劈头就问："是你批准金宝休假的？"

药房主任一脸茫然："我没有批准他休假，最近有一笔欠款迟迟没有支付药厂，药厂一直在催款，他说他和药厂的领导熟悉，前去打个招呼，兴许还能再拖上一年半载的，我看他毛遂自荐挺积极踊跃的，就让他去了。"

吴尚德追问："那个药厂在哪里？"

药房主任说："在山西，金宝说，他姐夫老家就是山西的，朋友多、路子广，他去肯定没有问题。"

吴尚德见金宝处处以自己的名义坑蒙拐骗，心里非常窝火，他严肃地对两位主任说："金宝欺骗领导，撒谎骗人，性质非常恶劣，回来以旷工论处，绝不姑息。以后，对违反医院规定的行为，一律从严查处，任何人没有例外。"

两位主任见院长大动肝火，揣摩清楚了领导的想法，一来是撇清自己和金宝的撒谎行为没有任何关联，二来是借杀金宝这只瘟鸡给他们提个醒，别看咱们平日里可以嘻嘻哈哈，打打闹闹，但到了关键时刻，还是敢于大义灭亲，翻脸不认人的。两位主任屁股底下也有屎，领导说这些话是否已经闻到了一些臭味，借金宝的事来敲打他们也未可知，所以，他们急忙表态，坚决支持维护领导的决定。吴尚德虽然知道他们的表态言不由衷，有敷衍应付的成分掺杂其中，但是，要的就是敲山震虎的效果，医院虽小，但是人际关系复杂，把这两个重要岗位的人物掌控好，对树立自己在医院的权威有非常重要的作用。

他满意地点点头，吩咐滑主任把贾董事长请来，一起商量一下金宝的事情该如何妥善处理。

两位主任前脚出门，胡菁菁的电话后脚就打了进来，听见胡菁菁娇滴滴的声音，让吴尚德听起来非常悦耳舒畅："老公，你在忙什么？"

前些日子，吴尚德从KTV歌厅回来以后，马上为胡菁菁打过去一个季度的房租，怕她没黑带白地忙累坏了身子，又出钱专门为她安排了一次体检，胡菁菁说自己到北京这么长时间了，只去过北海、颐和园等城内的景点，还没有去过北京城外的一些旅游胜地，吴尚德又亲自开车带她到八达岭、十三陵、八大处等郊区的名胜景点走了一圈，闲暇的时候经常带她去品尝京城的一些美食佳肴，随着感情的逐步升温，胡菁菁感激之余，称谓从"大哥""亲爱的"逐步进化为"老公"，吴尚德也坦然接受，称胡菁菁为"老婆"，双方做起了有实无名的夫妻。

"老婆，我刚刚处理完一件棘手的事情，你有什么事情找我？"

"老公，我妈妈最近生病了，想让我回去一趟，宝宝想陪你不想回去，但是，我妈治病需要花钱，老公你能不能再帮助我一次，求求你了。"

吴尚德问需要多少钱，听闻是万八千的小钱，没犹豫就痛快地答应了，并且说自己明天有一个饭局，邀请她参加，胡菁菁高兴地答应了一定出席。

贾秀玲等几个人商量的结果，认为打官司对方没有必胜的把握，因为金宝只是一个业务员，并不能代表公司，但是他收取回扣的行为如果被对方举报，虽然掀不起多大的风浪，但也是屎壳郎爬在脚面上——不咬人也恶心人，鉴于是金宝的个人行为，大家一致的意见是让金宝赶紧退钱并且写出书面检查，在医院内部通报批评，调离现在的工作岗位，重新安排工作，假设事情闹大了，吴尚德建议最好开除，这样就可以表明本单位的立场和态度了，他内心其实还有一个相关想法，通过开除金宝，表明制度面前人人平等，不管是谁违反了医院的规章制度，都要一视同仁，按照规定处罚，即便是自己的小舅子也不例外。因为这个医院是几个股东合资建设的，所以，都有自己的七姑子八大姨的亲戚和朋友故旧安插在里面，这些人往往依靠自己的靠山，管理起来总是不太服管，即便犯了错，也是大事化小、小事化了，刚才讨论金宝是否从严处理的时候，有的领导表面是照顾他和小乔，建议下不为例，其实也是为自己打算，想先把院长的嘴堵住，免得下次去说别人。吴尚德做出挥泪斩马谡的决定，就是警告这些人，下次你们的关系网出了事，我也不会手软、手下留情。贾秀玲见吴尚德态度坚决，坚持原则不动摇，带头表示支持他的决定，责成办公室滑主任具体抓落实，进展情况要及时向吴尚德院长汇报。

吴尚德知道，对金宝的处理回到家里肯定会引发一场风暴，因为医院的事情散会后就会以光的速度扫描到医院除太平间以外的每一个角落，信息共享的理念在医院深入人心，小乔作为乔家常驻医院的大使，这么大的事肯定会有人给她通风报信。唉，这些烦心的事情不去考虑了，知之者谓我心忧，不知者谓我何求，有谁又能够了解我此时此刻的心情和我的做法。

吴尚德按照小乔的要求回到家，看见岳父母对自己盛气而揖之的举动，知道小乔已经把对金宝的处理决定向岳父母进行了情况通报，看见乔家门三堂会审的架势，他决定后发制人，以静制动，先把对方的想法意图摸清楚再说。他装作什么事也没有发生，拿出一瓶好酒，提议和岳父先喝一盅，老泰山把手一摆，做出了拒腐蚀永不沾的表态，而老岳母则直言现在就是玉皇大帝的琼浆玉液我们也难以下咽，金宝被你开除了，他今后的生活可怎么办？小乔则虎着脸质问他："为什么要开除金宝？医院里那么多人都有收取医药代表回扣的情况，不也都风声大雨点小，轻描淡写地过关了吗，为什么到了金宝这里，你就大义灭亲了。而且我听说会上有人提出来金宝的事可以从轻处理，但是你不答应，非得要从严从重处理，你究竟安的什么心？"

吴尚德不知道具体是谁将情报传递给了小乔，但是他心里清楚，这肯定是台下势力为了自身利益进行的挑拨离间，借小乔向自己施加压力，以达到他们不可告人的目的，阻挠自己依法依规治理医院的计划。他质问小乔："是谁告诉你我把金宝开除了？他是怎么和你说的？"

泄密者显然和小乔订立了攻守同盟，所以她断然拒绝了吴尚德追查情报网来源的企图："你不要问是谁告诉我的，问了我也不会告诉你，你就说是不是你决定开除金宝的。"

吴尚德慢悠悠地说："没有说开除金宝，只是调离原岗位，安排新的工作，以观后效，如果屡教不改，再犯错误，就准备开除他。"

岳父母听说没有开除金宝，马上长长舒了一口气，岳母追问："那你准备给他安排什么工作？可别让我家金宝干那些又脏又累挣钱少的活儿，我们还指着他挣钱往回赎房子呢。"

吴尚德有些哭笑不得，都什么时候了，还在为金宝考虑得这么周到，他冷冷地说："挣钱多的岗位是当院长，可金宝能干得了吗？"

岳母当然知道自己儿子是什么货色，也明白女婿话里的嘲讽意味，她讪讪地接了一句："院长干不了，给你这个院长打打下手我看还是可以的吧，你可以任命金宝为院长助理，今后你动动嘴，让金宝给你跑跑腿，你就省心多了，用自家人总比用别人强吧。"吴尚德知道，这个让金宝当院长助理的主意肯定不是岳母想出来的，搞不好是小乔出的主意，因为准备招聘一个院长助理的计划只有本院的人才知道。他心想岳父母未免有些想入非非了，让金宝当助理，那不是是非混淆、黑白颠倒了吗，如果树立了金宝这个因为屡次犯错误，越犯错越提升的典型，那医院的人今后都纷纷以犯错误为荣、遵守纪律为耻，这个医院离关门也就不远了。他嘲讽地说："不用我任命，金宝已经走马上任了。"岳父母惊讶地齐声"啊"了一声，岳母兴奋地问："真的吗？什么时候的事？"

吴尚德把头扭向小乔说："你没有告诉爸妈金宝代我行使职权和人家签合同的事？"

小乔脸色一阵红、一阵白，她怕父母着急，没有如实相告金宝在单位所犯下的一系列错误，只是说金宝拿业务回扣，医院准备开除他的这一段。她支支吾吾地说："什么代签合同的事，我不知道呀。"

吴尚德嘲笑地说："看来这个传递情报的人也是用心良苦，没有告诉你全部的真相呀。"

吴尚德决定把全部情况如实地告诉他们，让他们深刻认识到金宝所犯错误的严重性。于是，他把金宝用欺诈手段签订合同、收取商业贿赂并被人录音录像、说谎骗人外出旅游等系列错误行为和盘托出。他一针见血地把金宝违法收取商业贿赂的行为已经触犯法律，可能引起的严重法律后果告知了岳父母，并且指出了即便退还了贿赂款，受贿事实也已经存在，如果对方不依不饶，金宝的事情也有很多的不确定性。试问，金宝存在如此严重的违法违规行为，如果医院不略做惩处怎么向大家交代，我们所做的这一切就是为了将金宝的问题作为人民内部矛盾处理，你们为什么不理解我的一片苦心呢。"

听了女婿的一番话，岳父母马上像霜打的茄子——蔫了，急忙将关注的重点转移到了金宝是否有可能被追究法律责任的问题上。吴尚德安慰他们说："现在医院已经决定成立官司应对小组，准备和对方打官司，就是要为金宝闯下的祸擦干净屁股并保护金宝不被起诉。但是，这件事也需要金宝的配合，一是要把钱赶紧给人家退回去，二是这些日子要夹着尾巴做人，千万不要再无事生非，自己主动给自己凑黑材料了。我已经打电话让金宝马上回来，等他回来了，你们也要好好劝劝他。"

岳父母听说明天金宝回来，答应一定劝他不要再惹是生非，先把眼前这一关的灾难渡过再说。但还是叮嘱女婿，一定给金宝调整一个好工作，吴尚德以自己一个人说了不算，需要开会研究由集体决策的借口搪塞了过去。

吴尚德接到贾秀玲的电话，让他过去沟通一下对金宝的工作安排，吴尚德直言不讳地告诉贾秀玲，他认为应该让金宝去烧锅炉，让他用劳动的汗水来改造思想，洗刷思想上的污浊。但是，贾秀玲说，毕竟小乔还在医院里工作，不能让她太难堪了，再说了，你吴尚德严于律己，大义灭亲，是想给大家树立一个榜样，但是，其他领导未必有你这样的觉悟，如果他们的亲戚朋友今后也有违规行为，你都让他们去烧锅炉，肯定会引发众人的不满，如果你不这样做，肯定又会有人说你一碗水端不平，没有做到一视同仁，所以，还是让他去安保部做一名普通的保安，不担任任何职务，也算是一种处罚，你看如何。

吴尚德觉得贾秀玲考虑得比较深远，同意照此办理。两个人商定，等金宝回来以后，马上向他宣布医院对他的处理决定，并让他按照医院的决定配合做好后续工作。

吴尚德刚刚回到自己的办公室，手机就急促地叫了起来，他一看有好几个未接电话，都是胡菁菁打给他的，他急忙打开电话略带歉意地表示："刚才和董事长商量工作，没有带电话。"胡菁菁说晚上吃饭的地点还没有发给她，并询问给她母亲治病10000元是否已经汇出，吴尚德这才想起来一忙金宝的事情，把汇款的事情就忘记了，他急忙道歉："老婆，真对不起！医院出了一点急事儿，把我忙得晕头转向的，我现在马上去给你汇款。"胡菁菁嗔怪他："老公你的事我时刻记在心上，我的事你怎么就给忘脑后了。"吴尚德正要解释，突然，响起了一阵急促的敲门声，他不耐烦地说了句："进来！"门开处是小乔走了进来，他有些奇怪地问："咦，你怎么来了，有什么事吗？"因为两个人有约定，在医院里面没事不串门，不聊家常，有事情回家里去说，给医院里面的人带头树立一个遵章守纪的榜样。小乔有些不满地回了一句："没事就不能到院长这里来？"吴尚德尴尬地笑笑说："我不是那个意思，你是无事不登三宝殿，来我这里肯定有什么事。"见话筒里胡菁菁"喂喂喂"地乱喊，他急忙对着话筒说了一句："我现在有公事要处理，一会儿再给你回过去。"说完匆忙挂了电话。

　　小乔隐约听见话筒里面是个女人的声音，又见老公神色有些慌张，察言观色，她冷笑地说："和谁打电话呀，那么亲热，是不是我来得不是时候呀。"吴尚德故作镇定："你别瞎说，是一个药厂的朋友请客吃饭，现在做生意都是请客吃饭这一套，想推也推不掉。"小乔没有再深究下去，而是将来意直接挑明："我刚才接到金宝一个电话，他说没有买到今天回程的机票，等买到了票马上就回来。"吴尚德知道小舅子这是撒的弥天大谎，现在飞海南的机票都打折，哪有买不到机票的道理，看来就是没有玩够，对领导的要求置若罔闻，吴尚德内心的火气有些升起，他没有好气地说："买不到票和你请假也不对呀，你也不管考勤，也不能批他假呀。"

　　小乔对老公的批评有些不满："你别瞎说，我没有批他假，他让我向你说明一下情况，明天不能回来，我就是个传话筒而已。"

　　"那他直接给我打电话不就行了，何必还要通过你，绕这么一个大圈子。"

小乔对老公的责问有些不耐烦了："行了，话我已经传给你了，有什么话你直接和他说吧，同不同意他请假你自己看着办吧。"说完，她摔门拂袖而去。

吴尚德知道小乔对自己拿小舅子开刀整顿医院秩序的行为不满，但是，开弓没有回头箭，依法治院工作绝对不能卡在金宝这里，他不能纵容金宝这种挑战自己权威的行为，对落水狗必须痛打，不能有怜悯之心，他毅然拿起电话给金宝拨了过去。

第十七章　穷途末路

　　金宝被吴尚德的十二道金牌逼回了单位，当有关部门领导对金宝宣读完对他的处理意见，金宝当时就炸锅了，并当场提出了复议申请。他的理由一是签订合同属于草签意向书，并非最终正式合同，这是国际通行的做法，也是他一个业务员正常职责范围内的事情，不用事先请示领导，所以，没有越权行为。二是收取对方的好处费，这种事情并非他一个人的专利，据他所知，医院上至领导，下至普通员工都有收取红包的行为，俗话说：法不责众，为什么单独拿他乔金宝一个人开刀问斩，不符合公平、公正，法律面前人人平等的原则。三是领导批准自己外出公干的，去海南旅游不过是搂草打兔子——捎带脚儿，在做好工作的基础上顺便饱览一下祖国的大好河山，与当下盛行的公费考察旅游有本质的区别，所以，应该大力支持鼓励，不应该批评责难。最后一点，自己热爱医药采购这项工作，热爱是最好的老师，让自己从事不热爱的工作，不利于调动工作的积极性，对单位和个人都是巨大的损失。至于将收取的红包退给对方，如果是医院收取红包的人全部退还，我乔金宝没有二话，如果是老太太吃柿子——专拣软的捏，欺负我乔金宝一个人，对不起，那我也不客气了，你们干的那些事也别以为别人都不知道，要想人不知，除非己莫为，到时候我把你们的丑事也反映到有关部门，我乔金宝成全你们的事不会，但是，坏你们的事绰绰有余。

　　金宝的话很快就传到了吴尚德等领导的耳朵里，医院有的领导有些坐不住了，找到吴尚德说，金宝这条得了狂犬病的疯狗万一到处乱咬，不管咬到谁也都是个麻烦事，不如本着教育为主的原则，通报批评就行了，不用调离工作岗位了，可以让他继续从事所热爱的医药采购工作。吴尚德对金宝这种内举不避亲，外举不避仇的举报风格嗤之以鼻，他知道屁股下面有屎的人听了金宝这种威胁性的语言肯定会心里打鼓，但是他自我感觉良好，认为并没有什么把柄攥在金宝的手里，所以，对金宝的处理他不想让步，反而希望金宝乱咬一气，把这些见不得人的黑幕捅出来见见阳光。这种想法自然无法说出口，因此，吴尚德还是以会议已经审议通过，自己无权改变集体的决定为理由不同意变更对金宝的处罚，反而催促办公室滑主任和药房阴主任抓紧落实会议要求，特别是赶紧把收取的红包退回去，并且要对方写下收据，以证明此款已经退还。

　　滑主任找到金宝，让他赶紧把钱交出来，而金宝则摆出了一副死猪不怕开水烫的架势，要钱没有，要命有一条，如果你们不让我好过，我死也要拉上几个垫背的，大家一损俱损，一荣俱荣，一条绳上的蚂蚱——谁也跑不了。

　　滑主任把金宝的话反馈给吴尚德，见他对金宝的威胁无动于衷，反而是有一种看热闹不嫌事大的心态。皇帝不急太监急，见两边都不肯让步，药房阴主任等几个人有些坐不住了，本着惩前毖后，治病救人的方针，决定大家以借钱给金宝的名义，让金宝先填补上这个窟窿，等以后有钱了再还，并叮嘱金宝借钱的事不要告诉你姐夫，我们是想以实际行动帮助领导渡过这个难关，也体现对你的关心帮助。

　　吴尚德见到了对方收款的条子，随口问了一句："金宝不是不交钱吗，怎么最后又想通了？"滑主任说："我们几个人给他做了耐心细致的思想工作，动之以情，晓之以理，并进而指出他顽抗到底只有死路一条，他最后还是幡然醒悟了，同意退还业务费，并写出深刻检查，保证以后绝对不再收取一分钱的好处费。"

吴尚德有些奇怪地问:"他都不干业务员了,哪还有什么好处费可收?"

滑主任急忙说:"还没有来得及向您汇报,我们觉得应该给金宝一个改过自新的机会,同时让他在工作实践中改正错误经受考验,所以,我们请示了贾董事长,同意金宝的请求,暂时先不调整他的工作岗位,让他戴罪立功,以观后效。"

吴尚德听说已经向贾秀玲请示过了,而且这个主意也不是自己同意的,医院和家庭两边都能有个交代了,最起码他们不会觊觎自己给胡菁菁设置的院长助理的宝座了,联想到此,他没有再坚持自己痛打落水狗的一贯主张和要求。滑主任见吴尚德一声不吱,算是默许了他们的做法,忐忑不安的心总算回到了肚子里,但是,他从吴尚德虎头蛇尾的做法中忽然萌发了一种灵感,心中不由得犯起了嘀咕:是不是这场戏从头到尾就是院长和他小舅子一起导演的,院长的目的就是想借他小舅子的嘴把我们咬出来,让我们的把柄攥在他的手里,为今后把我们拿下马寻找依据,多亏我们及时堵住了金宝的嘴,否则真不知道这条疯狗会咬出谁,看来今后金宝摆的鸿门宴一定要少去了,谁知道自己喝酒喝多了,嘴上缺少了把门的会说出什么不该说的话,亡羊补牢,今后一定做到不该喝的不喝,不该说的不说,不该拿的不拿,牢记这次教训,提防落入别人的圈套。

吴尚德送走滑主任等人,拿起银行卡外出准备给胡菁菁办理汇款手续。走到传达室门口,见大门口没有人站岗,他大为光火,刚想推门而入训斥门卫几句,却被门内两个保安的对话打消了冲动的念头。

"哎,你听说了吗?金宝仍然留在业务科,不来咱安保部了。"

"我压根儿就不信咱们院长说的那些依法依规从严治院的屁话,他就是一个牙疼咒,吓唬吓唬咱们这些当兵的,其实对自家人你想想他能下得了手吗?"

"我听说咱们院长本来是想挥泪斩马谡的,但是,被金宝鱼死网破的一吓唬,就缩回去了。"

"诸葛亮挥泪斩马谡,表面上是为了严肃军纪,其实,主要是诸

· 313 ·

葛亮为了推卸自己用人失当的责任和军事指挥上的失误，诿过于马谡。咱们院长斩小舅子，其实，也是为了杀鸡给猴看，树立自己的权威，打压不服从自己的那些势力。"

"你说的这些，我也有所耳闻，有人还猜测这是咱们院长和小舅子唱的双簧戏，院长拿小舅子当枪使，去捅马蜂窝，自己躲在一边看热闹。"

"其实，一开始我就想到了，咱们院长的整顿肯定是风声大、雨点小，喊喊口号，热闹热闹，他小舅子前些日子还在这里吹嘘，他姐夫的那点秘密他都知道，不敢拿他怎么着，惹急了他，把姐夫的事情捅出来也够他姐夫喝一壶的，所以，我想最后的结果肯定也是虎头蛇尾，草草收场。"

两个保安的对话虽然让吴尚德非常恼怒，但也间接提醒了他，让他处于发热的大脑瞬间冷静了许多，看来医院里到处都有群众雪亮的眼睛在背后监督自己，在医院这个小圈子里，人虽然不是很多，但来自五湖四海，人际关系复杂，而且从金宝仅仅发出几句威胁性的语言，就能给别人制造很大危机感的现实来看，彼此之间肯定都拿捏着对方的短处，招募胡菁菁到医院来做助理的想法存在很大的风险，搞不好要引火烧身，必须暂缓实施。实在不行就先把她安排到朋友的医院里去，托朋友照看一下，以后看情况再从别的医院以人才招聘的名义调入本院，也是一条不错的选择。

金宝的事情告一段落，吴尚德和贾秀玲商量，必须针对这次事件所暴露出来的问题，完善医院的各项规章制度，加强内部管理，对今后发生的违法违纪行为，坚决一查到底，绝不姑息养奸。为了让医院领导的决心路人皆知，医院专门召开了一次全院职工大会，吴尚德在会上特意强调：一些必要的规章制度要上墙悬挂，每个职工要时刻提醒自己，贪欲和邪念，实际是悬在自己头顶的达摩克利斯之剑，他再次重申了医院管理层加强制度管理的决心和不可动摇的意志。会后，又召开了一次股东会议，由董事长强调：每个股东要管好自己的人，看好自己的门，对违法违纪和违反医院规章制度的人和事，一律按照规定处理,绝对不袒护、包庇,这既是促进医院正常发展壮大的需要,也是为了更好地维护我们广大股东的利益。吴尚德并且让办公室的滑主任编纂了一本医院规章制度汇编,下发到每个职工,人手一册,防止犯错误的人以不熟悉、不了解规章制度为由,逃避惩罚。

针对金宝被偷拍偷录的惨痛教训,贾秀玲也想出了一条与重要关系人裸聊会面的绝好方法,经过实践的检验认为不错,于是,他把自己的成功经验也告诉了吴尚德。原来,为了加强保密工作,杜绝对方获取相关证据来要挟你,对于一些不想为他人所知的事情,贾秀玲选择在洗浴中心的澡堂子会面,在没有第三者参与的情况单线联系,在那种环境下,双方都是赤条条来去无牵挂,白茫茫一片真干净,假使事后对方想要挟你,但是,没有证人、证言、证据,你尽可以提起裤子不认账,没有任何的证据在手,对方能耐你何。吴尚德觉得这是一个不错的好主意,立即以反对大吃大喝,杜绝浪费现象为由,让办公室为他在几个不同位置的洗浴中心置办了会员卡,供他作为今后商务活动的主要场所。

吴尚德的岳父母对他效仿古人三过家门而不入,一心以单位为家,全身心投入医院建设,回家的次数越来越少的情况看在眼里,急在心里,他们知道是他们的到来打破了这个家庭原有的平静,导致姑爷回归的意愿降低,而小乔也知道主要的原因是自己父母的到来,为此,她也不好过多地责怪自己的老公。前些日子女儿在家准备高考,吴尚德为了给女儿打气加油,同时,也是为了在女儿展翅翱翔之前多聚聚,所以,回家的频率还是很高的,但自从女儿高考结束之后,成功地考取了自己所心仪的一所外地大学,家庭的吸引力对吴尚德越来越小,而外面的吸引力越来越大,他给自己寻找的理由是,不是我不愿意赡养老人,也不是我不容人,而是岳父母的偏心让我心里实在难以平衡,家里的三套房全部都给了你那不争气的宝贝儿子,钱也都花在了他的身上,到头来被儿子一脚踢出门外,反而跑到我们家里来养老,心里实在憋屈。历史上的郑伯对自己母亲偏袒小儿子的做法心怀不满,发出了"不及黄泉,无相见也"的毒誓,虽然自己不会像郑伯一样,和岳父母不到黄泉不相见,但是,能少见一面是一面,而且回到家岳父母也是经常叮嘱自己如何关照好金宝,如何让金宝多挣点钱,耳朵都快磨出茧子了。老话说,惹不起我还躲不起吗,所以,女儿住进学校后,他往胡菁菁的住处跑的时间越来越多,而回家的时间越来越少。

小乔对老公逃避赡养自己父母义务的行为曾给予了严肃的批评,她给老公讲述赡养老人是中华民族的传统美德,父母把我们养大不容易,我们应该让父母在我们家度过一个幸福的晚年。吴尚德反诘她:"那为什么你不愿意赡养我的母亲呢?孟子说:老吾老,以及人之老,何况她还是你的婆婆,并不是什么人之老。孝敬老人也应该一碗水端平才是。"小乔被吴尚德噎得说不出话了,因为,吴尚德觉得自己的母亲长期放在玉梅家里不合适,曾经和小乔说过,接母亲来家里住,但是,被小乔以种种理由拒绝了,甚至以离家避难出走来威胁吴尚德,现在成了对方以子之矛攻子之盾的口实了,见无法说服对方,自己也懒得多费口舌,随他去吧。

岳父母自然不愿看见女儿和女婿出现这种分裂状态,也想尽快结束这种寄人篱下的生活,所以催促金宝尽快筹集资金,兑现自己当初赎回住房的庄严承诺。金宝其实比父母还要着急赎回住房,因为新交的女朋友和他结婚的条件之一就是要把住房加上她的名字,而到目前为止,这套房子不要说加上女朋友的名字,就连他自己的名字都不知道应该加在哪里,皮之不存,毛将焉附,只有先把房子赎回来,并且从父母的名下过户到自己的名下,这才能让女朋友结婚的先决条件得到落实,可是从哪里找到赎回房产的巨额资金呢?他特别想自己也能拥有一只金手指,能够点石成金;或者拥有超能力,能够无往不胜,轻松获得自己想要的一切。哎,可惜这些都是网络小说胡编乱造的,根本就是精神鸦片,害得自己除了做梦的时候空欢喜一场,醒来还是一无所有。上次,收取医药代表的业务费,姐夫逼着自己退回去,其实,那笔钱早就被自己花在女朋友身上了,买首饰、化妆品、包包、外出旅游、吃大餐,自己哪还有钱堵窟窿,多亏自己急中生智,拿捏住几个主任的短处，他们慷慨解囊，才成功化解了财政危机，可眼下的危机可怎么化解，上次几个主任的借款尽管可以赖账不还（说实话也从来没有还钱的打算），可是，再去借钱估计成功的希望就很渺茫了。眼看房子抵押的时间马上就要到了，如果到时候不能按期赎回，人家到法院一起诉，法院判决房产抵债，自己吹嘘的有房有车的肥皂泡就要被现实无情地戳破了，怎么办？怎么办？他思来想去，忽然灵机一动，只有这一条短平快捞钱的路可行了，假使自己手气好，假使自己能够赌运亨通，假使自己拥有了超能力。对！心动不如行动，人生能有几次搏，此时不搏，还待何时。金宝给自己灌输了一碗心灵鸡汤，怀着对美好未来的憧憬和幻想，义无反顾地又重操旧业，踏上了久违的赌场，幻想着一朝致富，谱写自己的人生新篇章。

　　眼看赎回房产的日子马上到期了，但是，金宝那里还是一丝消息也没有，父母催促得急了，金宝也是不耐烦地回怼父母："你们别瞎催了，催也没有用，再等我几天钱马上就有了。"催来催去不仅没有见到金宝的一分钱，反倒是金宝以各种名义从父母手里拿走了许多钱，金宝的父母如坐针毡，心里如同十五个吊桶打水——七上八下的，乔老爷虽然时常用等待也是幸福这句俗话来安慰老伴，但是，金宝父母的幸福失落感却越来越强烈，他们害怕自己的房子被金宝的不负责任而断送掉。

　　一天，金宝急匆匆赶回来，从父母手里要走了抵押的合同，还有父亲的手戳、身份证和银行卡，他告诉父母，已经筹集到了赎回房产所需要的全部款项，自己这就去办理赎回手续，金宝父母见儿子终于靠自己的力量赎回了房产，而且等办理完手续，就可以回家居住结束漂泊在外的生活了，父母自然是十分高兴，乔老爷把所需要的一切都给了他，叮嘱他快点办理，赶紧接他们回去，金宝心不在焉地应了几声，带着这些东西急忙走了。

　　乔老爷夫妇盼星星盼月亮似的盼着儿子的好消息，但是，金宝却如同断了线的风筝，没有了任何音讯，让女儿去医院打听，医院的人说，金宝现在也是三天打鱼两天晒网，经常摸不着他的脚后跟，不知道他整天在忙些什么。

金宝父母见迟迟得不到儿子的消息,不知道金宝到底是否已经把房子赎回,而且金宝结婚的事也是没有了下文,他们也没有耐心再等待下去,老两口一商量先搬回去再说,不能再这样无期限地耗下去了。

没有想到回家的路途虽然不远,但是却充满了坎坷,老两口到家发现金宝把门锁换了,打金宝电话让他回来开门,金宝的电话是转移呼叫,始终没有人接听。无奈打电话想花钱雇开锁师傅破门而入,可是,前来陪同开锁的民警让乔老爷拿出身份证,和派出所登记的户口资料核对一下,乔老爷说身份证在儿子手里,没有身份证,民警不同意开锁师傅撬门。乔老爷想找周围邻居证明自己是这所房屋的主人,但是,思来想去,邻里之间平常见个面都难,更不用说和谁有过深的交情了,最后,老两口高兴而来,扫兴而归,只好又返回了闺女家里。小乔见父母去而复返,而且脸上带着一股沮丧的神情,奇怪地问他们原因,父母把回家遇阻的原因告诉了小乔。小乔对金宝的所作所为也非常气愤,在打不通金宝电话的情况下,她给金宝发送信息,让他赶紧把房门的钥匙和父亲的身份证送回来。

第二天,刚到医院,小乔就急忙跑到金宝的科室找弟弟,科长说金宝最近请假了,没有上班,小乔又用单位的电话给金宝打过去,并且发信息让他给单位回电话,有急事找他。金宝下午终于给小乔回了电话,说让父母在姐姐家再住一段时间,现在他和女朋友有时候住在家里,父母回去了不方便,身份证他已经用完了马上给父亲送回来。小乔听了金宝的话有些不高兴了,父母回去住自己的房子,怎么就影响你们了。金宝支支吾吾地说,他对女朋友说了,这是他自己的房产,父母自己在外面还有房产,如果父母一回家住,自己的谎言就被戳穿了,所以,让父母在姐姐家再住一段时间。小乔责问金宝:"听你话的意思,就是不想让咱爸妈回去了,长住在我这里养老了。"金宝既没有肯定,也没有否定,小乔觉得金宝的真实意图就是既想霸占父母的住房,又想把赡养父母的责任推给自己,对金宝这种龌龊的想法，她认为最好的反制手段就是让父母推迟办理房产过户手续，坚决不能让金宝的阴谋轻易得逞。

乔老爷拿回了身份证，但是，没有收到儿子的房门钥匙，儿子说，房屋已经赎回，让他们在姐姐家里再住一段时间，到时候他会来接父母回家的。夫妻二人望眼欲穿地等待回家的幸福时刻，可谁知道，盼星星、盼月亮，没有盼来金宝，却盼来了人民法院的传票，让他们出庭应诉，这不啻一个晴天霹雳，因为他们又以房产做抵押，借了120万元，现在还款日期已经到了，借款人要求收回抵押的房产。因为签字的是金宝的父亲，所以要求他出庭应诉。金宝的父亲看见法院的传票，顿时就王八吃花椒——麻了爪了，这所房子他清楚地记得是抵押了50万元，怎么一下子又变成了120万元，而且金宝不是说已经赎回房子了吗？怎么又出来了一个更大的债主。他急忙打金宝的电话，询问他到底是怎么一回事，但是，金宝在关键时刻又玩起了失踪，电话做了呼叫转移，乔老爷问女儿女婿是否知道金宝的下落，得知金宝的业务特点是满天飞，不用在医院坐班，所以，谁也不知道他的行踪。乔老爷无奈之下，只好给金宝的女朋友打电话，想查询金宝的行踪。谁知道，金宝的女朋友接通电话后，开口大骂金宝是个大骗子，一开始骗她说有房有车，结果是房无一间、地无一垄，车只有自行车，不仅骗了她的色，还以帮助她和她的亲戚买高额理财产品的名义，骗了她不少钱，现在正在到处找金宝还钱，不知道他钻进哪个王八洞里不露头了，你们的电话来得正好，实在找不到金宝就找你们替他还钱。

乔老爷见金宝不仅擅做主张替自己承揽了一项打官司的业务，又被金宝流产的女朋友夹枪带棒一顿指责，不由得急火攻心，一下子躺倒了。

听说金宝把老泰山气得进了医院，而且又惹上了官司，吴尚德急忙来到医院，询问情况，同时托人找到法院的朋友询问到底是怎么一回事。通过广泛搜集情报，才搞清楚这场官司的来龙去脉。

原来由于近年来房价的不断上涨，金宝父母抵押的房子价格也在不断上涨，特别是这所房子属于学区房，所以，价格上涨的幅度超过了一般房屋上涨的速度。金宝抵押给银行的房子到期了，所以去找一个经常放高利贷的人借钱，想把房子先赎回来再说。这个人知道金宝现在的困难处境，于是假惺惺地为金宝盘算说，我知道你抵押给银行的房子到期了，现在没有钱还，既然是朋友，我可以帮你一把。我把你抵押给银行的房子先帮你赎回来，然后再抵押给我们，抵押价格可以涨到120万元，你把借银行的钱和利息还上以后，估计你最后还能剩下几十万，你看我这个主意怎么样？金宝正在为钱着急，一看突然有这么多钱到手，不禁喜出望外，他根本没有考虑自己到时候是否有能力还账，只是觉得天上掉下一个大馅饼，手里又有钱可以豪赌一把了，他竖起大拇指连连称赞，高！实在是高！既可以解眼下无法偿还银行抵押贷款的困局，又可以给自己增添一大笔流动资金，这主意简直太好了。其实，这是一个饮鸩止渴的办法，他只要用头脑认真想一想就能明白，你连眼下这50万元抵押贷款都无法凑齐，又如何能够还上120万元的高利贷。说实话，借他高利贷的人也十分清楚他的偿还能力，但是，金宝这套学区房价格不菲，到时候还债无望，房子到手还可以大赚一笔，何乐而不为之，所以，名义上是关心金宝，实际是包藏祸心的阴谋诡计。金宝利令智昏，急忙把父亲的房屋抵押手续和身份证、手戳等骗到手，做了新的抵押贷款手续。有了这些钱，他还是想凭借自己的金手指在赌场上把损失捞回来，全然不考虑未来的后果，大不了把这套房子彻底输干净，没得惦记了，也就彻底消停了。

　　金宝有个赌友见金宝拿房屋做抵押，一下子到手几十万，于是，诱惑金宝说，自己认识一个投资公司的老总，他们投资的房地产行业特别赚钱，所以为了带动大家一起致富，特意吸收社会存款，每年支付30%的红利。金宝一听有这等好事，马上喜出望外，自己立即投入了10万元，结果不到一个月的时间，自己的账面上就出现了10%的收益，他急忙把这个好消息告诉了自己的女朋友，劝她也投入一些，他的女朋友急忙组织家庭总动员，让亲戚朋友也投入了不少钱。大家

·320·

看到存单上自己名下日益膨胀的收益，确实有些欢欣鼓舞，但是，存单完全掌控在投资公司的手里，众人只是看得见摸不着，纸面上的富贵终究不如落袋为安来得实惠。

他女朋友有个亲戚，看见自己的账户上一下子挣了这么多钱，急于见好就收，她让金宝把自己存的钱连本带利全取出来，够本了，不存了。可是，投资公司的人说，这些钱必须到期才能取，半途而废不行。这个亲戚怕其中有诈，坚决要求按照账户上的本金和利息退出，并且说，当初存钱的时候就说好了，存款可以随时收回，现在为什么变卦。投资公司说，你有什么证据证明我们说过这样的话，没有到期就取钱，利息一分钱不付。这个亲戚已经预感到大事不妙，铁了心要收回存款，就是一分钱利息不要，也要收回当初存的钱。投资公司仍旧是百般推辞。这个亲戚找到金宝的女友，让她无论如何也要把钱要回来，否则，就以欺诈的罪名，去法院告他们两个。金宝的女朋友急了，逼迫金宝马上把钱要回来，否则，马上割袍断义，一拍两散。金宝也是哑巴吃黄连——有苦难言，因为自己的投资也是眼见得只有纸上富贵，不见一丝一毫的真金白银，看来自己想发横财的想法也是彻底无望了，为了维系和女友的关系，他只好忍痛割肉，自己掏钱补上了这个窟窿。但是没有料到的后果是，这个亲戚违背了事前答应金宝打死也不说的承诺，把自己对集资挣钱的猜疑和自己已经收回成本的事情原原本本告诉了这些圈内人，结果引发了多米诺骨牌效应，大家纷纷来向金宝要钱，而且都是只要能把本钱要回来就行，自愿放弃高额利息，还上一笔就已经让金宝累吐血了，这么多的钱他确实黔驴技穷，无计可施了，三十六计走为上，实在不行就先躲一躲，于是，他故技重施，和大家玩起了躲猫猫。

吴尚德了解了事情的来龙去脉，见金宝又外出躲债，他一方面安排自己的岳父母住院治疗，一方面找了律师应对诉讼事宜，同时，让医院的相关部门通知金宝，马上来单位报到，否则，以旷工论处。

见金宝本着高度信任的原则，全权委托自己的父母和姐姐姐夫处理善后事宜，自己又玩起了失踪的把戏，吴尚德这次不客气了，他在医院的会议上宣布这次以旷工的名义扣发金宝的工资,到期不回来上班,马上开除,这一提议得到了大家的一致赞同;其次,他告诉小乔,不管金宝拉下多大的窟窿,我们一分钱也不替他偿还了,一人做事一人担,不能总是我们替他背黑锅。小乔见金宝确实是烂泥扶不上墙了,而且这次补偿的金额太大,已经无能为力,只好随他去了,自己目前的主要任务就是全心全意把父母照顾好,外面的事情就任凭自己的老公去了结吧。

吴尚德与律师商量,能否以诈骗的名义起诉教唆金宝的这些人,如果公安部门能够立案,那么法院那边就可以暂缓执行了,律师说希望不大,但是可以把起诉金宝诈骗的案子压下来,因为金宝也是受害者,并非得利者。他也是被骗上当的人。不过,吴尚德怀疑这些钱是否金宝真的全部拿去投资了,估计有很多钱被他都拿去投资博彩业了,不过投资亏损这是一个很好的不还债的理由,至于那些债权人怎么去找金宝算账,让他独自去承担这些风雨和挑战吧。

俗话说:躲得过初一,躲不过十五,金宝在外面躲了一段时间,一来单位以旷工为由停发了他的工资,生活没了着落,二来他认为讨债的风头已过,这么多日子找不到他,那些逼债的黄世仁也应该消停了,所以,在一个秋雨绵绵的夜晚,他像一个见不得阳光的老鼠一样,偷偷地溜回了姐姐家。

金宝一进门,乔老爷夫妻两个看见伏在膝下鼻涕一把、眼泪一捧的亲生骨肉,曾经赌咒发誓与金宝断绝父子关系的狠话,瞬间抛到了九霄云外,见金宝胡子拉碴、憔悴不堪的面容,母亲更是大放悲声,抱住金宝"我的儿、我的肉"的一通乱叫,乔老爷也不禁潸然泪下。小乔对这个哀其不幸、怒其不争的亲弟弟已经彻底心灰意冷了,为了他搞得自己夫妻反目、家庭不和,这样坑爹的兄弟有没有都无所谓,但是,听到头发花白的父母悲恸的哭声,看见亲弟弟凄惨落魄的样子,她的心又软了下来,她一边劝解父母,一边问弟弟是否吃饭了,当听见金宝已经三天没有吃一顿饱饭了,金宝母亲急忙起身去厨房做饭,乔老爷又把吴尚德的好酒拿出来让金宝喝。

看见金宝狼吞虎咽、大快朵颐的吃相,乔老爷夫妇既心酸又欣慰,金宝的母亲不住地给儿子夹菜添饭,等到金宝酒足饭饱以后,一家人方踏踏实实坐下,一方面询问金宝的流浪经历,一方面商议下一步金宝的未来发展。金宝用往事不堪回首的话将自己的流浪史遮盖了过去,他把重点放在了今后的发展大计上,他哭丧着脸提出了当前亟待解决的几个突出问题。一是因为自己还不上女朋友亲属的债务,自己和女友的感情已经岌岌可危了;二是自己外面还欠一笔赌债,现在对方以自己的孩子和前妻安全相威胁,要求自己还钱;三是父母的房子如果再不还钱,法院已经准备拍卖了,如果这些问题解决不了,自己已经是走投无路,只有以死来化解当前所有的危机了,请恕孩儿不孝,不能为你们养老送终了。说到最后,金宝已经哽咽无语了。

听到金宝要自寻死路,着实吓坏了一家人,心里积存的所有对金宝的不满和怨气瞬间烟消云散,乔母拉住金宝泣不成声:"孩子,你可千万别想不开呀,我们一把屎一把尿的好不容易把你拉扯成人,你怎么能不管我们说走就走呢。"乔老爷也泪水涟涟地训斥他:"你一个男子汉大丈夫,遇见点事就寻死觅活的,你还有点良心吗?你死了倒是一了百了了,但是,你想过我们的感受吗?你想过你死了你的女儿会成为一个没有父亲的孤儿吗?"小乔虽然已经暗暗下定决心,绝不再管金宝的一切事,绝不再给金宝掏一分钱,但眼前的场景让她那颗已经僵死的心又被金宝的自杀企图所唤醒,她眼里噙着泪珠劝解金宝:"你别用死来吓唬爸爸妈妈了,他们为了你操碎了心,耗尽了神,你说不想活就不活了,可是你想过白发人送黑发人的悲哀吗?你走了,谁来给父母养老送终。再说了,有姐姐和姐夫在,我们也不会见死不救你的。"

金宝见遭到全家人的一致谴责,竟然连死的自主权都被剥夺了,也不禁说了实话:"我也知道好死不如赖活着,我也不想死,可是,我活着没有一天安生的日子过,什么都没有了,天天过这种担惊受怕的日子,什么时候是个头呀。"见金宝有了放弃轻生的打算,乔母急忙说:"孩子,你想开了就好,有什么事咱们一起想办法,千万别动不动就往死路上走。"金宝嗫嚅着说:"如今,能卖的都卖了,该借的也都借了,还能有什么办法。"是呀,如今金宝就像瘟神一样,不管到了哪里人家都唯恐避之不及,还有什么筹钱的渠道替金宝还账。一家人愁眉苦脸、冥思苦想,突然,乔母想到了刚才女儿说的姐姐和姐夫不会见死不救的话,一个好主意马上浮现在脑海中,她把自己的想法告诉了在座的各位,可是,小乔担心吴尚德根本就不会答应此事,乔母一拍大腿说:"到时候我豁出去这张老脸了,一定让姑爷答应这件事。"

吴尚德接到岳母的电话,说好久没有看见姑爷了,老两口都很想念他,而且金宝也回来了,今天是个全家团圆的日子,请姑爷无论如何今晚下班以后回家吃顿饭,你岳父想和你喝上一杯。吴尚德听老岳母言辞恳切,觉得也不能太不给老人面子,于是答应了下班以后早点回去。

见吴尚德回到家中,岳母急忙迎上前来,嘘寒问暖就像久别重逢的亲人一般,吴尚德打量一番好长时间没有回来的家,觉得陌生了许多,仿佛成了岳父母的乐园。岳母摆上早已准备好的酒菜,把全家人都召唤在一起喝团圆酒,吴尚德看见如丧家狗一般的金宝,估计这顿酒肯定和金宝的事情有关。果不其然,酒过三巡,岳母就提出了金宝的工作问题,希望能让金宝继续回医院上班,吴尚德淡淡地说,此事需要和医院的董事们商量以后再做答复。岳母没有在这个问题上纠缠,而是单刀直入,点明主题:"姑爷,你看金宝岁数也老大不小了,如今连个媳妇也没有,外面还欠着一屁股债,债主天天上门逼债,他现在连死的心都有了,我们就这么一个儿子,他死了我们今后还指望谁来养老送终。想和你商量一下,现在这所房子你也不怎么回来住,小玲也住校不回家,我们想把你的房子先抵押出去,把金宝欠的债全都还上,等以后金宝有了钱,再慢慢还给你。"吴尚德一听方恍然大悟,原来叫自己回来吃饭,不仅仅是给金宝安排工作这么简单,而是把自己家的三套房子折腾光了,又惦记上了他的房子,他万万没有想到,世界上竟有如此厚脸皮的人,为了自己的儿子竟然算计到自己的女婿身上,他不动声色地问了一句:"把我的房子抵押了,那我们一家人住哪儿?"

岳母脸不红心不跳地回复说:"我们考虑了这个问题,不是让你卖房,而是做抵押贷款,房子抵押了你们还可以继续住这里,等以后金宝有钱了,还可以把房子赎回来。"

吴尚德反问了一句:"如果金宝有钱赎回房子,把你们自己的房子赎回来不就行了,何苦再抵押我的房子。"

岳母的脸一下子红了:"现在不是没有钱往回赎吗,所以才打算抵押你的房子。"

吴尚德冷笑了一声:"那如果今后金宝也没有钱赎回来,我的房子是不是也就肉包子打狗——有去无回了。"

岳母支支吾吾:"这个、这个,到时候没准金宝就发财了呢。"

吴尚德对金宝不抱任何幻想了,他提出了几个现实的问题:我的房子抵押了如果赎不回来我们一家子今后住哪儿?你们老两口住哪儿?金宝住哪儿?

岳母吞吞吐吐地说:"这房子你现在也不回来住,闲着也是闲着,真的没有了,你们那么有钱租房住或者再买一套房也不是什么难事,至于我们老两口,我们看你医院的条件不错,不行我们还住在那里,实在不行我们就去住养老院。"

吴尚德目光扫了一眼在座的各位,见乔家军一家四口投向自己的都是期盼的目光,就连小乔也没有站出来帮他说句话,他心里明白,看来他们事先已经取得了共识,就等自己点头同意了,乔家人只考虑自己,不管他人的自私行为让他对小乔犹存的最后一丝希望也彻底破灭了。他斩钉截铁地回绝了这个不平等条约:"不行!你们这个想法简直是异想天开,我对金宝已经是仁至义尽了,有再多的钱也填不满这个无底洞,我绝对不当这个冤大头。"

话音落地,金宝扑通一声跪在了吴尚德的脚下:"姐夫,求求你,你就最后再帮我一次吧!我保证从今以后一定改邪归正,重新做人,如果说话不算数,让我不得好死。"

小舅子信誓旦旦的保证在吴尚德眼里，已是送信的丢邮包——失信于人了，他正告金宝："你回医院工作我可以帮助你，但是让我卖房子帮你那是绝对不可能的。你还年轻，有了工作，老老实实地挣钱，日积月累，也能攒下不少钱，过个十年二十年肯定能把欠的窟窿补上，总比你靠坑蒙拐骗混日子强。"

见吴尚德不松口，乔母也一下子跪在了地上："姑爷，我也给你跪下了，你就发发慈悲吧，金宝怎么说也是咱们一家人啊，你总不能见死不救吧。"

见乔母也下跪了，乔老爷和小乔的眼中迸发出的怒火恨不得把吴尚德烧死，吴尚德抢在乔老爷的前面把岳母搀扶起来说："妈，不是我心狠，而是你们不能这样继续没有底线地溺爱他了，你们这样做是助纣为虐，不是帮他而是害他呀。我们这个家到了如今这个样子，不就是你们无限制地纵容他的结果吗，难道你们还要一条道走到黑吗？"

吴尚德站起身，毅然决然地表明了自己的态度："让我把房子拿出去做抵押，你们想都不要想，我坚决不同意，如果你们想继续怂恿纵容你们的宝贝儿子在自我毁灭的路上往前走，我不干涉。能帮金宝的地方我一定帮，但是，这种强人所难的事希望你们不要再找我。"说完，吴尚德扭头摔门而去。

见吴尚德负气而去，乔家人顿时没了主意，大眼瞪小眼不知下一步棋该如何走，乔母问女儿："房子是你们夫妻共同财产，你自己做主把房子抵押出去不行吗？"小乔摇摇头说："不行，这房子是他买的，房本上是他的名字，他不出面无法做抵押。"乔母问乔老爷怎么办？乔老爷也觉得吴尚德说的话有一定道理，但是，一来不能站在全家的对立面上，二来他也害怕真的失去儿子，反复考虑之后，他劝金宝千万不要想不开，事情还没有到山穷水尽的地步，全家一起努力想办法，就没有过不去的火焰山。目前，既然你姐夫答应让你回去上班，你先回去工作，钱的事情我们再想办法。在座的几个人觉得目前也只有如此了，都劝金宝不要再寻短路，先好好工作，还账的事大家一起帮他想办法。金宝见全家人与自己风雨同舟，共渡难关，答应了不再

· 326 ·

去寻死，先好好工作。

吴尚德回到医院，把家里发生的事情原原本本告诉了贾秀玲，并且把答应金宝回医院工作的事情也一并告知，并征求他的意见。贾秀玲自然在人命关天的事情上没有含糊，他同意让金宝回来继续上班，并且提出还让他继续去做采购工作，吴尚德则认为，历史经验已经反复证明，金宝不是一个省油的灯，尤其在当前债务缠身，走投无路之下，很难保证不会做出违法乱纪的事情，到时候不仅坑害了医院的利益，而且也害了他自己，不如还是让他去保安室上班，看其表现再决定是否调整工作。贾秀玲觉得说得在理，同意了这个安排。

金宝上班以后，办公室滑主任带他去和新来的保安队长见面，一碰面保安队长和金宝两个人都是一愣，金宝没有想到新来的保安队长竟然是个女人，而且看着特别眼熟，好像在哪里见过，而保安队长也觉得和这个叫金宝的人曾经会过面，但是在哪里见过，一时没有想起来。两个人都像过电影一样迅速在大脑中搜索逝去的信息，突然，保安队长想起了过去那个曾经在讨债公司挨打的时候被自己救过的人，怎么会在这里遇见他？金宝的神情仿佛也想起了那段难忘的经历，滑主任看到两个人的表情，奇怪地问了一句："你们两个认识？"两个人都不约而同地摇摇头说："不认识。"其实，金宝已经认出了面前的这个女人。过去他被讨债公司的几个人蒙住眼睛带进了房间，解开眼睛上的黑布，给他留下最初深刻印象的就是眼前的这个女魔头，看见面前这个女人身着一身制服，飒爽英姿的样子，一个邪恶的念头忽然在他的脑海中萌生出来。

吴尚德不断听人反映，最近一段时间以来，新上任的保安队长童娇娇和自己的队员闹不和的事情，而且她对工作的态度也发生了一些变化，爱发脾气，对医院的同事也不像过去那样热情大方，大家都觉得娇娇像变了一个人似的。吴尚德准备让办公室滑主任找她好好谈谈，什么原因导致她情绪变化这么大，因为娇娇是他力主提拔使用的人，不能让人背后戳脊梁骨，指责自己用人不当。

去年，吴尚德接了一个电话，对方自报家门，说是玉梅和老童的女儿，不知道叔叔是否还记得她。吴尚德马上想到了在玉梅家里见到的那个粗眉大眼的女孩子，他连忙说当然记得，有什么事情找叔叔吗？娇娇单刀直入，说自己想去叔叔的医院找个工作，不知道是否方便。吴尚德没有忘记当初自己的承诺，让她抽时间过来，当面谈谈。娇娇也是一个急脾气，放下电话就马不停蹄赶了过来，吴尚德听玉梅说过，娇娇学过护理，本来想让她继续做护理，但是，娇娇说自己不喜欢护理工作，刚进门的时候看见门口的保安在执勤，她喜欢干这个工作。吴尚德以女孩子干这个不合适为理由，还是想安排其他岗位，但是，娇娇坚决要求当保安，说符合自己的性格。吴尚德拧不过她，同意先干一段时间看情况再说。不想，娇娇对工作很有热情，而且认真负责，得到了医院上下的认可，时间不长，因为原保安队长有事辞职，就让娇娇担任了队长一职，娇娇身先士卒，把保安队伍带得很有章法，医院上下都夸院长用对了人。可现在怎么突然又发生了这么大变化，难道过去的一切都是伪装的，时间长了，狐狸尾巴又露出来了。

　　吴尚德正在为娇娇的事情犯嘀咕的时候，有人急匆匆地跑来报告，说是娇娇把金宝打了，而且打得还不轻，吴尚德急忙起身，来到了保安室，见金宝被打得鼻青脸肿，几个保安正在一边劝解，周围还有许多围观的人。吴尚德有些气不打一处来，在医院门口打架，将给医院带来多坏的影响，他气愤地质问当事人双方，为什么打架，双方都没有说话。这个时候，小乔也急匆匆赶了过来，看见自己的亲弟弟鼻子还在流血，愤怒和怜悯一起涌上心头，她大声叫身边的保安，马上报警处理。金宝听姐姐说要报警，急忙上前劝阻姐姐，千万不要报警，自己和娇娇就是发生了一点小误会，没有什么了不起的大事。而娇娇听说要报警，反而气哼哼地说："报警吧，谁怕谁呀，等警察来了我们好好说道说道。"

　　吴尚德见挨打的人阻拦报警，而打人的人反而要求报警，觉得此事必有蹊跷，他拦下了要报警的保安，让身后的办公室滑主任先了解一下情况再说。

小乔报警被弟弟拦住，但是，心中的怒气实在难平，她知道娇娇是玉梅的继女，她不但要求吴尚德把违反医院规章制度的娇娇马上开除，而且，回到办公室后马上给玉梅打了一个电话，把金宝挨打的事情告诉了她，要求她好好管管那个蛮横霸道的野丫头。

娇娇去吴尚德那里上班，玉梅也是事后才知道的，如果事前征求她的意见，她是不会同意的，因为她不想让人说自己施恩图报让孩子去走后门的闲话，特别是金宝在医院给吴尚德惹祸的事情已经给她一个点醒，亲戚家人全扎堆在一起，出了事会让吴尚德为难的。但是，娇娇回来以后特别高兴，因为她喜欢这个工作，而且工资也比较高，玉梅不忍扫她的兴头，只是叮嘱她一定好好干，不要给你吴叔叔丢人。后来，娇娇通过自己的努力，一直做到了保安队长，玉梅也一直为她高兴。今天接到小乔的电话，也是非常纳闷，不知道娇娇究竟为何把金宝打了。

娇娇接到玉梅的电话，叫她下班以后回家一趟，她知道肯定是因为今天打架的事情找她。果不其然，父亲和玉梅和颜悦色地问她为什么要打金宝，娇娇气鼓鼓地说："那个孙子，我杀了他都不解气。"玉梅让她不要着急，把事情的经过告诉他们，一起帮她拿拿主意。娇娇沉默了一会儿，把事情的始末娓娓道来。

原来金宝认出了娇娇以后，在她的身上打起了坏主意，在一个没有外人的场合，金宝威胁娇娇说："你们那天把我蒙上眼睛绑走，并殴打拘禁人质，要剁我手指，是一种犯法的行为，我一直在寻找你们，准备去报警，可惜一直没有找到，不想踏破铁鞋无觅处，得来全不费工夫，碰巧在这里遇见了你。"娇娇没有想到金宝是个忘恩负义的小人，当时，是自己劝阻了文身男的施暴行为，这孙子不懂得报恩，反过来威胁自己，她气愤地说："打你的人不是我，你睁大狗眼看清楚。"金宝嘿嘿一笑说："我知道不是你，但你和他们是一伙儿的，找到你就能找到他们了。"她强压怒火问金宝到底想怎么样？金宝无耻地勒索说："我也不想怎么样，你的那些兄弟敲诈了我不少钱，我只是想报警把钱要回来，既然你是他们一伙儿的，我也不想再去找他们的麻烦了，不如你替他们把钱还给我，这事就了了。"

娇娇不知道小旺他们从金宝身上敲诈了多少钱，因为她憎恨小旺的卑鄙无耻，特别是小旺他们做的净是一些出圈的事，她这个法人代表说话也没有人听，纯属聋子的耳朵——摆设，所以，她干了一段时间之后，就负气离开了公司。虽然她和公司已经没有了关系，但是，她也不希望因为金宝的报警而让小旺等一众兄弟惹上官司，而且自己作为当时的公司法人代表恐怕也难以独善其身，她问金宝要还多少钱？金宝说给他10万元，过去的恩怨就一笔勾销了。娇娇说10万元没有，你愿意报警就报警，姑奶奶我等着。金宝报警是假，勒索金钱才是目的，见此，他表示可以少一些，经过讨价还价，最终以5万元成交。娇娇手里没有那么多钱，只好从玉梅手里拿了一些钱。

玉梅听到这里，方才明白，上次娇娇从自己手里借钱，说是帮助保安队的兄弟垫付医药费，原来是被金宝敲诈的。玉梅问："既然已经给他钱了，今天为什么又打起来了。"

娇娇说："金宝是个说话不算话的小人，拿了钱尝到了甜头，三天两头来敲诈我，今天要个饭钱，明天要个烟钱，后天又要个购物的钱，我一来怕给吴叔叔添麻烦，二来也不想失去这份工作，所以，一直忍气吞声，时不时地给他一些钱，谁知道这孙子蹬鼻子上脸，今天又要我给他拿5万块钱，说是有急用。我也恼了，就说今后一分钱也不会给他了，要钱没有，要命有一条。这孙子急眼了，说要去公安局举报我，我一怒之下，就把他揍了一顿。怕给吴叔叔添麻烦，我已经主动提出辞职了。"

了解了事情的经过，玉梅安慰娇娇不要怕，金宝这是敲诈勒索，即使到了公安局她们也是有理的一方。但是，今后遇事还是要冷静，你真把金宝打坏了，有理也变成无理了。你不用着急辞职，我会把事情的经过告诉你吴叔叔，是否留用你，你吴叔叔自有判断，今后，金宝再敲诈你，你就留下证据去告他，让他知难而退。

吴尚德接到玉梅的电话，知道了整个打人事件的前因后果，也为金宝的无耻勾当而气愤不已，他告诉玉梅，让娇娇继续回来上班，金宝敲诈娇娇的钱会让他尽快返还，不还就以敲诈罪去告他。

金宝坐在高高的楼顶上，远远地望见自己的前妻领着自己的女儿走进了楼门，他已经没有脸去见自己的亲人了。一连串的打击让他万念俱灰，放高利贷的人威胁说，如果再还不上所欠的债务，就要拿他的老婆孩子做人质了；刚刚女朋友也来电把他痛骂了一顿，说他是个大骗子，是个人渣，不仅和他一刀两断，而且和她的亲戚们要联合起来去法院起诉他；姐夫也来电，要他把敲诈娇娇的钱马上还回去，不然以敲诈罪去公安局告他。什么都没有了，人生还有什么意义，活下去还有什么盼头，只有死才能解脱这无穷无尽的痛苦，并保护自己的家人不受伤害，他明白眼下只有一条路可走了，抬头望去，多么蓝的天呀，只有将自己融化在蓝天里才是最好的解脱，他一步一步往楼房的边沿走去。

殡仪馆内，望着金宝已经摔得变形的面孔，听到乔家三口人撕心裂肺的哭声，感觉到乔家人眼中喷射出的痛恨自己见死不救的目光，吴尚德心里清楚，自己和岳父母一家的关系已经降到了冰点，自己和小乔的婚姻恐怕也已经走到尽头了。

第十八章　一诺千金

　　虎子在组织的培养和厉莉的言传身教下，逐渐成长为一名优秀的执法人员，他勤于学习，努力工作，购买并阅读了许多相关法律法规的图书，并且结合执法实践活动灵活加以应用，有不懂的及时向自己的老师厉莉和其他同事请教，而且他养成了每天记工作日记的好习惯，把每天的所思所想和执法的体会全部记载下来，为了表达对厉莉老师的感激之情，在日常生活当中对待厉莉也是呵护有加，工作中尊重她并虚心求教，生活中替厉莉沏茶倒水，打饭拎包，在执法过程中遇到困难和危险的关头也总是挺身而出，不让厉莉受到一丝伤害，两颗年轻的心在不知不觉中相互萌生了爱意。一次，在一个旅游景点检查市场价格的时候，几个摆摊卖西瓜的个体户把切好的西瓜按照克重出售，而且把"克"字写得特别小，而把显示价格的阿拉伯数字写得特别大，许多游客没有仔细看，以为价格很便宜，上去就买，结果一交钱才发现上当了，有的顾客忍气吞声吃个哑巴亏就算了，有的顾客不服气与他们争吵，他们手里摆弄着西瓜刀，故意露出身上的文身，对顾客进行恐吓。

　　看见前面有人在争吵，厉莉和虎子赶忙过去，问清事情的原委后，厉莉义正词严地指出了他们使用这种使人误解的标价方式进行价格欺诈是一种违法行为，要求他们立即改正。卖西瓜的个体户不仅嘴里骂骂咧咧，而且还摆动手里的西瓜刀威胁厉莉。虎子一个箭步向前挡在了厉莉的身前，对摊贩的不法行为进行呵斥，并用对讲机呼叫同伴前来支援。在与不法摊贩的争执中，虎子的手臂被不法摊贩的西瓜刀划出了一条大大的伤口，而厉莉却完好无损。在医院缝合伤口的时候，厉莉问他为什么这么傻，不管不顾地往上冲。虎子脸憋得通红，半天才吞吞吐吐地说了一句："我喜欢姐！"

厉莉听了这句话，脸羞得通红，说实话，她在心里也很喜欢虎子，虎子对待工作的态度和他刻苦学习的精神，以及像暖男一般对待自己的关爱，她的春心也早已萌动，可是，她担心自己的岁数比虎子大，而且自己的学历比虎子低，所以，爱在心里一直没敢吐口，现在虎子主动表白出来，她自然也是一百个愿意。

虎子见厉莉低着头，脸色红红的没有说话，他一把拉住厉莉的手，把藏在心里的话一股脑地倾泻出来："姐，我是真心喜欢你！一直想对你表白。你放心，我一定永远对你好，海枯石烂不变心，执子之手，与子偕老。"厉莉听了虎子的表白，内心也是喜不自胜，她面对虎子炽热的目光，埋在内心深处的激情也奔涌而出："我也好喜欢你！"他们紧紧相拥相抱在一起，两颗年轻的心也紧紧贴在了一起！

虎子和厉莉恋爱后，经过一段甜蜜浪漫的温馨相处，彼此到对方的家中拜访了父母，并得到了双方家长的充分认可，两个人结婚的事情也很快摆上了议事日程，因为虎子家里的房子比较窄，所以，厉莉说先住在她们家，等今后有钱了再自己买房搬出来。一天，两个人一同外出执法，在路上虎子提议，是否结婚以后让领导给他们两个调换一下处室，因为毕竟夫妻在一起执法是不符合规定的。厉莉娇嗔地横了他一眼："怎么，还没结婚就不想和我在一起了，想脱离开我的监督范围。"虎子憨厚地一笑说："我巴不得天天和姐在一起不离不弃，永不分开，但是，领导说了，夫妻不能在一起执法，王八的屁股——这是规定（龟腚），我们也只有服从了。"厉莉看虎子着急的样子，抿嘴一笑说："我知道，逗你玩的。领导已经征求我意见了，准备把我调到其他处室，我已经表态同意了，等我们举办完婚礼就调动。"两个人边走边聊,正沉浸在对美好未来的憧憬中,突然,厉莉感到一阵眩晕,眼前一黑,身子不由自主地往地上倒下去。虎子大惊失色,嘴里连声叫着姐,把厉莉紧紧抱在怀里。

在医院的急诊室外,虎子焦虑不安地等待医院的检查结果,经过抽血、化验等一系列检查程序,医生把虎子叫过去,郑重地告诉虎子,初步确诊为美尼尔综合征,虎子问这种病有什么好的治疗方法,怎么才能根治。医生告诉他,由于这种病的发病原因和机制并不明确,目前为止还没有很好的根治方法,更多的是在发作期时采用药物保守治疗的方法对症状进行有效的控制,有的时候也可以适当地选择手术治疗的方式。虎子又焦急地问大夫,这种病的后果是什么?医生说如果控制得好没有什么大毛病,如果控制不好,后果就是眩晕并影响人的听力,严重时可能导致耳聋。虎子恳求医生,不管花多少钱,请你们一定把她的病治好,她还年轻。医生说我们医院一定会尽全力治疗的,这个你放心。患者回去后,让她多休息,要静养,让她心情愉快,饮食要清淡、少盐、戒烟酒等。虎子听了医生的话,满腹心事地来到病房看望厉莉,厉莉问他:"医生怎么说,我得的是什么病,要紧吗?"虎子安慰她说:"姐你不用紧张,没有什么大毛病,主要是你劳累过度,所以晕倒了,医生说你回家好好休息休息就没有事了,一会儿医生给你开点药我们就可以回家了。"

厉莉满腹狐疑地问他:"你说的是真的?没有骗我,我真的没有什么大毛病?"虎子用肯定的语气告诉她:"姐,我没有骗你,你真的没有什么大毛病,一会儿等治疗完了,我们就可以走了。"听虎子说一会儿就可以回家了,厉莉紧张的心情也放松下来,这时候,单位的领导听到消息也匆匆赶到医院来探望厉莉,并且问是否已确诊病情。当着厉莉的面,虎子说没有什么大毛病,就是劳累过度,医生说休息一段时间就好了。领导吩咐虎子照顾好厉莉,把她送回家好好休息,工作的事情不用操心,安心静养,早日痊愈。

送走领导,虎子打车把厉莉送回家,厉莉的父母见女儿摇摇晃晃进了家门吓了一跳,连声问虎子,我家闺女怎么了,是不是你们吵架了？

  虎子三言两语把厉莉执法过程中摔倒的事情告诉了自己未来的岳父母，并且安慰他们说，没有什么大事，只要安心静养几天就好了。他把厉莉搀进房间躺下，喂她吃完药，叮嘱她安心休息，自己会每天下班后来看望她。见厉莉闭上眼睛入睡，他轻手轻脚走出来。厉莉的父母担心地问虎子自己的女儿到底得的什么病？严重不严重？虎子犹豫了一下，考虑到厉莉在家需要家人给她创造一个良好安静的休息环境，还是把医生的诊断结果和治疗意见（除了目前无法根治这条没有说）有保留地告诉了厉莉的父母，并且安慰厉莉的父母，自己会天天下班后过来看望厉莉，一起帮助厉莉早日痊愈。

  第二天在办公室里，虎子忽然接到了厉莉的一条信息，要他下班之后不用过来了，有自己的父母照顾就可以了，而且要解除和虎子的婚约，虎子的头嗡的一下，顿时心乱如麻，他不知道短短的一个晚上究竟发生了什么事情，竟然让自己亲爱的姐要和自己一刀两断，自己做错了什么？他急忙给厉莉打电话，想询问什么原因，但是，厉莉一直不接电话，发了几条信息，也一直没有回复。虎子在烦躁不安的情绪中好不容易等到了下班，他急不可待，冲到大门口，截下一辆出租车，飞一般赶到了厉莉的家中。他敲开厉莉的家门，厉莉的父母看见他来了，急忙把他让进屋中。他问厉莉的父母昨晚自己走后，究竟家里发生了什么事情。厉莉的母亲说，她也不清楚，只是走了以后，厉莉就一直在屋子里哭，问她怎么了，她也不说，把自己锁在屋子里也不出来，我们还想问问你到底发生了什么。虎子站在厉莉的房门外，一边叫着姐，一边轻轻地敲门，敲了一会儿，看见屋子里还是没有动静，虎子语气坚定地对着屋内说："姐，如果你不开门，我就一直站在你的门外，看不见你，我是绝对不会离开的。"

  虎子的话刚说完，屋子里有了动静，听见门锁开动的声音，虎子急不可待地冲了进去，看到厉莉蓬头垢面也没有梳洗打扮，与平日清秀美丽的外表形成了巨大的反差，虎子紧紧抱住厉莉的娇躯，用颤抖的声音问她："姐，你究竟怎么了，是我哪里得罪了你，你告诉我我一定改，千万不要离开我。"厉莉伏在虎子的怀里，抽抽噎噎地说："昨天你和我爸妈说的话我都听见了，我又上网查了一下，我的病现在也无法根治，以后厉害了，我的耳朵就会失聪，我不能那么自私，耽误你的美好前程，所以，我们不结婚了，还是分手吧。"

虎子嗔怪她说："姐，你瞎说什么，谁说这个病不能根治，再说了，现在医学这么发达，我相信，以后一定能够治愈的。"虎子停顿了一下，又用不容置疑的口吻对厉莉表露自己的心声："姐，即使你真的听不见了，我也不会离开你，我说过，要执子之手，与子偕老，我要爱你到永远！"听到虎子铮铮有声的爱情誓言，厉莉再也无法控制自己的情绪，她伏在虎子的怀抱中，幸福的泪水像决堤的河水奔涌而出。

虎子回到家里，玉梅看见儿子的表情与寻常有些不一样，她正想开口问虎子发生了什么事，虎子却先向她提出了一个问题："妈妈，我想问您一个问题，如果我的女朋友生病了，我仍然要娶她，您有意见吗？"玉梅见虎子严肃的表情，急忙说："儿子，有什么事你坐下慢慢说，究竟发生了什么事情。"虎子把厉莉在执法过程中突然晕倒后所发生的一切事前前后后、详详细细地告诉了母亲，然后把自己今天对厉莉所发出的爱情誓言也告诉了母亲，想听听母亲的意见。玉梅没有及时表态同意还是反对，而是郑重地提醒虎子说："儿子，我们中国人有一句古语，叫一诺千金，你可知道爱的誓言说出来很容易，但是，要真正做到可不是一件简单的事情。你对此要有一定的心理准备，到时候后悔可就来不及了。"虎子语气坚定地说："妈妈，我已经考虑好了，不管今后发生什么情况，我都不会后悔的，一定信守诺言到老。"玉梅见虎子心意已决，欣喜地一笑说："儿子，你已经长大成人了，什么该做什么不该做你的心里有杆秤，妈妈完全相信你！我想说的是，誓言说出来很容易，但是做起来很不容易，中国的古诗里有信誓旦旦，不思其反的诗句，说的就是一个男人发誓的时候很诚恳，但最终还是违背了自己爱情的誓言。古往今来，誓言如昙花，一现即消失的事情数不胜数，到头来有多少人能够信守婚礼上彼此爱的誓言，真正做到白头偕老。我希望我的儿子对自己发出的爱情宣言,能够牢记始终,做到一个重情重义、信守诺言的人。"

"妈妈你放心,我一定遵守我的诺言,做一个掷地有声,顶天立地的男子汉,不会给您丢脸的。"

为了更好地照顾厉莉,虎子准备尽快把婚礼办了,住在一起照顾自己的妻子更方便一些,免得两边来回跑。因为申请的经济适用房还没有审批下来,所以,虎子和母亲商量,准备先住在厉莉家里,这样照顾母亲的机会就少了。老童安慰虎子说:"家里有我,你就放心地去照顾你爱人吧,争取让她早日康复,早点让我们抱上孙子。"厉莉的父母就一个宝贝女儿,自然也愿意结婚了女儿仍然留在身边,所以,双方家长都在紧锣密鼓地筹备儿女的婚事,人逢喜事精神爽,厉莉的身体很快康复了,并且愉快地走上了新的工作岗位。

双休日,虎子和厉莉欢天喜地地去商场采购结婚用品,虎子建议少买一些,到时候缺什么再添什么也来得及,而厉莉就想一次性购买齐全,为此,两个人还发生了小小的争执,为了不惹厉莉生气,最后,还是虎子妥协了。他们正在左挑右选的当口,突然,厉莉的电话急促地响了起来。厉莉打开手机一看是父亲的电话,电话里父亲的声音慌张又紧张:"小莉,不好了,你妈妈昏迷住院了,你赶紧过来。"听见母亲突发疾病,厉莉突然一阵眩晕上头,身子不由得晃动起来。虎子急忙一把扶住厉莉:"姐你怎么了?"

厉莉把手里正在挑选的花花绿绿的商品扔下,对虎子说:"我妈妈突然昏迷了,我们赶紧去医院。"虎子一听也吓坏了,急忙和厉莉一起开车就往安贞医院驶去。到了医院只见厉莉的父亲满脸焦灼不安的表情在抢救室外踱步,厉莉急忙上前问:"我妈妈怎么样了?"厉莉的父亲用手往里面一指:"还在抢救。"厉莉不解地问:"我和虎子早上出门时我妈妈还好好的,怎么突然间就昏迷了?"厉莉的父亲长长叹了一口气,把事情的始末原原本本道了出来。

原来厉莉的母亲身体一直不太好,有脑血管疾病,血压也高,因为身体原因,再加上单位效益不好,所以就提前办理了退休手续。退休以后待在家里没有事情干，就经常和几个邻居或者过去的朋友一起打麻将消遣时光，虽然输赢的赌注不大，但是，也常常为一把牌的输赢争得脸红脖子粗，厉莉的父亲经常提醒她，不就是一把牌的事情嘛，没有必要这么较真，气坏了身子不值当的。牌桌下面，厉莉的妈妈对老伴的提醒觉得很有道理，可一到了牌桌上面就很难控制自己的情绪了。今天是双休日，就约了几个麻友一起打麻将，结果刚开始的时候手气不顺，连输了几把，心情正在无比懊恼的时候，突然起手就上了一把好牌，而且是输赢金额最大的一把牌，厉莉的母亲激动得心怦怦乱跳，摸牌的手也不住地颤抖，默默念叨着"自摸、自摸"，就连旁边的牌友都看出来了厉莉母亲紧张无比的心情，在痛苦的煎熬中，厉莉的母亲张开手掌一看，兴奋地大叫起来："自摸，哈哈，我和了，我和了！"才刚刚叫了两声，就突然身子一歪，倒在地上不省人事了，吓得一众牌友手忙脚乱，急忙叫救护车把她送进了医院。

厉莉听说母亲因为打麻将把自己送进了医院，深深为母亲感到惋惜，她一方面担心母亲的身体究竟是否能够挺过来，另一方面也担心母亲昏迷不醒，自己的婚事恐怕又要推迟了，在双重的压力下不由自主地感到一阵眩晕上头，赶紧把身子靠在了虎子的肩膀上。虎子知道肯定是厉莉的病又犯了，赶紧劝慰厉莉说："姐，你先别着急，你看，医生和护士正在忙忙碌碌地抢救，说明咱妈正在抢救中，肯定有希望的，我们再耐心等一会儿。"

过了一会儿，一名护士叫患者家属过去，虎子和厉莉赶紧陪着父亲进入了抢救室，隔着玻璃看见母亲头上插满管子正在抢救，医生告诉他们，病人是因为兴奋过度，导致脑溢血，现在非常危险，我们正在全力抢救，我们估计，即使抢救过来了，也可能成为植物人，因此，我们想征求病人家属的意见，是否继续抢救。厉莉和父亲异口同声："只要有一线希望就继续抢救。"医生让厉莉的父亲在抢救单上签完字后，让他们出去等待，医护人员继续抢救。

厉莉的父亲让厉莉先回家休息，明天再来替换他，不用在这里都陪着。虎子考虑到厉莉的身体状况，觉得岳父说得有道理，他劝厉莉先回家休息，明天再过来。厉莉也觉得自己眩晕得厉害，叮嘱父亲也要注意身体，有什么情况及时打电话联系。

第二天，虎子陪厉莉一起来到了医院，看见父亲的头发好像一夜之间白了很多，一双黑眼圈说明夜里也没有休息，厉莉让父亲回去好好休息，自己和虎子先在这里盯着。父亲拖着疲惫的身躯叮嘱了几句话就回去了。过了一会儿，玉梅和老童的身影突然出现在医院的走廊里，虎子急忙起身上前迎接。

"爸爸妈妈你们怎么来了？"

玉梅说："你昨天给我打电话，说你岳母住院了，我们不放心就过来看看。"

玉梅说完又问了问亲家母的状况，劝厉莉千万别着急，也要保重好自己的身体。厉莉起身向玉梅道谢。玉梅先找医生问了问抢救情况，又和老童低声嘀咕了几句，然后对厉莉说："你们明天还要上班，今天晚上我过来陪亲家母，你回去告诉你父亲不用来了，在家好好休息吧。"厉莉说自己家里的事怎么好麻烦阿姨，实在不行就和父亲商量一下，请个护工帮忙照看。

玉梅一笑说："都是一家人，还分什么彼此，你们就踏踏实实上你们的班，我每天就是上四个小时的班，时间还是很宽裕的，再说了，我本来就是做护理工作的，经验比你们多，我和你叔叔互相帮衬一下，这几天也就挺过来了，如果时间长，再请护工也不迟。"厉莉没有想到自己还没有过门，自己的公婆就对自己这么好，她眼里含着眼泪，深情地说了一句："爸爸妈妈辛苦你们了！"

经过医院坚持不懈的抢救，厉莉妈妈的生命被救活了，但是，还是处于半昏迷状态。为了给母亲治病，厉莉父亲找女儿商量，略带歉意地告诉她，原本打算等她结婚的时候，送她一辆好车做嫁妆，现在你母亲身体这个状况，估计以后花钱的地方肯定少不了，所以，我准备先把咱们家里的钱拿出来去投资，多挣一些钱给你母亲治病，买车的事情只能等以后再说了。

厉莉告诉父亲，已经和虎子商量好了，母亲现在这个样子，婚礼从简，不准备大办了，两家亲人一起吃顿饭，然后虎子过来一起照顾母亲，这件事虎子也已经和他母亲说好了，虎子的父母也同意了。厉莉的父亲感慨地说："虎子一家人又帮助咱们照顾你妈妈，又把儿子送过来照顾咱们家人，你的公婆一家人可真是好人呀。"厉莉也暗自庆幸自己找了一个好人家，虽然不是大富大贵之家，但是，在虎子的一家人身上却感受到了人间的温情和浓浓的爱心。

厉莉和虎子为了给母亲治病，托人在境外买了一些自费药品，因为手头的钱不够，就向父亲要一些，因为父亲说他最近和朋友一起做了一个投资，盈利状况良好，厉莉猜测应该挣了不少钱吧。听说给母亲买药，父亲拍着胸脯说没有问题，明天就把钱给你。第二天，父亲那边一点消息也没有，第三天父亲还是不理不睬，厉莉怀疑父亲是否把这件事忘掉脑后了，她只好催问父亲答应给母亲买药的钱为什么还不到账，母亲的药已经快断顿了。不料，父亲却突然哭丧着脸告诉她，投资的钱打了水漂，恐怕一时半会儿回不来了。厉莉一听犹如晴天霹雳，几十万元钱怎么说没有就没有了，这是投的什么资。

厉莉的父亲把投资的经过简单告诉了她。原来，父亲有一个好朋友找到他，说自己认识一个房地产开发商，手上正在开发一个房地产项目，目前流动资金短缺，想和朋友们拆借一些，等项目完工了，可以付 30% 的高息，而且时间也不会长。父亲的朋友说，开发商要求最低 100 万元为一手，低于 100 万元免谈。朋友说自己已经投了一手，劝父亲也投一手。父亲认真盘算，一来是自己的好朋友介绍的，朋友总不会坑自己吧；二来一听说回报率这么高，也怦然心动，就拿出全部存款，又找亲戚朋友借了一些，凑够一手投了进去。前几天，厉莉要钱买药，父亲找到朋友说已经到了约定的日期，要求兑现收益，不料朋友支支吾吾地说，开发商的房子还没有建成，收益无法兑现，要再等一等。厉莉父亲感觉可能受骗了，急忙对朋友说，现在急需用钱，把本钱还给我吧，投资收益我也不要了。朋友答应去把钱要回来，可是一直没有兑现。这两天被我逼急了，才说了实话，房子根本就没有盖，那个开发商是拿钱买期货，结果被强制平仓了，现在欠了一屁股债，正在外面躲债，一时半会儿钱是回不来了。

厉莉听完父亲被骗的经过，不由得一阵眩晕上头，自己家的积蓄被骗光不说，还欠了亲戚朋友一屁股债，母亲的病准备送到康复医院治疗，又需要花一大笔钱，这可真应了那句老话，屋漏偏逢连夜雨，行船偏遇顶头风，可谓祸不单行呀。她问父亲钱被骗光了，母亲住院治病的钱怎么办？

父亲无精打采，无可奈何地长长叹了一口气说："我先去找人借点钱把你妈妈住院治病的钱凑上再说吧。"

厉莉在母亲患病、父亲被骗的双重打击下，病情又加重了，虎子看在眼里疼在心上，他想凭借自己的肩膀给心爱的人一个坚强的支撑，但是，凭自己的工资只能是心有余而力不足，思来想去，本想回家找母亲帮忙，但他知道母亲家里的经济状况，而且母亲已经出了不少力，帮了自己不少忙了，绝不能再给母亲添麻烦了，自己已经是一个成年人，遇事要独立自主想办法解决，他突然想到了自己的亲生父亲，他现在是医院的院长，而且医院的经济效益也不错（上次执法检查的时候查账了解到医院的经营情况），不如先向父亲借一些钱用，但是，上次执法检查他没有给父亲留任何情面，而是警察打他爹——公事公办，不知道父亲会不会记恨自己，不肯帮忙，到时候搞得自己灰头土脸的没有面子。他犹豫来犹豫去，最后一咬牙，面子不重要，还是治病救人最重要，他怀着忐忑不安的心情给父亲打通了电话。

吴尚德从电话中听见虎子叫自己爸爸，心里竟然涌起了一股小小的暖流，儿子这么多年由于记恨自己抛弃了他母亲，一直不肯叫自己爸爸，他甚至怀疑上次虎子来自己单位检查，自己去找玉梅说情，玉梅和虎子不徇私情、依法办案的行为，是否是他们娘俩借机对自己实施的报复，今天忽然听见虎子主动喊自己爸爸，激动之余，猜测虎子是否有事情找自己帮忙。果不其然，虎子开口就直奔主题，要向自己借10万元钱。吴尚德问虎子借钱干什么用，虎子犹豫了一下，告诉父亲是给自己的岳母治病用，并且表示可以写借条，一定按期归还。

吴尚德听说儿子结婚了，但是，玉梅和虎子竟然没有通知自己，心里多少有些不快，可转头一想，即使告诉自己了，自己出不出面恐怕都是很尴尬的场面，不知道恐怕更好一些。他现在给胡菁菁购置资产，手里闲钱不多，但是，这种事情又不能和儿子说，所以，他只能告诉儿子，家里是你阿姨管钱，我回去跟她说说，然后给你回话。

放下儿子的电话，他找到小乔，告诉她儿子要借钱的事情，要她从家中的积蓄中先取出10万元解救儿子的燃眉之急。小乔告诉吴尚德，现在金宝欠的一屁股债还没有还上，父母已经把家里的耗子洞都掏干净了替金宝堵窟窿，家里但凡有多余的钱一定借给他，可是现在确实有困难。吴尚德见小乔哭穷，知道她一来记恨上次虎子不留情面处罚医院的事情，二来想把钱留给岳父母和自己花，但是，儿子好不容易张一次口，怎么也不能无动于衷吧。他对小乔说："10万没有，5万也行。"其实，小乔手里10万元还能拿得出来，她除了吴尚德所猜想的两个原因，最主要的是怕虎子借钱不还，现在社会的一个怪象——欠账的是爷爷，要账的是孙子，何况欠账的是吴尚德的亲生儿子，到时候如果赖账不还，真的一点办法也没有，她甚至怀疑虎子借钱的动机不纯，有可能是像金宝一样想敲诈吴尚德一笔钱，联想至此，她告诉吴尚德："借个万八千的还行，多了没有。"吴尚德见小乔只给自己这点钱，离虎子想借的钱差距不小，只好自己又掏腰包，给虎子凑了3万元，通过手机转给了虎子。

虎子见自己的父亲这么抠门，像打发要饭的乞丐一样应付自己，一气之下本想不要这3万元，把钱再转回去，但是，转念一想，现在不是怄气的时候，他赌气给父亲回了一条信息，告诉他准备过几天把借条送过去。吴尚德急忙回了一条消息，说钱不用还了，也不用打借条了，就算给你们新婚的贺礼吧。但是，虎子为了争这口气，还是准备打借条，以表明自己是一个诚实守信的人。

厉莉的父亲四处借钱，因为有上次借钱被骗的经历，所以，这次再借钱亲戚朋友没有人再愿意借给他,厉莉父亲在四处碰壁的情况下,实在咽不下被朋友欺骗的这口气,他找到介绍自己投资的朋友警告说,你告诉你那位开发商朋友,如果不把钱还给我,我准备去法院告他,打官司把钱要回来。朋友劝他说,打官司估计也没有用,不如等他赚了钱,再慢慢还给咱们,你现在如果实在缺钱,我手里还有几万,你先拿去花。厉莉的父亲也听人说了,自己的这位铁杆朋友其实帮助开发商骗钱,自己也得了不少好处,所以,他竭力阻挠自己打官司,恐怕就是担心自己从中渔利的事情被揭了老底。厉莉的父亲也毫不客气地质问他:"你不让我告他,是不是你也从中得了什么好处了,所以,帮助他一起骗人钱财。"这位朋友闻听此言,立即勃然变色道:"你不要听人瞎说,我和你一样也是受害者,你既然把我的好心当成驴肝肺,那你爱怎么办就怎么办吧。"

厉莉的父亲请了一个律师,又找了几个和自己一同受骗的人联合到法院起诉那个开发商。法院的判决很快下来了,要求那个开发商还钱,但是,开发商已经和老婆办理了离婚手续,并且把一切财产都过户给了自己的老婆和孩子,自己净身出户了,他在法庭里把一切过错都揽到自己的身上,也信誓旦旦地保证只要有了钱一定还钱,但是现在确实没有钱,只能等待。厉莉父亲找到法院要求强制执行,但是,法院执行庭也一筹莫展,因为被执行人名下没有任何财产,只有欠下的一屁股债。厉莉的父亲托人打听到了,开发商的前妻又买豪车、又买别墅,还把两个孩子送到了国外留学,能否把开发商的前妻列为被告,要求他的前妻还钱。但是,律师说这个很难,能够做的只能是将开发商纳入全国法院失信被执行人名单,将被限制高消费等行为,其他也没有什么好办法。

虎子怕厉莉着急上火,病情加重,骗她说自己已经找亲生父亲借到钱了,母亲的治疗费用不用发愁了,你只要安心养好身体就可以了。安抚完爱妻,为了给岳母凑上住院的钱,虎子无奈之下只有找亲戚朋友借钱,但是亲生父亲尚且如此,慷慨解囊真心相助的人又能有几个,虎子跑断了腿,也没有凑够岳母住院的费用,他感觉自己真正陷入了叫天天不应，叫地地不灵的极端困境，他甚至想去自己管理的那些企业借钱，但是这样做违反了工作和廉洁纪律，他心里有些打鼓，害怕招惹上麻烦。

就在虎子感到走投无路的时候，突然母亲给他打来一个电话，叫他抽空回去一趟，有事与他商量。虎子不知道母亲那里又有什么事情发生，他真正理解了焦头烂额的含义。回到家里，母亲问他，最近是否遇到了什么难事，看你的脸色好憔悴。虎子怕母亲着急，强打精神安慰母亲说，什么事儿也没有，就是最近家里家外比较忙，有些劳累，休息休息就没事了。

母亲心疼地说："你家里的事我都听说了，眼前是遇到一些坎，但是，有句老话说得好，冷了迎风站，饿了腆肚行，人不管在什么逆境中，都不能向困难低头，都要活得有骨气，不能干那些违法违规的事。"虎子很奇怪，自己没有说，母亲怎么会知道自己家里发生的事，忽然间他恍然大悟，一定是自己向母亲要父亲的电话，从父亲那里泄露的消息。他坚定地向母亲表示："请您放心，就是有天大的困难，我也不会被吓倒，也绝对不干那些违法乱纪的事情。"母亲欣慰地笑了，她拿出一个存折递给了儿子："这是我和你爸攒的给你买房的钱，准备等政府的两限房下来了，我们交个首付，现在你有急需，你先拿去用，不够的话我们再想办法。"虎子知道母亲积攒下这点钱不容易，她和继父负担比较重，照顾的人又多，所以，他坚决不肯收下母亲的存折。母亲劝慰他："孩子你就收下吧，每个人都有遇到难处的时候，在最需要帮助的时候，真正的关爱就是不能隔岸观火，而是尽自己的所能奉献自己的一份爱心。"母亲停顿了一下，又叮嘱他，"我知道你跟你父亲借钱，但是他没有给你那么多，你记住，你父亲不管帮助你多少，你都不能记恨他，因为你要学会用一颗感恩的心去回报在你困难的时候能够帮助你、肯于帮助你的人，因为在这个社会上，除了法律规定的义务之外，别人帮你不是应该应分的，能够帮助你的都是人家的一份心意，心意到了，不管他帮助你的力度有多大，都应该感谢而不是记恨或不满。中国有句老话，叫滴水之恩当涌泉相报，说的就是这个道理。"

母亲的话点醒了虎子,他内心对父亲的不满也随着母亲的劝导而化解,他不再纠结父亲给钱的多少,而是觉得自己应该感谢父亲的付出,而不是怨恨,这样才是正确的心态。他觉得母亲不仅在物质上给予了自己很多,更重要的是让自己的精神世界更加富有。

第十九章　欲壑难填

　　胡菁菁向吴尚德撒娇说，天气太热了，身上热得都起痱子了，能不能带她出去避避暑，吴尚德思考了一下，提出了两个方案，如果是开车去，就去北戴河或者坝上草原，如果去远处，就去西北或者东北，让她自己考虑。胡菁菁驾照拿到手以后，一直没有怎么摸过车，这次想自己亲自体验一下开车的感受，就提出还是开车去吧，正好可以检验一下自己的开车水平。吴尚德考虑了一下，以胡菁菁自诩的超级开车水平还是去北戴河比较稳妥，因为去草原的路不好走，而去北戴河的高速公路已经开通，正好检验一下她的开车水平究竟如何。他给北戴河的朋友打了一个电话，让朋友帮助自己预订好了旅馆，在一个天气晴朗的早晨，吴尚德开上车高高兴兴踏上了征程。

　　在高速公路服务站短暂休息后，胡菁菁说她想开一会儿车，吴尚德不无担心地把方向盘交给了她。胡菁菁刚开始由于紧张，车速不超80迈，吴尚德用不怕慢就怕站，安全第一来鼓励安慰她，随着紧张心情的逐步放松，车速终于逐渐提升起来，吴尚德夸她很有车感，胡菁菁自吹自擂："我不是和你说了吗，我的水平在我们班也是数一数二的。"吴尚德心里默默地说：考试的时候不是我托人你能那么顺利过关吗，但嘴上还是违心地夸了几句。胡菁菁有些得意忘形，但一过收费站时马上露了丑。本来她停车就离窗口比较远，当她打开前风挡玻璃准备交钱的时候，忘记把挡位放在P挡了，一伸胳膊脚下没有踩住刹车，车子往前又溜了一下，结果离收费窗口更远了，胡菁菁使劲伸着胳膊递钱，收款员也从窗口伸出胳膊来接钱，可是，就差几十厘米的距离，谁也够不着谁，后面排队的车辆一个劲按喇叭催促他们，吴尚德见状，只好解开安全带，下车来交钱。回到车上，他嘲笑胡菁菁："你真是烂土豆不禁夸，刚刚夸你几句，马上就现原形了。"胡菁菁噘着小嘴埋怨说："人家才摸几次车，哪像你天天开，我要是天天开车，肯定不比你差。"吴尚德见她不服气，只好无奈地笑笑："好、好、好，以后也让你天天开车。"胡菁菁马上接口道："你说的让我天天开车，可不许反悔。"吴尚德告诉她大丈夫一言既出，驷马难追，绝对不会反悔，胡菁菁开心地笑了。

到了酒店停车场，吴尚德着急去办理住宿手续，问胡菁菁自己能把车倒进停车位吗？胡菁菁说没有问题，吴尚德提醒她："让别人帮你看着点再倒车，停好车进来找我。"

办理完住宿手续，还不见胡菁菁进来，他急忙往外走想看看究竟怎么回事，结果在门口撞见哭丧着脸进来的胡菁菁，他疑惑地问发生了什么事？胡菁菁说："倒车时我把你的车后备厢撞了。"吴尚德跑出去一看，后备厢撞得不厉害，后杠掉了几块漆，并有些变形，他安慰说："没有什么大事，回去补补漆就行了。"他又看了看车后的障碍物，奇怪地问："距离这么远，怎么还撞上了？"胡菁菁埋怨他："就怪你，非得让我找个人帮我看着点，这才撞上的。"他不解地问："找人帮助你看着点有什么不对吗？"

胡菁菁说："刚才有个老头在旁边哄孩子，我让他帮我看着点，如果车子撞上了，就告诉我一声，他答应我了，让我'倒、倒、倒'，结果'咣当'一声就撞上了，老头还告诉我说'美女已经撞上了'，你说气人不气人。"

吴尚德猜想肯定是胡菁菁说话不注意得罪了那个老头，所以，老头才想出这么一个办法来捉弄她，他不好过多地指责胡菁菁，只好安慰她："不用生气，只要你平时多开开车就行了，开车就是一个熟练工种，回去我给你买一辆车，没事的时候你就多练练，技术自然就提高了。"

一听说回去给自己买新车，胡菁菁的脸色马上由阴转晴，她拉着吴尚德的胳膊撒娇地说："老公你真好！"

到了北戴河，蔚蓝的天空，如丝的白云，碧绿的海水，金色的沙滩，还有那略带腥味的海风拂面而来，让人烦躁的心情马上归于平静，酷暑的淫威也消失得无影无踪，吴尚德和胡菁菁水中嬉戏，岸上游览，尽享美食，恩爱缠绵，感觉过上了神仙一般的幸福生活。这天，吴尚德开车带胡菁菁去游览山海关和孟姜女庙，胡菁菁见吴尚德在认真阅读山海关的说明，过来把他拉走："老公别看了，这么多内容你也记不住，瞎耽误工夫，你过来给我照几张照片。"

吴尚德微微一笑说："死记硬背，肯定记不住，但是，你要是掌握了记忆的技巧，记东西就很容易了。"

胡菁菁还是颇有自知之明："我一不读书，二不看报，你就是告诉我，我也记不住。"

吴尚德自信地说："那也不一定，我教你一个方法，你就能马上记住山海关的建设年代。"

胡菁菁好奇地问："什么方法？"

吴尚德介绍说："刚才我们参观孟姜女庙，说孟姜女一夜哭倒了长城，你就记住一个女人一夜哭倒了长城，就知道山海关是1381年建设的。"

见胡菁菁还是不明白，吴尚德循循善诱地启发她："人家习惯称女人为38，一三八一夜哭倒了长城，不就是1381年吗。"

胡菁菁恍然大悟，她在吴尚德的脸上亲了一口称赞说："老公你好聪明，我好爱你！"吴尚德也心旌摇曳，抱住胡菁菁当着众游客的面撒起了狗粮。

从北戴河避暑归来，胡菁菁就打电话催促吴尚德落实承诺，赶紧为她买一辆汽车，以后再外出她就可以为老公当司机了。两个人到了4S店，胡菁菁的意思是一步到位，给她买一部红色的跑车，吴尚德劝她说，你现在的开车水平还不高，一下子买那么好的车，磕磕碰碰的修理费也少花不了，不如买个中档价位的车，你先练手，等你开车熟练了，我们再换好车，胡菁菁有些不情愿地挑了一辆红色的马自达。

周末休息日，胡菁菁突然一大早给吴尚德打来电话，要他陪自己去练练新买的车，顺便带他去一个好地方玩玩。吴尚德问她去什么好地方，胡菁菁神神秘秘地说："先不告诉你，等到了地方你就知道了。"吴尚德在好奇心的驱使下，陪着胡菁菁顺着京石高速往河北疾驶而去。路上吴尚德疑惑地问："你究竟要带我去哪里？"胡菁菁甜甜地一笑说："你不是老说想见见我爸爸妈妈吗，今天就带你去我的老家看看，怎么你不愿意？"

吴尚德心情有些紧张："不是我不愿意，你也没有提前告诉我，我一点思想准备也没有，连礼物都没有买。"

胡菁菁调侃他说："你这个大老板就是最好的礼物，不需要其他的礼物了。"

吴尚德对胡菁菁不经商量自作主张心有不满，去河北看望她父母确实是自己提出来的，但是，也不能这么匆忙和草率呀，他劝胡菁菁还是改天准备好了再去，胡菁菁脚下一踩油门："你放心吧，到了绝对会让你满意的。"

胡菁菁开车下了高速，把车停在了一处绿草地上，一栋栋错落有致的独体和联排别墅马上映入眼帘，放眼望去，房子坐落在一片人工湖边，蓝天白云，绿草如茵，碧水微澜，岸柳成行，家家户户都有自己的车库和上百平方米的院落，一阵清风夹带着淡淡的花香拂面而来，令人神清气爽，暑热顿消，吴尚德恍然大悟，原来胡菁菁是带着自己来看别墅房了。

吴尚德按照古人所说的凡事预则立，不预则废的古训，为了防止一旦出现净身出户的最坏结果，需要提前给自己准备好退身之地，但他不打算在北京买房，因为一旦事情败露，害怕有可能被小乔按照协议强行没收，不如神不知鬼不觉地找个隐秘的场所安家，在北戴河度假的时候他曾和胡菁菁说过这个想法，没有想到胡菁菁领会贯彻得这么快，马上就抓落实，带自己来看别墅。胡菁菁告诉他，这里环境好，而且价格也不贵，还有地热温泉入户，另外离北京不过一个多小时的路程，离自己父母家也很近，如果我们今后有孩子了，我的父母可以过来帮助我们照看孩子。吴尚德深深呼吸了一口混杂着泥土和青草气息的空气，满怀喜悦地对胡菁菁说："环境和地理位置都不错，如果以后退休了，可以到这里来颐养天年了，你是怎么找到这个地方的？"

胡菁菁骗他说是自己的父母提供的信息，其实，这是她以前的男朋友给她提供的消息。

胡菁菁过去在河北老家上护校的时候，有个同村的男孩子看上了她，这个男孩子的父亲是当地乡镇的领导，靠着父亲的关系在县城一家公司当个小头目，他托人去向胡菁菁的父母提亲，父母见这家人有权有势，而且有不错的工作，自然是满应满许，这个男孩对胡菁菁和家人也不错，经常送钱送物博得好感。胡菁菁上学的时候，也喜欢追时髦、爱打扮，但是，苦于家庭的经济实力，美好的愿望经常止步于孔方兄，两个人谈上恋爱之后，男孩子经常在经济上资助她，让她的虚荣心得到了极大的满足，在同学面前也能扬眉吐气，毕业后，男方想帮助她在县城医院找个工作，然后赶紧把婚事办了，让父母好抱孙子。后来，胡菁菁意外怀孕了，男方家里得知此事，更是高兴万分，张罗着赶紧操办婚事。

婚礼前，男友带她去北京购买结婚物品，进了北京城让她这个整天在县城打转转的"村姑"眼界一下子开阔起来，世界这么大，景色这么好，我不能困在一个小小的县城里默默无闻地终老自己的一生。北京之行让胡菁菁原本不安分的心更加躁动起来，她回来后反复权衡利弊，最终做出了一个大胆的决定，她告诉男孩子自己不想结婚了，准备去大城市经风雨、见世面，争取在北京扎根立足，不辜负自己的青春年华。男孩子苦苦相求，说让父母给她找个好工作，再把孩子生下来，一家人安安稳稳、踏踏实实地过日子多么好，干吗要好高骛远，去过背井离乡，漂泊流离的生活。胡菁菁对男友的建议嗤之以鼻,燕雀焉知鸿鹄之志哉,你想用一点眼皮子底下的蝇头小利把我困在这穷乡僻壤,让我不得舒展我的宏图大志,简直是痴心妄想,我一定要展翅飞翔,出人头地。她偷偷去医院把孩子做掉,然后和父母打了一个招呼,以壮士断腕的勇气毅然决然只身一人来到北京闯天下。

胡菁菁来到北京以后由于学历低,也没有什么技术专长,所以,一直没有找到什么顺心的工作,为了生活不得不去歌厅挣钱,在歌厅里也遇见了一些贪图她美貌想包养她的男人,但是,她心里明白这些寻欢作乐的人是靠不住的,为自己的长远打算,一定要找一个真心对自己好并且有钱有地位的男人帮助自己迅速致富,遇见吴尚德以后,她发现吴尚德不仅出手大方,而且对自己也是真情实意,她迅速设计了一个短期内能让自己发展壮大的宏伟蓝图,首先是让吴尚德给自己买车买房,然后再想办法从吴尚德那里捞取一大笔财富。自己名下已经有了车子,房子需要马上落实。前几天过去的男朋友来电话询问自己的近况,想重修旧好,闲聊中她得知了自己老家附近在建设别墅,因为吴尚德对她说过要买一套乡村别墅养老,她灵机一动,为什么不买老家这里的房子,一来可以把父母接过来住,二来自己在家乡父老面前也可以扬眉吐气了,过去,自己甩掉前任男友的时候,许多人都说自己糊涂、犯二,现在终于可以让他们对自己刮目相看,不得不佩服自己的远见卓识了。

吴尚德对这片住宅比较中意,在售楼人员殷勤的陪同下,他里里外外考察了一番,马上到售楼处交了定金。回到北京以后,吴尚德和胡菁菁很快就拍板决定购买这套别墅,作为今后休闲和养老的场所,他找到了在当地政府做事的一个朋友,让朋友帮忙砍砍价,朋友托关系找到了开发商,给了一个优惠价格。

吴尚德很快凑齐了首付款,他和胡菁菁又跑了一趟,签订了合同,交了首付,并且把房子的产权落到了胡菁菁的名下,这样即使被小乔知道了,她对胡菁菁的房产也是无可奈何。朋友拍着胸脯说:"吴院长,您把房款交了,装修的事情就交给我吧,一定用最快的时间,最好的质量给您装修好,您和小嫂子就等着住新房吧。"

有了车子和房子，胡菁菁又开始催促吴尚德尽快把答应她的医院建设起来。在北戴河度假的时候，吴尚德曾谈过今后的生活设想，假设真的净身出户了，他准备和朋友合作再建一所中医院，可以让自己和胡菁菁依旧能过上衣食无忧的美好生活，等和胡菁菁结了婚，他就把医院的股权都转到胡菁菁的名下，并让菁菁担任董事长。

胡菁菁听了吴尚德的远景规划，自己和吴尚德结婚后摇身一变就成公司董事长了，自然是乐不可支，她不仅对吴尚德大献殷勤，口中甜言蜜语哄得吴尚德晕头转向，而且催促他赶紧离婚娶自己进门，并且要加快新医院的建设步伐，吴尚德被她的迷魂汤灌得迷迷糊糊，按照她的指挥棒马不停蹄地忙乎起来。

一天，两个人在被窝里一起商议建设中医院的具体事宜，怀着对美好未来的无限憧憬，勾画着宏伟的蓝图，虽然是画饼充饥，但是，两个人仍然是乐此不疲，聊得津津有味。当规划到儿子长大成人并且子承父业的远景目标时，吴尚德掐指一算，到那时自己已经是七十开外的老人了，而胡菁菁却是如狼似虎的岁数，他不无担心地问她："等我们的孩子长大成人，我就已经到了古来稀的岁数了，如果我把自己所有的财产都转到你的名下，今后的一切希望和未来也都寄托在你的身上，你不会到时候嫌弃我吧。"

胡菁菁用不满的口气说："你还不相信我呀，你老了，我也不年轻了，我会和你白头到老，我们的爱情就像你常和我说的那个什么山烂了、水干了一样。"

吴尚德见胡菁菁连一首词都记不住，不禁扑哧一声笑了出来，他用食指在胡菁菁的鼻子上轻轻刮了一下："什么山烂了，水干了，我再教你一遍，你好好记记，免得出去讲被别人笑话。"

吴尚德抑扬顿挫地把中国五代时期的一首《菩萨蛮》又给胡菁菁背诵了一遍：

枕前发尽千般愿，要休且待青山烂。水面上秤锤浮，直待黄河彻底枯。

白日参辰现，北斗回南面。休即未能休，且待三更见日头。

　　吴尚德背诵完了，又逐词逐句给她解释了一番，胡菁菁撒娇撒痴地抱着吴尚德说："老公，你放心，我虽然记不住词，但是我都记在心里了，我对你肯定是海枯石烂不变心，你就把心放在肚子里吧。"
　　要说吴尚德一点不担心，那是假话，过去自己和小乔也曾经山盟海誓，相约白头到老，可是，现在不也快劳燕分飞，形同路人了吗？可见热恋中的男女在热血沸腾、大脑发热的情况下，说过的话是算不得数的，一旦等大脑冷却了，血流血压也回归正常值了，大多数人也就患上健忘症，忘记了曾经的誓言。现在自己年富力强，有社会地位、有经济基础，而胡菁菁一穷二白，还处在赵卫东讲的那个什么马斯洛所说的最低级的阶段，所以，眼下肯定一切都不用担心。但是，一旦自己老了，现在所拥有的一切都消失掉了，那个时候胡菁菁对自己是否还一心一意，那就只有天知道了。

　　面对胡菁菁结婚的请求，吴尚德内心也充满矛盾，他认为目前社会上虽然时常爆出老少恋的婚姻，甚至不乏爷爷娶孙女的现象，但是，这种婚姻组合吴尚德觉得必须具备三个条件，一是一方有显赫的社会地位；二是一方拥有至高无上的权力；三是一方手里握有巨大的社会财富。如果是一个一文不名的普通老百姓，恐怕只能在睡觉的时候做个美梦来实现了。具体到自己身上，一个五十多岁的男人能够将一个二十多岁的大美人揽怀入抱，也是因为自己具备了一定的社会地位和拥有一定的社会财富，通过这些日子的交往他虽然非常宠爱这个胡菁菁，但是也发现了她是一个追求物质享受的时尚达人，对金钱的渴望更是欲壑难填。自己和胡菁菁的交往一方面是家庭生活的不幸福，一方面也是贪恋胡菁菁的年轻美貌，从她的身上汲取一股青春的气息和精神的活力，当初和玉梅离婚，也是被小乔身上的这种新鲜的活力和美貌所吸引，但是，恋爱中的激情和浪漫，蜕变为婚姻后的理性和平淡之后，生活瞬间变了样。他是有过一段失败婚姻的人，所以，对此看得非常清楚，老实说，把胡菁菁当成自己感情生活的补充和刺激，他觉得兴致无穷，而共同生活组建一个新的家庭，他担心结婚以后，她一旦拥有了一切，到时候是否满足于现状，恐怕谁也说不清楚。

胡菁菁对长期当地下夫人心有不甘，没有法律保护的婚姻是不牢靠的，而且不结婚也无法得到吴尚德的财产，必须要想个办法，逼迫吴尚德加快离婚步伐，不能再这样拖泥带水了。但是，该说的都说了，该哭该闹的也都做了，软硬兼施，效果还是不明显，吴尚德总是含含糊糊一直不明确表态，看来还要加大工作力度，在他背上击一猛掌，让他从犹豫不决之中赶快做出正确的决策，究竟怎么办？胡菁菁一边用水果刀削苹果，一边大脑紧张地思索对策，忽然，一个锦囊妙计涌入脑海，对，就这么办！

吴尚德接到胡菁菁的电话，让他晚上回去商量大事，他知道肯定又是逼迫他加快离婚工作进程的事情，面对胡菁菁一步紧似一步的逼宫行为，他感到头疼不已，而在小乔这边离婚最大的障碍不是别人，而是自己的宝贝女儿，前几天，他和小乔给女儿接风的场景时常浮现在眼前。

闺女放暑假回来了，想和爸爸妈妈一起欢聚一下，吴尚德见闺女回来了，也是非常高兴，他选择了女儿最喜欢的一家西餐厅与小乔和女儿共进晚餐。摇曳的烛光下，看见女儿出落成了一个亭亭玉立的漂亮大姑娘，吴尚德点了一瓶法国拉菲干红，和小乔一起为女儿接风洗尘。女儿仿佛知道了父母之间的紧张关系，所以，在饭桌上不断提议让爸爸敬妈妈酒，自己也端起酒杯祝福爸爸妈妈健康幸福。好久不见女儿了，所以，夫妻二人都不愿意拂孩子的美意，两个人再勉强也只有听从孩子的要求，不断举杯。吴尚德关心地问起了女儿的学习生活，女儿把自己在学校的学习生活情况向父母做了简单的汇报，与女儿欢声笑语不断的表现相比，吴尚德夫妻二人之间交流不多，更多的是围绕女儿的话题展开。

女儿似乎想充当和事佬的角色，问爸爸为什么最近不回家住宿了，吴尚德没有直接回答她，而是让她问妈妈，当女儿把征询的目光转向母亲的时候，母亲气愤地说了一句："他是家花没有野花香，在外面有了相好的，自然不肯回家了。"

吴尚德见她当着女儿的面把责任推卸到自己的身上，也毫不客气地反击了一句："你姥姥姥爷把自己的三套房都给了你舅舅，最后是鸠占鹊巢，住在咱们家不走了，我心里有气，所以不想回去住。"

小乔理直气壮地问他："儿女赡养老人不是天经地义的事吗，难道我们能让生养我们的父母流落街头？"

吴尚德反诘道："那为什么我的母亲你不让我接到家里来，你的父母需要儿女赡养，我的母亲就不需要吗？"

小乔振振有词地说："那是因为你妈她看不上我，不愿意和我住，所以，我不让她来。"

吴尚德也不客气地回怼了一句："你爸妈有那么多房产和养老钱，不是没有地方住，也不是没有钱花，结果偏心眼，把财产全给了不争气的儿子，他们的下场是咎由自取，我心里有气，不愿意和他们一起住。"

小乔冷冷地揭开了吴尚德的疮疤："我看你是外面有了野女人，所以不想回来了吧。"

吴尚德见她当着女儿的面揭自己的疮疤，不禁有些恼羞成怒："你别当着女儿的面给我栽赃，你要是不想过了，我们就分手，不用拿这个当理由。"

小乔也毫不示弱地反击："分手就分手，谁怕谁。但是，你别忘记我们之间的约定。"

女儿见父母相互之间唱起了《都是你的错》，把一切的责任全部推给了对方，心里又气又恼，看见旁人投过来的不满目光，她知道自己的维和使命看来很难实现了，她急忙劝解说："算了，你们都少说两句吧，别吵了，你们不嫌丢人，我还嫌丢人呢。"

看见女儿气鼓鼓的神色，两个人暂停与对方的无情揭露和批判，一场欢快的接风宴,最后闹得不欢而散,分手的时候,女儿用怨恨的语气对父母说了一句:"你们能不能别光想着自己,就不能为我考虑考虑,为这个家考虑考虑?"分手的时候,吴尚德总是忘不了女儿那太息般的眼光,丁香般的惆怅。他当时心一软,真想答应女儿的请求,但是,一看见胡菁菁青春靓丽的情影,听见她娇滴滴的声音,又深陷其中不能自拔。在矛盾的心态中,他犹豫不决,在家庭和情人之间游离不定。

见胡菁菁让他晚上过去,他说想回去看看女儿,因为女儿看见父母之间感情不和,觉得待在家里很憋气,所以,想去外地找同学散散心,听说女儿又要走,吴尚德心里也多少有些愧疚感,所以,想多陪陪女儿。胡菁菁不依不饶地说,今天有大事和他商量必须回来。

一见面,胡菁菁就开门见山地说:"你答应我的考虑期限已经到了,你心里到底是怎么想的,是不是想就这么无限期地拖下去,告诉你,我可等不及了,我们什么时候结婚今天你必须给我一个明确的答复。"

吴尚德有些无奈地说:"离婚的事情我前几天当着女儿的面已经和她讲了,她说了必须遵守我们之前的协议,净身出户,把一切财产都给她,才同意办理离婚手续,我是怕把财产都给了她,我们以后的日子怎么办,总不能让你过一穷二白的苦日子吧。思来想去,我的意见,我们还是先把财产问题处理好了,或者等我们的医院办起来积累了一定的经济实力,我们再结婚。"

胡菁菁见吴尚德的态度还是冷水泡茶——慢慢来,不禁大为光火,她用手捶打着吴尚德的肩头,边打边骂:"你就是找借口搪塞我,其实就根本不打算娶我,枉费了我对你的一片真心,你这个没有良心的负心汉。"

吴尚德无奈地说:"我这不也是为你的将来着想嘛!"

胡菁菁突然停止了哭闹,她一把操起桌子上削苹果的水果刀,举起来大声威胁他:"你如果说话不算话,老是出尔反尔,那我也不活了,我就割腕自杀。"

吴尚德吓得大惊失色，急忙去抢她手里的水果刀，疾声喊道："你赶快把刀放下，千万别干傻事，我们有事好商量。"胡菁菁见吴尚德举起双手来抢夺自己手中的刀子，顺势把刀子对着他的手腕割了下去。

吴尚德见银光闪闪的刀锋竟然割中了自己的手腕，急忙缩回了双手，他看到胡菁菁在情急之下，稀里糊涂把自杀的目标都选错了，赶紧提醒对方："嘿，你搞错了，割到我的手腕了。"不料，胡菁菁却大声告诉他："没有搞错，我就是要割你的手腕。"

吴尚德有些哭笑不得："你自杀不割自己的手腕，割我的手腕干什么？"

胡菁菁举着刀子撒泼说："你这个没有良心的，我是你的女人，将来就是你孩子的妈妈，我自杀不割你的手腕，难道你要我割自己的手腕，你真想盼我死呀。"

吴尚德见她把屎盆子扣到了自己的头上，急忙辩白说："我可没有说让你自杀，是你自己哭着喊着要自杀的。"

胡菁菁强词夺理："如果不是你说话像放屁一样，我能自杀吗？都是你逼我的，你还敢说不是你的原因。"

吴尚德见胡菁菁胡搅蛮缠，整出一套歪理邪说，也不想再和她纠缠下去，只好服软认输："好好好，都是我的错，全是你的理，行了吧。你先把刀子放下好吧，你看都把我的手腕划出血了。"

看见吴尚德手腕上流淌的鲜血，胡菁菁放下刀子说："你要是还不离婚娶我，我还死给你看。"

吴尚德心说："你这是死给我看，还是我死给你看呀。"他对胡菁菁这种以割对方手腕来实施自杀的"胡氏自杀法"感到不寒而栗，想想她刚才割自己手腕时的那种果敢坚定，不拖泥带水的动作，现在想来都心有余悸，为了安抚胡菁菁受伤害的心灵，他安抚胡菁菁赶紧放下屠刀，自己一定在限期内办好离婚手续。得到吴尚德的肯定答复，胡菁菁才放弃了"自杀"的打算，并警告他尽快落实，以观后效。

在胡菁菁多次"自杀"的胁迫下，吴尚德进一步加快了基本建设投资步伐,在别墅装修完成后,他又紧锣密鼓地开始了新医院的建设。为了加强保密工作,以防止泄露给他人,他没有去找贾秀玲和李茂才合作,不是信不过他们,而是害怕这些关系圈套圈的,不知道从哪里就会走漏口风,到时候又是一场麻烦事,所以,他想寻找新的合作伙伴。他把自己的想法和胡菁菁说了以后,胡菁菁给他介绍了一个富二代,并且说这是在医院护理这个富二代的父亲时认识的,其实,这是她在歌厅做服务员的时候认识的,没有跟吴尚德说实话。

吴尚德和这个富二代见面的时候,见对方开了一辆劳斯莱斯的豪车,身上穿的戴的全是名牌,心中先前的疑虑消失了不少,但是,在言语之间还是有所怀疑。那个富二代好像看出来了吴尚德的疑虑,请客吃饭的时候不仅上了茅台,而且还吹嘘说自己家里在郊区建设了一处别墅区,哪天请吴尚德去看看。吴尚德也觉得耳听为虚,眼见为实,答应了和他一起去看看这个别墅区。

这个别墅区坐落在郊区的一处丘陵处,站在山脚下,只见一栋栋尚在建设中的别墅鳞次栉比排列在山坡上,这个富二代带吴尚德参观的时候,还带了几个政府相关部门的朋友,其中还有一个外国的老太太,据说是某国领导人的亲妹妹,她也准备投资这个别墅区建设。中午吃饭的时候,这个富二代又把当地政府的领导请出来,一来向吴尚德炫耀自己的关系广、路子宽,二来也是给吴尚德吃个定心丸,证明自己是货真价实的房地产开发商。经过实地考察,又见到了当地政府领导出席和国际友人的参与,吴尚德初步相信了这个富二代的实力,内心的一点疑虑也消除了。这个富二代见时机成熟了,就劝说吴尚德,不如把建设医院的投资投入到这个别墅区建设,这个房地产项目,投资时间短,回收资金快,经济效益大,比你投资医院要划算,而且你也看见了,这个项目当地政府支持,连国际友人都感兴趣,说明了这个项目的美好前景,如果你现在参与进来,还能分上一杯羹,如果晚了,让别人捷足先登,那你后悔的眼泪一定会哗哗地流。吴尚德有些犹豫了,究竟是把有限的资金投入到房地产之中,还是建设医院,他有些举棋不定。

回去和胡菁菁讲了自己的困惑，胡菁菁问他什么想法，吴尚德思考了半天，终于想出一个两全的好办法，他提议，先投资房地产，等捞到了一桶金，再拿这些钱投资医院，必须有个企业做靠山，能给胡菁菁留下一个稳固的经济来源，即使自己百年之后，胡菁菁也能够继续享受衣食无忧的美好生活。胡菁菁见吴尚德为自己考虑得这么周全，自然是心花怒放，她夸赞了吴尚德的高智商，并用很多甜言蜜语表达了对吴尚德的爱意。吴尚德被胡菁菁的迷汤灌晕了，也觉得自己真的成了一名运筹帷幄决胜千里之外的战略家，按照对方的要求，他准备把自己筹集的资金打到这个富二代提供的账号里。

一天，医院里来了一个患者，在登记患者信息的时候，吴尚德看见这名患者是那个富二代别墅开发区所在地的一名乡镇领导，他忽然产生一个想法，何不问问这个患者是否知道这个别墅建设的情况。他亲自上手为这名患者治疗，当患者听说是院长亲自给他治病的时候，内心自然是十分感动，所以，当吴尚德询问他有关别墅建设的情况时，他本着知无不言言无不尽的态度，把自己所知道的一些情况全部告诉了吴尚德。

原来，这处别墅区是个烂尾楼，因为资金链断裂，所以不得不停工，已经在那里风吹日晒好几年了，而且这个别墅区的建设者是当地的一名房地产开发商，也不是那个富二代开发的，这个别墅的建设者因为事先预收了购房者的房款，到期却无法交房，引发了购房者的极大不满。许多购房者知道这个开发商是当地人，所以经常到当地政府上访，要求退还购房款，因为这些钱也没有落到当地政府手中，所以，当地政府只能让他们去找开发商解决，政府也无能为力。

听完患者介绍的情况，吴尚德惊出了一身冷汗，暗自庆幸多亏自己的钱没有打过去，原来这个富二代开发商是个骗子，他采用移花接木的手段，把别人的房子当作自己的房产来骗自己的钱，可是，为什么他和当地政府的关系这么好，为什么还有外国领导人的亲戚参与其中，这些困惑的问题还要自己去追根溯源。

吴尚德上网把这位外国领导人的身世仔细审读了一遍，发现这个领导人的妹妹纯属子虚乌有,他又通过朋友关系找到当地政府的一位领导,询问当地政府领导与这个富二代的关系,这位朋友了解情况之后告诉他实情。原来这个富二代买通了当地政府办的一位领导,以外商要来本地投资为缘由,请领导出面接待一下来考察的外商。领导听说外国领导人的妹妹要来此地投资,还有政府相关部门的领导和投资商陪同,为了表明当地政府的诚意,也出于对外商的礼节,所以出面接待了一下,后来,这个富二代又以和领导的合影作资本,大肆吹嘘自己和当地领导的关系如何如何紧密,来蒙蔽不明真相的人,据说后来这个领导知道底细以后非常生气,已经把政府办欺骗自己的领导撤职。

吴尚德了解了此事的前因后果,决定立即断绝和此人的一切来往,不经意间自己就成了这个骗子骗人的筹码,太不可思议了。经过认真思考,他还是找到了贾秀玲这个老同学,向他披露了自己准备再建设一个医院的设想,想请他一起投资,贾秀玲问他为什么不把李茂才拉上,吴尚德说,菲菲是李茂才的情人,而菲菲又是小乔的闺密,如果此事李茂才嘴不严告诉了菲菲,就等于告诉了小乔,而自己投资建设这个医院的目的就是想背着小乔,如果小乔知道了肯定要争这笔财产,到时候辛苦半天还是给他人做嫁衣。贾秀玲说,如果单凭我们两个人的实力,恐怕医院的规模不会太大,而且盈利的能力也有限,如果你不想让小乔知道,不如我们分别再找几个朋友一起来参与。吴尚德表示同意,并说自己想把这所医院准备以胡菁菁的名义投资,自己一点股份也不要,即使以后小乔知道了此事,想和自己争夺财产也是狗咬刺猬——无从下口。

听说把财产全部转到胡菁菁的名下,贾秀玲沉默了一会儿,婉转地劝说老朋友:"还是再仔细考虑一下,假设这边的医院给了小乔,新建的医院给了胡菁菁,万一以后的事情天不遂人愿,那你到时候两手空空一无所有怎么办。而且你已经这个岁数了,应该给自己留下一点养老的钱吧。"

吴尚德问贾秀玲有什么好办法,他思考了一会儿,给吴尚德出主意说:"我觉得你把你的投资与你的技术投资合在一起,都算作技术股份,而且合作协议明确,技术撤离股份也随之丧失,这样不管谁想分你医院的财产,你就以撤离技术的名义让他们一分钱也得不到,"见吴尚德想插话,贾秀玲摆摆手继续往下讲,"我知道你想说什么,为了保护你的利益,我们在协议中可以明确,10年之后,你的技术股份可以转为正式股份,这样最起码10年之内没有人惦记你的股份了,你看这个办法行不行?"吴尚德认真思考了一下,觉得这个办法不错,但是,如果一点股份不给胡菁菁,一来怕她用"自杀"威胁自己,二来今后想让胡菁菁参与医院管理也名不正言不顺,贾秀玲建议说,可以先少给她一些股份,等以后看情况再逐步转给她。

  吴尚德认同了这个办法,眼下,医院建设已经有了眉目,和小乔离婚的事情也要抓紧了,是协议离婚还是打官司,估计打官司的可能性比较大,因为自己还要争取一部分财产,虽然不能保住大部分,但是,能够争取多少就是多少。小乔和玉梅的情况不一样,当初,他觉得自己亏欠玉梅的,所以,心甘情愿地将财产给了玉梅,但是,自己并不亏欠小乔一家人,且不说结婚后源源不断地向岳父母家输送了大量的经济援助,就说现在岳父母还心安理得地住在自己的房子里养老,想想岳父母以前的所作所为,让自己把辛辛苦苦积攒下来的家业拱手相让,心中实在是心有不甘,不行!就是打官司也要争取一部分到手,反正女儿马上就要出国留学,即便离婚对孩子的影响也不大了,胡菁菁这边天天以死相逼,要尽快抓紧办理离婚的事情了,但是,怎么能最大限度地争取肥水不流外人田,还要好好琢磨琢磨。

  就在吴尚德冥思苦想的时候,不料想小乔却主动出击了,她找到吴尚德,要和他坐下来好好谈谈。吴尚德不清楚小乔葫芦里面究竟卖的什么药,正好自己也要和小乔谈谈离婚的事情,既然双方不谋而合,他毫不犹豫答应了小乔的要求。

  晚秋的北海公园鲜花凋谢了,地面的青草也枯萎发黄了,岸边的垂柳面对即将到来的严寒也丧气地垂下了干瘪的枝条,寒风吹动着满地的黄叶在半空中飞舞,一池秋水中干瘪的残荷孤枝在秋风中瑟瑟发抖，黯淡的水面翻起层层波浪，散发出阵阵寒意，公园内外，一片肃杀的景象。吴尚德按照和小乔约定的时间准时来到了公园，两个人不约而同地沿着过去曾经多次行走过的线路默默地彳亍而行。还是小乔率先打破了沉默，她像是自言自语，又像是在对吴尚德诉说："多么熟悉的场景，多么美好的回忆，可惜已经物是人非了。"吴尚德见到这熟悉的一草一木，也自然而然地回忆起了过去和小乔在这里度过的美妙时光，现在事过境迁，再也难觅那幸福的好时光了。

小乔和吴尚德睹物思情，一时之间都陷入了深深的回忆之中，小乔突然问了吴尚德一句话："你是否已经打算和我提出离婚了？"

吴尚德的心思被小乔一语道破，他语气坚定地回应了一声"是"。小乔没有恼怒，而是语调深沉地继续诉说："这一点我已经想到了，知道迟早会来的。老实说，我知道你在外面另寻新欢，也一直想和你办理离婚的手续，只是看在孩子的面子上，一直没有下这个决心，我害怕看见女儿的泪水。"听小乔说起女儿的泪水，吴尚德不由自主地回想起送女儿出国留学时女儿临别时那伤感的一幕。

女儿出国留学去机场送别的时候，吴尚德和小乔以及姥姥姥爷都到首都机场送行，看到一把屎一把尿拉扯大的女儿马上要奔赴异国他乡了，吴尚德和小乔的内心也有一种酸楚的感觉涌上心头，女儿出国之前也曾经直言不讳地告诉他们，之所以要背井离乡、远走高飞，一来是女儿在上大学的时候和几个志同道合的同学计划好一起出国留学，二来是看见父母的婚姻出现危机，自己也无力劝说，只想躲开这是非之地，眼不见心不烦，不想目睹父母离婚的悲剧。亲人们都谆谆地告诉女儿出国要多多保重身体，照顾好自己，女儿面对众多亲人的嘱托，自然是满应满许，同时，也送上了自己对各位长辈的祝福。临别的时候，她眼含热泪攥住爸爸妈妈的手，语重心长地说了一句肺腑之言："爸爸妈妈，希望我回国的时候，我还有一个完整的家。"说完这句话，她一甩自己的满头长发，扭过头义无反顾地大步流星走向了安检口。望着女儿的背影，吴尚德和小乔的眼中不由得涌出了热泪。

虽然女儿含着泪水的请求对父母的心灵产生了一定的冲击，但是，一瞬间所产生的内疚感随着女儿背影的消失也逐渐淡化了，小乔所说的因为怕女儿伤心所以迟迟没有提出离婚的理由是一方面，而另一方面却是因为如果让吴尚德净身出户，必须有足够的证据，为此，她一直隐忍不发，现在，证据已经搜集得差不多了，而且，看见吴尚德在转移资产，她觉得不能再等待了，必须马上采取摊牌行动，这才有了今天故地重游的一幕，她也是想借此激发吴尚德当年对自己发出过的爱情许诺，对比今天的背叛而产生的负罪感。

吴尚德错以为小乔让他来这里，是想和自己重修旧好，他暗暗下定了决心，不管小乔怎么示好，也不能被她的花言巧语所欺骗，怕夜长梦多，离婚的事情不能再拖，既然小乔已经也有离婚的念头，不如赶紧结束这段无爱的婚姻。

"既然你也打算离婚，现在女儿也出国了，不如我们平心静气地把离婚手续办了吧。"吴尚德正式提出了要求。

"离婚是肯定要离的，我也想早点结束这段痛苦的经历，我今天让你来这里，只是想告诉你，是你背叛了当初对我许下的爱情誓言，在感情上背叛了我。所以，离婚的时候，你必须遵守我们当初的协议，你应该净身出户。"

吴尚德见小乔来此的目的是和自己争财产，他暗暗松了一口气，看来小乔不会在离婚的事情上再纠缠自己了，但是，我为什么背叛你，理由你心里也清楚："在感情上我是违背了当初的誓言，可是，违背的原因你也清楚，要说违背应该是双方的责任。"

小乔不想和他做过多的无谓之争："我家里的事拖累了你，我心里清楚，但是，你在我们夫妻关系存续期间，又移情别恋，另寻新欢，你这种背信弃义的行为既不道德，也是违反法律规定的。"

吴尚德见小乔给自己扣了好几顶大帽子，心里虽然发虚，但嘴上不能服输："在你眼里我就是一个渣男呗。你说我另寻新欢，干违法的事，纯属狗肚子编笊篱——胡编，我现在和别的女人只是朋友关系，并没有干什么出圈出格的事情。"

小乔冷冷一笑说："要想人不知，除非己莫为，你以为你干的那点烂事别人还都蒙在鼓里吗？"

吴尚德不知道小乔究竟了解多少自己的事情，心里虽然有些打鼓，但还是硬着头皮不肯示弱："我干什么事了，你不要听别人胡说八道，给我头上扣屎盆子。"

小乔见吴尚德不见棺材不落泪，索性把他和胡菁菁现住在哪里，还有，他们在河北什么地方买了一栋别墅的事情全部抖搂出来，吴尚德见小乔一桩桩、一件件把自己的隐私连锅端了出来，不禁惊得目瞪口呆，小乔什么时候变成了福尔摩斯，怎么把自己的底细摸得一清二楚，她是从什么渠道得到的消息？

见吴尚德像斗败的公鸡垂头丧气的样子，小乔痛打落水狗，又给了他狠狠的一棒子："你在婚姻存续期间和别人以夫妻名义同居，已经构成事实婚姻，我告你一个重婚罪不为过吧。"

吴尚德想摸清小乔的底线，她最终想达到什么目的："你既然都知道了，那你想做什么你就直接说吧。"

小乔也直截了当地告诉他，两个人马上办理离婚手续，住房、医院的股份，还有家庭存款都归小乔，车辆谁的名下归谁，你在河北买的别墅是我们夫妻共同财产购买的，按照法律规定也应该有我的一半，但是，看在我们夫妻一场的分儿上，我就不和你争这套房子了，就算给你留个遮风避雨的窝吧。

吴尚德狡辩说："这套房子是胡菁菁购买的，你本来也不能要。"小乔反驳说："是你买的还是那个狐狸精买的，我相信人民法院一调查就一清二楚了，如果你想较这个真，那我们就较一较。"

吴尚德自然不想真的较真，他先打了退堂鼓："我不想和你较真，我们两个离婚也别把外人牵扯进来。既然你同意离婚，我也同意，那我们抓紧时间办手续就可以了。至于财产分割，把房子和存款给你我没有意见，但是医院的股份，我们应该平均分配，不能全归你一个人。"

小乔见吴尚德不肯遵守当初两个人的口头约定，自然也毫不示弱，她正告吴尚德："如果你不同意，那我就去法院告你重婚罪，让你坐牢，并且名誉扫地。再说了，你属于有过错的一方，法院在财产分配的时候也会照顾受到伤害的一方，你也占不到什么便宜，何去何从，你自己好好考虑。"吴尚德对小乔这种敲骨吸髓式的财产分配方案感觉就像抽筋扒皮一样的难受，他坚持医院股份平均分配的主张。

小乔见他不同意净身出户的主张，关键时刻又祭出了撒手锏："我听说你还想投资新的医院，如果你不同意我的财产分配方案，那我们就先不办理离婚手续，等你的新医院建设完成以后，也一并纳入我们离婚的财产分配范畴。"

吴尚德听见小乔提起建设新医院的事情，心里咯噔一下，她怎么什么都知道，而且还要撕毁刚刚达成的离婚协议，如果把离婚的事情搁置起来，那不知道要等到猴年马月了，罢了，财产损失一些可以再挣回来，离婚的事情不能再拖下去了。他一咬牙："好吧，就按照你说的办，我们什么时间去办理离婚手续。"

小乔露出了胜利者的微笑，她从书包里面掏出了一份离婚协议递给了吴尚德："你先看一看，这是我起草的离婚协议，如果你没有意见，签完字，我们明天就可以去办理离婚手续。"

第二十章　无情背叛

　　吴尚德被逼和小乔签订了城下之盟，虽然心不甘情不愿，但是，总算是获得了自由之身，可以和胡菁菁光明正大地在一起享受幸福的生活了，当他把这个亦喜亦忧的消息告诉胡菁菁的时候，胡菁菁也是幸福地用双手搂住他的脖子一顿狂吻，她催促吴尚德抓紧时间去和自己办理结婚登记手续，她等待这一天已经等待好久了，一刻也不愿意等了。吴尚德说这边刚办理完离婚手续，那边马上办理结婚手续，让别人看了难免有想法，反正我们两个人现在是名正言顺的一家人了，早点办手续、晚点办手续问题都不大，关键是赶紧把医院办起来，等医院开业了，在医院给你安排一个职务，到时候双喜临门，我们再举办婚礼，你看如何。

　　胡菁菁听了吴尚德的安排，自然乐不可支，她反过来催促吴尚德抓紧医院的建设，早点美梦成真。吴尚德和胡菁菁开心过后，有一个在头脑中萦绕的疑惑忽然涌上心头，为什么小乔能够掌握胡菁菁生活中发生的每一个具体细节，是谁向小乔泄露了胡菁菁的个人隐私，他试图从胡菁菁这里寻求答案："宝贝，我们两个人的事情你都和谁说过？"胡菁菁掰着指头说出了自己的父母和几个亲戚朋友，吴尚德听了觉得这些人应该和小乔没有什么直接的联系，泄密的可能性不大，胡菁菁仔细思考了一会儿，突然想起一个人来："对了，老公，还有一

· 366 ·

个人就是我在歌厅打工的时候认识的那个叫娟子的妈咪，我在歌厅的时候，她对我特别关照，所以，我们的关系一直比较不错，我离开那家歌厅以后，我们还常有联系。她前些日子打电话给我，说好久不见想我了，还特意请我吃饭，吃饭的时候，她问我现在过得怎么样，我说我老公很爱我，我们过得很幸福。"

吴尚德听说娟子找过她，马上恍然大悟，他猜测很有可能就是娟子为了报复他当年的所作所为，而向小乔泄露的，但是，小乔和娟子根本不熟悉呀，他们又是如何勾搭在一起的，这中间还有一个大大的疑问等待自己破解。

吴尚德已经把神农中医院的股份转给了小乔，所以他辞去了院长职务并把工作重心转移到自己的新医院。离职前夕，贾秀玲特意邀请了几个医院领导给他举行了一次告别酒宴，对吴尚德为医院所做的贡献表示了衷心的感谢，在依依不舍中，大家希望他常回家看看，不要忘记了这些老朋友。他嘴上答应了，但是，他估计自己再也不会回来了，因为，他要信心满满地开始自己的新征程了。

新医院在大家的共同努力下，很快建成了，吴尚德以技术股的名义参与经营，胡菁菁双喜临门，开始还很开心，但后来见股份都在老公的名下心有不甘，这样一来，答应自己的董事长职务也泡汤了。吴尚德告诉她自己的是技术股份，你没有技术所以就没有给你股份，再说了我的不就是你的，胡菁菁自觉无一技之长也只能慢慢再等机会了。在讨论医院院长人选的时候，几个投资人一致推荐贾秀玲为董事长，吴尚德担任院长，吴尚德建议由自己的徒弟吴良担任副院长，一来自己岁数大了，要为医院培养新人接班；二来自己想享享清福，不想再那么劳累了。大家尊重他的意见，让吴良担任了副院长。

吴良是吴尚德的得意门生，在几个徒弟中，吴良心灵手巧，能说会道，而且身材不高不矮，不胖不瘦，长相也一表人才，他曾经对吴尚德说，他和师父一个姓，愿意做师父的干儿子，今后会像亲生儿子一样孝敬师父，而且一定把师父的全部本领学到手，让师父的医术和英名名扬四海。在外人和师父面前，他大肆吹嘘师父的医术如何高明，如何手到病除，如何声誉响彻四海，患者都称赞师父是华佗再世，医圣重生。说实话，每当听见这些肉麻的阿谀奉承、溜须拍马的吹嘘夸张之语，吴尚德也觉得有夸大其词的成分，但是，听起来既顺耳、又舒服，内心还是满受用的。吴良也看出来了，师父听到这些话以后，虽然口头上予以否定，有时候还会轻声呵斥自己几句，但表情上却是一副沾沾自喜的样子，吴良摸准了师父的脉，所以，当着师父的面不仅谀词如潮，而且端茶倒水、穿衣吃饭等一些生活小事，也把师父侍候得周周到到，滴水不漏。吴尚德非常满意这个徒弟，不仅出门常常带着他，而且倾囊相授，把自己的绝学毫无保留地传授给他，内心打算让吴良继承自己的衣钵。这次，他让吴良出任副院长一职，也是打算好好培养他，他激励吴良说，只要你好好干，以后，从我的技术股份中拿出一部分奖励你。

看见师父这么提携关照自己，吴良感激涕零，他向师父表示忠心，一定不辜负师父的信任，全心全意，鞠躬尽瘁，努力把医院建设成为京城一流的民办医院。吴尚德叮嘱他，大事向自己报告，一般的小事多向你师娘汇报汇报，让她也尽快熟悉了解医院的情况，别到头来对医院的事情一问三不知，说出去让人笑话。吴良信誓旦旦地表示，医院的事情无论大小，一定及时向师娘请示汇报，自己绝对不会像梁山的宋江一样，拉帮结派，架空晁盖。吴尚德满意地点点头，自己没有看错人，看来可以轻松地当个甩手掌柜了。

吴良走马上任以后，看出了师父有功成名就、贪图享受的打算，所以，把医院处理日常事务的担子交到了自己和师娘的手里，他一方面把全部的身心都投入到了医院的管理和运营当中，一方面没有什么大事尽量不去打扰师父，而是事无巨细都向胡菁菁汇报，胡菁菁对这些事情也是擀面杖吹火——一窍不通，很多时候只能反问吴良应该怎么办？吴良自然已经成竹在胸，把自己的打算一五一十地告诉师娘，胡菁菁见他说得头头是道，也就同意按照他的意见去办了。吴良转过头就对外人称赞说，师娘不仅人长得漂亮，而且秀外慧中，广有智慧，能够想出这么好的主意来，当个医院领导都绰绰有余。在师父面前，他也交口称赞胡菁菁的主意好、办法多，师父真是慧眼识珠，选对了人，自己有信心在师娘的领导下，把医院的事情办好。听到徒弟夸赞自己和老婆，吴尚德内心也是喜不自胜。

吴良把在师父那里取得的屡试不爽的成功经验，全面复制到了师娘的身上，把胡菁菁的美貌夸赞得比杨贵妃、赵飞燕还要美上三分，她们虽然也能沉鱼落雁，但是沉入水底的是泥鳅，落在沙洲的是野鸭子，而师娘沉的是鲸鱼，落下的是鲲鹏。而且师娘的智慧和管理才能犹如孙武、诸葛复生，有师娘为我们医院掌舵，把握方向，医院的事业一定会蓬勃发展，扬帆远航。

胡菁菁自然也脱不了俗气，在吴良的糖衣炮弹猛攻下，也有些飘飘然，不知道自己有几斤几两了，她几乎对吴良的建议言听计从，回到家也是对吴良赞不绝口，说老公收了一个好徒弟，选了一个孝顺的干儿子。吴尚德见老婆也对吴良非常满意，自认为很有眼光，可谓慧眼识英才了，想不到自己老了，还有伯乐的眼光。在一片歌功颂德中，他逐渐放松了对医院一些具体事务的过问和管理，开始吴良拿来一些让他签字的文件，他总是逐字逐句审核一遍，结果发现自己的爱徒理解能力非常强，几乎没有发现存在什么大的问题，所以到后来基本就不看了，听吴良说说大概内容就提笔签字，放开手脚让徒弟和老婆他们去经营了。

吴尚德见医院的经营已经逐步走上了正轨，几个徒弟在自己的指导下也能够支撑起医院的正常业务运转了，逐渐萌生了退居二线当顾问的想法，吴良仿佛揣摩到了师父的心思，他乘机劝师父说："现在医院有我和师娘在管理，您应该出去走一走，看一看，和国内国际的一些同行们好好交流交流，把您的绝学展示出来，让师父的医术和名气发扬光大，另外，您可以顺便游历一下祖国的大好河山。"吴尚德觉得吴良说得很有道理，是应该趁着身体好、精力旺的时候散散心、开开眼了。

吴良见师父答应了，又积极主动地为师父联系、安排了一些外出讲课、交流参观等活动，吴尚德见他这么体贴人，安排的地方也比较有特色，于是欣然前往，组织者也对他恭恭敬敬，礼遇有加，让他的虚荣心得到了极大满足，觉得自己的徒弟真是善解人意。有几次，他想带着胡菁菁一起出来参加活动，但是吴良总是说，师父走了，必须有师娘在家坐镇，否则，他一副小身板真的挑不起这么重的担子。胡菁菁也说，我们两个还是留下一个人看着点好，咱们都走了，万一他们背着咱们，搞点什么事出来，我们也不在身边，恐怕到时候就鞭长莫及了。再说了，你不是让我好好学习本事吗，我还是趁着年轻多学习一些东西，以后我们出去玩的机会多的是。

吴尚德觉得吴良和胡菁菁说得很有道理，于是，也就心安理得地独自外出参加活动了。一次，吴尚德从四川参加活动归来，吴良为师父接风洗尘，酒桌上，吴良询问师父此行都参加了什么活动，去了哪些景点。吴尚德把活动议程和参观西昌卫星发射中心的情况简单介绍了一下，又兴致勃勃地给在座的听众介绍了穿越四川雅安泥巴山隧道的情况。

我们从四川绵阳机场降落后，马上乘坐大巴前往西昌，途经雅安泥巴山隧道，这条隧道是成都平原气候与西昌山区气候的一个分界岭，我们行走在成都平原的时候，隧道这边的气候，阴云密布，细雨绵绵，车在山上走，云在脚下游，呈现眼前的是一片如梦如幻、虚无缥缈的梦幻世界。但是，穿越了全长10006米的泥巴山隧道以后，天空突然变得蓝天白云、晴空万里，形成了截然不同的景色。

吴尚德讲完泥巴山隧道，又从手机中把自己拍摄的视频和照片给大家传看，在众人的啧啧感叹中，吴尚德从景色忽然联想到人生，他用伤感的口气说出了自己此时此刻的感想："大自然尚且如此阴阳变幻不定，其实，人生又何尝不是如此呀！"

吴良见师父不知道哪根筋动了，突然说出了如此伤感的话题，急忙借敬酒岔开了话题："师父，您去了西昌，应该说已经走遍四川了吧。"吴尚德掐指把自己走过的四川景点捋了一遍，用略带遗憾的口气感叹道："四川的景点我基本已经全部去过了，而且有的景点去了还不止一次，就是人间天堂九寨沟还没有去过，有生之年一定要去一趟。"

吴良安慰师父说："师父您不用有生之年，我保证您很快就能实现自己的梦想。"在座的众人纷纷夸赞吴教授收了一个好徒弟，真不愧是名师出高徒。吴尚德在众人的吹捧中开心得意地笑出了声。

过了没有多长时间，吴良就把某协会组织的去四川召开医学研讨会、会后组织去九寨沟考察的邀请函送到了师父手中，吴尚德对这种正想打瞌睡就有人送枕头的做法非常满意，临出门前，吴良急匆匆送来一份文件让他签字，他着急赶飞机，随口问了一句是什么文件，没有顾上细看签完字交给徒弟，欣欣然踏上了征程。

在首都机场候机大厅，吴尚德忽然发现了一个熟悉的背景，咦，她怎么也在这里，她这是要去哪里？吴尚德正在犹豫是否和她主动打招呼，不料想这个人一回头也发现了吴尚德，他只好上前主动打招呼："这不是娟子吗，真巧，你这是要去哪里？"娟子告诉他，准备回一趟老家办点事，问他去哪里。吴尚德告诉她准备去四川参加一个医学研讨会，见登机的时间还早，吴尚德忽然想起胡菁菁告诉他娟子曾经打探过她的个人隐私，会不会是娟子把消息透露给小乔的，今天凑巧赶上了，正好可以印证一下此事。

吴尚德盛情邀请娟子一起找地方坐坐，喝茶聊聊天，娟子看还有时间，就和吴尚德一起找了一处咖啡室，吴尚德问娟子喝什么，娟子点了不加糖的苦咖啡，而吴尚德来了一杯香气浓郁的花茶。饮料端上以后，吴尚德开玩笑地说："我点的饮品香气四溢，而你点的却是苦咖啡，为什么不加点糖，喝起来口感更好一些。"娟子白了他一眼："这正反映了我们的人生轨迹，你的生活香香甜甜，而我的生活苦不堪言。"吴尚德尴尬地一笑回应说："家家都有一本难念的经，只是感受不同罢了。"

吴尚德正在犹豫怎么开口询问胡菁菁的事情是否是她告诉小乔的，娟子却直截了当告诉了他真相："你是不是想问胡菁菁的事情是不是我告诉你前妻的，不错，就是我说的。"吴尚德没有想到娟子这么痛快就说出了实情，他用疑惑的口气问娟子："你们是怎么认识的？"

娟子告诉他完全是一种巧合，有一次她坐公交车，恰巧遇见了在车站摇小旗维持秩序的玉梅，玉梅身边还有一个和她聊天的中年妇女，通过玉梅的介绍，娟子才知道这是吴尚德的妻子小乔，三个人聊了一会儿互相留了微信就匆匆而别了，后来通过微信聊天小乔知道我和胡菁菁很熟悉，就向我打听胡菁菁的情况，我就请胡菁菁吃饭打探完你们的情况后告诉了你老婆。

吴尚德有些愠怒地问她："你还是对以前的事情耿耿于怀，想报复我是吗？"

娟子摇摇头直言不讳地说："也不仅仅是因为那些陈芝麻烂谷子的事儿，主要是你老婆出钱买我的信息，我现在手头紧，缺钱用。"吴尚德用怀疑的目光打量了她一眼，"你们这行挣钱不少，你还缺钱用？"

娟子告诉他，你把我送到那个诊所以后，诊所的老板时常骚扰我，人在屋檐下，不得不低头，对此，我也只能逆来顺受，但是，老板娘却总是看我不顺眼，污蔑我勾引她老公，再后来，就把我辞退了。我在北京人生地不熟，举目无亲，前前后后换了不少工作，饱尝了人生的苦难，受尽了人间的白眼，后来，在歌厅工作期间，认识了一个一起工作的同事，时间不长，我们就结婚了，有了孩子以后，我发现他又和歌厅里的其他服务员乱搞，我一气之下带着孩子就和他离婚了。离婚以后，我自己在河北燕郊买了房子，现在要还房贷、车贷，还要养孩子，所以手头紧。其实，娟子手头紧还有一个原因，就是她在歌厅期间沾染了一些不良嗜好，所以，常常缺钱花，当然这个事她没有告诉吴尚德。

吴尚德问娟子坐飞机去哪里？娟子告诉他，孩子在老家托周院长的关系，在县城找了一份工作，自己也帮助儿子在县城买了婚房，这次回去是参加孩子的婚礼。

吴尚德听说娟子生活压力这么大，自己多少也有一些愧疚感，他从兜里掏出几千元钱给娟子，说自己这次出来没有带多少钱，身上只有这些了，让他给儿子买点结婚的礼物。娟子谢绝了，说这么多年的苦日子都熬过来了，现在日子也过得去，也不缺这点钱。吴尚德表示，这是自己的一点心意，请她无论如何也要收下。娟子犹豫了一下，看着他祈求的眼神，还是接过了钱。这时候，机场的大喇叭里传来了催促娟子登机的广播，娟子站起身拿起皮包，和吴尚德匆匆忙忙告别而去。

到了四川，开完研讨会，大会的主办方通知大家，因为九寨沟那边路况不好，这几天无法进去，想改换其他旅游景点，征求一下大家的意见。吴尚德没有心思再去其他地区旅游了，他想早点回去看望老婆。于是给胡菁菁打了一个电话，没有想到对方的手机关机，吴尚德转头一想，既然没有打通就不打了，索性突然返回，给她一个惊喜，看见老婆的笑脸，也是一个很快乐浪漫的事情。于是，吴尚德让主办方给自己调换了机票，兴冲冲返回了北京。

吴尚德下了飞机，在机场恍惚看见两个熟悉的背影，很像胡菁菁和吴良，他心中一阵诧异，但转头一想，天色这么晚了，可能是自己想念胡菁菁的缘故，所以，把别人都看成了自己的老婆，他暗暗嘲笑自己怎么一晃就老了，眼睛也花了，连人都看不清楚了。他打了一辆出租车，怀着无比激动的心情返回家中。见窗户黑着灯，以为胡菁菁已经休息了。他打开房门，蹑手蹑脚走进房间，准备给胡菁菁一个突然袭击，不料想房间里面空无一人，联想到机场那两个熟悉的背影，一种不祥的预感忽然涌上心头。为了稳妥起见，他给医院的办公室主任打了一个电话，询问吴良和胡菁菁是否在医院里面，办公室主任说，胡菁菁因为身体不舒服，请假几天，而吴院长因为业务上的事情，今天去外地了，后天才能回来。

吴尚德听闻此言，强迫自己冷静下来，他把整个事件从头到尾仔细捋了一遍。过去，曾经有徒弟向自己反映，说吴良和师娘关系不清不白，他们曾经手拉手在一起吃饭逛商场，当时，吴尚德认为，肯定是这些徒弟看到自己对吴良偏爱一些，所以，不免羡慕嫉妒恨，挑拨离间告刁状，再说了，吴良是自己最得意的徒弟，自己对他那么好，他怎么会做出这种背叛师门的大逆不道之事。联想到近一段时间以来，胡菁菁和自己在生活中的一些变化，特别是过夫妻生活时，缺乏激情，而且还常常抱怨说，吴尚德的体力精力都比真正的男人差远了，没有让自己舒服快乐。吴尚德怀着愧疚的心理，给胡菁菁赔了很多笑脸。看来，他是拿自己和吴良比较，所以说自己不是真正男人了。

说心里话，吴尚德不愿意这一切是真的，俗话说：捉奸捉双，拿贼拿赃，必须掌握确凿的证据，才能够让真相大白于天下，他认真思考了一番，制订了一个稳妥又不惊动他人的计划。

吴尚德先给胡菁菁打了一个电话，告诉她九寨沟的风景太漂亮了，真不愧是人间天堂，自己还要多玩几天，估计四五天以后才能返回北京，回去的时候会给她打电话。胡菁菁让他玩得开心一些，等回来的时候，提前告诉她，她会亲自去机场接他。吴尚德问她，想不想老公？胡菁菁撒娇撒痴地告诉他，因为想他，已经想出病来了，现在正躺在家里养病等候老公回来。吴尚德守着空荡荡的屋子，暗暗骂了一声骚货，然后又和胡菁菁虚与委蛇地应付了一会儿，就挂断了电话，并紧锣密鼓开始实施自己的计划。

几天之后，吴尚德突然给胡菁菁打了一个电话，告诉她自己已经到了北京，现在正在打车往家赶，胡菁菁嗔怪他为什么不提前打电话，好让自己去机场接他。吴尚德说，因为知道你身体不舒服，所以就没有辛苦你，直接打车回来了。一进家门，胡菁菁尖叫着兴奋地扑了过来："老公，你可回来了，人家都想死你了。"

吴尚德也深情地吻了一下胡菁菁，表达了自己的思亲之情，胡菁菁告诉他，吴良说了，等师父回来一定给师父接风洗尘，现在就去通知吴良。吴尚德说自己累了，等明天再说，今天和老婆在家里吃就行了。

第二天，吴尚德制止了吴良准备的接风晚餐，他说要亲自下厨房炒几个菜，摆个家宴，感谢他们二人在自己外出期间的辛勤付出。吴良说已经订好饭店了，就不必麻烦师父了。吴尚德说还有要事相商，所以，还是在家里方便。见师父执意不肯外出，吴良也只好顺从了师父。

晚上，在吴尚德和胡菁菁的居所，吴良见只有师父和师娘在场，他内心隐隐感觉有些不对劲，见桌子上除了一杯白开水也没有任何的菜肴，他不知道师父葫芦里究竟卖的什么药。胡菁菁也是一脸的迷惑表情，她问吴尚德："老公，你的特色菜在哪里？不会就是一杯白开水吧。"

吴尚德从兜里掏出手机，递给胡菁菁说："不急，你先看看这段风景独特、绝无仅有的视频，这就是我给你们准备的特色菜，你们先品尝品尝。"

胡菁菁满脸狐疑地接过手机，和吴良一起观看。两个人越看脸色越难看，由最初的不满和疑惑逐渐演变成满脸通红，呼吸加速，吴良还没有看完，扑通一声，双膝弯曲跪在了吴尚德的面前："师父，我对不起您，我不是人，求您老人家就原谅徒儿这一回吧。"胡菁菁也低声下气，眼含泪水低下头恳求吴尚德能原谅放过他们。

吴尚德脸色铁青，语气生硬地警告他们："你们两个奸夫淫妇把事情的原委详详细细地讲出来，如果有所隐瞒，我马上和你离婚，你这个孽徒也立即滚蛋从我眼前消失。"

胡菁菁哭哭啼啼地说，是吴良看上了自己的美色，屡次三番来骚扰自己，自己也是中了他的诡计了，被他拉下了水，都是吴良的错，自己很无辜也很无奈。

吴良说，师徒如父子，自己一直把师父当成自己的父亲一样侍候，都是师娘说的，说师父老了，不中用了，已经不能满足师娘的生理需求了，所以，老是来勾引我。我也没有经住诱惑，就上了师娘的贼船了。

胡菁菁斥责吴良胡说八道，说吴良曾经跪下来求自己，自己也是一时糊涂，现在已经看清楚了吴良的丑恶嘴脸，一定要和他一刀两断，划清界限。

吴良则满腹委屈控诉说，胡菁菁是自己的师娘，我害怕她从工作和生活中给我施加压力，所以，在她的软硬兼施下，迫不得已才会做出对不起师父的事情,实属被逼无奈。

胡菁菁见吴良把责任全往自己身上推,不禁有些恼羞成怒,她无情地揭露了吴良的狼子野心:"你别血口喷人,你亲口说的,你都已经计划好了,先借助你师父的关系和名气把医院的名气树起来,以后等医院发展壮大了,再把你师父的股份转到你名下,然后让我和你师父离婚,你娶我为妻,怎么成了我强迫你。"

吴良说:"这个计划是你想出来的,让我帮助你实施,我不同意,你还威胁我说,如果不同意,就告诉师父你对我有不轨之心,把我从医院赶出去,我也是身不由己呀。"

吴尚德见两个人狗咬狗一嘴毛,把背后的一些阴谋诡计和盘托出,内心是又气又恨,真恨不得像梁山好汉武松一样,手刃这对忘恩负义的奸夫淫妇,可是恨归恨,杀人的事情是无论如何做不出来的,再说了,自己对胡菁菁还是有难分难舍的爱恋之情的,当初,自己设想了许多捉奸的办法,最后,还是采取了在自己和胡菁菁的卧室安装针孔摄像机的方法来取证,一来他不愿意相信这件事情是真的,自欺欺人的设想这一切都是假的;二来秉承家丑不外扬的古训,还是想给胡菁菁和自己的徒弟留有回旋的余地,所以,局限在这个只有当事人知晓的范围,没有兴师动众。但是,听了他们这对狗男女算计自己的花花肠子,也不由得怒气勃发,他以前的想法是想把吴良轰走,让胡菁菁回心转意,可是,现在他的想法发生了变化,他觉得不能太便宜了这两个狼心狗肺的小人,但究竟如何处置他们,他一时也没有想出特别好的主意。刚才咬牙切齿说出的剥夺胡菁菁财产权的狠话,他心里清楚,也是自己发泄情绪而已。他强忍住内心的怒火,打开手机把二个人互相揭发的内容录制下来,为了彻底把这件事的来龙去脉了解清楚,他让两个人回去把事情的经过以悔过书的方式写下来,然后交给自己并听候发落。

吴尚德虽然成功地捕捉到了吴良和胡菁菁的奸情,但是,这次捉奸的胜利带给他的不是成功的喜悦,而是更加沉重的烦恼和焦虑,究竟如何处置这对狗男女,他打算等他们的悔过书交给自己以后,看他们对所犯错误认识的程度再决定量刑标准，如果能够触及灵魂深处，深刻认识自己所犯错误的严重性，并且能够洗心革面，痛改前非，那他还是准备原谅胡菁菁的，毕竟一日夫妻百日恩，再说了，自己已经这把年纪了，不想再丢人现眼地去打离婚官司。他宁愿相信是吴良这个孽徒勾引的自己老婆，而老婆是一时被猪油蒙了心，只要和吴良能够一刀两断，还是敞开怀抱欢迎她迷途知返。而对自己那个孽徒，不管他说得多么好听，也必须把他赶走，而且要召开董事会，把答应奖励他的年底分红撤销，让他人财两空，还要运用自己的影响力在这个行业搞臭他的名声，让他在医药行业无法立足，如此方能解我心头之恨。这是你自己作的孽，到时候不要埋怨师父心狠手辣。

第二天，他等着他们来给自己送悔过书，结果他们两个人都说要深挖思想根源，以保证以后不犯同样错误，所以，没有写完，请求再宽限一日。晚上，胡菁菁又低眉下气地来乞求吴尚德的原谅，她一把鼻涕一把泪地诉说吴良如何不是东西，如何欺骗、勾搭自己一个涉世不深的良家妇女，如今自己已经识破了吴良的丑恶嘴脸，今后一定痛改前非，爱老公到地老、到天荒。说完，又亲自下厨房为吴尚德做了几样小菜赔罪，并打开一瓶红酒和他共饮。吴尚德酒入愁肠愁更愁，没喝两杯就感觉头脑昏昏沉沉的，胡菁菁又为他宽衣解带，服侍他睡下。

第二天、第三天，一连过了几天，两个人再也不提悔过书的事情，吴尚德质问他们为何还不上交悔过书，两个人说没有写，因为没有奸情存在，只是朋友关系，所以，不能屈打成招，强迫我们自己糟践自己。吴尚德义愤填膺，他打开手机，准备用他们自己的口供来唤醒他们失去的记忆。

万万没有想到，手机里面自己留下的录音录像记录竟然不翼而飞，他去找锁在柜子里的录像也没有了，吴尚德百思不得其解，怎么会没有了，那天晚上自己还放了一遍给这对狗男女听，怎么突然消失得无影无踪。他仔细把这几天的事情从头到尾捋了一遍，顿时恍然大悟，捉奸成功的第二天晚上，胡菁菁曾经陪自己喝酒，自己喝了一点红酒就醉了，看来肯定是她在酒里放了安眠药，因为自己的手机胡菁菁的指纹也能解锁，她趁自己在梦乡之中，偷偷把自己手机里面的内容删除了。联想到此，吴尚德真是又气又恨，气的是胡菁菁竟然阳奉阴违、口是心非地欺骗自己，用一把鳄鱼的眼泪骗取自己的同情与信任，毁灭了一切犯罪证据。恨的是自己瞎了眼，怎么就放松了革命警惕性，没有识别出胡菁菁的美人计。由此分析，他们两个人一定是狼狈为奸，相互勾结在一起来算计自己，他们根本没有分开，一直在暗中串通，把自己当成了东郭先生，待危机过去了，再来反攻倒算。

吴尚德彻底看清楚了两个人的丑恶嘴脸，气愤之余，他也顾不得面子了，他打算当众揭露他们有悖人伦道德的丑行，并且马上离婚并剥夺胡菁菁的一切财产权。

令吴尚德万万没有想到的是还没轮到他动手，吴良和胡菁菁先到法院把他告了，收到法院的传票，吴尚德一头雾水，他急忙找来医院聘请的法律顾问，让他去打听到底是什么情况。

律师从法院回来后告诉他，吴良告他要他兑现承诺，把他应得的股份按期转让给他，而胡菁菁是离婚诉讼，在财产分配上要求分走他一半的股份。吴尚德大惑不解，自己什么时候承诺把股份转给吴良了，这不是无中生有吗。律师拿出一份复印件，上面有吴尚德亲笔签名的承诺书，答应在年底前把自己50%的股份转给吴良，并且由吴良全面接管相应的技术工作。见白纸黑字并且有自己的签名，吴尚德的第一反应就是这肯定是吴良模仿自己的签名伪造的，他告诉律师，请法院进行笔迹鉴定，自己从来没有签署过这份文件。律师问胡菁菁离婚诉讼怎么处理，吴尚德沉吟了一下讲："你就对法院说，夫妻感情没有破裂，我不同意离婚，先拖她一段时间再说。"

法院的鉴定结果出乎吴尚德的意料之外，签名真是吴尚德的，没有造假，而且吴良还找了两个证人证明吴尚德确实说过转让股份的事情，一个证人是胡菁菁，一个证人是吴良新招收的一个员工。吴尚德的头有些大，在律师的提醒下，他绞尽脑汁也回忆不起来自己曾签过这个文件。情急之下，他急忙打电话把贾秀玲找来，把自己的家丑和摊上官司的事情统统告诉了老同学。贾秀玲思考了一下说："按照公司章程，最近要进行新一届董事会选举了，看他们的意思一个要通过离婚拿走你一半的股份，另一个要通过赠与拿走你另一半股份，看来他们不仅要谋取你的财产，还想合伙掌控医院的权力。"

吴尚德咬牙切齿地放出狠话："我把我的技术股全部放弃，让他们一分钱也拿不到。"

贾秀玲劝他先冷静下来，不要冲动，并分析说，你现在即使把技术股放弃了，估计也没有用，估计吴良已经想到这一点了，所以，要抢在你放弃之前逼你转让股份。我的意见，你还是好好准备一下，争取打赢这场官司，其他的事情等打完官司看看结果再说。

吴尚德接受了贾秀玲的建议，和律师精心准备材料，律师提醒他认真回忆回忆，这个签名是在什么时候签的，吴尚德有些懊丧地说，由于自己过于相信这对奸夫淫妇，所以，很多时候都没有认真查看文件内容就草率地签了名字，估计他们就是利用自己的信任和粗心大意来达到自己的卑鄙目的，但是，可以肯定地说，我从来就没有答应过此事，也没有签署过这份文件，这一定是欺诈。

律师强调说，法院只相信证据，关键是我们要找到他们欺诈的证据，现在不利的因素是他们又找到两个证人做证，更添了几分胜算。

吴尚德有些不服气地问律师："胡菁菁和吴良有奸情，他们同穿一条裤子，你觉得她的证言可信吗？"

律师反诘道："你有什么证据证明他们之间有奸情，如果没有证据，他们反告你是诬陷，反而对你更不利。"

法院开庭的日子，吴尚德自信正义在胸，对方的谎言一定在法庭上漏洞百出，所以，他和律师事先商定好了应对之策，由律师在法庭上寻找他们说话中的破绽，然后攻其一点，不遗余力，逼迫他们露出马脚，不料结果大跌眼镜，吴良一副成竹在胸信心满满的样子，两个证人的证言也异口同声，没有发现什么破绽，在证据确凿的情况下，法院最终判决结果是吴良胜诉，吴尚德败诉。

听闻这个结果，险些把吴尚德的鼻子气歪了，他表示坚决不服一审判决，要律师准备上诉材料。律师劝说他，上诉可以，但是一定要寻找新的证据，如果没有新证据，估计上诉也还是这个结果。究竟上诉还是不上诉，他陷入两难的选择。

第二十一章　向往未来

　　好久没有见面的老朋友赵卫东给吴尚德打来电话，盛情邀请他参加校庆活动，并且告诉他，这次校庆的规模很大，希望他一定抽空参加。吴尚德被官司的事情搞得心绪不宁，本不想参加校庆活动，但是，又不想驳了老朋友的面子，犹豫再三，在贾秀玲的劝说下还是一同来到了学校。

　　老朋友一见面，赵卫东代表学校表示热烈欢迎，并希望吴尚德能够作为工农兵学员的代表发表一下校庆感言，吴尚德以没有精神准备而婉言谢绝了，赵卫东没有勉强他，而是让贾秀玲代表同学们发言。在校庆活动期间，吴尚德才得知赵卫东已经担任了学校的副院长，并且做了博士生导师，对老朋友取得的骄人业绩，他由衷地赞叹和敬佩，相比自己的落魄，内心萌发出一丝愧意。

　　校庆活动一结束，贾秀玲有事先走了，赵卫东劝吴尚德先不要走，几年不见了，想和他再多聊一会儿，吴尚德也正想和老朋友诉说一下内心的苦闷，听听他的想法和意见。回到赵卫东的办公室，赵卫东直截了当地问他："看你今天一副魂不守舍的样子，是不是最近遇到了什么难事，方便和我说说吗？"吴尚德在老朋友面前自然没有隐瞒的必要，他把自己遭到老婆和徒弟的背叛，并且惹上一场没头官司的事情原原本本地告诉了好朋友。

望着吴尚德气愤的表情,赵卫东安慰他说:"任何人遇到这种忘恩负义无耻背叛的行为心里肯定都不会好受,我非常理解你现在的心情和感受,但康德说过,生气,是用别人的错误来惩罚自己,你犯不上为两个卑鄙的小人搞得自己心烦意乱,自乱了阵脚,古人云,多行不义必自毙,我相信他们终究会得到应有的报应。"

吴尚德懊悔地说:"你说我怎么就瞎了眼,竟然收了这么一个狼心狗肺的徒弟,爱上了一个水性杨花的女人。"

赵卫东安慰他:"你也不用自怨自艾,谁没有看走眼的时候,人的一生中遭遇失败和挫折是不可避免的,马克思说过,'人要学会走路,也得学会摔跤,而且只有经过摔跤才能学会走路。'失败并不可怕,只有经历过失败的痛苦,品尝过生活的酸甜苦辣,才能够对人生有新的认识,并调整心态,树立信心,最终战胜一切艰难险阻取得新的成功。"

吴尚德自我解嘲道:"你现在一帆风顺,前程远大,不像我廉颇老矣,没有什么盼头了。"

赵卫东见他在自己面前卖老,不禁哑然失笑:"你还没有我的岁数大,怎么就老了,即便真的老了,古人云,老当益壮,宁移白首之心?穷且益坚,不坠青云之志。我觉得你就是安于现状,缺乏进取之心了,真心希望你还能像我们在学校时那样,胸怀大志,有理想、有追求,有自己的人生奋斗目标。至于这场官司,我觉得不管最终的结果是输是赢,你都不要垂头丧气、一蹶不振,即便官司输了,也没什么了不起,振奋精神,从头再来,继续向着自己确定的目标前进,再说了官司目前还没有打完,你还有翻盘的可能,你怎么能自己欺骗自己,以自己老了为托词而不思进取放弃努力。"

老朋友一番推心置腹的话语,激发了吴尚德内心潜在的斗志,是呀,这些年来自己满足于已有的成绩,安于现状,缺乏进取之心,总想功成名就该好好享受生活了,没有想到生活却和自己开了一个大玩笑,不行!我要重新振作起来,老骥伏枥,志在千里,继续追求新的人生目标。官司的事情还没有到山穷水尽的地步,为什么不再努力拼

· 382 ·

搏一把，鹿死谁手还未定论，怎么能轻言放弃。

临别之际，他紧紧握住赵卫东的手动情地说："感谢老朋友的支持鼓励，我一定会振作起来，不惧困难，不怕失败，向你学习，重新规划自己的发展目标，继续走好今后人生的每一步。"

听了老朋友的表态，赵卫东的脸上露出了欣慰的笑容："老朋友，在这个关键时刻你一定要挺住，俗话说能够打败你的永远是你自己！但我相信你吴尚德是永远打不垮的。我想和你再次分享我们毕业时共勉的那句话，在人生的发展旅途上要永远有追求，追求到永远。如果今后有什么事情需要我帮忙的，请尽管说，我一定尽全力支持你。"

参加校庆归来，吴尚德马上和律师一起研究起草上诉材料，律师问他还能回忆起签名时的具体细节吗？吴尚德拿着委托书的复印件仔细端详了一会儿，突然灵光一闪，自己有记日记的习惯，把那天日记翻出来看看不就清楚了吗？

从签名的日子看，那天自己正在四川西昌旅游，打开手机查找资料，视频已经被胡菁菁全部删除了，但是还有几张在泥巴山隧道拍摄的照片，吴尚德兴奋地说："我在四川旅游，怎么可能在北京给他签字，这个日期肯定是伪造的。"他对照自己的日记仔细查找签名的情况，突然想起自己去四川九寨沟的那天，临去机场前，吴良匆匆拿来一张折叠起来的A4纸，让自己签名，还没等自己签署日期，吴良就急忙抽了回去，看来就是这次的签名被吴良篡改日子作为了证据，他把自己分析的结果告诉了律师，并在纸上写了一串阿拉伯数字让律师分辨是否与承诺书上的数字相符。律师仔细分辨了一下，认为有出入，吴尚德高兴不已，要律师把这个作为一个重要的上诉证据，并且要求法院对承诺书上面的阿拉伯数字进行笔迹鉴定。律师略略迟疑了一下，提出可否对诉讼双方进行一次测谎实验，包括两位证人，不知道吴院长的意见如何。

吴尚德略作思考，点了点头："嗯，你这个建议非常好，把这个要求也写入上诉材料中。"

诉讼双方做完测谎实验后，律师从法院带回来一个好消息，经鉴定承诺书上面的阿拉伯数字不是吴尚德的笔体,另外,测谎结果,两个证人都没有通过,不排除他们做伪证的可能,我们的官司有可能逆转了。

二审法院在审理的时候,也觉得两个证人的证词如出一辙有悖常理,结合测谎结果分别找两个证人谈话,指出如果做假证将面临法律的制裁,二人害怕了,被迫说出了实情。在新的证据面前,经过二审法院的精心审理,事情的真相终于水落石出。

原来吴良从师父手里骗取了没有日期的签名后,本来想等待一个适当的时机再拿出来敲诈师父的股份,不承想二人的奸情被师父发现了,师父要马上赶走吴良,吴良情急之下只好孤注一掷,提前向师父发难,不想匆忙之中,竟然把日子填写成师父出差的时间。最近,医院要召开董事会选举新的董事长,为了掌控医院的实权,吴良挑唆胡菁菁离婚争夺吴尚德手中一半的股权,自己以承诺书的方式再夺走师父手里另一半的股权。吴良告诉胡菁菁,等把师父的股份全部拿到手,我把自己的股份全转到你的名下,你当董事长,我当院长,这样医院就牢牢控制在我们手里了。胡菁菁听说让自己当董事长,自然是乐不可支,马上向法院提交了离婚诉讼,同时,给吴良充当证人,证明吴尚德曾亲口说过要把一半的股份转给徒弟吴良。另一个证人是吴良招收的亲信,吴良许诺他,只要能够出庭做证,等事情办成了,就提拔他为办公室主任,这家伙利欲熏心,马上一口应承下来。吴良自觉有师父的亲笔签名,只要一口咬定不松口,再加上有证人证言,此事应该是罐里逮王八——十拿九稳了,因为信心十足,所以测谎仪也没有难住他,不料百密一疏竟然填错了日期,而且两个证人又相继倒戈,最终的结局不仅没有得到师父的股份,反而让吴良面临牢狱之灾,真可谓偷鸡不成蚀把米。

法院二审判决终于让吴尚德心里一块石头落地,心情马上舒畅了很多。不料,胡菁菁突然哭哭啼啼地找上门来,说她已经撤销了离婚诉讼,并声泪俱下地表示,她还是一如既往地爱着吴尚德,我们曾经发过誓,天地合,乃敢与君绝,这是我们爱的誓言,谁也不能违背,之所以一时糊涂出轨，其实也是为老公考虑。因为她考虑老公的身体状况已经不如年轻的时候了，为了爱惜他的身体，让他长寿健康，也为了和他长相厮守，所以，她出轨不过是为了满足本身的生理需求，不过是逢场作戏而已，让他千万不要介意。现在，她已经深刻认清了吴良的丑恶嘴脸，一定和他一刀两断，痛改前非，悬崖勒马。另外，她还告诉了吴尚德一个天大的喜讯，就是她已经怀上了吴尚德的骨肉，不看僧面看佛面，就是看在即将出生的孩子分儿上，我们也应该破镜重圆。

吴尚德听说胡菁菁怀孕了，内心是喜忧参半，喜的是自己将近花甲之年又得贵子，忧的是搞不好这个孩子是吴良和胡菁菁的。为了验证自己的预测结果，他向胡菁菁提出了一个要求，如果孩子出生了我们去做亲子鉴定，是我们的孩子我负责到底，不是我们的孩子我把河北的别墅收回来，如果你有这个自信，我们可以去做公正。胡菁菁听了这个要求，马上像泄了气的皮球，灰溜溜地走了。

吴尚德委托律师以诈骗罪向法院起诉吴良，并且不顾胡菁菁的苦苦哀求，毅然决然与她一刀两断，并将她赶出了医院。就在他苦苦思索下一步的发展方向时，意外地接到了玉梅的一个电话，让他务必回来一趟，吴尚德问玉梅有什么事情，玉梅告诉他有许多喜事等着他，最大的喜事是咱妈的喜事。吴尚德浑浑噩噩地问了一句："咱妈有什么喜事？"电话里的玉梅语气略有不满地抱怨他："你怎么连咱妈的八十大寿都忘记了，亏你还是当儿子的。"玉梅一句话点醒了吴尚德，今年可不是母亲的八十大寿嘛，自己这些年光在外面忙乎自己的事情了，连母亲的生日都忘记得一干二净了，还不如玉梅记得牢，他询问给母亲做寿的时间和地点，玉梅告诉了他时间，地点到时候再通知他。

到了给母亲做寿的日子，玉梅给他发来了一个地址，吴尚德一看，既不是饭店，也不是玉梅以前的住址，他奇怪地问这是哪里？玉梅神秘地一笑说："你来了就知道了。"

吴尚德开车来到玉梅给的地址，发现这是离玉梅住宅不远的一个小区，他按照门牌号码敲敲门，门开处一片红红火火的热闹场面呈现在眼前。

屋子里悬挂着几个五颜六色的气球，门厅里摆放着一个祝寿的大花篮，客厅桌子上的花瓶里插着几朵鲜艳的百合花和康乃馨，空气中都弥漫着一股淡淡的花香。玉梅见吴尚德呆呆地立在门口，急忙往门里面让，并冲着屋子里面喊了一声："妈，您儿子给您祝寿来了。"

听见屋子里面欢声笑语一片，吴尚德急忙走进客厅看见满满一屋子人，中间的大沙发上坐着三个头发花白的老太太，旁边左侧的沙发上，虎子和一个年轻的女人手里抱着一个孩子，边陪老人聊天边喂孩子喝奶，右边老童和娇娇脸上洋溢着笑容和几位老人聊天。见吴尚德进来，老童和几个年轻人站起来和他打招呼。

吴尚德疾步上前给母亲祝寿，并和老童的母亲打了一个招呼，那位老人他不认识，不知道如何称呼。玉梅介绍说，这是老童的前岳母，吴尚德恍然大悟，以前听玉梅说过，老太太也想过来和大家一起凑热闹，不想真的过来了。

玉梅对虎子身边的年轻女人说："小莉，这是虎子的亲生父亲。"又对吴尚德说："这是虎子的媳妇厉莉，他们抱着的孩子是你的孙子，你当爷爷了。"

吴尚德见自己突然辈分升级了，心里涌起了一股说不出来的滋味，是喜是悲，一时难以说清。他接过孩子一看，眉眼之间依稀可见虎子小时候的模样，不由得唤起了他对往昔的回忆。

母亲虽然对儿子有诸多的不满，但是，毕竟是自己的亲生儿子，而且四世同堂欢聚一起，内心的怨气也消失于无形，脸上绽放出了幸福的笑容。吴尚德见母亲非常开心，自己又见到了孙子，内心也欣喜异常。他掏出一包中华香烟，并递给老童一颗。

"你会抽烟吗？"

老童微微一笑说："会。"

"那来一颗。"

"你这烟我抽不来。"

吴尚德有些纳闷，这么好的烟你都不抽："那你抽什么烟？"

"我喜欢抽二手烟。"

吴尚德一愣，随即马上明白过来，他哈哈一笑说："你还挺幽默。"

他从老童的幽默中看到在座的人都不抽烟，也马上把香烟收了起来。

吴尚德见母亲和儿子，以及前妻生活幸福美满，大家欢聚一堂，言笑晏晏，联想到自己这么多年来的情感波折，最后被最亲近的人背叛的悲惨结局，不禁内心涌起一种难以名状的悲哀。

和母亲聊了一会儿天，虎子起身去帮助妈妈做饭，老童陪吴尚德参观新买的房子。吴尚德见新房子宽敞明亮，比老房子面积大了不少，他有些吃惊地问，买房子花了不少钱吧。老童一笑说："我前岳母把自己的房子卖了，把钱全部投了进来，我们也加了一些，另外，也得感谢你，给咱妈不少养老钱，咱妈说了，我儿子给的养老钱一个子不留，全部用来买房。所以，这所房子是集资购房，股份制所有。"

吴尚德自从和小乔离婚后，又在胡菁菁身上投入了全部，已经有一段时间没给母亲打生活费了，他怀着愧疚的心情对老童说："实在对不起，因为家里面出了一些事，这些日子没有给你们送生活费，给你们添麻烦了。"

老童一摆手不在意地说："你不用客气，家家都有一本难念的经，你的事我们也多少听说了一些，你先处理你那边的事情吧，咱妈这边有我和玉梅照顾，你就放心吧。"其实，玉梅为了让老人开心，一直哄骗老人说，您的儿子非常孝顺，一直定期给您打养老的钱，我都替您老存起来了。老太太信以为真，所以，觉得儿子还不是一个白眼狼。

吴尚德由老童的前岳母想起了自己山西老家的前岳父母，他试探地问老童，玉梅的父母现在过得怎么样？老童脸上洋溢着笑容告诉他，玉梅的父母一直和她弟弟住在一起，玉梅对她母亲出生的时候抛弃她的恩怨早已经释怀了，她不但定期给父母寄生活费，还经常让虎子带着礼物回去看望姥姥姥爷，前些日子玉梅给父母捎话说，让父母有时间到北京来住些日子，好好地尝一尝北京的小吃，逛一逛北京的名胜古迹。

"饭做好了，快吃饭吧。"虎子扯开嗓子喊了一句，并先请三位老人上座后，大家才依次坐下。吃完了蛋糕，唱过生日歌，祖孙四代一起吹灭了蜡烛，在座的众人纷纷给老人敬酒祝寿，表达自己的祝福。轮到玉梅敬酒的时候她端起一杯红酒，走到母亲身边，先说了几句祝福的话语，然后用目光扫了一下在座的众人，微笑着说："借给母亲祝寿的机会，我还要宣布一项我们的家庭养老规划与大家一起分享，同时也是给母亲的耄耋寿宴增添一份贺礼。"见大家都在竖起耳朵眼巴巴地等待下文，玉梅却转身回到座位坐下，母亲追问是什么礼物？玉梅卖个关子，"让我们家老童来宣布吧。"

见大家投过来的渴求目光，老童也是不紧不慢，端起酒杯先走上前去给老人祝寿，急得娇娇喊了起来："爸爸，你就不要和妈一样卖关子了，到底是什么事你快点说，急死人了。"老童呵呵一笑说："不要急，这么一大桌子好菜，你总要一口一口地吃完，且听我慢慢道来。"

老童回到座位上，这才把和玉梅商议的家庭养老远近规划一五一十的向大家做了披露。原来，他们夫妻两个的计划是分两步走，第一步是把老家闲置的房子简单装修一下，办个候鸟式养老，天热了就回山区老家避暑旅游，天冷了就回北京，既可以游览祖国的大好河山，也让老人的晚年生活更加丰富多彩。第二步是想找人合作，建设一所居家养老试点中心，更好地弘扬老吾老以及人之老的传统美德，并且等厉莉的母亲出院以后，把厉莉的父母接到中心来养老。但是，目前最大的难题是资金困难，所以，还不能马上组织实施。

厉莉见公婆为自己的父母考虑得这么周到，眼里噙满了感激的泪花，她急忙表态说："等我回去，就让我爸爸也把房子卖了，把钱投入养老中心建设，为实现您的第二步人生梦想尽一份力量。"

玉梅急忙说："先别着急催你父亲卖房，我们今天是抛砖引玉，想听听在座的对我们这个养老计划的意见，另外，你家的房子你父亲想怎么办，一定由他做主，千万不要强迫他。"

大家对这个养老计划七嘴八舌，纷纷提出了自己的见解，使之更加具体完善，同时，也共同期待着这个美好的蓝图尽快实现。

吴尚德见玉梅一家子人对美好的生活充满了希望，满怀憧憬规划着美好的蓝图，他灵机一动，为什么不把自己手中的资源充分利用起来，帮助玉梅实现她的美好愿望。

吴尚德利用给大孙治疗的机会，断断续续给我讲完了自己的苦旅姻缘，我问他下一步有什么新打算，他扫了一眼站在旁边的玉梅："还是让我们的道德模范告诉你吧。"

玉梅羞涩地一笑说："现在我们国家老龄人口有2亿多人，党和国家也高度重视养老事业，古人云，老吾老，以及人之老，在照顾好自家老人的同时，我们也想为社会养老做一点力所能及的工作，目前，我们和社区居委会还有物业公司已经签订了协议，准备开办社区居家养老的试点，医务室已经建设完成，我家老童正在筹建社区老年人食堂，还有物业公司准备拿出一套大房间建设社区老年人文化娱乐活动室。"描绘完美好的蓝图，她又把赞许的目光投向吴尚德，"我们办这个社区养老，也多亏了吴大哥出资支持我们，另外，他准备把他的医院打造成一个临终关怀医院，为失能和临终老人提供优质服务。"

我好奇地问了一句："这么一大摊子事光靠你们几个人能忙得过来吗？"玉梅点点头："人手是有一些紧张，不过居委会帮助我们招聘了一些下岗职工，我女儿娇娇也辞了医院的工作，专门帮助我们打理这些事情。"

吴尚德插话说："我和赵卫东也签订了协议，我们作为学校的实验基地，他们组织学校的志愿者和实习学生定期到社区和医院参加社会实践活动。"

娇娇是个年轻人，她对未来充满了奇妙的幻想："现在人工智能越来越发达，下围棋的狗把人类围棋手都打败了，我想我们以后也可以使用智能机器人代替家庭保姆和医院的护工，再发展一步可以代替吴叔叔给人正骨了。"

吴尚德则认为机器人再智能也不能完全取代人类，尤其是自己的独门绝技，他表示要把自己祖传的正骨手艺毫无保留地传给自己的孙子，使之发扬光大，更好地造福后人。娇娇还要和吴尚德争论下去，老童笑着为他们解围："你们两个不要再争了，等以后真把机器人买回来了再讨论这个话题也不迟。"

看到他们对未来生活的美好向往，我想起了一句格言：你怎样对待生活，生活就怎样对待你！是呀，只有热爱生活，感恩生活，生活才会回报给你美好的一切。我相信，他们追求美好生活，期盼美好明天的愿望一定能够实现。

图书在版编目（CIP）数据

苦旅姻缘 / 周大庆著 .—北京：作家出版社，2022.9
ISBN 978-7-5212-1918-0

Ⅰ.①苦… Ⅱ.①周… Ⅲ.①长篇小说—中国—当代 Ⅳ.① I247.5

中国版本图书馆 CIP 数据核字（2022）第 084571 号

苦旅姻缘

作　　者：周大庆
责任编辑：王　烨
装帧设计：意匠文化·丁奔亮
出版发行：作家出版社有限公司
社　　址：北京农展馆南里 10 号　　邮　编：100125
电话传真：86-10-65067186（发行中心及邮购部）
　　　　　86-10-65004079（总编室）
E-mail:zuojia @ zuojia.net.cn
http://www.zuojiachubanshe.com
印　　刷：唐山嘉德印刷有限公司
成品尺寸：152×230
字　　数：330 千
印　　张：24.75
版　　次：2022 年 9 月第 1 版
印　　次：2022 年 9 月第 1 次印刷
ISBN 978-7-5212-1918-0
定　　价：52.00 元

作家版图书，版权所有，侵权必究。
作家版图书，印装错误可随时退换。